LA FILLE DU PRÉSIDENT

Sculpteur et poète, diplômée de l'Université de Yale, chevalier des Arts et des Lettres, Barbara Chase-Riboud a été faite à plusieurs reprises, aux États-Unis, docteur *honoris causa* pour son œuvre littéraire. En 1979, *La Virginienne* est primé comme le meilleur ouvrage de fiction écrit par une femme américaine. Ce roman doit être adapté prochainement au théâtre par les producteurs du fameux *Show Boat* d'Edna Ferber. Barbara Chase-Riboud est également l'auteur de *Portrait of a Nude Woman as Cleopatra* qui fut couronné en 1988 par le Prix de poésie Carl Sandburg, de *La Grande Sultane* et du *Nègre de l'Amistad*, autres très grands succès.
Française et américaine par sa naissance, Barbara Chase-Riboud vit depuis longtemps à Paris.

Paru dans Le Livre de Poche :

La Virginienne

La Grande Sultane

Le Nègre de l'Amistad

BARBARA CHASE-RIBOUD

La Fille du Président

ROMAN TRADUIT DE L'AMÉRICAIN
PAR MICHELLE HERPE-VOSLINSKY

ALBIN MICHEL

Titre original :

THE PRESIDENT'S DAUGHTER

À l'énigme de la Harriet Hemings de l'Histoire,
et à Thenia Hemings de Monticello (1799-1802).

LA LIGNE

FAMILLE BLANCHE : LES JEFFERSON

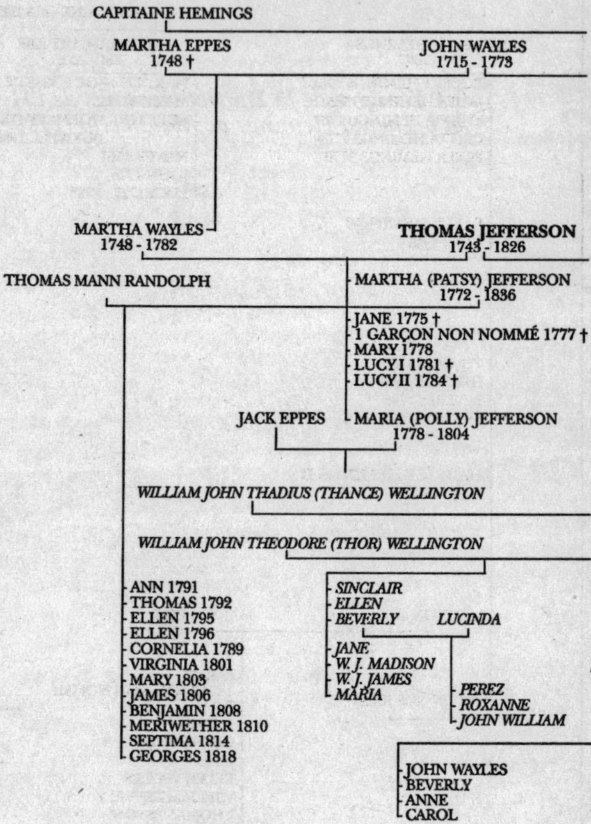

En italique : les personnages de fiction

DES COULEURS

FAMILLE NOIRE : LES HEMINGS

L'AFRICAINE (BIA BAYE)

ELIZABETH HEMINGS
1735 - 1807

ABRAHAM, DIT ABE
ESCLAVE

- ROBERT HEMINGS 1762
- JAMES HEMINGS 1765
- THENIA HEMINGS 1767
- CRITTA HEMINGS 1769
- PETER HEMINGS 1770

- MARY 1753 {JOE FOSSETT 1780, FILS
- MARTIN 1755
- BETT 1759 {WORMLEY 1781, BURWELL 1783, FILS
- NANCE 1761
- JOHN 1775
- LUCY 1777 - 1783

SALLY HEMINGS
1773 - 1836

- THOMAS 1790
- HARRIET 1796 †
- BEVERLY 1798
- THENIA 1799 †

HARRIET HEMINGS II
1801 - *1876*

- MADISON 1805 — MARY McCOY
  - SARAH
  - 1 GARÇON NON NOMMÉ
  - JULIA
  - HARRIET
  - CATHERINE
  - JANE
  - ELLEN WAYLES
  - WILLIAM BEVERLY
  - THOMAS ESTON
  - MARY ANN
  - JAMES MADISON
- ESTON 1808 *JULIA*

Son teint n'était pas brun, il paraissait plutôt chargé de la couleur d'un sang riche, comme prêt à éclater hors de ses limites. Et pourtant, il n'y avait ni vulgarité ni manque de modestie dans ses traits, qui étaient d'une exquise régularité, d'une grande dignité, et d'une beauté insurpassable.

James Fenimore Cooper, Le Dernier des Mohicans, *1826.*

Par le monde qu'elle avait créé... des supercheries destinées uniquement aux autres s'étaient progressivement transformées en illusions pour elle-même ; la petite fissure mensongère entre fausse esclave et faux maître s'élargit sans cesse pour devenir un abîme tout à fait réel — et d'un côté se tenait Roxy, dupe de ses propres tromperies, et de l'autre son enfant —, accepté et reconnu comme son maître.

Mark Twain, Pudd'n Head Wilson, *1894.*

Laisse sur la fenêtre les empreintes qui te mèneront à la potence.

Mark Twain, Pudd'n Head Wilson, *1894.*

1876

Prologue

Le centenaire

Chantage

La statue de la Liberté

Révolte

Le retour de la dame de couleur

Prologue

> Je suis une secte à moi tout seul.
>
> THOMAS JEFFERSON.

Le matin de la célébration du centenaire de l'Indépendance américaine, le 19 mai 1876, je me tenais en haut de l'escalier de ma résidence d'Anamacora, touchant du bout des doigts une coupure de presse profondément enfouie dans ma poche. Toutes les vieilles peurs dont je m'étais débarrassée ces dernières années étaient revenues. On me faisait chanter.

« Grand-Mère ! » La voix cristalline de Roxanne s'élevait du vestibule. « Le moins que vous puissiez faire est de descendre lire vos télégrammes avant notre départ pour l'Exposition ! Il en est arrivé toute la matinée. Et vous n'avez même pas regardé vos cadeaux. On dirait que ce n'est pas votre anniversaire aujourd'hui. Il y a même un bouquet de roses de la part du Président ! »

La lumière dansante à la surface du fleuve, pénétrant à flots par la fenêtre du palier, me faisait mal aux yeux. Quand je commençai à descendre l'escalier d'un pas raide, le temps me sauta au visage. Le calendrier géant sur lequel j'écrivais le programme de mes journées à présent que ma vue avait baissé portait une grande croix à la date du 19 mai 1876. Mon soixante-quinzième anniversaire coïncidait avec les fêtes du centenaire de l'Indépendance.

J'avais apporté beaucoup de soin à ma toilette ce jour-là. Mes longs cheveux roux et blancs étaient retenus par un fin filet crocheté et j'avais mis de splendides boucles d'oreilles de diamants taillés en carrés. Du cou aux chevilles j'étais enveloppée dans une cape en taffetas bleu roi. Elle tombait sur mes jupes volumineuses remontées à l'arrière sur une tournure à l'ancienne et formait une traîne qui me suivait comme mes années. L'article dans ma poche était déjà tout fripé d'avoir été plié et déplié et, comme je le serrais une fois de plus, ma main entra un instant en contact avec le stylet de James. C'était devenu un sujet de plaisanterie pour mes petits-enfants. « Le couteau de Grand-Maman, le couteau de Grand-Maman », chantonnaient-ils. Je rectifiais : « Non, le *poignard* », et ils reprenaient : « Le poignard de Grand-Maman, le *poignard* de Grand-Maman. » Seule la petite Roxanne avait eu l'audace de me demander pourquoi je portais une arme, et je lui avais répondu que c'était pour couper mes fleurs. Alors elle avait voulu savoir pourquoi sa grand-mère ne se servait pas d'un sécateur comme tout le monde. J'avais répliqué que je n'étais pas comme tout le monde et ne l'avais jamais été.

Les dates bourdonnaient dans ma tête : trois quarts de siècle, plus tout ce qui avait précédé ma naissance : 1776, 1779, 1800, 1808, 1861, 1865. Je n'avais rien oublié. Et maintenant cette vie soigneusement organisée, aussi élaborée qu'une fugue de Bach, était en danger. Je touchai l'article, que quelqu'un avait envoyé anonymement et qui était arrivé le matin avec mes vœux d'anniversaire. Un Noir y révélait son identité et la mienne : « Je n'ai jamais connu qu'un Blanc du nom de Thomas Jefferson. C'était mon père, le président des États-Unis. »

Je jetai un regard furtif à mon reflet dans le grand miroir doré de la cage d'escalier. Ma peau pâle, légèrement tachée de son, était translucide comme du papier. Le roux flamboyant de mes cheveux avait disparu. Mes yeux émeraude avaient pâli. Je n'avais plus la démarche gracieuse de ma jeunesse, mais je m'efforçais de ne pas boiter malgré ma hanche douloureuse. Depuis des années, je refusais de prendre conscience de l'incertitude de mon pas, de mes sautes d'humeur, de mes trous de mémoire, et de ma nouvelle habitude de me réveiller en sanglots. Je ne voulais pas reconnaître les preuves de mon grand âge. Au contraire, je les ignorais ardemment. Je montais l'escalier en courant, je me couchais tard, je mangeais tout ce qui me tentait, je fumais des cigares et buvais du vin. J'avais depuis longtemps rejeté les consolations du laudanum et de la cocaïne avec lesquels mes amies — celles qui n'étaient pas mortes — se réconfortaient. J'étais assez vieille pour craindre davantage la pitié que l'apoplexie.

Je souris intérieurement. L'hypocrisie, l'ignorance et l'autosatisfaction aveugle avaient toujours été de mon côté, exactement comme aujourd'hui. Et le silence. Le silence m'avait permis de survivre dans ce monde, comme ma mère. Les esclaves avaient toujours révélé aussi peu que possible de leurs origines à leurs enfants. C'était un vieux stratagème. Ne pas parler, c'était ne pas formuler le caractère irrémédiable d'être privé d'avenir et de passé. Je sortis l'article de la *Pike County Gazette* de ma poche. Je n'avais pas besoin de le lire; je le connaissais par cœur :

Harriet a épousé un homme fortuné de Philadelphie, dont je pourrais donner le nom, mais je m'en abstiendrai pour des raisons de prudence. Elle a élevé ses enfants et, autant que je le sache, ils n'ont jamais été soupçonnés d'être teintés de sang africain dans la communauté où elle vivait, ou vit encore. Je n'ai pas de nouvelles d'elle depuis dix ans, et j'ignore si elle est vivante ou morte. Elle a jugé de son intérêt, en quittant la Virginie, de jouer le rôle d'une femme blanche. Comme elle a adopté l'habillement et les manières de son personnage, je ne crois pas que son identité, celle d'Harriet Hemings de Monticello, ait jamais été découverte.

L'article avait été écrit par Madison. Il avait rompu le silence et quelqu'un savait.

Je me creusais la cervelle pour deviner qui dans

mon entourage pouvait être au courant que l'Harriet Hemings dont parlait mon frère et Harriet Wellington étaient la même personne. On aurait dit que tous les personnages de mon existence étaient assignés devant un tribunal et acquittés ou condamnés selon le rôle qu'ils avaient joué. Mon ennemi silencieux serait peut-être sous mon toit dans quelques heures. Après toutes ces années, allais-je devoir affronter un doigt accusateur — en présence de mes petits-enfants ?

Je jetai un nouveau regard au miroir. Quelle était la signification de ce visage blanc ? Je pris la rampe, sans tenir compte de la douleur à ma hanche, de mon mal de tête et de l'article de la *Pike County Gazette* dans ma poche. J'inspirai profondément, comme quelqu'un qui plonge dans l'océan, et je descendis, laissant derrière moi un souffle de désastre et d'effroi.

La tromperie possède une vie autonome, songeai-je. Elle est indépendante de notre volonté ou de nos actes. Elle peut faire disparaître tous les autres éléments de notre vie, même l'amour. Et à présent, nous devons tous payer le prix. Jusqu'au dernier *cent*. Et c'est toi, Roxanne, qui paieras le plus cher : tu apprendras que tu ne peux pas tenir la blancheur de ta peau pour un fait acquis, que tu vis le Grand Cauchemar Américain : une goutte de sang noir, une goutte unique et, selon la loi et l'usage, toute ta vie est polluée.

J'avais juré de ne jamais ressembler à ma mère, mais étais-je si différente ? Je la revoyais encore, évoluant à la frontière entre Monticello et les cabanes d'esclaves, entre le pouvoir et l'obscurité, entre l'histoire et l'oubli : la distance entre la race qui commandait et celle qui obéissait. J'avais toujours refusé d'obéir. J'avais toujours refusé de choisir entre mon individualité et ma race. J'avais marché toute ma vie sur cette Ligne étroite. Cette Ligne que j'avais passée cinquante-quatre ans plus tôt avec la bénédiction de la femme que j'avais juré de ne jamais imiter.

Les médecins me disaient que j'étais mourante. Je quitterais la vie sans jamais révéler mon identité à ceux que j'aime, ou alors j'honorerais mon père et ma mère en risquant la damnation éternelle de ma famille.

« Grand-Mère ! cria de nouveau Roxanne. Nous sommes prêts pour le photographe ! »

Il avait déjà installé son appareil. Ma famille s'était rassemblée dans le vestibule sous le buste de Thomas Jefferson et l'horloge de ma mère.

Il y avait bien longtemps, j'avais rêvé de cet anniversaire, entourée de mes descendants. Mon vœu ne s'était-il pas accompli ? Autour de mon cou, le portrait de mon père, dans ma poche gauche, le poignard de James ; dans la droite, la confession de Madison. Ma famille blanche était rassemblée au pied de l'escalier. J'étudiai les beaux visages sereins autour de moi.

Je me demandais ce qu'ils éprouveraient s'ils apprenaient que leur grand-mère n'était pas ce qu'elle paraissait, la sereine aïeule de Philadelphie, la « duchesse d'Anamacora », mais une ancienne esclave, affranchie légalement il y avait à peine onze ans par des fils et un mari qu'elle avait abusés. Accepteraient-ils l'idée d'être les petits-enfants du Président, si pour cela ils devaient admettre qu'ils possédaient la goutte de sang qui les rendait noirs ?

Thor n'avait pratiquement pas changé depuis la guerre. Ses cheveux étaient poivre et sel. Il les portait à la vieille mode de l'Ouest, longs et attachés en catogan, et non coupés court avec des favoris. Son visage était moins ridé que remodelé, avec des crevasses et des ravines, et des méplats qui lui donnaient, malgré ses traits classiques, des airs de faux Indien. J'étais la seule à savoir que Thor était revenu de la guerre opiomane. Je l'avais caché à tout le monde. Il avait passé dix années infernales à combattre cette habitude, qu'il ne m'avait avouée qu'un an plus tôt. La boucherie, les horreurs et l'épuisement de la guerre qui avaient provoqué sa plongée dans les narcotiques le poursuivaient encore. Alors qu'en sa qualité de pharmacien il pouvait se procurer facilement de la morphine, il continuait à se rendre toutes les semaines dans les fumeries d'opium du quartier chinois de

Philadelphie. Cette habitude n'avait nui ni à sa réputation ni à sa carrière, qui était à son apogée, pas plus qu'à sa vie familiale, mais ce secret pesait lourdement entre nous.

L'horloge sonna le sixième coup de neuf heures. Le tissu de mes rêves était indéchirable, et sa trame ne céderait pas à moins que je ne le décide. Comment trouver un moyen de concilier Mme Harriet Wellington d'Anamacora avec un obscur article qui se terminait par ces mots : « Nous sommes tous devenus libres conformément à un accord passé entre nos parents avant notre naissance. »

J'imaginais les tribunes de cette journée. Sur le podium, avec les dignitaires de Philadelphie, parmi lesquels mon mari, se tiendraient le président des États-Unis, Ulysses Grant, et son épouse, les généraux Sherman, Sheridan et Butler, et Don Pedro II, l'empereur du Brésil, le seul pays civilisé au monde qui tolérât encore l'esclavage.

J'imaginai le large cours non pavé menant au bâtiment de fonte et de verre qui s'élevait au-dessus d'un tapis de verdure, reflétant le paysage comme un kaléidoscope. Ses dix mille vitres de verre taillé étincelaient tel un lac de diamants sur six cents mètres de long et cent cinquante de large. Le Pavillon de la Machinerie, fait d'arcades de fer et de verre, était haut de vingt mètres. J'y avais vu la machine Corliss, la merveille de l'Exposition, avec laquelle rivalisait le nouveau téléphone d'Alexander Graham Bell. Par ailleurs, Thomas Edison y exposait son télégraphe Quadruplex ; George Westinghouse, son frein à air comprimé ; et George Pullman, son luxueux wagon-lits.

Bartholdi, le sculpteur français, avait envoyé à l'Exposition la main gigantesque de la statue de la Liberté tenant sa torche pour réunir des souscriptions afin de pouvoir terminer son œuvre. Je l'avais vu ériger par des dizaines d'ouvriers dans le parc, féerique promesse de ce que le monument de trente-trois mètres de haut serait un jour à Bedloe Island dans le port de New York. Les visiteurs paieraient pour marcher sur la passerelle entourant le poignet comme un bracelet. La main était placée sur le cours qui traversait les dix-huit hectares du parc de l'Exposition, avec ses deux cents pavillons, ses mémoriaux, ses sculptures et ses obélisques. Je me rendis compte que pas un n'était consacré aux citoyens de couleur. Il n'y avait pas de monument aux troupes noires de Butler, on ne parlait pas des inventions d'Eli Whitney ou de George Washington Carver. Aucun obélisque n'était dédié à ces pauvres âmes perdues dans le Passage du Milieu, aucun pavillon ne rappelait notre histoire, nos héros, nos vies. Ma vie.

La vision de l'Exposition céda soudain la place au bruit des métiers à tisser auxquels j'avais travaillé autrefois à Monticello.

La voix de mon père s'éleva des profondeurs d'un demi-siècle : « Beverly dit que nous pourrions construire une fabrique hydraulique de clous ici, à Mulberry Row, au lieu de cette pauvre grange où peinent des esclaves de sept ans... »

Soudain, comme si l'intuition de l'enfance m'était revenue, je sus que je devais rester à Anamacora.

« Grand-Maman, vous vous sentez bien ?

— Je ne viens pas.

— Mais Grand-Papa vous attend à la tribune ! Et la réception au Pavillon de Pennsylvanie ? Vous devez y rencontrer l'empereur du Brésil !

— Grand-Maman ne veut pas voir ce sale marchand d'esclaves brésilien ! déclarai-je, à la grande surprise de mes petits-enfants. Que Grand-Papa s'en charge. »

La révolte avait fini par s'éveiller dans mon âme.

« Tu viens, Maman ? Non, je ne viens pas. » « Vous m'avez demandé au cours d'une conversation ce qui constituait un mulâtre. » « Pire qu'une vente aux enchères, se vendre pour devenir blanche. » « Puisqu'elle est assez blanche pour passer pour Blanche, qu'elle le fasse. » « Regarde-toi, Harriet, tu es si belle. » « J'ai changé de couleur, Petit, pas d'âme. » « Avez-vous jamais rencontré un Blanc qui ne vous demande rien ou ne vous prenne rien ? » « Thance vous aime. » « Mes enfants ne sauront pas qui ils sont. » « Harriet, donnez

une chance à Wellington. Dites-lui.» «Eh bien, madame Willowpole, bienvenue sur le pont des esclaves.» «Ni la richesse ni l'éducation ne peuvent réparer le tort d'une naissance déshonorante.» «Ne dites jamais cela, Harriet, votre père vous aime autant qu'il le peut.» «J'aime tout ce qui n'existe pas. Cela pourrait être la devise de ma vie.» «Je ne suis pas Thance, Harriet, je suis Thor.» «Je ne reviendrai plus jamais te chercher, Maman.» «J'ai attendu la tombe pour que tu me dises, me dises, me dises...»

«Non, je ne viens pas, Roxanne.»

Ma famille stupéfaite se répandit en protestations et supplications, mais je ne voulus rien entendre. J'observais ma petite-fille avec le détachement abstrait que les personnes âgées affectent souvent. Par une dernière ironie du sort, elle était le portrait de son arrière-grand-mère. Ses paupières s'abaissaient de la même manière sur ses yeux ambrés. Elle avait aussi de profondes fossettes de chaque côté de la bouche et son regard posait la même question que celui de Sally Hemings. Le soleil entrant à flots par la fenêtre ronde jouait sur ses cheveux brillants, à présent séparés en deux macarons enroulés sur les oreilles. Elle portait la petite toque turque tellement en vogue, une robe à rayures bleues et blanches, et un corsage plissé rentré sous des volants rassemblés à l'arrière en tournure. Avec ses manches pagodes festonnées de rubans noirs et de nœuds, on aurait dit qu'à tout moment elle allait émerger des confins du monde. Sa main reposait légèrement sur le manche de son ombrelle pointée vers le sol.

Roxanne me rendit mon regard avec affection, puis elle secoua la tête. Elle savait qu'il valait mieux ne pas discuter.

«Eh bien, si vous n'y allez pas, Grand-Maman, moi non plus. Je reste avec vous.»

Tandis que la voiture descendait la route d'Anamacora sans moi, avec toute ma famille, je me baissais pour jouer avec mes dalmatiens. Je savais que le passé était déjà en route.

À quatre heures de l'après-midi, lentement, laborieusement, je commençai ma toilette : talc et pantalons, corset et crinoline, chemise, six jupons, soie noire, tablier de taffetas vert, rubans assortis, bijoux, médaillon, boucles d'oreilles, mitaines de dentelle, mantille, diadème, encore du talc, du rouge aux joues, un rang de perles, un peu de « Jicky » de chez Guerlain, et j'étais prête. Ce qui autrefois me procurait une joie sans mélange, car j'adorais la parure, me coûtait à présent beaucoup plus de temps et d'efforts et ne produisait que les médiocres résultats auxquels une vieille femme peut s'attendre. On ne me demandait plus d'être belle.

Ma maison, spacieuse et agréable avec ses larges colonnes, était construite en brique jaune et bois blanc. Elle montait la garde telle une sentinelle sur les berges de la Schuylkill, dont les affluents avaient été rougis par le sang de la bataille de Gettysburg en 63. Maintenant, ils avaient repris leur couleur naturelle : un gris métallique qui courait à travers le vert jade des prés de la contrée Amish de Pennsylvanie.

La serre avait été transformée en salle de bal, et des tables avaient été dressées dans les autres pièces et à l'extérieur sur la véranda. On avait débarrassé les parquets de leurs tapis, disposé des bouquets un peu partout, enfermé les dalmatiens dans l'écurie, allumé des torches dehors, baissé les lampes à huile dans la maison ; les chandelles brûlaient, les lustres de cristal étincelaient, les extras et le maître d'hôtel se tenaient au garde-à-vous, dos au mur. J'inspectai les buffets une dernière fois, passant devant les piles d'assiettes, les rangées de cristaux et d'argenterie, les montagnes de serviettes, les plats froids déjà présentés : veau en gelée, tranches de dinde, jambons de Virginie, bécasses, cailles et pintades désossées, pyramides d'huîtres du Maine, potages froids d'asperges, truite à la sauce hollandaise. Je laissais courir mes doigts le long des tables, la dentelle de mes manches se mêlant à celle des nappes. J'avais engagé le meilleur traiteur de Philadelphie.

« Félicitations, monsieur Fullom. Tout est merveilleux.

— Merci, madame Wellington. Il paraît que le Président va venir ?

— En effet, il nous fait cet honneur. »

Je lui adressai un sourire complice.

« Excusez-moi, madame, il y a une femme de couleur qui insiste pour vous parler. Je lui ai dit de passer par la porte de derrière. Elle vous y attend. »

À travers la porte grillagée, je ne distinguais qu'une haute silhouette féminine. Ce fut seulement quand j'ouvris la porte que je reconnus, avec la terreur d'un meurtrier jamais démasqué, la dame de couleur qui avait croisé mon chemin dans Market Street Square plus de cinquante ans auparavant. La femme qui se tenait sur la véranda était de la même taille, sa peau était de la même couleur, et elle portait le même style de chapeau bordé d'énormes roses pompons et de rubans roses. Mais ça ne pouvait pas être la dame de Market Street Square ; elle aurait été très vieille à présent. Celle-ci était vigoureuse, encore dans la fleur de l'âge, la quarantaine à peine.

« Bonsoir. Je suis Sarah Hemings, la fille de Madison. On m'appelle Sally à la maison. »

Je la fixai, médusée.

« Vous êtes Harriet Wellington ? »

Je reconnus les boucles d'oreilles en rubis de ma mère, qui se balançaient ostensiblement au soleil. Sarah. La petite fille de trois ans que j'avais tenue dans mes bras en pleurant le jour où Eston m'avait apporté les affaires de ma mère.

« Oui, répondis-je, décontenancée.

— Eh bien, je suis Sarah », répéta-t-elle d'un ton triomphant en m'adressant le sourire de la dame de couleur de Market Street Square.

Nous nous tenions de part et d'autre du seuil, mais c'était plus qu'un pas de porte qui nous séparait. Nous chancelions comme au bord d'un précipice. La Ligne des couleurs qui nous séparait s'étendait de l'Atlantique au Pacifique, d'un bout à l'autre de l'Amérique. Je savais que si je passais ce seuil, je ne retournerais jamais parmi les miens. Et si, d'autre part, Sarah entrait dans ma vie, ma famille n'aurait plus un moment de répit. Les yeux de Sarah posaient des questions : Qui crois-tu être ? Que crois-tu être ? Combien de temps peux-tu continuer à faire semblant ?

« Je crains que vous ne fassiez erreur.

— Impossible ! Je vous connais. Vous êtes Harriet de Monticello. Comment pourrait-on se tromper ! Vous êtes son portrait craché.

— Je vous demande pardon ?

— Le portrait de mon grand-père, Thomas Jefferson. »

J'éclatai de rire, tant cette odieuse farce qui se jouait entre nous était vraie et terrible.

« Non, répétai-je. Je ne suis pas Harriet... de Monticello. Aucune Harriet de Monticello n'habite ici.

— Mais n'avez-vous pas reçu les Mémoires de Papa ? Ils ont été publiés dans la *Pike County Gazette*. C'est moi qui vous ai envoyé l'article. »

Ainsi c'était elle mon maître chanteur.

« Vous allez vraiment continuer à nier ?

— Il n'y a rien à nier, madame. Je ne peux pas être qui vous croyez. C'est tout. »

Sarah rejeta la tête en arrière et éclata d'un rire strident qui me glaça jusqu'aux os. « Et c'est pour ça que nous avons fait la guerre civile ! Ça c'est trop fort, ma tante !

— Je ne peux pas vous laisser entrer, chuchotai-je.

— Et vous ne pouvez pas non plus sortir, je suppose... mais qui pourrait savoir, si vous-même vous ne dites rien ?

— Dieu saurait.

— Dieu sait déjà, ma tante.

— Thor ! » criai-je, comme s'il pouvait me sauver, oubliant que c'était moi la menteuse, et lui à qui j'avais menti.

Sarah restait plantée là, furieuse, appuyée sur son ombrelle. Les fleurs de son chapeau tremblaient. Elle avait de beaux yeux gris. Les yeux de Madison.

« Savez-vous comment je vous ai trouvée, ma

tante ? Les gens qui habitent la cabane de Grand-Mère m'ont dit qu'une dame blanche est venue les voir il y a dix ans. Une rien-du-tout qui n'était peut-être même pas blanche et qui voulait les expulser, mais elle a changé d'avis quand elle a entendu des bruits de "fantômes". Et j'ai appris que cette dame s'appelait Wellington. »

Je ne me vendrai jamais pour être blanc.

« Je crois qu'il est préférable que mon père n'ait pas su si vous étiez morte ou vivante. Je ne vais sûrement rien lui dire, car je ne le sais pas moi-même. Je me rappelle encore vos larmes ce jour-là, ma tante. Elles étaient brûlantes. J'ai rêvé de vous retrouver — pas pour vous faire du mal, mais pour vous aimer. »

Elle sourit et secoua la tête, comprenant la futilité et l'infantilisme de ce rêve. Ses yeux m'examinaient des pieds à la tête avec une curiosité amicale. J'essayai de parler, mais je m'aperçus, comme dans un songe, que j'en étais incapable. Je tendis les bras, espérant la toucher, mais elle fit demi-tour, comme un navire majestueux vire de bord, et s'éloigna de moi. Croirait-elle que le cœur de sa tante battait plus vite parce qu'elle ressemblait tant à son arrière-grand-mère ? Et parce que je l'aimais ? Drapée dans sa dignité, rayonnant d'innocence et d'indignation, elle m'inspirait l'affection déchirante d'un ancien combattant pour un officier qui n'a encore jamais vu la bataille.

Sarah trouva son chemin, toujours en riant, à travers le verger. Les pêchers chargés de fleurs couleur chair se prosternaient devant elle, baissant leurs branches à son passage comme si elle était Jésus entrant dans Jérusalem. Ce n'était pas juste, pensai-je, que j'en sache tellement plus sur elle qu'elle n'en saurait jamais sur moi. Mais l'espèce d'ignorance que je lisais sur son visage proscrivait la qualité d'amour que j'aurais souhaité lui offrir.

En la voyant s'éloigner, je fus prise d'un désespoir fou, incontrôlable. Un cri pareil à celui d'un animal sauvage s'échappa de ma gorge devant cette farce tragique. Tandis que le rire rauque de Sarah résonnait dans ma tête, j'eus l'impression d'avoir plongé dans mon cœur le poignard dans ma poche.

« Sarah ! » m'écriai-je.

« Grand-Mère ? »

J'entendis la voix de Roxanne derrière moi, mais je ne pouvais quitter Sarah des yeux. Lentement, elle traversait mes vergers en fleurs, son rire flottant derrière elle comme une bannière de soie, jusqu'à ce qu'il se confonde avec le carillon de l'heure.

Je n'avais plus le temps. Ou si peu. Je pris la main de Roxanne comme on prend celle d'un petit enfant.

« Viens », lui dis-je.

1822

La fugitive

Le serment du Président

Le phaéton lilas

Le serment d'Adrian Petit

La course à pied

La leçon de musique

Le bazar de l'Orient,
des Indes et de la Chine

Empreintes digitales

Une demande en mariage

Les ennuis avec Callender

L'hôtel Brown

Adieu

1

> Dieu, depuis le commencement, a choisi certains individus destinés à être sauvés, d'autres à être damnés ; aucun crime des premiers ne pourra les damner, aucune vertu des seconds les sauver.
>
> THOMAS JEFFERSON.

Le jour où je m'enfuis de Monticello pour me faire passer pour Blanche, je laissai ma mère dans un champ de tabac plein de papillons et de fleurs, très loin du verger de pêchers et de la demeure. Ma seule pensée était que son unique fille la quittait pour toujours, et elle, elle restait là, tournée vers l'est, penchée dans le vent comme je l'avais vue si souvent, dans l'attitude des explorateurs, imaginais-je, ses jupes battant autour d'elle, le regard fixé sur la baie de Chesapeake comme si elle pouvait vraiment voir les navires, en cette année 1822, quitter le port.

Ma mère était célèbre dans le comté d'Albermarle, et l'avait toujours été depuis ma naissance. Jusqu'à Richmond, on savait qu'elle était la concubine de mon père, la maîtresse de sa garde-robe, la mère de ses enfants. J'étais l'un de ces enfants, et mon père, un homme puissant, éminent, nous avait cachés ici pendant vingt ans en raison d'un scandale qu'on appelait « les ennuis avec Callender ». On ne m'avait jamais rien dit de plus à l'époque, sauf que cela faisait de ma mère l'esclave la plus fameuse d'Amérique et me mettait doublement en danger. Car, malgré mes yeux verts, mes cheveux roux et ma peau blanche, j'étais noire. Et malgré la fortune et l'intelligence supérieure de mon père, j'étais une bâtarde.

Me voyant approcher, ma mère demeura aussi calme, aussi immobile qu'un monument. Je tournai autour d'elle comme si elle en était un. C'était la femme la plus silencieuse que j'eusse jamais connue. Seuls ses fameux yeux dorés parlaient, et ils disaient beaucoup. Ils avaient toujours donné à son visage une illusion de transparence, on avait l'impression de regarder dans le rayon d'un phare côtier. C'étaient des feuilles d'or dans un masque d'ivoire, des fenêtres sur des feux mystérieux qui consumaient tout sans rien restituer à la surface. Elle était bonne et affectueuse avec nous, ses enfants, mais elle s'entourait d'un mur de secret et d'amertume que nous n'avons jamais pu percer, malgré tous nos efforts. Nous l'aimions, nous l'adorions, mais nous nous demandions souvent si elle nous aimait.

« Maman ?

— *Laisse-moi.* »

Ma mère parlait le français, qu'elle m'avait appris et que nous avons utilisé toute notre vie entre nous.

« Maman, la voiture attend.

— Je sais. *Laisse-moi.*

— Au revoir, Maman. »

Le regard de ma mère restait fixé au loin sur la baie.

« *Je t'écrirai, Maman...*

— Oui, écris-moi, ma fille.

— Tu ne viens pas ? »

Ma mère me regarda comme si j'étais folle. La lumière jaune de ses yeux me blessa.

« *Non, je ne viens pas.* »

La veille au soir, elle avait fermé mes malles prêtes pour Philadelphie, pleines de mon trousseau de « promenade ».

« Promets-moi, dit-elle, que si jamais tu révèles ta véritable identité à ta future famille, ce ne sera jamais à tes propres enfants. Choisis une femme de la deuxième génération, une petite-fille. Il est plus facile de parler à ses petits-enfants qu'à ses enfants, et un secret est plus en sécurité si tu le confies à une personne de ton sexe.

— Pourquoi cela, *Maman* ?

— Les femmes portent leurs secrets au plus profond de leur ventre, répondit-elle, cachés et nourris de leur sang, tandis que les hommes portent les leurs comme leurs organes génitaux, attachés par un mince cordon de chair, incapables de résister à une caresse ou à un bon coup de pied. »

Je ne sais pas très bien ce que signifiait pour moi l'expression « passer pour Blanc » à l'époque, sinon : quitter la maison et fuir l'esclavage. En réalité, je le faisais pour d'autres. Pour Maman. Pour Grand-Mère. Pour Papa. Je n'aspirais pas à la liberté parce que je ne comprenais pas très bien le sens de ce mot. J'avais même ignoré que j'étais esclave jusqu'au jour où j'avais découvert que je ne pouvais pas faire tout ce que je voulais. La liberté était pour moi une notion vague soumise à la chance : ni animale ni minérale, ni réelle ni illusoire... On ne la vendait pas comme un champ, un arbre ou du coton. Je ne connaissais que ce que j'avais observé et ne savais que ce que ma grand-mère m'avait dit : « Obtiens cette liberté... » C'était devenu une possibilité, ou plutôt un labyrinthe, attirant et sans limites, de possibilités, et j'avais bien l'intention de les explorer toutes, précisément pour voir ce qui arriverait. C'était la récompense à gagner, et je l'avais toujours gardée à l'esprit depuis que ma grand-mère m'avait déclaré que dès que je serais libre, je cesserais d'être invisible. Une fois à Philadelphie, j'avais prévu tous mes gestes avec précision — les pas d'une chorégraphie compliquée dans laquelle je serais en même temps la meilleure danseuse et le maître de ballet.

Ce matin-là, j'avais déjà dit au revoir à mon plus jeune frère, Eston.

« Tu aurais pu attendre, Harriet. Maman ne s'est pas encore remise du départ de Beverly.

— Attendre quoi, Eston ? Aujourd'hui, demain, hier, quelle importance de savoir où et quand je pars, puisque je pars. Je ne resterai pas ici un jour de plus que je n'y suis obligée. D'ailleurs, Maman ne se remettra jamais du départ de Beverly... Il ne l'a même pas prévenue...

— Il ne l'a pas dit au Maître non plus. Père pensait qu'il resterait.

— Il est resté, Eston — deux ans après son vingt et unième anniversaire! Qu'est-ce que Père pouvait demander de plus? Qu'il attende d'être vendu par sa propre famille comme le bébé de Fennel, l'esclave qui a descendu Mulberry Row en hurlant avec une hachette, prêt à tuer l'homme blanc qui venait de vendre son enfant? C'est ça qu'il était censé attendre?

— À mon avis, il pensait que Bev resterait avec lui... jusqu'à la fin.

— Et qu'est-ce que ça lui aurait rapporté? Plus de liberté? un héritage? une citation pour bravoure? Beverly aurait dû partir le jour de ses vingt et un ans. Même avant, comme Thomas.

— Écoute, il n'aurait pas eu très longtemps à attendre, Harriet. Notre père est un vieil homme — un très vieil homme.

— Sottises, Eston! Père est fort comme un roc. Tu le protèges toujours, n'est-ce pas?

— Tous les matins, je pars à cheval derrière lui, en gardant mes distances, bien sûr, répondit Eston, sur la défensive. Je veille seulement à ce qu'il ne soit pas jeté à terre par Old Eagle au cours de ces folles chevauchées.

— Oh, Eston, pourquoi?»

Mais je connaissais la réponse. Eston aimait ce père, qui le méprisait, d'un amour désespéré, déchirant, infini, que même l'humiliation ne pouvait entamer. En ce sens, il était comme moi.

«Je ne me le pardonnerais jamais s'il lui arrivait quelque chose — il est fort, mais entêté et âgé, et Maman l'aime encore tellement...»

Je considérai Eston tendrement. De tous les fils de mon père, c'était lui qui lui ressemblait le plus physiquement, même si j'étais son portrait vivant. Eston avait les yeux bleu-vert et la chevelure rousse ondulée de mon père. Sa voix, comme la sienne, était haut perchée et d'une douceur presque féminine. Il était aussi économe de paroles que notre frère Madison était bavard, et il bégayait légèrement lorsqu'il était bouleversé. À quatorze ans, doté de mains immenses et de larges épaules de Virginien, il mesurait près d'un mètre quatre-vingts. Et il attendait toujours d'être aimé, reconnu, récompensé d'une façon quelconque, ce qu'il n'obtiendrait jamais de Père — exactement comme Madison, qui avait couru vers la limite sud de la propriété et s'était tapé la tête contre la barrière de bouleau blanc jusqu'à ce que le sang jaillisse, parce qu'il ne comprenait pas pourquoi notre père ne l'aimait pas.

«Je retrouverai peut-être Beverly, murmurai-je pour changer de sujet.

— Oh, Harriet, Beverly est parti. Il est parti tout droit pour les territoires de Louisiane de Papa — en se faisant passer pour Blanc. Tu sais qu'il a toujours rêvé d'accompagner Meriwether Lewis dans son expédition. Et il a toujours été taraudé par le désir de posséder des terres. Or, la Louisiane est le seul endroit où il pourra en acquérir — en l'achetant, en s'en emparant, ou en la volant aux Indiens. Mais la vie est dure là-bas. Ce n'est pas un endroit pour les femmes, à moins que tu n'aies envie d'être une de ces épouses commandées par correspondance... »

Il rit, mais je ne trouvais pas cela drôle.

«Je sais, poursuivit Eston. Tu vas te marier dans une église, avec de la musique, des fleurs, un pasteur et des témoins. Tu seras en robe blanche, tu seras vierge, et tu choisiras ton mari... qui sera l'amour de ta vie. C'est ce que je te souhaite, d'ailleurs. Et tu l'auras, mon ange. Tu sais tellement bien ce que tu veux, tu obtiendras tout de la vie — une fois que tu seras libre. »

Il me regarda tendrement, longtemps, très longtemps. Dans son doux regard juvénile, je lisais une sorte d'engagement entre nous. Il m'aimait, et je l'aimais.

«Je ne peux pas croire que je ne te reverrai jamais.

— Jamais est un grand mot.

— Que tu remontes le fleuve ou que tu le descendes, Harriet, cela signifie que je te perdrai pour toujours. Tu es une esclave fugitive.

— Attends que j'arrive à Philadelphie. Je serai une gentille petite Blanche là-bas.

— Ta tête sera mise à prix.

— Une prime vaut mieux qu'une vente aux enchères.

— Père ne te vendrait jamais.

— Madison ne pense pas comme toi.

— N'écoute pas Madison.

— Je n'en ai pas l'intention. Je vais dans le Nord.

— Et ensuite ?

— Eh bien, dis-je rêveusement, peut-être à l'étranger — Paris, Londres, Florence.

— Où ça ?

— À Paris, en tout cas. Je me le suis promis.

— Comment ?

— Je travaillerai. Je me marierai. Je trouverai bien un moyen.

— Il paraît que les Noirs meurent de faim dans le Nord.

— Je suis blanche.

— Pas s'ils te rattrapent.

— Ils ne me rattraperont pas, Eston. Je suis trop maligne.

— Et si Maître envoie des chasseurs d'esclaves à ta poursuite ?

— Il ne le fera pas. Il l'a promis à Maman il y a longtemps.

— Eh bien, c'est au moins une promesse qu'il a tenue.

— Uniquement à cause de ma couleur.

— Ne compte pas trop là-dessus, Harriet. Si Martha Wayles a hérité de Maman, Martha Randolph peut hériter de toi. Ils sont capables de te poursuivre jusqu'à la tombe. Ils pourront envoyer des chasseurs d'esclaves à Philadelphie dès que Père aura rendu son dernier souffle. C'est déjà arrivé. Cette histoire d'esclavage n'est pas une plaisanterie.

— J'abattrai le premier chasseur d'esclaves qui

voudra me ramener à Monticello. Et je tuerai aussi le parent qui en aura donné l'ordre.

— Un jour, nous nous reverrons, sœurette, dit doucement Eston en m'étreignant pour la dernière fois. Je te le promets... blancs ou pas, ajouta-t-il, mais certainement libres. »

La veille au soir, j'étais restée dehors, dans la lumière ambrée des lustres allumés qui filtrait à travers les hautes fenêtres de la salle de bal de Montpellier, une plantation voisine appartenant à James Madison. J'étais mêlée à une assemblée de femmes de chambre, de valets, de postillons, de laquais et de nourrices ; toutes les conditions, tous les âges et toutes les couleurs de l'esclavage étaient représentés. Dans moins de vingt-quatre heures, j'aurais vingt et un ans, et je serais libre de suivre mes frères Beverly et Thomas dans l'oubli du monde blanc. Mon père l'avait juré, décrété des années auparavant à Paris, d'après ma mère, et nous avions tous joué le jeu. Je gardais toujours présente à l'esprit ma situation particulière. J'étais une esclave sur le point d'être libérée, une jeune fille qui allait devenir une femme, une personne à qui serait donné un avenir. Tout cela pour mon anniversaire.

Je fredonnais tandis que la musique de l'orchestre d'esclaves flottait sur la pelouse humide de rosée, bordée de jasmin, de parterres de roses et de magnolias en fleurs. Le cercle de lumière vacillait lorsque les joyeux couples de danseurs le traversaient comme des ombres chinoises. L'orchestre attaqua un quadrille entraînant sur l'air de *La Ballade de Gabriel Prosser,* qui raconte l'histoire de l'esclave rebelle. De la foule à l'extérieur s'élevèrent des rires moqueurs, pendant que les Blancs continuaient à danser. N'était-ce pas typique de leur part de danser sur un air dont ils ne connaissaient pas les paroles ? Ils se balançaient et virevoltaient, sautaient, s'éloignaient et se rapprochaient, formant des cercles qui découpaient la lumière comme de la dentelle.

Soudain, quelqu'un m'attrapa par-derrière et me

fit pivoter, alors moi aussi je commençai à tournoyer dans le cercle de lumière dorée. Les serviteurs continuèrent à danser dehors aussi longtemps que dura le bal, tard dans la nuit, en riant et en batifolant, plus au frais à l'extérieur que les invités qui transpiraient dans la maison. Nous tiendrions plus longtemps qu'eux, et ensuite nous devrions les reconduire chez eux, les déshabiller s'ils étaient ivres, les laver s'ils avaient vomi, ramasser leurs habits là où ils les jetteraient, et les mettre au lit. Les paroles de la ballade de Gabriel flottaient au-dessus des silhouettes en mouvement :

Alors pour la victoire ils ont donné un bal
Et sont venus en foule rire et danser.
Le meilleur danseur de tous,
C'était Gabriel Prosser, enfin libéré.

J'étais la meilleure danseuse, pensais-je. Et le maître de ballet. J'allais bientôt être libre. Je choisirais mon mari. Je me marierais à l'église. Et j'arriverais vierge à l'autel.

Je sentis sur ma cuisse la caresse furtive de l'acier froid. Depuis l'âge de seize ans, je portais un stylet coupant comme un rasoir au fond de la poche de mon jupon. Il avait appartenu à mon oncle James. Maman me l'avait donné pour me protéger. Plus jamais quelqu'un ne me poursuivrait en haut d'un arbre.

Ce fut mon frère qui interrompit ma sombre rêverie :

« Tu pars, Harriet ? » demanda-t-il d'un ton condescendant.

La silhouette élancée de Madison, mon frère de dix-sept ans, sortit nonchalamment de l'ombre. Je percevais dans sa voix de la rage contenue, je voyais son expression angoissée à la lumière des bougies. Les gens sentaient sa violence refoulée, et elle les gênait, qu'ils soient noirs ou blancs.

« Oui, Madison, je pars demain. » Je tâchais d'affronter sa colère calmement.

« Tu vas te faire passer pour Blanche ?

— Oui, Mad.

— Papa sait que tu vas te “promener” ?

— Oui. Il a tout organisé. Il a fait prévenir Adrian Petit qui viendra me chercher.

— Tu as de l'argent ?

— Papa m'a donné cinquante dollars.

— Tu sais combien tu vaux au marché aux esclaves, Harriet ?

— Oh, Madison, je t'en prie !

— Une petite fortune, mon cœur ! Tu ne le sais peut-être pas, mais tu es un morceau de choix. Vraiment ! Ma sœur est un morceau de choix !

— Madison !

— Je t'assure, Père pourrait obtenir cinq mille dollars pour toi à La Nouvelle-Orléans ! Cinq mille dollars d'un monsieur blanc... à l'un de ces bals de quarteronnes. »

Il m'attrapa le poignet. « J'ai entendu dire que la condition pour être admise à ces bals est d'avoir les veines bleues sous la peau des poignets. Exactement comme les tiennes, Harriet.

— C'est ce que tu veux pour moi, Mad ? » Je crachai ces mots en le foudroyant du regard.

Il me lâcha.

Mon poignet me brûlait là où il l'avait serré, et la douleur irradiait dans mon bras. Des larmes brillaient dans ses yeux.

« Oh, Madison, ne pleure pas, je t'aime. Tu crois que c'est facile de te quitter ? Mais si je ne saisis pas cette occasion, quelle autre chance aurai-je jamais ?

— Tu n'auras pas de famille, Harriet, pas de parenté. Et c'est la fin pour Maman. C'est l'oubli, la mort.

— Mais non ! Ni la mienne ni la sienne. Ne me rends pas responsable de Maman, Mad. De toute façon, je serai toujours une partie d'elle, de toi. Je suis toi, je suis ta sœur, ta chair et ton sang, et je le resterai, quoi qu'il advienne. Ça ne peut pas changer. Aussi loin que j'aille, je ne vous oublierai jamais.

— Mais si, tu nous oublieras.

— Ne sois pas si dur, Madison. Tu connais le sort qui

attend une esclave. Ton tour de partir viendra, peut-être alors comprendras-tu mieux. Attends jusque-là.

— Jamais. Je ne me ferai jamais passer pour Blanc. C'est pire que d'être vendu. Se vendre pour devenir blanc !

— C'est la décision de Papa, pas la mienne.

— Tu devrais aimer ta couleur.

— J'aimerais ma couleur si je savais de quelle couleur je suis. Quand tu auras vingt et un ans, tu pourras peut-être gagner ta liberté sans la voler !

— Tu vaux cinq mille dollars pour un Blanc...

— À qui la faute si je suis une esclave, Madison ? À qui ?

— Un morceau de choix de cinq mille dollars ! » railla-t-il.

Je regardai mes poignets nus, si vulnérables, si fins que Madison les avait encerclés d'une seule main. Sous la peau couraient des sangs antagonistes qui se polluaient réciproquement. À qui en incombait la faute ? À qui ?

Je m'appuyai, sans forces, contre le tronc d'un chêne. Je sentais la rude écorce contre mon visage et mes épaules. Un faux mouvement, pensai-je, et je m'écorcherais le front. D'un seul geste, je pouvais arracher la blancheur de ma peau, et saigner... Ma vieille terreur revenait juste au moment où la musique, qui avait cessé, reprenait.

À Monticello avait vécu un charpentier blanc du nom de Sykes. Un jour, il avait tiré son chapeau devant moi pour me saluer en présence de ma cousine Ellen Randolph. Je me rendais de la grande maison à la cabane des tisserands, et Ellen était debout sur la véranda orientée au sud. J'avais seize ans alors et Ellen, presque vingt.

« Comment se fait-il que vous vous découvriez devant une négresse, monsieur Sykes ? » avait-elle demandé en riant.

Sykes s'était arrêté net.

« Une négresse, mademoiselle Ellen ? Je croyais que c'était votre sœur !

— Je voudrais bien voir ça ! » rétorqua Ellen.

J'essayai désespérément de m'éclipser, mais l'homme, étonné, me prit par le bras.

« Pourquoi t'as rien dit, fille ? Ça fait des mois que je tire mon chapeau devant toi ! »

Sans répondre, je tentai de me dégager et de filer.

« Réponds-moi, ou tu tâteras de la baguette de ta maîtresse, par Dieu !

— Il n'y a rien à répondre, dis-je en suppliant Ellen du regard, tandis qu'elle pouffait derrière sa main.

— Tu t'permets d'être insolente ?

— Non, monsieur.

— Maître !

— Non, maître !

— Si tu parlais comme une négresse, je me serais pas trompé, pas vrai ?

— Oui, maître.

— Alors, je trouve que tu devrais t'excuser de m'avoir berné.

— De l'avoir berné, répéta Ellen d'un ton moqueur, pour participer à mon humiliation.

— Je suis désolée, murmurai-je.

— Plus fort, fille !

— Je suis désolée.

— Désolée qui ?

— Désolée, maître.

— Et à partir de tantôt, cause comme une négresse. »

Son contact me dégoûtait et ses paroles me faisaient bouillir. Mais j'étais surtout furieuse contre Ellen, ma compagne de jeux d'autrefois. Elle détourna les yeux, serrant ses lèvres minces dans un visage rouge de mépris.

Quelques jours plus tard, je marchais sur la route déserte qui menait à la plus proche des plantations de mon père, Edgehill, quand Sykes arriva, conduisant une carriole vide. La situation était idéale pour lui. C'était un homme, il allait plus vite que moi, et il avait un fouet. Il pouvait me renverser avec la charrette ou l'abandonner pour me poursuivre à pied. Les battements de mon cœur s'accélérèrent; j'évaluai mes chances.

« Hé, p'tite Blanche-Neige, cria-t-il du siège du conducteur, monte ici ! J'ai un cadeau pour toi. »

Je regardai droit devant moi, tout en me demandant si je devais rester sur la route dans l'espoir que des travailleurs de retour des champs passeraient — non, ils pourraient difficilement arrêter un homme blanc déterminé — ou m'enfoncer dans les bois. Je les connaissais comme ma poche. Mes frères et moi y avions traqué le lapin et l'écureuil, fait la course, cueilli des fruits sauvages, joué à cache-cache depuis notre enfance. Et si j'étais capable de courir plus vite qu'Eston et Beverly, je pourrais distancer Sykes. Je continuai à marcher au bord de la route, tandis qu'il me suivait, en me répétant sans cesse de monter dans la carriole.

« T'es sourde ou quoi, négresse blanche ? J't'ai dit d'amener tes fesses ici ! »

Il mit ses mules au trot; je commençai à courir. Sykes riait : il gagnait du terrain sur moi. Brusquement, je quittai la chaussée et pénétrai dans les bois, remontant mes jupes et les attachant aux cordons de mon tablier. Je l'entendais piétiner les buissons derrière moi, criant sans relâche : « Hé, Blanche-Neige ! » Comme il approchait, je pris de la vitesse et soudain j'entendis claquer son fouet. Le bruit me fouailla comme si le coup était tombé sur mon dos. Je me cabrai. Le sifflement de la lanière sembla emplir les bois, puis le monde entier. Je bondissais comme une gazelle, sautant les obstacles, haletante, mon cœur battant la chamade, tout en prenant conscience avec horreur que s'il me rattrapait, ce serait non seulement la douleur et la honte du viol, mais la fin de la sécurité, de l'intégrité, de l'enfance, pour toujours. Je ne danserais plus jamais.

Les branches basses s'accrochèrent à mes vêtements et à mes cheveux quand je plongeai dans les sous-bois. Sykes me suivait toujours en riant, en jurant et menaçant. Plus mes forces diminuaient, plus il gagnait du terrain. J'étais baignée de sueur;

des larmes coulaient sur mes joues. Je n'avais ni le temps ni l'énergie de les essuyer. Les lourdes bottes de Sykes écrasaient les feuilles mortes sur la piste que je venais de quitter. Je sentais son odeur et entendais sa respiration.

« Nom de Dieu, Blanche-Neige, quand je t'attrape, je te défonce le cul, putain ! »

Ma jupe était déchirée et de multiples égratignures saignaient sur mes mains et mes avant-bras. Une boule de salive s'était formée au coin de ma lèvre. Avais-je couru dix minutes ? vingt ? Mon estomac se soulevait, de la bile montait dans ma gorge, une douleur dans la poitrine me coupait le souffle. Il fallait que je m'arrête. J'eus un haut-le-cœur et tombai en avant, car mes jambes ne me soutenaient plus. Ma tête heurta la racine noueuse d'un arbre qui poussait dans la clairière tapissée de mousse. Je levai les yeux vers les basses branches. C'était mon seul espoir. Je grimpais à l'arbre, comme mes frères me l'avaient appris, m'écorchant les joues et les cuisses contre l'écorce rugueuse, au moment précis où Sykes déboucha dans la clairière. Son fouet claqua et s'enroula autour de ma cheville. La douleur fut si cuisante que je crus qu'il m'avait arraché le pied. Je hurlai, pendue aux plus hautes branches, et me hissai dans le dôme des feuilles. La lanière glissa de ma cheville, déchirant la peau et tachant le tronc de sang. Tant bien que mal, je tirai ma jambe meurtrie hors de son atteinte et me blottis à trois mètres cinquante au-dessus de sa tête, sifflant comme un chat sauvage acculé. Le fouet retomba, puis lacéra le tronc. Sykes le secouait, le tailladait sans relâche dans sa colère, arrachant chaque fois des morceaux d'écorce ; les copeaux volaient et l'arbre saignait de la sève. Les coups s'abattaient au rythme des jurons de Sykes, marquant de traînées blanches les croissants sombres du hickory.

À chaque fois, je frémissais comme si la lanière m'avait frappé le corps. Je me bouchai les oreilles pour ne plus entendre les cris éplorés de la victime de Sykes, les miens peut-être.

« Descends de là, petite négresse blanche ! Je vais t'apprendre à obéir à un ordre ! »

Je me recroquevillai davantage dans le sanctuaire de l'arbre, puis je vis Sykes sortir son sexe et le brandir comme une arme contre le tronc. Je fermai les yeux.

« Descends voir ce que j'ai pour toi ! »

Tout à coup retentit une explosion que je sentis plus que je ne l'entendis. Elle dispersa les oiseaux perchés et fit tomber les feuilles autour de ma tête. Sykes avait pointé son fusil dans les branches et tiré au jugé. Je dus perdre conscience, car, quelques instants plus tard, quand je revins à moi, toujours accrochée au tronc de l'arbre, Sykes avait disparu.

Il faisait nuit lorsqu'on me retrouva. Une procession de torches enflammées approchait, approchait, et j'entendais crier mon nom. Bientôt je vis un cercle de flammes au-dessous de moi. M. Treadwell, le surveillant, était là. Mon oncle Robert, mon oncle Martin, Isaac et mon père levaient les yeux vers moi. Je me mis à gémir.

« Harriet, appela doucement Martin. Harriet, tout va bien, c'est moi, Martin. Que diable t'est-il arrivé, ma chérie ? Je monte te chercher. Toi, ne bouge pas. Cramponne-toi à la branche. Ne parle pas, tiens-toi bien, doux Jésus, tiens-toi... Dieu tout-puissant, chuchota-t-il quand sa main toucha du sang sur le tronc de l'arbre, qu'est-ce qui s'est donc passé, Harriet ? »

Je regardai mon père qui dominait les autres de sa haute taille. Ses traits étaient tirés et c'était la première fois de ma vie que je le voyais avec un fouet à la main. Nos yeux se rencontrèrent à la lumière dansante des torches, les miens suppliants, les siens glacials. Il m'accusait ! Il m'accusait, comme si j'avais provoqué, préparé cette humiliation. Mais j'étais sa créature ! La sienne ! Et il ne m'aimait pas pour autant. Au lieu d'amour, je ne lui avais inspiré que de la pitié. La fureur, le dégoût qui se lisaient sur son visage étaient dirigés contre moi. Dans ma souffrance, je tendis les bras vers lui, toujours incapable de proférer un son. Martin me tenait à présent par la taille, et à son contact j'éclatai en sanglots amers. Il me passait doucement à Beverly, quand, d'un geste presque exaspéré, mon père écarta celui-ci et me prit des bras de Martin. Je sentis contre mon dos le dur manche du fouet qu'il n'avait pas lâché. Il me souleva, me porta jusqu'à l'endroit où ils avaient laissé les chevaux et m'assit sur Jupiter. Il se mit en selle devant moi, accrocha mes bras autour de sa taille et partit en direction de la demeure. Craintivement, je me serrai davantage contre le large dos bleu foncé. J'entendais son cœur battre à travers le lainage épais. Je soupirai, puis reniflai et fermai les yeux. Il avait presque fallu que je meure pour attirer son attention. Quand nous arrivâmes à la maison, il me souleva sans ménagement de Jupiter et me porta dans la chambre de ma mère. Après avoir franchi la porte, il s'arrêta non loin d'elle, et je sentis son corps trembler, tandis que ses épaules se voûtaient dans son effort pour maîtriser une colère monumentale :

« Vérifie si on lui a fait du mal. » Puis il se retourna lentement, et ajouta d'une voix claire et posée, comme s'il donnait des ordres matinaux pour les champs : « Une mère devrait savoir où est son enfant à chaque instant. Je te prie de t'en souvenir. Si tu la laisses encore sans surveillance, tu devras m'en répondre. J'ai dit à Martin que je veux connaître le nom de l'homme et savoir comment il a pu se permettre de toucher à ma propriété. »

Une fraction de seconde, ses yeux rencontrèrent les miens. Je n'y lus ni tendresse ni compréhension, seulement une profonde honte. Je l'avais sentie dans ses bras, et elle m'avait frappée de mutisme.

Je demeurai silencieuse. Il me fallut des semaines avant de pouvoir parler sans pleurer. Finalement, je bredouillai : « C'était Sykes. »

Ce jour-là, ma mère me donna le long stylet à manche d'argent qui avait appartenu à mon oncle James. « Garde-le tout le temps avec toi bien caché sous tes jupes. Souviens-toi que tu n'as pas été violée. Rien ne t'est arrivé. Tu es toujours intacte. C'est dur de tuer un homme, Harriet, trop dur sans doute. Alors, si tu ne peux pas tuer, mutile. Vise bas. Fais saigner. Ça suffit à arrêter la plupart des hommes. C'est ta vie contre sa lubricité. Le viol est un meurtre déguisé. Si tu hésites, Harriet, tu es morte. »

Sykes fut chassé de Monticello avec l'ordre de ne plus y remettre les pieds. Mon père ne me permit plus jamais de marcher seule sur les chemins de la plantation, et ma mère m'escorta désormais dans les deux sens chaque fois que je devais me rendre à la cabane des tisserands.

Était-ce, me demandais-je cyniquement, parce que mon père se souciait de moi ou parce qu'il ne me faisait pas confiance ? Quoi qu'il en soit, Père ne laissa jamais Maman oublier cet incident. Était-ce notre faute si nous étions des négresses ?

Ma cheville guérit, mais la mince ligne du coup de fouet demeura, une pâle cicatrice légèrement en relief qui encerclait l'articulation comme si j'avais porté des fers ou m'étais pris le pied dans un piège à écureuils.

Je me baissai un instant et touchai la cicatrice, puis me redressai et regardai ma mère. Le champ de tabac qui nous entourait était situé assez loin de la demeure et s'étalait en vagues ondulantes, si nombreuses que l'œil ne pouvait les embrasser toutes. La chaleur avait réduit tout le reste à des frissons bruns et noirs, et les fleurs, qui nous arrivaient jusqu'aux hanches, brillaient d'un éclat iridescent, paradant comme des soldats jusqu'à l'horizon. Avec une grâce étonnante, elles flottaient dans la lumière éblouissante, se rassemblant parfois en petits bouquets pourpres, tandis que je restais plantée là, à contempler la silhouette d'ombre brûlée de ma mère, mes jupes prises dans les tiges et les chardons.

J'avais cherché mon père de bonne heure ce matin-là. J'avais décidé de lui demander, de le supplier de me libérer — légalement. Et si je refusais d'être transportée hors de l'État comme une balle de coton portant l'étiquette du maître, son tampon bleu, mais sans qu'il m'ait reconnue. J'avais sellé Ripley, un vieux bai que personne ne montait, et j'étais partie à sa recherche. Je savais que je le trouverais à cheval à cette heure de la matinée, et j'étais déterminée à m'expliquer avec lui. Je m'étais juré de le regarder dans les yeux et de le forcer à me reconnaître pour ce que j'étais, sa fille. La bâtarde voulait dire adieu, l'amener à l'appeler par son nom.

Je l'avais trouvé à la limite ouest de la propriété, près des bois qui séparaient le pied de la montagne des premiers champs cultivés. Une clôture de bouleau entourait un pré, un pont étroit enjambait une rivière aux eaux claires. Il venait de sauter la clôture et restait sur Old Eagle — un grand cheval au poitrail puissamment musclé — aussi immobile et lumineux qu'une statue de marbre. La lumière se réfractait tout autour de lui, formant une sorte de dôme reflétant de longs rayons jaunes et enchâssant son profil. Je pris mon courage à deux mains. J'allais lui demander de me donner mes papiers d'affranchissement pour faire de moi une femme libre. Il pouvait le faire. Je le savais.

Old Eagle se cabra quand Ripley lui barra le chemin. Les deux chevaux écumaient et leurs flancs se touchaient. Je pris une profonde inspiration ; les yeux bleus me transperçaient comme pour demander comment j'osais interrompre sa chevauchée matinale.

« Maître...

— Harriet. » Il fit un geste, puis attendit patiemment une explication.

Je frissonnai. J'avais envie de faire tourner bride à Ripley et de m'enfuir au galop, mais je forçai ma monture à s'immobiliser et plongeai mon regard dans le sien. Le jade rencontra le saphir.

« C'est mon anniversaire, dis-je stupidement.

— Oui, Harriet. » Sa voix questionnait toujours.

« Mon dernier jour à Monticello. »

Son cheval se mit à faire des écarts impatients pour m'éviter. En fait, ce n'était pas Old Eagle, mais à cause des coups de genoux de mon père. Il ne désirait pas me parler.

« Je ne veux pas m'enfuir, Maître. Je ne veux pas être obligée de me voler... »

Un instant, ses yeux parurent refléter un souvenir, ou une lueur de reconnaissance, je ne savais, comme s'il avait déjà entendu cette supplication, cette bravade désespérée. Il détourna alors son regard de moi pour le porter sur les montagnes. Je continuai à bafouiller :

« Des papiers, Maître. J'ai besoin de papiers pour prouver que je suis libre... sinon je serai une esclave fugitive, une criminelle. » *Vous ne pouvez pas vouloir que votre propre fille soit une criminelle.*

« Tu n'as pas besoin de papiers, Harriet. Tu es blanche. Tu dois vivre ta vie sans ces papiers. C'est ta seule chance. J'ai tout organisé. Petit va venir te chercher.

— Et ma liberté ? Mère m'a promis que je serais libre.

— Tu es libre, Harriet. Aussi libre que moi. Personne ne contestera ta couleur. Personne n'oserait.

— Mais si quelqu'un le faisait ? Si on me demandait ?

— Ta mère ne t'a-t-elle pas expliqué comment faire ? C'est son devoir.

— Elle a dit que les hommes ne savent pas garder les secrets.

— Elle se trompe. J'ai gardé ton secret, non ? Je t'ai cachée et protégée toutes ces années. Je t'ai protégée des journaux, contre une campagne malveillante dirigée contre nous par nos ennemis politiques. Je ne t'ai pas envoyée ailleurs après les ennuis avec Callender. J'ai résisté à toutes sortes de pressions pour tenir la promesse que j'avais faite à ta mère à Paris. J'ai tout risqué... pour toi. Ici, à Monticello, tu étais en sécurité.

— Mais...

— J'ai fait tout ce que j'ai pu.

— Mais les papiers sont importants ! Sans papiers d'identité prouvant que je suis votre esclave, sans reconnaissance que je suis votre fille, je suis deux fois illégitime. Je ne suis rien pour personne... »

Ma requête m'avait épuisée. Je remarquai, impuissante, le froncement de sourcils désapprobateur de mon père. Je connaissais parfaitement ce langage muet. Je savais à son air irrité qu'il me disait de le laisser, que j'avais franchi une limite invisible. Il tira sur les rênes d'Old Eagle, me coupant la parole, et partit au galop dans la direction opposée.

Je le regardai s'enfuir, sauter sauvagement la clôture, abattant lourdement sa cravache sur le flanc d'Old Eagle. Il battait ses chevaux avec cruauté. Tout le monde était au courant. Mais personne ne savait pourquoi. Dans son affolement il aurait volé, s'il avait pu, pour ne pas me répondre. Et maintenant je n'aurais jamais de réponse. Pour le restant de mes jours. Je vivrais dans la peur, sur mes gardes, à la merci d'une bévue, d'une rencontre de hasard, d'un œil exercé, ou d'un aveu sentimental. J'étais une esclave fugitive, et je risquais d'être reprise et vendue. Madison avait raison. C'était pire que d'être vendue aux enchères. Si je rencontrais des membres de ma famille, je devrais faire comme si je ne les connaissais pas. Je ne pourrais jamais pleurer sur la tombe de mon père. Je ne pourrais pas plus reconnaître ma famille blanche que ma famille noire. C'était le prix à payer.

Mes larmes avaient commencé à couler, discrètes comme des cendres.

« Papa... », avais-je murmuré dans la brume du petit matin.

Soudain, mon cœur s'était mis à se comporter étrangement. Il semblait exploser comme de la poudre à canon, faisant des bonds irréguliers dans ma poitrine. Il battait de façon alarmante, puis s'arrêtait brusquement, moqueur comme le rire de Madison. Et tout à coup, je ne l'avais plus entendu. Comme s'il était tout simplement sorti de mon corps. Et mes larmes s'étaient taries.

Mon père avait toujours répondu par la fuite. Maman me l'avait dit. Je l'observais à présent, ses jupes noires agitées par la brise. Si la fuite caractérisait mon père, l'immobilité était l'apanage de ma mère. Des larmes de frustration et d'impuissance me montèrent aux yeux. Ils allaient me laisser seule au monde, tous les deux. L'injustice aveugle de la situation m'étreignait comme un étau.

« Oh, mon Dieu, *Maman, je pars*. Petit est là avec la voiture. N'es-tu même pas… heureuse pour moi ? m'écriai-je.

— Ce n'est pas une victoire à mes yeux, Harriet, ce n'est que justice. »

Oh, Maman, dis-moi que tu m'aimes, suppliais-je intérieurement. Dis-moi qu'il m'aime, s'il te plaît. Je crois que je meurs de ne pas être aimée. Mais, à ma mère, à voix haute, je dis simplement : « *Adieu, Maman.* »

Quand je revins du champ de tabac où j'avais laissé ma mère, mon père m'attendait. Je le vis bien avant qu'il ne m'aperçoive, aussi l'étudiai-je de loin avec tous les sentiments d'horreur et de tendresse insatisfaite qu'il m'avait inspirés ce matin-là. J'en voulais à ma mère de se cacher. Cette fois au moins, elle aurait dû se tenir à ses côtés pour me dire adieu dans les règles. Mais c'était Petit, l'ancien majordome de mon père, qui se trouvait là. Ce Français, un homme au crâne chauve et à l'extravagante moustache, avait quitté Monticello juste après ma naissance, mais ma mère avait nourri la légende de l'indomptable Petit qu'elle avait connu à Paris, à Philadelphie et à Monticello.

Pour la première fois, je remarquai la fragilité sous l'allure imposante de mon maître et la nouvelle souffrance physique que dissimulait sa fière vitalité. Mon père était vieux, presque octogénaire, je ne le reverrais peut-être plus jamais. À présent, j'étais près de lui, les yeux levés vers les siens. Je sentais son odeur de lainage usé, de lavande, d'encre et de chevaux. Un instant, il parut ne pas même me reconnaître. Puis il se balança légèrement tout en tenant son poignet gauche, et se pencha pour ramasser un panier d'osier.

« Veux-tu un de ces chiots de Monticello, Harriet ? Clara a eu une portée. Il pourrait te tenir compagnie et te rappeler la maison. »

Il me tendait le panier de petits dalmatiens remuants comme si c'était un gage de réconciliation.

« Choisis-en un, car je vais noyer les autres. Je considère les chiens comme la plus affligeante de toutes les folies dont nous nous soyons encombrés. »

Il plongea la main dans le panier et en sortit une adorable petite chienne noir et blanc. Père paraissait reconnaître la nécessité et l'utilité des chiens, songeai-je, comme celles des Noirs, mais il regrettait tout de même leur existence.

Par égard pour ma mère, j'avalai cette dernière humiliation, souriant comme lui, et réprimant un désir presque irrépressible de tordre le cou à ce pauvre chiot. Comment pouvais-je à la fois tant aimer et mépriser mon père ?

Je regardai l'animal frétiller dans les grandes mains tendues. Une façon de s'excuser pour ce matin ?

« Elle est belle.

— Trouve-lui un nom.

— Je l'appellerai Indépendance. »

Je pris Indépendance dans mes bras, la serrant contre moi comme mon père serrait son poignet contre sa poitrine. Je remarquai qu'une larme avait roulé sur sa joue. Je détournai les yeux. Les Blancs ! Pourquoi pleurait-il à présent ? Maintenant qu'il était trop tard. À quoi s'attendait-il ? Croyait-il que, parce qu'il était Président, il n'aurait pas à payer un jour ? Je me retournai et croisai le regard consterné de Petit, à qui j'intimai l'ordre silencieux de m'emmener loin d'ici. Je n'allais pas jeter le cadeau de la liberté en échange de la promesse d'un homme... surtout d'un Blanc ; les Blancs ne tenaient jamais leurs promesses. Le capitaine Hemings avait-il épousé mon arrière-grand-mère ? John Wayles avait-il affranchi ma grand-mère ? Mon père m'avait-il jamais appelée sa fille ? Le cadeau de la petite chienne était-il l'aveu qu'il me reconnaissait pour telle ? Eh bien, me dis-je, prends-la et file. La liberté, s'entend. Quitte tout ce que tu as toujours aimé, commence ta nouvelle vie d'orpheline : sans nom, sans foyer, sans ami. Blanche. Blanche. Blanche.

J'attirai son regard vers le mien. Tu demandes beaucoup à une fille, pensais-je.

« Papa, murmurai-je, tu pourrais encore changer les choses. »

Mais mes yeux restaient aussi durs que les pierres précieuses auxquelles ils ressemblaient, mes pensées demeuraient scellées en moi. Je ne pleurerais plus. J'étais libre. J'étais blanche. J'avais vingt et un ans. Je n'avais aucune raison de pleurer.

Petit et moi descendîmes la montagne en plein jour. Tout le monde savait que nous partions. Mon oncle Burwell conduisait la voiture qui se dirigeait vers Richmond, et un autre de mes oncles, Fossett, faisait office de postillon. Les gens quittaient les quartiers des esclaves et gagnaient la route qui traversait toutes les plantations de mon maître pour jeter un dernier regard à Harriet Hemings quittant la maison. À l'intérieur de la voiture, je ne me retournai qu'une fois pour regarder en arrière, mais cela me suffit pour constater que ma mère avait enfin rejoint mon père. Ayant posé le pied sur une marche en mauvais état, il était tombé de la véranda, sur les genoux. Ces marches, mon oncle Robert aurait dû les réparer depuis des mois.

2

> Il est difficile de déterminer sur quels critères on devrait se fonder pour juger les mœurs d'une nation, que l'on se place d'un point de vue chrétien ou autre. Il est plus difficile pour un homme né dans le pays d'étudier les mœurs de sa propre nation, car l'habitude les lui a rendues familières. On peut sans aucun doute déplorer la malheureuse influence que l'existence de l'esclavage a exercée sur les mœurs de notre peuple.
>
> THOMAS JEFFERSON.

Ma botte est passée au travers d'une planche pourrie de la véranda alors que le phaéton lilas disparaissait au bas de la montagne. Je tombai à genoux, et sur mon mauvais poignet, qui se fractura pour la seconde fois. Je maudis Robert de ne pas avoir réparé les marches comme je le lui avais demandé. Je maudis Sally de ne pas avoir veillé à ce que son frère le fasse. Je maudis Harriet, car sans elle, moi, Thomas Jefferson, je ne me serais pas trouvé là. Je maudis tous les Hemings et leur abominable fardeau secret. La douleur que j'éprouvais était exactement la même que celle de ce jour ancien de juin 1787, au bois de Boulogne, quand un autre phaéton emportant une autre femme interdite était sorti de ma vie. J'entendis à peine le cri de souffrance que ma chute m'avait arraché, involontaire et humiliant — l'appel au secours d'un vieil homme. Je sentis plus que je ne vis mon épouse esclave penchée sur moi. Je fermai les yeux pour la rendre invisible. Je la haïssais. Je haïssais Harriet, qui m'avait obligé à abandonner une part de moi-même contre ma volonté.

Malgré moi, je me rappelais un après-midi de juin 1805, après les ennuis avec Callender et ma réélection. J'avais quitté la résidence présidentielle pour rentrer chez moi. Libéré de tous les tracas politiques de Washington, j'étais heureux de chevaucher Jupiter, mon vieux cheval bai. J'avais pris dans mes bras la petite Harriet, qui avait alors quatre ans, et la faisais sauter en l'air. Ses cris de joie se mêlaient à ceux de frayeur de sa mère. Le petit corps parfaitement proportionné s'était élevé comme un *putto* d'une fresque italienne, les bras écartés, les Blue Ridge Mountains figurant les ailes, la tête auréolée de nuages vaporeux. Harriet plana au-dessus de nous, statique, immobile, ses boucles dorées en suspension, ses yeux vert fougère brillants, son rire cascadant comme un ruisseau, avant de retomber vers moi dans un tourbillon, sûre que mes bras l'attendaient. À cet instant, j'eus une vision de la vie d'Harriet après Monticello. J'embrassai les lèvres incroyablement fraîches, les bouclettes blondes, les joues chaudes.

« Celle-ci vivra », assurai-je avec orgueil à sa mère, pensant à nos deux enfants morts au berceau, la première Harriet et Thenia.

Cette année-là, j'avais écrit à Francis Gray de Washington pour lui expliquer comment le sang noir peut devenir du sang blanc. La lettre, que j'avais malencontreusement montrée à Petit le matin même, brillait devant moi.

RÉSIDENCE DU PRÉSIDENT, 1805,

À Monsieur Francis C. Gray

Monsieur,

Vous m'avez demandé au cours de notre conversation ce qui, selon notre loi, constitue un mulâtre. Je crois vous avoir répondu quatre croisements avec des Blancs. J'ai consulté plus tard la loi et l'ai trouvée établie en ces termes :

« Toute personne, sauf un Noir dont l'un des grands-parents aura été l'un ou l'autre noir, sera considérée comme mulâtre, et donc toute personne qui aura un quart ou plus de sang noir, sera de même tenue pour mulâtre. » L. Virga, 17 décembre 1792 : le cas établi dans la première partie du paragraphe de cette loi est *exempli gratia*. La dernière contient le vrai critère, à savoir qu'un quart de sang noir, mêlé d'une quelconque part de sang blanc, constitue le mulâtre. Comme la progéniture a la moitié du sang de chaque parent, et que le sang de ceux-ci peut être constitué de n'importe quelle combinaison de mélanges, en certains cas il peut être complexe d'en estimer le composé. Cela devient un problème mathématique analogue à ceux des mélanges entre différents liquides ou métaux ; comme pour ceux-ci, par conséquent, la notation algébrique est la plus logique et la plus claire. Représentons donc le sang blanc pur par les lettres majuscules de l'alphabet typographique, le sang noir pur par les minuscules du même alphabet, et tout mélange donné de l'un ou de l'autre par une abréviation en lettres cursives.

« Donnons le premier croisement comme étant de *a*, pur Noir, avec *A*, pur Blanc. L'unité du sang de la progéniture étant composée par moitié de chacun de celui des parents sera $\frac{a}{2} + \frac{A}{1}$. Appelons-la, en abrégé, *d* (demi-sang).

« Donnons le second croisement comme étant de *d* avec *B*, le sang de leur produit sera $\frac{d}{2} + \frac{B}{2}$, ou bien, si nous substituons à $\frac{d}{2}$ son équivalent, ce sera $\frac{a}{4} + \frac{A}{4} + \frac{B}{2}$, que nous appellerons *q* (quarteron), ayant $\frac{1}{4}$ de sang noir.

« Donnons le troisième croisement comme étant de *q* avec *C*, leur produit sera $\frac{q}{2} + \frac{C}{2} = \frac{a}{8} + \frac{A}{8} + \frac{B}{4}$

$+ \frac{C}{2}$. Appelons-le *o* (octavon), lequel ayant moins d' $\frac{1}{4}$ de *a*, ou de pur sang noir, à savoir seulement $\frac{1}{8}$, n'est plus un mulâtre, démontrant que le troisième croisement clarifie le sang.

« À partir de ces éléments, étudions leurs composés. Par exemple, faisons cohabiter *d* et *q*, leur progéniture sera $\frac{d}{2} + \frac{q}{2} = \frac{a}{4} + \frac{a}{8} + \frac{A}{8} + \frac{B}{4} = \frac{a^3}{8} + \frac{A^3}{8} + \frac{B}{4}$, où nous trouvons $\frac{3}{8}$ de *a*, ou de sang noir.

« Faisons cohabiter *d* et *o*, leur produit sera $\frac{d}{2} + \frac{o}{2} = \frac{a}{4} + \frac{A}{4} + \frac{a}{16} + \frac{A}{16} + \frac{B}{8} + \frac{C}{4} = \frac{a^5}{16} + \frac{A^5}{16} + \frac{B}{8} + \frac{C}{4}$, d'où $\frac{5}{16}$ font encore mulâtre.

« Faisons cohabiter *q* et *o*, la moitié du sang de chacun sera $\frac{q}{2} + \frac{o}{2} = \frac{a}{8} + \frac{A}{8} + \frac{B}{4} + \frac{a}{16} + \frac{A}{16} + \frac{B}{8} - \frac{C}{4} = \frac{a^3}{16} + \frac{A^3}{16} + \frac{B^3}{8} + \frac{C}{4}$, d'où $\frac{3}{16}$ de *a* qui n'est plus un mûlatre ; et chaque composé peut être ainsi noté puis évalué, la somme des fractions composant le sang du produit étant toujours égale à l'unité. Il est admis en sciences naturelles qu'un quatrième croisement d'une espèce animale avec une autre donne un produit équivalant raisonnablement à l'espèce originale. Ainsi, si un bélier mérinos est croisé d'abord avec une brebis de campagne, puis avec sa fille, troisièmement avec sa petite-fille et quatrièmement avec l'arrière-petite-fille, le dernier produit est considéré comme un pur mérinos, n'ayant en fait qu'$\frac{1}{16}$ de sang campagnard. Selon nos critères, deux croisements avec du sang purement blanc et un troisième avec un mélange de quelque degré, si faible soit-il, suffisent à clarifier une progéniture de son sang noir. Mais notez que cela ne rétablit pas l'état de liberté, qui dépend de la condition de la mère, étant adopté ici le principe de la loi civile, *partus sequitur ventrem*.

« Mais, une fois *o* émancipé, il devient blanc et libre, et à tous égards citoyen des États-Unis. Ce point de détail me paraît élucidé. »

Th. Jefferson.

J'avais envie de rester là où j'étais, les yeux fermés dans cette obscurité proche de la cécité. Qu'y avait-il donc à voir en réalité ? Le phaéton lilas avait déjà disparu dans le tournant. Si j'ouvrais les yeux maintenant, je verrais seulement mon reflet dans les yeux de ma femme esclave, et je ne le souhaitais pas. Peut-être cette obscurité dans laquelle je suis plongé durera-t-elle toujours. Peut-être suis-je tombé de la véranda derrière la maison et me suis-je tué. Si j'ouvrais les yeux, je ne verrais peut-être pas les prunelles dorées de Sally Hemings, mais celles bordées de rouge du Diable. Et que lui dirais-je ? Qu'il m'a poussé à agir comme je l'ai fait ?

Voici la plus terrible contre-vérité que nous nous soyons fabriquée dans le Sud : une goutte de sang noir suffit à condamner un individu à l'esclavage, une idée qui protège le mythe incroyable et indestructible que le crime du métissage ne s'est jamais produit — que la pureté de la race, surtout de la race blanche, a été préservée, distincte pour toujours, sans tache pour toujours.

Harriet est le champ de bataille et la victime de ces deux tendances conflictuelles. C'est un vaisseau résistant, inaltérable et énigmatique, dans lequel le poison et son antidote s'annulent réciproquement. Sans mot dire, j'imaginais le phaéton lilas qui poursuivait sa route. À l'intérieur se trouvait ma fille, qui a commencé d'être esclave avant même d'avoir vu le jour, et qui ne peut disposer de sa vie sans commettre une imposture.

Je finis par ouvrir les yeux et me lever, tenant mon

poignet blessé pressé contre ma poitrine. Je repoussai d'un haussement d'épaules l'aide que Sally me proposait. Je voyais de nouveau le phaéton lilas, une aile d'oiseau tropical dans l'épaisse verdure, s'éloigner à vive allure dans un nuage de poussière, descendant la montagne par la route tortueuse vers ma plantation de Pantops, que mes créanciers avaient déjà saisie.

Je soussigné, Thomas Jefferson, troisième président des États-Unis, auteur de la Déclaration d'Indépendance américaine, instigateur de la liberté religieuse dans l'État de Virginie, et fondateur de l'université du même État, âgé de soixante-dix-neuf ans, père de quatorze enfants (dont six décédés), grand-père de treize, planteur de tabac, homme de science, naturaliste, musicien, veuf de Martha Wayles, amant de sa demi-sœur Sally Hemings, chef d'une maison comportant huit hommes blancs libres, onze femmes blanches libres, et quatre-vingt-dix esclaves, déclare par la présente que j'ai autorisé ma fille Harriet à s'enfuir le jour de son vingt et unième anniversaire et à se fondre dans la population blanche des États-Unis. Ce que j'ai éprouvé vis-à-vis de la destinée de ma fille illégitime, je ne peux le révéler à personne, pas même à mon épouse esclave. Les liens du sang, l'intempérance de la passion et de la rage y jouent un trop grand rôle. Ils terniraient l'image de détachement olympien que je cultive — une vision magistrale du monde. J'ai été abaissé par une simple gamine, ma propre progéniture par-dessus le marché. Toutefois, j'ai dûment enregistré son départ dans le livre de la plantation, à cette date, le 19 mai 1822.

THOMAS JEFFERSON.

3

> Il a mené une guerre cruelle contre la nature humaine, violant les droits les plus sacrés, la vie et la liberté, sur les personnes d'un peuple lointain qui ne l'avait jamais offensé, les capturant et les emportant en esclavage dans un autre hémisphère à moins qu'elles ne trouvent une fin misérable pendant ce même transport. Cette guerre de pirates, l'opprobre des puissances INFIDÈLES, est celle du roi CHRÉTIEN de Grande-Bretagne, décidé à ouvrir un marché où s'achèteraient et se vendraient des HUMAINS. Il a prostitué son veto pour supprimer toute tentative des législateurs d'interdire ou de restreindre ce commerce infâme, et pour mettre le comble à cet ensemble d'horreurs, il excite maintenant ce même peuple à se lever en armes parmi nous et à racheter cette liberté dont *lui-même* l'a privé en assassinant le peuple auquel il l'a imposé, payant ainsi les crimes commis contre les LIBERTÉS d'un peuple avec les crimes qu'il les presse de commettre contre les vies d'un autre.
>
> THOMAS JEFFERSON.

Nous roulâmes toute la nuit, sans nous arrêter avant d'avoir franchi la ligne Mason-Dixon. Petit, qui avait pris mes mains froides dans les siennes, entretenait la conversation pour nous tenir éveillés, tandis que Fossett et Burwell nous conduisaient vers le nord à vive allure. C'étaient mes oncles, les fils de Mary, une Hemings «foncée», la demi-sœur de ma mère. Et Burwell était depuis trente ans le valet de mon père. À quoi pensaient-ils ? me demandais-je. Éprouvaient-ils de la honte et un sentiment de dérision vis-à-vis de cette farce que nous étions tous forcés de jouer ? De l'envie ou de la compassion pour une Hemings qui remontait le fleuve au lieu de le descendre ? Petit, l'ex-majordome, paraissait aux prises avec un terrible dilemme. Puis, comme si un barrage éclatait soudain, il s'écria :

« Bien que ce soit difficile à croire pour vous, Harriet, j'ai été jeune dans le temps. Votre mère a dû beaucoup vous parler des jours où votre père a assuré la fonction d'ambassadeur d'Amérique à la cour de Louis XVI. Nous avons vécu bien des moments historiques pendant ces années, de 1784 à 1789, sans compter les glorieuses journées de la Révolution. J'avais une vingtaine d'années et servais déjà depuis plus de dix ans. Votre oncle James, le valet de pied de votre père, avait un an de moins que moi. Nous étions tous jeunes à l'époque. Même votre père. C'était un veuf fortuné, grand et bel homme, la quarantaine, et un Américain par-dessus le marché, aussi exotique que Benjamin Franklin, un homme que la France a adulé. Sa fille Martha, alors à Paris, avait quinze ans, comme votre mère qui arriva avec Maria de Virginie en 1787, sur l'ordre de votre père : il voulait que sa cadette soit aussi auprès de lui. Je crois que l'idée de confier à votre mère, à peine sortie de l'adolescence, le rôle de nurse auprès de la petite fille, venait de votre grand-mère. Et de même qu'aujourd'hui je vous escorte à Philadelphie, j'ai été envoyé à Londres par votre père pour ramener Maria et votre mère à Paris. Je les ai trouvées installées à l'ambassade américaine de Londres sous la protection de John Adams et de son épouse Abigaïl.

« Il a fallu trois semaines pour que la petite Polly, comme on appelait Maria, consente à partir avec moi, et j'ai passé tout ce temps à les distraire, à les taquiner et à les escorter dans Londres, elle et votre mère. Comme nous nous sommes amusés ! C'était mon deuxième séjour à Londres. J'y étais allé une première fois, alors jeune laquais du comte d'Ashnach, et j'avais pu observer la vie de plaisirs des aristocrates anglais :

le jeu, les courses, les femmes. Je connaissais Londres comme ma poche, toutes les boutiques élégantes, les restaurants, les théâtres, de Covent Garden à Kensington ! Les jeunes filles adoraient nos promenades. L'un de leurs endroits favoris était Hyde Park. Votre mère était très belle. On s'arrêtait sur son passage, tout le monde l'admirait. Elle possédait quelque chose d'indéfinissable, en plus de sa beauté remarquable, qui la plaçait hors du commun. Une douceur, un air de venir d'un autre monde, une aura spirituelle, une sorte de force vitale qui vous ensorcelait et vous maintenait sous son empire. Et sa voix... c'était la voix d'un ange — douce, basse et mélodieuse —, votre voix, Harriet. Votre mère aurait charmé les oiseaux dans les arbres.

« Maria était une belle enfant de neuf ans, mais fragile, et votre mère, une jeune femme aux yeux dorés, au teint d'ivoire et aux cheveux de jais — le portrait, m'a-t-on dit, de sa demi-sœur Martha. Je me rappelle l'étonnement de Mme Adams devant leur ressemblance.

« Nous quittâmes Londres le 20 avril 1787, et la traversée fut belle. Nous arrivâmes en voiture de louage à l'hôtel de Langeac, l'ambassade de votre père, le 29 en fin d'après-midi. Je me souviendrai toujours de notre voyage jusqu'à la capitale, à travers la Bretagne, la Normandie et l'Île-de-France. Notre modeste véhicule — car votre père n'avait pas encore acheté ce somptueux attelage — roulait dans la plus belle campagne du monde, bien que, personnellement, je sois champenois... et préfère le paysage de ma province...

« Votre père et James nous attendaient dans la cour. Maria ne reconnut pas son père au premier abord, et James eut du mal à croire que la jeune femme qui descendait de voiture était sa petite sœur. Mais votre père se souvenait de Sally Hemings, la fille de Betty Hemings, et de l'époque où Bett soignait Martha, sa femme, et où Sally faisait des petits travaux de couture pour elle. C'était votre mère qui apportait les nouvelles de Monticello, et elles étaient bien accueillies, vous pouvez m'en croire ! Elle excellait à colporter les commérages, à la façon du Sud, et votre père était bientôt devenu avide d'apprendre, comme il disait, "qui était mort, qui s'était marié, qui s'était pendu de n'avoir pu se marier". Ils avaient formé un véritable salon à eux deux : votre mère pérorait, rapportait des conversations, se lançait dans des imitations, des monologues mélodramatiques, souvent cruellement indiscrets. Elle savait tout sur tout le monde, un talent qu'elle tenait, je le découvris plus tard, d'une autre spécialiste, votre grand-mère.

« Mais je n'oublierai jamais le moment où nous avons pénétré dans la cour de l'hôtel de Langeac, et où les filles ont enfin pu sauter de voiture. James, qui était alors apprenti aux cuisines de l'ambassade, a soulevé sa sœur du sol, tandis que la pauvre Maria se cachait derrière la voiture sans reconnaître son père ! Thomas Jefferson était mortifié. Il finit par prendre sa fille dans ses bras, malgré ses protestations, et par l'entraîner dans la demeure, laissant votre mère et James à leurs émouvantes retrouvailles. »

Petit s'arrêta, ne fût-ce que pour reprendre son souffle. Il me sembla que cet ultime service rendu à mon père avait ouvert une large brèche dans sa discrétion légendaire et que, en m'escortant à Philadelphie, il avait épuisé ses dernières réserves de servilité à son égard.

« Vous allez tout me dire, n'est-ce pas ?

— Un jour. Peut-être. Je crois en avoir assez dit pour le moment.

— Monsieur Petit, vous allez parler jusqu'à Philadelphie, je le sais.

— Appelez-moi Adrian.

— Monsieur Adrian. »

J'étais assise en face de lui à l'intérieur de la voiture, vêtue de ma tenue de « promenade » écossaise, le dos plaqué, tant j'étais terrifiée, contre le cuir vert foncé du siège, les mains serrées sur mes genoux pour les empêcher de trembler. J'observai attentivement Petit. Les iris de ses yeux étroits brillaient comme ceux d'un fauve dans son visage à demi caché dans l'ombre. Mieux que n'importe quel autre Blanc, il savait ce qui s'était passé entre ma mère et mon père pendant les années qu'ils avaient vécues à Paris. Il avait connu mon oncle James dans sa jeunesse, Maria petite fille, et ma demi-sœur Martha à l'époque où elle n'était qu'une jeune et timide pensionnaire de couvent. Et surtout, il avait reçu la mystérieuse Maria Cosway lors de ses visites secrètes à mon père. Je me penchai en avant, fascinée par ce qu'il savait du passé de mes parents.

Depuis longtemps, il y avait deux sortes de Hemings à Monticello : ceux à la peau claire et ceux à la peau foncée. Nous étions tous les petits-enfants d'Elizabeth Hemings, disparue en 1807. Bett Hemings, comme on l'appelait, avait eu deux familles, exactement comme mon grand-père John Wayles, une famille noire et une famille blanche. Le maître et l'esclave avaient engendré six enfants, dont le dernier était ma mère, Sally Hemings. John Wayles avait aussi eu une fille blanche, Martha Wayles, la défunte épouse de mon père. Ainsi ma mère était-elle sa demi-sœur et moi sa nièce. J'avais appris par bribes les secrets de ma famille blanche, au gré de chuchotements, d'apartés, de regards accusateurs. Mais j'avais fini par reconstituer l'histoire. Ma mère, comme la plupart des femmes esclaves, ne m'avait jamais rien dévoilé de mes origines.

Voici la raison pour laquelle nous nous appelions Hemings : mon arrière-grand-père, le capitaine Hemings, un chasseur de baleines, était tombé amoureux d'une Africaine nommée Bia Baye, dont il avait eu une fille naturelle, ma grand-mère Bett. Le pauvre capitaine Hemings voulait acheter Bia Baye et son enfant à John Wayles, mais celui-ci avait refusé parce qu'on venait de commencer à étudier le métissage, et il voulait voir quelle sorte de créature Elizabeth deviendrait en grandissant. D'après la légende, les lamentations de Bia Baye résonnèrent jusqu'à la baie de Chesapeake, quand le capitaine reprit la mer et, en les entendant, il sonna la cloche du navire pour leur répondre. La tranquillité de la nuit mêla les deux plaintes en un chant qu'imita le geai de Virginie, et ainsi, par les nuits claires, on peut encore l'entendre.

John Wayles prit Elizabeth Hemings comme concubine après la mort de sa seconde femme, qui lui laissait deux filles légitimes. C'est ainsi qu'Elizabeth resta dans la grande maison, qu'elle dirigeait. Son maître lui fit six enfants. Mais auparavant on l'avait donnée à un esclave appelé Abe, dont elle avait eu six enfants aussi. On les appellerait plus tard les Hemings « foncés », tandis que les enfants du maître étaient les Hemings « clairs ». Puis Thomas Jefferson épousa la fille blanche de John Wayles, Martha. Après la mort de John Wayles, il hérita de tous les demi-frères et sœurs de Martha, les Hemings clairs. L'ironie, c'est que Thomas Jefferson, mon père, avait aimé et épousé deux demi-sœurs, l'une blanche et l'autre noire, issues du même père mais de mères différentes. Les Wayles, les Jefferson et les Hemings étaient ainsi liés par un infernal lien de sang qui régissait toujours la vie à Monticello.

Petit ôta son chapeau, découvrant un halo de cheveux emmêlés autour de sa calvitie. En me penchant, je perçus une odeur de lavande, de pain frais, et de vin. Sa voix, qui résonnait dans le calme de la voiture, brisait non seulement ce silence, mais aussi celui de nombreuses années. Adrian Petit parlait un anglais parfait, avec un fort accent français, qu'il cultivait, m'avoua-t-il, pour paraître plus exotique. Il était en fait dans une situation aussi fausse que la mienne — un laquais se faisant passer pour un aristocrate.

« Ah, Harriet, si seulement je pouvais vous expliquer ! Nous pourrions être un quart de siècle plus tôt... cette voiture, c'est celle qui pénétra dans un grondement de roues sur les pavés de la cour ensoleillée, transportant votre mère et Maria. »

Petit, calculai-je, avait été le majordome de mon père pendant près de quinze ans. Les cinq années de Paris s'ajoutaient à celles qu'il avait passées à Monticello où il avait rejoint mon père, et à celles où il l'avait suivi à Philadelphie et à la Maison Blanche. Il représentait une véritable mine de renseignements!

Je songeais à la fortune de cet ancien serviteur. C'était un homme relativement riche — du moins plus riche pour le moment que mon père, à présent criblé de dettes — qui, par un étrange renversement des rôles assez proche de celui que je vivais, se trouvait dans la position de juger son ancien maître.

« Votre père semble croire que, pour un Américain, il n'y a pas de plus grand privilège que d'être né blanc. »

Au cours de cette nuit, tandis que nous traversions la frontière du Maryland, Petit me ramena à l'époque de la Révolution française, aux jours où ma mère avait découvert qu'elle était libre sur le sol de France. C'était non seulement mon oncle James, mais aussi Petit, qui l'avaient lentement guidée à travers les complexités de la vie parisienne et de ses usages. Et il y en avait eu d'autres : M. Perrault, qui lui avait appris le français ; Lucy, qui lui avait enseigné la couture ; Mme Dupré, qui l'avait initiée aux caprices de la mode, et mon père, qui lui avait révélé les secrets de l'amour.

« Il y a une chose que j'ai découverte des années plus tard quand je suis venu en Amérique travailler à Monticello. Ce n'est pas seulement votre mère qui s'est sentie libérée en France. Votre père aussi a été soulagé pendant quelques brèves années de l'oppression de la société esclavagiste virginienne au sein de laquelle il avait grandi et à laquelle il appartenait. Est-ce que vous le comprenez ?

« Figurez-vous qu'il n'avait jamais été plus loin que Philadelphie avant ce voyage en France, et il avait dépassé la quarantaine. Tout aristocrate digne de ce nom avait vu Londres, Saint-Pétersbourg, Vienne, Berlin, Paris, Barcelone avant l'âge de vingt-cinq ans. Et lui n'avait connu que la civilisation américaine des plantations reculées de Virginie. Bien sûr, cette société se croyait un modèle de sophistication, l'aristocratie des planteurs, alors qu'il ne s'agissait en réalité que d'une poignée de bourgeois provinciaux.

« C'est pourquoi lui aussi trouva à Paris une sorte de liberté... une sorte d'échappatoire à l'esclavage. Car ce qui s'est passé en France n'aurait jamais pu, Harriet, se produire en Virginie. Lorsque vos parents retournèrent à Monticello, il était trop tard pour changer quoi que ce soit. Il ne leur restait plus qu'à cacher cruellement leur secret. Très cruellement. »

Ma mère ne m'avait jamais parlé des événements que Petit me raconta cette nuit-là. C'était comme s'il s'agissait de souvenirs à jamais perdus qu'elle ne souhaitait transmettre à aucun de ses enfants. Abasourdie, j'écoutais une anecdote après l'autre, tantôt drôle, tantôt triste, sur l'éducation de ma mère en France. Petit paraissait avoir été le seul ami de mon oncle James. Et une véritable affection semblait les avoir liés.

« J'aimais James, poursuivit Petit. Il était né sur la plantation de son père en 1765 et il avait vingt ans lorsque je le rencontrai. Il avait accompagné son maître à Paris en 1784 comme valet de pied, mais bientôt on lui fit apprendre le métier de chef cuisinier. C'était un beau garçon, très grand et musclé, au teint mat et clair. Il avait des cheveux noirs rebelles qu'il portait longs, attachés dans le dos par un ruban. Ses yeux étaient d'un étrange gris métallique tacheté de jaune, avec de longs cils épais qui donnaient l'impression qu'il mettait du khôl, comme beaucoup de dandies de l'époque. Ses joues étaient roses comme si elles étaient fardées, et il avait un grain de beauté placé haut sur une joue qui n'avait jamais vu la lame d'un rasoir. Comme je l'enviais ! Revêtu de la livrée de l'hôtel de Langeac, c'était un personnage naturellement élégant, remarquable même. Il avait des mains gracieuses constamment en mouvement, et de longues jambes, jamais en repos non plus. Il émanait de lui le charme d'un animal de la forêt, pas de la jungle, je tiens à le préciser — sa grâce et sa vivacité évoquaient des bois ombragés et frais, pas la jungle tropicale étouffante mythiquement associée à quiconque a du sang africain dans les veines. Il avait le teint assez pâle pour qu'aucun des aristocrates français ne le soupçonne d'être maure, selon l'expression de l'époque. De même pour votre mère. Sinon, on n'aurait parlé que d'eux à Paris, les Maures étaient tellement prisés, tellement en vogue. Maria Cosway en avait un, un petit garçon, attaché à sa maison à Londres.

« Je ne peux décrire l'expression de ses yeux qu'en parlant de résignation ironique. Oh, on pouvait aussi y lire de la colère, de l'envie, de la rage, de la malice, mais en le voyant on pensait surtout à un très jeune lion, doré, posé et patient, attendant le moment de monter sur la scène dans le rôle du roi, ou du moins du prince. C'était son surnom à la cuisine : "le roi Jimmi", car il s'était révélé un cuisinier-né, un aristocrate des fourneaux. C'était un véritable artiste, et les victuailles qui passaient entre ses mains portaient la marque d'un futur grand chef. Je suppose, soupira Petit, que c'est la raison pour laquelle tout le monde le supportait.

« Nous nous sommes si bien entendus dès les tout premiers jours ! Je pourrais même dire que nous sommes tombés dans les bras l'un de l'autre. J'éprouvais un amour fraternel pour ce garçon plus jeune que moi, et j'avais aussi envie de le protéger. Alors je lui ai révélé les arcanes de la vie parisienne, dans les plus hautes sphères comme au sein de la pègre. Nous passions presque tous nos moments de liberté ensemble. La moitié du temps, je me comportais comme son père et son mentor, et l'autre moitié, comme son complice et son frère cadet. Nous nous sommes livrés ensemble à toutes les *sottises* possibles et imaginables, comme des adolescents. Nous sommes devenus inséparables, et le lien qui s'est forgé entre nous a duré jusqu'à ce que la mort nous sépare.

« Votre oncle James était si proche de moi. Je l'aimais. Sa fin tragique a été l'un des plus grands chagrins de ma vie.

— Et que pensez-vous de… la fin tragique de ma mère — une esclave dont les enfants doivent s'esquiver loin d'elle pour devenir blancs ? » murmurai-je.

Petit parut choqué, et en vérité j'étais surprise moi-même par l'amertume de ma voix. Est-ce que je méprisais ma mère ? me demandais-je.

Petit dut deviner ma question muette car il me regarda gravement et déclara :

« Il y a des raisons pour tout sur la terre. Certaines choses sont insondables. Je n'ai jamais sous-estimé la force de l'amour, de la loyauté ni de la passion. Je l'ai vue à l'œuvre chez tant d'hommes et de femmes, y compris votre père, votre mère et votre oncle. »

Le long voyage dans la nuit se poursuivait. Nous avions décidé de ne pas nous arrêter avant d'avoir franchi la ligne Mason-Dixon et d'être entrés dans l'État libre du Delaware.

« À Paris, il y avait un couvent à la mode pour les jeunes filles, l'abbaye de Panthémont. Martha y était déjà pensionnaire. Votre père autorisa votre mère à y suivre des cours pendant quelque temps. Il lui enseignait aussi le français et la musique à la maison. La lutte acharnée entre James et votre père pour l'âme de votre mère commença dès le jour où elle posa le pied dans la cour de l'hôtel de Langeac. Le plus important, c'est que nous aimions tous votre mère. James l'aimait. Je l'aimais. M. Perrault, son précepteur, l'aimait ; M. Felin, son professeur de musique, l'aimait. Polly l'aimait. John Trumbull, le peintre qui résidait à l'ambassade, l'aimait et dessinait des portraits d'elle. Seule notre malheureuse Martha, par jalousie, se prit à la haïr. Mais, dans la balance de l'amour, rien ne pesait aussi lourd que celui de votre père. Pas même le désir d'émancipation et de liberté de votre mère. Presque aussitôt elle comprit, grâce à James, que sur le sol français elle était libre. Pourtant, l'amour la tenait. Plus ils luttaient contre, plus solidement il les enserrait. C'était terrible à voir. Lorsque votre mère s'aperçut qu'elle portait votre frère Thomas, elle s'enfuit de l'ambassade et resta absente près de deux semaines. J'ai cru que votre père allait devenir fou. Il a été frappé d'une de ses violentes migraines qui le faisaient souffrir pendant des jours. Elle revint finalement de son plein gré, après s'être cachée tout ce temps dans la pension de famille de Mme Dupré. Ils eurent une discussion et parvinrent à un accord. Même moi, j'ignore ce qui s'est passé derrière les portes fermées ce jour-là. Toutefois, votre père promit réellement de libérer tous leurs enfants à l'âge de vingt et un ans. Et il lui promit aussi de retourner un jour en France avec elle. Peut-être finirent-ils par se rendre compte tous deux de l'affreuse improbabilité du succès de leur transgression. Mais, croyez-moi, ce fut une lutte à la vie à la mort. James ne pouvait pas vivre sans voir votre mère libre, et votre père ne pouvait pas vivre sans votre mère esclave. C'était comme si deux chênes puissants tombaient... et écrasaient un jeune pin élancé — mon pauvre James. Je savais ou je devinais tout. Les hommes ont peu de secrets pour leurs valets, et j'étais un jeune homme cynique. Ce fut James, bien plus vulnérable que moi, qui souffrit. Il avait placé tous ses espoirs en votre mère, et elle l'avait trahi. Votre père, lui, après la mort de sa femme, avait placé tous ses espoirs de bonheur dans la demi-sœur de Martha, votre mère. »

Les bois sombres et les arbres bleutés défilaient sous la lumière de la lune. Ma mère m'avait dit peu de chose sur sa vie avant ma naissance. L'image que j'avais d'elle était celle d'une femme fière, secrète, dont la chambre était un sanctuaire rempli de mystérieux trésors, de désillusions, de rêves non assouvis. Je m'étais juré de ne pas vivre comme elle une vie imaginaire, mais une vie réelle, claire et simple, pleine d'actions et de décisions. Une vie héroïque. Mon père n'avait tenu aucune des promesses qu'il avait faites à ma mère à Paris. N'était-ce pas ce qui ressortait de toutes les histoires que m'avait racontées Petit ? Des promesses brisées ? Mes paupières s'alourdissaient, mais je décidai de rester éveillée jusqu'à ce que nous soyons entrés dans le Delaware. C'était comme la traversée du Rubicon : après, il n'y aurait pas de retour en arrière possible.

« Et brusquement, Sally et James Hemings, votre père et sa fille Martha sont repartis pour la Virginie. Et en un clin d'œil, votre père est devenu secrétaire d'État, puis vice-président et président des États-Unis. Entre-temps, je l'avais rejoint en Amérique. Vous, Madison et Eston êtes tous nés pendant qu'il était à la Maison Blanche... Lorsque je regarde en arrière, je crois que l'attachement passionné de votre père pour votre mère m'a dégoûté pour toujours de l'amour. Je suis resté un célibataire endurci, sans attaches, pendant toutes ces années, sans attirance pour les femmes ni pour le mariage. Dans une certaine mesure, je pense que vous êtes un peu ma fille, Harriet. J'étais à Monticello quand vous êtes née. Je vous ai tenue dans mes bras. Votre père a fêté votre naissance comme si vous aviez été blanche. »

Petit hésita, il se demandait sans doute s'il devait me révéler un dernier terrible secret. Le parfait maître d'hôtel luttait avec le nouvel ange gardien.

« L'autre jour, il était en proie à l'une de ses épouvantables migraines quand je suis entré dans son bureau. Voyez-vous, j'avais déjà parlé à votre mère. Lorsque je l'ai félicité pour votre anniversaire, votre majorité et votre liberté, il est entré dans une violente colère, comme à Paris quand votre mère l'avait quitté. Ses dernières paroles à votre sujet ont été : "Puisqu'elle est assez blanche pour passer pour Blanche, qu'elle le soit."

« Votre père m'a montré une lettre extraordinaire qu'il venait d'écrire à un personnage appelé Gray — un nom vraiment ironique —, en tout cas, ce monsieur, un Anglais je crois, lui avait demandé où se situait la frontière entre les Blancs et les Noirs, et, à ma grande stupéfaction, votre père m'a montré sa réponse : une équation algébrique qui remplissait une page entière et qui exprimait sa propre décision. Thomas Jefferson avait décrété qu'une personne possédant un huitième de sang noir n'était plus noire. Et cela s'applique à vous, Harriet. Vous avez eu un arrière-grand-père blanc, un grand-père blanc, et un père blanc également. Vous avez eu comme arrière-grand-mère une Africaine, une mulâtre comme grand-mère, et votre mère est quarteronne. Ainsi ne possédez-vous, Harriet, qu'un huitième d'ascendance noire. Il vous a donc faite Blanche, par une équation mathématique. »

Je baissai la tête, imaginant mon père en train de chercher le moyen de me faire échapper à trois générations de métissage. À ce moment-là, nous passions la ligne Mason-Dixon. Je ne pouvais pas lui en vouloir. Je ressentais seulement une profonde impression de solitude.

4

> Les puissants croient toujours avoir une grande âme, incompréhensible pour le commun des mortels, et servir la cause de Dieu alors qu'ils violent toutes Ses lois. Nos passions, notre ambition, notre cupidité, nos rancœurs... recèlent une telle subtilité et s'expriment avec une éloquence si irrésistible, qu'elles s'insinuent dans la compréhension et la conscience des masses et les gagnent à leur cause.
>
> THOMAS JEFFERSON.

Il était incroyable que ce dieu à présent terni et décrépit eût fait le tour de son bureau pour me serrer la main, à moi, Adrian Petit, son ancien valet, le matin où je devais emmener Harriet Hemings loin de Monticello. Ses yeux d'aigue-marine, teintés de mélancolie, avaient balayé le sommet de mon crâne avec l'expression de sérénité volontaire et d'autorité absolue qu'ils avaient depuis quarante ans.

« Un dernier service à un vieil ami », disait seulement la brève invitation qui m'avait poussé à prendre la diligence de Philadelphie jusqu'en Virginie, et à me retrouver assis face à Harriet dans cette voiture. Mais, cette invitation avait été rédigée en des termes qui laissaient penser que les requêtes du signataire avaient été récemment rejetées plus d'une fois.

Il est vrai que l'homme que j'avais vu quelques heures plus tôt ce jour-là n'était plus à la mode, que ce soit dans le domaine vestimentaire ou sur le plan politique. Il était grand, presque un mètre quatre-vingt-dix, et son beau visage buriné était encore taché de son. Sa bouche était sévère, une ligne mince entre les profondes vallées de ses joues. Ses yeux surtout, d'un bleu étonnamment glacial et entourés d'un réseau de fines rides, étaient fascinants. Pleins d'intelligence et de confiance en soi, ils considéraient le commun des mortels depuis ces hauteurs olympiennes où vous placent une bonne naissance, une bonne éducation et la pratique du pouvoir.

Mon ancien maître portait des chaussures pointues de cuir fin et souple à talons hauts, des culottes courtes en velours côtelé avec des bas de laine rouge, et une redingote à carreaux noirs et blancs pourvue d'énormes boutons en corne, d'aspect plutôt comique. Sous ce manteau apparaissait un gilet de tissu épais grossièrement fabriqué, certainement par des esclaves, avec la laine de ses agneaux mérinos.

Toutefois, ma sensibilité française fut surtout heurtée par sa chemise en flanelle tissée à la main et bordée de façon incongrue de velours rouge. De plus, rien n'était à sa taille. Le long corps osseux aux larges épaules d'authentique Virginien débordait de tout cet attirail comme s'il avait dix-neuf ans et n'avait pas terminé sa croissance. Sa silhouette dansait tel un squelette articulé, semblant occuper tout l'espace de la pièce. Il contourna son secrétaire encombré de papiers. Je remarquai alors que ses jambes étaient terriblement enflées et que sa main droite, qu'il massait machinalement de la gauche, était atrophiée. Il la tenait pressée contre sa poitrine.

J'avais l'impression d'avoir en face de moi un véritable reliquaire de douleur. Non seulement son poignet deux fois brisé le lançait et ses jambes gonflées d'eau le faisaient souffrir, mais les yeux de mon ancien maître étaient troublés par l'une de ses fameuses migraines.

La raison de cette migraine et celle pour laquelle moi, Adrian Petit, j'avais été convoqué, étaient les mêmes, pensai-je. Surpris, j'avais vu à l'extérieur de la pièce, côte à côte, la mère et, la dépassant d'une tête, sa fille, une version féminine du Président. Elle avait son nez, ses yeux, la même façon de froncer les sourcils, son grand et large front, son teint laiteux semé de taches de rousseur, et même la fameuse fossette qui creusait son menton. Elle avait aussi son sourire. Ses mains sortaient du même moule. Mais elle était jeune, élancée, et sans infirmité. Grande, comme lui. Dotée d'une forte ossature, comme lui. Rousse, comme lui. Elle ressemblait tant à l'homme troublé que j'avais devant moi qu'il n'était pas nécessaire de demander son nom.

C'était la fille du Président.

Dans ses yeux s'associaient à la perfection le bleu de ceux de son père et l'or de ceux de sa mère. Les iris étaient d'un vert émeraude limpide piqueté de taches fauves. Ils brillaient, pour le moment, à l'idée de la fuite. La peau d'une pâleur laiteuse était colorée d'un reflet cuivré laissant deviner une nuance sous-jacente plus foncée. Elle avait le nez long et mince comme lui, mais sa bouche était tout le contraire : généreuse, large et pleine, la lèvre supérieure un peu plus épaisse. Au-dessus de ses hautes pommettes, les yeux s'étiraient vers les tempes enserrées par une lourde tresse couleur de blé mûr. Comme je l'ai dit, elle était presque aussi grande que son père, avec de larges épaules, une belle poitrine, une taille qu'on aurait pu entourer de la main, et des doigts longs et fins qui n'avaient jamais connu les travaux pénibles. Son sourire lumineux, absolument irrésistible, séduisait tout le monde. Mais ce qui surprenait était un charme indéfinissable, presque ensorceleur, tout à fait différent de celui d'une jeune fille ordinaire ; c'était l'aura qui entourait les riches, les gens célèbres et ceux qui étaient affligés d'une renommée équivoque. C'était comme si Harriet, née au plus fort du scandale provoqué par la liaison entre son père et sa mère, avait absorbé avec le lait maternel toutes les insinuations érotiques, les accusations lubriques et malsaines de cette tumultueuse polémique. Elle exhalait le léger parfum des transgressions qu'elle n'avait jamais commises et qui n'avaient rien à voir avec elle, ce qui, conjugué avec son innocence, lui conférait un air provocant et une ambiguïté sexuelle qui auraient pu se justifier si elle avait été noire, mais elle était blanche. Comme des démons, les surnoms qu'on avait donnés à sa mère, lors de ces terribles jours qu'avaient vécus ses parents et nous tous, paraissaient lui coller à la peau : l'Aspasie noire, la Nymphe des bas-fonds, Sally la Noiraude, la Moricaude, Sally la Monticellienne, la Traînée noire, Sal la Salope, la Fausse Éthiopienne. Cette jeune fille innocente et séquestrée traînait après elle une célébrité d'emprunt, comme un aimant attire la limaille.

Pourtant, Harriet semblait totalement inconsciente de l'effet qu'elle produisait sur son public.

Le Président se tenait devant l'encadrement de la fenêtre basse par laquelle je voyais les pelouses ombragées de Monticello et, au loin, les Blue Ridge Mountains, que la douce promesse de l'été colorait d'un mauve intense. La tranquillité de la pièce paraissait faire écho au silence du paysage, avant que tout s'assombrisse soudain au passage de nuages rapides à travers le ciel. J'entendis une toux, puis la main paralysée se leva comme pour une bénédiction, tandis que la valide s'avançait avec une telle brusquerie que j'eus peine à m'empêcher de me prosterner en signe d'obéissance, à la façon démodée de l'Ancien Régime. Il me serra la main.

Son Excellence avait changé. Mais n'en était-il pas de même pour nous tous ? Trente ans, c'était long. Trente-cinq, si l'on remontait au Paris de 1787. Mon ancien maître était à présent presque octogénaire, il avait quitté la présidence depuis quatorze ans, son poste d'ambassadeur depuis plus de trente. Le mince visage ascétique était creusé par les lignes de sa destinée hors du commun, que le passage du temps avait brouillées pour lui donner une expression de souveraineté bienveillante et d'assurance. Mais je n'étais pas dupe. Aucun homme n'est un héros pour son valet, après tout. Les quinze années que j'avais passées au service du Président m'avaient appris à déceler avec certitude la rage et le découragement qu'il essayait de dissimuler. Il était en colère contre la femme qui se tenait près de sa fille dans le corridor, la mère qui m'avait arrêté à la porte et qui n'avait pas changé depuis la première fois où je l'avais vue dans le salon de la maison londonienne des Adams, trente-cinq ans auparavant. C'était comme si chaque ride gravée sur le visage du Président avait en même temps été épargnée au sien, ne laissant qu'un ovale d'ivoire patiné, impassible comme la lune, et pourtant d'une présence saisissante. Et il était clair que son pouvoir impondérable sur l'homme qui était devant moi restait toujours intact après toutes ces années.

Je continuai à étudier le Président, remarquant le voile que la cataracte avait déposé sur ses yeux, me rappelant que la chevelure d'un blanc de neige avait autrefois été pareille à la toison cuivrée de la jeune fille qui se tenait à l'extérieur, près de sa mère.

Je caressai mon crâne luisant avec un sentiment d'envie. Dans le passé, avant la Révolution, il avait été couvert de boucles noires rebelles. À présent, je compensais ma calvitie en me faisant pousser d'énormes favoris que je peignais en avant, vers mes sourcils, ce qui me donnait l'allure d'un superbe chimpanzé. J'étais petit, à peine un mètre soixante-dix, et mince, presque maigre. J'avais le menton bleuté d'un homme qui se rase deux fois par jour, et le teint bilieux d'un professionnel de la bonne cuisine et des grands vins. Après avoir quitté le service du Président une vingtaine d'années plus tôt, j'avais fait fortune à Washington en devenant le traiteur attitré de l'élite politique de la ville. Mon grand atout était mon accent, que je cultivais pour jouer le rôle d'un aristocrate français dépossédé par les événements de 1789.

Les dix-huit premières années de ma vie ne furent guère plus réjouissantes que celles d'un esclave. Alors que j'avais sept ou huit ans (je n'ai jamais su avec précision ma date de naissance), mes parents m'envoyèrent au château de Landry, où j'appris les tâches subalternes au plus bas échelon de la valetaille. Je portais le charbon et réchauffais les lits. Avant l'âge de neuf ans, j'avais subi les assauts de mon maître, de son fils et du chef palefrenier. À douze ans, j'avais couché avec la fille de cuisine et la bâtarde du maître. Mes gages, si toutefois on pouvait les appeler ainsi, étaient expédiés directement à mon père, aussi je volais pour avoir de l'argent de poche. Comme je plaisais aux hommes et aux femmes, je m'élevai dans la hiérarchie des serviteurs du château jusqu'au rang de second maître d'hôtel, et ce fut alors que je décidai de tenter ma chance dans une cuisine parisienne, pour m'entendre dire que mon prince m'avait vendu et que je ne pouvais quitter les limites du domaine sans risquer d'être fouetté, emprisonné ou mis à mort. Étant une marchandise dotée de deux jambes, je m'empressai de me voler moi-même, changeai de nom et m'enfuis à Paris. Je fus pris au service du prince Kontousky, qui plus tard me recommanda au nouvel ambassadeur américain. Je me rendis rapidement indispensable et gagnai son estime. Je dois dire que j'adorais mon nouveau maître et faisais tout ce que je pouvais pour lui faciliter la vie. Ses manières avec les domestiques étaient nouvelles pour moi, fondées qu'elles étaient sur les habitudes des plantations, et je m'émerveillais de notre intimité imaginaire. Il conversait avec moi, me demandait même mon avis sur certains sujets. Cette curieuse coutume américaine me monta bientôt à la tête, et je jurai une dévotion éternelle à un maître aussi démocrate.

Cette pièce que je connaissais bien à Monticello servait à la fois de chambre et de bureau au Président, qui me fit enfin signe de m'asseoir. Les murs étaient tapissés de rouge, et des draperies de la même couleur bordées de pompons dorés pendaient aux fenêtres et entouraient le lit, installé dans une alcôve qui séparait la pièce en deux parties distinctes. Dans l'alcôve, une porte ouvrait sur un escalier miniature, lequel conduisait à un entresol au-dessus du lit du Président et au corridor du premier étage. Depuis des années, c'était par là que Sally Hemings entrait dans les appartements du Président et les quittait à l'abri des regards indiscrets d'une foule de serviteurs et d'invités. Cet escalier, qui avait été conçu pour elle, était si étroit que les épaules du Président n'y passaient pas, et si habilement masqué qu'il avait la discrétion de la femme elle-même. Si on ne connaissait pas son existence, on aurait pu croire l'avoir imaginée.

Je connaissais ce bureau par cœur. Un fouillis de lettres encombrait le grand secrétaire, et des piles de livres tapissaient les murs le long desquels étaient disposés des objets, des cartes et des bustes de marbre de Benjamin Franklin, Lafayette et George Washington. Celui du Président, sculpté par Houdon à Paris trente-sept ans auparavant, rendait un hommage teinté de regret à sa jeunesse perdue, à son intelligence aiguë et à la sensualité contenue de sa quarante-deuxième année. Les beaux traits étaient cachés sous une couche de poussière, les yeux aux lourdes paupières fixés sur un rêve inaccessible. Il y avait des caisses fermées, portant l'inscription VIN, ou l'adresse de maisons d'édition de Boston et de Philadelphie. Les tapis persans élimés rougeoyaient dans la pénombre, le mobilier français à l'odeur citronnée luisait, les portraits italiens nous observaient des murs, et de coûteux instruments scientifiques en cuivre étaient relégués dans un coin. Pour mon nez finement exercé, la pièce exhalait, comme ses occupants, une odeur d'encre, de moisissure et de chevaux. Un poêle brûlait au centre de la pièce malgré la douceur de cette journée de mai.

« Croiriez-vous, Petit, que j'ai reçu mille soixante-sept lettres dans l'année — sans compter, bien sûr, les lettres de relance de mes créanciers ? Je passe tout mon temps à répondre aux questions des autres. Je me demande souvent si cela s'appelle vivre. Au mieux, c'est l'existence d'un cheval qui tourne en rond pour actionner une machine et n'entrevoit pas d'autre issue que la mort. »

La voix jeune et haut perchée du Président avait retrouvé le ton familier de notre ancienne relation de maître à serviteur.

L'argent, pensai-je, levant les sourcils avec inquiétude. Lorsqu'un homme parle de ses créanciers et de la mort dans la même phrase, c'est qu'il s'apprête à solliciter un emprunt. À Washington, j'avais entendu dire que le vieil homme était dans une situation désespérée. Il avait hypothéqué ses plantations et vendu des esclaves de Monticello à son gendre. Il s'était mis en faillite pour construire sa nouvelle université à Richmond. Une reconnaissance de dette de vingt mille dollars qu'il avait avalisée par amitié pour le gouverneur de Virginie était arrivée à échéance la veille de la mort de celui-ci, ce qui l'avait laissé responsable du règlement. De surcroît, je savais combien le train de vie du Président était coûteux (sans compter ses esclaves). Sa généreuse hospitalité était légendaire. La plantation de Monticello était gérée comme un club londonien ou un hôtel parisien.

J'avais émigré aux États-Unis trente et un ans plus tôt, en 1791, à sa demande, pour lui servir de majordome à sa résidence de Monticello, comme je l'avais servi entre 1784 et 1789 à l'ambassade américaine à Paris. Puis je l'avais suivi à Philadelphie, et ensuite à la Maison Blanche lorsqu'il avait été élu Président. Quand il avait quitté ses fonctions, j'étais resté à Washington, où j'ai fait fortune en spéculant sur l'immobilier grâce aux tuyaux de mes clients politiciens. Et en vérité, j'étais à ce moment-là beaucoup plus riche que mon ancien maître. Mais le Président poursuivit comme si l'argent n'était pas du tout le sujet de la conversation.

« Lisez cette lettre, me dit-il en me tendant une feuille de papier couverte d'équations algébriques. Un homme du Nord, Francis Gray, m'a écrit pour me demander ce qui constitue un mulâtre dans notre pays, ou plus simplement où se situe la frontière entre Noirs et Blancs. J'ai répondu à M. Gray que trois croisements avec du sang blanc oblitèrent la présence du sang noir. »

Je clignai des yeux et faillis me lever, tant j'étais surpris d'avoir correctement deviné. Il était bien question de sa fille et de la promesse faite à Paris il y a si longtemps ! Mon regard se tourna vers l'escalier puis revint se poser sur le Président.

« Ce qui nous amène à notre problème, Petit.

Voyez-vous, elle a la peau assez claire pour passer pour Blanche.

— Qui ? demandai-je, comme si je ne le savais pas.

— Ce... membre de ma famille... J'ai promis à... à Paris..., si vous vous en souvenez... que toute ma..., sa famille, serait autorisée à "aller se promener", comme nous disons en Virginie... à l'âge de vingt et un ans, pour devenir blanche et libre. Et demain c'est... son anniversaire. Deux de ses frères sont déjà partis... Puisqu'elle est assez blanche pour passer pour telle, qu'elle s'en aille ! »

Le ton violent du vieil homme avait modifié l'atmosphère de la pièce. Je me levai à demi inquiet. Les yeux du Président, aussi résolus que des étoiles, clignaient dans le silence gris. La grande masse de cheveux argentés était éclairée de mauve par-derrière et se dressait sur sa tête, tandis que la voix tumultueuse montait et descendait de façon fascinante. La seule chose qui me vînt à l'esprit à ce moment-là, ce fut un dessin humoristique que j'avais vu récemment dans le *London Observer* : un alchimiste échevelé, divaguant, remuait des potions magiques bouillonnantes dans un bac, à la recherche de la formule de l'élixir de vie. Mais le président des États-Unis cherchait seulement un moyen d'échapper au crime du métissage.

« Je me souviens que vous l'avez tenue dans vos bras ici, à Monticello. Vous connaissez sa mère et vous aimiez son oncle James. Parce que vous avez rencontré... toutes les personnes impliquées, je vous demande ce service, Petit. Escortez-la jusqu'à un État libre où elle pourra se fondre dans la population blanche. Trouvez-lui un foyer ou une école et prenez soin d'elle jusqu'à ce qu'elle déniche un mari qui pourra la protéger à votre place. Je vous demande cela au nom de sa mère, qui a toujours occupé une place, je crois, dans vos affections. J'ai préparé les papiers nécessaires pour Burwell et Fossett. Si vous voulez prendre le phaéton, ce sera moins cher et plus sûr qu'une diligence, et vous n'aurez pas à vous arrêter avant d'avoir franchi la ligne Mason-Dixon. J'ai rédigé une lettre de crédit de cinquante dollars, c'est tout ce que je peux me permettre en ces temps de grandes difficultés financières. Je vous supplie, Adrian, de m'aider. S'il vous plaît ! »

Je me levai avec précaution, comme si le moindre de mes gestes risquait de provoquer une explosion. Je venais de prendre conscience avec stupeur que je devais escorter la fille pour qu'elle échappe à l'esclavage, exactement comme je l'avais fait pour sa mère trente-cinq ans auparavant.

« Où irons-nous, Votre Excellence ?

— À Philadelphie. »

Ce nom était comme un couteau dans mon cœur.

Le vieil homme me regarda d'un air sombre ; sans rien ajouter. Le Président, qui de toute sa vie ne m'avait jamais dit « s'il vous plaît », me suppliait. Ses enfants bâtards le quittaient un par un. Quant à ses enfants légitimes, trois étaient morts, et sa seule fille légitime vivante, Martha, avait fait un mariage malheureux et vivait séparée de son époux Thomas Mann Randolph, l'ancien gouverneur de Virginie, un ivrogne, un être brutal à moitié fou qui refusait de vivre sous le toit de son beau-père. Ses petits-enfants, Thomas et Meriwether, étaient à couteaux tirés entre eux. Le refuge familial que mon ancien maître avait si soigneusement édifié s'était donc écroulé autour de lui.

Comme je compatissais avec lui, il me répondit : « Je suis trop vieux pour être malheureux. À ce stade de ma vie, Petit, le malheur est loin derrière moi. Et ce malheur, c'est d'avoir aimé deux sœurs, l'une blanche et l'autre noire, l'une la meilleure moitié de moi-même et l'autre mon esclave, l'une ma femme et l'autre ma belle-sœur, pour mon plus grand désespoir.

— Je vous demande pardon ?

— Oui, pour mon plus grand désespoir, Petit. Quand je regarde dans les rangs de ceux que j'ai aimés, c'est comme si je regardais un champ de bataille. Ils ont tous... disparu », murmura-t-il. Puis il reprit : « Il y a peu d'hommes à qui je pourrais confier cette mission. »

Il y a peu d'hommes, pensai-je, qui comprendraient pourquoi une mission pareille est nécessaire. «Considérez que c'est mon dernier devoir envers vous en tant que majordome de l'hôtel de Langeac.

— L'hôtel de Langeac. Les promesses remontent loin, n'est-ce pas ?»

Moi aussi, pensai-je, j'ai des obligations et des promesses à tenir, des fantômes du passé à apaiser. Tout cela à cause de la mère. Et de cette cour de Paris ensoleillée.

«Je l'ai vue, Votre Excellence, dis-je finalement. Comment pouvez-vous supporter de vous séparer d'elle ?

— Oh Dieu !» Un cri, à la fois sanglot et gémissement, échappa à la haute silhouette sombre, maintenant prisonnière de sa propre grandeur en ruine. «Puisqu'elle est assez blanche pour passer pour Blanche, qu'elle le fasse», répétait-il.

Thomas Jefferson se détourna alors de moi presque avec impatience. Il prit sur le bureau encombré un énorme registre relié de cuir rouge. Je reconnus le journal de la plantation. Seuls le bruit des pages tournées, sa lourde respiration de vieillard et un son plus léger, un battement plus haletant, qui aurait pu être celui de mon cœur ou ceux de la mère et de la fille de l'autre côté de la porte, troublaient le silence de la pièce. Le Président trouva ce qu'il cherchait tout en massant distraitement son poignet infirme, qu'il tenait contre lui comme un présent. Puis il écrivit le nom de sa fille de la main gauche, lentement, posément, de sa belle calligraphie : *Fuite d'Harriet, fille de Sally, 1822.*

J'avais de bonnes raisons de m'étonner des étranges manières des Virginiens. Ils avaient leur propre monde, et en un sens j'en avais été exclu par la caste et la couleur, ce que j'avais compris à Monticello le jour de l'émancipation de James, le soir de Noël 1795.

Sally Hemings tenait un nourrisson dans ses bras cet après-midi de Noël. Cet enfant symbolisait son rêve perdu de Paris : le bonheur et la promesse que cette ville avait représentés pour elle. Nos regards s'étaient croisés. Affection ? pitié ? horreur de cette « famille » monticellienne, avec tous les habitants et les serviteurs de la grande maison en cercle autour de l'arbre ? Je ne savais que penser. Je n'avais jamais compris le « crime » du métissage. Je haussai les épaules et avec un sourire désabusé regardai lentement vers la droite, suivant des yeux le cercle, des visages sombres aux visages clairs, des esclaves aux individus libres, du berceau à la vieillesse. Toutes ces différentes nuances de couleur, de caste et de sang étaient si complexes et si intimes que je rougis, gêné. C'était la réunion la plus naïvement immorale à laquelle j'eusse jamais assisté. Rien n'aurait pu aider ces familles entremêlées à se dégager ou à se dénouer de toutes les obligations muettes que je sentais émaner de chacun en un accord unique et mélodieux.

La mère, debout près de mon cher James, tenait dans ses bras la première-née de Martha, Ellen, et le petit Thomas Hemings, alors âgé de cinq ans, était accroché à ses jupes. Formant un cercle, il y avait ses onze tantes et oncles, cinq d'entre eux engendrés par John Wayles, et les autres par des esclaves, parmi lesquels Martin le majordome. Sally Hemings était soit la fille, soit la belle-fille, soit la sœur, la demi-sœur, la tante, la nièce ou la demi-belle-sœur de pratiquement toute l'assemblée.

Je fis un clin d'œil à mon homologue noir, Martin, l'un des chaînons de ce réseau qui se tissait, telles les arabesques de fils argentés qui pendaient de l'arbre, d'un côté à l'autre du cercle.

Puis moi, l'indomptable et imperturbable Petit, je me joignis au groupe, reliant sans le vouloir la moitié blanche du cercle à l'autre moitié noire. Ce fut à cet instant-là que Thomas Jefferson offrit à James Hemings l'affranchissement que celui-ci avait exigé de lui par écrit à Paris.

En observant ces visages à ce moment-là, je finis par comprendre ces relations familiales compliquées si parfaitement qu'à présent je pouvais calmement être assis devant une fugitive en pleurs, la seconde Harriet Hemings, qui n'était pas encore de ce monde en ce jour de Noël, et envisager de lui offrir mon nom et ma fortune. Soudain, j'avais l'impression d'être perché sur un cheval galopant à rebours, très loin en arrière. La colère d'avoir obéi si promptement à mon ancien maître faisait place à une vague inquiétude devant cette splendide jeune fille aux yeux couleur de rivière.

Je ne pouvais pas rompre sa solitude ; il me semblait avoir vécu la même situation, dans ce même satané phaéton, des années auparavant.

Les passeports portant la signature du roi avaient été délivrés. Thomas Jefferson, ses deux filles, et ses deux serviteurs rentraient chez eux. J'avais chargé le phaéton moi-même pour leur retour en Virginie. Il se dressait, splendide et solitaire, dans la cour de l'hôtel de Langeac où s'affairaient les domestiques, pendant que j'essayais de résoudre les problèmes posés par les quatre-vingt-deux caisses de possessions personnelles de Jefferson et le chagrin d'un jeune esclave. Je haussai les épaules comme je l'avais fait ce jour-là, redoutant la prochaine image qui, je le savais, serait celle de James Hemings en manches de chemise. Il avait diligemment surveillé l'emballage du vin, s'assurant qu'aucune bouteille ne disparût dans les blouses des valets. Son dos et ses aisselles portaient de sombres taches de transpiration. Ses cheveux étaient collés à son front, tandis qu'il se démenait au milieu des caisses et des malles empilées dans la cour. Nous n'étions pas les seuls à fuir précipitamment. La chute de la Bastille avait été le premier signal de l'exode des aristocrates vers l'Angleterre, la Belgique et l'Amérique. Et James et Sally Hemings, qui était à présent enceinte, retournaient avec leur maître vers la Virginie et l'esclavage.

Je me demande si j'ai eu raison de dévoiler à Harriet une si grande partie de la vérité sur le passé de Thomas Jefferson, au cours de ce long voyage jusqu'à Philadelphie. Beaucoup de ce que je lui révélais devait la choquer ou la blesser, pourtant je poursuivis ma narration, décidé à justifier mon rôle dans la vie secrète de ses parents. Pendant tout mon récit, elle demeura silencieuse, déterminée, insondable.

Je parlais, parlais, et Harriet, l'image du désespoir, restait assise en face de moi, vêtue d'un manteau écossais bordé de velours vert, le panier contenant le chiot dalmatien noir et blanc, un choix ironique, à ses pieds. Elle me rappelait tant mon cher James. Le même air de défi, la même vulnérabilité, le même courage prodigieux face aux dangers qui la guettaient.

Avais-je imaginé qu'étant une ancienne esclave, elle avait plus de résistance qu'une jeune fille blanche du même âge ? Pensais-je qu'Harriet était plus forte ou plus sage parce qu'elle était noire ? Son huitième de sang noir comptait-il pour tout et ses sept huitièmes de sang blanc pour rien ? Le fait d'être noir pouvait-il peser si lourd, ou le Président avait-il tout inventé dans sa lettre à M. Gray ?

Je soussigné Hugues Petit, alias Adrian Petit de Reims, mon nom d'« aristocrate », âgé de cinquante-huit ans, traiteur de son état et ancien majordome de Son Excellence le Président Thomas Jefferson à Paris, ancien régisseur de sa plantation de Monticello de 1794 à 1796, ancien maître d'hôtel du Président à la Maison Blanche de 1800 à 1802, certifie avoir escorté sa fille naturelle Harriet Hemings de Monticello à Philadelphie, où elle se fondra dans la population blanche. Adrian Petit de Reims, dans la voiture qui nous mène à Philadelphie, le 19 mai 1822.

HUGUES, dit ADRIAN, PETIT.

5

> Nous tenons le loup par les oreilles, et nous ne pouvons ni le garder ni le lâcher sans danger. La justice est sur un plateau de la balance, l'instinct de conservation sur l'autre.
>
> THOMAS JEFFERSON.

Philadelphie ! Je ris en descendant du phaéton dans Market Street Square, happée que je fus par l'agitation d'une ville dont les habitants étaient de toutes les couleurs, bien plus que je n'en avais vu de ma vie. C'était ce monde que moi, Harriet Hemings, la meilleure danseuse et le maître de ballet, j'allais devoir conquérir. J'étais entourée d'un tourbillon de voitures, de carrioles de paysans, de charrettes de légumes, de bétail et de policiers à cheval. Lorsque je regardai autour de moi la foule pressée, les visages durs, je me rendis compte que personne n'avait remarqué mon arrivée.

Je levai les yeux vers Burwell et Fossett, toujours assis sur le siège du conducteur. Ils étaient allés à Philadelphie d'innombrables fois, et j'imaginais qu'à chaque voyage ils avaient eu l'occasion de s'esquiver et de disparaître dans la multitude qui envahissait en tous sens la place de briques rouges. Pourquoi ne l'avaient-ils pas fait ? Pourquoi ma mère ne s'était-elle pas échappée quand elle avait débarqué à Londres, une bien plus grande ville que Philadelphie ? Mais je pris conscience que Burwell et Fossett étaient aussi prisonniers à Philadelphie que s'ils avaient eu les mains enchaînées et les fers aux pieds. Toute leur famille était retenue en otage à Monticello. Burwell y avait laissé sa femme, ma tante Betty, et ses enfants ; Fossett était marié à Edy ; et leurs enfants, Simpson, Martin, Beth et Robert, appartenaient à mon père. Fossett ne pouvait pas plus les abandonner que sacrifier ses yeux ou ses jambes. Nous échangeâmes un regard de compréhension silencieuse, puis Fossett me prit dans ses bras et m'étreignit l'espace d'un instant, mais assez longtemps pour que je respire son odeur de poussière et sente les battements précipités de son cœur.

« Tu es libre, maintenant, ma fille. Ne baisse jamais la tête. Regarde tout le monde dans les yeux. Tu n'as pas à avoir peur. Il n'y a pas de chasseurs d'esclaves à tes trousses, sinon je le saurais. De plus, tu as été envoyée ici par ton père. Si jamais tu me vois dans la rue, ne m'adresse pas la parole. Les gens de Philadelphie trouveraient bizarre qu'une jeune fille blanche parle à un Noir, à moins qu'il ne travaille pour elle.

— Je t'ai vue naître dans un monde d'esclavage, Harriet, ajouta Burwell, et maintenant je t'ai sortie de ce monde. Réjouis-toi, renais, c'est ce que Dieu te réservait. »

Je compris que ce n'était ni la peur ni le désir de la liberté qui m'avaient poussée à quitter la race noire. C'était la honte, une honte intolérable, de faire partie d'un peuple qu'on pouvait traiter impunément plus mal que des animaux.

« Est-ce vraiment ce qu'il me réservait, un mensonge ? murmurai-je.

— Un mensonge innocent, un mensonge… blanc », répondit Burwell avec un large sourire et un grand éclat de rire qui fit se retourner les passants.

À ce moment-là, je vis une dame de couleur venir vers moi comme si elle me connaissait. Je restai pétrifiée. Bien sûr qu'elle me reconnaissait. Comment pourrait-il en être autrement ? J'étais aussi noire qu'elle, non ? Elle était coiffée d'un grand chapeau de paille bordé de roses pompons, de dentelle et de rubans verts. Sa toilette était vert bouteille rayé de noir, et ses larges jupes étaient remontées pour former une énorme tournure se terminant par une traîne, ce qui lui conférait un air aristocratique. Elle portait une ombrelle assortie et traversait la place encombrée comme un navire superbe et majestueux. Elle passa près de moi, magnifique et sereine, si près que j'aurais pu la toucher, mais je n'osai pas. La foule autour d'elle disparut, le bruit cessa et la dame de couleur et moi restâmes seules sur la place. Elle eut un sourire entendu, puis secoua la tête avec regret en m'inspectant des pieds à la tête, d'abord avec une curiosité amicale, puis avec une aversion glaciale. J'essayai de parler mais m'aperçus que, comme dans un rêve, j'en étais incapable. Je tendis la main, espérant la toucher, mais le monde réapparut et la dame me croisa sans me montrer si elle m'avait reconnue. Troublée, je me retournai vers Petit. Il me prit le bras et me mena à travers l'immense esplanade vers un bâtiment imposant au fronton décoré de grandes lettres vert et or, l'hôtel Brown.

Je rassemblai mon courage et marchai d'un pas décidé, souple, le menton haut, un léger sourire aux lèvres. N'avais-je pas l'air d'une jeune fille à peine sortie de l'école ou du couvent, peut-être pas riche, mais bien élevée ? Le serviteur n'avait-il pas tenu la porte à notre entrée ? Soudain cependant, mes genoux flanchèrent et Petit dut me retenir. L'image de la dame de couleur allait me poursuivre toute ma vie.

Ce fut donc à l'hôtel Brown dans Market Street Square que je consommai mon premier repas de femme libre. Potage de légumes printaniers, radis et sardines fraîches, colin frit, côtes d'agneau et pommes de terre nouvelles sautées au beurre, œufs pochés sur une purée d'épinards, beignets de crevettes, fruits séchés, salade de pamplemousse, le tout arrosé de champagne. Je retins le menu comme un air de musique. Les noms savoureux des mets dansaient, accompagnés des commentaires incessants de

Petit. Est-ce que je savais qu'un menu larcin avait décidé du sort de l'humble pomme de terre ? Afin que ces tubercules soient acceptés comme un légume, le roi Louis XVI avait demandé qu'on en plante un champ au cœur de Paris. Puis il l'avait fait surveiller par ses gardes pour inciter les Parisiens au vol. Et savais-je que l'ananas venait du Pérou ? Et que les truffes, appréciées pour leur goût parfumé, étaient en plus aphrodisiaques ? Quoi ? J'ignorais qu'Aphrodite était la déesse de l'Amour ! Ou qu'un repas sans fromage était comme une belle femme sans...

Je me regardai dans les miroirs du restaurant, examinant le reflet de mes yeux brillants et de ma tresse lisse. Même assise, j'étais grande, plus grande que la plupart des hommes. Je voyais une jeune fille distante et rêveuse, un peu provinciale parmi tous ces gens riches. Néanmoins, je savais me tenir. Je penchai la tête, tournai mon regard vers Petit et écoutai l'histoire qu'il me racontait.

Pendant notre long voyage en voiture, il m'avait tant raconté de sa vie à Paris avec Maman et oncle James que j'avais l'impression d'être sa confidente.

James refusait d'accepter le destin de concubine pour sa sœur Sally. Il avait décidé qu'elle n'entrerait pas dans cet étrange cercle de complicité entre les Wayles, les Jefferson et les Hemings. Mais des forces obscures, faites de liens familiaux et de crimes, avaient bouleversé ses projets. Dès le lendemain du jour où sa sœur avait été séduite, pendant l'hiver 1788, James avait souffert de cauchemars : des draps sanglants se tendaient comme des tentacules pour l'envelopper et l'étrangler, le ligotaient et le précipitaient dans les tourments de l'enfer. C'était le rêve récurrent qui l'obsédait. Il était convaincu que la liberté de ma mère représentait son propre salut, et que sinon il serait damné. Jour après jour, il l'avait guidée à travers les arcanes de la vie en France, à l'ambassade et dans la grande ville. Autour d'eux grondaient les premiers troubles de la Révolution, poignante toile de fond à leur lutte contre la volonté de Thomas Jefferson.

Mon père s'était brisé le poignet le jour du départ de son amie anglaise Maria Cosway, et la guérison avait tardé. Ma mère s'était chargée de le soigner et de baigner sa main blessée. Et, à la faveur de ces simples soins, une intimité avait grandi — innocente au début, puis plus complexe et sombre, tissant des liens incestueux entre les destinées. Martha, la fille jalouse, et Martha, l'épouse décédée; Maria, la cadette adorée, et Maria, la maîtresse absente; et ma mère elle-même: demi-sœur et belle-fille, belle-sœur et esclave.

Je voyais bien qu'Adrian Petit pleurait encore James à présent, vingt ans après sa mort. Et je suppose que c'est pourquoi il n'avait pas pu s'empêcher de parler de lui dans la voiture. Pour moi, James Hemings n'était qu'un oncle excentrique et légendaire, qui avait vécu à l'étranger la plus grande partie de sa vie, et s'était suicidé à Philadelphie. Adrian voulait me faire entendre son rire irrésistible, me faire sentir l'odeur poivrée de son corps et la profonde solitude qui se lisait dans ses yeux. Adrian m'apprit aussi que James avait vécu comme un moine: il était resté chaste toute sa vie.

« "Je ne répandrai jamais ma semence d'esclave pour engendrer d'autres esclaves, m'avait dit Adrian, imitant la voix de James. Je n'ai jamais connu de femme, Petit, et je n'en connaîtrai jamais tant que je ne serai pas libre." »

Mais James, expliquait Petit, était si malicieux et si libre dans ses manières que cela semblait incompatible avec ses vœux de chasteté. C'était comme s'il avait eu deux personnalités: l'une qui existait à l'ombre de l'esclavage, invisible, menaçante, et cruelle; et l'autre, sa jumelle, ensoleillée, aimable, rieuse et, surtout, jeune. Il était le plus jeune des garçons de vingt et un ans que Petit eût rencontrés. Et, tout comme mon père à cette époque, il n'avait pas encore complètement perdu la gaucherie provinciale de la vieille Virginie. James et Petit avaient formé des tas de projets. James allait terminer son apprentissage dans la cuisine de M. du Tott, puis il exigerait sa liberté de mon père sous prétexte qu'il vivait sur le sol français, où l'esclavage avait été aboli. Ensuite, les deux jeunes gens ouvriraient leur propre restaurant sous les arcades du Palais-Royal, certains qu'ils trouveraient à la fois des commanditaires et des clients. « Bien sûr, ni James ni moi n'avons jamais réalisé ce rêve ! » s'était exclamé Petit, tandis que la nuit envahissait la voiture.

« Votre mère portait votre frère Thomas, et votre oncle James était devenu un chef de tout premier ordre lorsqu'ils quittèrent Paris en 1789, avait-il poursuivi. Je me rappelle avoir songé qu'il leur aurait été facile de rester en France. James aurait pu décrocher une place en or comme cuisinier, même avec l'exode. J'étais sûr qu'il ne reverrait jamais les côtes françaises. De l'une des plus hautes fenêtres donnant sur la cour, je vis Martha Jefferson appeler James et lui faire signe d'entrer dans la maison. Il était son oncle tout comme le vôtre, et je me souviens comme j'étais bouleversé le jour où, après la fuite de votre mère, James m'avait raconté toute l'histoire embrouillée de votre famille. Moi qui étais habitué aux manières bizarres de l'aristocratie française, je n'avais aucune idée de la généalogie qui pouvait lier les aristocrates virginiens et leurs serviteurs — jusqu'à la deuxième et troisième génération. Une fois, James avait essayé de se dégager des exigences de votre père, mais il avait été humilié et manipulé. Votre père, comme maître et comme diplomate, était original, imaginatif, plein de ressources. Trop dur, le pauvre James n'avait pas la moindre chance contre lui. Pas plus que votre mère. À la fin de son "explication" avec Jefferson, James s'était retrouvé condamné à sept ans de plus de servitude : en échange de son éducation française, il devait former un autre cuisinier à Monticello pour le remplacer quand il serait libéré. C'était le "moins" qu'il puisse faire pour ne pas se conduire en traître, "une vipère réchauffée dans mon sein".

« "Jamais je ne me volerai moi-même, avait cité Petit. Il n'a pas le droit de me forcer à accomplir ce geste... de faire un criminel et un hors-la-loi d'un homme qui l'a servi si longtemps et si loyalement. Il doit m'affranchir légalement et ouvertement." Ce jour-là, la déception fut insupportable pour James. Je le trouvai en larmes derrière une pile de malles à moitié bouclées. Deux personnes seulement le virent dans cet état, moi et Martha.

— Me voler moi-même, c'est ce que je fais, n'est-ce pas ? Je deviens une criminelle, une hors-la-loi parce que Père ne veut pas avoir d'histoires avec le Parlement de Virginie.

— C'est plus compliqué que ça, Harriet...

— Pas pour moi.

— Même pour vous. Surtout pour vous. Vous ne devez pas haïr vos parents pour ce qu'ils ont fait ou pas.

— Vous dites "ils", mais quand ont-ils jamais été deux ? Mon père commandait et ma mère obéissait. Et elle continue. »

Petit resta un instant silencieux, puis il parla sur un ton que je ne lui avais encore jamais entendu.

« Vous devriez changer de nom, Harriet... Harriet Petit, peut-être. »

Petit avait rougi en disant tout haut ce qui manifestement lui tenait à cœur. Je le regardai, étonnée. Pourquoi ? pensai-je. Mais après tout, pourquoi pas ? Il m'avait tirée de l'esclavage. C'était peu demander en retour. Le nom de Hemings me liait à un passé et à une famille auxquels j'avais renoncé.

« Oui, répondis-je. Harriet Petit, orpheline. »

C'était un vieux célibataire, disait-il, qui ne laisserait rien derrière lui quand il retournerait en France. Le nom de Hemings avait mauvaise réputation, alors, pourquoi prendre le risque que quelqu'un s'en souvienne ? « Je serais honoré de vous offrir mon nom et ma protection. »

J'acceptai, pour lui faire plaisir.

Lorsque ce soir-là je me retirai dans ma chambre, j'étais agitée de sentiments qui m'étaient jusqu'à présent inconnus. Je me croyais réellement libre. Et cela m'était égal que ce fût à cause de ma couleur — ou de mon père. J'étais libre parce que j'étais blanche. La sensation d'être blanche, comment la définir ? Cela signifiait-il simplement que je pouvais poser ma tête sur l'oreiller sans avoir peur d'être enlevée et vendue le lendemain ? Ou battue par une maîtresse jalouse, un surveillant courroucé, un fils ou une fille de la maison irascible ? Qu'on ne pourrait pas me tirer par les cheveux hors de mon lit pour satisfaire la concupiscence de quelque Blanc de passage ou d'un habitant de la grande maison ? Que mon esprit pouvait désormais servir à autre chose qu'à compter des biscuits ou des balles de coton ? Ou cela voulait-il dire que j'étais un être humain unique et précieux, avec tous les rêves, les espoirs et les craintes de la condition humaine ?

Au lever du jour, j'entendis les femmes crier leurs marchandises : poisson frais, fruits, radis, et toutes sortes de légumes. Je me levai, m'habillai et m'assis à la fenêtre pour regarder la vie se dérouler sous mes yeux. La vie. Philadelphie était un endroit merveilleux.

J'allai bientôt habiter chez M. Latouche, un célèbre traiteur de Philadelphie, ami de Petit. Il avait travaillé pour le prince d'Eckmühl et le duc de Rovigo à Paris. Avant de s'installer à Philadelphie, il avait servi à l'ambassade de Russie à Washington, où Petit avait fait sa connaissance. Tous deux avaient lancé leurs affaires de traiteurs à peu près à la même époque, et tous deux avaient réussi. M. Latouche était marié à une dame de Philadelphie prénommée Margaritte, qui m'accueillit de grand cœur comme sa fille et l'orpheline que je prétendais être. Ce fut Mme Latouche qui me fit accepter à Bryn Mawr, un collège unitarien de jeunes filles, fondé une quinzaine d'années plus tôt par une famille huguenote française. L'enseignement y durait deux ans.

M. Latouche se plaignait souvent du monopole que les traiteurs noirs avaient sur les bals et les soirées de Philadelphie. « ... Les Noirs dominent le métier à Philadelphie : Henry Jones, Thomas Dorsey et Henry Minton se partagent le gâteau. Mais ce nègre de

Robert Bogle au coin de Eighth Street et de Sansom ramasse encore plus d'argent qu'eux trois réunis ! »

Je me sentais perdue, dégoûtée devant une haine si peu déguisée. Je savais qu'elle ne me menaçait pas, mais elle montrait les êtres humains sous une lumière vraiment très cruelle. J'y voyais une sorte de folie, quelque chose d'obscur qui m'entourait.

Petit et lui paraissaient avoir beaucoup d'amis et de souvenirs en commun. Émigrés tous les deux, ils avaient une vision totalement différente des États-Unis. Et souvent Mme Latouche, Petit et moi nous opposions à lui dans les discussions portant sur les traits du comportement américain, surtout lorsqu'il s'agissait de la question des races.

Ces discussions me bouleversaient, car elles se terminaient presque toujours par des remarques méprisantes, inhumaines, sur les Noirs, qu'il qualifiait de noms que je n'avais jamais entendus auparavant : singes, gorilles, babouins, bamboulas...

Les premières semaines, je continuai à m'éveiller à l'aube. Je m'asseyais toute droite dans mon lit, le cœur battant, terrifiée par le bruit d'une voiture qui passait ou le carillon d'une cloche. Je pris l'habitude de quitter la maison avant que les autres ne se réveillent et de me promener seule dans les rues étroites qui conduisaient au port. Là, je flânais parmi les étalages de marchandises présentées sous de grands parasols en toile, m'attardant devant les immenses enseignes peintes sur les devantures des boutiques et des ateliers du quai. Tous semblaient déborder d'énergie et d'esprit d'entreprise, manifester une arrogance qui venait du fait d'être libres. Bientôt, à ma grande joie, on me reconnut quand je m'attardais devant les étalages de tissus et de nouveautés fraîchement débarqués de Birmingham, ou lorsque j'achetais du lait et du pain pour mon petit déjeuner. Les vendeurs à la criée m'adressaient des sourires ou des petits signes ; et je me fondais dans la foule de ménagères qui faisaient leurs emplettes de bonne heure, armées de leur panier. D'abord, les sourires me parurent réservés, et je souriais timidement quand on me tendait mon achat.

Mais bientôt on m'appela « mademoiselle » ou « mademoiselle Harriet ». Je remarquai que le regard des Blancs ne glissait plus sur moi comme si je n'étais pas plus intéressante qu'une balle de coton. Leurs yeux ne se voilaient plus d'une expression qui refusait de reconnaître mon humanité. À présent, ils me regardaient franchement, curieux, amicaux, admiratifs, taquins. Mademoiselle Harriet, la jeune dame, la petite demoiselle. Et mon cœur éclatait presque de gratitude lorsque j'entendais ces banalités distraites, puis la honte me submergeait d'en éprouver de la reconnaissance.

Des mains qui auraient refusé de toucher Harriet Hemings la Noire prenaient maintenant la mienne. Des femmes qui auraient rassemblé leurs jupes avec horreur si Harriet Hemings la Noire les avait frôlées, me souriaient chaleureusement et s'excusaient. Des marchandes qui auraient arraché un chapeau à brides des mains d'Harriet Hemings, lui défendant de le toucher de ses mains noires, le posaient elles-mêmes sur ma tête, commentant sa forme, son prix, et m'assurant qu'il m'allait à merveille.

Je pris très vite goût à mes promenades matinales, mes yeux n'évitaient plus ceux des passants blancs, mon regard devenait franc et amical, mon pas léger et dansant, mon sourire large et spontané. Je n'avais plus peur du monde.

Je me mis à observer les visages des Blancs pour la première fois de ma vie. Jusque-là, je n'avais étudié et considéré avec plaisir qu'un seul visage blanc : celui de mon père. J'avais gravé dans ma mémoire chaque ombre et chaque expression de mon amour jaloux, secret, silencieux. Mais j'aurais eu du mal à décrire avec précision mes cousins blancs, peut-être parce que mon regard avait toujours évité de s'attarder sur leur ressemblance avec moi. J'avais une mauvaise mémoire, même pour ceux de ma couleur. Mais à présent, je remarquais les traits et les expressions des Noirs comme des Blancs. Je pénétrais comme dans la mer dans ce flot de physionomies du Nord, examinant chacune lentement, attentivement.

Tout d'abord, je découvris que chaque visage était étonnamment différent, si bien que lorsque je commençai à vraiment regarder les gens, plus rien ne me parut familier. Je me demandais si ce phénomène se produisait pour toute personne qui se cachait. Je me sentais si solitaire que rien ne me semblait plus profond et plus émouvant que le visage d'un monde inconnu. Les yeux et les lèvres dissimulaient je ne savais quel mystère; ainsi le sourire enthousiaste du vieil homme qui vendait des cacahuètes à l'entrée de l'église, ou les yeux dorés et les longs cils du jeune vendeur de journaux, dont le visage était aussi vide qu'une page vierge.

Même le visage de Petit devint pour moi un sujet d'étude: son menton bleuté, sa bouche mince, presque noire, son air étranger, je n'avais jamais remarqué tout cela.

À ma grande surprise, je notai que la peau blanche n'était pas blanche du tout, mais grise et mauve, pêche et rose, bleue et verte, noisette et jaune, couleur d'ananas ou de pomme de terre nouvelle. Il y avait des teints colorés et des complexions jaunâtres, des blancheurs de cire et des peaux hâlées. Mon père, me rendis-je compte, avait vraiment le teint clair, avec des nuances rosées dont j'avais hérité. Je me rappelais les minuscules veines bleues qui couraient sur ses tempes, le grain de beauté fauve au coin de sa bouche, ses paupières délicatement bleutées. Le monde devenait un kaléidoscope.

Les gens de couleur que je croisais ressortaient comme des sentinelles dans cette masse d'inconnus, des repères familiers, même si leur accent du Nord me stupéfiait. Leur peau aussi prenait de mystérieux tons bronze et cuivre, ébène et acajou, citronnier et bleu nuit, noir comme le charbon de Virginie et rouge comme son argile. Certains étaient café au lait, et je ne pouvais les distinguer des Blancs, je ne savais s'ils étaient noirs, ou des Noirs se faisant passer pour Blancs, ou enfin des Blancs avec une goutte de sang noir. J'étais persuadée que tous les Noirs me reconnaissaient et détournaient les yeux. Malgré cela, regarder les gens dans les yeux était pour moi une révélation. Ce que j'y voyais était si exaltant, si farouche et secret, et pourtant si simple que je me demandais pourquoi je n'avais jamais essayé auparavant. Moi qui avais été incapable de déchiffrer le sens d'une expression, je me mettais à lire les visages comme les pages d'un livre. Alors que j'avais cru qu'il était impossible de savoir ce que les êtres pensaient, je devenais capable de sonder les esprits avec un talent extraordinaire. Je me sentais en termes d'intimité avec le monde entier, avec tous les inconnus qui croisaient mon chemin. J'étais proche de tous, Noirs et Blancs. Et c'était le souvenir du visage de mon père qui me poussait à étudier les visages singuliers, mystérieux, des Blancs que je rencontrais dans les rues de Philadelphie.

La ville était un joli port maritime, la plus belle ville d'Amérique, la plus grande, la plus peuplée, selon Mme Latouche. Pour quelqu'un qui n'était jamais allé à Charlottesville, c'était en effet une métropole animée en forme d'échiquier, chaque rue croisant les autres à angle droit. Son fondateur, un quaker du nom de William Penn, avait conçu sa « ville de l'amour fraternel » selon un plan strictement géométrique. La formule avait été copiée par d'autres grandes villes, du Mississippi aux Grands Lacs. Philadelphie était connue pour ses navires et ses marins ; elle devait sa richesse à la fertilité des terres de l'intérieur et à son port. Les armes de la ville représentaient une charrue et des gerbes de blé au-dessus d'un navire aux voiles déployées. Les meilleures familles, comme Mme Latouche ne se lassait pas de le rappeler, étaient celles des marchands et des propriétaires terriens, et les grands domaines de Lemon Hill et de Germantown étaient aussi vastes que les plantations du Sud.

Le matin, Mme Latouche et moi nous aventurions dans les rues de briques rouges qui, selon elle, étaient plus propres que celles de n'importe quelle ville d'Europe, hormis celles de Hollande. Londres était la seule qui fût mieux éclairée la nuit, et pas une ne comptait autant de rues bordées d'arbres. La ville quaker possédait de bons hôtels, des théâtres, des restaurants, des cirques, des librairies, des bibliothèques et de célèbres maisons d'édition. Autrefois, elle avait été la capitale des États-Unis, et mon père y avait prêté serment comme vice-Président. C'était là qu'il avait rédigé sa Déclaration d'Indépendance. Même ma mère s'était rendue à Philadelphie.

Côte à côte, Mme Latouche et moi longions les maisons étroites bordées d'une frise de bois blanc et agrémentées d'un perron de granit, pour aller regarder sur les quais les marins décharger les cargos venus de Chine, avec leur cargaison de soie et d'épices, de stores, d'ombrelles, de porcelaine, de bambous, de feux d'artifice et de thé — des tonnes et des tonnes de Earl Gray, de Lapsang Souchong... Bientôt, je ne pus plus me passer de ce délicieux breuvage parfumé, et Mme Latouche prit l'habitude de m'emmener au Bazar de l'Orient, des Indes et de la Chine pour y prendre le thé l'après-midi.

Les Philadelphiens me firent découvrir la nature profonde de la haine raciale — une ignorance acharnée et un mépris des Noirs qui me coupaient littéralement le souffle. Car, contrairement au Sud où les races se mélangeaient, à Philadelphie, les Blancs et les Noirs étaient strictement séparés par la ségrégation. Mme Latouche ne connaissait pas un seul Noir, homme ou femme, et aucun n'avait mis les pieds dans sa maison, à part moi.

Durant les semaines qui précédèrent mon entrée à l'école, je parcourus les rues à la recherche de signes du passage de mon père, de ma mère, ou de mon oncle James. Selon Petit, mon oncle avait passé les derniers jours de sa vie à Philadelphie dans une pension d'où l'on voyait la forêt de mâts des clippers entrant dans le port. Parfois, je descendais seule vers les docks, prétextant une course urgente. Je me tenais penchée face au vent, comme j'avais vu ma mère le faire, et je scrutais l'horizon comme si, moi aussi, j'avais attendu l'arrivée de mon navire. Et il arriverait, me répétais-je. Il arriverait. Mais bien sûr, je devais d'abord apprendre à naviguer dans ce nouveau monde. Et je jurais de ne jamais retourner sur mes pas, malgré la solitude et l'hostilité que je venais de découvrir. J'achèverais ce voyage au sein de la race blanche.

Un beau jour, je me sentis assez heureuse et en sécurité pour écrire chez moi. Chez moi ? Monticello était-il mon foyer ? L'avait-il jamais été ?

3 JUILLET 1822,

Maître,

Comme Burwell vous l'a appris, je suis bien arrivée. Adrian Petit a présenté vos lettres d'introduction, et vos relations (ne sachant pas qui je suis) m'ont cordialement accueillie. Je me suis inscrite dans une école unitarienne pour jeunes filles à Bryn Mawr, un village proche de Philadelphie. Ce n'est pas un couvent comme l'abbaye de Panthémont, mais une institution religieuse où sont dispensées d'excellentes leçons de morale. On y pense que l'esclavage est mauvais et contraire aux enseignements du christianisme. Mes professeurs sont tous, sans exception, des abolitionnistes — quel beau mot et quel plaisir de le prononcer — et pour eux je suis une orpheline de Virginie qui a reçu une éducation sommaire à la maison et dont la famille, à part son oncle Adrian, a été emportée par la fièvre jaune.

Je suis beaucoup plus âgée que les autres élèves. Ce mois-ci, j'ai visité tous les endroits de Philadelphie dont vous m'avez parlé. Maman m'a écrit que vous êtes tombé et vous êtes blessé juste après mon départ. Je prie pour que votre poignet soit guéri et que vous soyez remis. Je vous remercie encore pour les cinquante dollars, que Petit a déposés à la First Bank de Philadelphie. J'ai versé beaucoup de larmes pour nous tous.

Votre fille et ancienne servante,
Harriet.

3 SEPTEMBRE 1822,

Chère Harriet,

Nous avons bien reçu ta lettre par les moyens habituels samedi dernier et nous sommes heureux de te savoir en sécurité, mais inquiets pour ton avenir. Le reproche, lorsque tu te décris comme une orpheline, est bien mérité, mais, crois-moi, il n'y a pas d'autre moyen. Ne juge pas trop durement ta solitude. Je me souviens qu'à quatorze ans je ne pouvais compter que sur moi-même pour diriger ma vie, sans relations ni ami capables de me guider. Tu as vingt et un ans. La solitude forme le caractère et apprend l'indépendance, car finalement on ne dépend que de soi-même. Et des trésors de l'esprit que l'on peut amasser. Donc, honore tes précepteurs et tes professeurs, car ils détiennent la clef de la vie intérieure qu'aucun malheur, aucune perte, aucun chagrin ne pourra t'arracher : la véritable liberté, c'est un esprit éclairé. Ne dépends que de toi jusqu'à ce que tu trouves cet être complémentaire pour qui tu abandonneras tous les autres. Alors tu dépendras de lui. Là où tu es allée, je ne puis ni te nuire ni t'aider, je ne peux que demeurer

celui qui t'aime,

Th. J.

P.S. : Mon poignet guérit assez bien, mais avec l'âge le processus est terriblement long.

Parcourant les rues de la ville en me regardant dans tout ce qui reflétait mon image : les grandes vitrines des magasins des rues commerçantes, les vitres des diligences, les yeux des passants, je me surprenais à sourire, d'abord à moi-même, puis aux autres. Et, curieusement, les gens me rendaient mon sourire. Les hommes soulevaient leur chapeau. Les femmes m'adressaient un signe de tête. Les enfants s'arrêtaient pour me regarder. Et je pensais : Si vous saviez qui je suis réellement, souririez-vous quand même ?

6

> Tout en ce monde est une question de calcul. Avancez donc avec précaution, une balance à la main. Mettez dans un plateau les plaisirs qu'un objet quelconque peut vous procurer, mais placez honnêtement dans l'autre toutes les souffrances qui en découleront... L'art de vivre consiste à éviter la souffrance... Un homme avisé ne comptera que sur les plaisirs qui dépendent de lui ; car rien n'est à nous si un autre peut nous en priver.
>
> THOMAS JEFFERSON.

Une fois entrée à l'école, je commençai à comprendre à quel point j'étais loin de la Virginie.

La première et la meilleure amie que je me fis fut Charlotte Waverly. Ce fut le goût du sport qui nous rapprocha. Nous étions les deux plus grandes filles de tout le collège, et Charlotte était la plus rapide. Mais je savais courir aussi, car j'avais fait la course avec mes frères à travers les champs de maïs et de tabac pendant dix ans.

Un jour, nous nous trouvâmes face à face dans les jardins de l'école. Après nous être dévisagées sans échanger un mot, nous ramassâmes nos jupes et partîmes comme des flèches, côte à côte, dévalant une butte qui descendait doucement du bâtiment principal jusqu'à un mur de pierres le long de la route. Nos crinolines étaient remontées jusqu'à la taille, on voyait nos pantalons, nos cheveux volaient, et toute l'école nous encourageait. J'allais atteindre la première le portail qui marquait les limites de l'école, quand je me rendis compte que l'enjeu était plus important qu'une course. J'avais une seconde pour décider de gagner ou de perdre. Je fis un choix digne d'une esclave virginienne : je laissai Charlotte l'emporter d'un cheveu, et nous tombâmes dans les bras l'une de l'autre sur la pelouse constellée de trèfle, haletantes comme des chiots.

« Je m'appelle Charlotte Waverly, me dit la grande blonde vigoureuse qui me tenait clouée au sol.

— Je sais qui tu es. Moi, je suis Harriet Petit, la nouvelle.

— Je sais que tu es nouvelle et la plus vieille de l'école. C'est un plaisir de rencontrer une fille avec qui on puisse vraiment faire la course.

— Tout le plaisir est pour moi.

— Ton accent du Sud n'est pas aussi affreux qu'on me l'a dit.

— Tu as quelque chose contre l'accent de Virginie ?

— On vient de faire la course, tu ne veux pas qu'on se batte ?

— On dirait que tu as grandi entourée de garçons.

— En effet. Et toi aussi, sinon tu ne courrais pas aussi vite.

— C'est vrai.

— Combien as-tu de frères ?

— Quatre. Thomas, Beverly, Madison et Eston. Et toi ?

— Quatre aussi. Amos, Charles, Zachariah et Dennis. » Elle se tut un instant avant d'ajouter : « Nous avons beaucoup de choses en commun. »

Ce jour-là, je m'affirmai non seulement comme la fille qui courait le plus vite de l'école après Charlotte, mais, plus important, j'entamai une amitié avec l'élève la plus populaire et la plus influente de Bryn Mawr. Les filles qui m'avaient jusqu'alors ignorée (elles m'appelaient « tante Harriet » à cause de mon âge) rivalisèrent désormais pour me fréquenter. Je les trouvais plus ou moins semblables aux cousines blanches avec qui j'avais joué pendant mon enfance. Elles ne présentaient pas de mystère et ne me causaient pas d'inquiétude puisque, contrairement à mes maîtresses virginiennes, elles ne pouvaient pas, sur un coup de tête, devenir violentes, piquer des crises ou m'accabler d'exigences.

Dire que Monticello ne me manquait pas serait un mensonge. Mais comment pouvais-je regretter l'esclavage, même s'il avait été ma seule famille et mon seul foyer jusque-là ? Ce que je regrettais, c'étaient les douces habitudes de mon enfance comme ses tristes moments. Je n'aimais pas le climat du Nord avec ces gens guindés et bizarres à l'accent si dur. J'aurais donné n'importe quoi pour retrouver la poitrine accueillante de ma tante et l'odeur du jambon fumé et du maïs grillé sur des braises de hickory, le picotement délicieux de l'eau de source glacée sur mes lèvres desséchées, les farces de Daniel et de Maynard, les extravagantes histoires de fantômes de l'oncle Poke, la senteur du foin fraîchement coupé et du chèvrefeuille, du blé moissonné et des fleurs de tabac.

La nuit, je rêvais du doux accent des esclaves virginiens se répondant dans Mulberry Row, de la profonde voix de basse d'un chanteur solitaire dans un champ de pommes de terre, du rire rocailleux des pères après le travail, des cris haut perchés des mères envoyant leurs enfants au lit, du contact du coton souple filé à partir des fibres rudes, du son du violon d'Eston, de la trompette de Matthew ; de l'harmonica de Harold, de la flûte de Feller, du tambourin de Sister et de l'épinette de maman, du cri de l'engoulevent et des loups, de l'appel de l'élan à la saison des amours et de la majesté des Blue Ridges se profilant sur le ciel crépusculaire strié de fumée. Comme nous trouvions du bonheur dans le malheur le plus grand ! Comme nous arrachions de la vie à notre condition désespérée !

Une année passa. Je ne laissais plus Charlotte gagner tout le temps. Au moins une fois par semaine, nous attachions nos jupes autour de la taille et remontions la butte en courant, les cheveux au vent. Nous courions comme des garçons en levant les genoux, les coudes pliés, la tête baissée. Que nous le fassions encombrées de lourdes jupes et de couches de jupons au lieu de culottes n'avait jamais gêné nos frères. L'un de ceux de Charlotte lui avait fait remarquer que les filles devaient bien apprendre à danser à reculons, ce n'était pas plus injuste.

« C'est votre destin... comme d'avoir des bébés, lui avait dit Amos. Si jamais un homme te poursuit, au moins tu auras un avantage... et il faudra bien que tu coures habillée. »

Un jour, j'atteignis le sommet de la butte la première et inspirai profondément en pliant la taille pour soulager un point de côté. Comme je me redressais, Charlotte m'attrapa par-derrière et nous tombâmes toutes deux dans l'herbe fraîche. Son visage était près du mien et son souffle faisait voler les fines mèches bouclées sur mes tempes. Elle étendit les bras sur les miens, toujours haletante, et posa sa tête sur ma poitrine. Je n'avais jamais eu d'amie comme Charlotte, et j'éprouvai un élan de tendresse pour elle.

Mais comment allais-je pouvoir maintenir une façade de bonheur insouciant, condition nécessaire pour retenir l'attention de Charlotte ? Même les filles de l'école qui ne l'aimaient pas lui reconnaissaient un charme infini, qui ne reposait pas uniquement sur sa beauté conventionnelle — elle était blonde aux yeux bleus —, mais sur sa façon de voir la vie, aussi lumineuse que son visage. En fait, elle aimait tellement le côté ensoleillé des choses qu'elle était encline à considérer la mélancolie ou l'introspection comme une maladie proche de la folie, et qu'elle évitait la compagnie de quiconque, à son sentiment, s'abandonnait à ces deux penchants. Elle pensait qu'une réponse spirituelle pouvait détourner la colère d'un professeur ou d'un parent, et que le baume de la raison était capable de guérir tous les ennuis. J'avais toujours peur de la contrarier, et je gardais pour moi mes problèmes et mes malheurs. Je n'appris que bien plus tard que c'étaient justement cette résistance, ce mystère farouche qui l'attiraient vers moi. Elle me trouvait profondément différente de tous les gens qu'elle avait connus, et elle me le disait souvent, ses grands yeux se voilant un instant parce qu'elle ne savait pas comment définir ce sentiment.

Charlotte se remit sur son séant la première et, avant que j'aie pu me relever, elle remarqua mes chevilles nues. Elle toucha la droite et en suivit délicatement le contour. « C'est quoi, ça ? » demanda-t-elle innocemment.

C'était un mouvement amical, mais je me dégageai vivement. Chaque geste, chaque instant de sa vie heureuse et protégée me renvoyait à ma vie passée, ses lumières me rappelant mes ombres. Elle avait appris à courir pour battre les hommes de son propre monde. Moi, pour échapper à une correction. Je me rendais compte qu'elle ne le comprendrait jamais, et que toute tentative pour expliquer une vie aussi différente de la sienne serait impossible, comme un amour l'est parfois...

« Quand tu étais enfant... », commençait-elle. *Je n'ai jamais été enfant, Charlotte, j'étais une petite esclave.*

« Que voulaient faire tes frères quand ils seraient grands ? » *Ils voulaient survivre jusqu'à l'âge de vingt et un ans... Charlotte, ô Seigneur !*

« Pourquoi sursautes-tu ainsi quand je te prends dans mes bras ? » *Parce que j'ai peur. Peur que tu te transformes en Ellen ou Cornelia. Peur que tu ne deviennes une maîtresse blanche...*

« Quand te décideras-tu à venir chez moi ? » *Quand je serai sûre qu'on ne me demandera pas de passer par la porte de derrière...*

« Pourquoi es-tu si triste, Harriet ? » *Parce que je commence à aimer et que je ne peux pas me permettre d'aimer quelqu'un que je perdrai forcément.*

« Je chassais un jour avec mon père, vois-tu, et je me suis pris la cheville dans un piège à écureuils », expliquai-je. Sans que je sache pourquoi, ma réponse me fit monter les larmes aux yeux.

Tous les signes de bonheur semblèrent affluer en même temps à la fin de 1823. D'abord, Petit m'offrit de suivre des leçons de piano au conservatoire de Philadelphie. La musique, qui avait été mon refuge pendant si longtemps, devint le seul véritable plaisir de ma nouvelle vie.

La musique, que j'avais découverte enfant à Monticello, avait toujours représenté pour moi un univers idéal, pur et parfait, libéré de tous préjugés — tout le monde, après tout, jouait les mêmes notes, tirées de la même partition, sur le même instrument, et seul le talent individuel différenciait une bonne interprétation d'une mauvaise. Devant une page de musique, je me sentais libre, à égalité avec n'importe qui pour en extraire l'essence, en percer le mystère et en maîtriser les difficultés.

Un jour, j'avais accompagné ma mère à Bermuda Hundred, la plantation de mon grand-père. Alors que je m'amusais dans la grange, j'avais découvert dans une vieille caisse tout un cahier de partitions. Lorsque je demandai à ma mère ce que c'était, car il était clair que ce n'était pas un livre, elle me répondit : « Mais c'est de la musique ! » Dès que je compris qu'on pouvait lire la musique et la reproduire à partir de notes imprimées sur une page, le monde changea pour moi. Mon père m'expliqua plus tard la singulière intégrité et l'inviolabilité d'une partition écrite. « Tu peux interpréter et donner un double sens à un mot écrit, m'avait-il dit, mais une note sur une portée ne signifie qu'une chose, tout comme un chiffre représente sa propre mesure. Un 2 ne pourra jamais être un 4, et un 6 n'est pas un 9 à l'envers. Il n'y a pas de seconde chance en musique, Harriet. Et pas de pardon. »

Dès ce jour, je sus ce que je voulais ! Il n'y aurait pas de pardon. Je n'aurais pas de seconde chance.

Ce fut la découverte que l'on pouvait lire et écrire de la musique comme on pouvait lire et écrire des livres qui modifia ma façon de penser. Je m'aperçus que ma mère connaissait le solfège, et elle me l'enseigna. Pour la première fois je pris conscience qu'elle savait plus de choses qu'elle n'en avait l'air, qu'elle avait eu dans le passé une vie différente de celle qu'elle menait à Monticello. Même si Eston avait appris à jouer d'oreille — de la flûte, puis de la guitare — et me surpassait en virtuosité et en subtilité, je déchiffrais, assimilais et mémorisais mieux la musique que lui. Je fus bientôt capable de transcrire une mélodie simple et de la jouer sur n'importe quel instrument. J'écrivais de la musique et commençais à la reproduire dans ma tête. Eston répara l'épinette sans cordes que l'on avait envoyée de Paris par erreur. Elle me permit de découvrir un monde de perfection fixe, mathématique, où rien, absolument rien, ne pouvait m'atteindre.

La demeure des Latouche, où j'habitais quand je rentrais du collège, n'était qu'à quelques pas du coin de Fourth Street et Vine Street où était situé le conservatoire, à côté de l'Institut d'anatomie de l'université de Pennsylvanie, le meilleur centre des États-Unis, qui occupait le reste du pâté de maisons. Les Latouche avaient un salon de musique où trônaient une harpe et un piano. Le plancher était peint en noir, des chaises dorées s'alignaient le long des murs, entre des fougères en pots et des palmiers. Pour moi, c'était la pièce la plus belle, la plus élégante que j'eusse jamais vue. Un magnifique tapis persan était étalé au centre, et du haut plafond pendait un lustre de cristal. Des stores vénitiens et des rideaux de satin jaune bordés de soie verte décoraient les fenêtres, et des guirlandes de fleurs étaient peintes au plafond et en haut des murs tapissés de soie à raies jaunes et blanches. Mme Latouche ne jouait d'aucun instrument. C'était le décorateur qui avait proposé ce salon, et elle l'avait accepté simplement parce que cette idée lui plaisait.

Quand je vis le Pleyel pour la première fois, je fondis en larmes.

« Mais, mon enfant, me demanda-t-elle, vous jouez donc ? »

J'étais trop émue pour répondre. Je marchai vers l'instrument de ma démarche rêveuse et lente d'orpheline, et m'assis en rejetant mes jupes derrière moi d'un ample mouvement des deux mains. Toujours sans un mot, je me mis à jouer de mémoire, fermement, souplement, le visage impassible, plus énergiquement parfois, mais jamais trop fort. Le piano était excellent, sa sonorité riche et pleine, comme ma respiration. Dans une sorte de transe, je jouai tout ce que je connaissais pendant plusieurs heures. Mme Latouche était allée chercher son mari, et la gouvernante était entrée pour écouter. Adrian aussi était accouru, et il était resté perché sur l'une des chaises dorées comme un petit singe médusé.

Il n'avait presque rien dit ce jour-là, et ce ne fut qu'à la fin de l'année qu'il annonça m'avoir obtenu une audition au conservatoire voisin. Il paierait mes leçons, mes instruments et mon papier à musique. Ce conservatoire était le seul en Amérique qui acceptât des femmes, précisa-t-il.

L'année suivante, tous les jeudis matin, Charlotte et moi allâmes en ville en diligence. Je rencontrais Petit pour notre déjeuner hebdomadaire, et Charlotte voyait sa famille à Waverly Place. Ensuite, nous nous retrouvions devant le bâtiment de pierre blanche palladienne entouré de sa grille de fer doré, nos cahiers de musique sous le bras, et passions le portail de cet endroit qui pour moi représentait le paradis. Là, je pouvais tout oublier, même le mensonge. Je devenais aussi anonyme que les notes noires dansant sur la portée. J'avais été admise au cours de piano et de composition pour piano, et on m'avait demandé de choisir un autre instrument. Plutôt que le violon dont, je le sentais, je ne jouerais jamais avec subtilité, je choisis le violoncelle, un instrument grave, solennel, magnifique. Son poids, son volume et sa taille me donnaient l'impression de trimbaler un cadavre, mais même cette sensation me plaisait. J'étais une fille solide, qui avait charrié plus d'une balle de coton. Je l'appelai Alexia, et lui parlais souvent sur le même ton qu'à Charlotte.

Au conservatoire, seul le son existait. La vie elle-même en était tissée. Il me fut si facile de me plier à la discipline que je ne compris jamais les récriminations de Charlotte sur les exercices, ni son perpétuel manque d'attention.

Au cours de cette première année au collège, Charlotte et moi avions développé une amitié passionnée comme celles que l'on cultive au début de l'adolescence. Nous nous sentions liées sans démêler le mystère de ce qui nous avait attirées l'une vers l'autre. Nous passions tant de temps ensemble que nous étions comme une seule personne dans deux corps; nous devinions nos pensées et savions à l'avance ce que l'autre allait dire. Nous avions surmonté les jalousies mesquines et la méchanceté qui caractérisaient les relations féminines. Charlotte était une ancre dans mon monde si changé et si troublant. Sans la race noire pour me distinguer ou la race blanche pour me persécuter, je commençai à percevoir le rythme naturel de mon esprit et de mon corps. Je me mis à respirer différemment, à redresser la tête, à regarder hors du petit monde antédiluvien qui avait été le mien.

Mais, secrètement, j'étais obsédée par l'idée de ma dissimulation. Je vivais constamment en état d'alerte, craignant toujours l'incident fâcheux qui révélerait tout. Je n'abaissais ma garde qu'avec Charlotte, ce qui entraîna une série d'événements imprévisibles et non prémédités.

« Le plaisir solitaire..., lança un jour Charlotte, de sa manière habituelle et abrupte d'amorcer une discussion.

— Le plaisir solitaire..., répétai-je en m'attardant sur le dernier mot pour ne pas rire.

— Il n'y a rien de tel, Harriet. Tu n'auras jamais à dépendre de ton mari pour être satisfaite.

— Et que connais-tu, Charlotte Waverly, du plaisir solitaire ?

— Penses-tu que ce soit un péché ?

— Aux yeux de nos professeurs et du pasteur, oui.

— Ça, je le sais. Mais les garçons s'y adonnent tout le temps — mes frères le font, je les ai vus. Ils en tirent la langue comme des chiots.

— J'ai... des frères aussi. Je suis au courant.

— Les femmes, commença Charlotte d'un ton

important, sont capables de se donner un plaisir extrême indépendamment du sexe masculin...

— Hum», fis-je, me demandant où Charlotte voulait en venir. Je savais qu'elle m'aimait. Je l'aimais aussi, et je savais combien il était facile de confondre les sens et de substituer une aspiration à une autre.

Nous étions couchées sur la rive d'un petit ruisseau qui coulait à travers bois derrière le collège. L'eau brillait comme de l'acier, et l'on pouvait y voir son reflet comme dans un miroir. Une guêpe la survola, légère comme une plume. Je me sentais indolente et insouciante, et presque irritée que Charlotte veuille soumettre notre amitié d'adolescentes à un rite de passage.

«Je t'aime, dit-elle.

— Moi aussi, je t'aime, Charlotte.»

Paresseusement, elle posa la main sur ma joue. Je fermai les yeux et laissai la brise, pénétrée de la fraîcheur de l'eau, me balayer le visage et le cou. Nous étions pieds nus, sans bas, et avions remonté nos jupons pour que le faible soleil d'avril nous réchauffe. Charlotte avait passé une jambe entre les miennes. Je tournai nonchalamment la tête pour suivre sa caresse. J'ouvrais et fermais les yeux. La clarté, puis l'obscurité étaient pareilles au monde tel que je le voyais : divisé en deux moitiés, l'une de lumière et l'autre d'ombre. Celle où se trouvait Charlotte était toute de joie, d'espoir et de luminosité ; celle dont elle était absente, toute de tristesse et de ténèbres.

Le monde que je connaissais était lui aussi divisé en deux : ceux qui avaient le choix et ceux qui n'en avaient aucun.

Charlotte se mit à me donner de doux et simples baisers.

«Sais-tu comment faire ? demandai-je.

— Oui.»

Je détournai un instant la tête de ses lèvres, comme un nageur le ferait pour respirer. Je n'avais pas l'intention de résister à Charlotte ; au contraire, notre affection avait toujours été teintée d'une sensualité profonde, et, tandis qu'elle me couvrait de baisers, que ses mains me caressaient, délaçant mes habits, je m'efforçai de sonder mes véritables sentiments pour elle. Je me rendis compte que c'était comme à Monticello : ma volonté contre son pouvoir. J'étais déterminée à gagner cette fois. Nos ébats amoureux furent bientôt un combat tranquille — c'était à qui remporterait la victoire. Toutefois, nous étions curieusement de force égale, comme à la course. À la fin, lorsque nous entrâmes dans le ruisseau silencieux, nos jupes relevées autour de la taille, aucune de nous n'avait dominé l'autre.

« Regarde, Harriet. Tu es si belle ! »

Dans le miroir du ruisseau, je distinguai un triangle roux tremblant à la surface de l'eau noire. Mais Charlotte était si blonde qu'il était difficile de dire où son ventre se terminait et où son sexe commençait. Nous nous mîmes à rire, d'un long rire voluptueux qui flotta sur l'eau comme un vol de papillons et résonna dans l'air tiède printanier. C'était ce rire profond que les femmes ne se permettent qu'entre elles, des adagios de sons haletants qui viennent de la gorge, de la poitrine et du ventre. Un rire que nous ne révélons jamais aux hommes.

Notre complicité dura, avec des années d'interruption, jusqu'à notre âge mûr. Nous ne mîmes jamais personne dans la confidence. Nous feignions l'indifférence au point que nous acquîmes une réputation de froideur et de pruderie. Nous lisions des romans interdits, collectionnions des méthodes pour éviter la grossesse, étudiions des revues médicales. À partir de ce jour, nous fondâmes à nous deux notre propre société secrète érotique. Nous allions vieillir ensemble, survivre à certains de nos enfants, glisser tranquillement vers cette paix suprême des couples bien assortis, et vivre trois mariages.

Jusque-là, je n'avais agi que dans un but strictement personnel, je jouissais d'une dispense spéciale, d'un purgatoire privé. Quand je découvris que mon désir était le fondement de tout un mouvement consacré à libérer chacun des membres de ma race, j'eus l'impression d'être tombée d'une autre planète. Je n'avais jamais lu un seul tract antiesclavagiste ni assisté au châtiment du fouet appliqué à un esclave. J'avais entendu raconter que deux cousins blancs du Kentucky avaient tué un esclave parce qu'il avait mal allumé le feu, en l'amputant de ses membres et en brûlant ensuite son torse dans les flammes, mais le Kentucky paraissait loin, et cette histoire ressemblait plus à une légende qu'à la réalité. Je ne savais pas ce qu'étaient les lois sur les Noirs, pas plus que je n'étais capable de trouver le Mississippi sur une carte. Des dangers de la double vie de mon père ou de la douleur causée par les rêves brisés de ma mère, je n'avais qu'une vague idée. Quant aux cousins blancs dont je jouais à présent le rôle, je connaissais surtout leur ignorance, leur cruauté indifférente et leur besoin avide d'affection.

C'est alors que je rencontrai Robert Purvis. J'étais dans le hall du conservatoire, lui se rendait à une répétition du chœur des messieurs. C'était un pâle jeune homme aux cheveux clairs qui salua Charlotte par son nom, car c'était un ami de son frère Dennis. Il était accompagné d'un garçon très grand, en costume austère d'apothicaire, qui s'appelait William John Thadius Wellington. Les deux amis offraient un singulier contraste. Purvis était blond, loquace et sûr de lui. Wellington était brun, avec la réserve maladroite d'un scientifique et d'un rêveur. Ils étaient beaux tous les deux. Purvis, me supposant blanche, commença à m'expliquer le plus joyeusement du monde que lui ne l'était pas. Cela paraissait un sujet de plaisanterie continuel entre lui et son ami, qu'il appelait Thance.

« Je ne suis pas, et n'ai jamais été blanc », dit-il avec un accent traînant et en retenant un sourire devant ma surprise. Ses yeux bleus rayonnaient de lumière. Il était le fils d'une esclave et d'un propriétaire de plantation de Louisiane qui, s'étant repenti, avait affranchi la mère et l'enfant et les avait envoyés dans le Nord, où il avait fait ses études à Oberlin College en Ohio. La fortune que son père lui avait laissée, Purvis l'avait consacrée à la cause de la lutte contre l'esclavage. À présent, il était inscrit à l'université de Pennsylvanie, bien que, disait-il, les Noirs, les femmes et les Juifs n'y fussent pas tolérés. Je ne lisais dans ses yeux clairs et candides aucun signe de reconnaissance de ma propre duplicité, seulement une curiosité amicale et le petit air de mépris d'un homme qui a décidé de ne jamais donner son cœur ni sa fortune à une femme.

« À quoi sert d'être un Blanc riche et puissant, alors que les Blancs sont si nombreux ? Mais un Noir puissant et riche, c'est une autre histoire. Il peut mener toute une race à l'émancipation. Je peux sortir de l'asservissement les frères et sœurs de ma mère et ceux de ma grand-mère. C'est un véritable pouvoir. Je possède beaucoup d'argent et j'entends le consacrer entièrement à militer pour l'abolition de l'esclavage dans les États-Unis d'Amérique.

« Puis-je vous inviter, mesdemoiselles, à une réunion de notre Société antiesclavagiste de Philadelphie jeudi prochain ? poursuivit-il. Je suis sûr que vous aurez besoin de la permission de vos familles. Cette réunion se tiendra à la bibliothèque Benjamin-Franklin dans South Street, et il y aura des orateurs étrangers aussi bien que des Noirs. Les dames seront assises dans une section entièrement séparée de celle des hommes. »

Je rougis. Nous étions deux femmes blanches parlant sur un pied d'égalité et tout à fait librement avec un Noir. Du coin de l'œil, je vis Charlotte essayer de faire des signes à Purvis. Que voulait-elle lui faire comprendre ? Que j'étais virginienne, fille d'un propriétaire d'esclaves ? Orpheline d'une famille éminente du comté de Tidewater ? Je restais plantée là, fixant non Purvis, mais son ami, dont les yeux avaient attiré mon regard.

Les yeux qui se concentraient sur les miens étaient oblongs et étroits, et si foncés qu'on les aurait crus bleu nuit. Je me trouvais devant un regard d'une singulière intensité, qui toutefois donnait une impression de félicité lointaine, comme celle qu'a pu procurer une enfance heureuse. Enfantine aussi était sa grande mèche noire et lustrée qui tombait sur son front.

« Mademoiselle... mademoiselle Waverly, aidez-moi, s'il vous plaît. » Il sourit.

« J'aimerais vous présenter Mlle Petit, de Virginie, dit Charlotte en insistant sur les derniers mots. Mademoiselle Petit, M. Wellington, un ami de mes frères, conclut-elle.

— Enchanté, mademoiselle Petit. » Wellington s'inclina et son regard fondit. « Vous allez devoir nous excuser. Nous sommes en retard pour la répétition », dit-il en prenant le bras de Purvis un peu trop rudement pour que ce fût innocent. « Écoute, ils ont commencé sans nous », ajouta-t-il en pressant son ami, qui me regardait par-dessus son épaule.

La musique résonnait dans le corridor. Charlotte et moi, n'osant pas entrer dans la salle, restâmes à l'extérieur pour écouter. Soudain une belle voix isolée, chantant la partie du solo dans un oratorio qui ne m'était pas familier, s'éleva au-dessus des autres. C'était une voix de ténor baryton, d'une telle profondeur et d'une telle douceur qu'elle glissa sur moi comme de l'eau, baignant mes yeux et mes lèvres, coulant dans ma gorge et sur mes épaules, et tout le long de mon dos.

« C'est ce cher Wellington, dit Charlotte en riant devant l'expression de mon visage. La voix d'un archange et une réputation d'athée. »

Mais, à ce moment-là, il aurait pu être Satan en personne. Je n'avais jamais entendu une voix aussi magnifique.

7

Le monde serait-il plus beau si nous avions tous le même visage ? Si nos caractères et nos talents, nos goûts, nos désirs, nos aversions et nos aspirations étaient tous coulés dans le même moule ? S'il n'existait pas de variétés dans le monde animal, végétal ou minéral, si tout était strictement uniforme et orthodoxe, quel monde de monotonie physique et morale ce serait.

THOMAS JEFFERSON.

« Je lutte », nous dit Purvis, alors que j'assistais pour la première fois à une réunion de la Société contre l'esclavage, « je lutte avec acharnement pour l'émancipation immédiate de notre population d'esclaves. Je serai aussi dur et intransigeant avec la vérité que la justice elle-même. Je parle sérieusement. Je n'userai pas de faux-fuyants. Je n'excuserai rien. Je ne reculerai pas d'un pouce, et je me ferai entendre. Pour moi, il est évident que l'esclavage est un crime — un péché mortel. Mes efforts auront donc pour but de débusquer ceux qui le pratiquent. »

Je regardais Robert Purvis, horrifiée. Personne ne m'avait jamais déclaré que l'esclavage était un crime.

« Si quelqu'un objecte, ajouta-t-il, que la Constitution — la bien-aimée Constitution — s'oppose à un tel programme, je ne peux que répondre que si la Constitution approuve l'esclavage, alors elle se trompe. La Constitution est de connivence avec la mort, de collusion avec l'enfer. »

Je jetai un coup d'œil autour de moi, alarmée. La

Constitution de Père. C'était comme condamner la Bible. Ou prédire la fin du monde. L'esclavage était la volonté de Dieu. L'esclavage était éternel !

« Et, poursuivit-il, je considère tous les propriétaires d'esclaves, y compris mon propre père, comme coupables de ce crime, et par conséquent comme des hommes vils et méprisables. »

Purvis n'avait pas reconnu en moi un compagnon de voyage, si l'on pouvait me qualifier ainsi. Je n'avais rien à craindre de lui, même s'il apprenait la vérité. C'était un homme sans fourberie, incorruptible, sa vie était toute tracée devant lui, réglée comme du papier à musique, aussi régulière que la ville de William Penn.

« En règle générale, dit-il, les hommes doivent fournir de gros efforts avant que des maux s'installent en permanence : mais il existe une calamité qui a pénétré furtivement dans le monde. À peine distinguable, au début, des abus ordinaires du pouvoir, elle a été introduite par un individu dont l'histoire n'a pas retenu le nom, puis s'est propagée comme un germe maudit dans la société. Cette calamité, c'est l'esclavage.

« Au XVIe siècle, en effet, les chrétiens l'ont rétabli comme une exception et l'ont limité à une seule race de l'espèce humaine, mais les blessures ainsi infligées à l'humanité, bien que moins étendues, sont bien plus difficiles à guérir. Cela, parce que, chez les modernes, l'esclavage est fatalement lié à la couleur. Aucun Africain n'a volontairement émigré vers le Nouveau Monde, donc, tous les Noirs à présent dans ce pays sont soit des esclaves, soit des affranchis. Ainsi les Noirs transmettent-ils la marque éternelle de leur ignominie à tous leurs descendants. Dans certaines parties des États-Unis, la barrière légale séparant les deux races est en train de tomber, mais pas celle qui existe dans les comportements : l'esclavage recule, cependant les préjugés auxquels il a donné naissance tiennent bon. Là où les Noirs ne sont plus esclaves, ils ne se sont nullement rapprochés des Blancs. Au contraire, le préjugé racial paraît plus fort dans les États qui ont aboli l'esclavage que dans ceux où il subsiste; il n'y a pas d'États plus intolérants que ceux où l'esclavage n'a jamais existé. »

Je me mis à étudier ce qu'on avait écrit sur l'abolitionnisme et des récits d'esclaves évadés. Je lus des Mémoires de marchands d'esclaves repentis et de capitaines de négrier comme mon arrière-grand-père. Fascinée, je regardais des affiches de ventes d'esclaves, d'autres offrant des récompenses pour des fugitifs, et des cartes sur lesquelles étaient tracés les contours d'un continent appelé l'Afrique. Peu à peu, je prenais conscience de l'exiguïté du monde de Monticello et de la gravité de la blessure qui altérait l'intégrité de mon pays. J'appris que des esclaves s'étaient révoltés à Cuba, à Saint-Domingue et à la Jamaïque. Pour la première fois, je trouvais la double vie qu'avait menée mon père aussi dangereuse à sa manière que la mienne. Je parcourais avidement les livres, les journaux, pour glaner des renseignements sur lui. Je gravais dans ma mémoire les faits marquants de sa vie publique, y cherchant des indices me concernant. Je lus des textes parlant de lui alors qu'il était ambassadeur, secrétaire d'État, et Président, essayant de concilier les différentes images de l'inconnu qui avait rédigé la Déclaration d'Indépendance, acheté la moitié des États-Unis, et n'avait jamais libéré ma mère.

Un jour, Mme Latouche me reprocha d'assister à tant de réunions.

« Ma chère, j'ai beau partager les idées progressistes de l'abolitionnisme et de l'antiesclavagisme, je dois vous faire remarquer, au nom de votre tuteur qui est absent en ce moment, que ces réunions ne sont pas des endroits pour les jeunes filles. Charlotte et vous devriez songer que vous compromettez sérieusement votre réputation en y assistant.

« Le conservatoire est déjà suffisamment risqué, pourrais-je ajouter. Je sais que vous suivez l'exemple de Charlotte en tout, cependant, comme elle appartient à l'une des premières familles de Philadelphie, l'égale des Biddle, des Ingersoll, des Girard, des Warton et des Rittenhouse, elle peut faire ce qu'elle veut. Mais vous, qui êtes une orpheline sans fortune, vous devriez vous montrer beaucoup plus prudente. Vous n'avez que votre beauté, votre santé et votre respectabilité. Plus le vernis de votre talent de musicienne. Il n'est pas question de vous mêler à des mouvements radicaux qui tiennent des... réunions publiques mixtes.

— Vous voulez dire des réunions interraciales, madame Latouche, dis-je de ma voix la plus suave.

— Je veux dire des réunions où des personnes des deux sexes sont réunies dans la même salle. C'est immoral.

— Je vois. »

En dépit de mon audace à fréquenter les réunions abolitionnistes, la peur n'était jamais très loin de moi. Un jour, je tournai dans Hamilton Alley, m'étant glissée de bonne heure hors de la maison pour aller me promener le long du quai, le seul moment où je jouissais d'une réelle liberté de mouvement — une liberté que j'avais connue au temps où j'étais esclave, mais à présent il fallait que je sois chaperonnée partout. Je sentis qu'un homme de haute taille me suivait. Sykes ! Je m'efforçai de ne pas accélérer l'allure pour ne pas l'inciter à me poursuivre. Ses pas résonnaient le long des murs du passage en briques peintes, avec ses hautes fenêtres aux volets clos et ses poteaux de marbre blanc pour attacher les chevaux. Il faisait grand jour et mes talons claquaient sur le trottoir de briques. Je savais que bientôt j'atteindrais le quai avec sa foule affairée et ses piles de marchandises hautes comme des maisons attendant d'être chargées sur les clippers. Ma main s'enfonçait dans ma poche, mes doigts serraient déjà le couteau, quand je m'arrêtai, inspirai profondément — et me retournai. L'homme s'arrêta à dix pas de moi. J'étais au bord de l'évanouissement.

« Monsieur Wellington !

— Mademoiselle Petit. Je ne voulais pas vous faire peur.

— Eh bien, je ne sais qui a fait peur à qui, dis-je, le cœur battant.

— Je vous ai vue souvent dans le quartier.

— J'habite par ici. Que faites-vous dans... les parages ? demandai-je en essayant de maîtriser le tremblement de ma voix.

— L'École de pharmacie de l'université de Pennsylvanie est juste au coin, répondit-il en montrant un bâtiment derrière lui. J'y suis lecteur, et c'est là que se trouve mon laboratoire. Notre... notre entrepôt et notre magasin sont dans Front Street, à cinq minutes d'ici. Mon père a fondé notre compagnie en 1789... si vous passez devant, vous verrez l'enseigne : "Fournitures pour apothicaires et pharmaciens". N'est-ce pas une chance que nous nous soyons rencontrés le jour de la répétition ? Sinon, je n'aurais pas pu vous adresser la parole dans la rue. Dieu bénisse Charlotte Waverly ! »

Il avait prononcé ces paroles avec une telle ferveur et une telle sincérité que je ris, soulagée.

« Je croyais que vous alliez m'attaquer.

— Oh, mon Dieu ! Oh, mon Dieu ! Alors, je vous ai vraiment effrayée. Comme c'est stupide et lâche de ma part ! Simplement, je n'avais pas le courage de vous parler. Permettez-moi de vous raccompagner chez vous... Mais d'abord, laissez-moi vous rendre votre bonne humeur avec un... lait chaud ? du thé ? du chocolat ?

— Du thé, s'il vous plaît. J'adore le thé.

— Près de l'entrepôt, au Bazar de l'Orient, des Indes et de la Chine, ils servent leurs propres thés, chauds, glacés, ou en sorbet.

— Je le connais, dis-je, ravie d'aller dans l'un de mes repaires favoris.

— Alors, vous me pardonnez ?

— Oui », répondis-je.

Bras dessus bras dessous, nous tournâmes dans Chestnut Street au niveau de Sixth Street et nous nous dirigeâmes vers Dock Street, marchant entre les éventaires des bouquinistes, protégés par des parasols et concentrés le long de ces six pâtés de maisons. Nous passâmes devant Independence Hall et la poste pour déboucher de Walter Street sur le quai, où des bateaux d'excursion partaient pour New York et le cap May. Les résidences, les entrepôts et les commerces de Front Street étaient très animés. Nous trouvâmes le Bazar sur la promenade qui dominait le port. Au dernier étage, des plaques de fer vantaient les mérites de la Compagnie d'assurances contre l'incendie. Sous les stores qui abritaient le trottoir étaient assis des dames et des messieurs venus déguster les thés de M. Beck, importés de tous les pays du monde.

Le port, dans la lumière matinale, était une forêt de mâts et de voiles ferlées. Les stores en toile de marine jetaient une teinte dorée sur la foule et le mobilier de bois brut. Sur les tables couvertes de nappes blanches trônaient d'énormes théières en porcelaine bleu et blanc. Des marchands, des assureurs, des dockers, des vendeurs à la criée, des promeneurs, hommes et femmes, des lavandières et des marins se glissaient entre des ballots et des caisses venant du monde entier : riz, coton et tabac de Virginie, huile de blanc de baleine de New Bedford, cuir de cheval de Montevideo, café du Brésil, maisons de poupée de Cologne, lin de Finlande, rhum de Sainte-Croix, cognac de France et opium de Turquie. Des sacs de thé s'entassaient un peu partout devant le Bazar — Hyson et Indien, Gunpowder, Impérial et Souchong.

Quand nous fûmes installés, nos visages prirent aussi la couleur ambrée des stores. J'étais heureuse d'avoir apporté, sans raison particulière, un grand soin à ma toilette. J'étais vêtue de taffetas écossais vert, noir et gris, bordé de gros-grain noir, et coiffée d'un chapeau orné de ruban vert et d'une hirondelle un peu plus pâle, lovée gracieusement autour de l'oreille. Ma robe avait un jabot de dentelle blanche et des volants froncés aux manches. Je posai sur le siège vide à côté de moi la partition que j'avais achetée chez l'éditeur Can. La couverture jaune vif devint ocre dans la lumière.

« L'École de pharmacie est par là, répéta M. Wellington, montrant Swanson Street au nord. Elle n'a que dix ans, mais c'est la première des États-Unis. La pharmacie vient seulement d'être reconnue comme une branche de la profession médicale, en partie grâce à mon père. Avant, nous étions de simples épiciers, comme M. Beck.

— Chez nous, nous avions un excellent apothicaire.

— Les jeunes filles du Sud s'y connaissent en herbes médicinales. J'écoute toujours les remèdes de bonne femme. On apprend beaucoup.

— Ma grand-mère était la spécialiste de la famille. » Reste aussi près de la vérité que tu peux, pensai-je. Puis je songeai : Seigneur ! Un jour, il faudra que je lui dise.

« La médecine traditionnelle nous réserve de grandes surprises. »

Thance Wellington portait un haut-de-forme sur la tête, et ses sentiments sur le visage. Il posa son chapeau sur ma partition, l'air étonné mais ravi. Son beau visage énergique avait une expression allègre et chaleureuse qui, je ne sais pourquoi, me fit penser à ma chienne Indépendance. Une mèche de cheveux s'égarait sur son front, et je remarquai comme sa figure, ses mains et ses poignets paraissaient bruns, rehaussés par son linge blanc. Son long corps élancé, même assis, paraissait émaner de la terre avec une force propre. Rien dans ma vie ne m'avait préparée à l'effet qu'exerçait sur moi cet austère jeune homme du Nord.

« S'il vous plaît, ne vous moquez pas de moi, mademoiselle Petit.

— Je ne me moque pas, monsieur Wellington.

— Il y a quelque chose de si décisif dans tout ceci », dit-il mystérieusement. Sa voix était basse et hésitante, comme s'il livrait un précieux secret.

« Je sais », répondis-je aussi mystérieusement, même si je pensais, avec une tendresse infinie, qu'enfin je trouvais le repos. « Depuis combien de temps me suivez-vous ? demandai-je.

— Oh, des mois — depuis le jour de notre rencontre au conservatoire.

— Je vois.

— Non, vous ne voyez pas. Ce... ce phénomène... ne se produit pas tous les jours... du moins pour moi. On en a l'âme foudroyée. Ce que nous appelons le cerveau, l'organe qui nous distingue des autres primates parce qu'il reconnaît la mort, ceci », il se tapota le front, « se consume comme du charbon à cause de vous. » M. Wellington jeta un regard théâtral autour de lui. « Bien sûr, je ne voudrais rien changer », ajouta-t-il. Il me regarda un long moment en silence, puis dirigea son regard vers les vaisseaux, l'Atlantique, toujours muet, étonné.

Ah, mon très cher, pensai-je, moi si. Moi si. Mais pas vous. Pas vous, monsieur Wellington.

« Je sais que c'est très incorrect de ma part, mais j'espère que vous m'autoriserez à vous rendre visite, maintenant que je vous ai fait une peur de tous les diables. J'ai des billets pour un concert au Music Fund Hall. J'ai vu le programme. Je sais que vous l'aimerez. Léon Bukovsky dirige pour la première fois à Philadelphie. Je connais vos goûts en musique... S'il vous plaît, dites que vous m'accompagnerez... » Sa main tremblait. C'était une belle main, longue et carrée, avec des veines saillantes qui m'inspiraient unc profonde tendresse.

« Il faudra que je demande à mon tuteur.

— Bien sûr. J'aimerais aussi avoir la permission officielle de vous écrire.

— Oui. Je montrerai vos lettres à oncle Adrian.

— Bien entendu. »

Une ombre passa. Dans le ciel au-dessus de nos têtes ou à l'intérieur de mon âme, je ne sais.

« Vous n'allez pas changer d'avis, mademoiselle Petit ?

— Non, monsieur Wellington. »

Une heure s'écoula. Assise avec ce jeune homme parmi les autres couples, buvant mon thé à petites gorgées, j'étais reconnaissante à Charlotte de m'avoir appris les convenances de la société philadelphienne. L'école m'avait enseigné les bonnes manières, la façon de se tenir, la conversation polie. La lecture et le temps passé avec Charlotte ces deux dernières années avaient affiné mes ambitions pour faire de moi la jeune fille blanche dont je jouais le rôle. Il n'y aurait, je le savais, aucun faux pas, aucun geste malencontreux. Harriet Hemings de Monticello n'était plus qu'une image fugace que je captais dans le miroir de temps en temps à l'occasion d'un geste ou d'une pensée, mais que j'avais fermement reléguée dans le passé. Non seulement je m'étais oubliée, mais j'avais également oublié ma mère, mon père ; je jouais l'orpheline à la perfection. Je me rendais compte que tout le monde faisait semblant dans un domaine ou un autre. Et chacun avait des secrets. Pas nécessairement quelque chose à cacher, comme moi, mais des pensées, des déceptions qu'on préférait ne pas partager. La simplicité de la vie en Virginie recelait pour moi un charme étonnant, maintenant que je comprenais combien le Nord était compliqué, dangereux et plein de subterfuges.

Comme c'était la première ville au-dessus de la ligne Mason-Dixon, Philadelphie avait ses sympathies sudistes. De nombreuses familles du Sud venaient y passer des vacances ou y faire des achats. Et, en tant que marchands et constructeurs de navires, les Philadelphiens étaient souvent en affaires avec les États du Sud. Je me tourmentais à l'idée de croiser, hasard bien improbable, une famille du comté de Tidewater ou des personnes à l'œil vif et à la mémoire acérée, qui puissent me démasquer. Était-ce me torturer à plaisir ? Qui pouvais-je bien rencontrer ? Et où ?

« Vous savez que Charlotte est ma meilleure amie, monsieur Wellington ? Je n'ai pas de parents.

— Pas de famille du tout ?

— Aucune depuis qu'une épidémie de fièvre jaune a sévi dans le comté de Tidewater voilà quelques années. Toute ma famille a été emportée. Mon oncle Adrian n'est pas vraiment mon oncle, mais c'est le parent le plus proche qui me reste. Peu de personnes au monde sont aussi seules que moi, ajoutai-je.

— Oh, ma chère... mademoiselle Harriet. »

Une lassitude me prit, comme si j'avais nagé sur une longue distance, escaladé une haute montagne, ou bu trop de madère. Peut-être était-ce le parfum enivrant du Bazar de l'Orient, des Indes et de la Chine, avec ses milliers d'épices et ses centaines de thés, mêlé à une atmosphère indéfinissable et irrésistible de mystère, d'horizons lointains et de rêves. Peut-être.

Après cette première invitation, le Music Fund Hall devint l'un des rares endroits où Thance et moi étions autorisés à nous rendre seuls. Petit et Mme Latouche considéraient ce lieu comme suffisamment éducatif et public pour ne pas poser de problèmes de convenances au jeune couple moderne que nous étions devenus l'année suivante. Si des hommes plus mûrs, Amos, le frère de Charlotte, ou des collègues du conservatoire avaient nourri des espoirs à mon sujet, Thance Wellington leur fit rapidement comprendre que Mlle Petit était l'élue de son cœur.

Un soir, au concert, un certain calme s'empara de moi tandis que je m'asseyais aussi près de Thance que je l'osais. Je me délectais de savoir que je le tenais dans une telle servitude qu'il ne renoncerait jamais à moi, ne me remplacerait jamais par une autre et ne me quitterait jamais. Je pensais moins à ma propre ardeur qu'à la torture que je pouvais infliger.

« Vous ne m'avez jamais dit que vous m'aimiez », chuchota-t-il, alors que l'orchestre attaquait.

Je sentis sa panique quand je m'éloignai, comme je le faisais toujours lorsqu'il parlait d'amour. Ce n'était pas un éloignement physique, mais mental, un brusque renoncement à l'espoir. Cela me submergeait soudain sans prévenir et pouvait m'aveugler comme un éclair d'obus, me couper le souffle comme un blizzard. Je fixai les lumières dansantes de la scène. C'était l'un de ces soirs où la joie se retirait de l'amour.

Puis je regardai la partition sur mes genoux. Les

notes noires sur le papier blanc rayé me renvoyaient un écho ironique. Comment pouvais-je l'aimer et continuer à lui mentir ? Pourquoi sa souffrance était-elle à la fois ma joie et ma honte ?

Les lumières de la scène brillèrent davantage et des ombres fantomatiques baignèrent les chanteurs, dont les voix s'élevaient en une mélodie diaphane. Je tendis la main et touchai le genou de Thance doucement.

« Ne soyez pas en colère contre moi.

— Je ne suis pas en colère, je vous aime.

— C'est ce que vous dites. »

Il me saisit les poignets, les entourant d'une seule main, et se pencha en avant.

« Oh, vous me rendrez fou ! » dit-il, me retenant prisonnière.

Je secouai la tête et jetai un coup d'œil vers Charlotte et son frère Daniel, qui paraissaient bouger dans la lumière dansante.

« Embrassez-moi avant que les lumières se rallument. » Sa voix sortait de l'ombre près de mon épaule gauche, comme s'il s'était écarté de moi.

« Pourquoi ? m'exclamai-je, surprise.

— Pourquoi ? » répéta-t-il d'un ton sarcastique.

Je me tournai et le regardai fixement, désespérément, pendant quelques instants. Puis je me penchai vers lui et l'embrassai lentement. Il recula, stupéfait, tandis que je restais clouée sur place par le feu qu'il avait allumé en moi. Nous ne pouvions pas nous toucher, mais ma voix se fit caressante.

« Qu'est-ce qui vous déplaît maintenant ? demandai-je.

— Quelque chose nous sépare, chuchota-t-il, de façon presque inconsciente, comme s'il parlait malgré lui.

— Mais je suis tout près », murmurai-je d'un ton joyeux.

Pour une fois, c'était vrai, j'étais heureuse. Je passai la main sur la partition posée sur mes genoux.

« Vous êtes lointaine. Toujours lointaine, dit-il, boudeur.

— Ma foi, nous pouvons difficilement y changer quelque chose pour l'instant», dis-je triomphalement, le sentant entièrement à ma merci.

Je discernais son visage dans l'ombre. Il était appuyé au dossier de son fauteuil, et je le trouvais beau, ainsi immobile. Sa virilité émanait comme un parfum de ses habits de soirée bien coupés, et j'aimais à le regarder. J'imaginais la musique circulant dans ses veines comme du sang. Les notes tombaient comme de douces gouttes de pluie, se mêlant au léger bruissement de mes jupes. J'échappai délibérément à la concentration et à l'attention que requérait de moi la présence de Thance et me laissai submerger par la musique. Je me sentis sombrer dans une sorte de sommeil.

«C'est facile pour vous, chuchota Thance avec ressentiment, vous n'êtes pas amoureuse. Mais cette blessure, cette déchirure infinie de mon âme, Harriet, qui me laisse à vif, sans refuge, est très éprouvante. Je ne peux ni l'analyser ni l'étudier. Il faudra que je me domine. Je devrai garder ce désir inassouvi quoi que vous m'infligiez, mais je n'abandonnerai jamais. Je ne vous laisserai pas tranquille, quoi que vous puissiez dire ou faire. Vous contempler, Harriet, c'est comme regarder dans mon microscope pour explorer les possibilités secrètes de la vie, la magie de chaque molécule de matière qui grouille sous mes yeux. Vous détenez la clé de l'énigme de mon existence, alors que vous pensez peut-être que je veux juste vous déchirer le cœur comme un petit garçon arrache les ailes d'une mouche ou ouvre les graines des fleurs pour voir ce qu'il y a à l'intérieur.»

Je levai les yeux, à peine consciente des paroles de Thance. Pourquoi un vent glacé soufflait-il sur mon âme?

Dans la pénombre qui sentait vaguement l'huile de baleine des lampes et le parfum, la musique parvint à sa conclusion grandiose. Je suivais les notes sur ma partition, le visage rouge et brûlant, immobile dans le fauteuil de velours de la loge de Mme Waverly.

«C'est beau... si beau, dis-je d'une étrange voix

envoûtée. Il y a quelque chose de si décisif là-dedans. Comme la totalité de mon être. Un lieu de repos définitif. Ma maison. Comprenez-vous ce que je veux dire, Thance ? La musique, si fragile, dorée et douce en apparence, est pourtant comme une chaleur éthérée, et sa lumière est assez violente pour me brûler au plus profond de l'âme. Oh, Thance ! On reste impuissant, aveugle, privé de pensée. On ne veut pas être libre — ni rien voir changer. Totalement asservi, on souffre. Savez-vous ce que c'est de souffrir lorsqu'on est une femme ? Un fouet de soie vous déchire, et chaque coup mord dans votre chair.

— Oh, mon Dieu, gémit Thance. On dirait que vous êtes la victime de quelque rite magique, offerte en sacrifice ! »

Mais je ne parlais pas de la musique.

« D'autres hommes sont tombés amoureux, Wellington, vous n'êtes pas le premier. Ni le dernier. Méfiez-vous des filles du Sud, mon ami », fis-je en riant.

Les lumières s'allumèrent et les applaudissements éclatèrent comme pour saluer ma dernière réplique. Je regardai autour de moi, tripotant mes gants, cherchant le visage que j'adorais tant, fière et effrayée en même temps. Je pouvais peut-être le faire mourir d'exaspération, songeai-je. Mais Thance Wellington souriait, ses yeux sombres mais tranquilles brillants d'amour.

Je n'étais pas toujours si cruelle. Thance et moi passâmes ensemble de merveilleux moments l'année qui suivit notre rencontre. Nous promenions Indépendance devant Philadelphia Hall, faisions des excursions en bateau à la station hydraulique de Fairmount, ou retournions prendre le thé au Bazar de l'Orient. Charlotte, ses frères et leurs amis, Thance et moi ne nous quittions pas ce printemps-là. Quelques semaines avant ma sortie de Bryn Mawr en juin, Thance m'invita à visiter son laboratoire.

« J'ai fait des recherches sur un sujet fantastique. Il faut que je vous montre.

— Mais on ne laissera jamais entrer une femme !

— Pourquoi ne pas vous habiller en garçon? dit Thance sans réfléchir. Vous feriez un joli assistant d'apothicaire. N'avez-vous jamais eu envie d'être un garçon?

— Toujours. Il n'y a pas de femme qui n'ait pas souhaité être un homme à un moment de sa vie», répondis-je sans sourire.

Les apothicaires et leurs assistants portaient de longues blouses couleur safran, coupées comme celles des bouchers, avec d'énormes boutons, et des toques minuscules taillées dans la même toile de marine. Souvent ils enfilaient leurs blouses sur leurs habits de ville, et elles se gonflaient comme des voiles jaunes. Parfois, ils mettaient des manchettes blanches pour protéger leurs poignets des acides corrosifs et surtout du mercure. Je n'eus droit, en tant qu'assistant, qu'à une blouse indigo avec une toque assortie. C'est ainsi vêtus que nous grimpâmes les marches de l'École de pharmacie au coin de First Street et Sansom Street. Le concierge nous fit nonchalamment signe d'entrer, et j'essayai de garder mon sérieux le long du hall menant au laboratoire de Thance, les mains serrées derrière le dos, les pieds comprimés dans les bottes d'Adrian, de deux pointures trop petites. Les lunettes de lecture de Thance étaient accrochées à son cou et, comme la lumière des lucarnes les frappait de temps en temps, elles lançaient des éclairs, comme un message codé.

«Har... Harry! Venez, dit-il en riant et en me prenant le bras. J'ai lu des articles incroyables sur une nouvelle méthode d'investigation criminelle: les empreintes digitales. Si on prend l'empreinte à l'encre de tous les doigts des deux mains, chaque individu peut être identifié précisément et scientifiquement dans cent pour cent des cas, car les empreintes de deux personnes ne sont jamais identiques... n'est-ce pas incroyable? Aucun être humain n'a eu les mêmes lignes que vous au bout des doigts depuis un million d'années — pas un seul, et ça ne se produira jamais! Ces lignes sont plus personnelles, plus particulières que... votre esprit...

— Vous voulez dire, demandai-je lentement, plongée dans mon propre dilemme, que personne ne peut vraiment changer l'identité avec laquelle il est né ?

— L'identité n'est pas une question de changement ni de hasard. C'est une particularité fixe donnée à la naissance à tout être humain. Et elle est inimitable. Laissez-moi vous montrer. »

Thance me mena vers une pile de livres et de papiers sur un bureau éclairé, même en plein jour, par un énorme bec de gaz. Il prit doucement mon index et le posa sur un tampon encreur, puis le pressa sur une feuille de papier blanc. Les minuscules lignes et volutes du bout de mon doigt étaient reproduites sur le papier. Je les contemplai, stupéfaite. Puis il fit la même chose avec les autres doigts de ma main gauche.

« Les anciens Chinois et les Égyptiens connaissaient déjà les empreintes digitales comme moyen d'identification, mais ils n'ont jamais songé que cela permettait de différencier chaque homme du reste de l'espèce humaine, ils n'ont pas compris jusqu'où allait leur découverte. Je viens de recevoir un exemplaire de la thèse sur les empreintes digitales de Johannes Purkinje, professeur de physiologie à Breslau en Allemagne. Il a démontré que les empreintes digitales peuvent établir l'identité d'une personne à toutes les époques de sa vie, de la petite enfance à la vieillesse, et même quelque temps après sa mort.

« Regardez, Harriet. Ici, ce sont mes empreintes, et j'ai demandé à mon frère Thor de m'envoyer les siennes. Elles ne sont pas identiques bien que nous soyons jumeaux ! Nous nous ressemblons moralement, intellectuellement, et biologiquement, mais par nos empreintes, nous sommes aussi différents que si l'un de nous était noir et l'autre blanc.

— Vous voulez dire que vous et votre frère êtes identiques, sauf en ce qui concerne vos empreintes ?

— Les empreintes ont le mérite unique de conserver leurs particularités toute la vie, et constituent ainsi un critère d'identification plus infaillible que n'importe quel autre attribut physique. Mon jumeau pourrait essayer de jouer mon rôle, et il réussirait sur bien des points, mais ses empreintes le trahiraient.

« Ceci, ajouta-t-il en soulevant ma main, est votre personnalité humaine immuable, qui vous a été donnée à la naissance. Vous ne pouvez être que vous ! Vos empreintes le proclament. Cet autographe ne peut pas être imité, déguisé ni caché ; il ne s'effacera jamais, ne deviendra jamais illisible, ne changera jamais de forme avec le temps — incroyable, non ! »

Il pressa ma main contre sa joue, dans un mouvement de tendresse, oubliant l'encre restée sur mes doigts, si bien que j'y laissai cinq marques noires. Je levai les yeux, horrifiée, et Thance, se rendant compte de ce qu'il avait fait, mais n'imaginant aucunement la portée de son geste, se mit à rire. Puis il leva ma main et l'appliqua sur ma propre joue, y apposant les mêmes stigmates.

« Voilà, dit-il, à présent, nous sommes vraiment, scientifiquement, une seule et même personne, jusqu'après notre mort — car nous portons les mêmes empreintes digitales. »

Je me tournai pour me regarder dans le miroir du laboratoire en frissonnant. Ces marques étaient-elles en mesure de prouver que j'étais une esclave noire fugitive, et pas une libre Virginienne blanche ? Comme s'il lisait dans mes pensées, Thance poursuivit : « Cette méthode a fait naître de grands espoirs, qui ont été déçus. On pensait que les empreintes pouvaient révéler la racc et le caractère.

— Vous voulez dire que la nature a inventé cette différenciation infalsifiable indépendamment de la race ?

— Exactement. » Thance paraissait surpris.

« Cela ne permet pas de savoir si un homme est noir ou blanc… ou chinois ?

— Non.

— Et pourtant, c'est la seule véritable identité fixée par Dieu ?

— Par la nature, répondit Thance, troublé.

— Dieu nous a créés un par un, avec une destinée unique, puis Il nous en a donné la preuve — la preuve du caractère unique de notre âme, de notre singularité, se trouve là, dans notre main.

— Mais Harriet, c'est magnifique !

— C'est la preuve de l'infinie diversité de Dieu — des infinies possibilités de découvertes accordées à l'homme... comme la musique... les mathématiques. »

Je me détournai, le souffle coupé par la peur, le front moite.

Et j'avais pensé pouvoir cacher...

Je sortis lentement mon mouchoir et, sans me presser, méthodiquement, j'effaçai les taches noires du visage de Thance, puis du mien, et enfin de mes doigts. Lorsque je remis mon mouchoir dans ma poche, ma main toucha le poignard. Aucun homme ne saurait jamais que j'étais la fille du Président.

« Épousez-moi, Harriet. »

Je le regardai en face. Il n'avait pas senti ma terrible frayeur.

« Non, Thance. » Je baissai les yeux vers mes doigts. Ils étaient la preuve de ma malhonnêteté et de ma supercherie. Ils ne prouveraient pas que j'étais noire, mais moi je savais qu'ils portaient les empreintes d'une bâtarde... Un désir incontrôlable de crier ou de rire s'empara de moi.

« S'il vous plaît, ne vous moquez pas de moi.

— C'est moi qui ne veux pas qu'on se moque de moi, murmurai-je.

— M'aimez-vous ? »

Provocante, je lui tendis ma bouche. Les lèvres de Thance étaient douces, sensuelles, délicates. Il resta quelques minutes perdu dans le baiser. Puis je sentis une ombre de tristesse l'envahir.

« Je ne devrais même pas être avec vous en public sans chaperon, sans parler de vous embrasser au beau milieu de l'université de Pennsylvanie, dit-il. Mon Dieu, je viens d'embrasser un homme ! »

Nous éclatâmes de rire tous les deux.

Mais le sentiment de jouer doublement la comédie transforma mon rire en grimace ironique. Quel déguisement était le plus drôle ? Celui d'une Blanche ou celui d'un garçon? Thance, heureux, eut un sourire qui me ravit: c'était celui d'un petit enfant.

« Thance, oh Thance! » dis-je avec flamme.

J'attirai sa tête et l'embrassai passionnément. Habillé en garçon, libéré des corsets et des lourdes jupes, mon corps se moulait contre le sien, nous ne formions plus qu'un seul être. Je me sentais transportée, les muscles souples, la tête vide. Comme cette liberté haletante, terrible, est étrange! pensai-je. Non loin de là, quelqu'un chantait d'une voix qui ressemblait à la sienne.

Ainsi, étant jeune et plongé dans la folie,
Je tombai amoureux de la mélancolie.
Mon cœur fut enivré du même deuil,
Et tout ce que j'aimais — Je l'aimais seul.

« Il va te demander en mariage. Il a acheté la bague! Un magnifique saphir! »

Je me mordis la lèvre. « Charlotte, ce n'est pas vrai.

— Oh, mais si. Les unitariens de Philadelphie n'ont pas leur pareil pour garder un secret. Bien sûr, tu seras la dernière avertie. Mais si tu ne me choisis pas comme demoiselle d'honneur, je te tue!

— Charlotte!

— Ma mère dit que, bien sûr, il faudra tout discuter, le contrat de mariage, les fiançailles. Mais Mme Wellington s'est montrée très compréhensive et généreuse. Elle se rend compte que les temps ont changé et qu'on ne peut plus choisir les conjoints de ses enfants.

— Mais elle ne me connaît pas!

— Seulement, elle se méfie de ce qu'elle appelle les belles du Sud, des créatures gâtées, indolentes, incapables. » Charlotte pouffa de rire, et je lui fis écho.

« Une belle du Sud...

— Une belle du Sud pauvre — il paraît que ce sont les pires... »

Qui est mort, pensai-je, *qui s'est marié, qui s'est pendu de ne pouvoir se marier...*

« En tout cas, sa mère pense qu'il t'a fait sa

demande et que tu as dit oui — ce jour-là au laboratoire.

— J'ai dit non, Charlotte. » Je me détournai d'elle pour essayer d'y voir plus clair.

« Eh bien, si c'est vrai, personne ne t'a entendue. Et tu ne parles pas sérieusement ! Pour parler franchement personnellement, je crois que je ne serai jamais sérieusement amoureuse. Je découvre toujours quelque chose de comique chez un homme, et alors c'est fini. S'il ne paraît pas ridicule, il est maladroit, stupide, ou assommant. Bref, l'âne apparaît toujours sous la peau du lion... Je ne me laisserai prendre par aucun charme. Grâce à Dieu, ma manie de percer à jour les défauts m'empêchera de tomber amoureuse de tous les Adonis de la terre. Mais toi, tu ne peux pas éconduire Thance. Un garçon pareil...

— Charlotte, je ne peux pas...

— Oh, c'est si exaltant ! poursuivit-elle sans m'écouter. La seule question, c'est de savoir ce que le mystérieux Thor va en penser.

— J'ai cru comprendre qu'il était à l'étranger.

— En Afrique. Il s'est joint à une expédition dans le Natal pour recueillir des plantes médicinales. Il semble que dans ce pays il en existe plus d'espèces différentes que partout au monde. Les Sutos et les Zoulous sont célèbres pour leur pharmacopée.

— L'Afrique...

— Il est parti depuis près de trois ans.

— C'est vraiment le sosie de Thance ?

— Oh oui, bien qu'il soit plus vieux de vingt minutes.

— Comment est-il ? Thance ne parle jamais de lui. » Charlotte baissa la voix.

« Thance se sent coupable, mais ce n'était pas sa faute.

— Quoi donc ?

— L'accident.

— Quel accident ?

— Nous avions alors quatorze ou quinze ans. Thance et Thor jouaient à se battre dans la grange de la ferme familiale à Anamacora. Sans le faire exprès,

Thance a poussé son frère du grenier à foin, et il est tombé d'assez haut. Dans des circonstances normales, la chute aurait été sans danger pour un garçon vigoureux, mais, cachée sous le foin, il y avait une fourche oubliée par quelqu'un et Thor est tombé dessus. Elle lui a perforé un testicule. La blessure était terrible. Il a failli perdre tout son sang. Selon les médecins, cela l'a rendu stérile. Thance a l'impression d'avoir castré son jumeau et tué sa progéniture. Il se tourmente. L'accident s'est produit un an à peine après la mort de leur père, emporté par la typhoïde alors qu'il soignait des marins américains de l'escadrille navale qui patrouillait sur la côte de Barbarie. »

Je regardai fixement Charlotte et songeai combien cet accident rappelait une de ces vieilles histoires d'esclavage.

Je demandai à Charlotte comment elle avait appris tous ces détails, qu'on aurait dû cacher à une jeune fille de son âge et de son milieu.

« Thance m'a parlé comme à une sœur quand il essayait de lutter contre le remords.

— Et Thor ?

— Thor est un survivant. À bien des égards, il a surmonté son épreuve. Il a terminé ses études et s'est engagé pour sa première expédition scientifique. Il a toujours été plus ou moins absent depuis. Il a confié à son frère la charge de chef de famille. Je mc rappelle qu'il y avait de la télépathie entre les jumeaux. Ils pouvaient communiquer sans prononcer un mot. Je sais que Thor t'aimera, mais ne lui montre pas que tu sais, ne lui dis jamais que je t'ai informée de l'accident. Il déteste qu'on le plaigne. »

Moi aussi, songeai-je.

« Je te remercie de m'avoir raconté ça. Cela... explique beaucoup de choses à propos de Thance. »

Mais je pensais que la blessure de Thor était l'un de ces malheurs incompréhensibles, irréversibles, que seule une Noire avait le pouvoir, la volonté et la capacité de soulager — l'une de ces mutilations qui ne guérissent jamais, ne cessent jamais, mais plongent la victime dans une douleur sans fin, insondable, comme celles dont souffraient les esclaves.

Je jetai à Charlotte un regard chargé d'un nouveau respect.

« Tu as raison, lui dis-je, quand tu parles de jeunes filles protégées et choyées qui pensent que le monde doit leur apporter le bonheur. »

Je pris la main de Charlotte. J'écoutai mon propre cœur et le silence qui nous entourait.

Le salon de la maison des Wellington, qui s'élevait sur les quais près de Baindridge Street, était résolument simple. Chaque objet dans la grande pièce avait sa place et assez d'espace pour être mis en valeur. Les Wellington étaient fortunés. M. Wellington avait laissé à sa veuve une grande pharmacie florissante et un laboratoire, ainsi que plusieurs brevets sur des produits pharmaceutiques. Mme Wellington ne ressemblait qu'à une personne : mon père. C'était comme si j'avais devant moi un Thomas Jefferson en jupons. Elle avait les cheveux blancs comme du lin, qu'elle portait en rouleau et rassemblés dans un filet sur la nuque, des yeux bleus comme lui, sauf qu'ils tiraient plus sur le violet que sur l'aigue-marine, et une voix basse et mélodieuse dénuée de la sécheresse que j'avais appris à reconnaître comme un trait de la bonne société philadelphienne. Elle était assise dans un grand fauteuil tapissé de velours cerise, et les lumières du port projetaient des reflets or et verts sur ses joues roses. Elle n'était pas très âgée, cinquante-trois ou cinquante-quatre ans peut-être, mais son corps avait dû prendre de bonne heure les formes généreuses de l'âge mûr. Elle portait une toilette noire, un camée épinglé à son col. Elle ne possédait en rien l'énergie ni l'ardeur de ma mère ou même de ma grand-mère. Alors, pourquoi pensai-je à Elizabeth Hemings à ce moment-là ? Je ne le saurai jamais, mais je revis le visage de ma grand-mère et sa voix résonna dans la pièce tranquille :

Obtiens cette liberté pour tes enfants.

Bien sûr, je n'avais jamais songé un instant à mes

enfants, dans cette supercherie. Je n'avais jamais envisagé leur situation, ce seizième de sang noir qui les condamnerait à la condition de leur mère.

« Vous n'êtes pas catholique. »

Ce n'était pas une question, mais une constatation.

« Non, madame Wellington, j'ai grandi sans religion précise.

— Je ne crois pas aux mariages mixtes.

— Je vous demande pardon ?

— Aux mariages entre catholiques et protestants ou juifs. Je pensais qu'avec vos origines françaises, vous pouviez être catholique.

— Thance m'a dit qu'en tant qu'homme de science il n'était attaché à aucune religion.

— En effet, Harriet. Je peux vous appeler Harriet ? Son père pensait comme lui. Il était déiste.

— Mon père aussi. Mais je ne suis pas opposée à l'idée de me convertir si cela vous fait plaisir. La foi unitarienne est, je crois, la religion de l'avenir. »

Ayant calmement jaugé Mme Wellington, je pensais qu'une attitude candide serait appréciée. Ma visite avait été orchestrée jusqu'au moindre détail. Petit m'avait laissée à la porte et j'étais entrée seule au salon, hésitante mais sûre de moi, timide mais sereine. J'avais mis une robe de lainage vert au corsage plissé, avec des manchettes et un col blancs, et de larges manches gigot. Ma toque était verte aussi, avec une voilette de la même couleur à pois rouges. Cette tenue s'accordait à la teinte de mes cheveux et soulignait ma beauté. J'avais prié pour que Mme Wellington me déplaise, il m'aurait été plus facile de la tromper. Mais il n'en était rien. Il y avait de la franchise dans son sourire et son visage était attentif. Elle paraissait chaleureuse et accueillante. Je n'aurais pas besoin de mentir. Elle verrait ce qu'elle voudrait voir : une étrange orpheline virginienne, une provinciale sans ressources mais assez instruite, avec des « possibilités », une ascendance inventée et une susceptibilité sudiste.

Je lui avais fait la révérence à l'européenne en entrant — d'un mouvement large et gracieux qui lui avait plu — et, suivant la suggestion de Petit, je lui avais baisé la main comme les jeunes femmes le faisaient à leurs aînées en Europe. Elle avait rougi d'embarras et de plaisir et laissé sa main dans la mienne.

« Venez, ma chère, parlez-moi de vous, mademoiselle Petit. Charlotte m'a rebattu les oreilles de vos mérites, mais ce n'est pas pareil. J'ai cru comprendre que Thance et vous aimeriez vous marier à Noël.

— C'est le vœu de Thance.

— Vous serait-il possible de fixer une date lorsque nous saurons quand Thor pourra venir ?

— Bien sûr, nous voulons qu'il soit présent au mariage. »

Mme Wellington me regarda attentivement.

« Vous avez eu quatre frères, à ce qu'on m'a dit ?

— Oui... Ils sont tous morts.

— Oh, ma pauvre enfant ! La vie est parfois si cruelle. » Elle se tut un moment et me regarda encore. « Je veux être franche avec vous, Harriet. Je n'ai aucun intérêt à contrarier les désirs de mon fils. J'avoue que j'aurais préféré une jeune fille de Scranton à une Virginienne. Non que j'aie des préjugés à l'encontre des femmes du Sud, mais je me suis aperçu qu'en général elles apprennent dès le berceau le talent machiavélique de la manipulation. Le climat du Sud encourage l'indolence, et le nombre de serviteurs noirs une certaine... irresponsabilité, dirons-nous. Ces défauts ne s'estompent pas avec le mariage, mais sont renforcés par la façon dont ces femmes sont dorlotées par leur mari, par la possessivité indulgente de ces messieurs. Le climat favorise aussi la sensualité, et le fait de posséder des gens et d'avoir pouvoir de vie et de mort sur eux pousse à une sorte de fatalisme insouciant. Je crains que l'éthique du travail que nous inculquons aux jeunes filles du Nord ne manque beaucoup à celles du Sud...

— Madame, où avez-vous pris de tels renseignements sur les femmes du Sud ? Je vous assure que beaucoup d'entre elles mènent une vie de pionnière, qu'elles partagent le travail de leur époux, sur les plantations et dans les fermes. Elles se lèvent à l'aube, dirigent de grandes maisons, ont de lourdes obligations sociales. Il y a autant d'infirmières, de sages-femmes, de cuisinières, de travailleuses agricoles que de belles du Sud. Et là-bas, on compte plus de cabanes en rondins que de grandes résidences. Comme la plupart habitent dans des fermes et des plantations isolées où tout doit être fait à la main, où il faut se suffire à soi-même, elles savent coudre et tisser, fabriquer des chandelles et du savon, ramasser du miel. Lorsqu'elles ont des esclaves, elles doivent les former et les surveiller, se lever aux premières heures et se coucher longtemps après leur mari et leurs serviteurs. Elles doivent donner naissance à leurs enfants loin de toute civilisation, souvent sans l'aide d'une sage-femme. En plus il y a la violence de la nature, avec ses orages, ses inondations, les insectes, la sécheresse, les épidémies... Il faut respecter la volonté de Dieu. Je crois, madame Wellington, que vous êtes injuste avec nous.

— Et votre famille, Harriet ? poursuivit-elle d'un ton égal, malgré mon discours.

— Quand j'avais une famille, elle était nombreuse et possédait des esclaves, mais elle n'existe plus, sauf dans mon souvenir. Je suis seule au monde, je n'ai pas de passé et ne suis pas certaine de mon avenir. »

Mme Wellington se radoucit visiblement. « Oh, je sais que faire marcher droit des gens comme ces Noirs à demi civilisés demande beaucoup de courage. Seules unc discipline stricte et des punitions sévères permettent de vivre dans une pareille proximité avec des sauvages. Pour les femmes blanches, qui vivent sans doute dans la peur constante du viol et de la révolte de leurs esclaves, la cruauté doit être un moyen d'autodéfense. Ma pauvre Harriet ! Nous sommes ici pour remédier à cela. Mon fils vous aime beaucoup.

— Et je l'aime.

— Je ne crois pas que vous m'ayez dit à quelle église vous alliez. »

Encore, pensai-je, cette question de la religion.

« Mais... celle de Charlotte, répondis-je.

— Comment, mais c'est la mienne ! Ai-je croisé ma future belle-fille sans m'en rendre compte ?

— Je suppose que vous avez votre siège, alors que je suis dans la galerie.

— C'est vrai. Je pars généralement avant que la galerie ne descende. »

Imaginez mon soulagement ! Mme Wellington expliquait ainsi pourquoi elle ne m'avait jamais croisée à l'église.

« Je voudrais que vous ayez un entretien avec le révérend Crocket bientôt. Vous devez demander à Charlotte de vous parrainer dès que possible pour devenir membre de notre congrégation. »

Tandis que l'après-midi passait, dans la pièce confortable et rassurante, ornée de solide mobilier anglais, de cuivres polis et de tapis colorés, des bribes de musique me revenaient. Mais pas la musique que je travaillais, ni des airs à la mode ; non, les mélodies que j'entendis durant ce long après-midi étaient de vieux chants de travail d'esclaves, des mélopées plaintives, des comptines et des rondes enfantines à moitié oubliées, et même la ballade rythmée qui racontait l'aventure de Gabriel Prosser, sur laquelle les Blancs dansaient sans en connaître les paroles. Les notes me traversaient l'esprit comme les rayons du soleil dansaient sur les hauts rideaux blancs. Soudain j'eus envie de rentrer à la maison, de revoir ma mère...

« *Maman* », murmurai-je. Je devins écarlate quand je me rendis compte que j'avais parlé tout haut et que Mme Wellington m'avait entendue et s'était levée pour me prendre par les épaules.

« Ma chère, dit-elle, allons rejoindre vos futures sœurs. »

Elle sonna, et ses filles Tabitha et Lividia entrèrent. Elles étaient grandes et belles, avec le teint clair et des cheveux de jais. Les miens étaient beaucoup plus clairs. Tabitha était mariée à Janson Ellsworth, un médecin militaire ; Lividia, qui avait été ma condisciple à Bryn Mawr, était aussi grande que moi et aussi mûre que sa sœur, alors qu'elle n'avait que quinze ans. Ces femmes Wellington, mère et filles, allaient constituer ma nouvelle famille. À mesure que le temps passerait, elles remplaceraient ma vraie famille de Monticello : Critta et Dolly, Ursula et Betty, Peter et John, Dolly et Wormley. Eston, Beverly, Madison et Maman. Il y avait les Blancs aussi — Martha et Thomas Mann, Ellen et Cornelia, Meriwether et Francis, et le Président. Tout à coup, j'eus l'impression qu'ils envahissaient le salon où je me trouvais avec Mme Wellington, Tabitha et Lividia. Ils occupèrent bientôt tout l'espace, tournant en rond dans la pièce, chacun avec ses empreintes digitales indélébiles, touchant tous les objets qui leur tombaient sous les yeux, le manteau de la cheminée, le piano, les rideaux de soie, le secrétaire ciré, les rayons de livres, les vases de Chine, les boîtes laquées, les chaises anglaises, la théière en argent. J'effleurai soudain le métronome sur le piano. Mes empreintes resteraient sur cette nouvelle famille comme sur l'ancienne.

Je m'assis au pianoforte sans parler, et jouai des morceaux simples, parcourant l'ivoire et l'ébène au rythme du métronome et de mon mensonge éhonté. Mes doigts volaient sur les touches immaculées aussi légèrement qu'ils pouvaient, car je craignais toujours qu'ils n'y laissent des taches noires.

8

> Il y a des absurdités que rencontrent ceux qui usurpent le rôle de Dieu et Lui dictent ce qu'Il aurait dû faire.
>
> THOMAS JEFFERSON.

En juin, la troisième année de ma fuite, je décidai d'essayer de comprendre le drame qui avait frappé mes parents en lisant tous les journaux de l'époque. Je voulais savoir ce qui s'était passé en 1802 et avait fait taire ma mère pour toujours.

La bibliothèque de droit de l'université de Pennsylvanie, construite en 1797, était la réplique exacte de la Bibliothèque nationale de Louis XIV à Paris, avec son dôme de fonte et de verre qui l'éclairait de lumière naturelle, un balcon qui courait sur ses quatre côtés, et une collection de quarante mille volumes. Thance m'avait dit que ce palais de cristal avait coûté près de sept millions de dollars.

Je portais un pantalon, et ma tresse était cachée sous le haut col de ma veste à épaulettes et sous un chapeau de feutre bleu à large bord. Une paire de lunettes rondes cerclées d'acier était perchée sur mon nez, et une courte boucle de cheveux me tombait sur un œil. Ainsi déguisée en garçon, comme le jour où j'étais allée au laboratoire de Thance, je ressemblais fort aux autres jeunes clercs qui faisaient des recherches pour l'un des nombreux avocats du quartier.

Le gardien leva à peine les yeux quand je passai, et

le bibliothécaire accablé d'ennui m'indiqua simplement où signer. En traçant les initiales de Thance, mes mains tremblaient dans les gants de cuir que je portais pour dissimuler que ce n'étaient pas celles d'un homme. Même si l'entrée était interdite aux femmes, aux Juifs et aux chiens, que pouvait-on me faire, sinon me demander poliment de partir ?

Je notai rapidement l'objet de ma recherche et tendis le papier sans un mot à l'employé. Mon cœur se mit à battre plus vite quand je me glissai sur le siège le plus proche au bout d'une longue rangée de bureaux fixés au plancher de bois. Des lampes à huile de baleine protégées par des abat-jour verts étaient posées à chaque place. J'avais dû fermer les yeux, car je sursautai lorsque trois énormes volumes de cuir gravé d'or atterrirent avec bruit sur la table.

« Signez ici, monsieur, je vous prie. »

J'imitai de nouveau la signature de Thance. Lentement, j'ôtai mes gants et enfilai les manchettes blanches destinées à protéger les pages des livres et les manches des lecteurs. Je lus attentivement le titre du premier volume avant d'en soulever la couverture : *Les Lois sur les Noirs de l'État de Pennsylvanie — statut réglementant la conduite des Noirs libres en Pennsylvanie.*

Un individu noir libre reconnu coupable d'avoir commis la fornication et l'adultère avec un Blanc sera vendu comme esclave pendant sept ans. Le Blanc sera condamné, comme la loi l'indique en cas d'adultère ou de fornication, à un an de prison et à une amende de cent dollars. Les Blancs qui cohabiteront avec un individu de race noire en prétendant qu'ils sont mariés recevront le même châtiment.

En cas de mariages interraciaux, le Noir libre sera vendu comme esclave, et les enfants de ce mariage seront placés comme domestiques jusqu'à l'âge de vingt et un ans. Le pasteur qui aura célébré la cérémonie devra payer une amende de cent dollars.

Tout Noir ou mulâtre libre abritant ou recevant un Noir, un Indien ou un mulâtre esclave ou fugitif sera condamné à recevoir vingt et un coups de fouet et à payer une indemnité. S'il ne peut pas la payer, il sera vendu en esclavage pour acquitter sa dette.

Je restai paralysée d'horreur devant ma propre naïveté. Quelle ironie! C'était donc cela le Nord? C'était là que j'allais être mariée dans une église, devant Dieu et la société, par un pasteur ayant reçu l'ordination. C'était là que j'allais marcher vers l'autel, sous des montagnes de fleurs et des flots de musique, à la rencontre de mon amour.

Les murs couverts de livres parurent exploser et se disperser dans l'infini. Il n'y avait pas d'échappatoire. Partout où j'irais, l'enfer éternel de la négrophobie m'accompagnerait. Quelles que soient les limites de la planète, je ne serais jamais en sécurité. Mon crime me poursuivrait jusqu'à la mort, et si je persistais j'entraînerais avec moi tous ceux que j'aimais. Car ces pages parlaient non pas d'esclaves, mais d'affranchis. De Noirs affranchis. Il ne pouvait pas y avoir, comme Petit l'avait fait remarquer, d'esclave blanc, tout comme il ne pouvait y avoir d'Américain noir. C'étaient des termes antagoniques — une aberration dans un pays de Blancs.

Les mots dansaient sur la page comme des notes de musique, et un air persistant bourdonnait dans ma tête. Stupidement, je fredonnais *Yankee Doodle*!* En fait, ce n'était qu'un cri étouffé contre chaque affront, chaque atteinte à la vie des personnes de couleur libres en Pennsylvanie: il leur était interdit de voter, de se présenter aux élections, de porter des armes, de piloter les bateaux fluviaux, de servir dans la milice, de former des groupes, de se trouver dans les rues après onze heures du soir, d'être ivre en public, d'exercer la médecine ou une profession juridique, de pratiquer l'usure à l'encontre d'un Blanc, de posséder un attelage. Les gens de couleur libres avaient des tribunaux, des écoles, des églises et des cimetières séparés. On leur infligeait la peine de

* Chant populaire datant de la Révolution américaine. *(N.d.T.)*

mort pour viol, sodomie, ou vol perpétré contre un Blanc. Ils étaient fouettés publiquement pour tout larcin et fraude, ou s'ils avaient été surpris avec un pistolet, une épée ou n'importe quelle arme. Ils devaient payer un impôt de cinq cents dollars à l'État pour garantir leur bonne conduite.

Je continuai à lire, les joues rouges, une brûlure dans la poitrine, ma tresse s'échappant de mon col. L'humiliation et le dégoût me submergeaient comme si l'encre des pages eût coulé tel un poison dans mon sang. Nous, les Hemings... Je me sentais nue. C'était encore pire que le viol, cette profanation de mes illusions les plus chères et les plus intimes. J'entendais les voix de tous ceux que j'aimais, de la famille qui me manquait, de ceux qui, comme moi, étaient attachés à leur pays malgré ce qu'on leur avait fait. Même ces connaissances que je volais n'étaient pas vraiment miennes, puisque je n'appartenais pas à la nation dont mon père avait été Président.

Le gardien me jeta un regard intrigué. Je ne paraissais pas prendre de notes.

Une larme isolée tomba. Puis une autre, si brûlante que je m'étonnai qu'elle ne trouât pas la page. J'avais trouvé ce que je cherchais. Où était ma place.

Je dressai la tête, alarmée, en entendant l'employé approcher. Il venait me chercher. Je me levai à demi, manquant renverser la lampe à huile.

« Voilà, monsieur, les exemplaires reliés du *Richmond Recorder* de l'année 1802. Voulez-vous signer ceci, je vous prie ? »

Le volume était aussi lourd qu'un enfant dans mes bras. Machinalement, je l'ouvris, feuilletant les pages jusqu'à ce que l'article du 1er septembre 1802 émerge comme d'un puits profond. Il s'intitulait « Encore le Président » et commençait ainsi :

Il est bien connu que cet homme, que le peuple honorait avec plaisir, a pour concubine, depuis plusieurs années, l'une de ses esclaves. Elle s'appelle Sally. Son fils aîné, Tom, ressemble de façon frappante au Président. Il a dix ou douze ans. Sa mère est allée en France avec M. Jefferson et ses deux filles. Le caractère délicat d'une telle situation doit frapper toute personne de bon sens. Quel modèle sublime à mettre sous les yeux de deux jeunes filles de la part d'un ambassadeur américain!... De cette femme, Sally, notre Président a eu plusieurs enfants...

C'était donc ce que ma mère et ma grand-mère avaient voulu dire toutes ces années quand elles parlaient des « ennuis avec Callender » et de « la fin tragique de James ». Ces expressions avaient résonné si souvent à mes oreilles que pour moi elles étaient devenues des formules vides de sens. Je suivis du doigt les lettres noires. Voilà ce qu'était le monde réel. Mon père avait été diffamé et ma mère traînée dans la boue. À présent, âgé, malade, oublié, tenu à l'écart de son propre pays, presque ruiné, il se débattait toujours dans le même piège : le crime du métissage.

Personne dans les environs de Charlottesville ne met en doute cette histoire ; et nombreux sont ceux qui la connaissent... Regardez le favori, le premier partisan de la République ! Quel couronnement à sa carrière ! La consommation au grand jour d'un acte qui tend à menacer la politique, le bonheur et l'existence même de ce pays.

Pourquoi ma mère représentait-elle une telle menace pour le bonheur des États-Unis ?

Le bruit de la mer grondait dans mes oreilles. Je regardai autour de moi si d'autres l'entendaient, mais ne vis que la sordide pénombre verte de l'histoire écrite, interdite aux femmes, aux Juifs, aux Noirs et aux chiens.

Muets ! muets ! muets ! seront sur ce point tous ces auteurs républicains de biographies politiques. Qu'ils réagissent ou non, ils doivent se sentir comme un cheval dans des sables mouvants.

C'était moi qui m'enfonçais dans des sables mouvants. Je n'avais plus de souffle, je sombrais. Les mots et les lettres se brouillaient sur la page, m'arrachant un gémissement pareil à celui d'une femme en couches. Ma main monta à la gorge qui avait émis ce son. Je jetai un coup d'œil autour de moi, mais aucun des clercs et des étudiants disséminés dans la salle, penchés sur leurs livres et leurs notes, n'avait entendu.

«*Ils continueront à s'enfoncer*, continuai-je à lire, *jusqu'à ce qu'aucun secours ne puisse plus les sauver.*»

Mes yeux se portèrent sur la fin de l'article, cherchant l'échappatoire, un soulagement, mais en vain.

Nous aimerions entendre une réfutation.

Nous affirmons au monde avec la plus ferme conviction qu'aucune dénégation n'est possible. La Vénus africaine officie, paraît-il, comme gouvernante à Monticello. Quand M. Jefferson lira cet article, il aura le loisir d'estimer combien de gains et de pertes lui auront valu tant d'attaques injustifiées contre

J.T. CALLENDER

«James T. Callender.» Je répétai le nom familier, puis me levai, chancelante, pesant de tout mon poids sur le livre ouvert.

Je ne me rappelle pas avoir quitté la bibliothèque, mais mon départ dut sembler bien ordinaire, car aucune main ne vint se poser sur mon bras, aucune parole ne me retint, aucun geste de moquerie ou de dérision ne me poursuivit hors des salles. Une fois à l'extérieur, je m'appuyai contre un arbre et fus prise de violents vomissements.

«Ne haïssez pas votre père», disait Petit.

Nous déjeunions au restaurant de l'hôtel Brown, et mon tuteur tentait de me donner des explications :

«Je crois qu'en ce moment je hais le monde entier.

— Pas Thance, sûrement.

— Si, même lui.

— Je sais que vous croyez qu'il peut vous arriver à tous les deux ce qui est arrivé à vos parents.

— Bien sûr que non. Nous ne sommes, après tout, que de simples mortels, pas le président des États-Unis et la fameuse Sally la Noiraude.

— Ne détestez pas votre mère, non plus.

— C'est moi que je déteste. Parce que j'ai peur et que je mens quand même, parce que j'écoute les insultes lancées contre ma race quand les Blancs se croient entre eux. Je déteste aussi Thance de m'aimer et de m'obliger à mentir pour lui — afin de le garder. Et puis, j'ai honte de le détester parce que je l'aime vraiment et que je ne veux pas mentir, pas à quelqu'un que j'aime. »

Petit fronça ses épais sourcils qui se rejoignirent. « Vous n'auriez jamais dû lire cet article.

— Il n'y avait pas moyen de l'éviter. Je suis née avec cet article, répondis-je avec dégoût.

— Mais vous déguiser en garçon !

— Il fallait que j'entre à la bibliothèque, Adrian ! Ils en interdisent l'entrée aux femmes, aux chiens, aux Juifs et aux Noirs. Oh, ils ne se donnent d'ailleurs même pas la peine de mentionner les Noirs, ce serait trop absurde, comme si les singes parlaient. Quand je suis sortie de ce bastion d'hypocrisie, j'ai vomi.

— Oh, Harriet !

— Ne comprenez-vous pas, Petit ? Thance n'est que l'un d'eux. Je suis amoureuse de l'ennemi... exactement comme ma mère. Or, je m'étais juré de ne jamais lui ressembler ! »

Je jetai un regard provocant à Petit, le défiant de me contredire. J'avais passé suffisamment de temps avec les Blancs à présent pour connaître cette part d'eux-mêmes qu'ils révélaient lorsqu'ils étaient entre eux. Une part aussi honteuse que celle que les maîtres montraient à leurs esclaves. Ils pouvaient cacher leur haine en public, mais moi, une mouche sur le mur, une étrangère, une femme noire, j'avais appris ce que les Blancs pensaient vraiment des Noirs et savais que leur colère, s'ils découvraient que je leur avais fait croire que j'étais l'une des leurs, serait implacable. Cette tromperie n'avait-elle pas déjà déchaîné la rage de Sykes il y avait tant d'années? Autour de nous les clients formaient un tourbillon de couleurs, pareil au châle en cachemire que je portais. Tout était en ordre, chaque geste, chaque son, chaque mouvement : j'avais devant moi des Blancs du Nord bien nourris et contents d'eux. J'étais la seule à ne pas être à ma place.

« Je comprends que le langage a dû vous choquer.

— Oh, ce n'était pas la grossièreté du langage, mais l'intensité de la haine... une haine meurtrière. Ma mère a été l'une des femmes les plus haïes des États-Unis ! C'est ce qui m'a rendue malade.

— Vous avez grandi en un après-midi.

— Je veux rentrer chez moi.

— Vous jouez le rôle d'une jeune Blanche et vous ne savez pas vous conduire comme l'une d'elles, dit-il cruellement. Croyez-vous que le bonheur et l'adoration passeront de nouveau si près de vous ?

— C'est contraire à la loi, murmurai-je.

— Quoi donc ?

— Le métissage. Le mariage mixte. Le mariage d'un Blanc avec une Noire, ou vice versa, est un crime passible d'amende et d'emprisonnement. Un trente-deuxième de sang noir fait de vous un Noir, et vous interdit donc d'épouser une personne de race blanche. »

Petit éclata de rire, et le serveur près de lui se tourna obligeamment.

« Oh, Harriet ! chuchota-t-il. Il existe aussi des lois contre la fornication et l'adultère, mais le monde est plein de prostituées et de maris trompés.

— Et d'enfants illégitimes, ajoutai-je. Comme moi.

— Beaucoup de très grands hommes ont eu des enfants naturels — la plupart des princes du sang et même quelques papes ! C'est aussi vieux que le monde, Harriet.

— J'ai toujours cru que, d'une façon ou d'une autre, il finirait par nous reconnaître. Maintenant, je sais qu'il ne le fera jamais. »

Petit ne répondit rien, car il savait que je disais vrai.

Petit s'arrêta devant une maison dans Vine Street, non loin de l'hôtel Brown.

« C'est ici que votre oncle James est mort, me déclara-t-il. J'ai toujours cru que sa mort était liée à cet article de Callender, et que c'était James qui l'avait mis au courant de l'histoire. Le secret était si bien protégé du monde extérieur par tout le monde, Blancs et Noirs, dans le comté d'Albermarle, que c'est sûrement un membre de la famille qui l'a trahi. Callender était un journaliste ambitieux, dangereux, qui gagnait sa vie et certaines gratifications en dévoilant des scandales concernant des personnalités politiques. C'est pour cela que votre père l'avait engagé, au début.

« James avait essayé de convaincre votre mère de s'enfuir depuis des années. Il était obsédé par sa liberté. Il est revenu deux fois d'Europe pour la chercher. Il se sentait responsable de ce qui était arrivé à Paris ; pourtant, il n'aurait sûrement pas pu empêcher vos parents de tomber amoureux l'un de l'autre. Mais il était décidé à arracher votre mère à l'emprise de votre père. James était à Richmond quelques mois avant que le scandale éclate, et Callender aussi — en prison. Je crois que James a informé Callender dans l'espoir que le scandale obligerait le Président à vous éloigner, votre mère et vous, les enfants, ce qui vous aurait en fait libérés. Ainsi, James aurait sauvé sa sœur, du moins à ses yeux. Il disait que c'était sa virilité qui était en jeu, et qu'il ne serait jamais libre lui-même tant que votre mère ne le serait pas.

« Quand il s'est rendu compte que cette dernière stratégie avait échoué, et qu'il n'avait réussi qu'à mettre votre mère en danger et à empoisonner tout ce qu'il y avait de réel dans sa vie, il s'est senti extrêmement coupable. Soit des amis politiques de votre père l'ont attrapé et il ne s'est pas défendu, soit il s'est tué avant qu'ils ne le fassent. James a été retrouvé pendu dans sa chambre. Et plus tard, on a découvert Callender noyé dans le Potomac dans un mètre d'eau : ce n'était pas un suicide. Les deux morts ont été attribuées à un abus de boisson. Mais personne n'a jamais compris comment James avait pu se pendre à une poutre sans utiliser de chaise, ni comment un adulte s'était noyé dans une flaque.

« C'était une année d'élection pour votre père. Le scandale s'est répandu jusqu'à Londres et Paris. En Amérique, les articles faisaient la une des journaux, un mélange de pornographie, d'absurdités et de satire politique. Vous avez été l'enfant de ce scandale, Harriet. Vous veniez de naître. »

Je levai les yeux vers la façade indifférente de la maison étroite de deux étages, avec ses trois marches de marbre et ses fenêtres encadrées de blanc, sombres et mystérieuses, qui paraissaient impénétrables. Toutes mes questions se heurtaient contre cet implacable silence, la haute porte violette, le marteau de cuivre poli. S'il y avait des voix du passé, elles ne me parlaient pas.

« Et mon père n'a rien fait, Petit ? Il n'a pas répondu ni provoqué Callender en duel ? Il n'a pas menti ? ou demandé à d'autres de mentir pour lui ?

— Non.

— Où étiez-vous ?

— À Washington, au cœur de la tempête ! Une telle avalanche de calomnies ! Votre mère était le sujet de conversation de tout le pays, et votre père n'avait pas d'autre solution que de se barricader derrière un mur de silence à la Maison Blanche et d'attendre que le vent tourne. Votre grand-mère a envoyé Martha à Washington pour qu'elle siège à la table présidentielle et calme les rumeurs. James a cru que votre père allait exiler votre mère. Mais il n'en a rien fait. Et donc vous voilà. Nous voilà, vingt ans plus tard.

— Et vous pensez que quelqu'un a découvert que c'était James qui avait informé Callender ?

— Eh bien... ce n'était guère un secret à Richmond, tout cela. Ni à Charlottesville. Quelqu'un de bien placé avait brisé le mur de silence élevé autour de Monticello.

— Mais vous croyez que c'était James ?

— C'est tout de même étrange que James et Callender soient morts tous les deux de mort violente.

— Et comment était-il, ce Callender, de son vivant ? Vous le connaissiez ?

— Callender se targuait d'être le meilleur journaliste politique d'Amérique — un grand professionnel injustement calomnié et persécuté. On le qualifiait d'ivrogne à une époque où les hommes buvaient sec, et de lâche parce qu'on l'accusait de vendre sa plume pour briser la vie de certains personnages, mais, curieusement, ses victimes ne le traitaient jamais franchement de menteur. Il avait un flair infaillible pour la turpitude et la folie humaines. Une passion pour les faiblesses des puissants et la vulnérabilité des hommes en proie à des attachements illicites. Il avait également son propre système de règles perverses, justifiées par un tas de balivernes sur la liberté de la presse et le droit de la population à être informée. Il estimait aussi que lui, James Thompson Callender, méritait beaucoup mieux que son sort.

« Physiquement, c'était un homme de stature imposante, avec des cheveux blonds blanchis prématurément, et une belle tête de pugiliste. Dieu sait combien de fois il s'est fait rosser. Il avait le teint fleuri d'un grand buveur natif d'Écosse. Et, bien qu'il fût jeune, il arborait une barbe et des lunettes, ainsi qu'un catogan de cheveux gris pour se vieillir. Il était voûté à cause de sa taille, boitait à la suite d'un coup de fusil qu'il avait reçu, et sa démarche était chancelante parce que le plus souvent il était ivre. La plupart des gentlemen ne lui accordaient pas l'honneur de le provoquer en duel. On disait qu'il avait une fine pensée politique, pourtant il est impossible de savoir s'il était objectif et sans préjugés. C'était donc un homme très dangereux — arrogant aussi — et, étant lui-même issu d'un milieu simple, il savait que les Américains aiment mieux lire des scandales que la terne vérité.

« Callender attirait comme un aimant la calomnie et la malchance. La société respectable le tenait à l'écart, mais il essayait d'y entrer tout en sachant qu'il n'y parviendrait jamais. Bouc émissaire classique, il pouvait pourtant faire trembler les riches et les puissants. Je suppose que c'est ce qui attira James, si aveuglé par sa propre obsession et sa haine pour un ancien maître qui était aussi à moitié son beau-frère. En tout cas, je sais que James et Callender se voyaient à Philadelphie. Votre oncle a commis l'erreur fatale de se confier à lui.

« J'ai souvent remarqué que plus la pensée d'un homme est libérale et démocratique, moins il tolère les attaques politiques. Les dictateurs sont beaucoup plus philosophes quand on les traîne dans la boue — du moins jusqu'à ce qu'ils décident de vous trancher la tête. Les accusations de Callender ont mis votre père en fureur. Il est devenu encore plus rigide et secret, se retirant dans sa tour d'ivoire et laissant ses subordonnés essuyer le feu. Votre père était trop fier pour reconnaître qu'il aimait votre mère. Un homme qui, comme lui, a toujours obtenu ce qu'il voulait, ne trouve jamais le bonheur. Sa chance, ou sa puissance, lui inspire des désirs déraisonnables qui ne peuvent jamais être pleinement satisfaits. Il est peu à peu rongé par l'impatience, l'indignation, un sentiment d'injustice et de trahison. Pendant ces années de scandale, le cœur de votre père s'est érodé minute après minute, comme une pierre sous l'action de l'eau. Et Callender n'a jamais pu se décider à lui faire grâce parce que... parce que votre père... avait imposé sa volonté... si longtemps. Comprenez-vous ? Bien sûr, lui et ses principaux associés considéraient Callender comme un vulgaire maître chanteur. Je n'ai jamais oublié la terrible scène dont j'ai été témoin par hasard. “Vous me devez cet argent, pas par charité arrogante, hurlait Callender, mais comme prix de mon silence. — Vous êtes un chenapan et un éternel mendiant — un sale ingrat ! avait rétorqué votre père. — C'est vous qui m'avez employé comme journaliste. Vous avez le pouvoir d'éteindre le volcan d'insultes d'un seul mot ! Et pourtant, avec cette froide indifférence qui est le fondement de votre orgueil, vous restez neutre. Je pensais que vous m'aimiez ! — Plus maintenant. Dorénavant, tout argent que vous recevrez de moi sera de la charité. — Charité, mon œil! Vous m'avez ordonné de dévoiler l'intrigue amoureuse d'Hamilton, pour diffamer Washington et Adams, en me couvrant d'argent et de louanges. J'ai vos lettres, vous vous en souvenez? — Au diable mes lettres! Je veux que vous me les rendiez. — Plutôt crever!"

« Votre père a donné l'ordre aux journaux du parti républicain de tailler Callender en pièces. Ils ont fouillé dans sa vie en Écosse et l'ont accusé d'avoir fait chanter son ancien protecteur, lord Gladstone. Et bientôt les accusations se sont mises à pleuvoir. Le rédacteur en chef du journal républicain, Meriwether Jones, s'est rendu compte que cela n'empêcherait pas l'histoire de se propager, alors il s'est mis à attribuer votre paternité et celle de vos frères à quelqu'un d'autre. "Est-il étrange, a écrit Jones, qu'une servante de M. Jefferson, dans une maison où résident tant d'étrangers, qui est quotidiennement engagée dans les occupations ordinaires de la famille, comme des milliers d'autres, ait un enfant mulâtre? Certainement pas..." Certainement pas, puisque Jones lui-même avait une maîtresse noire qu'il avait installée chez lui. Ce qui avait tant choqué Callender qu'il était parti, après avoir profité de Jones pendant des mois. Puis Jones accusa Callender d'avoir tué sa femme de façon ignominieuse. Callender n'attendait que cela. Il publia ce qu'il savait de votre mère. Si Thomas Jefferson n'avait pas violé le sanctuaire de la tombe (celle de la femme de Callender), Sally et son fils Tom auraient peut-être continué à dormir dans le caveau de l'oubli, écrivit-il un jour.

« Il n'y avait pas moyen d'arrêter le scandale: articles, poèmes, insultes, plaisanteries scabreuses. Callender fut menacé d'être roulé dans le goudron et les plumes, cravaché et assassiné. Les amis républicains de votre père furent avertis que s'ils ne le jetaient pas par-dessus bord, le parti serait coulé pour toujours. De nombreux rédacteurs en chef fédéralistes reproduisirent la prose de Callender, et beaucoup supplièrent votre père de fournir la preuve de son innocence. Ils attendirent en vain. Son silence fut interprété, bien sûr, comme un aveu de culpabilité. Les journaux, ne recevant aucune dénégation de votre père, menèrent leurs propres enquêtes et publièrent ce qu'ils avaient trouvé. Ils lui reprochaient sans cesse de "ne pas avoir épousé une femme de valeur et de la même couleur de peau que lui", comme ils disaient.

— Pauvre papa ! murmurai-je.

— Pauvre Sally Hemings ! Et si c'est James et non l'un des aristocrates de Virginie qui a renseigné Callender, que Dieu ait pitié de son âme !

— Ce qu'il y avait de plus cruel, c'étaient les ballades et les rébus. Et ma mère les a vus.

— Certains, sûrement. Meriwether voulait envoyer Callender en enfer via le fleuve... "Oh ! a-t-il écrit, une dose de Potomac !" et c'est là qu'il a fini ses jours, soupira Petit. Le corps de Callender fut enterré à la hâte, le jour de sa noyade, sans enquête officielle et sans cérémonie. »

Comme si un voile s'était déchiré, je me rappelai ma mère décrivant le même Meriwether Jones en train de danser la gigue sur la pelouse de Monticello quand il avait appris que James Callender avait été réduit au silence. Et je me souvins des hurlements de désespoir et des pleurs de ma grand-mère quand elle m'avait raconté comment Burwell lui avait annoncé la mort de James Hemings.

« Ah, Harriet, dit Petit, n'essayez pas de tout comprendre en même temps. Surtout pas votre mère et votre père. En attendant, regardez bien, ma chère enfant, puis oubliez cette maison où James est mort. Elle ne fait plus partie de votre histoire.

— J'ai changé ma couleur, Petit, pas mon âme...

— Pourquoi vous, jeunes gens, croyez-vous toujours être les seuls à éprouver des sentiments nobles et délicats, et à avoir une âme inviolable ? Les âmes sont achetées et vendues tous les jours, et pas toutes au marché aux esclaves. De plus, il existe toutes sortes d'esclavages — la lente érosion du cœur, de l'esprit, du corps. Vous l'apprendrez en vieillissant. »

Mais, ce jour-là, j'avais l'intention de ne jamais vieillir. Je n'allais pas être la fugitive, la criminelle, la voleuse et l'orpheline que mon oncle, mon père et ma mère avaient fait de moi. J'allais épouser Thance.

Je regardai une dernière fois l'étroite maison en briques rouges de deux étages. Le toit à pignons verts avec ses douze cheminées, les encadrements de fenêtres blancs et les marches de marbre me parurent soudain menaçants. Les fenêtres vides, sans rideaux, et la porte laquée violette paraissaient receler quelque sinistre message. PENSION MASSON. CHAMBRES ET PETIT DÉJEUNER POUR MESSIEURS CÉLIBATAIRES. Ou pour ceux qui s'apprêtent à se suicider, pensai-je. Je me rappelais le rire cynique de mon oncle et sa phrase préférée, qu'Adrian m'avait rapportée : « Avez-vous jamais rencontré un Blanc qui ne vous demande rien ou ne vous prenne rien ? »

Je frissonnai et serrai plus fort le bras de Petit. *Dieu soutienne les bâtards !* songeai-je.

9

> Le Tout-Puissant n'a jamais fait savoir à personne quand Il l'a créé, et ne dira non plus à personne quand Il y mettra fin, s'Il a jamais l'intention de le faire. Quant aux préparatifs pour cet événement, le mieux est de toujours se tenir prêt. Notre Créateur nous a donné à tous ce fidèle guide intérieur, et si vous lui obéissez toujours, vous serez toujours prêts pour la fin du monde ; comme pour un événement beaucoup plus certain, la mort. Elle doit arriver à tous ; elle met fin au monde en ce qui nous concerne.
>
> THOMAS JEFFERSON.

Je tournais et retournais ma bague — un magnifique saphir serti d'or ancien. Je m'efforçai de ne penser à rien.

Son regard était calme et heureux. Ses mains glissèrent sous mes bras et le long des courbes de ma poitrine, ce qui éveilla en moi une étrange sensation. Il recula.

« Oncle Adrian a reçu une invitation de votre mère aujourd'hui.

— Cela ne l'ennuie pas ? répondit Thance.

— Non. Je me rends compte que c'est effrayant pour votre mère — une autre femme dans la vie de son fils.

— Alors... vous n'avez plus de doutes ? Plus de réticences ? »

Je restai silencieuse, le cœur battant plus vite. Qu'allais-je faire ?

« Thor sera de retour à temps. Je lui ai écrit que je

ne pouvais pas me marier sans lui. Vous voulez un vrai mariage, n'est-ce pas, Harriet ? »

Mes yeux devinrent sombres et durs comme du silex.

« Je veux me marier à l'église. Je veux marcher vers l'autel... » Ma gorge était sèche et nouée. « Je ne sais pas... je ne... C'est beaucoup plus difficile que vous ne croyez.

— Je ne vous comprends pas, Harriet.

— Contentez-vous de m'aimer. »

Adrian Petit m'accueillit en jetant son chapeau et ses gants sur une chaise.

« Vous aviez raison. Mon entretien avec Mme Wellington m'a rappelé une entrevue avec Thomas Jefferson lui-même, dit-il.

— Elle aime les chevaux, je crois, fis-je en riant. Elle ne ressemble pas du tout à Thance.

— Ça non ! Toutefois, elle en est venue aux faits à sa manière carrée et directe. "Je ne peux pas, cher monsieur, a-t-elle dit, ni ne veux contrarier les vœux de nos enfants. J'avoue que j'aurais préféré une jeune fille du Nord à une Virginienne. Les femmes du Sud, je trouve, ont une conception curieuse de la vie. Peut-être n'est-ce là qu'un préjugé, et je détesterais avoir l'esprit si étroit.

« — En tant que Français ayant vécu dans le Sud, lui ai-je dit, je peux vous assurer que mon Harriet est d'une tout autre espèce.

« — Vous êtes français, monsieur Petit ? m'a-t-elle demandé.

« — Mais oui, ai-je répondu, tandis qu'elle me regardait d'un air soupçonneux. Que croyiez-vous que j'étais ?

— Allemand." » Là, j'ai su que nous étions dans le pétrin.

« "Nous sommes une famille de scientifiques, monsieur Petit. Nous ne sommes pas riches, bien que mon mari nous ait laissé de quoi vivre confortablement. Mais nous ne jugeons personne sur sa fortune. J'ai cru comprendre que votre orpheline était sans le sou, mais mon fils est inébranlable. C'est pourquoi j'ai pensé que nous devrions nous rencontrer pour discuter de l'avenir de notre jeune couple. Mon fils est inébranlable, a-t-elle répété. Il aime Harriet et ne veut entendre parler d'aucune autre femme. L'argent mis à part, poursuivit-elle, nous ne savons rien de sa famille", et j'ai pensé, oh mon Dieu, pourquoi ne se sont-ils pas enfuis ?

« En outre, continua Petit, je ne savais pas exactement ce que vous aviez raconté à Thance, ni ce qu'il avait dit à sa mère. Mais j'ai essayé d'être aussi honnête que possible avec Mme Wellington. "Le meilleur sang de Virginie coule dans ses veines, ai-je dit. Malheureusement, les goûts épicuriens et le manque de sens des affaires des hommes de sa famille l'ont ruinée avant même que la fièvre jaune les emporte tous. Il n'y a pas de propriété. Pas de dot. Pas d'héritage. Il ne reste que quelques esclaves trop âgés pour avoir la moindre valeur quelconque. Sa mère a vécu en France et parlait bien la langue, qu'elle a apprise à Harriet. Elle a été bien élevée. C'est une bonne musicienne, mais je crains qu'elle ne soit encore un peu provinciale..."

— Provinciale ! interrompis-je, mais Petit poursuivit :

— Je me suis souvenu de votre désir d'avoir une belle cérémonie. Je lui ai dit que je paierais les frais du mariage et vous offrirais un équipage. Et j'ai précisé que, bien entendu, je donnerais la petite somme que j'ai investie en votre nom. "J'ai bien peur, ai-je dit, que vous ne deviez accepter Harriet telle qu'elle est, sans autres justifications ni garanties.

« — Je sais cela, monsieur Petit, a répondu la veuve. J'ai beaucoup apprécié mon entrevue avec elle. Elle est charmante, et très belle. Thance, bien sûr, vénère le sol sur lequel elle marche.

« — Je crois qu'une de vos filles a été l'une de ses camarades de classe.

« — Oui, l'année dernière et celle d'avant. Lividia ne se doutait pas qu'elle deviendrait sa belle-sœur. Elle pense beaucoup de bien d'Harriet, et lui porte une grande affection. Nous avons de la chance.

«— Alors, elle a conquis toute la famille ?

«— À l'exception de Thor, qui rentrera bientôt d'Afrique.

«— J'aimerais accomplir davantage, par loyauté à l'égard de son père, mais mes moyens sont quelque peu limités. Dès qu'Harriet sera mariée, j'ai l'intention de retourner en France, pour voir ma mère qui va bientôt avoir quatre-vingt-dix ans. J'ai de grosses responsabilités financières et quelques dettes. À ma mort, toutefois...

«— L'argent n'est pas mon souci primordial, monsieur Petit. Thance sera pharmacien, avec sa propre officine, et il possède des actions de la Compagnie Wellington. Ils vivront confortablement.

«— Et ils seront heureux, ai-je ajouté.

«— Nous ne pouvons pas changer l'histoire, n'est-ce pas ?" a dit Mme Wellington.

«J'ai pensé que c'était une façon étrange, mais judicieuse, d'exprimer les choses, et j'ai répondu : "Ni le cœur humain.

«— Croyez-vous au destin, monsieur Petit ?

«— À la chance, madame Wellington." »

Depuis le début, j'avais essayé de ne pas me fabriquer de toutes pièces un passé pour Thance. L'enfance que je lui racontais était celle que j'avais épiée petite fille, lorsque, errant dans les ombres de la grande maison, je voyais Ellen, Cornelia et Jeff baigner dans l'affection de Thomas Jefferson. Pour lui, j'avais greffé les vies de mes cousins blancs sur la mienne. Je brodais, je mentais. Pour lui.

«Mon père est parti l'année de ma naissance, lui dis-je, et je l'ai à peine vu, sauf l'été, jusqu'à ce qu'il revienne prendre sa retraite à la maison. J'avais huit ans déjà.

«Les soirs d'hiver, quand il commençait à faire trop sombre pour lire, pendant la demi-heure où nous attendions qu'on apporte les chandelles, nous nous asseyions autour du feu et il jouait avec nous, nous apprenait des jeux enfantins. Je me rappelle "les questions croisées" et "J'aime mon amour avec un A".

— J'aime mon amour avec un A, répéta doucement Thance, jouant avec un pli de ma jupe.

— Quand les lumières arrivaient, tout devenait calme. Il prenait son livre, et nous n'échangions plus que des murmures, de peur de le déranger. La plupart du temps, nous prenions un livre nous aussi. Souvent, je le voyais lever les yeux du sien, et regarder le cercle de petits lecteurs en souriant... »

Je trébuchais parfois sur les mots en racontant ces histoires à Thance, car même à présent la douleur brûlante de la jalousie que j'avais si souvent éprouvée persistait. « Et quand la neige tombait, nous sortions avec des pelles dès qu'elle cessait pour nettoyer les terrasses afin qu'il puisse faire sa promenade habituelle sans se mouiller les pieds. Voyez-vous, il était assez âgé. Il avait cinquante-huit ans quand je suis née.

« Je me rappelle quand il nous a donné le roman *Tristram Shandy*. Celui qui tirerait la plus longue paille pourrait le lire le premier ; la paille suivante désignerait le deuxième lecteur ; la plus courte serait le dernier. »

Je me détournai de Thance, plongée dans mes souvenirs.

Comme Beverly et Eston avaient désiré ces livres, pensais-je. Mais ils nous parvenaient rarement, ou alors tout déchirés. Pendant la construction de l'université, des tombereaux de livres arrivaient et Beverly allait à l'entrepôt et tournait autour d'eux, fasciné comme s'il se fût agi de femmes.

Thance attendait la suite.

« Souvent, poursuivis-je, mon père découvrait, nous ne savions comment, que nous désirions un objet de tout notre cœur ; et nous l'ignorions jusqu'au jour où il nous l'offrait inopinément. Je rêvais depuis longtemps de posséder une guitare. Un matin, en servant — enfin quand on nous a servi le petit déjeuner —, j'ai vu la guitare. Elle appartenait à une dame du voisinage sur le point de partir pour l'Ouest, mais elle en demandait si cher que je n'avais jamais imaginé la posséder un jour. Mon père me dit que si je promettais d'apprendre à en jouer, elle était à moi. Je n'oublierai jamais mon bonheur. J'avais seize ans. J'avais eu un terrible accident.

— La fois où vous vous êtes pris le pied dans un piège à écureuils, d'après ce que m'a dit Charlotte ? me demanda doucement Thance.

— Oui. Et pour me consoler j'ai eu une guitare, pas neuve, bien sûr, mais à moi », mentis-je.

Tristement, je tournai ma bague.

Pendant un an, je poursuivis mes contes sur mon passé imaginaire avec mon père à Monticello, nos promenades solitaires et nos conversations intimes, les cadeaux d'anniversaire et les fêtes de Noël. J'inventai de folles chevauchées à travers champs et des excursions à Richmond pour faire des emplettes. Tout semblait découler très facilement des observations et des rêves des vingt et une premières années de ma vie. J'oubliai si bien mes mensonges que l'été 1825 arriva avant que la prise de conscience de ce que je faisais commence à saper mon courage.

Je séjournais avec la famille de Charlotte au cap May, et Thance, Dennis et Charles venaient souvent nous rendre visite.

Le soleil répandait sur nos journées sa lumière pâle, liquide. Tout cet été avait été le plus serein, le plus heureux que j'eusse jamais connu. La vie, qui m'avait toujours semblé si précaire, paraissait maintenant m'offrir sécurité et contentement. Je me sentais aimée, et enfin j'aimais en retour. Je voulais épouser Thance Wellington, et pendant cette courte période je ne voyais rien qui pût m'en empêcher. La date de la cérémonie était fixée au 12 octobre. Je me retournai vers Thance, qui chevauchait derrière moi paresseusement, dans les douces lumières d'août de la côte.

Même à distance, sa silhouette me paraissait aussi familière qu'elle m'était chère : sa tête plutôt petite, avec son buisson de cheveux noirs, son cou épais et ses épaules de rameur, son dos long et droit, ses jambes musclées sanglées dans des culottes de cheval et des bottes vert foncé. Si je fermais les yeux, je pouvais imaginer les longues mains carrées, les taches jaunes dans les iris noirs, les dents blanches parfaites dans sa belle bouche, l'ombre de barbe sur son menton, les sourcils qui se rejoignaient presque à la racine de son nez. Je l'avais vu travailler torse nu dans le champ de pommes de terre de Waverly un jour, et je savais qu'un doux duvet sombre recouvrait sa poitrine et ses avant-bras, et que ses muscles étonnamment lisses étaient ceux d'un bon ouvrier agricole.

Je poussai ma monture au trot et adressai à Thance un geste complice. Il me suivit dans les bois. Nous nous rapprochâmes, les chevaux si près l'un de l'autre que leurs flancs se touchaient, et nous nous embrassâmes passionnément, comme deux statues équestres juchées sur leur piédestal, sans pouvoir nous toucher autrement que des lèvres. Les bois se refermaient autour de nous, formant un cocon vert troué de lumière, un dais au-dessus de nos têtes qui nous retenait dans un rêve hors de portée du monde.

Je fus surprise quand il s'écarta de moi et que les murs de mon cloître s'évanouirent, me rendant aux atteintes de l'air, des bruits et des couleurs, au froissement des feuilles annonçant l'approche de la monture de Charlotte. Dans ces brefs instants avant que le frère et la sœur émergent du sous-bois, j'eus le temps de savourer ma victoire : j'avais réalisé le rêve impossible que j'avais toujours poursuivi, aussi loin que remontaient mes souvenirs.

« Si vous n'étiez que le son de votre voix, je vous aimerais », dit Thance.

Un rayon de lumière vagabond tomba sur la clairière et se posa brièvement sur l'écorce luisante, semblable à du papier, des bouleaux, comme si les arbres étaient en feu. J'oubliai le secret qui nous séparait. J'oubliai tout sauf le bonheur qui était le mien, et la double aspiration d'amour et d'ambition que Thance représentait. Le monde me parut opulent, rempli d'autant de promesses que la saison elle-même.

« Retrouvez-moi ce soir. Dans ma chambre. À minuit. »

Charlotte et Amos firent irruption dans notre sanctuaire en riant. Nous repartîmes ensemble le long de la côte, la mer à notre droite, passant devant les prairies fauchées au pied des collines et le brun sépia des champs. Ils exhalaient le parfum légèrement douceâtre du chaume brûlé de soleil après la moisson, l'odeur salée des marais, la faible senteur des vagues. L'été et le bonheur avaient atteint leur paroxysme. Le dos de Charlotte et son rire incroyablement rauque s'éloignèrent dans la lumière de la marée montante. J'avais trouvé, capturé un avenir en parlant d'une part, et en tenant ma langue de l'autre.

Cette nuit-là, je me glissai comme une ombre par la porte entrouverte et restai longtemps au milieu de sa chambre pour écouter le frémissement de bonheur dans la voix de Thance, son rythme et ses inflexions, son accent du Nord, son timbre mélodieux. Il ne cessait de parler, me suppliant d'écouter l'amour qu'exprimait cette voix.

« Il y a une lumière en vous que je veux continuer à faire brûler. » Il avait prononcé cette phrase comme s'il l'avait préparée depuis longtemps.

« Quelle sorte de lumière ? »

Mais il ne répondit pas. Le silence s'installa, aussi serein que la lune. Il fallait que je le brise, que je me libère.

« Ma vie est un mensonge. Il me semble que personne ne pourra jamais vraiment m'aimer », dis-je, les yeux mi-clos, laissant une pause lumineuse après chaque mot, jouant de mon languide accent de Virginie comme d'un instrument de musique : une note haute et claire de clarinette, étirée comme en prélude à un chant funèbre.

« C'est ridicule, Harriet, vous voulez seulement me torturer.

— Vous savez bien que c'est faux !

— Oh, les mots n'ont aucune importance de toute façon. Vous êtes venue.

— Oui. Je suis venue... Je suis venue pour vous dire...

— Alors, rien d'autre ne peut vraiment compter. » Il touchait ma main de la sienne, parlant de façon décousue. « Si jamais vous partez, je n'ai pas d'autre refuge », murmura-t-il d'une voix si douce qu'elle était presque inaudible.

Les rayons de la lune se rassemblaient sur le parquet ciré puis se séparaient jusqu'à ce qu'un nouveau mouvement des rideaux les réunisse.

Debout dans cette pièce, je songeais à la chambre secrète de ma mère, pleine de présents furtifs et coupables, de souvenirs mélancoliques, de tas de chiffons. Je me rappelais toute une succession de Noëls, lorsque ma mère distribuait les cadeaux aux esclaves — les pitoyables bonbons à la mélasse, les métrages de lainage et de calicot bon marché, les parures dont la famille blanche ne voulait plus, les bottes déjà portées, les dessous reprisés, mais jamais de papier à musique pour moi, ni d'encre ou de plume. Toujours des choses qui avaient déjà servi à d'autres.

Allais-je m'engager dans une nouvelle servitude, celle de l'amour ?

« On peut tant dire en silence quand on aime, dit Thance.

— Oui, les mots sont inutiles entre nous », répondis-je, et soudain je me sentis comme une condamnée sauvée de l'échafaud par la main de Dieu — pas vraiment terrifiée, mais étourdie, confondue devant un miracle. À quoi servait une confession ? Thance parviendrait à ses fins, comme tous les hommes. Et au fond de moi cette idée me séduisait. Je le fixai avec le regard intense d'un être se réveillant lentement d'un rêve maléfique.

Parfois, j'avais l'impression de jouer une scène de théâtre. L'aimais-je vraiment, ou était-ce aussi une affaire d'imagination — une reconstitution aveugle et obstinée du vœu de mon enfance ?

« Oui, je vous aime », fis-je, sans me rapprocher de lui.

Il ne dit rien ; peut-être ne comprenait-il pas quelle

importance j'attachais à mes paroles. Peut-être les trouvait-il naturelles puisque j'étais dans sa chambre au milieu de la nuit. Mon cœur avait cessé de battre. Qu'il voie ce qui l'attend, pensai-je. Qu'il me voie dans le silence. Je laissai le déshabillé tomber de mes épaules, et fis un pas en avant. Ce fut un moment délicieux, car il resta aussi immobile que moi, sans prononcer une syllabe.

La femme qui se tenait devant Thance était double en fait. Qu'étaient pour moi tous les dilemmes d'Harriet *Hemings* ? J'imaginais la future vie privilégiée d'Harriet *Petit*, et je pleurais sur elle, mais pour moi, mes os, ma chair, mes cheveux, tout cela était complètement négligeable. C'était mon amour-propre, mon égoïsme qui souffraient ou pleuraient ; moi-même, je n'étais là que pour aimer Thance, et pour observer, raconter, étudier les grands mystères liés au privilège d'être blanc, un peu comme Gulliver avait dû regarder les Lilliputiens.

Je savais que d'une certaine manière Thance était irréel. Il était l'incarnation idéale du héros romantique : bon, raffiné, artiste, savant, intuitif. C'était un beau personnage avec ses beaux silences et sa belle solitude. Il saisissait au vol mes fantaisies, suivait les idées ingénieuses, riait et pleurait quand il le fallait. Il avait des yeux attirants et des mains caressantes. De la force de caractère, du courage et une douceur sans mollesse. En plus il m'adorait. Il aimait la nature, les voyages et la campagne. La musique et les livres. Décrit ainsi, il était banal, très banal, sorti d'un roman pour jeunes filles. Mais il avait un trait qui le rendait unique : il m'appréciait à ma juste valeur. Et il m'appartenait. Pour moi, il était l'amour.

« Harriet..., dit-il finalement d'une voix enrouée, partez, je vous en conjure. »

J'errai à travers la maison obscure. Il semblait que la nuit me touchait, m'embrassait, me caressait. Je me sentais bénie. Ma chair exultait, ma peau fourmillait. Tout était sombre, doux et beau comme les yeux de Thance. Au-delà des fenêtres, de petites lumières brillaient sur l'eau et riaient à sa surface. Et moi aussi je riais. J'étais libre et vivante. Je sortis en courant. Je me sentais comme illuminée de l'intérieur, et une brise agitait l'air comme celle qui avait fait voler les jupes de ma mère le jour de mon départ. Les rayons de la lune, qui reposaient lourdement sur les branches et rendaient plus profond le silence, m'enivraient. Et je marchai dans ce silence, le gravier crissant doucement sous mes pieds nus. Puis tout bruit cessa. Je tendis l'oreille. Était-ce cela le bonheur ? Qu'étais-je ? Rien. Que voulais-je devenir ? Tout. Si quelqu'un m'avait vue entrer aux environs de minuit dans la chambre de Thance, même le Tout-Puissant descendu du ciel n'aurait pu le convaincre que j'étais toujours innocente... de tout.

« Dois-je comprendre que tu as décelé quelque trait comique dans le personnage de Thance Wellington ? me demanda Charlotte juste avant notre retour à Philadelphie comme nous marchions vers la plage, bras dessus bras dessous, à la fin de l'été.

— Comique ? Qu'est-ce qui te fait dire ça ?

— Tu ris beaucoup ces jours-ci.

— Les gens rient d'absurdités qui sont loin d'être comiques, répliquai-je.

— Nous rions parce que nous nous sentons supérieurs. Nous rions de l'amour parce qu'il nous met souvent dans des situations cruelles ou ridicules, ce qui donne un agréable sentiment de supériorité à ceux qui sont relativement dépourvus de cette délicatesse du cœur.

— Détiens-tu une explication pour tout, Charlotte ? Je ne me sens pas supérieure, ni sans cœur, ni triomphante.

— Il a peur de toi, déclara Charlotte énigmatiquement.

— Thance, peur de moi ?

— Eh bien, Harriet, tu es une fille impressionnante... pour beaucoup d'hommes. Tu as cet air... mystérieux, intouchable, de... fatalité. Je t'ai surprise, le regard fixe comme une héroïne condamnée qui attend d'être sauvée. Et puis tout d'un coup... tu t'éteins.

— Je m'éteins ?

— Oui, comme une étoile qui meurt, à des millions de lieues. Un instant tu es là, belle et resplendissante, mais lointaine, et l'instant d'après, tu as disparu, comme si quelqu'un t'avait soufflée, telle une bougie.

« Une jeune femme, m'a dit Thance un jour, est un peu comme un temple, poursuivit-elle. On passe devant et on se demande quels rites mystérieux s'y déroulent, quelles prières et quelles illusions. L'homme privilégié — l'amant, le père, le mari — à qui l'on donne la clef du sanctuaire ne sait presque jamais comment s'en servir. Parfois, par hasard, j'ai regardé dans tes yeux, Harriet, et j'y ai lu la plus triste des profanations — une chose que je ne comprends pas —, comme si une ombre avait privé ton enfance de soleil. »

Je jetai un regard oblique à Charlotte. Elle brûlait, elle brûlait trop.

Sa main se posa sur nos bras entrelacés.

« Une cruauté gratuite que tu as subie t'a laissée insensible, ou pire, sans pitié..., t'a donné une sorte de dureté mélancolique. Peut-être est-ce seulement la perte de ta famille. Mais si je n'avais pas peur de te blesser, je dirais que tu as une vision cynique de la réalité.

— Veux-tu dire par là que tu me crois capable d'épouser Thance sans l'aimer ?

— Eh bien, pourquoi pas ? La plupart des femmes ne se marient pas seulement par amour. Tu es un être à qui on a tout arraché brutalement.

— Charlotte, épargne-moi ta magnanimité ! Je n'ai pas à le remercier d'être tombé amoureux de moi. S'il m'aime, en quoi cela me regarde-t-il ?

10

> Je suis certain d'une chose : comme le passage des esclaves d'un État à l'autre n'asservira pas un seul être humain qui autrement serait resté libre, leur dispersion sur une plus grande étendue les rendrait individuellement plus heureux et faciliterait l'accomplissement de leur émancipation…
>
> THOMAS JEFFERSON.

Fin août, la réunion de la Société venait de commencer quand Robert Purvis entra dans la salle obscure et se dirigea vers Thance et moi.

« Un événement fantastique s'est produit à Richmond, dit Robert, qui avait du mal à contenir son excitation. Le Parlement de Virginie a voté une résolution officielle requérant du gouverneur de demander au Président Monroe d'obtenir un territoire sur la côte africaine ou ailleurs qu'en Amérique, qui servira de colonie pour les personnes de couleur libres dès à présent ou susceptibles d'être émancipées en Virginie, et où elles seront transportées. Cela s'appelle la Société américaine pour le déplacement des gens de couleur libres des États-Unis. Ou comment s'en débarrasser.

— Vous voulez dire qu'on déporterait tous les Noirs libres hors des États-Unis ? demandai-je, incrédule.

— La Société ne se préoccupe que des personnes de couleur libres, aucune allusion n'est faite à l'esclavage, puisque le dénoncer est anticonstitutionnel, mais la Société présentera la colonisation de ce territoire comme un antidote à l'esclavage et comme un moyen de favoriser son abolition dans un proche avenir.

— Tout ce qui est approuvé par le Parlement de Virginie est forcément mauvais, intervint Thance.

— L'un des promoteurs de cette résolution n'est autre que Thomas Randolph. Le gendre de Thomas Jefferson ! Parfois, je me demande si la solution ne réside pas dans un autre pays, ajouta Purvis.

— C'est ridicule, Robert ! m'écriai-je. Les Noirs sont américains. Ils sont nés en Amérique. C'est leur pays. Pourquoi devraient-ils être déportés ? Le premier chargement d'esclaves déjà déportés d'Afrique est arrivé à Jamestown en même temps que le *Mayflower* atteignait Plymouth !

— Bravo, Miss Virginie...

— Des soldats noirs ont combattu sous les ordres du général Andrew Jackson à La Nouvelle-Orléans. Et ce général, qui possédait des esclaves, a reconnu qu'ils avaient partagé les périls et la gloire de leurs compagnons blancs. Jackson a même déclaré au Président qu'ils s'étaient battus avec beaucoup de courage, et il a promis que le gouvernement récompenserait leurs exploits comme ils le méritaient. Et que récoltent-ils ? La déportation ! fit remarquer Thance.

— Cela ne vient pas de Monroe, en tout cas », dis-je, me rappelant combien il s'était montré irrité à la table de mon père, plaidant à la fois contre l'indemnisation et la création d'une colonie.

Purvis se tourna vers moi et m'étudia attentivement. Ses yeux iridescents paraissaient faire défiler des images comme une lanterne magique. L'expression crispée de son visage lui donnait l'air de toujours vouloir dire quelque chose, puis de se raviser. Je me rendis compte que j'avais commis une erreur en parlant du Président qui avait été le secrétaire privé de mon père. J'étais trop précise. Trop proche de la vérité.

— Eh bien, c'est vraiment drôle, venant de vous, plaisanta Purvis.

— Oh, c'est... c'est seulement la Virginie, répondis-je.

— Ce genre de choses n'arrive pas seulement en Virginie, remarqua-t-il.

— Vous savez, Robert, laissai-je échapper, vous pourriez être blanc. Je n'aurais jamais deviné.

— Je sais. Je croyais que vous autres, Sudistes, pouviez nous repérer à un kilomètre, Miss Virginie, dit-il en riant. Même si je passe pour Blanc... "Passer pour Blanc", voilà qui constitue un aspect intéressant du système de castes américain. Personne ne sait combien d'esclaves à la peau claire se fondent dans la population blanche, où leurs descendants demeurent. Ce phénomène aura pour conséquence, quelle que soit son extension, de neutraliser les aspects négatifs du métissage, qui est un crime possible d'amende et d'emprisonnement en Amérique.

— Oh, vraiment ? demandai-je.

— Tous les esclaves de Louisiane auraient dû partir avec les Britanniques, poursuivit lentement Purvis en continuant à m'observer. Au moins, dès qu'ils auraient posé le pied sur le sol anglais, ils auraient automatiquement été libérés.

— Vous voulez dire qu'en arrivant en territoire britannique on est émancipé ?

— Mais bien sûr, répondit-il, étonné de mon ignorance. On ne peut pas être un esclave, ni un esclave fugitif, dans un pays qui ne reconnaît plus l'esclavage. »

Purvis et Thance s'excusèrent pour aller prendre place dans la section masculine. Charlotte prit le siège à ma droite, mais je la remarquai à peine ; mon esprit était occupé par les derniers mots de Purvis. Simplement en arrivant à Londres, je pouvais changer mon statut d'esclave fugitive, devenir une femme libre, et échapper ainsi d'un seul coup à deux dilemmes moraux : celui imposé par mon père et celui que me posait ma promesse à Thance. Je pouvais me débarrasser des deux « crimes » en même temps.

Je tournai mon attention vers l'estrade, où un fugitif décrivait son périple vers le Nord. Il avait échappé aux chiens et aux patrouilles armées de chasseurs d'esclaves, avait failli se noyer, avait eu les mains gelées et il avait mangé du serpent à sonnettes cru. Il avait extrait une balle de son bras avec ses dents et bu de son sang pour se réchauffer. Sa femme était morte sous le fouet, et son maître avait administré de l'arsenic à son fils épileptique. Je revoyais mon voyage confortable jusqu'à Philadelphie et mon premier repas à l'hôtel Brown. Je pensais à ma duplicité avec tous mes amis. Existait-il une créature plus méprisable que moi ? Vers le milieu du récit, Charlotte, bouleversée, me prit la main. Je regardai nos deux mains serrées. Elles auraient pu appartenir à la même personne.

« Il n'y a pas d'aube pour l'esclave, conclut le narrateur. Pour lui, il fait toujours nuit. »

Il y eut un silence dans la salle. Charlotte se dégagea. Je me levai, désireuse de me retrouver seule, les yeux noyés de larmes, mais la femme à côté de moi, devinant mon angoisse, me retint par le bras.

« Oh, ma chère enfant. Ne désespérez pas. Cette bataille pour l'émancipation des Noirs sera gagnée, je vous le promets. Peut-être croyez-vous qu'il suffit d'alléger les chaînes qui entravent les esclaves, alors que moi, je pense qu'elles doivent être brisées. Mais, même si nous différons sur les moyens d'atteindre notre objectif, je suis sûre que notre but commun est l'extinction totale de l'esclavage.

— Oh, je crois à l'extinction totale de l'esclavage... même si ça signifie l'extinction de ma propre famille.

— Vous êtes du Sud, n'est-ce pas ?

— Oui, répondis-je.

— Eh bien, Dieu vous bénisse, ma chère. Dieu vous bénisse ! Oh, excusez-moi, je suis Mme Lucretia Mott.

— Harriet, Harriet Petit de Virginie.

— Tant qu'il restera un seul esclave, une femme américaine pourra-t-elle se prétendre libre ? Peut-elle dire qu'elle n'a rien à voir avec l'esclavage ? »

J'acquiesçai d'un signe de tête.

« La vérité est la même pour toute l'humanité. Il

n'existe pas une vérité pour les riches et une autre pour les pauvres, une vérité pour les Blancs et une pour les Noirs, pour les hommes et pour les femmes. Il n'y a qu'une vérité. »

Je n'avais jamais entendu une femme parler ainsi. Je l'écoutai attentivement tandis qu'elle poursuivait :

« Sans mes recherches sur les droits des esclaves, je n'aurais jamais acquis une aussi bonne compréhension de mes propres droits de femme. La cause antiesclavagiste est l'école où les droits de l'homme sont le mieux étudiés et compris. Ce pays est-il une république, si une seule goutte de sang noir peut marquer un de nos semblables du sceau de l'esclavage ? Est-ce une république si la moitié de la population est tenue en servitude ? Pouvez-vous vraiment dire, en tant que femme américaine de 1825, que vous êtes libre ?

— Non.

— Venez avec moi après la réunion. Vous devez rencontrer une de mes amies qui sera déléguée à la Conférence contre l'esclavage de cet été à Londres. Cette année, cinq mille quatre cent quatre-vingts pétitions en faveur de l'abolition vont y être présentées. Elle s'appelle Dorcas Willowpole. »

Adrian Petit et moi nous prenions notre déjeuner hebdomadaire à l'hôtel Brown.

« Je croyais que le Nord serait différent ! m'écriai-je. Je croyais y trouver la liberté, l'égalité ! Au lieu de cela, j'ai découvert ce que les Blancs pensent vraiment des Noirs ! Ils croient que mes frères, ma mère, mes oncles, ma famille sont plus que méprisables, qu'ils appartiennent à une race tellement immorale, paresseuse, insensible et stupide que rien de ce que l'on dit devant eux ou derrière leur dos ne peut les offenser ! Ils ne savent même pas que nous avons vu les travers des Blancs depuis trop longtemps pour être choqués. Comment puis-je épouser l'un d'entre eux ? Eux qui sont censés être si forts, si supérieurs, sont pourtant si fragiles que, devant la moindre opposition, ils filent se mettre à l'abri.

— Oh, Harriet, comment osez-vous dire une chose pareille...

— Comment ? l'interrompis-je. Le gouvernement des États-Unis veut déporter tous les Noirs libres d'Amérique en Afrique d'où ils sont venus. Mais pas les esclaves — oh non, ils ne s'appartiennent pas, leur place n'est pas en Afrique. Ils doivent rester ici parce qu'ils sont trop précieux, mais les gens de couleur libres, on peut se passer d'eux.

— Où avez-vous appris ça ?

— À la réunion antiesclavagiste d'hier soir.

— Harriet. Ne perdons pas le sens des proportions. Notre petit rêve a peu de chose à voir avec la politique de l'esclavage !

— Et pourquoi pas ? Je suis une esclave fugitive. Autant que ce pauvre homme dont j'ai entendu l'histoire hier. Ne suis-je pas considérée comme une criminelle au même titre que lui ? Et comme aussi noire ?

— Que vous dire, Harriet ? Cela dépasse mes compétences. Je suis votre tuteur, pas votre conscience. Pourquoi n'écrivez-vous pas à votre père et à votre mère ? Épanchez-vous et soumettez-vous à leur jugement. Votre père savait sûrement que vous seriez confrontée à ce problème si vous vous faisiez passer pour Blanche. Il doit avoir une philosophie sur la question.

— Oui, répliquai-je amèrement. Et vous me l'avez dite. « Puisqu'elle est assez blanche pour passer pour Blanche, qu'elle le fasse. » C'est ça, sa philosophie ! Sois blanche et tais-toi. Supporte les insultes, le mépris !

— Et votre mère ? Elle peut certainement vous aider.

— Oh, sa philosophie à elle, je la connais : « Obtiens la liberté pour tes enfants. » Ce fut la litanie de ma grand-mère jusqu'au jour où elle s'est laissée mourir... la liberté à n'importe quel prix. Même celui-là.

— Personne ne vous a promis que ce serait facile, Harriet.

— Non, dis-je d'un ton las. Personne ne m'a rien promis... Je ne vais pas épouser Thance, Adrian. »

Il leva les yeux pour voir si je plaisantais.

« Et pourquoi, je vous prie, Harriet ? Vous avez la bénédiction de tout le monde.

— C'est contraire à la loi, murmurai-je.

— Quoi ? Ne recommencez pas !

— Mais imaginez qu'il apprenne la vérité !

— Par qui, Harriet ? Par moi ? Qui la sait, et qui la lui dirait ?

— Tout le monde est dans le secret à Monticello. Tout le monde à Charlottesville. Tout le monde à Richmond. Trois présidents sont au courant. Callender l'a fait savoir au monde entier !

— Ce qu'ils savent, c'est qu'une Harriet Hemings existe, peut-être. Mais ils ne connaissent pas d'Harriet Petit. Ni d'Harriet Wellington.

— Mes enfants ne sauront pas qui ils sont. »

Après un long silence, Petit me dit : « Thance vous aime.

— C'est pourquoi je quitte Philadelphie.

— Vous partez ?

— À la réunion de la Société contre l'esclavage, j'ai rencontré Lucretia Mott. Elle m'a présentée à Dorcas Willowpole, une déléguée à la Conférence contre l'esclavage qui doit se dérouler à Londres en septembre. Elle cherchait une compagne de voyage. Elle m'a offert la place, et j'ai accepté.

— Quoi donc ?

— De l'accompagner.

— Thance ne vous laissera jamais partir.

— Thance n'est pas mon maître.

— Pourquoi à Londres, Harriet ?

— Pour bénéficier de l'émancipation automatique. Poser le pied sur le sol anglais me rendra légalement libre. Comme pour ma mère, il y a quarante ans. Une multitude d'esclaves fugitifs ont fait la même chose et goûté à la liberté en Europe. Ne comprenez-vous pas, Petit, si j'y vais, je ne serai plus une esclave en fuite, mais une femme vraiment libre, et non plus par supercherie. Et je libérerai Thance. Il ne commettra plus un crime pour lequel il risquerait d'être emprisonné ou d'avoir à payer une amende, tout comme mon père aurait pu aller en prison à cause de ma mère.

— Harriet, vous êtes folle !

— Pas du tout. Mme Willowpole et moi avons décidé d'aller en France après la Conférence. J'ai toujours rêvé de Paris.

— Vous fuyez le bonheur exactement comme votre mère quand elle a quitté Paris. Elle a renoncé à la liberté pour l'amour, et maintenant, vous renoncez à l'amour pour la liberté. »

Je savais que Petit utilisait son argument le plus puissant pour me faire mal.

« Pour la vérité. Je dois libérer mon cœur. Il y a peut-être... une autre forme de bonheur...

— Vous pourriez inventer une autre équation pour vous définir. En partie esclave, en partie criminelle, en partie victime, en partie amoureuse, en partie opportuniste, en partie lâche, en partie voleuse, en partie héroïne de tragédie. Pourquoi rendre Thance malheureux à cause d'une situation que ni lui ni vous n'avez le pouvoir de changer ? Pourquoi ne pas seulement retarder le mariage ? Dites-lui la vérité ! Donnez-lui une chance, Harriet, dites-lui.

— J'ai essayé de le faire. Il ne m'a pas laissée continuer. Et je n'épouserai jamais un homme à qui je ne peux pas dire la vérité ! Je m'en vais, Petit. »

Il se leva et s'avança vers moi. Je reculai.

« Pourquoi me regardez-vous ainsi ?

— Vous ressemblez tant à votre oncle James.

— Personne ne l'a forcé à rentrer aux États-Unis.

— Oh si. Votre mère. Il n'allait pas la laisser retourner en Virginie, vers l'esclavage, seule. Il ne voulait pas qu'elle laisse filer sa liberté...

— Comme je le fais ?

— Je ne sais pas, Harriet, ce que vous faites, ou croyez faire.

— Ne soyez pas en colère contre moi.

— Je ne suis pas en colère. Je vous aime. Je veux seulement que vous soyez heureuse.

— Alors, vous comprenez que je ne veux plus mentir à Thance.

— Je vois que vous avez le génie de vous rendre malheureuse. Comme James.

— Je suis fière d'être comme lui.

— Il est mort à trente-sept ans.

— Ça me laisse quatorze ans.

— Vous allez briser le cœur de Thance.

— Il survivra.

— Et vous, Harriet ? »

Du calme, pensai-je. Du calme. Mais quand serais-je capable de calme ?

« Au moins, quand je poserai le pied sur les quais de Londres, je serai une femme émancipée. Pas seulement une négresse blanche fugitive imitant ses maîtres. Si je ne suis plus une esclave, je ne serai plus noire non plus.

— Vous prenez un gros risque. Thance ne vous attendra peut-être pas.

— Je ne le lui demanderai pas, surtout si je ne dois pas lui dire toute la vérité. Viendrez-vous avec moi, mon oncle ?

— Non. Il faut que quelqu'un reste ici pour s'occuper de vos futurs intérêts, parce que, par la volonté de Dieu, vous pourriez changer d'avis. Quand je traverserai de nouveau l'Atlantique, ce sera pour toujours, et pas avant d'avoir rendu mon dernier service à votre père — assurer votre bonheur et votre sécurité.

— Je doute de jamais revenir, Petit.

— Comme vous êtes cruelle, Harriet !

— J'ai été à bonne école, répondis-je. Je suis la fille du Président, rappelez-vous. »

Pour la première fois, il parut effrayé. Son petit visage simiesque se plissa de douleur, comme si j'avais vraiment été sa fille. Mais j'échappais à mon dilemme en adoptant la solution que mon père avait toujours choisie : la fuite.

L'église de la Congrégation unitarienne de St. Paul était située à l'angle sud-est de Washington Square au centre de la ville. J'entrai dans la sacristie par la porte latérale. Mon instruction religieuse était presque terminée, et je devais être accueillie dans l'église juste au moment où les bans seraient publiés. Rien de tout cela ne se produirait à présent. Je m'assis dans le chœur, totalement désert. Mon père m'avait conseillé la fuite. Ma mère, le silence. Je n'informerais ni l'un ni l'autre que je quittais les États-Unis. Je retirai la bague de mon doigt et l'enveloppai dans mon mouchoir, que je fourrai dans la poche de ma jupe, près du poignard. Sur le chemin de la maison des Wellington, je laisserais derrière moi tout le bonheur que j'aurais pu escompter de la vie. Mes mains ne tremblaient pas et mon cœur battait lentement. Harriet Hemings de Monticello, la soumise, l'inchangée, avait appris le sacrifice et le dénuement sur les genoux de sa mère.

Le révérend Crocket entra pour allumer les chandelles.

« Oh, mademoiselle Petit ! Que faites-vous ici ? Thance n'aimerait pas vous voir dehors si tard dans la soirée.

— Je me suis seulement arrêtée pour prier. Je vais chez les Wellington maintenant.

— Je pourrais peut-être vous accompagner. Il me reste presque une demi-heure avant l'office. »

J'hésitai. Devais-je dire à cet homme plein de bonté que j'étais sur le point de briser une promesse sacrée ? Non. Ce n'était qu'un Blanc.

« Merci. C'est très aimable à vous.

— Est-ce que quelque chose vous trouble, mademoiselle Petit ?

— J'ai appris que vous aviez baptisé Thance...

— Oh oui, ma chère. Thance et Thor, tous les deux.

— Alors, vous les connaissez depuis toujours ?

— En effet. De braves garçons.

— J'ai cru comprendre que, lors d'un accident quand ils étaient enfants, Thance a blessé Thor. Mais il ne m'a jamais dit comment.

— Est-ce ce qui vous a amenée ici, mademoiselle Harriet... Puis-je vous appeler Harriet ?

— Je me demandais seulement...

— Thance se sent coupable, mais en réalité c'était un simple accident, commença-t-il, ou la volonté de Dieu. Je crois que c'est tout ce que vous avez besoin de savoir. Éprouvez-vous des doutes au sujet de votre mariage avec Thance ?

— Oui.

— Ah, mais c'est la chose la plus naturelle du monde, ma chère. Les sacrements du mariage et l'amour conjugal sont les plus sérieux, les plus honorables des engagements humains. On ne devrait jamais les prendre à la légère. Vous aimez Thance ?

— Oui.

— Avez-vous peur du... devoir conjugal ?

— Non, révérend.

— Vous êtes orpheline, je crois.

— Oui.

— Ah, quelle triste situation pour une jeune femme de ne pas avoir une mère à qui parler la veille de son mariage, ni son père pour la conduire à l'autel. »

Mon père, pensai-je. Même s'il n'est plus mon maître, il est toujours mon père. Je l'avais vu pour la dernière fois à genoux, le pied pris dans la pourriture de son propre royaume. Et ma mère. Je l'avais laissée comme à demi droguée dans un champ de tabac, parmi les insectes et les papillons. Malgré moi, les larmes commencèrent à couler sur mes joues. Osais-je m'avouer que mon foyer me manquait ? La maison de mon père était à trois jours de diligence. Pourquoi ne pouvais-je me résoudre à retourner les voir ?

« Je veux ma mère, sanglotai-je doucement.

— Je sais, ma chère enfant. Je sais. Mais Dieu dans Sa sagesse a rendu cela impossible. Je suis sûr qu'elle vous regarde en ce moment avec amour et compassion. Vous ne devez compter que sur vous-même. »

Déjà nous approchions de la maison des Wellington. Le *Montezuma* partait pour l'Angleterre le 24 septembre, et j'avais dit à Mme Willowpole que je serais à bord. Nous étions le 12. Trop tôt, peut-être. Ou trop tard ? Je tirai la sonnette et attendis. Le révérend Crocket resta jusqu'à ce que la servante eût ouvert la porte, puis il ôta son chapeau et s'inclina.

Thance n'était pas rentré. Il avait prévenu qu'il resterait tard au laboratoire et dînerait avec un ami à son club. Mon ex-future belle-mère n'était pas là non plus. Déçue, je m'assis dans le vestibule sans retirer mon chapeau ni mes gants. Mais une femme de chambre arriva et me conduisit au salon. Pour passer le temps, je jouai du piano, doucement, sans enlever mes gants.

Juste au moment où une clef tournait dans la serrure, la pendule de l'entrée sonna dix heures. J'espérais que ce n'était pas Mme Wellington, car, comment expliquer une visite aussi tardive ? À mon grand soulagement, la voix de Thance résonna dans le vestibule.

« Ici ? A-t-elle dit pourquoi ? »

Je me levai à son entrée, prête à fuir ou à lutter. J'avais gardé mon chapeau et mes gants, et une de mes mains s'enfonça dans ma poche, voulant se refermer sur la bague, mais toucha le poignard à la place. Cela me donna du courage.

« Harriet, vous n'êtes pas malade ?

— Non, je... vais bien. Je suis allée voir le révérend Crocket à l'église. Il m'a dit qu'il vous avait baptisé.

— Il vous a parlé de Thor, n'est-ce pas ?

— Non. »

Il se tenait là, pâle et tremblant.

« Non, il ne m'a rien dit de Thor.

— Je l'aurais fait, en temps voulu.

— Je suis venue vous dire que je ne pouvais pas vous épouser, débitai-je d'une seule traite.

— Je savais que cela arriverait. Je savais que quelque chose gâcherait tout. Gâcherait le seul bonheur que j'aie jamais eu. Je savais que j'étais maudit — maudit depuis la naissance.

— Vous ne pouvez pas croire aux malédictions, Thance. Il y a une chose dans mon passé que je ne peux pas vous révéler. Et comme je ne le peux pas, je ne vous épouserai pas avec ce secret entre nous. Ma décision est irrévocable. »

Il se mit à marcher de long en large en me jetant des regards furtifs et désespérés.

« Harriet, vous ne devez pas prendre cette décision à la légère. Si vous avez besoin de davantage de temps, je serai heureux d'attendre. J'ai eu tort de vous presser. Je vous donnerai un délai, nous retarderons le mariage.

— Thance, il ne s'agit pas de cela. Je pars sur le *Montezuma* dans douze jours. J'accompagne Mme Willowpole à la Conférence contre l'esclavage qui se tiendra à Londres.

— Sans m'en avoir parlé ? Quand vous a-t-elle fait cette proposition ?

— À la dernière réunion.

— Et vous avez gardé cela pour vous tout ce temps ?

— Thance, vous ne comprenez pas. Je dois aller à Londres. Je suis désolée de vous avoir abusé. Je suis venue vous rendre votre bague. Je n'ai pas droit au bonheur que vous m'offrez.

— C'est à mon bonheur que je pense. »

Thance était devenu mortellement pâle. Des gouttes de transpiration perlaient sur son front. Il se dirigea vers le buffet et se versa un cognac d'une main tremblante.

« Ne m'écrivez pas et n'essayez pas de me suivre, s'il vous plaît. Sinon, je n'aurai pas le courage d'aller jusqu'au bout.

— Harriet, je ne sais pas... pour l'amour de Dieu... laissez-moi... laissez-moi un peu d'espoir. Ne fermez pas la porte.

— Je le dois.

— Allez-vous rejoindre quelqu'un à Londres ? Il y a un autre homme ?

— Oh, Thance. Bien sûr que non. Je pars comme accompagnatrice de Mme Willowpole. Il n'y a personne d'autre. »

Thance s'était retourné et avait fait plusieurs pas dans ma direction. Il était assez près de moi pour m'étreindre, ou pour me frapper. Nos regards se croisèrent un long moment.

« Je vous en prie », dis-je. Mon cœur était un morceau de charbon.

« Je vais vous raccompagner, bien sûr. »

Juste au moment où nous partions, Mme Wellington entra dans un nuage de parfum et de soie, choquée de nous trouver seuls dans la maison à une heure si tardive. Il était évident qu'elle avait soupçonné le pire, avant de voir nos visages.

« Mon Dieu, mes enfants, qu'est-il arrivé ?

— Nous avons rompu nos fiançailles, Mère.

— Mais...

— Harriet part pour Londres le 24.

— Mais, mon enfant...

— S'il vous plaît, madame Wellington, ne me demandez pas d'expliquer mon comportement. Croyez que j'ai accepté la demande en mariage de Thance de bonne foi... et... avec reconnaissance.

— Harriet, vous commettez une terrible erreur. Vous aimez mon fils, je le sais. Des mariages comme celui-ci ne poussent pas sur les arbres pour...

— Les pauvres orphelines, complétai-je.

— Mère, je vous en prie !

— Harriet, je vous préviens, si vous sortez par cette porte maintenant, vous ne la repasserez plus jamais, moi vivante. »

La mère de Thance bloquait littéralement la porte. Avec sa cape sur sa robe du soir, son turban et son éventail en plumes d'autruche, elle ressemblait à un sultan turc outragé dont le harem aurait été profané. Comme elle me rappelait mon père ! Elle faisait passer notre douleur au crible de ses principes.

Je fis la révérence si bas que mon châle frôla le sol. En même temps, je lui pris la main dans un geste de supplication.

« Ne me faites pas regretter de ne jamais me marier.

— Harriet ! Vous... vous n'entrez pas dans un ordre religieux... papiste ? Pas après votre profession de foi unitarienne !

— Mère !

— Je m'efforce toujours de concilier la religion avec... une liberté parfaite », répondis-je.

Je la dominais par la taille et, malgré sa corpulence, elle parut s'étioler devant ma colère de me voir réduite une fois de plus à une équation. Elle s'écarta. Elle avait peur de moi. Comme nous descendions les marches de pierre, Thance me soutint par le coude. Je trébuchai et serais tombée sans son appui. Je savais qu'il me sentait trembler.

« Nous allons prendre la voiture de Mère, il est tard », dit-il avec lassitude.

Nous restâmes muets, côte à côte, jusqu'à Fourth Street. Soudain, Thance se mit à pleurer silencieusement, abandonné. J'étais irritée qu'il se soit plié si facilement à ma volonté. Peut-être, comme moi, croyait-il ne pas mériter le bonheur.

Je glissai la bague dans la poche de son manteau sans qu'il s'en aperçût.

PHILADELPHIE, 24 SEPTEMBRE 1825,

Maman,

Quand cette lettre te parviendra, j'aurai pris la mer pour Londres sur le *Montezuma*, comme compagne de voyage de Mme Dorcas Willowpole, une déléguée à la dixième Conférence de la Société contre l'esclavage.

Bien que le navire soit magnifique, j'ai l'impression qu'on va m'abandonner à la dérive sur l'océan Atlantique à bord d'un minuscule bateau à rames. J'ai lu et relu ta lettre du 5, tâchant de puiser du courage dans le fait que tu étais beaucoup plus jeune que moi lorsque tu as traversé l'Atlantique avec Maria. De plus, tu ignorais que tu te dirigeais vers la liberté. Mais je sais que cette traversée est mon passeport pour une véritable émancipation, et non un faux-semblant. Poser le pied sur le sol anglais me rendra pour toujours libre devant la loi, et me donnera le droit moral de me prétendre telle.

J'ai rendu à Thance sa bague et son offre de bonheur parce qu'elle avait été faite et acceptée sous le couvert d'un mensonge. C'est triste de devoir ajouter à sa souffrance après la tragédie qui a frappé son frère jumeau, une tragédie qui, en vérité, rappelle les plus cruelles histoires d'esclavage. J'emporte sa douleur avec moi dans ce voyage.

Ne m'oublie pas.

Ta fille qui t'aime.

À ma grande surprise, Charlotte ne m'adressa pas un mot de reproche. Quand je lui demandai pourquoi elle n'exigeait pas d'explication, elle répondit : « Thance en a-t-il exigé une ?

— Non.

— Alors, pourquoi le ferais-je ? Si tu en as envie, tu me parleras.

— Je suis terrifiée à l'idée que Thance puisse surgir de l'ombre à chaque pas. La sonnette de la porte, une roue d'attelage, un pas, et je défaille.

— Thance est… terrassé de chagrin.

— Tu l'as vu ?

— Oui.

— T'a-t-il demandé ce que tu savais ?

— Oui.

— Et…

— J'ai répondu "Rien", ce qui est la pure vérité, Harriet. » Elle me caressa les cheveux. « Tu te souviens qu'un jour je t'ai dit que les jeunes femmes sont comme des cathédrales — de grands mystères sans nom. J'ai toujours ressenti cela devant toi, Harriet.

— Tu viendras me dire au revoir demain ?

— Oui. »

Malgré moi, je demandai : « Crois-tu que Thance viendra ?

— Mon Dieu, Harriet ! explosa Charlotte. Tu tues un homme et ensuite tu t'attends à ce qu'il vienne te saluer. Il est couché, ses sœurs et son frère sont à son chevet.

— Thor ? Thor est revenu ?

— Pour le mariage, tu te souviens ? Imagine son désespoir…

— Oh, mon Dieu, fis-je le souffle court. Oh, mon Dieu !

— Tu reviendras ?

— Oh, Charlotte, je ne sais pas… quoi qu'il arrive, ce sera le hasard…

— Je crois que tu es destinée à l'un des jumeaux, mais je ne sais lequel…

— Quelle réflexion bizarre !

— Et je ne pense pas que cela serve à quelque chose de te demander une dernière fois de réfléchir, ou du moins d'expliquer ce que moi je trouve bizarre. Ton comportement est suicidaire.

— Je ne peux pas faire autrement, Charlotte.

— Eh bien, je vais te le dire une fois. Ne pars pas, Harriet, je t'en supplie.

— Il le faut.

— Pourquoi briser le cœur de tous ceux qui en sont venus à t'aimer ?

— Peut-être à cause de cet amour, Charlotte. »

Nous nous regardâmes profondément dans les yeux. Notre amitié était intacte, comme le mystère.

« Je t'ai apporté des livres pour la traversée. *Les Poèmes* de Phillis Wheatley ; *On Hero Worship* de John Burke ; *Le Commerce des esclaves* de John Fitzgerald, et *Les Liaisons dangereuses* de Laclos en français. Tu te souviens, tu as lu mon exemplaire cet été ? J'ai fait une liste des livres que j'aimerais que tu m'envoies de Londres.

— Tu viendras me dire au revoir demain ? C'est sûr ? répétai-je.

— Je ne manquerai pas les aventures de tante Harriet, quand elle détruit sa vie et rejette sa chance de ne pas rester vieille fille, tout en accueillant à bras ouverts celle de se noyer en mer.

— Oh, Charlotte, je t'aime.

— Avec toi comme amie, qui souhaite avoir le cœur brisé ?

— Prends soin d'Indépendance pour moi.

— Je croyais que tu voulais la confier à Mme Latouche.

— Je préfère que ce soit toi.

— Tu as peur qu'elle la stérilise, et tu sais que je ne le ferai pas ! Quand tu reviendras, nous pourrons faire d'elle une mère fière de ses enfants.

Le jour de mon départ, Petit me poursuivait toujours de ses recommandations :

« Vous êtes sûre que Charlotte s'occupera bien d'Indépendance ?

— Bien sûr, elle aime les chiens.

— Vous ai-je donné l'adresse de l'ambassade américaine à Londres ? À Grosvenor Square, au même endroit que lorsque votre mère est arrivée.

— Je sais, Petit. J'ai entendu l'histoire un millier de fois. Je connais l'adresse...

— Je ne pense pas que vous la rencontriez à Londres, dit-il, mais il y a beaucoup de tableaux de Maria Cosway dans les galeries de la ville, et ses miniatures sont célèbres. Vous entendrez peut-être parler d'elle. Je crois que votre père et elle correspondent toujours — imaginez, l'abbesse de Lodi et le Président ! »

Petit, cette vieille commère, était incorrigible. Maria Cosway n'était jamais venue en Amérique et mon père n'était pas retourné en Europe. Ils ne s'étaient donc pas vus depuis quarante ans. Même les souvenirs les plus chers pâlissent, me semblait-il, après si longtemps. Ou peut-être pas. Il était tout à fait possible que je ne revoie plus jamais Thance. Son souvenir se fanerait-il avec le temps, s'évaporerait-il avec les années ?

Une douleur sourde me frappa au ventre.

« Vous n'avez pas prévenu mon père ?

— Harriet, j'étais obligé de le faire. Mais, s'il a reçu ma lettre, il ne m'a pas encore répondu. Je suppose donc qu'il ne sait pas. Il n'a pas le pouvoir de vous empêcher de partir, Harriet, vous avez vingt-trois ans.

— Ce n'est pas que j'aie besoin de sa permission... c'est seulement que... une esclave blanche arrivant à Londres, exactement comme ma mère...

— Je suis sûr que votre fiancé, même maintenant, préférerait que vous ne...

— Vous avez compris James, mon oncle. Pourquoi pas moi ? Je refuse de vivre ma vie comme un zéro, un hors-la-loi. Mais la plupart des bâtards ne ressentent-ils pas la même chose ?

— Le maître vous aime, Harriet. Je le sais. Ne le sous-estimez pas.

— Je rêve toujours de l'entendre m'appeler sa fille, un de ces jours. »

Petit secoua la tête, comme il le faisait souvent quand il était confronté à l'histoire embrouillée des Hemings et des Jefferson, mais pour moi, il était tout à fait clair que mon père ne m'avait pas libérée. Il m'avait seulement permis de me dérober à son esclavage.

1825

Le départ du *Montezuma*

Les leçons de Lorenzo

Le docteur Wilberforce

Une question près d'un lac anglais

Marly

Le serment de l'abbesse de Lodi

Le sage de Monticello

La vente d'esclaves

Le sauvetage et le retour

11

> Finalement, je le répète, vous devez écarter tous les préjugés des deux côtés, et ne rien croire ni rejeter parce que d'autres personnes l'ont rejeté ou cru. Votre propre raison est le seul oracle donné par le ciel, et vous avez à rendre compte non de la justesse mais de l'honnêteté de la décision.
>
> THOMAS JEFFERSON.

Mes malles avaient été embarquées sur le *Montezuma*, et Petit et moi décidâmes de parcourir à pied pour la dernière fois la courte distance jusqu'au port à travers la foule matinale. Peut-être était-ce à cause de mon émotion, mais les quais me parurent plus chaotiques et animés que jamais. Comme nous descendions les marches de marbre blanc de la maison des Latouche, nous entendîmes les bruits de Front Street avant d'en voir le spectacle. Les appels des colporteurs et ceux, perçants, des vendeurs à la criée s'élevaient comme des miasmes au-dessus de la rangée de maisons à un étage alignées comme des soldats en tunique rouge, toutes identiques, avec des volets verts ou noirs. Puis nous fûmes assaillis par le grondement de la circulation — carrioles et cavaliers, attelages et diligences, mules, ânes, charrettes chargées de légumes frais de la campagne, voitures à bras d'où montaient des odeurs de saucisses de Francfort, de choucroute, de bretzels et de harengs saurs, se mêlant à celles de l'huile de baleine et des cacahuètes, du pétrole et des épices orientales, du thé, du parfum et de l'encens, du foin et du crottin de cheval.

Oh, les quais de Londres ne peuvent pas être plus passionnants, pensai-je, alors que nous débouchions sur Front Street où les grandes carcasses des sloops et des frégates et leurs mâts imposants trouaient le ciel parmi les braillements des mouettes. L'eau saumâtre léchait les coques fraîchement peintes de toutes les couleurs inventées par l'homme qui miroitaient et se reflétaient dans la Delaware, tandis que s'élevaient une armée de figures de proue : sévères, majestueuses ou comiques, on en trouvait de tous les styles, du nègre Sambo à la gargouille dorée, des sirènes aux cheveux d'or aux têtes de mort rongées par le sel. Et les pavillons... des pavillons de soie qui balayaient le ciel pâlissant. Ceux des cargos et des navires et ceux des nations. Blasons, rayures, aigles, étoiles, soleils levants, cercles, carrés, carreaux noirs et blancs. Ils dansaient, pendaient, étaient repris par le vent, puis flottaient, s'agitaient, ondulaient, faisaient la révérence, paradaient et se repliaient.

D'austères banquiers et marchands en redingote noire parcouraient le quai d'un navire à l'autre, formant un saisissant contraste avec les couleurs vives des gréements. Les marins arboraient des dizaines d'uniformes différents ou d'habits civils. Leurs sacs et leurs chaussures jetés par-dessus l'épaule, ils étaient coiffés de chapeaux de paille au large bord, d'élégants bérets à plume, de sombreros, de panamas ou de fez.

Mon cœur se mit à battre plus vite. La musique de l'orchestre du navire flottait dans l'air, déjà frémissant d'odeurs et de bruits. Mes leçons allaient me manquer, mais le monde musical de Londres s'offrirait à moi, pensai-je. Était-il possible que je sois heureuse ?

Parvenus à la passerelle du *Montezuma*, nous vîmes Charlotte et son frère arriver dans une voiture de louage. Indépendance, en laisse, sauta la première au sol. Charlotte, coiffée d'un chapeau de paille, la retenait, suivie par Amos en uniforme. Des années plus tard seulement, Charlotte m'apprit que Thance et Thor se trouvaient tous les deux dans la voiture. Si Thance avait vu mon visage, y aurait-il lu mon chagrin, ou seulement l'excitation d'une jeune femme avant un voyage vers l'inconnu? Je grimpai les marches de bois brut, trébuchant un peu, appuyée à Petit et à Charlotte.

Le reste de notre groupe était déjà sur le pont. Robert Purvis, plusieurs délégués à la Conférence et des représentants du Comité religieux de Philadelphie flânaient sous des auvents de toile. Mme Willowpole était avec sa nièce Esther, une femme mariée, et son chien, Sylvester, qui se prit immédiatement d'amitié pour Indépendance. À ma grande surprise, plusieurs camarades de classe étaient venues: les jeunes filles à qui j'aurais demandé d'être demoiselles d'honneur à mon mariage.

Après toutes les présentations, étreintes et larmes, lorsqu'il ne resta plus de l'excellent vin que Petit avait apporté dans notre panier, je m'agenouillai pour embrasser Indépendance. Puis Charlotte passa un bras autour de mes épaules et les derniers mots qu'elle me chuchota furent: «Comment peux-tu être si cruelle, égoïste et stupide?

— Le hasard, je suppose, répliquai-je, comme elle me glissait un petit paquet dans la main.

— C'est de ma part... et de celle de Thance. Ne nous oublie pas.»

Elle se releva et commença à descendre la passerelle.

À présent, c'était le tour de Petit de m'offrir un cadeau d'adieu. Il me tendit un paquet de lettres.

«La plupart sont des copies des lettres que James m'a écrites, mais vous trouverez aussi d'autres surprises.»

J'entourai de mes bras le petit homme avec qui j'avais passé une nuit fatidique dans un phaéton lilas, mon mentor et mon Moïse, que j'avais appris à aimer.

«C'est la suite de notre voyage, mon oncle, murmurai-je. Il fallait qu'il en soit ainsi. Je sais qu'un nouveau destin m'attend à Londres.

— Harriet, pour l'amour du ciel, n'allez pas à Paris. Il y a trop d'agitation là-bas. Depuis que le dernier Bourbon, Charles X, est monté sur le trône, il n'y a eu que mécontentement politique, troubles sociaux et révoltes ouvrières. La ville est un foyer d'agitateurs, elle grouille d'espions anglais et autrichiens, et on parle d'une nouvelle révolution et d'un roi-président.

— Mais, Petit, selon d'autres voyageurs, Paris est une merveilleuse Ville lumière, riche, élégante et cultivée, ornée de monuments napoléoniens. Et puis il y a des théâtres, de bons restaurants, et tout un peuple heureux qui aime s'amuser. C'est la ville la plus sûre du monde, avec la meilleure police !

— Une police secrète, héritée de l'empereur Napoléon, qui a un pouvoir presque absolu sur la population.

— Petit, je serai touriste là-bas, pas attaché militaire ! Pourquoi aurais-je quelque chose à voir avec la situation politique en France ?

— Vous ne comprenez pas les Français, Harriet. Ils descendent dans les rues et font des émeutes pour un oui pour un non ! Il y a eu des batailles rangées et des barricades en 1821.

— Comme en 1789 ? demandai-je doucement.

— Vous adoreriez ça, n'est-ce pas ?

— Je ne peux pas vous promettre de ne pas aller à Paris, mais si je le fais, je serai très prudente et je vous écrirai avant… pour que vous ayez le temps de vous inquiéter.

— Promis ?

— Promis. Et je vous aime. »

La cloche du navire sonna, intimant aux visiteurs l'ordre de se retirer. Elle sonna une fois, puis deux, puis trois ; le son, comme de grosses larmes, descendit lentement, flotta à la surface des autres bruits, puis sur l'eau huileuse, et finalement s'enfonça dans les profondeurs du port.

À bord de notre paquebot, il y avait cent passagers dans l'entrepont, trente en première classe, et un équipage de quarante-six hommes, sans compter l'orchestre. C'était un navire de luxe, construit non seulement pour le transport des marchandises, mais pour le confort des voyageurs. Mme Willowpole et moi restâmes sur le pont, comme si nous attendions dans un théâtre éteint que les rideaux s'ouvrent sur une pièce attendue depuis longtemps dont nous ignorions tout : le genre, l'intrigue, l'auteur, les acteurs. Le soleil soulignait nos mains sur les rambardes, nos profils, le bord de nos chapeaux, et les franges de nos châles en cachemire. La lune finit par gagner son jeu d'équilibre avec le soleil et régna, pleine et lumineuse, dans le ciel, marquant la ligne du rivage, celle de l'horizon et le dessin des vagues, tandis que notre palace flottant s'éloignait sur l'Atlantique.

Ce premier soir, Mme Willowpole établit notre programme. Nous avions des cabines séparées, mais nous nous retrouverions pour le petit déjeuner dans la salle à manger. Elle tenait à son intimité, m'expliqua-t-elle, et depuis que son mari était mort, elle ne pouvait supporter l'idée de dormir dans la même pièce qu'une autre personne, même ses propres enfants. Elle avait découvert le plaisir de se réveiller seule et répugnait à renoncer à ce qui pour elle était un luxe :

« Vous me pardonnerez, ma chère, mais je commence à apprécier la douceur de la solitude après trente ans de félicité conjugale. Je n'ai plus, au réveil, à dire bonjour à quelqu'un avant d'avoir bu mon café. »

Après le petit déjeuner, elle me dicterait sa correspondance qui serait confiée à des navires croisant notre route à certains points de rendez-vous. Nous lirions ensemble jusqu'à onze heures et demie, moment où une réunion de prières était prévue sous la conduite du capitaine. Ensuite, je pourrais me joindre à elle dans sa promenade quotidienne sur les ponts avant le déjeuner ou me retirer. Mes après-midi seraient libres et je retrouverais la veuve à cinq heures pour le thé qui, pour les passagers de première classe, était servi dans la salle à manger du capitaine. Après le thé, je devrais lui faire la lecture jusqu'à sept heures, puis nous nous habillerions pour le dîner. Comme elle se couchait de bonne heure, je me faisais une joie de mes longues soirées solitaires où je pourrais lire une partie de la nuit.

Les larmes vinrent plus tard. Toutes les nuits, un désespoir sans fond s'emparait de moi. Il paraissait impossible qu'il y eût tant de larmes dans un seul corps humain. Si nous étions nés avec une provision de pleurs, je l'avais sûrement épuisée. Mais chaque matin je baignais mes yeux dans de la camomille, reconnaissante à Mme Willowpole de sa passion pour l'intimité.

Je m'attachai très vite à la veuve. Je n'avais jamais, à part quelques professeurs de Bryn Mawr, rencontré de femme d'un niveau intellectuel comparable. Bien que Mme Willowpole n'eût pas reçu d'instruction officielle, comme ses frères, son père n'avait épargné ni les dépenses ni les efforts pour l'éduquer aussi bien à la maison. Elle avait tout lu, et sa longue vie avec son époux ministre l'avait mise en contact avec les plus brillants esprits d'Amérique et du Continent. On l'avait autorisée à écouter tous ceux qui venaient à la table de son père, et elle avait présidé celle de son célèbre mari. Elle avait écrit des essais et des articles qu'elle avait publiés sous son propre nom. Elle avait même étudié la médecine pendant une courte période quand l'Institut médical Jefferson, qui venait d'être fondé, avait accepté les femmes. Cela n'avait duré que deux ans, après quoi, comme dans toutes les autres écoles de médecine américaines, seuls les hommes avaient pu s'inscrire.

Née à Philadelphie, fille d'un riche fermier, elle était unitarienne et exerçait la fonction de professeur. Depuis la mort de son mari, elle consacrait toute son énergie et sa fortune considérable à l'abolition de l'esclavage, bravant le ridicule, les menaces physiques et l'ostracisme social. C'était une femme de cinquante-deux ans, maigre et stricte, à la voix douce, et dont le joli visage rond était encadré de rouleaux maintenus par des filets. Elle avait des yeux bleu clair, très grands, dont l'expression ingénue ne laissait pas deviner un intellect aussi aiguisé. Elle me fit profiter de son intelligence et de l'étendue de ses connaissances pendant cette traversée, me donnant l'impression que ma véritable éducation venait de commencer. À l'époque, aucune femme n'était autorisée à parler en public, même si elle l'avait osé. Mais je ne doutais pas que, lorsque ce jour viendrait, Mme Willowpole serait l'une des oratrices les plus brillantes et les plus passionnées des États-Unis.

Cette petite femme déterminée, vêtue de couleurs sobres, parcourait le pont, un livre à la main parfois, et souvent improvisait et parlait dans le vent, comme si elle s'entraînait à discourir en public. Et moi j'écoutais, captivée et consternée.

Je reprochais à mon père d'avoir laissé l'intelligence de ma mère en friche dans le désert de Monticello, où elle l'avait gaspillée à s'intéresser aux petits malheurs, aux mesquines intrigues de la vie de la plantation. J'aurais connu le même sort, me répétais-je sans cesse, sans Petit et Mme Willowpole. Jour après jour, elle me devenait plus précieuse. Grâce à elle, mon esprit et mes manières de collégienne subissaient lentement une métamorphose.

Toutes les nuits je pleurais, et tous les matins, sur le pont, j'écoutais Mme Willowpole exposer ses vues sur l'amour, la sensualité, la charité, le sexe, et l'état de dégradation auquel les femmes étaient réduites : objets de pitié ou victimes de la folie. Je commençais à me demander si l'on m'avait abusée en me faisant croire que je pourrais vaincre l'amour.

« Seuls les enfants sont innocents, Harriet, m'expliqua-t-elle un jour. Lorsque cette épithète s'applique aux hommes ou aux femmes, ce n'est qu'une façon polie de désigner la faiblesse. En conséquence, la plus parfaite éducation, à mon avis, consiste à fortifier le corps et former le cœur. En d'autres termes, nous devons permettre à une femme d'acquérir les habitudes de vertu qui la rendront indépendante. C'est une farce de qualifier quiconque de vertueux si sa vertu ne résulte pas de l'exercice de sa propre raison. Comprenez-vous, ma chère ? C'était l'opinion de Rousseau vis-à-vis des hommes. Moi, je l'étends aux femmes. Le pouvoir illégitime que nous obtenons en nous dégradant est une malédiction. L'amour dans nos cœurs prend la place de passions plus nobles, et notre unique ambition est d'inspirer l'émotion plutôt que le respect, mais ce... ce besoin détruit toute force de caractère. Si les femmes sont, par leur constitution, des *esclaves*, et ne peuvent jamais respirer l'air revigorant de la *liberté*, elles devront languir pour toujours comme des objets exotiques et de belles fleurs reléguées à l'état de nature. »

Les monologues de Mme Willowpole atteignaient leur but avec une précision étonnante. Souvent ses paroles étaient plus acérées que le poignard dans ma poche. Je désespérais de jamais devenir la forte jeune femme qu'elle voulait faire de moi. J'avais trop de secrets. J'étais, selon sa définition, le contraire de tout ce qu'elle représentait : une lâche.

Et, comme dans un bon roman, il y avait à bord un véritable Sudiste, un homme grossier et rougeaud, qui exposait ses vues sur la vie dans le Sud et l'esclavage. Il s'appelait James Henry Hammond et venait de Caroline du Sud. Il s'était surtout adressé à un jeune Anglais, Lorenzo Fitzgerald, avant de découvrir les opinions de Dorcas Willowpole. À notre table, en plus de MM. Fitzgerald et Hammond, il y avait trois autres messieurs : M. Elijah Stuckey, un Anglais, et deux Américains, le docteur Desmond Charles du New Hampshire et le révérend Moatley de La Nouvelle-Orléans.

« Je souscris sans réserve, déclara subitement M. Hammond, à l'avis très critiqué que l'esclavage est la pierre angulaire de notre édifice républicain. En même temps, je trouve ridiculement absurde ce dogme de M. Jefferson, si souvent glorifié mais jamais prouvé, que tous les hommes sont nés égaux. »

Nous y revoilà, pensai-je, la Déclaration de mon père, comme une pierre de touche, le monument autour duquel toutes les questions tournent en Amérique. Et pour la deuxième fois de ma vie, j'étais confrontée à la haine raciale telle qu'elle s'exprimait entre Blancs. C'était ce qu'ils pensaient réellement de nous.

« Je suis du même avis, dit le révérend. Aucune société n'a jamais existé, et n'existera jamais, sans un éventail naturel de classes. Les plus différenciées seront, dans un pays comme le nôtre, les riches et les pauvres, les instruits et les ignorants, les Blancs et les nègres.

— Et que faites-vous des chrétiens et des infidèles ? intervint Lorenzo Fitzgerald, pour taquiner le révérend.

— Mais oui. Eux aussi. Je crois que les Peaux-Rouges ont une âme, dit le révérend Moatley. Et les Noirs aussi.

— Revenons à la question qui nous occupe : l'esclavage et la propriété, dit M. Charles. Il serait illusoire de penser que le temps ne consacre pas le mal, toute l'histoire l'a prouvé ; les moyens par lesquels les Africains ont été réduits en esclavage dans ce pays ne peuvent pas nous concerner, puisqu'ils sont notre propriété, comme votre terre, monsieur Fitzgerald, est à vous, par héritage, par acquisition, ou par l'usage. »

Mes joues s'enflammèrent au mot *propriété* — où l'avais-je entendu pour la première fois ? *Toucher à ma propriété*... mon père, cette nuit-là.

« L'homme ne peut pas être propriétaire d'êtres humains.

— Non seulement il le peut, mais il possède ses semblables dans le monde entier, sous des formes variées ; il en a toujours été ainsi, rétorqua le révérend Moatley.

— Je crois fermement que non seulement l'esclavage américain n'est pas un péché, mais qu'il a été spécialement commandé par Dieu par la voix de Moïse, et approuvé par le Christ par l'intermédiaire de ses apôtres », renchérit M. Hammond, assis près de Lorenzo Fitzgerald.

J'avais entendu des discours contre l'esclavage, on m'avait assuré qu'il n'était pas éternel ; à présent, j'allais entendre son apologie. C'était la première fois depuis que j'étais une femme libre que je rencontrais un esclavagiste. Je ne savais pas quoi faire — ni quoi dire. Il semblait s'adresser uniquement à moi.

« Vous ne pouvez nier qu'il y avait parmi les Hébreux des "hommes en état permanent de servitude". Vous ne pouvez pas nier non plus que Dieu a spécialement autorisé son peuple élu à acheter aux païens ces "hommes en état permanent de servitude", comme il est rapporté dans le vingt-cinquième chapitre du Lévitique. Or, cet "homme en état permanent de servitude" est un esclave. L'esclavage est toléré dans la Bible, c'est son message, sa révélation.

— Mon idée pour nous débarrasser de l'esclavage, cette tache honteuse sur la conscience américaine, est de trouver une colonie pour les Noirs, dit le révérend Moatley.

— Écoutez ! Écoutez ! intervint M. Charles. Si vous jetez un coup d'œil sur la carte de l'Amérique du Nord, vous verrez à l'ouest et au sud-ouest une vaste étendue de territoires qui n'est occupée que par quelques tribus errantes d'Indiens et peut-être par une poignée de Blancs. Ces terres pourraient être attribuées aux Noirs et aux Indiens. Mais notre premier objectif serait de nous assurer le contrôle de ce territoire.

— En d'autres termes, prendre la terre aux Indiens que vous avez déjà exterminés pour créer une colonie de Noirs », glissa M. Fitzgerald.

Voilà l'autre argument, pensai-je. Exil et déportation, colonisation. Personne ne considérait jamais la possibilité de la cohabitation, de l'acceptation. Jamais.

« Exactement ! s'écria le révérend, complètement insensible à l'ironie de M. Fitzgerald. La plus grande partie des Noirs affranchis émigreraient vers un pays où ils seraient maîtres du sol. Où ils s'assiéraient sous leurs vignes et leurs figuiers et boiraient à la pure fontaine de la Liberté.

— Et qui nous indemniserait pour leur perte ? Les États-Unis paieraient-ils une compensation pour notre propriété ? s'exclama James Hammond. C'est une illusion de croire qu'il s'agit de travail gratuit.

En achetant l'esclave lui-même, on paye à l'avance son travail en une fois, et pas une somme modique. Et principalement à vos compatriotes, monsieur Fitzgerald, ce qui a sûrement contribué à édifier ces fortunes britanniques colossales et à multiplier les splendides monuments dont vous autres Anglais êtes si friands.

« Comment expliquez-vous que la philanthropie, qui ne s'intéresse guère au sort de la classe ouvrière anglaise, se mêle de nos affaires de l'autre côté de l'Atlantique ? Vous prêchez contre des décrets promulgués par Dieu ! conclut-il.

— Nous avons mis fin à l'esclavage dans nos propres colonies et en Angleterre, et je prie pour qu'il soit bientôt aboli dans les Antilles anglaises. Mais en Amérique, pays civilisé, c'est la peur, la clé de l'opposition à l'émancipation. Les Américains semblent croire à une sorte de Noir mystique d'une puissance incroyable, une sorte de Dieu dont la colère, si on lui laissait libre cours, détruirait toute la race et la société blanches.

« Pourtant, l'affranchissement n'augmente pas la force physique des Noirs. Il supprime seulement le principal motif de rébellion. Ils ne deviennent pas des êtres dotés de pouvoirs supérieurs parce qu'ils sont libres. Le pouvoir arbitraire du propriétaire est simplement remplacé par l'autorité équitable de la loi. Toute communauté bien organisée a le droit de punir les désordres et la violence — la police exerce une plus forte influence, à la fois morale et physique, que le propriétaire d'esclaves, et elle est moins susceptible de provoquer des actes d'insubordination.

« On nous dit que les Noirs doivent devenir chrétiens avant de cesser d'être esclaves. Mais, est-ce la bonne manière de les gagner au christianisme que de les maintenir en esclavage ? Et que dire de ceux qui ne doivent leur liberté qu'à la conduite licencieuse de leur maître, qu'ils en soient l'objet ou le fruit ? Ils sont affranchis par caprice, par fantaisie, généralement quand le maître est à l'article de la mort, sans avoir reçu une éducation religieuse et morale qui les ait préparés à l'exercice de la liberté. Dénonçons une fois pour toutes l'hypocrisie des bonnes âmes qui, tout en violant tous les principes chrétiens, clament la nécessité de promouvoir la conversion. »

Je regardai Lorenzo Fitzgerald, surprise, pétrifiée par son étrange tirade.

« Notre seul but est d'infliger une sanction morale aux propriétaires d'esclaves eux-mêmes, articula enfin faiblement Mme Willowpole, incapable de se contenir plus longtemps.

— Des sanctions morales, vraiment ! Quels esclaves ce genre de sanctions a-t-il jamais libérés ? Supposons que nous pensions tous la même chose que vous sur l'esclavage. Croyez-vous pouvoir nous forcer à renoncer à trois milliards de dollars, la valeur de nos esclaves, et aux trois milliards supplémentaires correspondant à la dévaluation de nos terres qui découlerait de leur libération ? Qui a jamais été persuadé de se séparer volontairement de six milliards de dollars ? Vous voyez l'absurdité d'une telle idée. Gardez vos "sanctions morales", donc. Vous savez bien que c'est insensé, répondit M. Hammond.

— L'esclavage des Noirs, reprit Mme Willowpole, qui s'était levée, est contraire à la raison, à la justice, à la nature, au principe de la loi et du gouvernement, et aux commandements de Dieu ! » Elle était devenue écarlate, ses lèvres tremblaient d'émotion, et des larmes brillaient dans ses larges yeux bleus. Elle paraissait avoir grandi et dominait la table de sa stature.

Moi-même, je tremblais. Je me sentais mal, mais j'étais trop timide pour intervenir. J'étais tombée dans un puits sans fond de haine et de racisme que je n'aurais jamais imaginé possible.

M. Fitzgerald et M. Charles s'étaient levés, eux aussi, essayant d'éviter l'affrontement imminent.

« Je vous en prie, madame Willowpole...

— Monsieur Hammond... je vous supplie, monsieur...

— Il n'y a pas de raison...

— Prions...

— Je crains, mademoiselle Petit, que votre chaperon ne soit hors d'elle, dit Lorenzo Fitzgerald.

— Elle est parfaitement lucide, répliquai-je froidement, sans tenir compte de son regard horrifié. Les acheteurs d'hommes sont du même acabit que les voleurs d'hommes. Puisque vous savez que les esclaves n'ont pas pu être acquis honnêtement, quel marchand d'esclaves est plus respectable qu'un voleur de grand chemin ? Vous dites peut-être : "Je n'achète pas mes nègres, j'utilise seulement ceux que m'a laissés mon père." Très bien, mais est-ce suffisant pour soulager votre conscience ? Votre père avait-il le droit d'utiliser un être humain comme esclave ? » déclarai-je avec mon meilleur, mon plus séduisant accent de Virginie.

Cette fois, je pris fermement Mme Willowpole par le bras et la guidai vers la porte, pendant que Hammond demeurait délibérément assis, le regard furibond. Puis lentement, il se leva, à son tour, les mains appuyées sur la table, l'air belliqueux.

« Permettez-moi de vous dire, mesdames, que c'est exactement la raison pour laquelle les femmes ne devraient pas avoir le droit de se mêler des affaires publiques. Vos tempéraments ne sont pas faits pour les débats ni pour affronter des opinions différentes. Si un homme vous contredit, vous vous réfugiez derrière vos prérogatives féminines et lui enjoignez d'être chevaleresque, ce qui est impossible si vous défendez des opinions masculines. Parlant en tant que Blanc, je vous assure que mes sentiments sont ceux de tous les propriétaires d'esclaves de ce pays », cria-t-il dans notre dos, tandis que nous prenions la fuite.

Son fort accent de Caroline du Sud nous poursuivit jusqu'à la porte, que le roulis du navire claqua derrière nous.

Nous nous retrouvâmes sur le pont, penchées dans les embruns, sans châle et sans chapeau, le souffle coupé par le vent violent autant que par la diatribe de Hammond. Mme Willowpole était visiblement ébranlée. Son visage placide avait rougi et elle était secouée de hoquets, comme un enfant réprimandé.

« Vous voyez, vous voyez, je ne suis pas faite pour cette lutte. La colère d'un homme me déroute tant que je perds le fil de mes pensées, je me mets à bredouiller, simplement parce que quelqu'un qui ressemble à mon père, à mon mari ou à mon frère élève la voix. Je suis trop marquée par mon éducation : Ne contredis jamais un homme en public, ne le laisse jamais quitter une pièce en colère, n'exprime une opinion que si on t'y invite, ne provoque jamais délibérément un homme de ta classe — toutes ces règles, il faut les oublier dans la vie publique.

— Il y a des façons d'obtenir ce que l'on veut sans enfreindre ouvertement les règles, madame Willowpole ; pour les femmes nées dans des milieux moins privilégiés que vous, c'est une question de survie, lui répondis-je, comprenant combien il était utile d'avoir appris, très tôt dans la vie, à tenir en respect un homme blanc en colère.

— Mais, Harriet, que savez-vous des femmes de cette classe ?

— N'avez-vous pas dit qu'elles étaient nos sœurs ? »

« Pistolets, épées, ou cannes à pêche ? » dit en riant Lorenzo Fitzgerald en se levant à notre arrivée au dîner ce soir-là.

J'avais dû persuader Mme Willowpole d'y faire une apparition, sinon nous aurions pu dire adieu à nos repas dans la salle à manger. Elle avait été surprise de voir avec quelle sérénité j'avais pu affronter cet homme en colère. Mais j'avais appris cela à Monticello. En fait, c'était M. Hammond qui avait changé de table.

« En tout cas, la discussion du déjeuner a été animée. Je n'aurais jamais cru que M. Hammond eût des vues aussi conservatrices sur la question de l'esclavage, ni votre chaperon des opinions si avancées.

— Mme Willowpole n'est pas mon chaperon, monsieur. Je suis sa compagne de voyage. Une sorte de... dame d'honneur ou de secrétaire.

— Mais ce sont des fonctions différentes, et je verrais mal Mme Willowpole avec une dame d'honneur si elle était anglaise — ni d'ailleurs avec une secrétaire.

— Le mot "amie" vous convient-il mieux ?

— Écoutez, mademoiselle Petit, ne vous fâchez pas à propos de votre mentor ou de votre tutrice, ou quel que soit son rôle auprès de vous. L'incident est oublié, et c'était une belle dispute. Votre petit discours a été... admirable... et pour une Virginienne, absolument stupéfiant ! »

Je souris malgré moi. Lorenzo Fitzgerald me rappelait Dennis, le frère de Charlotte, sauf qu'il était anglais, et un Anglais tel que je les imaginais tous.

Il était le plus jeune fils, avais-je appris, d'un militaire qu'il avait déçu en n'embrassant pas la carrière des armes. Mais il avait été adopté par un oncle sans enfant, qui l'avait envoyé à Oxford étudier le droit. Ainsi avait-il échappé au sort des fils cadets anglais, qui étaient obligés de s'engager dans l'armée, d'entrer dans le clergé ou d'émigrer en Amérique. Au lieu de cela, il avait fait non seulement le tour de l'Europe pendant deux ans, mais aussi celui du Nouveau Monde. Lorenzo Fitzgerald était allé aux États-Unis, au Mexique et au Brésil, et il avait passé plus de trois ans parmi ses « cousins », comme il appelait tous les Américains. À présent, il projetait d'écrire un livre de voyages, me dit-il. En Amérique, il avait visité les territoires de l'Ouest jusqu'au Missouri, La Nouvelle-Orléans, Atlanta, Richmond et Charlottesville, Boston et Philadelphie.

« Vous ne savez pas grand-chose de votre pays, mademoiselle Petit. J'ai l'impression que la géographie n'était pas votre fort à l'école. Ou peut-être avez-vous été éduquée à la maison ?

— Je suis restée chez moi presque toute ma vie, mais ces deux dernières années j'ai étudié au collège de Bryn Mawr. Cependant, vous avez raison, la géographie n'était pas mon fort.

— Parfois, c'est plus facile si on peut dessiner le pays ou le continent dont on parle, dit-il en tirant un petit carnet de sa poche et en traçant une sorte de triangle. La Virginie est située plus ou moins là aux États-Unis. Voilà Philadelphie, et ici Richmond. Le territoire de Louisiane s'étend ici, plus bas, et la Floride touche presque Cuba, qui ressemble à ça. À près de cinq mille kilomètres se trouve Mexico, où le roi de France a tenté d'organiser l'invasion de la Louisiane et de se faire couronner empereur du Mexique.

« Maintenant voilà à quoi ressemble tout le continent américain, du Groenland à la Terre de Feu. Je suis allé là, et là, et là, et là. Voici l'océan Atlantique, et les îles Britanniques. Par là, c'est le Continent, comme les Anglais appellent l'Europe. Voici la Méditerranée. Et l'Afrique.

— L'Afrique ? » Le nom mélodieux roula sur ma langue.

« Oui. Et demain, je vous dessinerai l'Angleterre, au moins vous saurez où vous allez. Que vous a-t-on appris à Philadelphie ?

— Je commence à me le demander.

— En fait, mon père était cartographe militaire. À l'âge de six ans, je savais dessiner les contours de la plupart des pays du monde. À huit ans, je pouvais situer les capitales et les principaux fleuves et indiquer les longitudes et les latitudes. À onze ans, j'en étais aux fortifications militaires, aux chaînes de montagnes, aux affluents — il rit — et aux distances qui les séparent. Voilà sans doute pourquoi je déteste l'armée et adore voyager.

— Je peux garder tous ces croquis ? demandai-je.

— Je les ai dessinés uniquement pour vous. J'ai décidé de vous apprendre au moins où se trouve le Mississippi avant que nous arrivions à Londres.

— Mais je sais où se trouve le Mississippi.

— Oh, oui — vers le Texas. Et de là nous passons... avez-vous jamais vu une carte de la Lune ? Ou des constellations ? Mon père est aussi une sorte de visionnaire, comme Léonard de Vinci. Il est convaincu que nous voyagerons vers les étoiles dans des vaisseaux au cours du siècle prochain, sinon de celui-ci.

— Voyager jusqu'aux étoiles ?

— Je commencerai par une carte de Jupiter. Savez-vous qu'en Inde, à l'observatoire de Karnatik, les astronomes ont dessiné une carte de la planète Mars ? On raconte qu'ils ont même une carte du paradis. »

12

> D'une part, débarrassez-vous de toutes les peurs et de tous les préjugés mesquins qui dominent les esprits faibles. Asseyez solidement votre raison et appelez devant son tribunal tous les faits et toutes les opinions. Remettez en question avec audace jusqu'à l'existence d'un Dieu ; car, s'il y en a un, il doit approuver davantage l'hommage de la raison que celui de la peur aux yeux bandés.
>
> THOMAS JEFFERSON.

Nous étions déjà en mer depuis deux semaines quand je me décidai enfin à ouvrir le paquet de Petit. Je détachai le ruban et brisai les sceaux un soir vers minuit, alors que j'avais déjà dormi et m'étais réveillée les mains tremblantes, comme si j'étais moi-même une voleuse ou comme si, à tout moment, quelqu'un allait faire irruption dans la cabine en exigeant de savoir qui j'étais et ce que je faisais là. Mon cœur battait si vite que mon sang résonnait à mes oreilles. Peut-être, dans un accès de culpabilité, Petit avait-il avoué ma fausse identité à Thance. Ou peut-être, ulcéré, m'abandonnait-il à mon sort et refusait-il de jamais me revoir.

PHILADELPHIE, MINUIT, LE 23 SEPTEMBRE 1825,

Ma très chère Harriet,

Voici des copies des lettres que votre oncle James m'a écrites pendant ses deux séjours à Paris après son émancipation. Elles sont tour à tour tristes, drôles, brillantes, moroses, découragées et pleines d'espoir. Très proches sûrement de ce que vous devez ressentir maintenant. Peut-être les lirez-vous avant d'atteindre cette ville. Même si vous n'y allez pas, elles vous permettront de comprendre un peu mieux votre oncle et sa vie, et aussi celle de votre mère et la vôtre. Je joins l'écharpe que James portait le jour de la prise de la Bastille. Comme vous le voyez, elle est parfaitement conservée. Elle a escaladé les remparts des Invalides et franchi les douves de la Bastille ; elle est restée autour de son cou jusqu'à Versailles. Chérissez-la.

Je suppose que vous n'avez pas ouvert ce paquet avant plusieurs semaines de haute mer. Je ne sais pourquoi, mais je vous connais bien, Harriet. Vous avez peut-être changé d'avis au sujet de votre décision. Si c'est le cas, n'hésitez pas à prendre le prochain bateau pour rentrer à Philadelphie. Il n'y aura pas de reproches, ni de ma part ni de celle de Thance, le pauvre garçon. Vous êtes la lumière de notre vie, et vous laisser sur le *Montezuma* a été l'épreuve la plus difficile que j'aie jamais traversée. Je vous avais imaginée à mon bras, marchant vers l'autel dans l'église St. Paul de la Congrégation unitarienne d'ici à quelques semaines. Je ne peux vous l'écrire sans souffrir et même sans pleurer. C'est une bonne chose que Thor Wellington soit revenu pour aider Thance, qui a pris toute l'affaire plus mal encore que je ne le craignais ; mais je ne crois pas que son jumeau lui permettra de s'endurcir contre vous. Attention, Harriet, vous jouez gros jeu. La vie n'est pas faite seulement pour votre convenance, même si certains le souhaiteraient pour vous voir heureuse. Je suis l'un de ceux-là, vous me manquez, et je prie tous les jours pour votre santé et votre bonheur.

J'ai rédigé mon testament. Il se trouve avec mes autres papiers à l'étude notariale Silbourne et frères, au coin de Front Street et d'Arch Street. Si quelque chose devait m'arriver, je vous ai laissé toutes mes possessions terrestres, à l'exception de ma ferme en Champagne où ma mère vit encore. J'aimerais que vous pourvoyiez à ses besoins dans les dernières années, ou plutôt les derniers mois de sa déjà longue vie. Je compte sur vous. Et je reste votre oncle Adrian et votre père adoptif. N'oubliez pas votre travail. N'oubliez pas Thance. Et n'oubliez pas vos parents qui vous aiment.

Avec toute ma tendresse,
Adrian Petit.

Je passai lentement la longue écharpe de soie rouge à mon cou et la serrai fortement. Je tournai et retournai les lettres dans ma main. C'étaient les originaux. Petit n'avait gardé que les copies pour lui. Je les portai à mon nez. Elles sentaient le moisi, le brûlé, comme des feuilles après un orage. La signature était immense, audacieuse, gribouillée à travers la page. Chaque espace libre était noirci d'une petite écriture méticuleuse, même les marges, que James Hemings avait utilisées après avoir rempli le feuillet. Quand il avait manqué de papier, il avait écrit entre les lignes.

La première était datée de Paris, 1796. Il décrivait la ville après le règne de la Terreur et sa recherche de ses anciens maîtres aristocrates, fauchés par la Révolution. « J'ai trouvé du travail dans une des grandes maisons non loin de l'hôtel de Langeac, mais tout le monde craint que le gouvernement ne tombe bientôt entre les mains d'un obscur général corse, Napoleone Buonaparte. »

Comme je déplore la disparition des grandes maisons où j'avais espéré être engagé, mais qui ont été pillées et brûlées pendant la Terreur, alors que leurs occupants étaient partis en exil ou avaient été guillotinés comme la pauvre reine. Les « citoyens », c'est ainsi que les Français s'appellent à présent, commencent aussi à regarder de travers la catégorie des serviteurs. On ne compte plus les traîtres et les espions. Beaucoup de têtes de cuisiniers sont tombées avec celles de leurs maîtres. Je te félicite d'avoir eu le bon sens de partir à temps.

Robespierre est mort, mais rien ne ramènera la

beauté et la gloire de l'Hermitage, ni des Tuileries ou de Marly — tous ces endroits sont détruits. Maria Cosway a quitté son mari pour s'enfuir avec un castrat italien du nom de Marchese... C'est le grand scandale londonien de l'année.

Lettre après lettre, James évoquait le chaos et la guerre civile, le Directoire et l'ascension de Napoléon, tandis que sa propre carrière progressait de cuisine en restaurant. Il travaillait à présent dans un établissement sur le quai d'Orsay, appelé Le Varenne. Son rêve était d'ouvrir sa propre affaire de traiteur. Il notait scrupuleusement toutes ses idées, recettes et inventions culinaires et décoratives pour sa future entreprise. De chaque lettre se dégageaient un parfum et une atmosphère particuliers, du funèbre au burlesque, et chacune avait sa couleur, du violet mélancolique au rouge magenta. Ainsi déversait-il ses espoirs et ses rêves sur Petit.

Mais une lettre me frappa comme un coup, car il y parlait de son amour pour ma mère. Elle était datée de la fin de 1799 et il l'avait écrite pour annoncer à Petit qu'il revenait sur nos rivages réclamer sa sœur.

PARIS, DÉCEMBRE 1799,

Mon vieil ami Adrian,

J'ai finalement réservé une place sur le *Tartaguilla* pour revenir au début de l'année. J'aurais dû t'écrire avant, car je serai peut-être en haute mer quand ce pli te parviendra, ce qui signifie que je verrai ta sale bouille plus tôt que tu ne m'attends.

Ces dernières années ont été difficiles et je suis résolu, enfin, à prendre ma destinée et celle de Sally en main. Pendant tout ce temps, de même que je n'ai jamais cessé de l'aimer, je n'ai jamais cessé d'avoir honte de son concubinage et de m'indigner de son esclavage comme jamais je ne l'ai fait du mien.

Entre nous et sous le sceau du secret, j'espère le lui dire bientôt. Je n'aurais jamais dû quitter Monticello sans elle, car, sans l'esprit jumeau de ma sœur, je suis plus que seul, je suis désespéré, je pense sans cesse à elle. Si elle meurt, je meurs. Si elle vit dans la servitude, je vis dans la servitude. Depuis des années maintenant, mon âme est enflammée. Mon amour fraternel est bien loin de ma relation avec Dieu, car c'est Sally, et non Dieu, qui m'a abreuvé d'amour quand j'étais esclave, un amour à la fois simple, fidèle, et bien réel. Nos cœurs fusionnaient dans l'enfance. Jeune garçon, je la protégeais des attaques muettes, mais incessantes, contre sa beauté, son feu intérieur, son être intime. Elle était exceptionnelle, Petit, et ma vie d'homme s'est arrêtée quand elle a trahi notre enfance pour obéir à Thomas Jefferson. Si la personne que tu aimes le plus sur cette terre et en qui tu as placé toute ta confiance te trahit, cela te pousse à douter de la justice divine.

Depuis cette nuit à l'hôtel de Langeac, je n'ai jamais eu un lieu de repos. La solitude, même si c'est la seule chose que je cherche, me tue, comme les draps sanglants de mon cauchemar.

C'est pourquoi, pour revivre, je dois prendre position contre cet enlèvement. Il est difficile d'aimer comme j'aime. Difficile, parce que c'est le plus haut témoignage de notre individualité. C'est le chef-d'œuvre pour lequel tout nous prépare... et la seule émancipation.

Prie pour moi, Adrian, comme je prie pour moi-même. Je tuerais volontiers Thomas Jefferson si je pensais que cela tuerait son amour pour lui, qui n'appartient qu'à moi, mais hélas, un meurtre pourrait l'attacher encore plus solidement à lui. Non, elle doit le voir tel qu'il est et le mépriser.

Si j'échoue, je suis perdu. Je suis perdu de toute façon peut-être, mais, ô, Dieu, que je l'aime.

Jimmy.

CHEZ MASSON, PHILADELPHIE, 1800,

Adrian, mon vieil ami,

Elle me méprise. Moi ! Pas lui.

Elle m'a accusé de faire de son monde un bordel alors que tout ce que j'ai jamais voulu était le contraire. « Ma condition de prostituée, m'a-t-elle dit, c'est à toi que je la dois, et tu le sais. » Elle a raison, et cette pensée ne me quitte jamais, même dans mon sommeil.

Qu'adviendra-t-il de moi, qui ai besoin de sa liberté plus que de la mienne ? Je ne suis pas un homme si je ne peux pas la libérer.

Je pars pour Barcelone sur le navire anglais *Supreme* dans trois jours. Je dois réfléchir. Je ne fais que désespérer sur le sol américain.

Jimmy.

Suivaient une série de lettres des capitales et villes importantes d'Europe. Des lettres pleines de descriptions de Madrid et de Barcelone, des grandes maisons de Calabre et d'Avignon. Toutes avec le même refrain : Comment pourrait-il libérer ma mère ? Que pouvait-il faire pour la persuader de quitter Monticello ? Et puis...

RICHMOND, 1801,

Adrian,

Je suis rentré pour de bon maintenant. J'ai un plan. Pense à notre conversation sur le quai. J'ai décidé de le mettre à exécution. J'y suis obligé. Telle qu'elle est, ma vie ne vaut rien. Elle finira par me remercier.

Aime-moi comme je l'aime,

Jimmy.

L'aube venait de poindre quand je glissai les lettres dans leur enveloppe.

M. Fitzgerald dédaigna une touche manifeste, alors que nous avions jeté sa ligne par-dessus le bastingage au milieu du navire. « Un jour, très bientôt, votre pays s'étendra des rives de l'Atlantique à celles de l'océan Pacifique. À l'est et à l'ouest, ses limites sont celles de la plaque continentale. Au sud, il avance jusqu'aux tropiques et s'étend vers le nord jusqu'aux régions glacées de Terre-Neuve. Mais les Américains ne forment pas autant de branches issues de la même souche que nous, les Européens. Les trois races d'Américains sont naturellement distinctes et, pourrais-je ajouter, naturellement hostiles. Leurs origines et leurs caractéristiques, plus l'éducation et la loi, ont dressé entre elles des barrières insurmontables, mais le hasard les a placées sur le même continent où elles ne se mélangent pas. »

Nous étions assis côte à côte. La lumière dansait sur l'eau et, loin sur la mer, nous apercevions le dos des dauphins.

« Je crois que les nations indiennes d'Amérique du Nord sont condamnées à périr, et que le jour où les Européens se seront établis sur les rivages du Pacifique, cette race d'hommes aura cessé d'exister. Les Indiens n'avaient qu'une seule alternative : la guerre ou la civilisation. En d'autres termes, supprimer les Européens ou devenir leurs égaux. Les Narragansetts, les Mohicans, les Pequots — qui auparavant peuplaient la Nouvelle-Angleterre — n'existent plus qu'en souvenir. Les Lenapes, qui ont reçu William Penn sur les rives de la Delaware il y a seulement cent cinquante ans, ont disparu. Les derniers des Iroquois m'ont demandé l'aumône. J'ai parcouru plus de cent lieues à l'intérieur du continent sans rencontrer un seul Indien. On les a exterminés.

« Mais la destinée des Noirs est mêlée à celle des Européens. Ces deux races sont liées l'une à l'autre sans se mélanger ; et il est peu vraisemblable qu'elles se séparent ou s'amalgament entièrement. La présence d'une population noire sur son territoire est le plus dangereux des maux qui menacent l'avenir de l'Union.

— Comment pouvez-vous dire cela, monsieur Fitzgerald ? Le problème ne vient pas des Noirs, mais des Blancs. Les deux races sont arrivées en même temps. Il est clair que ce ne sont pas les Noirs qui menacent l'Union. Et si l'esclavage n'était pas noir, il menacerait tout de même une démocratie et une république.

Je le répète, ce n'est pas la faute des Noirs, mais de l'esclavage.

— Mademoiselle Petit, dans l'État du Maine, poursuivit M. Fitzgerald, il y a un Noir pour trois cents habitants ; mais en Caroline du Sud, l'État où vit M. Hammond, cinquante-cinq pour cent des habitants sont noirs. Il est évident que les États du Sud ne peuvent pas abolir l'esclavage sans courir de graves dangers, alors que le Nord n'avait rien à craindre lorsqu'il a émancipé sa population noire. Le Nord a réussi cet exploit en maintenant la génération actuelle dans les chaînes et en libérant ses descendants. Mais il serait difficile d'appliquer la même méthode au Sud. Déclarer que tous les Noirs nés après une certaine date seront libres, c'est introduire la notion de liberté au cœur de l'esclavage. Imaginez un instant une personne maintenue en esclavage, alors que ses enfants en sont délivrés ! Si cet aperçu de liberté révélait à trois millions de Noirs leur véritable situation, les oppresseurs auraient des raisons de trembler. Après avoir affranchi les enfants de ses esclaves, le Sud devrait bientôt étendre le même avantage à tous les Noirs. »

Imaginez un instant une personne maintenue en esclavage, alors que ses enfants en sont délivrés…

« Chère Miss Virginie, pourquoi cet air mélancolique ? Cela ne se produira pas de notre temps, mais je crois que ce sera résolu par la violence et la guerre. Si l'on me demandait de prédire l'avenir, je dirais que l'abolition de l'esclavage dans le Sud, quelle que soit la façon dont elle adviendra, devrait, selon le cours normal des choses, augmenter la répugnance de la population blanche à l'égard des Noirs. Je fonde mon opinion sur les observations que j'ai pu faire dans tout le pays. J'ai vu que les Blancs du Nord évitent encore plus les Noirs à mesure que les barrières légales de la séparation sont abattues. Pourquoi le même résultat ne se produirait-il pas dans le Sud ? Dans le Nord, les Blancs sont découragés de se mélanger aux Noirs par un danger imaginaire ; au

Sud, où le danger serait réel, je ne crois pas qu'ils auraient moins peur.

— Et vous pensez que l'esclavage ne durera pas toujours ? murmurai-je.

— Il paraît probable qu'aux Antilles la race blanche soit destinée à être assujettie. Sur le continent, ce seront les Noirs. Pensez-vous que l'esclavage persistera, mademoiselle Petit ?

— Oui.

— Ah, vos véritables origines se montrent enfin !

— Non, monsieur Fitzgerald. Je crois que l'esclavage durera parce qu'il est noir. S'il était blanc, il aurait été aboli depuis longtemps — comme la servitude des anciens criminels.

— Quels que soient les efforts des habitants du Sud pour maintenir l'esclavage, Miss Virginie, ils échoueront. L'esclavage est à présent confiné à un seul point de la terre civilisée. Il est dénoncé par le christianisme comme injuste, par l'économie politique comme préjudiciable, et par les principes de la démocratie et l'intelligence de notre époque comme inhumain et criminel. Par la volonté du maître ou celle de l'esclave, il cessera ; et dans les deux cas, de grandes calamités s'ensuivront. Mon indignation n'est pas dirigée contre les hommes de notre temps, qui sont les instruments de ces crimes, Miss Virginie. Je réserve ma malédiction à ceux qui, après un millier d'années de liberté, ont réintroduit l'esclavage dans le monde. »

Nous étions assis au soleil, comme d'habitude, Lorenzo le visage offert, le mien détourné pour protéger mon teint, mais nous profitions tous deux de sa dernière chaleur à mesure que nous progressions vers le nord et avancions dans l'automne. Nos grands chapeaux n'étaient plus en paille mais en feutre. Le mien était solidement attaché par l'écharpe de James que j'avais nouée sous mon menton, celui de Lorenzo par une courroie de cuir. Tandis que nous guettions les mouettes, les baleines et les ailerons de requin, je me sentais sur le point de me délivrer de mon secret. Je traînais le poids malheureux du destin de mon oncle partout sur le navire. Ma gorge se serra et je répétai tout bas la malédiction de Lorenzo : « Que Dieu voue aux flammes de l'enfer l'homme qui a réintroduit l'esclavage dans le monde au bout d'un millier d'années. »

Le *Montezuma* était en vue des falaises de Douvres avant que je trouve le courage d'ouvrir le cadeau de Charlotte, où je trouvai un médaillon en or et un mot de Thance. Silencieux et accusateur, le paquet était resté sur ma table de nuit près des lettres de James Hemings depuis près de six semaines.

À présent qu'il y avait, selon Lorenzo Fitzgerald, cinq mille kilomètres entre Thance et moi, il était peut-être enfin sans danger de lire sa lettre. Je la tournai lentement dans ma main puis la fourrai au fin fond de ma poche, près de mon poignard. Non, pensai-je. Pas encore.

Le médaillon contenait un portrait du joli visage de Charlotte, et en face celui de Thance levant vers moi un regard désespéré. Quand avaient-ils eu le temps de commander ces miniatures coûteuses ? Sans doute comme cadeau de mariage, pensai-je, pas d'adieu. Mais, même dans ce cas, Thance ne paraissait pas heureux, ou simplement lisais-je du chagrin sur son visage rétrospectivement, comme lorsqu'on regarde le portrait d'un être disparu que l'on a aimé. C'était dans ses yeux. La mort. L'abandon. La douleur.

J'accrochai le médaillon autour de mon cou. J'étais contente de ne pas l'avoir porté avant la fin du voyage, puis je montai sur le pont où, masquant presque le ciel, se dressaient les falaises : une montagne de pierre mortellement pâle qui jaillissait de la mer ; des tours de sel, leurs sommets perdus dans la brume, leur silhouette en pointe de poignard perçant le bleu environnant des flots. Soudain, toute cette blancheur parut vouloir m'écraser, et je reculai, terrifiée.

« Elles sont magnifiques, n'est-ce pas, mademoiselle Petit ? » dit Lorenzo qui m'avait rejointe sur le pont-promenade.

J'avais envie d'être seule. Pourtant, je glissai mon bras sous le sien. « S'il vous plaît, appelez-moi Harriet. Nous sommes presque à Londres. »

Il ne dit rien, mais je le sentis frémir de surprise. C'est injuste, pensai-je. Je n'aimerai jamais personne d'autre que Thance Wellington. Rien ne pourra changer cela. Lorenzo pouvait me dessiner tous les continents du monde. Le soir même, avant ma dernière nuit à bord, je lirais la lettre de Thance.

Une étrange lumière frappa les énormes falaises tandis que le soleil disparaissait, les teintant de bleu marine, et, en nous faufilant entre elles, nous pénétrâmes dans la mer du Nord. Nous passâmes si près que je sentis leur souffle vénérable. Une cendre neigeuse, tombée des rochers de craie au-dessus de moi, s'abattit sur le bateau et se mêla aux vagues, déposant un fin voile de poudre sur ma main nue, si blanche, qui reposait sur la rambarde près de celle gantée de chamois de Lorenzo.

Je venais de franchir le détroit qui me conférait l'identité d'une Américaine blanche.

Je suppose que Lorenzo me sentit frissonner, car il posa sa main sur la mienne et la serra doucement. C'était un geste fraternel, empreint seulement de chaleur humaine. Pourtant, je me dégageai délicatement, espérant ne pas l'offenser, mais déterminée à garder mes distances. J'avais abaissé ma garde une fois et j'étais tombée amoureuse comme je l'avais rêvé. Je ne pourrais pas supporter un second réveil brutal. J'aimais Thance avec la certitude douloureuse que jamais je n'aimerais un autre homme.

PHILADELPHIE, LE DERNIER SOIR,

Harriet,

Il semble que je ne devrais pas désespérer. C'est du moins ce que me dit Thor. Je partirai avec lui pour Le Cap dès que nous pourrons réserver. Cela mettra encore plus de distance entre nous, ce qui, Dieu sait, est nécessaire. L'Afrique, me dit mon frère, est le berceau de Dieu pour la douleur humaine — particulièrement pour les Blancs. Il l'a créée ainsi.

Et je vous délivre de votre promesse de m'épouser. Vous êtes libre. Parce que je vous aime.

Thance.

13

> Ils confondent avec le bonheur la simple absence de douleur. S'ils avaient jamais senti le plaisir d'un seul élan généreux du cœur, ils l'échangeraient contre toutes les froides spéculations de leur vie.
>
> THOMAS JEFFERSON.

Nous arrivâmes à Londres pour des funérailles. Le dernier héros de Trafalgar, un célèbre amiral, venait de mourir, et son catafalque était halé sur la Tamise par une vingtaine de chevaux noirs harnachés de brides d'argent, la tête surmontée de plumets ondulant à l'unisson telle une mer de blé noir. Comme le *Montezuma* glissait vers le pont de Londres, nous passions devant une succession de palais de pierre blanche, tous drapés de crêpe noir. Les drapeaux étaient en berne et le carillon d'une centaine de cloches d'église emplissait l'air, comme si l'on avait jeté en l'air une pluie de pièces d'argent.

L'orchestre du bateau avait cessé de jouer, et le capitaine avait baissé ses couleurs à mi-mât. Le corps, nous dit-on, était emmené à l'abbaye de Westminster, où il resterait trois jours, près de tous les héros nationaux déjà inhumés là.

« La seule chose qu'il regrettait, murmura un passager à côté de moi, c'est que les guerres napoléoniennes n'aient coûté à l'Angleterre que quarante mille morts. "Une victoire à bas prix", disait-il toujours.

— Je suppose qu'on pourrait dire que c'est de mauvais augure, glissai-je à Lorenzo.

— Pas du tout. Cela signifie que le fantôme de Napoléon a finalement été mis au repos au bout de dix ans, et que l'Europe est en paix pour le moment. »

L'orchestre reprit l'ouverture du *Barbier de Séville*, qu'il avait jouée sur les quais de Philadelphie tandis qu'on abaissait la passerelle. Je m'empressai de rejoindre Mme Willowpole. Comme nous descendions lentement, nous tenant par le bras, j'essayai d'imaginer ma mère à quatorze ans, menant Maria vers les Adams qui les attendaient sur le quai, trente-huit ans plus tôt. Avec émotion, je posai le pied sur le sol anglais. Je portai ma main gantée à mes lèvres, puis, faisant semblant de trébucher, je tombai à genoux pour déposer un baiser sur la terre ferme des quais de Londres. Mes gants blancs furent tachés par la suie et l'humidité des pavés. Je les regardai. Mes empreintes digitales n'avaient pas pu se déposer. Mes mouvements avaient été si rapides et discrets que Mme Willowpole n'avait pas remarqué mon geste et, pensant n'avoir pas été observée, je me tournai vers elle, pour trouver Lorenzo à mes côtés. Il avait tout vu. *Que cachez-vous* ? demandaient ses yeux.

« Laissez-moi vous accompagner à votre hôtel, mesdames, si personne n'est venu vous chercher. Ma voiture et mon cocher sont là, et ce serait pour moi un plaisir et un honneur. Je ne peux pas vous abandonner sur les quais de Londres au milieu de tout ce tumulte. »

Nous nous laissâmes conduire vers un élégant attelage vert foncé sur lequel étaient postés quatre hommes en livrée assortie. En moins d'une demi-heure, nous avions tourné sous l'arc impressionnant du pont de Londres et remontions Water Street vers la Cité, qui était paralysée par la circulation. Les boutiques étaient fermées et il semblait que tous les Londoniens fussent dans les rues. Il y avait des centaines d'anciens combattants des guerres napoléoniennes parmi la foule de civils qui avait envahi la ville pour les funérailles. Des soldats, portant toutes les sortes d'uniformes imaginables, occupaient chaque espace libre. Et autour d'eux et de la population bruyante et tapageuse s'élevait majestueusement ce qui était sans doute la plus grande capitale du monde. Paris ne peut pas être plus grand, songeai-je. Tout d'abord, Londres était une ville de pierre et de brique. Même les plus pauvres habitations étaient en bois et en stuc. Et les bâtisses étaient hautes, souvent de quatre ou cinq étages. Les demeures de Philadelphie paraissaient ridicules en comparaison, pensai-je, alors que nous roulions à une allure d'escargot devant Carlton House, Burlington, la cathédrale St. Paul et Westminster. Il nous fallut près de trois heures pour arriver à bon port.

Nos chambres étaient belles et confortables, avec une vraie salle de bains. Soulagées et heureuses, nous nous installâmes.

Le lendemain nous partîmes pour l'inauguration de la Conférence dans une voiture de louage.

Lorsque nous arrivâmes à Oxborn Hall, une grande salle judicieusement drapée de noir, Mme Willowpole s'entendit dire qu'elle ne pouvait pas siéger avec les délégués. Les femmes, expliqua l'organisateur de la conférence, étaient reléguées tout en haut, dans la galerie des spectateurs. Elles n'avaient pas le droit de voter, ni de parler, ni de participer aux débats. Les copies des discours n'étaient pas distribuées dans la galerie. Il n'y avait pas de toilettes pour les dames, et elles ne pouvaient pas manger au buffet prévu pour les hommes. Elles n'avaient pas de sièges réservés ni numérotés, et elles n'étaient pas autorisées à utiliser la porte principale, elles devaient se contenter d'une entrée latérale. Si ces règles n'étaient pas observées, nous serions éjectées de la salle.

Pendant quelques instants, nous restâmes désarmées.

« Nous avons fait cinq mille kilomètres, commença Mme Willowpole, et nous sommes accréditées.

— Je n'y peux rien, madame. Dans notre programme, vous êtes inscrite comme un homme. » Il leva les yeux, l'air sévère. « Dorcas, dit-il comme s'il parlait à un enfant, est un prénom d'homme. Je n'ai jamais entendu parler d'une femme appelée Dorcas. Et vous n'avez pas précisé "Madame" ou "Mademoiselle". Vous avez usé d'un subterfuge pour être accréditée, madame.

— C'est parce que les organisateurs de la Conférence n'ont pas lu Shakespeare. Dorcas est le nom d'une bergère dans *Le Conte d'hiver* !

— Eh bien, madame, si j'avais été votre père, j'aurais refusé ce prénom.

— J'exige de voir mes compatriotes de la tribune.

— Il faudra que vous attendiez dans la rue qu'ils sortent de la salle ou que vous entriez par la porte latérale, comme les fournisseurs. Je ne peux pas vous laisser emprunter la porte principale.

— Maintenant vous savez, murmura Mme Willowpole, quel effet cela fait d'être nègre. »

Nous arrivâmes dans la galerie des spectateurs échevelées, essoufflées et pleines d'appréhension. Serions-nous au moins autorisées à rester ? Malgré tout, nous trouvâmes l'élite des femmes abolitionnistes britanniques de très bonne humeur. Il y avait là Hannah More, la poétesse, et Amelia Opie, qui avait épousé le portraitiste londonien et qui écrivait des romans. Elle avait composé un poème que j'avais lu, « Le conte du petit Noir ». Hannah More, une amie du docteur Wilberforce, évoluait dans les cercles à la mode de Londres et, pour ces occasions, emportait avec elle une reproduction du dessin de Clarkson représentant un navire négrier et ses instruments de torture. Elle aussi avait composé plusieurs poèmes à ce sujet, dont le plus célèbre avait été publié à Philadelphie.

Très entourée dans la galerie bondée se trouvait la fameuse Elizabeth Heyrick, qui avait soulevé les plus grands remous parmi les antiesclavagistes des deux côtés de l'Atlantique. Elle était quaker, résidait à Leicester et fréquentait les plus importants personnages parmi les Amis de l'abolition : les Gurney, les Buxton, les Fry, les Hoare. Son pamphlet, intitulé *L'Abolition immédiate et non progressive*, préconisait l'émancipation des esclaves en une seule fois comme la méthode la plus rapide, la plus sûre et la plus efficace.

« Eh bien, madame Willowpole, bienvenue sur le pont des esclaves. »

Elle se leva pour nous serrer la main comme un homme, puis rit de bon cœur en nous tendant à chacune un exemplaire du dernier pamphlet de Thomas Clarkson, *Pensées sur la nécessité d'améliorer la condition des esclaves dans les colonies britanniques, en vue de leur future émancipation*, l'un des dizaines de textes qui avaient été publiés à l'occasion de la Conférence et des élections parlementaires. Elizabeth Heyrick soutenait qu'il était vain de faire appel aux propriétaires d'esclaves ou de transiger avec eux. La politique d'émancipation progressive était un chef-d'œuvre d'hypocrisie diabolique et ne déboucherait sur rien. La seule méthode était de se montrer intraitable au nom de la justice, puis d'imposer l'opinion de la majorité aux propriétaires d'esclaves.

« Ces mêmes hommes en bas, dit Amelia Opie, discutent également de notre avenir — serons-nous autorisées à accomplir davantage, à participer à des réunions et des débats publics, au lieu de nous contenter d'écrire à l'abri de nos foyers ? Jusqu'ici, nous n'avons pu former que des sociétés auxiliaires de femmes ; en cela, vous autres Américaines êtes en avance sur nous. Je suis la présidente de la Société antiesclavagiste féminine de Birmingham. »

Elle sourit et nous tendit la main. Elle était jeune et très belle, avec des yeux gris clair et un merveilleux teint d'Anglaise. Elle possédait tant d'attributs de la jolie femme qu'elle en devenait presque un cliché. Si je n'avais pas su où je me trouvais, j'aurais pu me croire chez un couturier à la mode, attendant un essayage, plutôt que là où allaient être dénoncées les plus violentes brutalités commises dans le monde. Pour couronner le tout, ce fut le maître d'hôtel d'Amelia Opie qui monta des paniers de pique-nique pour les dames de la galerie.

À la tribune, on annonça le début de la séance, et l'on demanda aux délégués de prendre leurs sièges. Je m'émerveillai de constater combien il m'était facile de me mettre à penser aux esclaves des autres, comme si je ne faisais pas partie intégrante de cette multitude. J'avais moins souffert, certes, mais peut-être m'avait-on fait plus de tort.

On ne parlait pas, il est vrai, des trois millions d'esclaves américains en minorité dans tous les États, sauf en Caroline du Sud, mais des huit cent mille esclaves qui peuplaient les Antilles anglaises, et qui étaient dix fois plus nombreux que les planteurs blancs. Comme Lorenzo l'avait fait remarquer, il était inévitable que les Noirs tôt ou tard éliminent les Blancs aux Antilles. Et il était tout aussi mathématiquement certain que les esclaves américains n'obtiendraient jamais leur émancipation par la force du nombre. En Amérique, avec le soutien tacite du Nord, la caste des planteurs était la classe politique dominante dans tout le pays. Cette mainmise sur le pouvoir devrait être brisée d'une manière ou d'une autre, sinon aucun progrès ne pourrait être accompli.

Le nouveau zèle antiesclavagiste en Angleterre était à son apogée, et Wilberforce était son pape, m'apprit Dorcas Willowpole. La voix passionnée du docteur s'éleva avec une grande puissance et parut balayer les murs de la salle, entraînant le public sur la surface brillante et mouvante de l'océan Atlantique, où naviguait un bateau d'esclaves de cent vingt tonnes, équipé de cloisons en planches pour trois cents Noirs, avec un espace de soixante centimètres sur un mètre quatre-vingts pour chaque homme enchaîné entre les ponts. Certains navires, semblait-il, transportaient jusqu'à six cents Noirs, dont un quart mouraient ou se suicidaient avant que les autres puissent être chargés à bord. C'est pourquoi les bateaux plus petits et plus rapides étaient plus économiques. Le négrier sans nom évoqué par la voix hypnotique du docteur Wilberforce quittait le rivage en direction de la mystérieuse Afrique, sa coque chargée de babioles de Liverpool et d'entraves de fer pour deux cent cinquante hommes et femmes. Je n'étais pas préparée à une telle traversée. On aurait dit que le petit homme frêle m'entraînait la tête la première dans ma propre histoire. Pourtant, ce n'était pas un vieux conte d'esclaves situé dans les limites familières d'une plantation du Sud. C'était la légende cosmique du Grand Passage et du commerce triangulaire entre l'Angleterre, l'Afrique et l'Amérique. C'était le début de l'inéluctable traversée qui avait arraché mon arrière-grand-mère à sa terre natale et lui avait infligé d'inimaginables souffrances. Ma gorge se serrait tandis que le vaisseau négrier jetait l'ancre à l'embouchure de la Gambie, prêt à sélectionner et charger la marchandise pour laquelle il avait entrepris son périlleux voyage ; un négrier ordinaire, manœuvré par des hommes ordinaires accomplissant une tâche ordinaire.

Une prière monta en moi : *Faites que je n'entende plus rien*. Mes lèvres suppliaient le docteur Wilberforce, car ce n'était pas un vieux récit d'esclavage, c'était le Livre, la Bible. Mais j'étais assise là, sous le brûlant soleil tropical, à écouter le tonnerre de la mer, en attendant notre chargement venu de l'intérieur. Soudain, la colonne fit irruption sur la plage, une longue file ondulante d'êtres humains enchaînés, trébuchant, en sang, tous nus, tous les yeux écarquillés par l'épreuve de la marche. Venaient d'abord dix hommes, leurs têtes maintenues droites par un joug commun ; puis cinquante autres se courbaient, immobiles comme la pierre, sur le pont du navire où le médecin les examinait. Le capitaine les faisait ensuite sauter et danser suivant un étrange rituel. Enfin c'était le troc : des bouilloires de cuivre, des coquillages, des miroirs, des couteaux, des caisses de rhum et de brandy, des rouleaux de tissu aux couleurs vives, et des colliers de verroterie en échange d'hommes et de femmes.

L'incantation du docteur Wilberforce s'intensifia comme il décrivait la puanteur de la chair brûlée : « Des fers rouges s'appliquaient indifféremment sur les épaules ou le dos des femmes, des enfants et des guerriers, qui se tordaient de douleur, alors qu'ils étaient maintenus par les marins, brasier luisant comme l'œil de Dieu. » L'assistance écoutait dans un silence religieux. Mais le docteur Wilberforce ne s'arrêtait pas. Il décrivait les outils du métier, les entonnoirs et les tenailles pour ouvrir la bouche de ceux qui refusaient de manger; les bracelets pour les poignets et les chevilles, les jougs pour les cous, les instruments pour arracher les dents et les yeux; les fouets qui déchiraient la peau en lambeaux, les fers pour marquer les chairs; et les appareils de torture proprement dits: crampons, poucettes, garrots, colliers à pointes. Telles étaient les méthodes qui servaient la logique de la brutalité pure, le viol des femmes, l'alimentation forcée. Enfin, lorsque des patrouilleurs britanniques poursuivaient les négriers, on jetait par-dessus bord la cargaison vivante.

Les esclaves entassés roulaient sur les planches, s'écorchant la peau et suffoquant dans l'obscurité. Le sang et les déjections rendaient le sol glissant, et les hommes devenus fous essayaient d'arracher avec les dents leurs bracelets et leurs chaînes. Comme une somnambule, je traversais cet infernal abattoir, le torse dressé entre les planches brutes, mes jupes traînant dans ces ordures indescriptibles, dans la cale putride où une chandelle n'aurait pas brûlé. La voix envoûtante du docteur Wilberforce évoquait les épidémies de variole et de malaria, les flots de sang, les crises de folie, les suicides et les révoltes. Terrifiée, je jetai un coup d'œil à Mme Willowpole, la bouche ouverte, haletante, luttant contre la nausée. Elle tendit la main et prit la mienne.

« Courage, ma chère. J'ai souvent entendu la litanie du docteur Wilberforce, mais on est toujours anéanti par les horreurs de son récit », me chuchota-t-elle.

J'inspirai profondément. Je tremblais de façon incontrôlable à présent, sous le choc de cet inventaire du mal absolu. Le petit homme en bas tournait comme une girouette, emporté par la véhémence de son discours.

Le navire avait atteint Cuba à présent, et seulement un tiers de son chargement était encore en vie. J'avais entendu parler des marchés aux esclaves cubains, des ventes aux enchères, du troc contre du sucre et du rhum, et du transfert d'esclaves clandestins sur les schooners de Nouvelle-Angleterre, qui à leur tour les emmenaient vers les Carolines du Nord et du Sud, et la Louisiane. C'était ainsi que mon arrière-grand-père avait transporté mon arrière-grand-mère. C'était dans ce cauchemar maudit, que ma grand-mère avait été conçue. Voilà qui j'étais — ce que j'étais. Ce Passage représentait mes véritables empreintes digitales.

La voix du docteur fit encore revivre les cris des enfants vendus, arrachés à leurs mères, des hommes malmenés pendant la vente aux enchères, et des femmes violées sur des sols de granges, puis les cris furent remplacés par un bruit faible et lointain de vagues sur la plage : soudain, je me rendis compte que c'étaient les applaudissements de l'assistance envoûtée. C'était fini.

Je m'écartai des femmes assises sur la galerie, étrangement séparée d'elles, comme si j'étais venue d'une autre galaxie. Le bruit de la mer résonnait encore dans mes oreilles, mes poumons respiraient toujours la puanteur insupportable des navires, mes mains et mes chevilles restaient enchaînées. Peu à peu, je repris péniblement conscience, m'arrachant à l'océan sans fond, la vaste horreur sur laquelle j'avais été ballottée.

Mes propres occupations mesquines, mes vaines ambitions et aspirations, mes efforts égoïstes avaient disparu, balayés par le discours du docteur Wilberforce. Qu'avait de commun l'humiliation de mon propre esclavage domestique dans les limites dérisoires de Monticello avec cette manifestation du mal absolu ? Mon esprit avait beau tenter de saisir la signification de ce que j'avais entendu, de chercher un point d'appui minuscule, il me paraissait impossible de comprendre. Mais je n'avais pas le choix. Il fallait que je plonge au cœur de ce que j'avais appris, sans savoir si je remonterais à la surface.

J'évitai le contact de Mme Willowpole quand nous nous levâmes. En bas, l'assistance s'agitait. Le docteur Wilberforce avait été acclamé, et à présent les hommes se déplaçaient, se parlaient, saluaient des connaissances, revenaient à la vie... soulagés et heureux de se trouver sur la terre ferme. Mais pour moi, il n'y avait que le murmure de mes lèvres sèches qui priaient, et le goût amer de la malveillance de Dieu.

Un jour que Mme Willowpole était occupée par ses réunions de comité et que Lorenzo Fitzgerald était allé à Manchester pour affaires, Amelia Opie m'emmena visiter une nouvelle galerie de peintures à Piccadilly. Comme nous parcourions la large salle centrale, remplie d'œuvres italiennes et hollandaises, je m'arrêtai devant une grande gravure encadrée et lus sur la plaque de cuivre en dessous : 1802, MARIA COSWAY — LE PROGRÈS DE LA DÉBAUCHE FÉMININE ET LE PROGRÈS DE LA VERTU FEMININE. INSPIRÉ DE HOGARTH. Soudain, j'avais la preuve que cette compagne de mon père dont Petit m'avait tant parlé avait réellement existé. Tout ce qu'il m'avait dit me revint à la mémoire : les lettres que le peintre Trumbull leur avait transmises ; l'étrange vie d'errance qui lui avait valu sa réputation ; et sa réclusion dans un couvent en Italie. Près de cette gravure était accroché son autoportrait. Il montrait une belle dame à la mode, fragile, arborant la coiffure recherchée de l'époque, les bras croisés sur son décolleté. Elle me rappelait beaucoup Maria Jefferson Eppes, et j'étais sûre de ne rien imaginer en lui trouvant une ressemblance avec ma mère.

« Un beau talent gâché, remarqua Amelia.

— Vous la connaissez ?

— Quand j'étais très jeune. Je crois l'avoir vue une ou deux fois à des bals ou à des soirées musicales, toujours exquisement vêtue. Elle aimait porter des turbans orientaux et des châles ottomans. Son mari était un monstre, mais c'était un artiste extraordinaire, un miniaturiste. Personne ne prenait au sérieux le talent de Mme Cosway. Comment l'aurait-on pu, devant le génie de son époux ? Il était très proche du prince de Galles avant qu'il devienne régent, et il possédait une splendide résidence,

Schomberg House. Le couple faisait partie de l'entourage du prince. Ils avaient une fille, que Maria abandonna à six mois pour voyager sur le Continent. Six ans plus tard, l'enfant mourut et Cosway tomba dans une profonde mélancolie. Maria revint, mais son mari devint de plus en plus excentrique et finit par être écarté de la société du roi. C'est alors que Maria recommença à se réfugier à l'étranger. Elle voyageait de plus en plus fréquemment et finalement s'enfuit avec un castrat italien, Luigi Marchese. Richard Cosway mourut en 1821 et Maria, qui avait reçu une éducation catholique (dévote ou pas, je l'ignore), s'est retirée pour toujours à Lodi, en Italie, près de l'endroit où elle était née. Elle est retournée vers la religion de son enfance et elle a fondé en 1812 un couvent, le Convento della Grazia, qui fait partie d'un ordre, les Dame Inglesi, dont elle est l'abbesse. Pourquoi vous êtes-vous arrêtée devant cette peinture en particulier, Harriet ?

— Pour rien... Le titre, je pense. C'est très bien dessiné, ne trouvez-vous pas, pour une copie ? Et le portrait. Il a une qualité envoûtante, qu'en pensez-vous ? Des yeux si tristes...

— Maria est triste, je crois. Du moins sa vie a été triste. Elle était connue pour son caractère volontaire et excentrique — une véritable artiste. On dit que c'est son père qui l'a persuadée qu'elle avait un grand talent. Mais son mari répugnait à la voir peindre pour de l'argent. Elle n'a jamais pu attirer de clients importants, ou, quand cela lui arrivait, on l'accusait d'inconvenance, comme si une femme ne pouvait susciter de l'intérêt que pour ses charmes. Elle n'a pas pu aimer son mari, ce monstre bizarre — difforme, capricieux et dégénéré. Il paraît que lorsqu'ils habitaient Schomberg House, il avait son entrée privée dans les appartements du roi par un tunnel qui menait jusqu'à Carlton House. Allons, venez, je veux vous montrer le Van Dyck, c'est une vraie merveille. »

Mais je m'attardai devant le portrait mélancolique. Ma mère, enterrée vivante à Monticello, et Maria

Cosway, à Lodi, étaient toutes les deux des femmes coupées du monde réel. En tant que mères, elles avaient abandonné leurs droits sur leurs enfants, Maman en restant esclave, Maria en s'enfuyant. Des mères avortées. Que penserait Amelia Opie, qui écrivait des romans, si je lui racontais tout ce que je savais de Maria Cosway ?

Lentement je me retournai et suivis Amelia sans regarder en arrière. Je commençais à rêver non seulement de Paris, mais aussi de *Lodi*.

LONDRES, LE JOUR DE THANKSGIVING,

Ma très chère Charlotte,

J'ai bien reçu ta lettre du 15. Le temps n'est pas aussi mauvais que je ne le craignais à cette période de l'année. Il fait gris, bien sûr, et la nuit tombe juste après cinq heures, car nous sommes si près du nord, mais aucune nation ne sait vivre aussi confortablement dans un pays froid que les Anglais. Ils ont inventé un million de petites choses réconfortantes, comme d'excellents chocolats, des thés copieux et succulents, des *scones* tout chauds, le golf, une dévotion pour les chats et les chiens, le chintz, les maisons de campagne, le tweed, les parapluies, les cornemuses, les cathédrales, les roses King Edward, les candélabres à quarante branches, les clubs masculins et, comme l'inactivité est considérée comme répréhensible, voire immorale, une foule de jeux auxquels même les adultes les plus sérieux peuvent se permettre de s'adonner. On lit beaucoup — des romans, des œuvres historiques et religieuses, et des revues. Les récits de voyages sont aussi en vogue, surtout ceux qui parlent du Grand Tour d'Europe. Et tout le monde lit le *Times* de Londres — repassé au fer. On peut dessiner ou peindre, faire des ouvrages d'agrément, de la tapisserie, de la broderie, des sujets en cire ou des portraits avec des coquillages, presser des fleurs dans des livres, peindre des plateaux, décorer des sonnettes de porte, coller des cartes postales dans des albums ou des images dans des cadres, coudre des robes d'après les patrons découpés dans *The Englishwomen's Domestic Magazine*, s'amuser avec des kaléidoscopes, des stéréoscopes et des zootropes, qui font sauter et courir des images d'animaux. Il y a des lanternes magiques et des volumes de gravures et d'aquarelles d'oiseaux à regarder. On peut collectionner des papillons ou des scarabées, et pratiquer toutes sortes de jeux : les puzzles, les cartes, les jeux de société, le whist, le piquet, le bridge, le trictrac et les échecs. Ce faisant, on parle de choses et d'autres, ce à quoi les Anglais s'entendent mieux que n'importe qui, sauf les Italiens, paraît-il, puisque chez eux les hommes s'adressent directement aux femmes ! De toute façon, je consacre tous mes moments libres à la musique. Notre travail ici est fini, et nous avons plusieurs mois devant nous avant de quitter l'Europe. Aussi ai-je l'intention de profiter autant que je le peux de la musique, la grande et la petite, que l'on donne dans la ville : des concerts à la cathédrale St. Paul, l'opéra au Royal Opera House à Covent Garden, la musique de chambre dans une douzaine d'associations et sociétés. Oh, Charlotte, j'ai écouté un grand musicien européen, George Bridgetown, un mulâtre d'ascendance africaine et polonaise qui a interprété divinement un concerto de Giornowicz, un autre de Viotti, et un rondo de Grosse. La musique est partout, chez les particuliers, surtout à la campagne, mais aussi dans les parcs. J'assiste à tout : opéras, opéras-comiques, musique de chambre, concerts de piano, soli... tout.

Amelia Opie nous a invitées à la campagne. Un mois avec tout mon temps pour la musique. Lorenzo et Brice seront là, et Dieu sait encore combien d'invités ! Sûrement plus que dans une plantation virginienne. Et ils ont autant de serviteurs qu'un propriétaire d'esclaves de Caroline du Sud, sans compter, évidemment, les travailleurs agricoles. Amelia elle-même emploie un valet, un cocher, un postillon, un jardinier, une femme de chambre, une blanchisseuse, une laitière et une gouvernante à Londres. À la campagne, le nombre est doublé et, entre les plus importants serviteurs et les plus humbles, il existe une hiérarchie aussi complexe que dans l'aristocratie. Amelia affirme que plus de personnes travaillent comme domestiques qu'à toute autre occupation, sauf les travailleurs agricoles : presque un million. Et les pauvres de la classe laborieuse vivent-ils dans de pires conditions que l'esclave américain ? Non, non et non. Pourtant, une révolution des pauvres est inévitable. Les Britanniques parviendront-ils avant nous à proclamer l'abolition ? Oui, je dirais dans moins de dix ans. Il règne ici une ferveur qui n'a pas encore atteint nos rivages, mais notre tour viendra.

Mon ange gardien, Mme Willowpole, pense qu'il existe deux sortes de temps, le temps réel et le temps intellectuel ; c'est-à-dire le temps qu'il faut pour qu'une idée fasse son chemin. L'heure de l'émancipation mondiale et immédiate a sonné, et nous vivrons toutes les deux pour la voir. Le premier jour, à la conférence, quand, pour la première fois, j'ai entendu le docteur Wilberforce parler, même si mon âme a frémi devant cette peinture du mal absolu, j'ai su, Charlotte, comme Lorenzo me l'avait assuré sur le bateau, que l'esclavage ne durerait pas toujours. J'avais fait le vœu de voir ce cancer effacé de la surface de la terre. Cela justifie tout ce que j'ai fait.

Mon amie, ma sœur, je porte ton médaillon sur mon cœur.

Harriet.

P.S. As-tu reçu le dernier paquet de livres ? Et la musique ? Certes, je t'ai interdit de me parler de lui, mais sais-tu s'ils sont bien arrivés ?

Cet hiver-là, comme la pluie froide et la brume s'abattaient sur Londres et que nous nous éclairions à la lampe à huile dès le milieu de la journée, des agneaux mérinos comme ceux de la plantation de mon père broutaient à Hyde Park, et des gens vendaient du charbon et du bois à Leicester Square et du foin à Haymarket. Londres était si chargé de suie que du noir tombait en même temps que le fameux brouillard, et des armées de blanchisseuses travaillaient à maintenir la propreté des classes supérieures. La saleté de Londres engendrait un culte de la blancheur. Les gens comme il faut changeaient de tenue plusieurs fois par jour, résolus à établir leur statut et à faire de la blancheur un symbole d'ordre social et de beauté. Les jeunes femmes arboraient des robes de mousseline blanche ; les jeunes gens exhibaient du linge d'un blanc éblouissant, parfois envoyé en Hollande pour y être amidonné. Des voiles, des gants, des caoutchoucs, des imperméables, des lunettes de brouillard, toutes les protections étaient nécessaires dans cette bataille désespérée pour rester propres. L'Anglais combattait désespérément le démon de la suie. Les teints pâles, comme les robes blanches, étaient vénérés tel le Saint Graal. On me complimentait beaucoup sur le mien.

Lorenzo m'avait dit que la maison de campagne d'Amelia Opie, Roxborough, était située à Richmond dans le Surrey, et que c'était l'une des plus charmantes et confortables résidences du sud de l'Angleterre. Nous franchîmes les grilles de fer forgé et montâmes l'allée interminable, entre deux vastes étendues de pelouse veloutée, vers le manoir en brique rouge et pierre blanche. Sur le perron, une armée de valets, de femmes de chambre et de maîtres d'hôtel était alignée. Comme les prétentions à la splendeur architecturale de la société du comté de Tidewater étaient vaines !

« Mes enfants, s'écria Amelia Opie, comme nous allons nous amuser ! »

Ce n'était plus l'Amelia abolitionniste, auteur de pamphlets politiques, mais une autre créature, jusque-là inconnue de nous, la châtelaine anglaise. Et nous allions nous laisser entraîner dans une ronde appelée la « partie de campagne anglaise ». J'utilise le mot *ronde,* mais j'aurais pu tout aussi bien employer *mazurka, valse,* ou même *variations, concerto ou symphonie,* tant une partie de campagne ressemblait à l'exécution d'une pièce musicale par son rythme, sa cadence et sa fougue. En fait, la partie de campagne anglaise était un opéra, parfois plus comique qu'autre chose. Par exemple, lorsqu'une comtesse laissait des sandwiches à sa porte pour faire savoir à son amant que la voie était libre, et qu'ils étaient mangés par un autre invité que la faim avait pris durant le long chemin jusqu'à sa chambre. Mais parfois la maison connaissait aussi ses petites tragédies.

Notre dernier jour à la campagne, Lorenzo et moi étions assis au bord du lac artificiel et regardions les cygnes voguer à sa surface, l'œil à la recherche de nourriture, leur bec prédateur prêt à frapper toute créature qui passerait à leur portée. Parmi eux se trouvait un magnifique mâle noir qui se déplaçait parmi les autres avec une dignité ironique et distante.

« Vous vous moquez de moi. Je vous aime, vous savez », dit Lorenzo.

Une perspective soigneusement étudiée se déployait derrière le cygne noir comme une tapisserie, disposée à la mode du jour, qui consistait à imiter méticuleusement le chaos de la nature. Un bataillon de jardiniers étaient chargés de torturer le paysage pour créer l'illusion d'un Éden primitif. Le jardin idéal devait maintenant être irrégulier, vallonné, et comprendre de vastes étendues de gazon, des sentiers et des cours d'eau sinueux, des temples classiques et des folies, et, si possible, au moins une ruine authentique. Les ruisseaux et les lacs artificiels comme celui-ci abondaient, enjambés par de romantiques ponts de pierre. Le mari d'Amelia Opie avait dépensé cent mille livres pour que son parc ressemble aux meilleurs tableaux des peintres paysagistes.

« Le bec d'un cygne peut briser le bras d'un homme, dit Lorenzo.

— Hum », fis-je, regardant le faux lac, dans le faux paysage entouré de ruines artificielles, sur une élévation créée par la main de l'homme et qui se prolongeait en une imitation de bois, tandis que les cygnes nageaient sous un arc romain moderne.

« Je souhaiterais presque, Harriet... »

Il s'arrêta soudain, hésitant. C'était si peu fréquent de sa part que je levai les yeux vers lui, surprise. À cet instant, quelque chose en lui me fit souhaiter d'être près de ma mère, ou de mon père, n'importe où sauf dans cet endroit, car j'étais sûre qu'il allait me poser une question à laquelle je ne savais pas, ne saurais jamais répondre.

Je restai calme, comme si, condamnée, j'avais attendu l'exécution, mes prières et mes aveux déjà suspendus dans l'air avec la corde. C'était méprisable de ma part d'avoir peur d'entendre Lorenzo, car j'avais le pouvoir de le faire taire en lui disant simplement qui j'étais et ce que j'étais, et je compterais alors sur sa surprise et son humiliation pour m'assurer son silence. Ce serait plus un cri de guerre qu'une confession — plus une revanche qu'une réponse. Après tout, je ne pouvais pas continuer à me sauver chaque fois qu'un homme voudrait m'épouser. Je resserrai ma cape rouge autour de moi, pleine de mépris pour moi-même. N'avais-je pas délibérément amené Lorenzo à m'admirer ? N'avais-je pas exercé ma séduction sur lui comme sur Sidney, sur Brice même ? Je me demandai distraitement s'il avait déjà écrit sa demande en mariage, ou s'il allait la faire à présent, en personne, dans ce faux Éden.

« Harriet, aimez-vous un autre homme ?

— Lorenzo, avant de vous laisser poursuivre, permettez-moi de vous dire ceci : je ne suis pas ce que vous croyez que je suis, ni ce que je parais être. Quand vous saurez la vérité, vous regretterez cet instant comme je le déplore moi-même. J'ignorais que je comptais pour vous de cette façon. » Mais bien sûr que si, je le savais, comment aurait-il pu en être autrement ? « Je vous ai toujours considéré comme un ami, et préférerais continuer.

— Ah, Harriet, pardonnez-moi... J'ai été trop brusque sur un pareil sujet. Seulement... laissez-moi espérer qu'un jour vous pourrez accepter une déclaration. Donnez-moi le maigre réconfort de me dire que vous n'avez jamais connu personne...

— Oh, Lorenzo, si au moins vous ne vous étiez pas mis cette fantaisie en tête ! »

J'étais choquée par ma décision froide et calculée d'utiliser Lorenzo comme un sujet d'expérience, afin de pouvoir avouer mon secret à Thance. Ils se ressemblaient suffisamment. Et dans ma naïveté et mon insensibilité, je croyais vraiment que je rendrais service à l'un comme à l'autre. Ils étaient tous les deux blancs, n'est-ce pas ? Donc leurs réactions seraient celles de tous les hommes blancs...

« Je ne suis pas ce que vous croyez que je suis, répétai-je. Je ne peux pas vous écouter sans vous avertir. Je suis la fille illégitime du troisième président des États-Unis, Thomas Jefferson, et d'une esclave, Sally Hemings. Je suis donc, comme vous devez le comprendre puisque vous avez voyagé en Amérique, non seulement une bâtarde, mais une Noire... une Africaine, si vous préférez. Y a-t-il... autre chose, maintenant, que vous désiriez me dire ? »

Ma révélation avait été encore plus brutale que je ne l'avais voulu. Et l'incrédulité totale de Lorenzo rendit la situation comique. Je faillis éclater de rire.

Au lieu de cela, du mépris se mêla à la déception de l'avoir étonné de cette façon, et ma lèvre se retroussa avec un léger dédain.

L'air impérieux, il s'écria : « Vous, une femme de couleur ? Vous êtes à peu près aussi noire que moi. » Je baissai la tête. « Grands dieux, regardez-moi. Vous ne parlez pas sérieusement, Harriet ! explosa-t-il. Pourquoi pas la bâtarde du roi George, pendant que vous y êtes ? Est-ce une forme d'humour américain ? »

Mais il savait que je ne plaisantais pas. J'avais découvert en moi un fond de hargne et de cruauté que j'ignorais posséder. Il s'exerçait maintenant aux dépens de ce pauvre Lorenzo, un homme qui était devenu mon ami et qui me comprenait presque aussi bien que Thance. Pourtant, je n'étais pas triste.

« Harriet, gémit-il, vous devriez comprendre que vous mortifiez un homme qui vous aime.

— Ma naissance n'est pas une mortification pour

vous, pas plus que pour moi. Je ne nous plains ni l'un ni l'autre. »

Alors il prononça une phrase si humaine, si pathétique, qu'il réussit presque à m'attendrir :

« Vous devez m'aimer un peu pour m'avoir dit une chose si préjudiciable.

— Pour mon bonheur ?

— Pour tout. Pour votre avenir... Pour votre survie ! bredouilla-t-il.

— Pensez-vous que tous les Noirs sont malheureux parce qu'ils ne sont pas blancs ?

— Mais vous êtes blanche !

— Si je suis blanche, pourquoi est-ce que je lis de la pitié dans vos yeux ? »

C'était comme l'histoire du potentat oriental qui avait plongé sa tête dans une vasque d'eau sur l'ordre d'un magicien, et qui, avant de pouvoir la retirer, avait vu toute sa vie défiler devant ses yeux.

« À cause de votre naissance illégitime, murmura-t-il. Cela ne se pardonne pas. »

Mes yeux s'agrandirent.

« C'est un préjudice impossible à réparer, poursuivit Lorenzo. Ni la richesse ni l'éducation ne peuvent compenser le tort d'une naissance déshonorante. C'est une question de géographie... des clandestins franchissant une frontière inviolable. »

Cette fois, je ris, parce qu'il était parfaitement sincère. Ce n'était pas ma goutte de sang noir, ni même ma supercherie, c'était ma condition de bâtarde qui lui inspirait de l'horreur. C'était si anglais. Et si absurde.

Clandestine, pensai-je, brûlante de honte. Quel terme parfait pour désigner ce que j'étais dans mon propre pays. Je m'étais fait des illusions en croyant pouvoir m'échapper. Je pouvais être aussi pâle qu'un lys, aussi belle qu'une odalisque, et chaste comme la glace, je ne serais jamais que de la contrebande noire.

« Il... votre père vous a envoyée au loin... ici ?

— Non.

— Il y a un autre homme. Quelqu'un que vous

aimez, que vous protégez comme vous ne l'avez pas fait pour moi. »

Soudain, je sentis qu'il était aussi pressé de me quitter que moi de le voir partir. Nous chancelions au-dessus de l'abîme de ma révélation comme deux personnes ivres.

Du même mouvement, comme des automates, nous nous tournâmes au tintement de la cloche du dîner. Le son argenté me rappela le glas qui avait salué mon arrivée à Londres.

« Venez, me dit-il, non sans douceur, la voix rauque de chagrin contenu.

— Non, murmurai-je. Je vous rejoins bientôt. J'ai besoin de rester seule quelques instants... s'il vous plaît. »

Il s'inclina et, comme il se redressait, nos regards se croisèrent. Il n'y avait pas de reproche dans le sien, ni de rancune dans le mien. Seulement de la tristesse. Avais-je été, malgré tout, un peu amoureuse de Lorenzo ? Dès qu'il fut hors de vue, je m'appuyai contre un chêne qui devait avoir cent ans. Une fois, il y avait bien longtemps, le soir du bal à Montpellier, j'avais prié pour que l'écorce d'un chêne arrache cette peau blanche de mes os. Je n'avais pas pleuré. J'avais éprouvé mon premier élan de défi.

J'étais jeune. Le monde m'appartenait. Il y aurait d'autres hommes. Et il y avait toujours Thance.

ROXBOROUGH, HUIT HEURES DU SOIR,

Mon cher Lorenzo,

Je ne vous ai jamais considéré autrement que comme un ami. Et il en sera toujours ainsi. Je vous en prie, oublions tous deux cet après-midi. Si vous trouvez que ma supercherie vous a tourmenté cruellement et sans raison, pensez un peu à mon dilemme et pardonnez-moi. Vous êtes blessé, mais pas de façon irréparable. Je vous ai fait du tort, mais ce n'est pas indélébile. Je vous délivre de la promesse que vous vous êtes faite, à vous, pas à moi, dans un moment qui ne s'effacera jamais de ma mémoire. Que sommes-nous de toute façon, maintenant ? Un frère et une sœur. Car vous me connaissez mieux à présent que tout autre être sur la terre !

Inutile de vous demander de ne jamais, jamais parler de moi ! Votre fierté vous en empêchera, et vous n'en aurez sans doute plus l'occasion. Dans quelques semaines, je pars pour Paris avec Mme Willowpole et Brice (qui ne sont pas plus au courant de mes mensonges que vous ne l'étiez). Même si je les abuse, laissez-moi cette possibilité. Je vous ai donné le pouvoir de détruire ma vie en échange de la tristesse que je vous ai causée. Je vous demande seulement le silence. N'oubliez pas que je suis une fugitive.

Adieu,

H.

14

> Nous ne sommes pas immortels nous-mêmes, mon ami, alors, comment pouvons-nous demander à nos joies de l'être ? Il n'y a pas de rose sans épines ; pas de plaisir sans mélange. C'est la loi de l'existence, et nous devons l'accepter.
>
> THOMAS JEFFERSON.

Notre petit groupe — Dorcas, Brice, Sidney et moi — passa le reste de l'hiver à Londres. L'absence de Lorenzo, sur laquelle personne n'osait poser de questions, ajoutait à ma mélancolie. C'était comme si j'avais vécu dans le coma jusque-là, dormant dans la poussière de Monticello, tandis que depuis trois cents ans une lutte cosmique de vie et de mort, de sang et d'argent, faisait rage au-dessus de ma tête. Les grands noms de l'antiesclavagisme m'étaient maintenant familiers : Wilberforce, Clarkson, Benez et John Wesley, l'abbé Raynal, Nathaniel Peabody et Granville Sharp. Des lieux qui n'avaient été que des formes dessinées pour moi par Lorenzo étaient à présent aussi réels que ma main tremblante, alors que je copiais : Cuba, Antigua, Saint-Domingue, Haïti, la Jamaïque, le Brésil, la Sierra Leone, la Guinée.

Le chagrin que m'avait causé Lorenzo s'estompait peu à peu, et j'oubliai presque le danger qu'il me dénonce ou même me fasse chanter.

Avant le mois de mars, tous nos rapports étaient rendus, nos lettres écrites, nos réponses envoyées, nos adieux faits. Nous partîmes pour Paris en diligence. Juste avant notre départ, Lorenzo répondit à la lettre que je lui avais écrite à Roxborough House.

Harriet,

Ne me méprisez pas. J'ai un cœur, malgré mon silence. À titre de preuve, je crois que je vous aime plus que jamais — puisque je ne vous hais pas pour la façon dédaigneuse dont vous avez traité la vérité. Quant à votre secret, sur mon honneur, il est en sécurité avec moi, et je l'emporterai dans la tombe où il reposera à côté de mon *hacret lateri lethalis arundo*.

Enzo.

De Londres, il y a deux itinéraires possibles pour se rendre à Paris, soit par Douvres et Calais, soit par Brighton et Dieppe. Comme c'était moi qui avais organisé le voyage, je choisis celui qu'Adrian Petit avait pris avec Maman et Maria. Dans la voiture, je sentais la présence d'une ombre à nos côtés, celle de ma mère. Sa voix faisait partie d'un quatuor qui m'accompagna pendant tout mon séjour en France. Maman, languide, douce et mélancolique, était le premier violon ; Père, une octave plus bas, avait une voix que je n'avais jamais entendue auparavant, amoureuse, secrète, légère et sonore. Adrian Petit, tendre et pratique, cynique et drôle, était le violoncelle ; et James, passionné, inquiétant, amer, communicatif, assurait le bourdonnement permanent de la contrebasse. Ces voix s'entrecroisaient dans ma conscience, chacune avec une phrase, un rire, un cri, un reproche ou une invitation, un mensonge ou une dénonciation passionnée.

Nous passâmes la nuit à Douvres pour traverser la Manche de jour. Le lendemain matin, nous quittâmes Calais et franchîmes la vallée marécageuse de la Somme en direction d'Amiens, puis roulâmes à vive allure entre des champs ondulants vers les splendeurs de Chantilly où nous couchâmes. Le lendemain, nous passâmes à Saint-Denis. La basilique, dont les flèches perçaient le ciel jaune, s'élevait au-dessus d'un tapis de blés dorés. Nous arrivâmes à l'hôtel Meurice rue Saint-Honoré dans la soirée. Après avoir laissé nos bagages et Mme Willowpole à l'hôtel, Brice et moi sortîmes dans la rue pavée, à quelques pas du Louvre. Une voix qui semblait être celle de mon père me parlait des ombres multiples, des fontaines étincelantes et des monuments blancs.

PÈRE : Dis-moi tout. Qui est mort et qui s'est marié, et qui s'est pendu de n'avoir pu se marier.

De n'avoir pu se marier. Ces mots me parurent une prophétie et une injonction, jusqu'à ce que s'élève la voix de James.

JAMES : L'esclavage est révolu en France. Nous sommes sur le sol français. Cela signifie que tu es émancipée. Libre.

MAMAN : Je ne te crois pas. Tu plaisantes si souvent, James, tu racontes des histoires à dormir debout.

JAMES : Je giflai ta mère plus par rage que pour son incrédulité. Elle ne me croyait pas ! Moi, son propre frère. La liberté pour Sally Hemings était un lieu vague, chimérique, d'où personne ne revenait jamais pour prouver qu'elle existait.

De l'hôtel, je voyais la place de la Concorde et les Champs-Élysées qui s'étendaient au-delà de la demeure invisible où mon père avait résidé. Puis la voix de James s'éleva de nouveau.

JAMES : Je n'avais pas vu ma sœur depuis trois ans. Quand j'avais quitté Monticello pour servir de valet à Thomas Jefferson, j'avais dix-sept ans et elle, onze. Elle apportait la douce atmosphère de Monticello et des nouvelles de la famille — et aussi le souvenir de l'esclavage que je n'avais jamais oublié. Mais tant pis. J'étais libre sur le sol de

France et, me croyant libre, je pouvais même regarder mon maître avec une certaine affection.

PÈRE : J'ai dit à Sally que je partais pour Amsterdam. Soudain les mots : « Promets-moi... » lui échappèrent, presque dans un sanglot. Je l'ai regardée, stupéfait, puis je lui ai levé la tête pour plonger mon regard dans ses yeux. Au fond de leurs iris dorés apparaissait un minuscule point sombre. Mon propre reflet.

Et la voix de ma mère, presque méconnaissable, décrivait les angoisses et les extases du premier amour.

MAMAN : Un jour, six mois après mon arrivée, je passai devant un miroir dans l'entrée de l'hôtel et ce que j'y vis me plut. J'avais guéri de la variole, j'apprenais à parler français et à penser par moi-même. Mes yeux ne se détournaient plus sous l'examen des Blancs. J'étais même capable de les regarder en face. Quelle joie j'éprouvais quand je ramassais mes jupes et courais aussi vite que je pouvais depuis les Champs-Élysées, à travers les prairies, jusqu'au pont de Neuilly. Je courais jusqu'à ce que j'aie un point de côté puis je m'arrêtais, le cœur battant la chamade, le souffle court.

PÈRE : Je ne me considérais pas comme un homme vaniteux, mais j'étais très content du buste de moi que le sculpteur Houdon avait commencé. J'en avais vu le plâtre pour la première fois quelques jours avant l'arrivée de Maria et de Sally avec Petit. J'étais devenu une sorte de dandy, et j'affectionnais le beige et le worsted vert, avec des chaussures à hauts talons en cuir verni rouge.

C'était Petit à présent qui reprenait le thème, me rappelant que j'avais promis d'aller à Paris pour apprendre quelque chose, non seulement au sujet de mes parents, mais aussi à propos de moi-même.

PETIT : À notre arrivée, Maria Jefferson éclata en sanglots à la vue de son père, et Sally en fit autant en voyant son frère. James la prit finalement dans ses bras. Je crois que Jefferson était intimidé par sa propre fille, surtout parce que, comme il me le confia plus tard, il ne l'aurait pas reconnue s'il l'avait croisée dans la rue.

« Vous n'êtes pas fatiguée ? me demanda Brice. Nous marchons depuis une heure. Nous devrions peut-être rentrer à l'hôtel. Après tout, nous allons passer tout le printemps en France. »

Mais nous continuâmes à suivre les berges de la Seine, et nous traversâmes le fleuve au pont suivant pour nous retrouver face à la montagne de pierre de Notre-Dame, ses tours jumelles brillant au soleil, son toit d'ardoise captant la lumière dorée qui venait de percer la couche de brume qui souvent couvrait toute la vallée de la Seine. Et là, la voix de ma mère me rattrapa de nouveau.

MAMAN : Peut-être avais-je toujours su qu'il me prendrait. N'était-il pas arrivé la même chose à ma mère et à mes sœurs ? Je l'observai en secret pour deviner s'il savait, mais je me rendis compte qu'il ne le saurait qu'en temps voulu. Je pouvais avancer ou retarder ce moment, mais je n'avais pas le pouvoir de l'empêcher.

« Allons à la messe de sept heures avant de rentrer », proposai-je à Brice. La nef de Notre-Dame me parut immense. Au bout de la grande travée brillait la célèbre rosace, un disque de couleurs et de flammes qui semblait planer comme une apparition au-dessus des fidèles en prière et de la foule qui se promenait entre les innombrables arches et piliers. L'obscurité accentuait la luminosité des vitraux. Les grandes orgues emplissaient l'espace de leurs accords sublimes.

C'était un requiem que je ne connaissais pas. Je restai figée sur place par sa beauté et sa puissance, subjuguée par la musique qui réduisait les fidèles comme les touristes à des points minuscules entre les piliers de pierre et l'éclat des vitraux. La voix de Petit s'insinua entre les notes.

PETIT : J'ai vu grandir l'affection entre l'ambassadeur et son esclave. Ils semblaient attirés l'un vers l'autre par des fils qui restèrent pour moi mystérieux jusqu'à ce que James m'explique qu'ils étaient littéralement de la même famille, liés par le sang et par le mariage. La femme de l'ambassadeur était la demi-sœur de Sally. Le parfait serviteur que j'étais, discret et silencieux, prêt à protéger les privilèges de la classe dirigeante, ne comprendrait jamais cette famille américaine.

Je m'agenouillai dans la musique sombre et grandiose en me demandant si, avant de quitter Paris, j'arriverais à mieux comprendre les élans de mon cœur envers ma parenté et le lignage qui me poussait à idolâtrer et à mépriser le sang qui faisait de moi une Hemings et celui qui me distinguait comme une Jefferson.

Il faisait nuit quand nous retournâmes à l'hôtel. Dans le hall, nous croisâmes les clients qui gagnaient la salle à manger. Mme Willowpole était déjà habillée et nous attendait en bas.

« Eh bien, où êtes-vous allés, mes enfants ? nous réprimanda-t-elle. Dépêchez-vous, sinon nous serons en retard pour le dîner. »

Cette nuit-là, allongée dans mon lit, j'écoutai les bruits de la ville : le roulement des voitures sur les pavés, le sifflement des becs de gaz, les heures égrenées par les cloches des églises et, au lever du soleil, les cris tout proches du marché Saint-Honoré. Mes voix s'étaient tues, mais elles reviendraient.

J'aurais aimé les partager avec Brice ou même avec Dorcas Willowpole, mais elles étaient trop proches de la vérité, et les paroles de Lorenzo, encore trop fraîches à ma mémoire. Chaque nuit, dans l'intimité de ma chambre, j'interrogeais mes voix — d'abord Petit, le parfait guide et valet ; puis James, le jeune homme en colère ; ensuite mon père, le patricien étonné, l'Américain à Paris ; et enfin ma mère, la jeune esclave. Leur chœur me berçait. Complexe, contradictoire, égoïste ou brutalement honnête, chacune présentait sa version de ces deux hivers à Paris où mon père avait séduit ma mère et où ma propre histoire avait commencé.

Brice et moi passions des heures à étudier son guide touristique anglais. Chaque muscle de mon corps me poussait vers les Champs-Élysées et la résidence de mon père, qui se trouvait près des grilles en fer forgé de la porte de Chaillot, jusqu'à ce qu'un jour, comme nous nous engagions dans la rue Saint-Honoré, je lui dise : « Mon père a vécu à Paris un certain temps quand il était très jeune. Il... il occupait un petit poste diplomatique, secrétaire de l'ambassadeur des États-Unis auprès du roi Louis XVI, juste avant la Révolution.

— Qui était ambassadeur à cette époque ?

— Thomas Jefferson.

— Vraiment ? J'avais oublié qu'il avait été ambassadeur avant d'être Président. Était-ce avant Benjamin Franklin ?

— Non, après. De 1784 à 1790. L'ambassade était sur les Champs-Élysées à la porte de Chaillot.

— Eh bien, il faudra que nous allions voir si elle est encore là, une trentaine d'années après. Beaucoup de grandes maisons ont été détruites pendant la Révolution. Mais l'Obélisque n'est-il pas un spectacle impressionnant ? »

Nous remontâmes la promenade des Champs-Élysées bordée de fleurs multicolores : tulipes et jacinthes, muguet et crocus s'étalaient comme des tapis orientaux, accompagnant les couples de promeneurs et les chevaux caracolants de la nouvelle noblesse. Nous avions d'abord traversé les jardins des Tuileries, pleins d'enfants qui filaient comme des papillons entre les façades de pierre. Les élégants carrosses laqués, les calèches et les cabriolets descendaient la célèbre promenade ombragée par des marronniers derrière leurs attelages au trot. Je me demandai combien de secrets comme le mien étaient enfouis sous la surface de cette ville somptueuse. Mais il n'existait pas de secrets comme le mien. Je levai les yeux vers l'imposante façade en pierre blanche de l'hôtel de Langeac, qui avait servi d'ambassade. Derrière la haute grille dorée, les jardins bien entretenus s'étalaient en un triangle de haies taillées et de cyprès miniatures. Je crus voir une silhouette bouger furtivement derrière une fenêtre, mais c'était sans doute mon imagination.

MAMAN : Thomas Jefferson était très pris par la mystérieuse Maria Cosway et nous voyait rarement, sauf pour le déjeuner du dimanche. J'étais jalouse — ses manières exquises, ses robes magnifiques, son sourire radieux, sa blondeur, sa condescendance et son air de propriétaire poussaient James à l'imiter derrière son dos et Petit à lever les sourcils.

JAMES : Les Français prenaient mon mauvais caractère pour de la mélancolie, voire du romantisme, et ils m'encourageaient à y donner libre cours. Tout le monde me trouvait si beau, noble même, et je savais étouffer ma colère latente sous un sourire délicieux.

MAMAN : La peur m'envahissait mille fois par jour. Quand le sang me montait à la tête, je saisissais un morceau de velours qui pendait sur le dossier d'un fauteuil. La nuit, je m'endormais assise toute droite sur le côté du lit. Mon corps était détourné de la porte, pourtant ma tête et mes épaules étaient attirées vers elle. Il n'y avait pas de serrure, mais je n'aurais pas osé tourner la clef s'il y en avait eu une. Le Seigneur me préserve de la chute !

PÈRE : Je possédais quelque chose que j'avais créé du début à la fin sans interférences ni objections ni compromis. Dans un sens, je lui avais donné naissance. Autant qu'à ma fille. Je l'avais créée selon mon image de la perfection féminine, à partir de ce grain de poussière, de cette poignée d'argile de Monticello.

J'ignorais totalement combien de temps j'étais resté là. Ma présence lui paraissait impérieuse. Je la regardais comme un homme qui, sujet au vertige, parcourt des yeux une vallée du sommet d'une tour. Je me précipitai vers elle de toute ma volonté, dans ma solitude, sans qu'aucune parole soit échangée entre nous, sauf les plus puissantes, qui dominent les grands comme les faibles. «*Je t'aime*», dis-je, et elle répondit: «*Merci, monsieur**.»

MAMAN: Je fus prise d'une terrible agitation. Rien ne serait plus jamais comme avant. Rien ne me libérerait jamais de lui. Rien n'effacerait ces étranges mots d'amour que, dans ma faiblesse, je devais croire. Je sentais s'ouvrir autour de moi une fleur, issue non seulement de la passion, mais de longues privations, une soif de choses défendues, une sombre rage contre la mort de l'autre à qui je ressemblais tant. Avec elle, je ne formais plus qu'un seul être et ce n'était pas mon nom qui lui échappait, mais celui de ma demi-sœur.

JAMES: Je découvris le concubinage de ma sœur quand je rabattis la courtepointe du lit de mon maître.

MAMAN: Le jour où James participa à la prise de la Bastille, il rentra fiévreux, sale et en mauvais état, pour éblouir le public de l'hôtel de Langeac avec son récit. Ses yeux semblaient dire: «Cet esclave de Virginie a fait l'histoire aujourd'hui. Cet esclave a accompagné la Révolution. Je n'appartiens qu'à moi seul. Nous allons conquérir la liberté. Si Dieu m'a laissé faire cela, Il nous laissera prendre notre liberté sans que nous soyons obligés de la voler.» Il sourit et je lui rendis son sourire.

JAMES: Les hommes ne libèrent pas ce qu'ils aiment. J'avais surpris plus d'une fois le regard de Thomas Jefferson sur Sally Hemings. Il contemplait de la même façon les objets rares qu'il avait

* En français dans le texte.

l'intention d'acquérir. C'était le regard d'un homme qui convoitait et avait les moyens de posséder ce qu'il convoitait.

PÈRE : Promets-moi de ne plus jamais m'abandonner.

MAMAN : Je promets, Maître.

PERE : Je jure de te chérir et de ne jamais te quitter.

MAMAN : Oui, Maître.

PÈRE : Je promets solennellement que tes enfants seront libres.

MAMAN : Devant Dieu ?

PÈRE : Devant Dieu. Verrouille la porte.

La façade de l'hôtel de Langeac se brouillait devant mes yeux.

« Brice, dis-je doucement, croyez-vous que nous pourrions louer une voiture pour aller à Marly ? Nous y sommes passés avant d'arriver à Paris. Il paraît que c'est... le plus beau parc de France. »

Le lendemain, nous franchîmes le beau pont de pierre de Neuilly, gagnâmes Bougival, et de là la fameuse machine de Marly, une merveille hydraulique construite un siècle plus tôt pour tirer l'eau de la Seine et l'amener à l'aqueduc et aux réservoirs de Versailles et de son double : le château royal de Marly. Mes voix étaient discordantes. Pour mon père, tout était parfait. Mais ma mère intervint : « Votre père m'a promis qu'il n'y aurait jamais de maîtresse blanche à Monticello. » Comme je regardais le grand parc tel qu'on le voyait à présent des hauteurs du village de Louveciennes, la voix de James le recomposait dans mon esprit. Puis j'entendis la voix de mon père : « Comme tout était beau, le pont de Neuilly, les collines le long de la Seine, les arcs-en-ciel de la machine de Marly, la terrasse de Saint-Germain, le château, les jardins, les statues de Marly... »

MAMAN : C'est l'été de ma dix-septième année que je vis Marly pour la première fois. Le palais semblait flotter au-dessus de moi, de la terre, dans sa propre nature, son propre ciel, son propre soleil.

Petit: Imaginez une jeune femme venue avec son amour à Marly, et se tenant pour la première fois à ses côtés.

Maman: Je commençais à comprendre cet homme mélancolique, impulsif, étrange, plein de contradictions et de secrets, qui nous possédait, moi et ma famille, et son enfant à naître. Quelle importance qu'il fût mon maître et moi son esclave ? Qu'il prenne plus de place dans le monde que les autres hommes ne me concernait pas, pas plus que sa renommée et sa puissance. Je le chérissais. L'avenir, comme Marly, s'étendait devant moi sans limites. Le parfum ambiant me grisait et me rendait insouciante de ce qui m'attendait au-delà de ma vision immédiate.

Les jardins, les canaux, les terrasses s'étendaient sur des lieues. De chaque côté du magnifique palais s'élevaient six pavillons d'été reliés à lui par des tonnelles de jasmin et de chèvrefeuille. L'eau tombait en cascade du sommet de la colline derrière le château, formant un réservoir où nageaient des cygnes. Dans le canal principal s'ébattaient des chevaux de marbre luisant montés par des hommes de bronze, et çà et là on voyait de minuscules joyaux : des dames marchant le long des sentiers et dans les labyrinthes. On n'entendait que le vent et l'eau ; les vastes proportions de l'ensemble avaient réduit au silence tout bruit humain. Ce jour me convainquit qu'il n'y avait pas de Virginie. Pas d'esclavage. Il n'y avait pas de destinée, me semblait-il, qui ne comprît cet endroit, cette heure, ce palais de Marly.

Comme un mirage, les contours du château détruit pendant la Terreur semblaient s'être gravés dans l'air bleuâtre, et ses fondations restaient tracées dans les prairies en contrebas.

Je retournai souvent à Marly avant que nous quittions Paris pour de bon. Campée sur les hauteurs, j'essayais d'imaginer ma mère contemplant le même panorama. Elle n'était pas venue en France, comme moi, après trois années de liberté, mais en tant qu'esclave, sa seule identité, pour entendre son frère proclamer que l'asservissement était un péché. Elle s'était tenue au même endroit et avait écouté son amant lui promettre qu'il n'y aurait jamais de maîtresse blanche à Monticello. Elle l'avait cru quand il lui avait promis que ses enfants seraient tous libres... Et ne l'étais-je pas ? Libre de détester ma mère esclave, ou de l'adorer. Libre de condamner mon père et maître, ou de lui pardonner. Mais comment choisir ? Ni Paris ni personne ne m'avait apporté la réponse.

« Lorenzo vient à Paris.

— Pardon ?

— J'en ai parlé à tante Dorcas. Je ne crois pas que nous l'attendrons. Plusieurs de mes connaissances m'ont confirmé que la situation politique en France est extrêmement explosive et dangereuse. Charles X sera certainement renversé, et une nouvelle république formée. Des émeutes ont éclaté en province et les troubles vont bientôt gagner Paris, ce n'est qu'une question de temps. Ce qui signifie la révolution... des barricades, des combats de rue. C'est déjà arrivé. Je pense que nous devrions partir maintenant. »

Je ne suivais pas la logique de Brice, mais je demandai docilement : « Où ?

— Mais, en Italie ! Nous pourrions partir dans quelques jours. Nos passeports sont en règle. Il nous faut seulement les récupérer à la Préfecture. Vous avez dit une fois que vous rêviez d'aller à Florence. »

J'observai Brice. Me protégeait-il comme un frère en m'aidant à fuir Lorenzo, ou m'enlevait-il pour son propre compte ? Quoi qu'il en fût, j'avais l'occasion de visiter l'Italie sans avoir à supplier.

« Il est vrai, reprit-il, que les titres des journaux sont alarmants. Certains réclament une monarchie républicaine, et il y a des grévistes à Lyon et des émeutes devant l'Assemblée nationale. Il paraît que Louis-Philippe est revenu de son exil en Amérique. »

L'Amérique... J'eus l'impression d'être de nouveau poursuivie par Sykes. L'Amérique ne me laisserait-elle donc jamais en paix ? Mon visage dut trahir mon inquiétude.

« Donc, c'est décidé. Nous partons pour l'Italie. »

105, RUE DE RIVOLI, PARIS,
1er mai,

Ma très chère Charlotte,

Après l'expérience éprouvante de la Conférence, j'ai survécu à une aventure tragi-comique dans la maison de campagne d'Amelia Opie dans le Surrey. Ne sachant si je devais en rire ou en pleurer, je me suis enfuie à Paris.

En arrivant en diligence de Calais, j'eus la curieuse impression d'être déjà venue en France, dans une autre vie. Tout me paraissait si familier — les paysages, les lieux, la ville elle-même, avec sa magnifique luminosité, son art, ses jardins et ses monuments. Je ne sais pas si d'autres peuples sont aussi prompts à élever un monument de bronze ou de marbre à la moindre occasion. Avec un monument à chaque coin de rue, le peuple de Paris ne peut pas ignorer son histoire.

Depuis des semaines, j'entends des voix qui m'accompagnent partout — des voix aimantes, intimes, enjôleuses ou plaintives, heureuses, tourmentées, exubérantes, mystérieuses. On croirait que Paris est hanté. Peut-être l'est-il pour moi. J'ai été contente de quitter l'Angleterre. J'en avais soupé des Anglais et de leur façon bizarre de voir la vie — la forme est tout, le contenu rien ; il est préférable de ne pas penser du tout et de se contenter de respecter les règles — de rester sur sa petite île sans jamais enfreindre l'étiquette ni dépasser les limites. Et qui établit les règles ? Les hommes. Et ils affirment que c'est pour notre bien (à nous les femmes) que, si la direction des affaires du monde nous était laissée, il n'y aurait qu'émotion, anarchie et chaos. J'ai découvert à Londres ce que ces mêmes hommes ont perpétré, toutes ces souffrances, si grandes que les femmes n'auraient pas pu faire pire, si terribles qu'on ne peut même pas imaginer de tels abîmes de cruauté. Étant donné que nous sommes plus proches de la nature, des enfants, du bon sens, je crois vraiment, Charlotte, que nous pouvons faire mieux. Et comme je parcours Paris avec Brice Willowpole et mes voix, qui sont d'une certaine manière devenues ma famille, tout comme Paris est devenu une sorte de foyer pour moi, je serai triste de quitter cette ville. Peut-être ne partirai-je jamais, bien que Dorcas et Brice m'assurent que nous devrions nous éloigner quelque temps pour éviter les troubles politiques. Et où irons-nous ? En Italie ! J'ai toujours eu envie de connaître ce pays, et j'ai l'intention d'aller voir à Lodi si une vieille amie de ma famille est toujours vivante. Je compte lui faire la surprise, et peut-être que « l'énigme entourée de mystère », comme Brice m'appelle, trouvera là-bas sa réponse. Du moins, je prie Dieu qu'il en soit ainsi.

Vois-tu Thance ? Est-il à Philadelphie ou à l'étranger ? Oh, Charlotte, Charlotte ! Ces voix. L'opéra encore ce soir, et de nouvelles voix pour accompagner les anciennes. Sans doute, d'une certaine manière, ai-je composé mon propre opéra ici : fatal, tragique et romantique, avec les voix que j'entends dans ma tête. Mais elles n'ont pas répondu à ma question, Charlotte. Elles n'ont pas répondu à ma question.

Ton Harriet, affectueuse et solitaire.

15

> Les roues du temps ont roulé avec une rapidité dont celles de notre voiture ne donnaient qu'une faible idée, et pourtant, le soir, quand nous avons jeté un regard en arrière, quelle longue succession de bonheurs nous avions parcourue !
>
> THOMAS JEFFERSON.

Le 5 mai 1826, à neuf heures moins dix du matin, nos trois silhouettes jetaient une ombre unique sur la piazza sans arbres de Lodi. La ville s'étalait sous la lumière impitoyable de l'Italie — j'imaginais ainsi la lumière africaine. La place sur laquelle nous nous tenions était parfaitement silencieuse, si l'on exceptait le chant d'une alouette, et aucun villageois n'était en vue, sauf un vieil homme bancal tirant derrière lui quatre mules sellées. Au nord de la place s'élevait l'église de la Couronne-de-Sainte-Marie-de-l'Annonciation, un bel édifice rectangulaire au toit doré de mosaïques byzantines. Comme si nous nous étions concertés, nous étions tous vêtus de noir. Ma traîne balayait le sol en soulevant un nuage de poussière rouge qui effaçait la trace de mes pas. Le voile noir attaché à mon chapeau de paille servait à cacher mon visage autant qu'à le préserver du soleil. Même mon ombrelle était noire.

Brice et moi avions laissé Dorcas Willowpole visiter la célèbre *fabricca* de Lodi, qui produisait des plats de porcelaine blanche ornés de délicats dessins ajourés, la porcelaine la plus coûteuse et la mieux travaillée d'Italie. Je lui avais expliqué que je voulais faire un pèlerinage au Convento della Grazia delle Dame Inglesi. L'hôtelier nous avait vivement conseillé d'engager un guide et un cocher armé, et nous avait envoyé Bruno, un homme aussi sombre que son nom. Sa carabine sur l'épaule, il se tenait à présent entre Brice et moi, géant silencieux au profil de médaille romaine. C'était lui qui avait insisté pour que nous prenions les mules, nous expliquant dans son anglais hésitant que le couvent était construit sur l'une des collines entourant le village, et qu'il fallait bien grimper quatre heures pour y arriver.

J'avais voyagé jusqu'à Londres pour m'informer sur l'esclavage, et j'avais découvert qu'il n'était pas inattaquable, mais au contraire condamné. Je m'étais rendue à Paris pour en savoir plus long sur l'esclavage de ma mère, et j'avais rencontré les échos de son impossible amour. À présent, j'étais à Lodi pour y découvrir l'esclavage de mon père : cette convergence fatidique de vies disparates qu'on appelle le destin. Dans ce couvent, j'allais voir la célèbre femme peintre Maria Cosway, qui avait été pendant une courte période la maîtresse de mon père. Elle éduquait des Anglaises de bonne famille, abritait et formait des novices, des filles de la campagne promises à l'Ordre, et offrait refuge à des femmes abandonnées ou divorcées, à des jeunes filles enceintes et déshonorées, à des maîtresses répudiées. Et à des filles illégitimes, pensai-je. C'était exactement l'endroit qui me convenait.

Le catholicisme fervent de Maria Cosway, m'avait expliqué Amelia, était la seule facette de sa réputation qu'on ne pût mettre en doute. Sa piété avait été reconnue par l'empereur François Ier d'Autriche, qui l'avait faite baronne pour avoir fondé un couvent de l'ordre religieux des *Dame Inglesi*. C'est pourquoi les villageois avaient ajouté ce titre à ceux qu'elle avait déjà. Ainsi appelaient-ils leur bienfaitrice anglaise *la baronessa maestra Maria, madre delle Dame Inglesi e delle nobildonne.*

L'odeur de fumier que dégageait le vieil homme qui conduisait les mules me fit retenir mon souffle quand Bruno m'aida à monter en amazone. Brice avait insisté pour me chaperonner, et les deux Italiens nous serviraient de gardes du corps. Les États italiens de 1826 étaient secoués par une révolte populaire contre Rome, et une vague d'esprit républicain avait porté au pouvoir un nouveau général brigand, Garibaldi. Je remarquai que Bruno portait la chemise noire et le foulard rouge du général, tandis que le vieil homme arborait en travers du front un bandeau blanc, qui représentait l'aristocratie et le pape. Il n'aurait rien trouvé d'étonnant à ce qu'une dame anglaise gravisse seule le *monticello*, comme il appelait, à ma grande surprise, la colline où s'élevait le couvent de la baronne. Personne ne m'avait jamais dit que *monticello* signifiait « petite montagne ». Mais Brice s'était montré intraitable. Aucune dame sous sa responsabilité ne partirait seule avec deux gardes du corps italiens inconnus dans les collines de Lombardie, qui étaient truffées de bandits que la famille dirigeante, les Gonzague, faisait périodiquement exécuter.

Il était deux heures moins le quart quand nous atteignîmes les murs blanc et jaune de l'abbaye et sonnâmes la cloche reliée par une chaîne de fer aux lourdes portes cloutées. Elles s'ouvrirent presque aussitôt, comme si nous étions attendus, et je vis devant moi une nonne vêtue de rouge et de blanc. Derrière elle, une longue allée de cyprès et de lauriers-roses semblait s'étirer jusqu'à l'infini puis plonger soudain dans le ciel. Elle tenait un panier de nourriture pour les guides, et une servante la suivait, portant un seau d'eau pour les mules. Quand Brice fit un pas vers les portes ouvertes, les Italiens le retinrent, lui expliquant qu'aucun homme n'était autorisé à franchir cette limite. Devant son regard perplexe, je me contentai de hausser les épaules, me rappelant la remarque de Dorcas Willowpole à la Conférence : « Maintenant, vous savez quel effet cela fait d'être nègre. »

Les jardins, dessinés selon des formes géométriques où alternaient fruits, légumes et fleurs, étaient coupés de longues allées donnant sur des points de vue ornés de statues et de fontaines de marbre. Il y avait des orangers et des oliviers, des citronniers taillés en boule, des arbres fruitiers dans des carrés de lavande et de romarin. Du jasmin et des belles-de-jour grimpaient le long des murs de pierre, parfois délabrés, qui séparaient les jardins des champs où je voyais des silhouettes s'affairer. Des odeurs de basilic et de magnolia se mêlaient à une douzaine d'autres senteurs se déposant comme une brume sur les murs brûlés de soleil. Je voyais au loin les vignes dans les collines environnantes, leurs pentes sillonnées de rivières capricieuses, qui coulaient parmi les champs de maïs ponctués de cyprès et d'arbres à feuilles persistantes.

Je m'arrêtai un instant, soulevai mon voile et ôtai mon chapeau pour sentir le soleil sur ma tête nue. Je fermai les yeux. Comment le monde pouvait-il faire coexister tant de magnificence avec tant d'injustice et de misère ? Pourrais-je trouver ma place ici, me demandai-je, plutôt que dans un pays qui me méprisait, où une seule goutte de sang rappelant mes origines suffisait à élever une barrière de dégoût impossible à abattre ?

Je suivis la religieuse, sœur Sarah, dans une cour intérieure rectangulaire entourée de piliers recouverts de mosaïque. Ils supportaient de hautes arcades qui procuraient de l'ombre devant les cellules des nonnes. Chaque cellule possédait une fenêtre et un guichet en bois pour faire passer la nourriture. Le sol était dallé d'épaisses pierres blanches et dans de grandes jarres de terre cuite s'épanouissaient des lauriers-roses en fleur de plusieurs nuances. Nous étions arrivées à la chapelle de l'église de Santa Maria della Grazia et aux appartements de l'abbesse. Désirais-je me rafraîchir avant mon entrevue avec la baronne ? me demanda sœur Sarah. J'acceptai et elle me fit entrer dans une des pièces donnant sur la cour, une grande chambre au sol de marbre et au lourd mobilier d'Italie du Nord.

Je posai mon chapeau sur le lit et retirai mes gants

pour me laver le visage et les mains dans la cuvette de porcelaine bleue posée à côté du lit, puis je me lissai les cheveux en regardant mon reflet dans l'eau de la cuvette. Je me trouvais un air sévère de Philadelphienne, américaine à l'extrême. J'entendis la porte s'ouvrir et une voix anglaise dire : « La *madre superiore* va vous recevoir maintenant. »

Qu'espérais-je apprendre sur le passé de mon père de la bouche de cette étrange, excentrique courtisane peintre ? Voulais-je seulement vérifier qu'elle avait bien existé, qu'elle l'avait vu, touché, aimé ? Qu'est-ce que tout cela avait à voir avec le choix qu'avait fait ma mère : l'esclavage au lieu de la liberté ?

L'abbesse se leva quand j'entrai dans la pièce. Je ne savais comment la saluer, mais elle me tira d'embarras en m'accueillant la première.

« Patsy ! Est-ce vous ?... mais non, ce n'est pas possible, vous devez être sa... fille. Vous êtes une des filles de Martha Randolph ? Vous êtes sûrement de la famille de Thomas ? »

L'abbesse se tut, perplexe, presque irritée. Elle ne savait pas qui j'étais.

« Je ne suis pas la fille de Patsy, dis-je, mais sa demi-sœur, Harriet de Monticello. La fille naturelle du Président... »

Je jetai ces mots avec défi dans le silence étonné, pleine d'expectative. Qu'y a-t-il de plus difficile que d'expliquer qui l'on est ?

« Une fille naturelle de M. Jefferson ? La demi-sœur de Patsy ? répéta Maria Cosway.

— Oui.

— Et votre père vous a envoyée à moi ? »

Je regardai mes mains. J'aurais bien aimé que ce fût vrai. Devais-je mentir ?

« Non, répondis-je. Il ignore que je suis ici. Ni même que je connais votre existence. Je ne sais pas pourquoi je suis venue, sauf... non, mon père ne m'a pas envoyée à l'étranger comme vous l'imaginez... comme une bâtarde reconnue... à la manière anglaise. Il a d'autres enfants à Monticello, des esclaves en réalité, puisque nous sommes issus de ma mère, mais il nous a permis de nous enfuir à vingt et un ans et de passer pour Blancs.

— De passer... pour Blancs ?

— Oui.

— N'êtes-vous pas blanche ?

— Une esclave ne peut pas être blanche... du moins en Amérique.

— Ah... je vois. Votre mère est toujours vivante ?

— Oui.

— Et vous êtes la plus jeune ?

— Non, j'ai deux petits frères.

— Quel âge avez-vous ?

— Vingt-quatre ans.

— Vingt-quatre ans. Vous paraissez beaucoup plus jeune, dit-elle pensivement. Figurez-vous que j'ai une lettre pour votre père sur mon bureau. Nous avons entretenu une correspondance amicale tout ce temps sans nous être revus depuis Paris. Une fois, il y a très longtemps, j'ai pensé aller le voir en Amérique, mais je ne l'ai jamais fait. »

Je regardai l'abbesse. Elle était tout ce que je détestais. Je la détestais parce qu'elle était blanche. Je la détestais parce que mon père l'avait aimée autrefois. Je la détestais parce, peut-être, il l'aimait encore. Je la détestais parce qu'elle avait partagé davantage la vie de mon père à travers ses lettres, en vivant à cinq mille kilomètres et absente depuis plus de trente ans, que je ne l'avais fait en dormant pendant vingt et un ans dans sa maison.

« Asseyez-vous, je vous prie, Harriet, vous paraissez ne plus tenir sur vos jambes. »

Maria Cosway était aussi belle que ma mère. Sa vie aventureuse ne semblait pas avoir laissé de traces sur son visage. Sa coiffe triangulaire lui tombait jusqu'aux épaules. Le lin amidonné était retenu par une couronne en coton bleu pâle qui formait une croix sur son crâne et lui enserrait le front. Elle était maintenue en place par une mentonnière, si bien qu'on ne voyait qu'une petite partie de son visage. Au ruban de sa coiffure était attaché un monocle qu'elle avait placé devant son œil gauche, qui paraissait deux fois plus gros que l'autre. Cet œil bleu énorme exprimait une foule de questions muettes.

Lorsqu'elle se pencha en avant, les longues manches de son habit balayèrent la table qui nous séparait. La lentille brilla dans le soleil de l'après-midi et projeta des reflets colorés sur le mur. Je remarquai que l'abbesse était plantureuse, presque grosse. Quand elle se redressa, un rosaire en fer et un trousseau de clefs tintèrent à sa taille, me rappelant ma grand-mère.

« Vous êtes venue incognito, alors ?

— C'est un terme un peu excessif pour moi, mais oui, on peut dire que je voyage incognito.

— Vous n'êtes pas... recherchée par la police ?

— Non.

— Vous pensez que je suis une partie de la vie de votre père qu'on vous a cachée ?

— On m'a caché toute la vie de mon père.

— Vous... ressemblez tellement à Thomas Jefferson qu'on peut difficilement nier votre parenté.

— Je suis venue avec une déléguée à la Conférence contre l'esclavage de Londres.

— Comme c'est approprié. » Elle rit. « Votre père avait une attitude très bizarre vis-à-vis de la liberté. Il la désirait pour certains, mais voulait l'esclavage pour d'autres.

— L'attitude d'un Virginien.

— C'est ce qu'on m'a dit. Ses lettres parlent de la beauté, de la liberté de Monticello. L'Amérique est un pays que j'aimerais visiter... pour le peindre.

— Vous... peignez encore ? demandai-je malgré moi, la suivant des yeux alors qu'elle quittait la table pour venir près de moi.

— Non. J'ai abandonné l'art pour la gloire de Dieu, répondit Maria Cosway, se détournant de moi et se mettant à marcher de long en large. Croyez-vous en Dieu, ou partagez-vous les convictions de votre père ?

— Je suis unitarienne.

— Il m'a écrit qu'il est très attiré par l'unitarisme. Il pense que c'est la religion de l'avenir — une sorte de déisme moderne. Le saviez-vous ?

— Non. »

Elle se tourna vers moi, le dos à la fenêtre, et souleva son monocle.

« Vous êtes venue pour une raison, mon enfant. Quelle est-elle ? Vous êtes très belle, et manifestement votre instruction n'a pas été négligée. Quelqu'un a pris soin de vous. Si ce n'est pas votre père, alors qui est-ce ? Qui vous a élevée ?

— Adrian Petit, murmurai-je.

— Adrian ! Le majordome de l'hôtel de Langeac ! *Plus ça change*... Et c'est lui qui vous a parlé de moi, *n'est-ce pas ?*

— Oui.

— Et il vous a tout dit, je suppose.

— Tout ce qu'il savait.

— Petit savait tout.

— Je crois qu'il pensait que vous, qui avez aussi mené une double vie, pourriez apporter une réponse à mon propre dilemme.

— Ah, vous êtes donc amoureuse... d'un homme qui ne sait pas qui vous êtes.

— Comment l'avez-vous deviné ?

— Ce n'est pas difficile pour quelqu'un qui a mené, comme vous dites, une double — non, une triple, une quadruple vie, ma chère. Mais pourquoi, puisque vous n'êtes pas ma fille, devrais-je me soucier de ce que vous faites de votre vie ? Cet habit ne me rend pas infaillible. Au contraire...

— Parce que vous êtes une artiste.

— J'ai cru l'être autrefois. Mais qu'est-ce que l'art a à voir avec la vie, selon vous ?

— Un artiste invente sa vie.

— Ah, Harriet, quand j'avais votre âge, j'espérais le faire, en effet. Je croyais que tout était possible. » Elle écarta les bras et les manches de son habit se gonflèrent comme des voiles sous la brise venue de la fenêtre ouverte. Les clefs accrochées à sa ceinture sonnèrent un accord musical. « À présent, je sais qu'il n'y a pas de double vie — ni d'identité unique. J'en suis venue à croire ici, à Lodi, que nous ne sommes que des grains de sable dans la main de Dieu. C'est odieux et prétentieux de penser que nous avons une vie, un libre arbitre, un destin autre que celui qu'Il nous a déjà donné dans Sa sagesse — une succession d'événements prédestinés, préparés à l'avance pour nous. De toutes les créatures de Dieu, les artistes sont les plus indisciplinés, les plus infidèles, les plus orgueilleux, et donc les pires pécheurs. Non seulement je considère ma vie comme une hérésie, mais ma peinture comme un sacrilège.

— Et la musique ?

— Pourquoi ? Êtes-vous musicienne ?

— J'aspire à l'être.

— C'est aussi mauvais, sinon pire, que la peinture.

— Mais Bach, Haydn, Schubert ! Les œuvres qu'ils ont composées pour la gloire de Dieu ne peuvent pas être abominables !

— Elles ne sont pas la réalité non plus.

— Alors, rien n'est réel ?

— Rien. » Sa bouche s'abaissa avec mépris. « Vous voyez bien, Harriet, puisque rien n'est réel, rien n'est mensonge. Ou plutôt, tout est illusion : moi, votre père, votre mère, votre couleur, votre sexe, votre race. La liberté est une illusion — la mort aussi. Est-ce que cela peut vous aider ? Est-ce ce que vous désiriez entendre ?

— Je ne sais pas.

— Ne mentez pas, Harriet. Vous voulez que je vous donne la permission de mener une vie d'illusions, par amour. N'est-ce pas cela ? L'homme que vous aimez — votre fiancé, peut-être — est blanc, et vous voulez l'être aussi. Pour lui et pour contrarier votre père. Mais, en tant que peintre, je dois vous dire que la couleur n'existe qu'en relation avec les autres, que la ligne de jonction entre deux couleurs en produit une troisième qui se situe entre les deux et les définit. Vous êtes cette troisième couleur, ni la première ni la seconde, mais celle qui les invente toutes les deux. Que serait votre mère sans votre père ? Et que serait votre père sans votre mère ? S'il n'y avait pas de Noirs, les Blancs devraient les inventer.

— Avez-vous aimé mon père ?

— Vous voulez dire : peut-on aimer votre père ? Vous est-il possible de l'aimer après tout ce qu'il vous a fait ? Votre père est un génie, Harriet, et les êtres humains, surtout les femmes, doivent faire de grandes concessions au génie. »

Oui, pensai-je, ma mère, figée dans le temps au fond de ses champs de tabac, avait fait de grandes concessions. Comme Maria Cosway, figée dans le temps derrière la grille de son couvent. Étaient-elles différentes l'une de l'autre ? L'une enterrée dans sa servitude envers mon père à Monticello, l'autre enterrée dans sa servitude envers Dieu, sur son *monticello* ? Elles étaient comme des jumelles, cette abbesse et cette recluse, les deux faces amères et pleines de rancœur de la même pièce de monnaie. Et pourtant non. Cette abbesse excentrique et bohème avait vécu une vie si remplie de fantaisie, d'égoïsme et de trahisons délibérées que mon idée qu'elle était le double de ma mère était absurde. Rien n'était plus différent de la vie de ma mère et de mon père que celle de *la maestra*.

Pourtant, cet après-midi-là, elle me donna le courage de m'inventer comme ma mère ne l'avait pas fait. Je n'irais pas jusqu'à dire que j'aimais Maria Cosway, mais je ne pouvais pas dire non plus que je la détestais. Elle existait, simplement, comme un acte de la nature, une créature complètement amorale — un chat, un arbre, un rocher. Un épisode de la vie compliquée et mystérieuse de l'homme qui avait séquestré ma mère pendant trente ans. Elle m'incita à supprimer en moi l'esclave, à supprimer la fugitive, à supprimer la fille de mes parents. À tendre la main hardiment et à saisir la vie aussi bien que l'amour. À prendre ce que je voulais sans en calculer le prix. Et que restera-t-il d'Harriet Hemings ? lui demandai-je. Sa réponse fut : « Les noms sont les plus purs de tous les hasards. »

Elle avait menti au début en prétendant avoir cessé de peindre pour la gloire de Dieu. Maria Cosway peignait encore, et très bien. Elle avait elle-même exécuté les fresques des appartements privés où nous

nous trouvions à présent. La cheminée était sculptée comme une caverne creusée dans le roc et, face à elle, jouait une fontaine de pierre. Les murs du salon étaient couverts de paysages représentant les quatre parties du monde.

« Ici se trouve la colline où j'avais l'intention de peindre Monticello et l'université de votre père, dit Maria Cosway, mais il ne s'est jamais décidé à m'en envoyer une description. Peut-être pourriez-vous le faire à sa place pour que je puisse terminer ma peinture ? »

Mon cœur s'arrêta. Me demander de décrire Monticello, c'était comme demander à un prisonnier échappé de décrire son pénitencier. Pourtant, je me sentis envahie par la nostalgie en revoyant la grande pelouse, les arbres qui masquaient les rayons du soleil, le dôme, le mur sinueux, les tristes corridors, les rideaux jaunes, Mulberry Row...

« La résidence de mon père est située sur une petite colline comme vous l'avez dessinée. Sa forme est inspirée du Panthéon de Rome. La façade est divisée en trois sections, l'aile gauche et l'aile droite, et un vestibule central. La véranda est soutenue par six colonnes classiques. Le toit en forme de dôme s'élève au-dessus de la façade. Mon père a été très influencé, comme il doit vous l'avoir dit, par Palladio. Les proportions de la maison sont modestes. Il n'y a pas d'escalier principal. Mon père déteste les escaliers, il a failli oublier d'en installer un. La maison est construite en briques rouges, et les colonnes sont en bois peint en blanc, comme la frise de la façade. Les fenêtres sont à guillotine, ce ne sont pas les portes-fenêtres qu'on pourrait attendre dans une maison de ce style.

« L'université, elle, est beaucoup plus grandiose. C'est un groupe de bâtiments de styles divers, plutôt qu'un seul monument massif. Le bâtiment principal, lui aussi construit selon le principe de votre Panthéon, mais deux fois plus petit en diamètre et en hauteur, est une rotonde. Il possède un atrium central surmonté d'un dôme, et sur la façade néo-classique il y a une véranda à six colonnes à laquelle on accède par un large perron. Là aussi, la façade est divisée en trois parties, les deux ailes étant plus basses que le centre. Le bâtiment ne compte qu'un étage, et le dôme deux.

— Merci, dit Maria Cosway, qui dessinait pendant que je parlais.

— L'université est entourée de jardins et de grands arbres, à la manière italienne. Au loin, l'on voit les Blue Ridge Mountains. J'espère vous avoir aidée, ajoutai-je, la voix tremblante. Monticello est un des plus beaux endroits d'Amérique. Mon père a passé toute sa vie à le construire et, avec ce qui restait de sa fortune, il a édifié son université de Virginie. Mes oncles ont fait toute la charpente et les ferronneries ; mon cousin Burwell a vitré les fenêtres. Le toit et les jardins, les parquets et les escaliers sont tous le produit du travail de ma famille.

— Il faudra m'en raconter davantage pendant le dîner. Je ne peux pas vous laisser repartir le ventre vide. »

Dans la pièce inachevée éclaboussée de lumière dorée, nous nous assîmes pour souper face à face. Un beau bouquet de fleurs dans un vase de porcelaine était placé sur la table. On nous servit des vins, des fromages et des fruits délicieux, et le tout fut couronné par une glace aussi dure que les Alpes. Je n'aurais jamais imaginé prendre un tel repas chez une femme qui avait abandonné les plaisirs de ce monde.

Puis nous nous retirâmes dans son cabinet de travail, une pièce remplie de gravures et de livres, de dessins et d'objets rares. Comme mon père, la baronne Cosway s'était construit une forteresse de beauté et de solitude où rien ne semblait pouvoir l'atteindre. Tout était imprégné de style italien et parlait de musique, de beauté, de luxe, de sensualité. Ce n'était pas un couvent pour les pauvres, mais, comme l'abbaye du Panthémont, un havre pour les riches, les bien-nées et les privilégiées.

« J'aimerais vous dessiner, Harriet. Laissez-moi faire un croquis de vous avant votre départ. »

Sa petite main veinée de bleu se tendit vers mon menton et me tourna la tête légèrement vers la gauche.

Je m'assis dans les ombres grandissantes, tandis que Maria Cosway prenait un carnet et un crayon et commençait à dessiner. J'entendais au loin un chœur de jeunes filles chanter un *Te Deum*. La musique s'éleva de la retraite et se répandit dans les jardins, parmi les tonnelles, les oliviers et les arbres fruitiers, les parterres de fleurs et les statues.

« Votre père m'a écrit en 1822, sans doute juste après votre départ de Monticello, qu'il était venu ici à Lodi en 1786 avec le comte Del Verme de Milan, et qu'il avait passé la journée, de l'aube au coucher du soleil, dans une laiterie, à observer la fabrication du parmesan... C'est curieux d'imaginer votre père ici... avant que je choisisse cet endroit... Croyez-vous au destin, Harriet ?

— Je crois à la chance.

— Vous êtes musicienne, n'est-ce pas ? Le chœur répète pour notre prochain concert. Peut-être aimeriez-vous jouer avec nous ? Pourquoi ne resteriez-vous pas ici quelque temps ? dit soudain Maria Cosway, comme si l'idée venait de la frapper. J'aimerais vous garder. Je crois que vous avez besoin de vous reposer de votre double vie, et vous pourrez me raconter tout ce que vous voulez. N'importe quel secret. Nous sommes dans un couvent, après tout. »

Je fermai les yeux et imaginai de rester dans ce couvent. En sécurité à Lodi. J'hésitai, étonnée. Il y avait une trace de sollicitude réelle dans sa voix, également teintée d'une solitude que je connaissais bien.

« Parfois, on doit arrêter de s'inventer, reprit-elle. C'est un grand réconfort d'être en compagnie d'une personne avec qui l'on n'a pas besoin de faire semblant. Votre père le savait et le disait souvent. »

Et nous nous mîmes à parler, avec une intimité qui m'étonnait quelque peu. Je lui révélai des sentiments enfouis en moi depuis longtemps : ma honte d'être une enfant illégitime, ma rancœur à l'égard de mon père pour son silence, l'amertume d'avoir été abandonnée par ma mère, mon dégoût d'avoir trahi Thance d'une part et mon mépris pour sa confiance innocente de l'autre, ma solitude, mon incapacité à comprendre la vraie raison de la renonciation de ma mère, ma peur de ma double identité, ma crainte d'être démasquée, ma répugnance à être forcée de jouer le rôle d'une aventurière.

« Il y a pire que d'être une aventurière. D'ailleurs, toute femme qui se crée une vie à elle est toujours accusée d'en être une.

— Je ne serai jamais comme les autres jeunes femmes ! m'écriai-je. Comment passe-t-on de l'enfance à l'âge mûr ? Comment cela se produit-il ? Petit à petit ? En un seul jour ? Peut-être n'est-ce provoqué que par le malheur ou l'amour. Si je voulais être drôle, je dirais que les deux sont synonymes, mais je n'en ferai rien parce que je pense que l'amour est la chose la plus importante du monde.

— Alors, vous avez l'âme d'une aventurière, remarqua l'abbesse.

— Je pourrais me comparer à une étendue d'eau, gelée dessous et agitée à la surface, car au fond rien ne m'intéresse ni ne m'amuse...

— Eh bien, j'ai quarante ans de plus que vous, et pourtant, tout me grise encore. Il me semble que personne n'aime tout autant que moi les beaux-arts, la musique, les livres, la société, les toilettes, le luxe, l'agitation, le calme, le rire, les larmes, l'amour, la mélancolie, la neige, le soleil, toutes les saisons, le gel en hiver, les pluies d'automne, les caprices du printemps parisien, le bois de Boulogne, les plaines silencieuses de Russie, les montagnes autour de Naples. Je me rappelle Marly avant la Révolution... les journées tranquilles d'été, les nuits illuminées d'étoiles. J'admire, j'adore tout — comme votre père autrefois. Nous sommes des sensuels-nés. Nous pouvons nous enivrer de tout, d'un livre ou d'un traité scientifique aussi facilement que de champagne et de madère — plus facilement, même. Tout me paraît sublime. Je voudrais pouvoir embrasser le monde entier : Dieu, l'éternité, l'amour, le plaisir. J'ai deux péchés, l'orgueil et la gourmandise. J'ai toujours voulu tout voir, tout posséder, m'absorber dans tout et en mourir. Puisque je dois quitter cette terre dans deux ou dans vingt ans, que ce soit dans l'extase, non plus de la chair, mais de l'esprit, de la foi — dans la quête de ce mystère final.

« Vous paraissez stupéfaite, Harriet ? Ne saviez-vous pas que votre père était pareil ? Exactement pareil ? »

Toutes les nuits, je me sentais meurtrie et découragée, après avoir dépensé mes forces à me demander désespérément ce que je devais faire. Retourner à Londres ? Aller à Rome ? Rester ici ? Rentrer à Philadelphie ? Me marier ? Avouer ? Si j'étais destinée à n'être rien, alors, pourquoi tous ces rêves de gloire, aussi loin que remontaient mes souvenirs ? À cause de mon père ?

Un soir, alors que nous étions assises près du pan de mur où Maria Cosway avait peint Monticello, je finis par lui parler des peurs que m'inspirait Thance — à cause de mon mensonge, mais aussi parce que j'appréhendais de me soumettre, même en tant que femme blanche.

« Comment pourrait-on être trop difficile quand il s'agit de choisir un mari ? s'écria l'abbesse. Mon ambition de devenir une vraie artiste m'a fait mener une guerre incessante contre le lien matrimonial... à mon grand désespoir.

— Regrettez-vous d'avoir épousé Richard Cosway ?

— J'ai été vendue à Richard Cosway par mon père. Alors que c'était lui qui m'avait élevée et convaincue que j'étais une artiste, comme lui. Que j'étais capable de vraiment travailler. Les plus grands chefs-d'œuvre ne rendent pas l'art plus grand. L'art ne se succède pas à lui-même, comme on ne peut pas transmettre de beaux sentiments. L'art vit et meurt dans le cœur de l'artiste, comme les sentiments dans l'âme de ceux qui les éprouvent. Voltaire a dit à peu près en ces termes "Il n'y a pas d'histoire, rien que des *mensonges* plus ou moins plausibles." Il n'y a pas d'histoire de l'art non plus, Harriet. Il n'y a que l'histoire de l'artiste. Votre père en était un — pas dans le domaine des objets, mais des idées.

— Mon père ne m'aime pas.

— Ne dites jamais ça, Harriet. Votre père vous aime autant qu'il le peut. »

Je levai les yeux vers la colline vide de Monticello. Où était-il à cet instant ?

« Il faut comprendre que la couleur dissout la forme. C'est une loi de la nature dont seuls les artistes se souviennent. Un point noir paraît plus petit qu'un blanc ou un jaune, même s'ils sont de la même taille. On pourrait dire que le noir est une couleur fantôme consacrée par l'homme. Il est toutes les couleurs, il est ce que vous voulez qu'il soit, il absorbe tout et ne restitue rien à la surface. Les surfaces de couleurs juxtaposées ont une influence mutuelle sur leurs différentes valeurs. Elles s'étendent, disparaissent dans les autres, selon les lois du mariage des couleurs. Pour voir la couleur avec tempérament, il faut avoir deux âmes, ou du moins une âme déséquilibrée. »

Je regardai la baronne avec stupéfaction. Son traité sur la couleur pouvait-il s'appliquer à la vie ? Et la vie pouvait-elle être réduite à une question de couleur ?

Avant notre séparation, l'abbesse fouilla dans sa poche et en sortit un médaillon d'or assez grand qui reflétait la lumière en pirouettant sur lui-même — comme un mensonge.

« J'ai quelque chose pour vous dont je n'ai plus besoin. »

À l'intérieur, je vis l'image masculine de moi-même, avec les yeux bleus, froids de mon père. C'était lui. Ou moi. Je levai les yeux vers l'abbesse. Elle m'avait donné le portrait que John Trumbull avait peint pour elle en 1789.

« Gardez-le, dit-elle. Il vous appartient. Il appartient à votre histoire.

— Comment savez-vous que je suis ce que je prétends être ?

— Parce que vous êtes venue, magnifique enfant. »

Post-scriptum de la lettre de Maria Cosway
à Thomas Jefferson datée du 19 mai 1826 :

Thomas, j'ajoute ce post-scriptum à cette dernière lettre que je vous écris, mon ami, dans l'espoir qu'elle vous parviendra avant que la personne dont il est question ici retourne en Amérique. Votre fille naturelle, Harriet, est venue me voir. Elle est votre portrait vivant, et d'une grande beauté. Pendant un instant, cher monsieur, je me suis retrouvée avec vous et Maria dans le Paris de 1787, un épisode de nos vies qui ressemble maintenant davantage à un conte qu'à la réalité. Nous étions alors entourés d'amour, d'amis et de gloire. Je l'ai invitée à rester avec moi et elle a passé deux semaines ici.

Harriet m'a dit ce que vous ne m'avez jamais révélé : que la négresse Sally est toujours à vos côtés, alors que tous vos enfants ont disparu ou disparaîtront un jour, selon votre volonté. Quelle étrange façon de traiter votre progéniture ! Rien ne blesse l'âme comme la perte d'un enfant de votre chair et de votre sang, qu'il meure, s'exile ou nourrisse des sentiments hostiles à votre égard. Faites la paix avec votre fille, ami. Ne mourez pas sans la libérer. Vous êtes le seul à en avoir le pouvoir ; aucun morceau de papier ne pourra le faire à votre place. Vous lui devez cela.

Vous avez dit un jour que le soleil ne brille sur aucun être dont vous désiriez plus le bonheur que le mien, que vous voudriez diriger ses rayons pour dorer la chambre où je vis et la route sur laquelle je voyage. Votre fille, qui ne peut disposer de sa propre existence sans commettre une sorte de fraude, m'a inspiré de la pitié. Vous avez dit aussi que vous ne vouliez pas croire que nous ne nous reverrions plus avant la mort, où le temps et la distance n'existent plus. Mais, mon très cher, nous sommes à sa porte et les heures nous sont comptées.

Harriet m'a raconté une curieuse histoire d'empreintes digitales. Elles seraient uniques et intransmissibles, gravées pour toujours, comme une silhouette de l'âme... comme l'amour, l'identité ultime. Étant catholique, il m'est facile de le croire. Et, puisque je suis une abbesse, la confession d'Harriet me rend responsable de son salut, qui est entre vos mains bienaimées.

Les vêpres commencent. Dommage que vous ne deviez jamais voir la quatrième partie du monde.

Adieu.

FLORENCE, 19 MAI 1826

Mon Thance,

C'est mon anniversaire. Quel que soit le mal que je vous ai fait, vous pourrez m'en infliger dix fois plus le reste de notre existence.

Les grandes amours produisent de grandes déceptions.

Qui vous a jamais dit que j'étais la perfection ?

Je reviens, si vous voulez de moi. Je reviens, de toute façon.

Harriet.

16

> Le problème présente l'apparence de la moralité, juste assez pour jeter de la poudre aux yeux des gens et les faire rêver ; alors que pour ceux qui savent, ce n'est qu'une question de pouvoir... la vraie moralité est de l'autre côté.
>
> THOMAS JEFFERSON.

Une myriade de mouettes voilaient le brillant ciel d'été et décrivaient des cercles autour des marins perchés sur les mâts et les rambardes quand nous pénétrâmes dans l'estuaire de la Delaware juste avant midi le 29 juin 1826. Brice, Mme Willowpole et moi étions sur le pont et regardions apparaître la ville de Philadelphie : les entrepôts et les magasins de planches à un étage, le chantier naval et ses dizaines de mâts, les nouvelles fabriques en brique rouge, les collines gris-vert et les champs juste derrière la flèche de l'église épiscopalienne St. Martin. Après les ports magnifiques de Londres, de Calais et de Gênes, c'était un paysage bien modeste où commencer le deuxième quart de siècle de mon existence. Même si elle disposait d'une fortune suffisante, Dorcas Willowpole était comme moi — une femme seule aux objectifs suspects. Ma protectrice me serra le bras, aussi ravie d'être de retour que j'étais pleine d'appréhension.

En descendant la passerelle de l'*Aurora*, je vis la silhouette solitaire d'Adrian Petit qui m'attendait sur le quai. Thance n'était pas là. Charlotte non plus ni Indépendance. Nous nous embrassâmes et il me tendit une lettre de Monticello. Elle était de ma mère et datait de plus de trois semaines. Mon père était mourant et voulait me voir pour la dernière fois.

Je jetai autour de moi un regard affolé. En bas bouillonnaient les eaux d'encre de l'Atlantique et, devant et derrière moi, j'entendais mes voix — les voix de Paris qui me poursuivaient pour me persuader qu'il serait vain de tenter de gagner ma liberté.

« Vous le saviez, Adrian ?

— Oui. Joe Fossett, qui m'a apporté la lettre, me l'a dit. J'avais peur de la faire suivre à Londres et qu'elle arrive trop tard. Harriet, vous êtes magnifique. Vous paraissez moins jeune et plus sage, mais quelle splendeur ! »

Je me penchai pour embrasser sa main, puis Petit m'examina, son visage plissé de bonheur pareil à une pêche flétrie.

« Ma petite fille est revenue ! »

Vers les ennuis, pensai-je.

« J'ai beaucoup à vous dire, mon oncle. Beaucoup de choses que je n'ai pas écrites.

— J'ai souvent lu entre les lignes, Harriet. Tout peut attendre. Il faut que vous alliez à Monticello.

— J'ai juré de ne jamais y retourner.

— Vous pouvez peut-être achever ce que votre oncle James a essayé de faire sans jamais y parvenir. Libérer votre mère. Il n'y aura plus rien pour la retenir là-bas, quand votre père aura disparu. »

Petit, avec sa perspicacité française, avait trouvé le seul argument susceptible de me convaincre de rentrer à la maison.

« Vous n'avez pas prévenu Charlotte de mon retour ?

— Je n'ai rien dit à personne. Comme ça, vous n'aurez pas besoin d'expliquer votre voyage à Monticello.

— Et Thance ?

— Thance n'est pas là, Harriet. Thor et lui sont encore au Cap. Mais je crois qu'ils rentreront avant la fin de l'été. » Ses yeux paraissaient m'avertir : Une seule chose à la fois.

« Mais je lui ai écrit... d'Italie.

— Alors, sa mère a dû faire suivre la lettre. Peut-être, ou peut-être pas...

— J'ai vu Maria Cosway à Lodi. Elle vit encore, fis-je soudain. Elle m'a donné ceci. » Je sortis la miniature de mon père de la ceinture de ma jupe, où elle était accrochée près de ma montre et du portrait de Thance.

« Maintenant, tout le monde en a une, grâce à ce sacré Trumbull », remarqua mystérieusement Petit. Il prit tendrement la miniature, comme si elle évoquait un millier de souvenirs.

Je partis le jour même pour Richmond. Ne prenant que mon sac de voyage sur le vapeur qui faisait la navette entre les deux villes, je fis mes adieux à Brice et à Dorcas, qui se rendaient à New York, eux aussi par ces nouveaux bateaux modernes.

J'avais l'intention d'aller voir mon frère Thomas, qui vivait à Richmond depuis qu'il avait quitté la plantation de la sœur de notre père, Dorothea Randolph Woodson, où il s'était caché après les troubles avec Callender...

Aussitôt arrivée, je me rendis directement chez lui. Lorsque je franchis le portail, la porte de la maison de bardeaux vert pâle s'ouvrit sans bruit, avant même que je frappe, et se referma aussi silencieusement derrière moi. J'avais trois ans quand Thomas s'était enfui de Monticello, et ne l'avais jamais revu depuis. Je fus accueillie par un étrange géant blond et bouclé à l'air sombre. Il avait trente-six ans.

« Comment sais-tu que je suis celle que je prétends être ? demandai-je en souriant, tandis qu'il se tenait devant moi sans parler.

— Qui d'autre pourrais-tu être, Harriet ? répondit-il. Tu es là parce qu'il est mourant.

— Tu l'as vu ?

— Pas depuis vingt-deux ans, et je ne pense pas le revoir, vivant ou mort. J'ai même changé de nom — je m'appelle Woodson à présent, comme le mari de Dorothea Randolph — afin de ne pas avoir à le reconnaître comme l'auteur de mes jours. Tu as changé le tien aussi, comme tu me l'as dit. Tu t'appelles Petit maintenant. Mademoiselle Blanche Petit. Tu n'avais pas à passer pour Blanche, Harriet.

— Quel choix avais-je, Thomas ?

— Le même que moi. Je suis resté du côté noir de la Ligne des couleurs.

— On ne le dirait pas, à te regarder. »

Il rit durement, amèrement. « Manifestement, tu crois que tu seras plus heureuse dans la communauté blanche. Mais c'est ton idée du bonheur — un statut social élevé, une famille et un foyer protégés que personne ne pourra te prendre. Des choses qui vont de soi pour les Blancs. Ce que tu ne comprends pas, c'est que tu les désires assez pour leur sacrifier ta vraie famille. Si tu as rejeté les tiens, ton passé, ton histoire, et tous ceux que tu aimes dans le seul but d'être blanche, je ne vais pas te faire plus de mal que tu ne t'en es infligé en te détestant... tu vis déjà dans un asile de fous.

— On ne peut pas vivre dans la dignité en étant noir..., commençai-je.

— Ce qui me sauve du désespoir total, c'est que je crois, comme nos ancêtres, que la haine n'est pas dirigée contre moi en tant qu'homme, mais contre ma race, ma couleur, la pigmentation de ma peau. Je peux vivre dans la dignité en tant qu'individu, même si c'est impossible en tant que Noir.

— Oh, Thomas !

— C'est bizarre, cette idée de se faire passer pour Blanc. Nous la désapprouvons, mais nous la tolérons. Elle provoque notre mépris, et pourtant certains l'admirent. Elle nous inspire une curieuse répugnance, mais nous la protégeons. » Il s'arrêta. « Ce que tu fais est très dangereux, Harriet. Quand Père sera mort, tes cousins pourraient te kidnapper, te retenir contre ton gré. T'enchaîner.

— Ils n'oseraient pas !

— Quoi ? Martha ? Jeff ? Les Carr ? Pour qui te prends-tu, Harriet, avec tes habits de luxe, ton accent anglais et ton air de sortir d'un couvent pour jeunes filles riches ? Tu es une négresse par ici ! Un bien mobilier. Et dans le Nord aussi ! Tu es au bord du gouffre, sœurette.

— Il fallait que je revienne. Je suis revenue pour Maman, pour l'emmener loin d'ici. Sinon, que va-t-elle devenir ? »

Thomas me jeta un regard si chargé de pitié que je fus prise de nausée.

« Tu crois que parce qu'il est mourant, il va te libérer, c'est ça ? Tu crois que sur son lit de mort, il va se racheter et te dire les paroles dont tu as rêvé toutes ces années ? "Ma petite fille, je regrette de t'avoir maintenue en esclavage. Je te présente mes excuses pour ce que je t'ai fait. Pardonne-moi, je t'en prie. Je t'aime... Par ce document, je vous libère toi et ta mère, parce que je vous aime." Pauvre idiote ! Il ne le fera pas, poursuivit Thomas doucement. Il ne peut pas. C'est contre ses principes. Contre les principes de son pays...

« Tu te rends compte, continua-t-il avec lassitude après un long silence, que s'il t'arrive quoi que ce soit, je suis responsable. Je suis ton frère aîné. Et le seul qui soit libre. Eston et Madison ne peuvent pas lever la main contre leur maître. C'est moi qui devrai venir te chercher... avec une carabine. »

Thomas m'accompagna jusqu'à la plantation de Pantops et me quitta brusquement.

La résidence de mon père n'était qu'à huit cents mètres de là, et j'éperonnai mon cheval vers ce qui, dans mon imagination, était toujours mon foyer. J'atteignis la corniche qui dominait Monticello juste avant le coucher du soleil et retins mon souffle en franchissant les limites du domaine. Je contemplai la maison de mon père.

La distance et la lumière dorée masquaient la décrépitude de la peinture écaillée et des briques rongées par les ans, les planches toujours pas réparées des marches de la véranda et la rouille des grilles. La maison s'élevait dans son carré de verdure, ombragée par des arbres vénérables, au milieu de jardins entourés d'un mur sinueux. Derrière passait la ligne claire de Mulberry Row, et les massifs réguliers de sassafras s'étendaient jusqu'aux champs de tabac où la cueillette n'avait pas encore commencé. Le Ravenna coulait comme un ruban argenté le long de la limite nord de la plantation et se divisait pour devenir Blair Creek. Il y avait déjà des lumières et de la fumée sortait des cheminées. Des agneaux mérinos broutaient sur la pelouse où une charrette attendait, chargée. Je voyais même des silhouettes sombres se profiler derrière les fenêtres, des enfants jouer sur la pelouse devant la résidence, des travailleurs peiner encore aux champs, et des chevaux en train de paître.

La vue de ce monde créé par l'esclavage me serra la gorge. On aurait dit qu'il me réclamait cette vie que je lui avais arrachée. Je pensai à la description que j'en avais fait à Maria Cosway.

Avec sa fausse prétention, sa maçonnerie simple et ses piliers de bois, la construction paraissait tellement plus modeste que dans mon souvenir que je me demandai si, par un coup de baguette magique, elle n'avait pas été remplacée par une copie plus petite. La solitude que j'avais bravement refoulée ces quatre dernières années me submergea. Ce n'était pas l'esclavage que je regrettais, mais cet endroit, le seul où je fusse à ma place, le seul lieu sur la terre où l'on me connût sous mon vrai nom.

«*Maman*», murmurai-je.

«Tu es devenue une belle jeune femme, Harriet.

— Merci, *Maman*.»

Cela aurait pu faire quatre jours et non quatre ans que je n'avais pas vu ma mère. Pas un jour de mon absence n'avait marqué son visage ni son corps.

Elle n'était pas vêtue de sa robe noire tissée à la plantation avec son tablier de lin et son turban, mais d'une tenue de taffetas à carreaux rouges et verts, avec un tablier jaune et une petite tournure ou «panier», comme si elle s'était habillée pour me plaire. Le jaune s'accordait avec les tons dorés de sa peau et de ses yeux, et les boucles d'oreilles de rubis de Paris qu'elle portait toujours brillaient à la lumière de la torche.

« Papa ?

— Il est faible. Nous pensons qu'il a eu une autre attaque, mais nous n'en sommes pas sûrs. Burwell jure qu'il tiendra jusqu'au 4 Juillet.

— A-t-il vraiment demandé que je vienne, ou l'as-tu inventé, *Maman* ?

— Il l'a demandé, alors qu'il savait les risques que tu courais en venant ici. Il pense pouvoir te protéger de ta famille blanche tant qu'il est encore en vie.

— Souviens-toi, Maman, que j'ai posé le pied sur le sol anglais. Je suis émancipée.

— Pour ta conscience et le bénéfice de ton fiancé, mais pas aux yeux de la Virginie. Tu appartiendras bientôt à ta demi-sœur Patsy. »

Ma mère avait dit cette phrase avec une telle malveillance qu'une pointe de colère me transperça, malgré les promesses que je m'étais faites. Elle l'avait prononcée avec plaisir, comme si ces mots justifiaient sa propre servitude.

« Selon les lois de Virginie, pour les patrouilleurs, les shérifs, les chasseurs de prime, tu es toujours une esclave en fuite. Les gens de Mulberry Row vont se mettre à parler, poursuivit-elle de sa belle voix mélodieuse.

— Eh bien, qu'ils parlent, s'ils n'ont pas le bon sens de se taire », répliquai-je avec irritation, mon accent devenant plus traînant et plus virginien d'instant en instant.

Ma mère ne répondit rien. Mais elle me tendit timidement les bras et, sur la pointe des pieds, m'attira contre elle, jusqu'à ce que je la serre farouchement à mon tour. Une vague de pitié et de tendresse m'envahit. Elle était si petite, si fragile. Mon abbesse de Monticello.

« Quand ce sera fini, tu viendras avec moi.

— N'y songe pas, Harriet. Je ne partirai jamais d'ici, sauf dans une caisse de sapin.

— Nous en reparlerons quand le moment sera venu », dis-je, ressentant tout à coup la fatigue du voyage, de la traversée, de toutes ces émotions. D'autant plus que j'étais sans nouvelles de Thance.

La plantation se refermait autour de moi. Je sentais la présence de mes cousins, de mes tantes, de mes neveux, de mes frères et demi-beaux-frères des deux races : les Carr, les Eppes, les Jefferson, les Randolph, et les éternels Hemings. Ils luttaient et se débattaient toujours dans cette fourmilière d'esclavage.

« Personne ne s'est sauvé ?

— J'ai l'impression d'entendre James, la fois où il est venu d'Espagne me chercher... me supplier de m'enfuir de Monticello.

— Après la mort de Père, rien ne te retiendra ici. »

Nous étions encore dehors sur la véranda : ma mère ne m'avait toujours pas invitée à entrer dans la maison. Les bruits nocturnes de Mulberry Row commençaient à s'élever, des murmures musicaux concentriques qui s'échappaient des rangées de cabanes et d'appentis. Ceux des préparatifs du repas du soir se mêlaient aux chants de travail des plantations qui bientôt se videraient de leur main-d'œuvre, aux cris joyeux des enfants, aux ordres des mères. Mais, seule une odeur montait de la route d'argile.

Pourquoi étais-je revenue ? Pour pleurer ou pour triompher ? Je jetai un coup d'œil à ma mère. Son profil élégant se détachait contre le bois brut des cuisines. Qu'avais-je attendu d'elle ? De la révolte ? de l'admiration ? de la fantaisie ? Non, elle était incapable de me surprendre. Elle savait seulement plier devant la volonté la plus forte comme une plante ou un animal, sans réfléchir. Elle l'avait fait avec mon père, et à présent elle le ferait avec moi. Je soupirai. Elle ne changerait jamais. Il valait mieux faire abstraction d'elle.

Fatiguée de rester debout sur la véranda, je l'écartai pour entrer dans la cuisine. Elle secoua la tête comme pour dire que j'avais pris tous les airs de la Blanche dont je jouais le rôle. En effet, à Philadelphie, j'avais appris à me déplacer de manière différente. Mon corps se mouvait naturellement et avec assurance, au lieu d'hésiter et de craindre à tout instant d'attirer les regards. J'en étais arrivée à attendre un certain degré de respect et d'attention à ma voix et à mes opinions, à ma personne. J'avais conquis certaines libertés grâce à mon éducation dans le Nord. Je croyais y avoir droit. Et bien sûr, ma mère l'avait remarqué. Elle était douée pour remarquer ce genre de choses.

À l'intérieur, l'air de la cuisine, avec ses parfums familiers, parut flétrir mon déguisement. Je redevenais Harriet Hemings, fileuse à l'atelier de tissage au bout du chemin. Je restai plantée là un moment, le cœur battant. La cuisine encombrée et rudimentaire paraissait plus pauvre et sordide que jamais quand je la comparais aux cuisines spacieuses et bien éclairées des maisons de campagne anglaises, avec leur argenterie et leurs cuivres rutilants, leurs fourneaux de céramique et d'acier, et leur assortiment éblouissant d'ustensiles bien rangés. Par la porte du cellier ouverte, une atteinte incroyable à la discipline de cette maison, j'apercevais les rangées de conserves et de viandes fumées, de fromages et de poissons salés, de pots de lait caillé et de cerises en bocaux. Au plafond pendaient une douzaine de jambons fumés, des morceaux de lard et des chapelets de saucisses. Les souvenirs d'innombrables soupers, dîners, petits déjeuners et pique-niques étaient tapis dans ce cellier. Surgirent dans mon esprit des visions de défilés de voitures, de parties de cricket, d'enfants noirs et blancs jouant sur l'herbe, de chiens aboyant, de chevaux hennissant, de carrioles tirées par des poneys, d'orchestres d'esclaves, de banjos, de violons. Mais tout cela appartenait au passé. La mort et la pauvreté s'étaient emparées à jamais de l'âme de cette maison. Mon père laisserait sa famille blanche dans la misère et les membres de sa famille noire n'auraient que leurs corps à vendre. Je le sentais.

« Parfois, reprit ma mère, il va si mal qu'il ne se rappelle plus qui il est ni qui je suis, et qu'il ne reconnaît même pas les enfants de Martha. Il n'y a que ses plantations. Il se souvient du nom de ses plantations. Jeff Randolph a repris ses affaires, mais il aurait dû les laisser entre les mains de Madison ou d'Eston, parce que Jeff, le brave garçon, ne sait pas gérer une plantation mourante — ni la sauver. Il a été obligé de vendre les meilleurs esclaves après avoir vendu toutes les autres plantations.

— Mais Père a promis à Martha Wayles que nous ne serions jamais vendus ! Et il laisse Jeff vendre ses propres oncles, nièces, neveux, ses demi-sœurs et ses demi-frères.

— Quand ce genre de considération a-t-il arrêté un maître aux abois ? Jeff veut délivrer ton père de ses dettes, et il ne peut le faire qu'en vendant, en vendant.

— Et ce qu'il nous doit, à nous les Hemings ? Toi et oncle Robert, Martin... nous tous.

— Ton père a toujours eu la faiblesse de se croire au-dessus de l'obligation de tenir son rang dans le monde des affaires. Et maintenant, à la suite d'une série de désastres, il est difficile de savoir s'il est plus dangereux de rester sans rien faire ou d'aller de l'avant. Les habitudes de ton père, ses goûts, ses extravagances, ses relations, son éducation, même le côté confiant de son caractère, son sens déplorable des affaires, son tempérament optimiste — tout ce qui fait de lui un Virginien l'a poussé à se montrer naïf, à se lancer dans des spéculations malheureuses et à contracter de mauvais emprunts. Et maintenant, la faillite nous guette.

« Même Eston s'est plaint que son père ne connaît rien aux ruses nécessaires pour diriger une propriété : feindre la faillite, transporter frauduleusement des marchandises, mettre ses valeurs au nom d'une épouse ou d'une fille. Le Président ne sait même pas que certains envoient des cercueils au cimetière avec des Noirs à l'intérieur, soi-disant emportés par une maladie soudaine, pour les "ressusciter" en temps voulu, souriants, sur les berges du Chattahoochee. Il ignore tout des doubles livres de comptes des prêts non garantis par des amis banquiers ; du recours à l'influence politique pour assurer des récoltes perdues. Et comme Eston l'a dit, si en tant que Virginien il s'est engagé comme un idiot, il a accepté de voir ses propriétés vendues comme un gentleman. Pour se défendre, il a frénétiquement tenté de sauver au moins une partie de son rêve : Monticello et l'université. Il a fait appel comme un mendiant au Parlement de Virginie pour obtenir la permission de vendre ses terres par lots afin de payer ses créanciers, en rappelant soigneusement, humblement, les services rendus à la nation toute sa vie. Il a piqué une terrible colère quand il a appris que son vieil ami le général Lafayette s'était vu offrir plus de cent mille dollars en cadeaux et gratifications pour services rendus pendant la révolution, alors que mon Thomas, le créateur, le promoteur de cette révolution, avait des trous dans ses bottes. Même la vente par lots a été un échec. Personne n'a acheté de parts.

— Mère !

— Ne parle pas de cette vente à ton père. Il pense qu'elle a sauvé sa maison et qu'il meurt solvable.

— Que dit Thomas Randolph de tout ça ?

— Le mari de Martha Jefferson refuse toujours de passer le seuil de cette maison, Harriet. C'est lui qui a le plus changé depuis ton départ.

— Mais pas toi, Mère. »

Elle leva les yeux, surprise, toujours aussi dépourvue de vanité personnelle.

« C'est vrai ?

— Je me souviens de toi quand j'étais petite, tu étais exactement comme aujourd'hui, Maman. C'est incroyable de voir à quel point tu n'as pas changé. Le temps ne semble pas avoir prise sur toi.

— Le chagrin si, pourtant.

— Comment peux-tu être triste ? Tu seras bientôt libre.

— Je ne serai jamais libre. Mon âme partira avec celle de Père.

— Il te libérera sûrement dans son dernier souffle », dis-je, incapable de contenir mes larmes.

Ma mère ne répondit pas. Elle me tournait le dos, tandis qu'elle cherchait dans son trousseau la clé du cellier. Elle finit par la trouver et ferma la porte.

« Non.

— Alors, sauve-toi. Pars avec moi avant qu'il ne soit trop tard.

— Oh, Harriet, je suis trop vieille pour me sauver !

— Ne sois pas stupide, *Maman*. La liberté n'est pas la fuite. C'est exister pour la première fois ! »

Je me retournai, entendant quelqu'un approcher, et vis Burwell se hâter le long du couloir qui reliait les cuisines au bâtiment principal. À présent, tous les esclaves de Monticello devaient savoir qu'Harriet Hemings était revenue.

« Vite, va chez Grand-Ma Elizabeth jusqu'à ce que je te dise que la voie est libre », m'exhorta-t-il.

À ma grande surprise, Burwell se montra inflexible. Si je restais à Monticello, je devrais me cacher comme l'esclave fugitive que j'étais. J'étais bien revenue aux États-Unis. Ainsi me retrouvai-je dans la cabane abandonnée de ma grand-mère, qui servait de remise pour les meubles de ma mère. La fenêtre était obturée de planches et je regardais entre les fentes Mulberry Row éclairé par la lune. Mais la distance et l'obscurité ne m'empêchèrent pas de reconnaître mes frères Eston et Madison qui arrivaient d'un pas vif. Puis je ne les vis plus, parce que les larmes m'aveuglaient.

Avant même que j'eusse remonté la lampe, je fus emportée dans des bras fraternels. Eston avait grandi d'au moins dix centimètres. Il était de la même taille que son père, à qui il ressemblait comme un jumeau. Ses yeux clairs dansaient à la lumière, qui jetait des reflets sur ses boucles d'or rouge. Il sentait le terreau et les copeaux de bois, et son corps mince et dur s'accrochait au mien comme s'il venait d'échapper à un terrible danger. Madison sautillait autour de nous, jappant comme un chiot. Il avait toujours les yeux gris et les cheveux blond cendré, et il agitait les bras comme le directeur d'une chorale. Nos ombres projetées sur les murs, sur les caisses et le plafond bas évoquaient une danse macabre, tandis que nous tournoyions dans une triple embrassade, riant et pleurant en même temps. J'avais tant à leur raconter que lorsque j'eus fini l'aube pointait.

« Alors, c'est l'effet que ça fait d'être libre ? demanda Eston.

— Non, l'effet que ça fait d'être blanc ! intervint Madison.

— Oh, Madison, arrête ! Tu dis toujours n'importe quoi. Harriet n'est pas blanche, pas ce soir.

— On retrouve les mêmes problèmes, Madison. Le même soleil. La même lune. La même pluie. Le même ciel, répondis-je. Le même...

— Zut alors ! fit Eston. S'il n'y a pas de différence, sœurette, pourquoi se casser la tête ?

— Je n'ai jamais dit qu'il n'y avait pas de différence. La grande différence n'est pas le fait d'être blanc, mais le monde blanc, comme je vous l'ai expliqué. Que savons-nous ici, enterrés dans cette tombe avec l'esclavage ? Nous sommes dirigés, possédés, vendus par des gens qui savent à peine lire et écrire. Monticello est un grain de poussière sur cette planète, un trou perdu, insignifiant, provincial. Il y a... tout un monde en dehors d'ici. Et tout un mouvement — appelez-le antiesclavagisme, ou abolitionnisme — pour libérer tous les esclaves de cet hémisphère. C'est ce que nos maîtres sudistes nous cachent... et il existe tout un continent qui nous appartient... l'Afrique. Je peux même vous le dessiner.

— Mais qui existe dans quel sens, sœurette, si ce n'est comme une création des Blancs, un lac sans fond pour les voleurs et les ravisseurs ?

— Il n'en sera pas toujours ainsi, Eston. Quand je suis partie, je croyais que l'esclavage était destiné à durer toujours. À présent, je sais que c'est faux. Le commerce des esclaves est aboli. L'esclavage le sera aussi. Tout va changer plus vite que vous ne l'imaginez. L'esclavage américain est condamné dans le monde moderne, avec ses inventions phénoménales, et les nouveaux modes de vie créés par ces merveilles. Ce n'est qu'une question de temps, mais je le crois vraiment — vous, moi, Jeff, Ellen, Cornelia, nous vivrons pour le voir.

— Les Blancs et les Noirs égaux ?

— Les Blancs et les Noirs libérés du travail éreintant. Je vous ai apporté tous les tracts abolitionnistes que j'ai pu trouver. Les écrits de Wilberforce, de

Clarkson et de dizaines d'autres. Donnez-les à tous ceux qui savent lire.

— Mais tu ne nous as pas dit quel effet ça fait d'être blanc.

— Pour l'amour du ciel, Madison, je te l'ai dit. Il n'y a pas de différence entre les Blancs et nous. Sauf... peut-être le point de vue. »

Eston rit, mais je parlais sérieusement.

« Je sais qu'il n'y a pas de différence entre les Blancs et nous, regarde notre famille. Non, ce que je veux savoir, c'est quel effet ça fait d'être blanc — ce n'est pas simplement une question de différence. »

Je regardai Eston. Je comprenais ce qu'il voulait dire, mais j'ignorais comment lui répondre. Il voulait savoir s'ils nous méprisaient autant derrière notre dos qu'en notre présence.

« Nous pensons aux Blancs comme à des êtres humains, mais eux nous voient différents dans un certain sens... *humainement* différents d'eux. Ils pensent sincèrement qu'il y a une race supérieure et une race inférieure. Et même le plus pauvre, le plus misérable, le plus ignorant des Blancs se considère comme béni parce qu'il appartient à la race supérieure. Parce que nous sommes ici, au bas de l'échelle, pour prouver sa supériorité. Ce que les Blancs voient quand ils nous regardent n'est pas tangible. Ils voient ce dont ils nous ont investis — vous savez, le péché, la mort, la damnation. Ce que les Blancs croient pouvoir sauver de la tempête de la vie, c'est en fait leur innocence. Ils pensent qu'être noir est un sort pire que la mort.

— Et, Seigneur, comme ils ont raison ! fit Madison en riant.

— Oui. Ils préféreraient être morts qu'être considérés comme nous, c'est-à-dire même pas comme des êtres humains.

— Mais ce sont eux qui ont inventé ce mensonge !

— Ils croient au mensonge qu'ils ont inventé.

— Comme toi, sœurette ? demanda Madison.

— Oui. Je crois au mensonge que j'ai inventé.

— Parce que tu es amoureuse de l'un d'eux, dit Eston.

— Pas de regrets, Harriet ? fit Madison, toujours provocateur.

— Beaucoup de remords, Madison. Je veux emmener Maman loin d'ici, avec ou sans papiers.

— Elle ne partira jamais. Et nous ne partirons pas sans elle.

— Nous serons sûrement libérés dans le testament de Papa. Il l'a promis, ajouta Eston.

— Il doit libérer Maman aussi, répondis-je.

— Il faudra que je le voie pour le croire, Harriet, déclara Madison.

— Nous le saurons bien assez tôt. Mais évite les Randolph — reste à Richmond. »

Je sortis mon passeport, signé par le président des États-Unis.

« J'ai ça, Madison. Signé par John Quincy Adams. »

Madison prit le papier plié comme s'il était en or.

« Il dit que je suis américaine, citoyenne des États-Unis, et qu'en tant que telle je suis protégée par mon gouvernement, qui exige ma sécurité... même à Richmond en Virginie.

— Ta sécurité, murmura Eston. Ce n'est pas rien...

— Sécurité exigée ou pas, Cornelia te prendra ton précieux passeport du Président, si tu ne quittes pas Monticello...

— Vas-tu te taire, Madison ? Nous n'avons pas le droit de dire à Harriet ce qu'elle doit faire ou ne pas faire.

— Et pourquoi pas ? Nous sommes ses frères !

— Parce que, dit lentement Eston, en regardant rêveusement le passeport, nous avons vécu trop longtemps sous la coupe de notre père, voilà pourquoi. Harriet est libre, blanche, et elle a plus de vingt et un ans. Ce passeport l'atteste. Elle peut faire ce que bon lui semble. Elle est l'une de ces citoyennes favorisées du président Adams.

— Dis-moi, Harriet, de quoi parlent les Blancs entre eux ?

— De nous », répondis-je.

17

> Tu es la plus incorrigible des créatures qui aient jamais péché…
>
> THOMAS JEFFERSON.

Le 4 au petit matin, ma mère fit irruption dans la cabane.

« Dépêche-toi, dit-elle. Burwell nous demande de venir. »

Il ne peut pas être en train de mourir, pensai-je, puisqu'il ne m'a pas encore appelée sa fille.

« Vite, Harriet ! Il s'est accroché jusqu'à maintenant, mais il ne verra pas l'aube du 5. Toute la famille se rassemble. Si tu veux lui dire adieu, il faut le faire maintenant. »

Le visage brun tourmenté de Burwell se rapprocha, et ses yeux, fous de chagrin, fixèrent les miens avec commisération. Sa terrible douleur était-elle liée à la mort de mon père, ou à sa peur, celle de tout esclave, d'être vendu ?

« Burwell… », commençai-je. Mais il me fit signe de me taire.

« Cinq minutes, Harriet. La famille blanche arrive. Elle sera bientôt devant sa porte. Il est éveillé et souffre beaucoup. »

Nous montâmes rapidement jusqu'au premier étage, et tout aussi vite je descendis le minuscule escalier qui reliait la chambre au couloir du premier. Je dus resserrer mes jupes autour de moi pour glisser le long des marches d'à peine trente centimètres de large. J'étais seule. Ma mère était restée en haut. « N'oublie pas, avait-elle murmuré, que même s'il n'est plus ton maître, il est toujours ton père. »

J'entrai dans la chambre et contournai le lit, puis me faufilai près de la penderie en bois où toutes ses jaquettes étaient pendues, chacune portant la date de sa confection brodée par ma mère. Un fantôme blafard gisait sur le lit de Thomas Jefferson, soutenu par une dizaine d'oreillers, comme une poupée de chiffon. Des relents d'arsenic, de mercure, d'opium, de menthe et de camphre emplissaient la pièce en même temps qu'un autre mélange moins facile à identifier — odeurs de la peau, de l'haleine et des os d'un vieillard. Les yeux étaient enfoncés et clos. Je posai la lampe, me penchai pour embrasser le front pâle, le sang me battant aux tempes. Il souleva aussitôt les paupières, et je me noyai dans deux bassins de mer bleue écumante. La cataracte.

« Sally ?

— Maître, chuchotai-je, c'est moi, Harriet.

— Harriet ?

— Harriet Hemings. La vôtre. »

Il fixa sur moi ses yeux vitreux. C'était un curieux regard, comme s'il essayait de trouver la solution d'une énigme, ou de se rappeler une plaisanterie oubliée. Puis il sourit, d'un sourire doux, fascinant — celui d'un jeune homme. Celui du médaillon de Maria Cosway.

Je m'approchais de plus en plus de l'abîme. Il tâchait de me repousser, mais je me penchai sur son corps flétri, et sa tête vint reposer sur ma poitrine. Il parla contre moi, trop faible pour briser mon étreinte.

« Oh, Harriet, Harriet ! Ce n'est pas possible que tous les hommes doivent passer par cette terrible épreuve. »

J'étais à genoux à présent, et je lui avais pris la main. Toutes mes paroles de défi se fanaient sur mes lèvres. Et pourtant, il fallait que je dise ce que j'avais à dire ; c'était essentiel pour mes lendemains. Il paraissait seul, abandonné. Les grandes mains posées sur les draps étaient si fragiles, inutiles, que je sentis un cri monter dans ma gorge. Mais je n'osai pas briser le silence. Finalement, il demanda, le sourire brouillé par le laudanum : « Tu es venue chercher ta mère ?

— Vous devez la libérer, murmurai-je d'une voix tendue. Vous l'avez promis. »

Je m'écartai pour le regarder dans les yeux. « Vous devez la libérer avant de mourir.

— Burwell est le seul à reconnaître que je suis en train de mourir.

— Moi aussi. C'est pourquoi je suis venue.

— Et tu emmènes ta mère ?

— Oui. Si vous la libérez.

— Tu dois savoir que pour la libérer il faudrait que je la bannisse de Virginie ou que je ravive le scandale. Ne me demande pas ça, Harriet.

— Mais quelle importance maintenant ? Vous êtes mourant ! Vous allez la laisser ! La laisser à la merci de Jeff et des autres !

— J'ai fait tout mon possible pour vous, les enfants.

— Appelez-nous par nos noms ! Harriet, Eston, Madison, Beverly et Thomas ! Appelez-nous par nos noms !

— Oh, Harriet, Harriet, aie pitié de ton père. Je t'ai permis de t'enfuir. Je t'ai donné l'occasion de le faire sans danger. Je t'ai proposé d'être blanche, et comment me récompenses-tu ? Tu reviens me harceler sur mon lit de mort. Comment peux-tu être si cruelle ?

— Vous m'avez envoyé chercher. Je pensais que vous vouliez me libérer légalement.

— Je ne t'ai jamais envoyé chercher. C'est trop dangereux. Tu pourrais être saisie comme faisant partie de mes biens. »

Ainsi, ma mère m'avait menti pour que je vienne...

Ses cheveux blancs se dressaient en broussaille autour de sa tête. Son souffle empestait la maladie. Je croyais n'éprouver aucune tendresse pour lui. Pourtant, des larmes me montèrent aux yeux et se mirent à couler sur mes joues. D'où venaient-elles ? Tout le sang avait quitté le haut de mon corps. Je me sentais aussi lourde que si l'on m'avait mise aux fers. Je ne pouvais cesser de pleurer. Pour lui ? À cause de lui ? Le couteau dans ma poche pesait le poids d'une bûche. Étais-je capable de tuer mon père alors qu'il était déjà mourant ?

Je regardai le chaos blanc d'oreillers rebondis qui l'entouraient. J'étais forte. Ce serait fini en une seconde. Une mort paisible, en temps opportun. Comment pouvais-je être aussi stupide, debout dans cette chambre, à verser des larmes, un oreiller dans les bras ? Dans vingt-quatre heures, ou trente-six, il ne serait plus. Pourquoi pleurais-je ? Je n'avais aucune raison. J'étais libre, blanche, et j'avais plus de vingt et un ans.

« Harriet, ne pleure pas, je t'en prie. »

Que croyait-il que signifiaient mes larmes, quand je ne le savais pas moi-même ?

« Aie pitié d'un mourant. »

Un cri éclata dans ma tête et dans ma gorge en même temps. Assez, pensai-je, assez !

« Avoir pitié d'un mourant ! m'écriai-je. Quand avez-vous jamais eu pitié de moi, de Maman ? Je vous ai cherché si fort... sans jamais vous trouver. J'ai désiré votre amour, je vous ai appelé. Je vous appelle maintenant, et même dans votre dernier souffle vous ne me répondez pas.

« Vous croyez être au-delà de la possession, Père, mais vous êtes à moi autant que je suis à vous. Vous êtes cloué dans cette chambre avec moi, et vous y mourrez avec moi — esclave de votre fille esclave. Vous ne pouvez même pas prendre un verre d'eau sans moi.

« Dois-je vous raconter l'histoire de ma vie, Père ? Comment je vous ai cherché à travers toute l'Europe ? La grande énigme, c'était vous ! Vous ! Même votre ancienne maîtresse n'a pas été capable de vous expliquer. Elle a hésité, atermoyé, inventé et menti, mais elle ne m'a pas expliqué pourquoi vous ne m'avez pas aimée, ni elle, ni même Maman. Vous n'êtes ni bon ni charitable. Vous êtes seulement grand ! Vous n'êtes que gloire et beauté. Vous ne savez pas aimer.

« Je me suis efforcée de vous voir étranger à moi-même, à tout, à chacun. Vous, l'unique vérité insaisissable de ma vie. Et maintenant je vous parle comme si ma tendresse pour vous n'était pas une obsession, une aberration, car quelle fille aimerait un père capable de la vendre ? »

Il se redressa alors sur ses oreillers.

« Je ne suis pas un lâche, et je tiens parole. Je suis fidèle à moi-même, intransigeant pour moi et indulgent envers les autres. Même envers toi, Harriet. Je suis le meilleur des camarades, le plus honnête des amis, un artiste au sens le plus large du mot. Je suis cruel dans mes plus tendres affections. J'éprouve du dégoût pour ce qui m'est le plus cher. Rien ne m'exalte, parce que tout est si clair pour moi. Je rêve en grand, mais je vois les choses en petit. Je ne sais pas plier. Je n'ai pas trouvé mon égal parce que la personne qui me comprendrait serait trop forte, comme toi, Harriet, pour avoir besoin de moi. Comme toi, je suis voué à la solitude morale. Comme ils se ressemblent, ceux qui choisissent l'intelligence et non le cœur. J'aime sentir que mes facultés ont des ailes, se détachent du quotidien et recherchent l'idéal. Maria le comprenait. Votre mère aussi. La pitié ne me rendra jamais aimable. Pas même l'amour. Seul pour l'esprit objectif... »

Tandis que j'écoutais, tout s'éclaira. Je n'étais pas la propriété légitime ou illégitime de mon père.

Ce que la plupart des Blancs croient pouvoir sauver de la tempête de la vie, en réalité, c'est leur innocence.

« Père, je vous ai appelé, j'ai rêvé de vous. J'ai pleuré des larmes de délivrance, de passion, et je me suis précipitée au chevet d'un homme qui n'a jamais aimé. Je vous ai fui, pourtant vous continuez à me poursuivre de tous les tourments du monde : la peur de l'obscurité, la peur d'être abandonnée, la peur de ne jamais trouver la sécurité... la peur d'être blanche... d'être noire... la peur de ne jamais être aimée.

« Est-ce une pure illusion qui m'attache à vous ?

Tout n'est que mirage. Je me raconte des histoires. Et chaque fois qu'une partie de mes étranges constructions s'effondre, je reste épuisée parce que je commence à entrevoir la réalité !

— Les choses imaginaires, désirables, inventées, rêvées, redoutées ne sont pas seulement ton domaine, Harriet, répondit-il. Même si je suis persuadé de t'avoir aimée, c'était impossible au regard de la réalité. »

Il était peut-être trop faible pour continuer à parler, car ce fut le silence. Il retomba dans les draps froissés. Ses yeux désespérés me suppliaient de ne pas le torturer davantage. Mais je n'étais pas d'humeur à le laisser en paix, même si une larme descendait sur sa joue.

« J'aime tout ce qui n'existe pas. Cela pourrait être la devise de ma vie », dit-il.

Je mis l'oreiller sur sa poitrine, puis je posai ma tête dessus. J'entendais son cœur cogner, je le sentais même à travers les plumes d'oie. Il avait peur.

Il essaya faiblement de me repousser, et ses mains s'accrochèrent à mes cheveux. Mais j'étais, enfin, beaucoup plus forte que lui, et je le serrai contre moi, paralysant ses épaules osseuses, tandis que nous nous livrions à une sorte de guerre silencieuse qui ressemblait plus à celle d'un serpent avec sa proie qu'aux dernières embrassades d'un père et de sa fille.

« Laisse-moi, ma fille. Laisse-moi mourir en paix.

— Non, je ne vous laisserai jamais. Même la mort ne nous séparera pas. Parce que je suis vous. Vous m'avez donné… mes empreintes digitales. »

J'enfouis mon visage dans les draps souillés pour étouffer mes cris. J'avais commis l'impardonnable pour une esclave. J'avais espéré.

« Que votre âme brûle en enfer, Père ! » criai-je. Puis je pressai mes lèvres contre les siennes, comme si ce baiser incestueux pouvait me donner la volonté nécessaire pour continuer à vivre.

Tout à coup, sa voix se transforma. Ce n'était plus celle d'un homme malade, mais la voix patricienne d'antan, haute et cadencée : « Quelles qu'aient pu être mes fautes, j'ai fait la paix avec ma conscience et avec ta mère. Comment oses-tu venir ici, sur mon lit de mort, contredire ses propres désirs ? C'est elle qui ne veut pas partir. »

C'était une adroite synthèse de vérité et de mensonge. Mon père était un génie dans ce domaine.

« Elle sera en sécurité à Monticello », allégua-t-il.

Je me dressai alors comme une déesse outragée en m'emparant de l'un des oreillers. Mais, au fond de mon cœur, je savais que je ne pourrais jamais tuer Thomas Jefferson.

« Vous croyez que Monticello est un lieu sûr, mais ce n'est pas vrai. Monticello n'existe plus. Tout a disparu. Vous êtes seul et mourant. Votre havre, votre foyer, votre fortune ne sont plus.

— Pourquoi cette douleur... pourquoi ? Si elle pouvait cesser un moment ! » sanglota-t-il.

Je me détournai, vaincue, la poitrine gonflée d'amour déçu.

« Où est votre médicament ?

— Non, je n'en veux plus, Harriet. »

Dans l'ombre près de la table où se trouvaient les remèdes, j'aperçus Burwell, qui avait été présent tout le temps.

« Tu as osé parler ainsi au maître ! siffla-t-il.

— Ce n'est pas mon maître, hurlai-je, c'est mon père ! »

Burwell me poussait vers la porte tandis que Thomas Jefferson se dressait à demi dans son lit. Je m'emparai d'une lettre posée sur sa table. Elle n'était pas ouverte et portait au dos l'adresse de Maria Cosway. Je la déchirai en petits morceaux et les jetai au vent.

Je sortis de la maison par la porte principale et m'engageai dans Mulberry Row, de cette démarche d'orpheline, rêveuse et décidée à la fois, qui allait devenir la mienne.

La dernière personne que je souhaitais voir était ma demi-sœur Martha Jefferson Randolph, mais elle entra dans la cabane de ma grand-mère sans frapper.

« Je veux que tu quittes immédiatement la plantation, ou je te jure que j'envoie les patrouilles après toi.

— Bonjour, Martha. »

Je regardai ma jumelle, ou plutôt ma jumelle avec trente ans de plus. La même taille, le même teint, les mêmes cheveux, mais pâlis par le temps. Nos yeux, notre nez et notre bouche étaient semblables, pourtant le sort avait distribué à l'une la beauté, à l'autre le contraire. Elle franchit la porte, se comportant comme la propriétaire de ma personne.

« Tu peux garder tes "bonjours" ! Si tu veux savoir comment j'ai appris que tu étais ici, c'est parce que l'un de tes compagnons d'esclavage t'a trahie.

— Cela m'est égal. Je ne partirai pas avant sa mort.

— Ses créanciers aussi attendent son dernier souffle. Tu risques d'être vendue, Harriet. Mon père est ruiné — tout va partir pour payer ses dettes. Si tu restes jusqu'à sa mort, tu devras sûrement prendre la fuite.

— Ça te ferait plaisir, n'est-ce pas ?

— Oui.

— Pourquoi me détestes-tu tellement ?

— Parce que tu es une offense aux femmes blanches du Sud. Regarde-toi. Ta place n'est pas ici. Ni ailleurs — ta place n'est pas dans ce pays. Toi et tes semblables, vous êtes ce que nous haïssons le plus. Tu crois pouvoir franchir la frontière que Dieu a tracée entre nous.

— Ce n'est pas Dieu qui a tracé la ligne des couleurs. Ce sont les gens comme toi, Martha. Je veux seulement...

— Je sais ce que tu veux. La même chose que ta catin de mère, et vous ne l'aurez jamais, ni l'une ni l'autre ! Tu ne seras jamais sa fille, et il ne t'aimera jamais. Peux-tu faire entrer cette idée dans ta caboche laineuse ? Il ne veut pas t'aimer, et même s'il le voulait, nous, les Randolph, les Carr, les Eppes, les Wayles, nous l'en empêcherions ! »

Elle approcha et je reculai jusqu'à ce que mon dos touche le mur et que son visage pâle soit assez proche pour que je puisse lui donner un baiser, si je l'avais voulu. Je sentais l'odeur de son corps et de son souffle, et je pensais : C'est moi quand je serai vieille, il n'y a pas de différence. Nous sommes pareilles, et rien ne nous déliera jamais. Je lui appartenais en effet, mais elle m'appartenait aussi. Deux femmes du Sud blanches. Nous nous tournions autour comme attachées par des cordes invisibles, nous écartant seulement pour être renvoyées l'une vers l'autre par ce lien que rien ne pourrait trancher.

À midi, il n'était plus de ce monde. Une longue lamentation s'éleva des quartiers d'esclaves et plana sur la plantation comme des ailes de chauve-souris. Le Président était mort sans aucun des Randolph ni des Hemings à ses côtés. Seuls Burwell et deux hommes — son secrétaire, Alexandre Garrett, et un neveu, Samuel Carr, qui bien des années plus tard, déjà dans la tombe, serait accusé de nous avoir engendrés — avaient assisté à ses derniers moments.

Burwell s'occupa de l'enterrement. Une Martha aux yeux secs monta d'un pas vengeur les marches de Monticello, comme si on lui avait fait personnellement du tort. Moi, je me réfugiai dans la cabane de ma grand-mère avec ma mère, et c'est là que Burwell nous trouva.

« Je suis libéré ! Robert et son demi-frère, Joe Fossett, sont aussi affranchis par son testament. Madison et Eston sont libérés, mais confiés à la garde de Robert jusqu'à l'âge de vingt et un ans. » Il se tut un instant. « Il n'a libéré aucune femme. »

Ma mère continuait de sourire aussi stupidement que Burwell continuait de pleurer. Même moi, je souriais sottement, assise à côté d'elle dans la maison de ma grand-mère. Ainsi tout avait été une plaisanterie. À mes dépens. À ceux de ma mère. Et à ceux du Président.

Puis Burwell se tourna vers moi et me tendit un objet.

« Le Président m'a dit de te donner ça », dit-il.

Je le reconnus d'après la description d'Adrian Petit. C'était une boîte en or, *le présent du roi*, un cadeau d'adieu que Louis XVI avait donné à mon père lorsqu'il avait quitté Paris en 1789. Sur le couvercle, il y avait un portrait du roi, entouré d'une constellation de trous vides. Dans ces trous, selon Petit, avaient été sertis quatre cent vingt et un diamants, mais ils avaient été retirés sur ordre de mon père parce que la Constitution des États-Unis interdisait à ses fonctionnaires d'accepter un cadeau d'un gouvernement ou d'un prince étranger. Après de longues hésitations, m'avait expliqué Petit, comme il ne souhaitait pas voir l'affaire soulevée par le Congrès, mon père avait fait vendre les diamants au lieu de rendre le cadeau et il avait utilisé l'argent pour acheter celui qu'il devait offrir au ministre de Louis XVI, comme tout diplomate quittant la cour de Versailles. Petit avait rapporté la boîte à Monticello avec le reste des bagages de mon père quand il l'avait rejoint. *Le présent d'adieu* mutilé gisait sur mes genoux. Au lieu de ma liberté, j'avais seulement hérité de mon père défunt le portrait d'un roi décapité, entouré d'espaces vides d'où l'on avait retiré en secret tout ce qui avait de la valeur.

18

Mon seul réconfort est d'être certain que je ne vivrai pas pour voir cela !

THOMAS JEFFERSON.

LISTE DES ENCHÈRES

	$		$
Barnaby	400	Nace	500
Hannard	450	Nance, vieille femme, sans	
Betty vieille femme		valeur	
sans valeur		Ned	50
Critta	50	Jenny (sans valeur)	
Davy le vieux		Moses	500
(sans valeur)	~~250~~	Peter Hemings	100
Davy le jeune	250	Polly (fille de Charles)	300
Fanny		Sally Hemings	50
Ellen	300	Shepherd	200
Jenny	200	Indridge le plus vieux	250
Indridge (le plus jeune)		Thrimston	250
Bonny Castle		Wormsley	200
Doll (sans valeur)		Ursula	
Gill	375	et son jeune enfant	300
Issac un vieil homme	0	Anne et l'enfant Esau	350
Israel	350	Dolly ~~22~~ 19 ans	300
James	500	Cornelius ~~18~~ 17 ans	350
Jersy	200	Thomas 14 ans	200
Jupiter	350	Louisa 12 ans	150
Amy	150	Caroline 10 ans	125
Joe à libérer en juillet		Critta 8 ans	100
prochain	400	George 5 ans	100

Edy et son fils Damie	200
Maria 20 ans	
Patsy 17 ou 18 ans	300
Betsy 15 ans	275
Peter 10 ans	200
Isabella entre 8 et 9 ans	150
William 5 ans	125
Daniel 1 an 1/2 fils de Lucy	—
Bon John, sans valeur	—
Amy, idem	—
Jenny Lewis (sans valeur)	—
Mary (de Bet) une jeune femme	50
Davy	500
Zachariah	350
Robert 2 ans	75
Enfant estimé avec sa mère	
Ursula	60
J'ai omis ceux de tante March et les miens, et aussi les 5 affranchis	
Les âges sont notés aussi exactement que possible sans avoir le registre	
Johnny à libérer en juillet prochain	300
Madison idem	400
Eston idem	400
	11,505

(signé) THOMAS JEFFERSON RANDOLPH

« C'est la liste des enchères, dit Burwell. Elle était sur le bureau de Jeff Randolph. » Il tendait une feuille de papier qui tremblait dans sa main.

« Elle y est, ma femme, Harriet ? J'sais pas lire. »

J'étudiai lentement la liste des esclaves de Monticello mis à prix, dont la moitié au moins étaient des Hemings d'une couleur ou de l'autre. Le nom de ma mère était le quarante-deuxième sur la liste. Elle avait été estimée cinquante dollars.

À présent, c'était ma main qui tremblait. Ma voix me parut étrange et enrouée.

« Elle y est, dis-je, mais je voulais dire Sally Hemings.

— Combien ?

— Cinquante dollars.

— Dieu merci, j'ai de quoi l'acheter. » Il soupira. Je levai les yeux vers lui, les plissant comme si j'essayais de distinguer une forme humaine au bout d'un long tunnel.

« Pas ta femme, Burwell, ma mère. »

Les mots restaient suspendus comme des branches de saule dans l'orage. J'entendais ma voix rauque, chargée de larmes. Le monde tourna sur son axe puis se redressa, mais je dus tout de même m'accrocher à l'embrasure de la porte pour ne pas tomber. Les pleurs que je n'avais pas versés toutes ces années se mirent à couler sans que je pusse les retenir.

Je ne voyais plus la liste qui pesait comme une pierre dans ma main. Ma mère, si belle, ma sublime mère, était estimée à cinquante dollars. La femme de Thomas Jefferson était vendue par son petit-fils pour cinquante dollars. Exactement au même prix que le cheval de mon père, Old Eagle.

« Doux Jésus ! » fit Burwell.

Sans savoir comment j'étais arrivée là, je me retrouvai face à mon neveu Jeff dans le bureau de mon père.

« Je suis venue acheter ma mère, dis-je.

— Harriet ? J'avais entendu dire que tu étais à Monticello. Toutefois, en ami, je te conseille de partir.

— Pas sans ma mère ! » J'avais haussé la voix. Elle devait être teintée d'hystérie, car Jeff se leva, alarmé. Il mesurait un mètre quatre-vingt-dix et ressemblait à Thomas Jefferson.

« Écoute, calme-toi, Harriet. Tu n'as pas besoin de l'acheter. Ma mère l'a libérée et a demandé au Parlement de Virginie de lui permettre de rester dans l'État. C'est ce que Grand-Père voulait. Elle ne pouvait pas faire moins que se plier à ses désirs. Et je suis tenu par mon honneur de gentilhomme du Sud de respecter ses vœux. Je les respecte », répéta-t-il craintivement. Jeff restait à distance comme si le bureau, entre nous, était une rivière ou un fossé que ni lui ni moi ne pouvions franchir. « Sur mon honneur, je la retire de la liste. Il n'y a rien à acheter. »

Je le fixai en silence. Martha ne s'était même pas donné la peine de m'informer qu'elle avait libéré Maman. Croyait-elle que ce geste l'absoudrait ? Ou qu'elle seule pouvait libérer ma mère après toute une vie passée à attendre qu'il le fasse ?

« Si tu as cinquante dollars, tu peux acheter l'un des enfants... Louisa est à cent cinquante dollars, ou pourquoi pas la fille de Mary Bet, Thenia ? Elle a treize ans. Elle doit en valoir cinquante. Voyons...

voici la liste et les mises à prix — elle n'est pas sur ma liste. Il faudra que tu restes assez longtemps pour assister aux enchères ou que quelqu'un le fasse pour toi. Je ne peux vendre personne au prix estimé, parce que ça peut grimper... tu comprends ?

— Tu veux dire que je devrai attendre jusque-là ?

— Comme tout le monde. Après, je ne traînerais pas par ici, si j'étais toi, Harriet. Je commets un délit en te cachant. Personne n'ignore qui tu es. »

Je croisai le regard de Jeff, qui estimait ma valeur avec l'innocence de sa caste. Je savais ce qu'il pensait : une négresse. Et superbe ! Une petite fortune. Quel gâchis ! Mais il n'aurait pas le courage de passer à l'acte. Je le savais. Ma haine pour mon neveu blanc répandait une odeur de soufre dans la pièce.

« Je te jure, petite, tu ne peux pas savoir quel enfer j'ai enduré. La vente par lots a été un échec complet. Grand-Père est mort avec plus de cent vingt-cinq mille dollars de dettes. Jusqu'à la fin, il a cru que la vente par lots sauverait Monticello. Mais rien ne va sauver Monticello, tu comprends ? Nous vendons, étiquetons, estimons chaque meuble, chaque drap, rideau, plat, livre, tapis, tableau, statue, et les vases, les horloges, les tables, les chevaux, les mules, les cochons et les esclaves. C'est le plus grand chagrin de ma vie. Voir les possessions de Grand-Père... ses gens éparpillés, groupés par lots par Tom le crieur et ses assesseurs. Lui et toute sa vie évalués, manipulés, pesés et inspectés, tous les animaux et tous les humains qu'il possédait ou aimait mis à prix, comme Old Eagle. »

Je n'avais jamais entendu parler d'un cheval qui se fût suicidé. C'est pourtant ce que fit le vieil étalon de mon père, Old Eagle. Douze heures à peine après la mort du Président, il courut jusqu'à l'épuisement total dans les champs et les montagnes où son maître et lui avaient galopé tous les matins depuis treize ans.

Jeff se conduisait comme si je n'étais pas là. Il serait content de me voir partir. Il était toujours nerveux en ma présence. Devant mes airs et mes manières de Blanche, il se sentait minable, je suppose. Petit. Coupable. Il me regardait toujours avec une expression de confusion stupide, comme s'il devait décider tous les jours de sa vie qui j'étais et pourquoi. Et Dieu sait que je n'avais rien fait pour qu'il se sente coupable. Je n'avais pas fait ce monde. Je n'avais pas fait l'esclavage. Je ne l'avais pas fait, lui.

Le prix des esclaves avait baissé, continuait-il. Ils ne valaient plus rien. Je pensai que la seule qui valût quelque chose, c'était moi, mais Jeff protesta qu'il n'était pas un maître. Il n'était, affirma-t-il, qu'un homme avec des sentiments. « C'était déjà assez dur d'être responsable de mon grand-père. Alors, être responsable de tout le reste ! » Il secoua la tête avec découragement et retourna à ses comptes. « Dieu tout-puissant, Harriet, ajouta-t-il encore comme je tournais le dos pour sortir, tout est parti... »

« La vente étant inévitable, lisais-je, c'est une garantie suffisante qu'elle aura lieu aux heure et endroit indiqués. » Voilée, donc méconnaissable, je me tenais à côté de ma mère également déguisée dans la foule avide et regardais tous les autres Hemings se faire vendre au plus offrant sur l'estrade. La fille de Critta, Maria, que Jeff avait omise sur la liste parce qu'elle appartenait à tante March, si blanche qu'on la prit pour moi, atteignit le plus haut prix, ce qui fit courir la rumeur que la fille du Président elle-même avait été vendue pour être envoyée à La Nouvelle-Orléans. C'est une légende qui allait se propager et grandir avec le temps. Elle parviendrait jusqu'à moi dans de curieux endroits et à d'étranges moments de ma vie.

J'achetai la femme de Burwell pour lui, puis me consacrai à sauver la petite fille que je considérais comme ma nièce, Thenia Hemings, une fragile gamine de treize ans, petite-fille de ma tante Bett, dont toute la famille venait d'être vendue. Je la payai soixante-quinze dollars, tout ce qui me restait du fruit de mon travail pour Dorcas Willowpole. Ma mère et moi assistâmes impuissantes à la dispersion du reste de notre famille sur les planches de pin de l'estrade qu'on avait installée sur la pelouse. Comme on emmenait Thenia, mon oncle Peter monta sur le plateau. Je me précipitai hors de la foule, prise de violentes nausées. La voix féroce de James me poursuivait :

Tu crois que je répandrai ma semence comme esclave ? Pour engendrer d'autres esclaves ! Tu crois que j'enrichirai un maître blanc en élevant des esclaves pour lui ? À Paris, j'ai fait le vœu de ne jamais toucher une femme. Ma vie a été chaste, petite sœur. Je n'ai jamais connu de femme... connu de femme... connu de femme...

« Oh, Thance, fis-je en gémissant. Thance, réponds-moi. »

Mais ce fut le rire de James qui répondit : *Depuis quand les esclaves se marient-ils ?*

« Je ne reviendrai jamais te chercher, Maman !

— Je sais. J'ai encore Madison et Eston.

— Ils veulent partir pour l'Ouest. Ils doivent quitter la Virginie avant l'année prochaine, sinon ils risquent d'être remis en esclavage !

— Non, Martha s'en est occupée. Elle a demandé au Parlement de Virginie de leur permettre de rester avec moi.

— Je sais, concédai-je d'un ton las. Jeff me l'a dit. J'ai voulu t'acheter, mais tu n'étais pas à vendre. Martha a dû jubiler de me l'avoir caché.

— Elle a essayé... elle m'a libérée juste avant les enchères. Elle brandissait des papiers d'affranchissement tout prêts. Je lui ai dit ce qu'elle pouvait en faire. » Le visage de ma mère s'assombrit. « Elle m'a traitée de catin. Elle a dit que vous n'étiez pas les enfants du Président. Que vous ne le seriez jamais.

— Alors, c'est Papa qui a demandé à Martha de le faire. Quel lâche !

— Ne parle pas ainsi des morts.

— Les morts ! Il a fait de moi une voleuse !

— Tais-toi. Il t'a toujours considérée comme libre, même ici. Vous tous, les enfants. C'était moi qu'il gardait.

— Et maintenant ? demandai-je.

— C'est moi qui reste. Je suis trop vieille pour suivre les garçons à l'Ouest. Ils devront attendre que je parte dans ma petite boîte en sapin. Monticello ne sera pas vendu. Martha a réussi à garder quelques hectares et la maison vide. Je suis finalement la maîtresse de Monticello. Elle nous laisse une cabane à la limite sud et un hectare.

— Tu trouves cela juste ?

— Juste ou pas, c'est ainsi. Tu ferais mieux de partir, Harriet. Martha est sur le sentier de la guerre avec Cornelia et Ellen. Le fait que ton père ait affranchi Eston et Madison revient à avoir reconnu leur paternité. Que toi tu te promènes ici comme une femme libre a le même sens. Si elles te trouvent à Richmond, elles te feront arrêter par pur dépit.

— Ne t'inquiète pas, je t'ai dit que je ne reviendrais plus jamais ici.

— Je sais. Mais je suis contente que tu sois venue une dernière fois. Pense à ce que tu éprouverais si ton père était mort avec ta malédiction.

— Tu ne m'as pas entendue le maudire.

— Non. Mais moi, je l'ai fait. »

Je regardai ma mère, stupéfaite.

« Je suis allée voir Maria Cosway quand j'étais en Italie, dis-je. Elle m'a donné ceci. »

Je sortis la miniature, et elle me montra sa copie exacte. Nous les regardâmes en silence. Rien ne semblait jamais la surprendre.

« Il est bon que Martha et toi, ses deux seules filles vivantes, ayez son portrait. Le troisième médaillon m'appartient. Nous ne saurons probablement jamais combien John Trumbull en a peint.

— Tu ne veux pas savoir ce que Maria Cosway est devenue ? »

Ma mère se tourna vers moi, les yeux changés en pur métal jaune.

« Qu'est-ce que Maria Cosway a à voir avec moi ? »

Les deux portraits tournaient lentement au bout de leurs chaînes comme des jumeaux. La lumière se réfléchissait sur le délicat filigrane des boîtiers.

Je savais que le père ne se détacherait pas plus de la fille que celle-ci de lui. Harriet croit que la mort de son père signifie qu'elle est débarrassée de lui et de son amour pour lui. Mais elle se trompe.

Vers quoi Harriet va-t-elle se tourner, divisée comme elle l'est ? Son maître Thomas Jefferson est mort. Est-il enterré comme un faux père, ou comme un vrai ? Toute sa vie, Harriet a dû l'affronter seule, sa volonté à elle contre son pouvoir à lui.

Pourquoi les filles sont-elles si rancunières ? Oh, Harriet est toujours sur le qui-vive : prudente, secrète, fière, depuis sa mésaventure avec Sykes. Elle a gardé ce ressentiment contre moi, Sally Hemings, contre son père, contre le monde depuis sa plus tendre enfance. Je crois sincèrement que ma fille a bu toute cette amertume, cette colère à mon sein. Elle a été conçue pendant cet été où Thomas Jefferson a été élu président des États-Unis. L'odeur de la peur, du pouvoir et des machinations a flotté au-dessus de sa tête de bébé. La peur, à cause de James T. Callender. Le pouvoir, parce que des hommes envieux comme John Hamilton briguaient la plus haute fonction du pays. Des machinations, à cause de la naïveté de mon maître et des ambitions de notre vieil ennemi, Aaron Burr. Et puis, Harriet est née à l'ombre de la mort. D'abord celle du valet de pied de son père depuis cinquante-sept ans, puis celle de Callender, son détracteur, ce qui au moins a eu le mérite de le faire taire. Et finalement le suicide de James.

Ses oreilles de nourrisson ont sûrement entendu mes hurlements lorsque Thomas Mann Randolph a annoncé que James s'était pendu à Philadelphie, et peut-être même les cris de joie de Meriwether Lewis quand il a dansé une gigue sur la pelouse en apprenant que Callender avait été réduit au silence pour toujours. Ou peut-être son petit visage s'est-il plissé en entendant mes brûlantes malédictions, quand mon fils aîné, Thomas, a été banni de Monticello pour tempérer les ragots qui avaient entouré sa naissance.

La vérité pousse d'une graine perdue depuis longtemps en Virginie.

C'est pourquoi, même si tout le monde sait qu'Harriet est une bâtarde, une esclave, qu'elle n'est blanche ni en réalité ni en rêve, et qu'il lui faudra user de fraude pour nier toutes ces évidences si elle doit jamais être libre, ce petit grain de vérité a disparu dans la voiture lilas. Toute une race de menteurs vit ici en Virginie, blancs, noirs et mulâtres, dont le seul sujet de conversation est la Vérité et la Beauté. Ce sont eux qui ont édifié la base la plus solide de notre mensonge : nous n'avons pas investi le monde des Blancs aussi profondément qu'ils nous ont investis.

> *Je soussignée, Sally Hemings de Monticello, femme de couleur, âgée de cinquante-trois ans, née sur la plantation de mon père John Wayles, Bermuda Hundred, en 1773, fille d'Elizabeth Hemings, gouvernante, épouse esclave et belle-sœur de Thomas Jefferson, mère d'Harriet Wayles la seconde, 1801 ; et de six autres enfants du Président : Thomas Jefferson, 1790 ; la première Harriet, 1796 (décédée) ; Beverly, 1798 ; Thenia, 1799 (décédée) ; Madison, 1805 ; et Eston, 1808 ; atteste par la présente la véritable expression de mon état d'esprit le jour de la vente aux enchères, le 15 janvier 1827.*
>
> SALLY HEMINGS.

19

> L'innocence des scènes qui m'entourent me permet d'apprendre à pratiquer l'innocence vis-à-vis de tous, de ne faire souffrir personne et d'aider autant d'êtres que je le peux.
>
> THOMAS JEFFERSON.

À l'arrêt de la diligence, dans Market Street, la chaussée était couverte d'une épaisse couche de neige. Je tenais fermement Thenia par la main, attendant que Petit et Charlotte viennent nous chercher. Je n'étais toujours pas libre. Le pouvoir de Thomas Jefferson sur moi perdurait, même après sa mort. Je continuais à vivre au bord d'un gouffre, confrontée au même monde de dangers où mon identité défiait mon père défunt en un combat singulier. Mais je n'avais plus peur. Ce que j'avais l'intention de faire, c'était par amour, et non contre l'amour. Ce n'était, pensai-je, pas plus méprisable que de retourner en esclavage. Comme pour se moquer de ma résolution courageuse, j'aperçus la magnifique dame de couleur voguer vers moi à travers la foule, son chapeau orné de roses pompons montant et descendant, comme porté par les vagues. Son rire narquois résonnait à travers le voile de blancheur qui enveloppait la place de briques rouges.

Je baissai les yeux sur Thenia, toujours muette. Elle n'avait pas ouvert la bouche depuis qu'elle avait été adjugée soixante-quinze dollars. Comment allais-je faire comprendre à ce petit être sauvé du passé que je me faisais passer pour Blanche ? Que j'avais une fausse identité, un faux nom, une fausse couleur ? Thenia me rendit mon regard ; ses grands yeux brun foncé, ses cheveux soigneusement tirés en arrière, son manteau neuf à minuscule col de dentelle et manches bouffantes lui faisaient comme une armure étincelante au soleil. J'étais décidée à la garder avec moi aussi longtemps que je le pourrais. Elle était mon ancre, mon fétiche, ma conscience, mon témoin. Elle était aussi mon tocsin dans la nuit, une menace permanente pour moi d'être trahie et dévoilée. Mais j'avais besoin d'elle.

« Tu ne dois plus jamais m'appeler Harriet. Ni tante. Je t'ai libérée. Tu n'appartiens plus à personne. »

Thenia secoua la tête de haut en bas en silence.

« Ni devant moi ni derrière mon dos... quelqu'un pourrait écouter. Même pas dans ton sommeil. Qui suis-je ? »

Thenia essaya de répondre. Je vis les muscles de son visage se contracter ; ses yeux s'agrandir davantage sous l'effort et se remplir de larmes. Mais aucun son ne sortit de sa bouche.

« Qui suis-je ? »

Elle avança les lèvres et fit la grimace. Ses joues étaient lisses et rondes comme des pommes.

« Ma-i. mademoiselle Pe..pe..tit. »

Elle respirait péniblement. Il existait une loi non écrite parmi les fugitifs qui interdisait aux parents à la peau plus foncée de trahir un membre de leur famille qui se faisait passer pour Blanc. Elle avait aussi peur que moi.

« C'est bien, ma Thenia, murmurai-je. Tu n'auras jamais besoin de dire autre chose aux Blancs, si tu n'en as pas envie. »

La dame de couleur nous croisa, méprisante, traînant après elle son rire musical.

Thenia et moi avions à peine commencé à défaire nos bagages que Mme Latouche frappa à notre porte pour annoncer que M. Wellington était en bas. La couleur qui monta à mes joues dut confirmer ce qu'elle avait déjà deviné : j'avais navigué des milliers de kilomètres pour le retrouver. Comme si on m'emmenait à la vente aux esclaves, je descendis l'escalier, Indépendance sur les talons. La porte du salon était ouverte, et le choc de revoir la silhouette familière de Thance me fit presque reculer. Il se retourna et, alors que je faisais quelques pas vers lui, il leva la main gauche comme pour arrêter une étrangère. Ses yeux étaient surpris, et il y avait quelque chose de différent en eux, à croire que le passage du temps avait redessiné ses traits, imperceptiblement.

«Non, Harriet», fit-il soudain, mais, avant qu'il puisse s'écarter, j'étais dans ses bras, ma bouche sur la sienne. Il était là. Il avait reçu ma lettre. Il m'avait pardonné. Un instant, ses lèvres me rendirent mon baiser, puis je fus saisie et presque soulevée du sol.

«Je ne suis pas Thance, Harriet. Je suis Thor... Theodore, le frère jumeau de Thance. Pardonnez-moi.»

Je reculai en chancelant. Le jumeau africain. «Oh, mon Dieu!» dis-je, le visage en feu.

Thor poursuivit en hâte d'une voix bredouillante: «Thance aurait voulu arriver à temps, mais il ne sera pas là avant le mois prochain. Ses... ses médecins lui ont interdit de voyager avant la fin de sa quarantaine. Il a donc dû attendre le départ du prochain vapeur du Cap.

— Sa quarantaine?

— Il a été malade. Quelques jours avant que je quitte la ville, il a attrapé une fièvre mystérieuse après avoir soigné les marins d'un négrier américain qui avait été remorqué dans le port par un patrouilleur britannique.

— Mais pourquoi lui? Il n'est pas médecin.

— Ils n'arrivaient pas à identifier cette fièvre, qui n'était ni la malaria ni aucune de celles qu'on rencontre couramment en Afrique. Alors ils m'ont fait venir.

— Vous?

— Oui. Je suis spécialiste de médecine tropicale.

— Pour un négrier?»

La guerre, pensai-je, continuait entre les marchands d'esclaves et les patrouilles britanniques.

« Tout le navire a été décimé. Une douzaine de marins ont survécu, pas plus.

— Et les esclaves ?

— Le chargement ?

— Oui, le chargement.

— Une centaine de Noirs ont été sauvés sur plus de quatre cents. Nous ne les avons pas vus. Ils avaient été émancipés sur-le-champ et transférés sur un schooner britannique en route pour les Antilles.

— Et Thance a attrapé leur fièvre ?

— Oui. Je m'en veux de l'avoir emmené avec moi.

— Non. C'est ma faute. Si j'avais été là...

— Harriet, cela n'aurait rien changé. Nous serions partis de toute façon. C'est notre métier. J'ai rapporté des milliers de spécimens de plantes médicinales africaines et autres remèdes. Nous les cataloguions. Rien ne nous aurait arrêtés. » Il se tut un instant. « Harriet ? »

J'observai ce parfait étranger qui était le double de l'objet de mes désirs. Quelque chose de plus dur, de plus résistant se lisait sur ses traits identiques, ainsi que dans ses yeux.

« Vous ne voulez pas entendre le message que je dois vous transmettre ?

— Je crois que vous me l'avez déjà livré. »

Il sourit du sourire de Thance et fronça ses sourcils bruns qui dessinaient deux courbes en S comme les ouïes d'un violon. « Il vous aime toujours. Il n'a jamais cessé de vous aimer, et il n'aimera jamais personne d'autre. Il veut vous retrouver, quelles que soient vos conditions. C'est ce qu'il vous dit dans la lettre qu'il vous a écrite après avoir reçu la vôtre en novembre. La voici. »

Il me tendit une épaisse enveloppe. Je reconnus la grande écriture.

« Savez-vous pourquoi je suis partie pour l'Europe ? demandai-je.

— Non...

— Parce que je ne suis pas ce que je parais, monsieur Wellington, et ne le serai jamais.

— Et pourquoi êtes-vous revenue, mademoiselle Petit ?

— Parce que j'ai appris en Europe que la plupart des gens ne sont pas ce qu'ils paraissent.

— Il n'a que faire de votre... secret, quel qu'il soit.

— Et il ne veut pas le connaître ?

— Non.

— Et vous, demandai-je avec autant de cruauté que je le pouvais, voulez-vous l'entendre ? Je suis prête à vous le dire.

— Confiez-le-moi si vous le devez. Mais je jure devant Dieu que je n'en soufflerai mot à personne, pas même à mon frère. Vous avez fait de lui un homme heureux. Je refuse de le rendre malheureux. Mais vous avez dit vous-même que personne n'est ce qu'il paraît. Vous avez cru que j'étais Thance, mais ce n'est pas vrai. Oh, si je pouvais..., murmura-t-il tout bas.

— Vous êtes fait du même bois que lui. Et j'aimerais vous faire confiance. »

Thor Wellington prit une profonde inspiration, comme s'il allait recevoir un coup, tandis que je me tenais au-dessus du gouffre, penchée comme ma mère l'était dans le vent qui agitait les fleurs de tabac. Derrière la porte se tenait Thenia, qui pourrait prouver tout ce que je dirais. J'ouvris la bouche, mais rien ne vint. Je restai silencieuse. *Je suis la fille naturelle du troisième président des États-Unis, Thomas Jefferson, que j'ai maudit alors qu'il gisait mourant le 4 juillet 1826. Je l'aime et je le hais et je l'ai oublié.*

Était-ce juste envers Thor, un parfait inconnu, de lui révéler mon secret le plus intime ? Serait-ce plus facile que de le confesser à Thance ? Puis je me souvins de mon expérience avec Lorenzo. Pourquoi ne pas attendre un mois de plus ? J'avais déjà attendu tant de temps. J'avais attendu toute ma vie.

MBABANE (SANS DATE),

Ma chère Harriet,

Impossible de dormir. Comment commencer la lettre la plus importante de ma vie ? En remerciant

Dieu que ce soit la dernière avant que nous soyons réunis, pour ne plus jamais être séparés que par la mort.

Ce matin, j'ai le cœur et l'esprit si légers que je me sens comme ahuri de bonheur. Tout ce que je vois me ravit. Je devine l'état des cieux avant de le voir : une admirable sérénité d'azur. Une lune presque pleine règne encore dans le ciel, pâlissant avec l'aube. L'air est d'une incomparable douceur, enivrante, caressante, légère...

Je veux être bon et sage. Je maudis la convalescence qui m'empêche de voler vers vous.

Thor, qui prendra la mer dans deux semaines, vous remettra cette lettre, que j'embrasse avec toute la ferveur d'une âme et d'un cœur ressuscités. Je lis et relis la vôtre. Je la plie et la déplie. Je la lisse. Je la porte à la lumière, peut-être dans l'espoir d'y déchiffrer encore une preuve d'amour. Je la place sur mon cœur, sachant que vous l'avez touchée, peut-être même pressée contre vos lèvres. Les mots que je tiens dans la main ne sentent rien. Comme je suis content que vous n'ayez pas coquettement essayé de les parfumer comme un banal billet doux, car c'est une lettre non seulement d'amour, mais aussi de guerre, de paix, une menace, une promesse, un cri, un traité, un poème. En outre, aucune senteur européenne ne pourrait rivaliser avec le parfum de l'Afrique. Toutes paraîtraient fades et artificielles dans cette nature luxuriante où, en un instant, l'on contemple assez de beauté pour combler une vie entière ; où les ailes d'un papillon peuvent vous éblouir pendant des heures ; où la faune grandit à mesure que vous respirez, se métamorphosant d'instant en instant avec la lumière, la température, l'humidité de l'air, comme par magie. En fait, la vie africaine — végétale, animale ou humaine — répond aux forces ensorcelantes de la nature comme à celles d'un amant : pas de façon condescendante ou à moitié, mais sans réserve, généreusement.

Comme le temps passe ! Pendant ces mois terribles, il me paraissait immobile, la nuit n'en finissait pas et me trouvait éveillé avant l'aube. Même l'épuisement ne me garantissait ni répit ni sommeil. Puis Thor m'a remis votre lettre et mon mal de tête m'a quitté, ma vue s'est éclaircie, ma gorge brûlante a guéri. Je me suis levé, les jambes tremblantes, et j'ai rugi. Thor s'est précipité, alarmé, et m'a trouvé pleurant de joie, et enfin debout. Nous avons alors marché jusqu'au bout du campement et pris une route qui grimpe vers les collines jusqu'à une corniche dominant une grande forêt vieille d'un million d'années, aussi dense que du granit. Les derniers rayons du soleil éclairaient le sommet des arbres. D'abord un grand silence ; puis, comme les ombres s'allongeaient, la forêt s'est emplie de bruits étranges, de cris de luttes et de chants d'oiseaux, du bruissement du feuillage qui annonce je ne sais quel animal ou quel murmure de Dieu. Une troupe de singes jacassait tout près, mais nous ne parvenions pas à les voir. Le papillon que j'ai capturé, zébré, au ventre bleu bordé de jaune, je l'ai glissé dans cette lettre.

Le lendemain, tout le long de la route, un mélange de tribus, des hommes et des femmes, se hâtent vers la ville, portant sur la tête le produit de la terre de villages lointains — des patates douces, du manioc, etc. — dans de grands paniers recouverts de feuilles de palmier. Quand nous passons, ils posent tous leur fardeau et nous font le salut militaire, et ensuite, avant que nous ayons pu le leur rendre, ils éclatent d'un rire sonore. Nous devons être hilarants. Le sujet de plaisanterie, c'est nous.

À une quinzaine de mètres de l'endroit où j'écris, le grand rideau vaporeux des chutes, argenté par la clarté de la lune qui ici paraît plus grosse que chez nous, tranche sur le vert de la savane. En fait ce sont deux cascades jumelles, séparées par une île verdoyante. Au lever du soleil, elles sont lustrées par une large coulée de lumière, de sorte qu'on ne peut les voir toutes les deux en même temps, et l'on est stupéfait de constater que ce que l'on admire dans sa majesté ne représente en fait que la moitié des eaux du *fleuve*.

L'Afrique est un curieux continent où la chaleur transperce le corps et le transforme en poussière, la poussière dont nous sommes tous faits.

Assez — je ne peux plus écrire. Ma main tremble

encore, pas de faiblesse, mais d'amour. Je joins à celle-ci les lettres que je vous ai écrites mais jamais envoyées ; elles n'avaient d'autre destination que ma tombe. Il y en a cent, je crois. Vous lirez les événements quotidiens de notre expédition par ordre chronologique, et vous verrez combien de fois j'ai pensé à vous.

Le petit paquet contient des pierres que j'aimerais que vous fassiez monter en collier par un grand joaillier de New York ou de Philadelphie. Ici, le travail n'est pas de première qualité. Mère pourra vous aider. C'est un cadeau de mariage de

votre Thance, qui nage dans la félicité.

« Tu ne peux pas briser le cœur d'un homme comme tu l'as fait et puis revenir un an plus tard ramasser les morceaux. Pour qui te prends-tu ? Et Thance, pour quoi le prends-tu ? »

Les yeux sévères de Charlotte, mon unitarienne, étaient des lacs de reproche.

« Charlotte, comment sais-tu ce que j'ai décidé ?

— Ce que tu as décidé ! Il a fallu toutes nos forces réunies pour le faire monter sur ce bateau à destination du Cap... pour lui sauver la vie. » Un instant, je crus que Charlotte était amoureuse de Thance. Mon cœur bondit. Mais non. Si Charlotte avait voulu Thance, elle ne l'aurait jamais laissé partir pour l'Afrique. Je restai silencieuse. Chaque parole accusatrice de ma Charlotte adorée était comme un baume sur la profonde blessure que je portais à présent, car elle m'aidait à m'endurcir le cœur.

« L'ennui avec toi, Harriet, c'est que tu es si préoccupée de tes problèmes insignifiants que tu ne sembles pas te rendre compte que tu fais souffrir les autres.

— Thance était malade et tu ne m'as même pas écrit, protestai-je.

— Mais si, je t'ai écrit — à Paris ! s'écria Charlotte. Mes lettres m'ont été retournées avec la mention “inconnue à l'adresse indiquée”. C'était en juillet.

— Mais j'étais... » Je me tus.

« Oui, Harriet, où étais-tu ?

— J'étais... » *Le reste de la propriété de Thomas Jefferson*... Je plaidais pour ma vie.

« Il aurait pu mourir... et je ne l'aurais pas su, dis-je à voix haute.

— Peut-être est-il mort, et Thor a pris sa place, dit Charlotte amèrement. Tu n'aurais pas vu la différence. »

À ce moment-là, je me demandai si Charlotte était amoureuse de Thor.

« Comment peux-tu te montrer soudain si dure ?

— Parce que tu as toujours été cruelle avec ceux qui t'aiment. Plus ils t'aiment, plus tu es cruelle. » Elle fondit en larmes et murmura entre deux sanglots : « Où étais-tu, Harriet ? Que caches-tu ? D'où vient Thenia en réalité ? »

J'observai Charlotte. Ma Charlotte. Son ignorance était le prix que je devais payer pour l'amitié qui m'était la plus précieuse.

Deux hommes descendaient la passerelle du *Galleon*. Ils portaient des costumes blancs de planteur, des chemises bleu indigo et de grands panamas, mais l'un était blanc et l'autre noir. Thance revenait chez lui moins de huit semaines après ma rencontre avec son frère jumeau. Des semaines au cours desquelles j'avais lu et relu les lettres qu'il m'avait écrites d'Afrique, et répondu à toutes, une par une. L'Afrique que Thance me décrivait me fascinait beaucoup plus que la carte que Lorenzo avait dessinée sur le *Montezuma*.

L'homme à la peau sombre était beau, avec un large visage carré, des yeux intelligents et de profondes fossettes à chaque joue, accentuées par ce qui était, je l'appris plus tard, des marques tribales gravées dans la peau. Les deux hommes étaient engagés dans une vive conversation lorsqu'ils mirent le pied sur le quai. Thance s'appuyait sur le bras de son compagnon, et son costume flottait sur lui ; il n'avait pas encore repris son poids. Ils étaient trop loin pour que j'entende la conversation qui les absorbait tant, mais ils se tournèrent en même temps quand Thor courut vers eux à travers le quai encombré.

« Thance ! criait-il. Abraham ! »

Tous les trois s'embrassèrent, ce qui me rendit un peu jalouse, même si je savais que c'était injuste. Bientôt Thance laisserait les autres. Bientôt je regarderais dans ses yeux et trouverais enfin le repos. L'odyssée était finie.

Soudain Thance planta là son frère et l'autre homme et courut sur les pavés. Il sentait le sel, l'amour et l'Afrique. Il paraissait si jeune.

Il ne m'embrassa pas. Il ne me baisa même pas la main. Nous étions beaucoup trop intimidés, gênés par tous les inconnus qui pouvaient nous voir depuis le pont du *Galleon*, les quais, les voitures rangées un peu partout sur le port.

« Laissez-moi vous regarder, dit-il doucement. Vous êtes plus belle, changée, mais plus belle. Vous portez le collier.

— Votre mère m'a aidée. MM. Bailly, Banks et Biddle ont travaillé nuit et jour pour le terminer à temps, dis-je timidement. Elle vous attend chez vous. »

J'avais eu de la chance de m'en être tirée si aisément avec Mme Wellington. Mais le fait que Thance eût de peu échappé à la mort en Afrique l'avait convaincue de renoncer à son vœu de ne plus m'admettre dans la famille.

« Je suis si heureux, Harriet.

— Moi aussi. »

Il s'écarta de moi, puis se tourna vers Thor et l'homme souriant qui s'étaient approchés de nous.

« Voici Abraham Bos'th, c'est lui qui m'a soigné. C'est un grand apothicaire et un homéopathe que je vais présenter aux sommités de la pharmacie à Philadelphie. Il travaillera dans notre nouveau laboratoire. Il vient de la tribu des Ndebeles. »

Je tendis le bras, mais Abraham Bos'th s'inclina au lieu de me serrer la main.

« Les hommes ndebeles ne touchent jamais les femmes blanches, sauf si elles sont malades », expliqua Thance.

Je rougis et me détournai pour cacher mon embarras. J'espérais que je plaisais à M. Bos'th (dont le nom serait bientôt américanisé en Boss), car moi je l'admirai sur-le-champ. Malgré ma campagne londonienne, je n'avais jamais rencontré d'Africains.

Indépendance faisait la fête à Thance et remuait la queue ; soudain elle repéra un chat et bondit à ses trousses, renversant quelques paniers de légumes en chemin.

« Indépendance ! cria Thance en riant. Reviens ici ! » Mais, à la poursuite de sa proie, elle avait déjà sauté du quai dans une barge amarrée tout près de nous.

« Je n'ai jamais vu ce genre de chien, dit Bos'th.

— C'est une pure dalmatienne, une race qui vient de Croatie, sur l'Adriatique. Normalement, on les élève pour la chasse, mais je ne l'ai jamais laissée pratiquer ce sport, alors elle satisfait ses instincts en courant après les rats de ville ou des champs... ou les chats. Elle s'appelle Indépendance. »

Il sourit. « Un très beau nom. Un nom noble, Indépendance. »

Il était grave et réservé, mais un petit sourire jouait sur ses lèvres.

« Je suis très heureux d'être ici pour votre mariage, madame.

— Harriet, dis-je. Harriet Petit. Est-ce la première fois que vous traversez l'Atlantique ? demandai-je, puis je me tus, soudain gênée devant un Noir venu en Amérique de son plein gré.

— Oui, j'avais déjà navigué le long de la côte ouest de l'Afrique jusqu'à Freetown. Mais bien sûr, ce n'est pas la même chose que de traverser l'Océan.

— Et comment avez-vous appris à parler si bien l'anglais ? »

Il leva les sourcils d'un air amusé, et les cicatrices tribales sur ses tempes s'arrondirent autour de ses yeux, lui donnant l'air d'un raton laveur.

« À l'école de la mission du Cap, dit-il. On m'y a donné mon prénom anglais, mais j'ai aussi un prénom africain, qui signifie "l'élu" ou "l'énigme" dans votre langue. » Abraham jeta un coup d'œil sur notre petit groupe et s'attarda un instant sur Thenia qui, la main sur la bouche, le regardait, fascinée.

Je parcourus des yeux les quais, une foule de gens vaquaient à leurs affaires, ne me demandant rien et n'attendant pas de réponses de moi. Indifférents. Interchangeables. Quelle cruauté d'infliger à Thance le secret que mon père avait si diligemment caché pendant quarante ans ! Comme si ma rencontre avec Thor avait désarmé la bombe à retardement de mon identité, je décidai d'y penser plus tard, lorsque je serais plus calme. Après tout, j'avais toute la vie devant moi.

20

Elle paraissait contente.

THOMAS JEFFERSON.

Je me demandais si ma mère aurait apprécié l'ironie de voir mon chevalier blanc en armure étincelante revenu d'une plongée dans le soleil africain. Mais ma mère n'était pas là.

Thenia fut le seul membre de ma famille à assister à mon mariage. Elle était là, avec son visage en forme de cœur, son front noble et ses grands yeux, comme une motte de la terre brune de Monticello. Elle remplaçait père et mère, sœurs, frères, tantes et cousins. Elle était tout ce que j'avais. Mon lien avec la vérité.

Comme je m'avançais vers l'autel au bras de Petit, toute vêtue de blanc, je pensais que la vie, qui jusque-là m'avait apporté tant d'incertitudes, n'était qu'une longue série de contrats, de cérémonies, de polices d'assurance, de billets à ordre et de paroles toutes faites par lesquels l'humanité se distrayait afin de ne pas commettre de meurtres. Chacun éprouvait la même terreur de l'inconnu. L'église, dont les vitraux donnaient sur la plus grande ville d'Amérique, se refermait sur moi. Au-delà se trouvaient la vaste étendue de l'Atlantique et, plus loin encore, l'Ancien Monde, où tout avait été inventé, y compris l'esclavage. Et un fait tout simple s'imposa à mon esprit comme une vision, de celles qui peuvent frapper les explorateurs quand ils posent le pied sur un nouveau continent : les habitants n'étaient pas convulsés de haine, mais paralysés par la peur. Au lieu de les effrayer encore plus, je devais seulement leur apprendre à me connaître telle que j'étais réellement, ce qui n'était pas différent de ce que je voulais être ni de ce qu'ils attendaient de moi. Cette assemblée non plus n'était ni meilleure ni pire que ce que je ferais d'elle dans mon cœur. Après tout, ce n'étaient que des Blancs.

Mon interminable traîne glissa derrière moi tout au long de l'allée centrale. Elle était fixée à une robe de dentelle irlandaise bordée de roses de soie et de nœuds de satin. Dans une poche profonde, j'avais glissé le poignard familier de ma jeunesse. L'air était chargé d'un mélange d'odeurs : celles d'innombrables fleurs, la transpiration des hommes vêtus de coûteuses redingotes, et le parfum des dames qui me regardaient entrer sereinement dans leur monde.

Par ironie ou par sentimentalité, Petit avait organisé la réception à l'hôtel où j'avais pris avec lui mon premier repas de femme blanche. Thance et moi y passerions notre première nuit de mari et femme avant de partir en voyage de noces à Saratoga Springs. J'étudiais chaque visage, et je ne voyais que l'affection et les bons sentiments que suscite inévitablement l'échange de vœux matrimoniaux. L'accent rude de Philadelphie de ma belle-famille me paraissait si peu musical que je me promis de conserver mes intonations du Sud. Au moins en cela, je resterais virginienne. C'était la seule chose de mon passé que je souhaitasse garder. Je m'étais mariée à l'église comme je me l'étais promis, devant Dieu et la société. Je m'étais mariée par amour. J'avais choisi mon mari et j'étais restée vierge pour lui.

Tandis que l'orchestre en habit déversait dans la salle de bal aux lustres de cristal les dernières valses à la mode, plusieurs musiciens du Conservatoire se joignirent à lui. Il y eut des chansons, on porta des toasts, et finalement le bon révérend Crocket entonna une prière : « Puisse ce jeune et beau couple profiter des fruits de l'amour et de la foi, de la moralité et de la charité chrétiennes, maintenant et à jamais ! » À ma requête, il pria aussi pour que le fléau de l'esclavage soit rayé des annales de la nation par l'abolition.

Ce fut Thor qui posa doucement sur mes genoux l'annonce de notre mariage dans le journal.

Le samedi 1er mars 1827, Mlle Harriet Petit, du comté d'Albermarle en Virginie, a épousé M. William John Thadius Wellington, né dans cette ville, à l'église de la Congrégation unitarienne de St. Paul, Washington Square, à onze heures du matin, en présence d'amis et de membres de la famille de la mère du marié, l'éminente Mme Nathan Wellington, née Rachel Lysses du Graft, de Scranton, membre du conseil de la paroisse de l'église St. Paul et de l'Académie de Philadelphie. Les demoiselles d'honneur étaient Mlle Charlotte Waverly, de Waverly Place, et Mlle Lividia Wellington, la belle-sœur de la mariée.

Mlle Petit appartient à l'orchestre du conservatoire de Philadelphie, elle est diplômée de l'Institution pour jeunes filles de Bryn Mawr et membre du groupe auxiliaire féminin de la Société de Philadelphie contre l'esclavage. Le marié est le fils du regretté savant et pharmacien Nathan Wellington, et il est diplômé de l'École de pharmacie de Pennsylvanie. Le jeune couple passera sa lune de miel à Saratoga Springs, après quoi il résidera 120, Church Street à Philadelphie.

Imprimé au dos du faire-part de mon mariage je lus l'avis suivant :

Vingt dollars de récompense ! Une jeune négresse appelée Molly s'est enfuie de mon domaine, le 14 de ce mois. Âgée de seize ou dix-sept ans, elle est mince, récemment marquée sur la joue gauche de la lettre F ; du même côté, un morceau d'oreille lui a été arraché ; la lettre F est également marquée à l'intérieur de chacune de ses jambes.

ABNER ROSE, FAIRFIELD DISTRICT, CAROLINE DU SUD.

Cet avis me suivrait toute ma vie comme l'ombre de mon mariage. Chaque fois que je prendrais la coupure, l'autre me paraîtrait sa jumelle.

En cadeau de mariage, l'État de Pennsylvanie m'offrit une nouvelle loi appelée la Loi sur la liberté personnelle : l'enlèvement d'un esclave fugitif devenait un forfait. J'aurais dû me sentir en sécurité, mais le mariage entre les races était toujours considéré comme un crime en Pennsylvanie. William John Thadius Wellington était donc un criminel comme mon père avant lui, passible d'amende et d'emprisonnement. Et moi-même, je pouvais être condamnée à payer une amende, jetée en prison, fouettée, et voir mes enfants vendus comme esclaves pour l'avoir accepté comme époux.

Lorsque je vis mon mari debout dans notre chambre, entouré d'un halo blanc par la lumière du gaz, il ne m'apparut pas comme un homme, mais comme l'incarnation d'une importante phase de ma vie qui avait pris fin. Tout mon être semblait transformé, transcendé par l'amour. Une force, une puissance exquise et terrifiante, prenait possession de moi. Attirée dans cette flamme, qui me niait et m'exaltait en même temps, je répudiai entièrement mon existence passée. Le visage innocent de mon mari au-dessus du mien était aussi pur que celui d'un prêtre. Ses yeux exprimaient une telle volonté que je me touchai le front pour savoir si j'étais toujours vivante.

Thance embrassa mon visage lentement, tendrement, avec une sorte de bonheur enfantin, me surprenant de doux baisers aveugles qui étaient comme d'étranges papillons se posant sur mon âme et mon secret. Je me sentis mal à l'aise pour la première fois depuis mon mariage, et je m'écartai un instant. La honte, peut-être. Puis, pour montrer que j'étais une épouse heureuse et consentante, je le serrai très fort contre moi. Je ne lui avais rien dit. Je ne lui dirais jamais rien. Pourtant, au centre de la flamme qu'il avait allumée subsistait l'angoisse que j'avais créée en me taisant.

Il souleva lentement ma chemise et déposa un vol de baisers sur mon corps. J'entendis une plainte lointaine lorsqu'il me prit. Quand Thance se retira, il me souleva dans ses bras vigoureux. Ma chemise blanche portait la petite marque de triomphe. Je fermai les yeux tandis que des larmes de bonheur chassaient mes pensées. J'étais ancrée dans son monde, un monde de lumière, de joie et de bonheur. À l'extérieur ne régnaient que la tristesse, la peur et le vide.

Mes rêveries sombrèrent dans l'inconscience. Puis elles se ranimèrent. Elles disparurent de nouveau et revinrent comme des fantômes, chaque fois plus faibles. La dame de couleur au chapeau orné de roses entrait et sortait de mon champ de vision. Son rire cristallin et moqueur résonnait à mes oreilles. Puis l'image se transforma en un mimosa, et je fus de retour à Monticello, dans le petit potager derrière la cabane de ma grand-mère. Ma mère me tenait la main. Fragile et délicat, comme un nuage, le mimosa se dressait sur son tronc pâle et étendait ses longs bras réguliers. Ma mère me le montrait. Parmi les feuilles tremblantes, les touffes de fleurs duveteuses frissonnaient comme si des milliers d'oiseaux tropicaux étaient perchés dans l'arbre. Il semblait éclairer le jardin, la cabane de ma grand-mère et tout Mulberry Row. Son puissant parfum envahissait l'air. Ma mère (ou était-ce ma grand-mère ?) me le montra de nouveau, et la senteur ondula comme un serpent.

Le temps était venu, pensai-je, de renoncer à mon âme et de ne plus résister. Mon corps s'était livré, pourquoi pas mon esprit ? Mais je compris alors que l'amour était une autre sorte de commandement : la voix d'un nouveau maître.

Mon mari ne comprit jamais comment une véritable vierge pouvait en savoir si long sur les façons de plaire à un homme, ou d'utiliser son corps de manière si convaincante sous les impératifs de l'amour conjugal. Mais l'amour conjugal était ce dont j'avais rêvé, ce pour quoi j'avais vécu et lutté depuis l'âge de sept ans. Peut-être était-ce parce que j'avais appris si jeune que mon corps ne m'appartenait pas que je pouvais maintenant l'offrir si librement et généreusement. De la sagesse avait poussé au bout de mes doigts, et je savais à présent avec quelle douceur ou quelle violence je devais toucher ou tenir, embrasser ou presser la chair de Thance. C'était contraire à la raison scientifique que je puisse deviner ce qu'il aimerait, et me montrer si experte et si désireuse de recevoir. Et c'était également contraire à la raison que deux personnes qui se connaissaient à peine, avec des caractères et une éducation si différents, se trouvent soudain engagées à vivre ensemble pour toujours, à dormir dans le même lit, à accomplir le plus intime des actes, et à partager deux destinées qui peut-être un jour prendraient des directions divergentes.

1836

Des nouvelles de Virginie

Le départ pour l'Ouest d'Eston
et de Madison

Une poursuite dans les rues
de Philadelphie

Les derniers Monticelliens

Thenia

Le passeur

Choléra et négrophobie

L'accident

L'amour d'un jumeau

Une double image

21

> Qu'un changement dans la situation où un homme se trouve doive changer ses idées du bien et du mal n'est ni nouveau, ni particulier à la race noire. Homère nous dit qu'il en était ainsi il y a 2 600 ans. Mais les esclaves dont Homère parlait étaient blancs.
>
> THOMAS JEFFERSON.

Neuf ans plus tard, j'étais mère de six enfants. Il y avait mes nouveau-nés aux cheveux dorés, William John Madison et William John James, dont le poids dans mes bras était si apaisant ; Jane Elizabeth, trois ans ; Beverly, cinq ; Ellen Wayles, sept ; et Sinclair, mon aîné, presque neuf ans. Je n'en avais perdu aucun. Mes couches avaient été faciles, même pour les jumeaux, et mes enfants ne souffraient d'aucune tare, d'aucun handicap. Tous ignoraient qu'ayant hérité de la condition de leur mère, ils étaient, au regard de la loi, des esclaves.

Dans la société, j'étais la jeune Mme Wellington, une bourgeoise de Philadelphie, mère de six enfants, abolitionniste et musicienne. Je devais en grande partie ma réussite à ma belle-mère, qui s'était écartée pour me permettre d'avoir mon propre cercle, et à Charlotte Waverly Nevell de Nevelltown, toujours ma meilleure amie. Mon rôle me convenait à merveille, ma famille était fortunée, et mes enfants m'adoraient. Je me considérais comme une femme heureuse. En 1836, deux événements marquèrent un tournant dans ma double vie. L'un, triste coup de la hache inexorable du temps; l'autre, si inattendu et si incroyable qu'aujourd'hui encore je me demande si je ne l'ai pas rêvé.

Nous avions déménagé de notre maison dans Church Street pour nous installer dans une grande demeure à l'ouest de la ville. La Compagnie pharmaceutique Wellington était établie à l'angle de Front Street et d'Arch Street. Thance avait son laboratoire près de la fabrique où les nouveaux médicaments qu'il mettait au point avec Thor étaient manufacturés. Les brevets avaient enrichi ma belle-mère et la Compagnie, et Thor revenait régulièrement de ses expéditions africaines avec de nouvelles plantes et de nouvelles formules.

J'avais continué d'œuvrer pour l'abolition de l'esclavage, et Thance n'avait jamais émis la moindre objection contre les activités illégales du Chemin de Fer souterrain. Au cours de notre voyage de noces, nous avions fait une rencontre capitale, celle d'Emily et Gustav Gluck, un couple allemand. Ils allaient rester nos amis et occuper une place importante dans notre vie. Emily avait commencé par me demander si ma femme de chambre était esclave ou libre, car elle avait reconnu à mon accent que j'étais virginienne. « Oh, madame Wellington, avait-elle dit, ne vous offensez pas, je vous prie. Je veux seulement vous parler du rôle héroïque que la femme du Sud se doit de jouer dans cette lutte immense pour sauver l'âme des États-Unis. »

Bouleversée, j'étais restée sans voix. Voilà qu'une Blanche m'invitait à me pencher sur les horreurs de l'esclavage. Au lieu d'être une marchande d'esclaves potentielle, cette femme devenait à mes yeux une glorieuse Jeanne d'Arc, prête à mener les Blanches et leurs esclaves vers la liberté et la reconnaissance mutuelle. Abasourdie, j'écoutais Mme Gluck plaider la cause de l'émancipation immédiate des Noirs du Sud, la voix tremblante de conviction, les yeux brillants d'indignation.

« Nous devons dénoncer non seulement ceux qui

sont coupables d'actes patents d'oppression, mais aussi ceux qui s'en rendent complices par leur passivité. Je suis franchement honteuse d'avoir laissé passer tant de temps sans avoir rien fait pour alléger le joug de la servitude la plus dégradante, la plus douloureuse qui ait jamais écrasé l'espèce humaine. »

J'avais rougi. J'étais libre depuis près de quatorze ans. Pourtant, tous mes efforts avaient tendu à assurer ma propre sécurité et mon propre confort, à alléger les inquiétudes que m'inspiraient mon crime — le métissage —, la culpabilité de mon père et la confiance de mon mari. J'avais franchi la Ligne des couleurs pour échapper au sort de l'esclavage et laissé tous ceux que j'aimais en subir les conséquences de l'autre côté, sans trop y réfléchir. C'était ma conscience qui me parlait à travers cette femme, assise comme moi devant la nappe blanche amidonnée, dans une élégante ville d'eaux des collines au pied des Adirondacks, par un pâle matin de septembre. J'appris que les Gluck étaient membres d'un groupe pacifiste allemand, les Druides, très proches des quakers de Pennsylvanie. Ils abhorraient la violence perpétrée contre les hommes ou la nature, les armes de destruction comme les fusils et les canons, et la lutte armée pour quelque cause que ce soit. Ils condamnaient la religion institutionnalisée, génératrice à leurs yeux de plus de violence que n'importe quelle autre institution, et croyaient que seules les sciences naturelles, et non la philosophie, assureraient le salut du monde. Les Gluck, d'une certaine manière, me sauvèrent. Car ce furent eux qui m'entraînèrent sur le chemin de l'abolitionnisme actif. Si Dorcas Willowpole m'y avait préparée intellectuellement, c'est Emily Gluck qui allait me pousser à agir.

Grâce à elle, je m'engageai davantage dans le mouvement abolitionniste à mesure qu'il se développait et devenait mondial, combattant la gangrène de l'esclavage américain qui rongeait un Nord prospère, un Sud intransigeant et un Ouest en pleine expansion. Après la rébellion de Nat Turner en 1831, quand des centaines d'esclaves pourchassés durent fuir la

Virginie, Emily et Gustav établirent une étape du Chemin de Fer souterrain dans leur propriété agricole de Pottstown. Le poste était signalé par une lampe à huile allumée que tenait à la main un valet noir en bois peint, placé à l'extérieur de leur grange. Sous leur maison, dans la cave, un tunnel relié à cette grange menait à la Schuylkill. De là, les esclaves s'échappaient par les cours d'eau et les canaux vers le nord-ouest et le Canada, aidés par certains capitaines de péniches et de vapeurs qui parcouraient les voies navigables entre Philadelphie et le canal de l'Érié.

Par une belle journée de septembre, deux esclaves affranchis se présentèrent au Comité philadelphien pour la protection des esclaves fugitifs et affranchis, que présidait Emily. Le Comité avait ouvert un bureau près de la pharmacie de Thance, et j'y travaillais comme bénévole deux fois par semaine. Le couple s'appelait Marks. Mais, quand je levai les yeux, je rencontrai ceux d'Eugenia, que je n'avais pas vue depuis quatorze ans. Eugenia, née à Monticello en 1801, la même année que moi, était une ancienne esclave de Thomas Jefferson.

Curieusement, je ne m'affolai pas ; j'attendis calmement qu'elle me reconnaisse. Elle ne pouvait pas ne pas me reconnaître ! Elle avait le même âge que moi. Pourtant, elle resta impassible. J'étais blanche, alors qu'elle et son mari étaient des esclaves affranchis qui risquaient d'être repris. Peter Marks, né à Charlottesville en 1793, avait été l'esclave de James Monroe, l'ami de mon père et le cinquième président des États-Unis. Il avait été émancipé en 1831 par la fille de Monroe, selon le vœu exprimé sur son lit de mort par son père. Peter Marks était alors entré au service d'un officier, le capitaine Alfred Mordecai. Celui-ci avait acheté Eugenia à ma cousine Cornelia en 1833 pour la somme de deux cent cinquante dollars. Sous le toit du capitaine, Peter et Eugenia étaient tombés amoureux et s'étaient mariés. L'officier avait officiellement libéré Eugenia, mais il était obsédé par l'idée qu'à sa mort, ou lorsqu'il serait appelé en service actif, Peter ou elle pourraient être attrapés par des chasseurs de primes et remis en esclavage.

« La fille de M. Monroe n'a jamais demandé au Parlement de Virginie de m'accorder la permission de demeurer dans l'État, comme la fille de M. Jefferson l'a fait pour les Hemings. Et le capitaine ne l'a pas fait non plus quand il m'a libéré, dit Peter Marks. La loi ne permet pas aux affranchis de rester en Virginie plus d'un an. Voilà pourquoi nous sommes partis. On raconte que c'est ce qui a tué l'esclave la plus célèbre de Virginie, Sally Hemings — on aurait essayé de la chasser du comté d'Albermarle avec ses deux fils. Mais ce n'est pas vrai. Elle est morte d'une crise cardiaque quand elle a appris que Monticello, où elle vivait toujours, avait été vendu à un pharmacien de Charlottesville, et qu'il avait coupé tous les grands arbres de Thomas Jefferson.

— Elle est morte ? »

Pour eux, ce n'est qu'une histoire d'esclave comme tant d'autres, pensai-je, mais la pièce tournait autour de moi.

« Et quand cela est-il arrivé, monsieur Marks ?

— Y a une quinzaine de jours, dit Eugenia Jefferson, ouvrant la bouche pour la première fois.

— Elle est tombée morte sur la pelouse de Monticello, quand les nouveaux propriétaires ont coupé tous les arbres. C'est un agent du recensement, Nathan Langdon, qui l'a trouvée. On aurait cru que c'était sa mère, tellement il se lamentait. J'espère que ces commerçants qui ont la grande maison ne vont pas aussi retourner notre cimetière.

— On est ici depuis samedi. C'est arrivé jeudi dernier. On n'a pas traîné à Charlottesville. Ça m'a paru un signe — vu que je suis née à Monticello, pareil que les Hemings... »

Pour eux, ce n'est rien qu'une histoire d'esclave, me répétais-je. *Je n'avais pas de mère. J'étais orpheline. J'avais renoncé à ma mère comme à tout ce qui était noir, brun ou café au lait. Si elle n'existait plus, comment pouvait-elle être morte ?*

Je fixai Eugenia, me concentrant sur sa robe à carreaux jaunes et noirs, sur les boutons de bois, la mauvaise qualité du tissage. C'était du travail d'esclave, effectué sans doute dans l'atelier de Mulberry Row où ma mère, qui n'existait pas, m'avait envoyée tous les matins pendant seize ans. Maman. Un cri de jeune loup me monta à la gorge. *Tu es morte sans avoir vu aucun de tes petits-enfants*.

Atterrée, je continuai à écrire, tandis que Peter et Eugenia prenaient congé, leurs précieux papiers d'affranchissement en règle, grâce à moi.

Puis le sentiment de désolation que j'avais dû porter en moi toutes ces années, mais que chaque fibre de mon corps refusait, me plongea dans un abîme de solitude. Je me sentais perdue. Thomas m'avait pourtant mise en garde. C'était un mauvais rêve. Lève-toi, Sally Hemings. Lève-toi ! Tu n'as pas pu mourir alors que je riais, allaitais les jumeaux, écoutais de la musique, jouais du piano, triais le linge, arrangeais des bouquets, posais sur la table une nappe blanche, de l'argenterie et du vin. J'avais abandonné ma mère à son sort à Monticello, *sans plus jamais penser à elle*. Dans mon avidité à vivre ma vie, j'avais été plus cruelle que n'importe quel propriétaire d'esclaves, plus cruelle que mon père. J'entendais au loin battre des ailes et un bruit régulier, comme celui d'un métronome. Mais c'était le martèlement de mes pieds contre les montants de l'énorme bureau où j'étais assise. Leur course rythmée. M'enfuir. M'enfuir... Je me rendis compte que j'avais le même sourire figé que celui de ma mère le jour où mon père était mort. Avais-je cru qu'elle vivrait toujours? J'avais bien cru que l'esclavage durerait toujours. La ballade qu'on avait chantée à propos de Sally Hemings retentissait dans le lointain :

Son esprit hante cet endroit,
Attendant patiemment que Thomas lui arrache la [langue...
Regarde-moi, fausse Éthiopienne, cria-t-il, regarde-[moi,

Apprends la cause et l'effet du mal.
Dieu veuille que pour punir ta fausseté et ton orgueil,
Mon fantôme, portant un message de l'Enfer,
Vienne à cet instant près de toi.

Passer dans le monde des Blancs m'avait chargée d'un fardeau pire que celui d'un esclave, parce que lui pouvait être délivré du sien, mais pas moi. J'avais abandonné ma mère pour mener une vie plus satisfaisante à mes yeux, et à présent elle m'avait quittée — pour me laisser seule dans ce monde blanc, blanc. J'avais lutté toute ma vie contre ce qui m'était hostile. Maintenant je cédais — je me rendais. Mais aucune larme ne me venait, de même ma mère n'avait pas pleuré mon père.

« Comment as-tu pu attendre si longtemps pour m'apprendre la nouvelle ? » criai-je à Eston qui, se faisant passer pour un vendeur de bibles ambulant, se présenta à ma porte quelques jours plus tard dans un chariot bâché.

« Il n'y avait personne, sœurette. Burwell et Fossett ne sont plus là pour aller porter les messages urgents. Nous sommes sur la route depuis une semaine, et nous sommes morts de fatigue. Avant, nous avons été trop occupés à charger le chariot pour notre voyage vers l'Ouest. Nous avons fait ce long détour pour toi. Nous aurions dû traverser les Appalaches à Knoxville au lieu de les franchir à Ferryville pour venir en Pennsylvanie. Tout s'est passé si vite. La veille, elle était encore en parfaite santé, elle parlait, faisait la cuisine, du jardinage, et le lendemain matin elle était morte. Tiens, je t'ai apporté ce médaillon.

— Tout de même..., protestai-je.

— Si tu étais restée en contact, Harriet... Mais, de toute façon, rien ne le laissait prévoir. Crois-moi, elle n'était pas malade. Elle ne l'a jamais été.

— Beverly est-il au courant ?

— On n'a pas pu le trouver. Pas encore. Mais j'ai confiance. Tu ne saurais pas où il est ?

— Non. Et Thomas ?

— Thomas a refusé d'assister à l'enterrement de sa mère comme à celui de son père. Il dit qu'il ne fait partie ni des Hemings ni des Jefferson. Elle n'a pas été malade un seul jour, insista Eston. Sauf qu'elle était un peu bizarre et mélancolique depuis que je l'avais amenée à Jérusalem assister au procès de Nat Turner.

— Tu y étais ?

— Elle surtout. Je ne l'avais jamais vue comme ça avant. Son déclin a commencé à ce moment-là. Depuis, elle parlait toute seule, elle disait qu'elle avait aimé l'ennemi, qu'elle avait gâché sa vie. Elle s'est mise à aller au cimetière tous les jours, tantôt sur la tombe de Grand-Mère, tantôt sur celle de notre père. Elle a appris la situation dans laquelle se trouvaient les Randolph. Ils mènent une vie de pauvres fermiers blancs à Edgehill, sans un sou, avec plein d'enfants sur les bras.

— Cornelia a vendu Eugenia, dis-je, pour deux cent cinquante dollars.

— Pas étonnant.

— Eugenia et son mari, qui a appartenu à James Monroe, se sont présentés au Comité pour la protection des affranchis alors que j'étais de service. Eugenia ne m'a pas reconnue. Elle m'a parlé de la mort de Maman en me racontant pourquoi ils s'étaient sauvés. Comme une vieille histoire d'esclavages.

— Quoi ! Eugenia ne t'a pas reconnue ?

— Non, je t'assure. Les gens voient ce qu'ils veulent voir.

— Et que vois-tu devant toi ?

— Mon frère.

— Un Blanc, dit Eston. Je vais me faire passer pour Blanc à l'Ouest, Harriet. Madison a décidé de rester noir. De l'autre côté de la Ligne des couleurs. Nous nous séparerons au bord du Missouri. Il va acheter de la terre au nord du Wisconsin. Moi, je continue. Tu avais raison, Harriet. C'est facile de se réinventer une fois qu'on a fait son choix. Et qu'est-ce que ça change, en réalité ? On est toujours soi. »

Je ne répondis pas. Eston avait pris sa décision.

Mais moi, je n'étais pas si sûre d'être toujours moi-même.

« Tu sais, nous avons vu la fin de Monticello. Ce n'est plus qu'une ruine. Les grilles de Robert sont sorties de leurs gonds, la peinture de Joe Fossett s'écaille, toute la maison penche d'un côté, le dôme est fendu, les pièces vides, les vitres brisées. Le vent hurle dans le grand vestibule. Et la pluie. Et la neige. Maintenant, cette épave a été arrachée à la famille pour toujours. Elle ne sera plus jamais la propriété des Jefferson. Si les maisons ont une âme, que celle de Monticello brûle dans les flammes de l'enfer ! »

Eston se tut un instant et regarda les livres qu'il était censé colporter, des exemplaires de la Bible du roi James. « J'ai construit ma maison sur le sable...

— Eugenia ne m'a pas reconnue !

— Et même si elle t'avait reconnue, sœurette ? Tu sais qu'il existe une règle tacite entre les Noirs. Elle ne t'aurait jamais trahie, surtout en public.

— Mais elle ne savait vraiment pas qui j'étais. Cela se lisait dans ses yeux.

— Harriet, elle a vu une dame blanche qui avait le pouvoir de les protéger, elle et son mari, des chasseurs d'esclaves. Comment aurait-elle pu imaginer que tu étais Harriet Hemings, l'esclave fugitive ? Tu ne comprends pas ? Une fois que tu as passé la Ligne des couleurs, tu deviens une invention. Pourquoi pas ? La Ligne des couleurs aussi est une invention ! On ne te perçoit pas comme la même personne — non pas parce qu'à l'intérieur de toi tu es différente, mais parce que les gens te voient différemment. Tu es leur création, pas la tienne. Je le sais. Et je sais quel parti en tirer. Je serai riche un jour, Harriet. Pas comme Thomas Jefferson, dépossédé de ses terres, criblé de dettes et chargé d'hypothèques, qui dépendait des récoltes et du temps, et des prix fixés à Londres et à New York. Non. Je serai un homme qui fixera les prix de toute une industrie. Celle de l'énergie — les machines, les bateaux, les locomotives à vapeur. Je ne change pas de race pour devenir fermier.

« Je vais épouser une fille aussi blanche que moi,

mais c'est une fille de couleur, une fugitive de Virginie. J'ai eu le coup de foudre pour elle. Je n'ai aucune idée de l'endroit où elle est en ce moment. Mais je vais la trouver. J'ai toute la vie devant moi pour la chercher. »

Ces neuf dernières années, Eston s'était transformé. Le jeune homme de dix-huit ans un peu gauche était devenu un homme achevé, puissamment bâti. Ses pieds, plantés sur le parquet de ma cuisine, paraissaient enracinés comme des arbres. Les larges épaules de la grande carcasse d'un mètre quatre-vingt-dix paraissaient occuper tout l'espace. Il était vêtu de cuir et de laine rustique, des habits de fermier, et il était armé.

« Tu aimerais voir ton portrait dans le médaillon ? lui demandai-je.

— Quel portrait ?

— Mais celui que tu viens de me donner. Le portrait de Papa dans le médaillon de Maman. Comme tu lui ressembles !

— Je ne l'ai jamais ouvert.

— Tu n'as jamais été curieux de savoir ce qu'il y avait dedans ?

— Non. Pour moi, il t'appartenait.

— Il contient une mèche de cheveux de Papa et une miniature de lui peinte par John Trumbull à Paris en 1789. »

Je le lui tendis. Il l'ouvrit lentement, étudia l'image, émit un sifflement grave et le referma.

« Garde-le, lui dis-je. J'en ai déjà un. Il en existe trois, Martha a le dernier. » La grande main d'Eston se referma sur l'objet.

« Madison ne vient pas me voir ? demandai-je.

— Il t'en veut encore, sœurette.

— Au moins, dis-moi s'il va bien.

— Il est marié — avec une affranchie, Mary McCoy. Ils sont dans le chariot. Ils ont une fille, Sarah. La première petite-fille de Maman… »

Il détourna les yeux, gêné, se rappelant soudain que moi aussi j'avais des enfants.

« Si Madison ne veut pas venir, peut-être Mary et Sarah ?

— Je vais chercher la petite, dit Eston. Maman l'adorait. »

Quand Eston revint, il portait une belle fillette potelée de trois ans à la peau brune, ma nièce, Sarah, le seul petit-enfant que ma mère eût tenu dans ses bras. Lorsque je la pris dans les miens, toutes les contradictions de ma vie m'assaillirent. Je me mis à sangloter, des sanglots déchirants, incontrôlables. De la main, je protégeais le crâne de Sarah de mes larmes brûlantes.

Mes frères partirent à l'aube. Eston m'avait laissé les objets que ma mère m'avait légués : des lettres, l'horloge à balancier, le secrétaire Louis XIV, la pendule de bronze, le drapeau français, et ses boucles d'oreilles de rubis, que je donnai à Sarah. J'offrirais la pendule à Thenia, si un jour elle se mariait.

Le voyage qui les attendait serait long, pénible, et même dangereux une fois passé le Missouri. Ils traverseraient le Susquehanna et franchiraient les Appalaches à Youngstown, où leur itinéraire les mènerait à Zanesville et à Columbus, en Ohio, puis vers la ville frontière de Terre-Haute, en Indiana. Ensuite, Madison se dirigerait vers Vandalia en Illinois, au nord, tandis qu'Eston passerait l'Ohio à gué à Wheeling et poursuivrait sa route vers le sud jusqu'au Missouri. Là, il avait l'intention de changer de nom. Il ne s'appellerait plus Eston Hemings, mais Eston H. Jefferson.

Comme si le Missouri constituait la frontière entre les deux couleurs, mes deux frères s'y séparèrent. Ils allaient se perdre de vue pendant trente ans. À partir de ce moment, chacune de nos vies, noire ou blanche, se déroula indépendamment, et la tombe de nos parents demeura abandonnée pendant un quart de siècle.

Pendant que mes frères sillonnaient l'Ouest, mon beau-frère parcourait la pointe sud de l'Afrique.

Presque aussitôt après mon mariage avec Thance, Thor partit pour une expédition scientifique. Les années suivantes, il multiplia ses voyages pour collecter et cataloguer des spécimens sans relâche, consignant toutes ses trouvailles par écrit.

Thor nous écrivait du bout du monde, du Cap et de Durban, ou de St. Paul de Luanda plus au nord. Ses lettres étaient si belles, si évocatrices, qu'on les lisait à voix haute des dizaines de fois. Il décrivait la flore et la faune, le paysage, les habitants, le climat, les expéditions, toute la comédie humaine d'une vie vécue sur une autre planète, une vie isolée, hermétique, et pourtant ouverte à de vastes panoramas, à des découvertes capitales et à de folles aventures.

Quand Thor repartait pour l'Afrique, il emmenait presque toujours Abraham, et chaque fois Thenia devenait plus pensive. Il était évident qu'elle était amoureuse de lui.

C'était un homme admirable. Le travail qu'il accomplissait avec Thor dans des conditions dangereuses mais exaltantes avait créé entre eux un lien d'amitié aussi fort que celui qui unissait les jumeaux. Abraham avait finalement été autorisé à étudier à l'École de pharmacie de la nouvelle université Jefferson à Philadelphie, et, même s'il ne reçut jamais le diplôme de pharmacien, c'était un triomphe personnel pour lui et pour Thor, ainsi que pour Thenia, qui aimait l'idée qu'Abraham étudie dans l'université qui portait le nom de son ancien maître.

En Afrique, Thor et Abraham n'avaient pas de contacts avec le commerce illicite des esclaves qui se poursuivait beaucoup plus au nord, le long des côtes de Guinée et de Sierra Leone, mais ils avaient entendu parler du capitaine Denmore et de ses patrouilles britanniques, de la libération des campements d'esclaves à Lumbata et, comme moi, ils se réjouirent, quand les deux rois en guerre qui fournissaient le cheptel signèrent un traité de paix en 1833.

DANS LE CAMP PRÈS DU VILLAGE DE KOKAULUOME,

Mes très chers,

Vous ne saurez pas ce qu'est un coucher de soleil tant que vous n'en aurez pas vu un ici, avec des grands piliers de feu qui rougeoient parmi les sombres masses de nuages et le cercle orange devant lequel le noble éléphant gris lève son énorme trompe et barrit de plaisir. Il déplace sa puissante silhouette dans l'herbe drue qui lui arrive jusqu'au ventre, alors qu'elle dépasse la tête d'un homme de taille moyenne, et fait signe à sa famille (deux femelles et leurs petits) de le suivre... Puis le monde devient rouge, le soleil disparaît derrière l'horizon comme si l'on avait éteint une lanterne, et la nuit tombe tel un rideau de plomb. Les Africains bénissent le coucher du soleil comme ils maudissent son lever, qui amène la chaleur étouffante, si intense qu'elle vous brûle l'âme. Mais dans les hautes terres, le climat est presque tempéré, du moins supportable pour un Blanc, c'est le paradis pour les Zoulous qui ont émigré ici il y a un siècle, venant des plaines désertiques du sud.

Abraham et moi, Kelly, Tournewell et les autres avons conjugué nos efforts avec les docteurs Swin et Carrington, un botaniste et un naturaliste écossais, pour préparer une expédition dans la brousse aux environs de Ladysmith. En groupe, nous sommes mieux protégés et plus efficaces. Nous avons rencontré un anthropologue gallois, Kenneth Summers, qui étudie la tribu des Hottentots. Il cherche ce qu'il appelle le « berceau de l'humanité ». Il a de longues conversations à ce sujet avec Abraham, parce que sa tribu croit aussi que ce pays est le berceau de l'homme. Quand il aura terminé son travail à Philadelphie, Abraham a l'intention de retourner chez lui pour de bon. Chose curieuse, les porteurs et les aides le traitent comme un Européen plus que comme un Africain. C'est étrange de voir combien la transformation s'est produite rapidement. Il nous sert toujours d'interprète, bien sûr, mais les gens des différents villages où nous allons recueillir des spécimens et des remèdes se montrent plus respectueux envers lui que lorsqu'il était simplement un « docteur de la mission ». Le fait qu'il ait traversé la mer, pensent-ils, l'a irrévocablement changé. Ses relations avec son... j'allais dire son ancienne tribu ne sont plus les mêmes, non plus. Ils le trouvent contaminé par les idées occidentales. On ne saurait parler de xénophobie dans ce pays, mais le fait que, malgré sa fortune et sa situation, il refuse d'acheter ou même d'accepter en cadeau une femme d'ici constitue un manquement inexplicable aux bonnes manières. Maintenant, je connais la raison de sa chasteté.

Cette nuit, il y a eu une éclipse de la lune et je l'ai observée avec lui. L'ombre est entrée dans le cercle de la lune un peu avant trois heures et, à cinq heures et demie, elle était totalement cachée. Cela s'est estompé dans la brume du petit matin. Je n'avais observé ce phénomène qu'une seule fois auparavant, mais pas dans un paysage aussi majestueux ; nous avons partagé cette expérience capitale, mystique. Abraham m'a dit que, selon la croyance bantoue, une éclipse se produit lorsque le Seigneur du Ciel passe devant son harem, qui n'est éclairé que par la lune, pour choisir une épouse dont aucun homme ne doit voir le visage. Alors il assombrit le ciel pour écarter les voyeurs. La façon dont il m'a raconté cette histoire était si belle qu'à ce moment-là j'ai compris qu'Abraham aime Thenia, et qu'il l'a aimée depuis qu'il a posé les yeux sur elle — le destin n'est-il pas surprenant ? Il a attendu qu'elle grandisse pour se déclarer, ce qu'il a l'intention de faire dès son retour. L'aveu de cet amour qu'il a porté si longtemps en lui est le plus touchant et le plus délicat que j'aie jamais entendu. Et comme nous savons tous que Thenia est éperdument amoureuse d'Abe depuis qu'il a descendu la passerelle du *Galleon*, je crois que nous serons bientôt de la noce. Il dit qu'il remercie les dieux qu'elle ne soit pas africaine, car il devrait payer une somme rondelette pour l'épouser...

Abe Boss m'est infiniment précieux. Sans lui, je n'aurais jamais pu rassembler et cataloguer les spécimens que nous avons recueillis ces derniers mois, ni les remèdes et médicaments qu'il a réunis de son côté en s'adressant aux prêtres et sorciers de sa connaissance. La Compagnie Wellington profite de tout cela et, puisqu'il s'est vu refuser son diplôme de pharmacien, peut-être pourrions-nous proposer à Abe de l'installer comme apothicaire dans sa propre boutique — une succursale de la maison Wellington. J'en parlerai à Mère à notre retour.

Depuis la saison sèche, nous avons établi notre campement loin de la mer, sur les hautes terres entre les Lummocks et les lagons. Cela nous permet de nous défendre contre les maraudeurs. Nous avons installé un véritable laboratoire ici, où je range et étiquette tous mes spécimens. Mes distilleries bouillonnent, mes flacons d'alcool sont pleins... j'ai préparé de la liqueur de banane l'autre soir... Les huttes sont presque confortables avec nos lits de camp et nos chaises, la natte de roseaux sur le sol et nos habits indigo pendus aux murs.

Je crois que j'ai gagné le droit non seulement de vivre et de travailler dans ce pays, mais aussi de l'aimer.

Bien à vous,
T. Wellington.

Il y eut un silence total, puis toute la famille se leva et une ovation éclata. C'est ainsi que Thenia se retrouva fiancée à Abraham Boss.

« Au secours ! »

Ce cri parvint à mes oreilles avant qu'apparaisse une jeune femme à la peau brune, qui courait dans Front Street, les jupes relevées. Elle passa devant la manufacture Wellington juste au moment où Charlotte et moi en sortions, et si près de nous que je sentis l'odeur de sa peur. Elle était poursuivie par un policier et deux hommes qui avaient l'air de chasseurs d'esclaves. Charlotte et moi nous sommes plaquées contre la porte de la fabrique. Les hommes rattrapèrent la fille et tentèrent de lui passer des menottes aux poignets tandis qu'elle luttait pour leur échapper. Elle poussait des grognements comme un animal acculé, les yeux révulsés. Sykes, pensai-je. Sykes. Sykes. Sykes. Le monde devint rouge. Pas rouge sang, mais pourpre, couleur de vin, ou celle des paupières quand on ferme les yeux pour les protéger du soleil. Sans que ma volonté intervienne, une voix patricienne et sudiste au timbre pur de clarinette, aussi autoritaire que celle de mon père, s'échappa de mes lèvres :

« Que signifie ceci, monsieur l'agent ? Pourquoi arrêtez-vous cette femme ? » La fermeté de mon ton fit reculer les hommes.

« C'est une fugitive, madame. Nous avons un mandat d'arrêt contre elle.

— Impossible, m'entendis-je répliquer. Elle travaille pour moi. Elle travaille dans cette fabrique, ici même. Laissez-la !

— Non, madame. C'est une esclave en fuite. Elle correspond à ce signalement — regardez !

— Mais, monsieur l'agent, vous savez que cette annonce n'a aucune valeur en Pennsylvanie ! Nous avons une loi sur la liberté des individus, ici. Enlever un esclave fugitif est un crime ! Vous aidez des criminels, monsieur !

— Je voulais seulement m'assurer qu'elle avait son laissez-passer et ne se trouvait pas à plus de dix rues de son lieu de résidence. Je l'arrêtais pour vagabondage en vertu des lois sur les Noirs de Pennsylvanie, quand ces deux messieurs l'ont réclamée aussi ! »

L'agent me tendit un avis de recherche d'esclave, que je lus lentement, tandis que mon esprit galopait.

« Ne voyez-vous pas que ce n'est pas elle ? Ne voyez-vous pas qu'elle n'a pas du tout le teint cuivré ? Elle est café au lait, ce qui n'est pas pareil. Elle n'a pas les yeux gris, mais noisette. Elle ne pèse pas soixante-dix kilos, et où est la cicatrice de morsure de chien sur son poignet gauche ? »

J'espérais que les chasseurs de primes ne savaient pas lire ou très mal. Je levai le bras de la fille.

« D'ailleurs, je viens de vous expliquer qu'elle est mon employée. Elle s'appelle Thenia Hemings. Je m'en porte garante. Je sais que pour vous ces gens se ressemblent tous, mais en tant que policier expérimenté, vous savez sûrement faire la différence entre une peau cuivrée et une peau café au lait, entre des yeux gris et des yeux noisette, entre un visage rond et un visage ovale, entre un nez plat et un nez pointu, entre des cheveux crépus et des cheveux raides. Regardez ! Elle ne peut pas avoir plus de seize ans. Pourtant, il est dit sur cet avis que vous recherchez une femme de vingt-cinq ans ! Vous paraît-elle avoir vingt-cinq ans ?

— Eh bien alors, pourquoi elle a filé, si elle était pas coupable ? Pourquoi elle a pas dit qu'elle travaillait pour vous ? Elle s'est éclipsée, elle est sortie en trombe de la taverne.

— Une taverne ! Messieurs, parce qu'elle n'avait pas ses papiers sur elle ! Parce qu'elle courait chez elle. C'est moi qui ai ses papiers. Vous l'auriez arrêtée pour prostitution. Elle est terrifiée par la prison — et à juste titre ! N'est-ce pas, Thenia ? » demandai-je d'un ton suppliant.

Le visage brun s'était décomposé. À présent, une faible lueur d'espoir l'illuminait.

« Oui, maîtresse.

— Vous avez des papiers pour prouver son identité ?

— Chez moi. Si vous voulez, je vais les faire porter immédiatement au poste de police. Et vous, vous allez la relâcher et la confier à ma garde. »

Ce n'était pas une question, mais un ordre.

« Messieurs les agents, je suis Mme Thance Wellington. Mon nom est écrit en hautes lettres vertes au-dessus de ma tête. Je vous présente mes excuses pour ma... servante. Elle n'aurait pas dû être dehors sans papiers, et vous m'en voyez désolée. C'est ma faute et j'en assume l'entière responsabilité. »

J'avais pris un ton grave pour les convaincre de mon sens des « responsabilités », puis j'adoptai une apaisante douceur virginienne :

« Oh, mon Dieu ! Si mon mari apprend ça... »

Ma voix s'éteignit et mes yeux vifs se transformèrent en lacs de contrition.

Charlotte restait muette. Pas plus que moi, elle n'avait vu cette fille de sa vie. Elle ouvrit la bouche plusieurs fois pour parler, mais s'en trouva incapable.

« Et Mme Waverly Nevell de Nevelltown est témoin, n'est-ce pas, ma chère ? Vous savez certainement qui est Mme Nevell, monsieur l'agent ?

— Bien sûr, madame. »

La pauvre Mme Nevell, silencieuse, acquiesçait de la tête. Les deux chasseurs de primes nous regardaient, furieux, mais ils n'osaient pas mettre ma parole en doute. La parole d'une dame blanche ! Ils s'éloignèrent, et la petite foule de curieux qui s'étaient rassemblés se dispersa. Dans mon for intérieur, je tremblais et riais en même temps.

« Mais, Harriet, tu as servi un mensonge éhonté à ce policier, chuchota Charlotte, plus admirative que choquée. Tu... tu les as intimidés avec ta voix... et cet impossible accent du Sud ! Tu es complètement folle ! Qu'est-ce qui t'a pris ? »

La vision de Sykes et de son fouet planait dans l'air lourd et humide. Je n'avais pas eu le choix.

« Je crois que je n'aime pas voir de gros hommes armés de fouets chasser des petites Noires. Je n'aime pas les chasseurs d'esclaves et de primes. Je n'aime pas l'idée qu'un Sudiste puisse venir ici et parcourir les rues de Philadelphie pour enlever des Noirs. Le Sud ne peut pas nous imposer ses lois sur les esclaves fugitifs. »

Pouvais-je dire à Charlotte que je m'étais reconnue avec horreur dans cette fille ?

« Tu penses que je suis mauvaise ?

— Non. Je te trouve courageuse. Mais que diras-tu à Thance ?

— Rien. Robert trouvera bien une solution. Nous avons sauvé cette fille. » Je me retournai vers la triste silhouette plaquée contre le mur de briques rouges.

« Et en attendant, que vas-tu faire d'elle ? murmura Charlotte.

— Je vais la conduire au laboratoire. Il n'y a personne là-bas. Je ne peux pas l'amener chez moi. Il faut d'abord l'envoyer à Emily Gluck, mais comment ?

— Ta bonne ?
— Thenia ? C'est trop dangereux.
— Ne t'inquiète pas. Je l'emmènerai, répondit Charlotte. Tu ferais mieux de trouver quelqu'un pour apporter… les papiers de ta bonne au poste de police.
— Oh, mon Dieu ! Ils sont dans le coffre de Thance. Il va falloir que je demande au comptable, M. Perry, de l'ouvrir. »

Dès que nous fûmes dans le laboratoire désert, la fille tomba à genoux et me baisa la main.

« Lève-toi, dis-je doucement. Tu n'as pas à t'agenouiller devant moi. Je te présente mes excuses pour toute la race blanche. »

Ces paroles bienveillantes dissipèrent son reste de méfiance. Elle s'écroula en sanglots et nous conta toute son histoire. Un instant, je songeai à renvoyer Charlotte. Ce n'était pas une histoire pour elle. Puis, en regardant les étagères interminables chargées de bouteilles brunes étiquetées, de flacons d'acides et de poudres mystérieuses, les éprouvettes et les appareils d'où émanait une odeur âcre, médicinale, je pensai : *je ne peux pas toujours protéger mon amie.*

Cette esclave s'appelait Mary Ferguson, et c'était bien la fille recherchée. Elle s'était enfuie d'une plantation de riz en Caroline du Nord et se retrouvait totalement seule au monde. Tandis qu'elle racontait son histoire, des scènes de Mulberry Row dansaient devant mes yeux. Quand elle eut révélé la véritable raison de sa fuite, il était trop tard pour protéger Charlotte.

« Mon maître a voulu me briser. Pour aucune raison particulière — je ne lui ai jamais causé de déplaisir —, mais c'était sa volonté contre la mienne. C'était un… jeu. Un jour il m'a appelée, il a pris une corde et m'a attaché les mains dans le dos ; il a déchiré l'arrière de ma robe et m'a fouettée avec un nerf de bœuf. Pour le plaisir. Quand je lui ai demandé ce que j'avais fait, il a pris une chaise et me l'a fracassée sur la tête. Le lendemain, il m'a encore convoquée chez lui. Il m'a frappée avec une baguette jusqu'à ce que la tête me tourne. Dans la lutte, je lui ai mordu le doigt. Je me suis débattue et je l'ai griffé. La fois suivante, il a décidé d'utiliser une autre arme — son sexe. Il m'a ordonné de me déshabiller. Il m'a attachée au bois du lit et m'a flagellé les mollets jusqu'à ce que je sois obligée de m'agenouiller devant lui. »

Comme je m'y attendais, des sanglots avaient commencé à se faire entendre.

« Quand il a été sûr que je ne pouvais plus bouger, il m'a enfoncé son... sexe dans la bouche. Après, je n'avais plus de forces pour me défendre. Il m'a prise de toutes les manières, mais son plaisir préféré était que je m'agenouille devant lui. Pendant trois ans, j'ai souffert moralement tous les jours. Je m'abaissais comme un animal chaque fois qu'il me voulait. Il s'est servi de moi jusqu'à ce que je sois grosse, et quand le bébé est né, un bébé blanc comme neige, ma maîtresse me l'a pris et l'a vendu à un marchand d'esclaves de passage, qui avait une esclave en train d'allaiter — comme un paquet de chiffons. Et puis elle m'a obligée à nourrir son enfant. Et, avant même que mon lait soit tari, il est revenu à la charge. J'ai pensé, si je ne m'enfuis pas, je vais le tuer. Alors je suis partie. Elle aurait dû être contente d'être débarrassée de moi, mais il a envoyé des patrouilles à ma poursuite. »

J'avais les yeux secs, mais Charlotte sanglotait sans pouvoir s'arrêter.

« Char, dis-je doucement en prenant ses mains froides dans les miennes pour la réconforter, nous devons l'envoyer à Emily. Elle saura quoi faire. Nous ne pouvons pas la cacher.

— Et si la police revenait la chercher ?

— Ils trouveront Thenia, et ils ne verront pas la différence.

— Thenia... Thenia aussi a une histoire comme celle-ci... n'est-ce pas ? murmura Charlotte.

— Oui, me contentai-je de répliquer.

— Et toi ?

— Que veux-tu dire ?

— Si tu aimes tellement Thenia, est-ce parce que ta famille lui a fait subir quelque chose de terrible un jour ?

— Pourquoi me demandes-tu cela, Charlotte ?

— Parce que tu sembles porter en toi un affreux secret — une culpabilité qui pèse très lourd... Je l'ai lu dans tes yeux...

— Oui, dis-je, ma famille a fait quelque chose de terrible à Thenia.

— C'est pour cette raison que tu l'aimes plus que moi ?

— Je ne l'aime pas plus que toi, Charlotte. Je vous aime toutes les deux. Je t'aime depuis plus longtemps.

— Combien font dix générations, Harriet ?

— Eh bien, si tu comptes à partir du rocher de Plymouth, je dirais que cela nous mène jusqu'en 1860.

— Ça m'est égal ce que toi ou ta famille avez fait. Ça ne change rien à mes sentiments...

— Je sais. Je sais, Charlotte. Parfois, je pense que tu m'aimes à la folie.

— Mais tu as menti à un agent de police ! Pour quelqu'un que tu n'as jamais vu ! Et tu m'as fait mentir aussi ! »

Je souris malicieusement, découvrant mes dents éblouissantes, et roulai les prunelles.

« Oh, Charlotte, c'était un mensonge pieux. »

Soudain, je pris conscience que j'aurais pu nous faire jeter en prison, Thenia et moi. Mais Thenia était libre et j'allais le prouver. J'avais ses papiers. C'était moi qui n'étais ni blanche ni libre ; et j'avais commis avec mon mari le crime du métissage. C'était moi qui n'aurais pas dû me trouver à plus de dix rues de mon domicile sans laissez-passer. J'étais la Noire la plus folle que je connaisse. Une odeur de bouchon brûlé planait dans l'air autour de moi — ou émanait de ma personne. Ce n'était pas de la peur, je le savais, mais je n'arrivais pas à définir ce que c'était. Je me sentais plus vivante que jamais. Je faillis me mettre à danser d'ivresse en repensant à ma témérité. J'avais bravé un danger mortel. J'éclatai d'un rire hystérique, irrépressible. Innocemment, Charlotte m'imita, et notre hilarité se termina dans les larmes.

Je cachai l'histoire de Mary Ferguson à Thenia. J'avais essayé de lui procurer autant de sécurité que possible, mais elle ne s'était jamais remise de la vente de sa famille. La vue d'un avis de recherche d'esclave dans un journal ou la mention d'un fugitif la plongeait toujours dans une sorte de crise : baignée de sueur froide, elle se mettait à bégayer et à trembler violemment, et devait s'aliter. Pourtant, je lui avais appris à lire et à écrire ; elle était devenue sage-femme et enseignait le catéchisme à l'école du dimanche de la Première Église méthodiste africaine. Elle avait vingt-trois ans et je lui avais promis qu'elle se marierait un jour. À présent qu'Abraham s'était déclaré, ils allaient bientôt convoler. Elle aurait enfin sa famille et son foyer. Je perdrais le témoin de mon ancienne vie au profit d'Abraham, qui dirigeait maintenant notre dépôt de marchandises.

Au fil des années, Thenia était devenue une belle jeune femme, dont les charmes faisaient rêver les hommes de la Première Église méthodiste africaine. Elle coiffait ses cheveux noirs en chignon, ce qui accentuait la hauteur de son front d'acajou, et les tirait si fort que ses yeux immenses frangés de cils épais étaient relevés en amande. Elle affectionnait les corsages plissés à col droit, qui soulignaient la longueur de son cou magnifique et la splendeur de sa poitrine. Abraham l'adorait, mais la communauté noire, d'après Thenia, trouvait qu'elle aurait dû épouser un Américain.

Néanmoins, par un froid matin de décembre, où il y avait de la neige sur le sol et du givre dans l'air, Abe et Thenia se rendirent dans notre voiture à l'église pour se marier. L'évêque Richard Allen, qui présida la cérémonie, aurait sans doute eu une apoplexie s'il avait entendu ce qu'Abe m'avait chuchoté à l'oreille avant la célébration : « Je fais ça pour Thenia, mais un jour, il faudra recommencer quand nous irons en Afrique. Car je reste fidèle à ma première religion. »

Abraham me regardait, les paupières baissées, et souriait.

« J'espère que cela ne vous choque pas, madame Wellington, ajouta-t-il, le regard liquide de ses yeux ronds fixé sur le mien. Je suis né dans la religion de mes ancêtres et de ma tribu, une nation qui ne connaît pas les noms de famille. J'ai été capturé à l'âge de six ans à Durban, puis vendu à des missionnaires protestants qui m'ont converti de force à l'anglicanisme. À vingt et un ans, j'ai repris les croyances de mon enfance, mais, par amour pour Thenia, je suis devenu méthodiste afin qu'elle puisse se marier à l'église. Pour moi, une cérémonie religieuse en vaut une autre. Quand je rentrerai en Afrique chercher des spécimens dans la brousse, je reprendrai la religion de mes ancêtres. Vous pouvez trouver immoral de franchir ainsi les frontières entre les croyances, mais je trouve plus immoral de livrer des guerres de religion. S'il n'y a qu'un Dieu, la religion, quelle qu'elle soit, c'est comme ouvrir ou fermer une porte. La lumière qu'elle cache reste éternelle et immuable. Votre mari, en tant qu'homme de science, pense comme moi que naître dans une religion particulière ou être d'une certaine race est le fruit du plus pur des hasards. Bien sûr, poursuivit-il, je ne l'ai jamais dit à ma petite méthodiste. »

Nous échangeâmes un large sourire. Des secrets. Y avait-il quelqu'un au monde qui n'en eût pas ?

« Pourquoi, après tout ce temps, ne voulez-vous toujours pas m'appeler Harriet, Abraham ? »

Ainsi, la même année 1836, Thenia et Abraham Boss ouvrirent leur commerce d'apothicaire à Moyamensing, un quartier de Philadelphie. Mais l'après-midi, Abraham continuait à travailler pour Thance, qui lui fournissait sa marchandise. Quant à Thenia, elle s'occupait de leur petite boutique à devanture de bois et jouait auprès de ses voisins le rôle de sage-femme, d'infirmière, et souvent de pédiatre.

Le faire-part de décès de ma demi-sœur Martha parut à la fin de cette année-là dans le *Richmond Times*. Il m'avait été envoyé, sans signature ni commentaire, par mon frère Thomas, le silencieux et maussade Thomas, dont je reconnus l'écriture sur l'enveloppe. Elle n'avait survécu que neuf mois à ma mère. Son corps avait été enterré près des trois tombes où gisaient mon père, mon autre demi-sœur,

Maria Eppes, et la demi-sœur de ma mère, Martha Wayles. Je ne pleurai pas Martha. Je ne ressentais aucune pitié ni sympathie pour ma famille blanche, ni pour le sort de Cornelia, d'Ellen et de tous les autres. J'avais toujours détesté Martha Randolph, peut-être parce que je lui ressemblais de bien des façons. Mais ses grands airs, sa distinction factice et sa cruauté envers ma mère avaient fait d'elle mon ennemie. Maintenant qu'elle était vaincue, je m'efforçais de trouver un souvenir positif d'elle. Après tout, c'était elle qui avait libéré ma mère à la requête de mon père. Quant à ses onze enfants et sept petits-enfants, pour ce que j'avais appris du monde qu'ils avaient édifié, ils pouvaient tous brûler en enfer. Je leur souhaitais les mêmes souffrances que celles qu'ils avaient infligées à leur famille esclave.

La mort de Sally Hemings et de Martha Randolph, les dernières Monticelliennes, persuadèrent Adrian Petit de retourner en France. À l'âge de soixante-seize ans, vieux et fragile, il allait enfin mettre à exécution ce qu'il menaçait de faire depuis onze ans : se retirer dans son village de Champagne auprès de sa légendaire maman de quatre-vingt-douze ans. Il vint même me demander la permission de partir, comme s'il était encore employé par Thomas Jefferson. Toujours le parfait valet, loyal, discret, cynique — un menteur exceptionnel, un génie du subterfuge et l'ami de tout le monde.

Je me demandais parfois si les célèbres favoris de Petit n'étaient pas les ailes de Mercure, tant il avait passé sa vie à servir de messager aux autres. Il n'avait pas de femme, pas d'enfant (à part moi). Il ne fumait ni ne buvait, ne jouait ni aux cartes ni aux courses, et, s'il avait jamais été amoureux, personne de mon entourage ne savait de qui. Son seul péché avait été la gourmandise, mais la vieillesse l'en avait guéri.

« Regardez ce que j'ai pour vous, Petit. » J'ouvris la boîte faite sur mesure. À l'intérieur se trouvait le stylet de James, fraîchement nettoyé et poli. L'acier froid brillait et le modeste manche travaillé d'argent ne lui ôtait pas son caractère menaçant. J'avais voulu faire une surprise à Petit et, pour cela, je m'étais désarmée.

« Je veux que vous le preniez, dis-je. C'est votre *cadeau d'adieu*. Je l'ai porté sur moi depuis l'âge de seize ans. Il a appartenu à James. Je n'en ai plus besoin. Emportez-le en France. Ramenez-le dans le pays où il a été libre. »

Adrian Petit écarquilla les yeux. « Comment l'avez-vous eu ? Je le reconnais, ma chère. C'est moi qui l'ai offert à James.

— C'est une des rares possessions que Thomas Mann Randolph ait confiées à Burwell quand il a trouvé le corps de James. Lorsque je... ma mère me l'a donné quand j'ai eu seize ans. Je l'ai porté comme une arme depuis. »

Adrian me jeta un regard acéré. « Et vous pensez que, maintenant, vous n'en avez plus besoin — que vous n'en aurez plus jamais besoin ?

— Pour quoi faire ? » Je souris. « Je suis protégée par la loi, par la société, par Thance. Et par mes enfants blancs. Pourquoi en aurais-je besoin ? »

Petit caressa le poignard avec amour. « Je ne vous en priverai jamais. C'était la bannière de James, sa déclaration d'indépendance, son cri d'avertissement, et sa protection. Un talisman, si vous voulez. Il doit rester de ce côté de l'Océan — là où est sa place. C'est une façon pour James de proclamer qu'il vous défend, que sa revendication familiale est légitime, qu'il est votre oncle. Votre protecteur. J'ignorais totalement que cet objet était tombé entre vos mains. Comme la vie est étrange ! Je le lui ai offert comme cadeau de Noël en 1796. »

Il referma la boîte et me la tendit.

« Aussi longtemps que l'esclavage durera dans ce pays, aussi longtemps qu'il sera divisé entre personnes libres et personnes asservies, vous, ma chère Harriet, vous ne pourrez pas plus baisser les bras que vous ne pourrez vous démasquer, avouer la vérité à Thance, repasser la Ligne des couleurs, retourner au commencement, ou émanciper vos enfants qui ne sont même pas les vôtres devant la loi. Tant que l'esclavage existera, il n'y aura pas de lieu de repos pour les fugitifs, pas de terme au voyage. Je prie que ce jour arrive, Harriet, mais, pour le moment, je ne le vois pas poindre à l'horizon. J'aperçois plutôt une aube lugubre, de nouvelles convulsions, je le crains, de nouvelles confrontations, et, si je comprends quelque chose à l'oligarchie de l'esclavage que j'ai autrefois servie, il faudra prendre les armes et faire une seconde révolution pour la supprimer.

— Le fameux duel sudiste au pistolet ? demandai-je en souriant.

— Oui. » Il ne souriait pas. « James le savait. C'est pourquoi je laisserai son talisman sous votre garde. Des souvenirs de lui, j'en ai suffisamment. » Il se tut un instant. « Je me demande souvent ce qu'aurait été ma vie si je n'avais pas répondu à l'appel de votre père... deux fois.

— Vous, ne pas répondre quand on sonne, Adrian ? »

Il rit. « Ah, vous avez raison. Du moins vous êtes en sécurité, comme je l'ai promis à Thomas Jefferson. Et mon testament est en règle.

— Ne vous inquiétez pas, Petit. Je suis riche.

— Oui. N'est-ce pas incroyable ? Nous n'en espérions pas tant, vous et moi, n'est-ce pas ? »

Il posa sa main noueuse sur la mienne. Je la pris et la portai à ma joue.

« Vous m'avez sauvé la vie.

— Je l'ai fait... pour Sally Hemings.

— Je croyais que c'était pour lui.

— Je...

— Ça n'a plus aucune importance, Petit. Ils sont tous morts à présent. Tous les Monticelliens.

— Vous oubliez les Hemings qui sont encore en esclavage, dispersés dans tout le Sud.

— Je n'oublie pas, Petit, répondis-je avec un calme délibéré. Je n'oublierai jamais. L'esclavage ne durera pas toujours. Je retrouverai les membres de notre famille. Et ensemble nous retrouverons tous ceux que nous avons perdus — même ceux qui sont passés du côté blanc. »

Après tout, nous sommes tous des Monticelliens, n'est-ce pas ?

Tout ce satané pays.

22

> Nous tenons le loup par les oreilles... mais nous ne pouvons ni le maîtriser ni le relâcher.
>
> THOMAS JEFFERSON.

Cela faisait trois ans que je faisais partie de la Société antiesclavagiste de Philadelphie, dont la présidente, Lucretia Mott, avait organisé mon voyage à Londres avec Dorcas Willowpole. Il y avait quelques sociétaires noires — Sarah, Harriet et Marguerite Forten, Hetty Burr et Lydia White —, mais aucune ne soupçonnait que je n'étais pas blanche. L'organisation finançait des galas antiesclavagistes et soutenait le comité de vigilance de Philadelphie, que Robert Purvis avait créé pour aider les fuyards dans le besoin, leur fournir logement et repas, vêtements et médicaments, les informer de leurs droits et leur offrir une protection à la fois juridique et morale face aux chasseurs d'esclaves. En me comportant comme une mouche sur le mur, j'avais découvert ce que les Blancs pensaient vraiment de nous.

Ils étaient tous tellement sincères quand ils exprimaient leurs sentiments au sujet des Noirs. Pour eux, ceux-ci n'étaient même pas dignes de mépris, ils appartenaient à une race qui avait si peu de moralité, de sensibilité et d'intelligence que rien de ce qu'on disait devant ou derrière eux ne pouvait les offenser. Quand mes relations blanches révélaient toutes leurs peurs secrètes, leurs fantasmes érotiques et leurs haines inconscientes, oublieuse de ma véritable identité, je me sentais supérieure. Cette preuve de la fragilité des Blancs m'enivrait, parce que je savais les remettre à leur place. J'étais connue pour ma langue acérée quand je défendais les gens de couleur. Protégée par mon armure invincible de blancheur, je parlais au nom de tous les hommes, femmes et enfants noirs ayant jamais vécu dans ce pays. Pour chaque injustice qu'ils avaient subie, chaque mort à laquelle ils avaient assisté.

C'était un jeu téméraire, dangereux même. Si un Blanc manifestait du respect à un imposteur, avais-je appris de Sykes, et si d'aventure celui-ci découvrait la supercherie, il pouvait avoir des envies de meurtre. Sykes avait voulu me tuer pour cela.

Mais désormais ni la mort ni le châtiment ne me faisaient peur. J'étais devenue indifférente à mon sang mêlé. Je ne le combattais plus, je ne le défiais plus. J'étais simplement le composé des deux races qui m'avaient produite.

Thor était rentré après une absence de deux ans. Le moment était venu pour moi de défendre un nouveau projet, plutôt risqué. Thance et moi avions décidé d'installer les laboratoires et la famille à Anamacora, en dehors de la ville, et d'abandonner la maison de Philadelphie qui, avec les jumeaux, était devenue trop petite. J'espérais que la solitude de la campagne me permettrait d'établir un poste clandestin pour les fugitifs arrivés de Virginie et du Maryland, après avoir franchi les Blue Ridge Mountains et rejoint le fleuve Susquehanna par bateau.

Je me croyais invincible. Un jour, alors que je prenais le café dans la bibliothèque avec Thance et Thor, je lançai :

« Les risques encourus sont minimes par rapport à la grande cause que nous servirions.

— Tu sais que je ne me suis jamais opposé, Harriet, à ton dévouement à la cause antiesclavagiste. J'ai respecté tes désirs depuis que tu es revenue de Londres transformée en une abolitionniste convaincue. Mais là, c'est aller trop loin ! Il est hors de question d'installer un poste clandestin à Anamacora, sous le nez de Mère ! Pense à elle. Pense aux enfants. Pense à moi. Et s'il t'arrivait quelque chose ? Plus d'une fusillade a éclaté dans ces postes, et les informateurs et les espions pullulent. J'imagine qu'il existe déjà un dossier sur nous à l'hôtel de ville, étant donné ton appartenance à des organisations subversives et les mystérieuses activités de Thor en Afrique. Souviens-toi de la belle peur que tu as eue l'année dernière avec Passmore Williamson. Il aurait pu t'impliquer dans le scandale Johnson, et aujourd'hui tu moisirais dans la vieille prison de Moyamensing ! Et ton amie Lucretia Mott ? Lorsqu'elle a quitté la réunion antiesclavagiste à Norristown bras dessus bras dessous avec William Lloyd Garrison, elle a failli se faire tuer par la foule. Non, Harriet, pour le bien de nos enfants, tu ne dois pas t'engager plus loin dans le... Chemin de Fer souterrain ! »

Thor restait étrangement calme. Il tirait sur sa pipe tout en m'observant avec curiosité.

« Anamacora est déjà entouré de postes, dis-je. Les esclaves sont envoyés de Reading Pine Forge et de Whitebar à Philadelphie. Et de Philadelphie vers le Canada par les villes de Bristol, Bensalem, Newtown, Quakertown, Doylestown, Buckingham...

— Harriet, je ne veux pas que tu répètes ces noms. Et si un des enfants entrait dans la pièce ?

— Harriet, intervint Thor, jusqu'à quel point êtes-vous engagée dans cette opération clandestine ? Que savez-vous ? Pouvez-vous même nous le dire ? »

Thor était appuyé contre la cheminée, son long corps semblant chercher le souvenir de la chaleur tropicale qu'il avait abandonnée neuf semaines plus tôt. Ses mains souples étaient constamment en mouvement, comme s'il cueillait des plantes médicinales, même dans son sommeil. Il n'y avait pas d'hostilité dans sa voix, seulement de l'inquiétude. Lui qui avait connu le commerce des esclaves de près et qui aimait l'Afrique comprendrait sûrement, songeai-je, aussi je poursuivis :

« Pour votre bien et celui des enfants, je ne dirai pas tout. Mais je peux vous révéler ceci : le New Jersey, la

Pennsylvanie et l'État de New York sont les centres du réseau clandestin pour les esclaves en fuite. L'itinéraire principal traverse la Delaware et passe par Camden, le mont Holly, Broadtown, Pennington, Hopewell, Princeton et le Nouveau-Brunswick. Je ne peux pas nommer les responsables de ces postes. Les chasseurs d'esclaves s'efforcent d'y avoir des antennes. Sur le pont du Raritan, à l'est du Nouveau-Brunswick, ils arrêtent souvent les trains pour trouver des fuyards. Pour empêcher cela, des contrôleurs servent de guetteurs et préviennent leurs collègues quand il est préférable de transporter les esclaves par voie fluviale jusqu'à Perth Amboy. Certains capitaines prennent le risque de cacher des fugitifs et les engagent pour pomper l'eau de leurs bateaux sur les canaux. D'autres les acheminent vers des ports sûrs de Nouvelle-Angleterre et de l'État de New York. Un quart des vingt mille Noirs de New York sont des esclaves évadés. L'un des plus célèbres passeurs est le quaker Isaac T. Hopper, qui est soutenu par la fortune d'Arthur et Lewis Tappan. Certains de ces hommes et de ces femmes vivent cachés depuis la conspiration de Gabriel Prosser en Virginie, le soulèvement de Denmark Vesey en 1822 en Caroline du Sud, et la révolte de Nat Turner en Virginie. »

J'inspirai profondément et tentai de contrôler le tremblement de ma voix.

« Les itinéraires du Chemin de Fer souterrain se recoupent dans des villes comme Philadelphie, New York et Boston. Dans chacune de ces trois villes, par exemple, il existe des comités de vigilance, parfois uniquement composés de Noirs, parfois de Noirs et de Blancs, pour aider ces fuyards. Ces comités travaillent la main dans la main avec des passeurs du Maryland et du Delaware, qui transportent plus de cent fugitifs par an et vivent dans la peur constante d'être trahis. Ils ont aussi des liens avec deux ou trois capitaines qui, moyennant finance, cachent des passagers sur leur navire depuis les régions du Sud jusqu'à Wilmington ou ici. Les différents comités cachent généralement les clandestins dans les quartiers noirs de la ville, leur fournissent des vêtements et, s'ils veulent chercher davantage de sécurité plus au nord, paient leurs frais pour qu'ils partent en voiture, en chariot, en train ou en bateau. Les comités essaient de repérer l'arrivée de chasseurs d'esclaves venus du Sud et, si possible, avertissent leurs proies. Lorsque des Noirs sont capturés sans qu'on puisse vraiment prouver qu'ils sont esclaves, ils essaient d'obtenir des tribunaux l'ordre de les libérer.

« La plupart de ceux qui parviennent à New York poursuivent leur voyage vers le Canada. Dans le Connecticut et le Massachusetts, des individus ou des organisations nettement pro-esclavagistes, qui sont trop heureux de voir les esclaves renvoyés à leurs maîtres, n'hésitent pas à mettre des chasseurs et des chiens sur leur piste. Dois-je continuer et vous mener jusqu'au Nouveau-Brunswick, de l'autre côté de la frontière du Canada ? »

Je m'arrêtai et pris de nouveau une profonde inspiration. J'avais un point de côté, comme si je venais de courir un marathon.

« Dieu Tout-Puissant, Harriet ! s'écria Thor. Maintenant, dites-moi ce que vous savez du capitaine Denmore et de Shaka Zoulou, et de lord Brunswick, et des cavaliers du Cap. »

Je tremblais.

Thance vint alors vers moi et essuya une larme qui avait coulé sur ma joue sans que je la remarque. Mais Thor restait immobile, le regard fixe, comme s'il lisait en moi. Se demandait-il quel sorte de personnage était entré dans sa famille ?

« Mon Dieu, Harriet, tu es plongée jusqu'au cou dans tout ça ! s'exclama Thance. Mais tu n'es pas Dorcas Willowpole, qui n'est responsable que d'elle-même ; ni Emily Gluck, qui a été fanatisée par la conscience coupable de son mari, ni Thenia, qui a été esclave — tu es une Blanche responsable de six enfants et, si tu permets, d'un mari et d'une belle-famille.

— En tant que Blanche, poursuivis-je, je peux accomplir beaucoup de choses qui sont interdites à Harriet et à Sarah Forten, par exemple, ou à Lydia

White. Je peux aller n'importe où, faire ce que je veux, dans les limites du raisonnable... »

Thor émit un rire sarcastique.

« Vous vous rappelez Prudence Crandell ? Elle est blanche, aussi, et relativement sensée. Elle a essayé de fonder une école pour petites filles de couleur dans le Massachusetts. Eh bien, ils ont brûlé son établissement, ils l'ont envoyée en prison, et ils ont failli la lyncher !

— Je ne suis pas une héroïne, Thor. Je veux seulement faire mon devoir tel que je le conçois. Je me rends compte que je me dois avant tout à Thance et aux enfants. Mais je me sens prête à encourir tous les reproches pour faire avancer cette cause. Si ce n'est pas possible à Anamacora, tant pis ! Si vous me laissez une grange, tant mieux ! Mais surtout rien de ce que j'ai dit ne doit sortir de cette pièce ! »

Les jumeaux étaient cloués sur place. Ils semblaient tenir une conversation muette. Je savais qu'ils pouvaient communiquer sans parler, et je vis l'expression de leur visage passer de l'admiration à la consternation.

J'étais rouge de honte. J'avais enfreint l'une des règles de notre organisation en donnant des informations secrètes à des personnes extérieures à notre action. Mais je n'avais pas cité de noms, sauf ceux qui étaient largement connus. Je n'avais nommé aucun passeur ni collaborateur. Mais peut-être étais-je allée trop loin. Et maintenant, je n'avais personne à qui demander conseil. Je n'allais tout de même pas avouer à Robert Purvis ou à Emily Gluck que j'avais parlé de leur réseau à mon mari et mon beau-frère pour obtenir une grange.

« Le maire prétend que quatre-vingt-dix-neuf pour cent des citoyens blancs de Philadelphie sont contre l'abolition ! dit Thor.

— Pourtant, cette ville a toujours mené le mouvement grâce aux quakers, répliquai-je.

— Harriet, poursuivit-il, l'antiesclavagisme est considéré comme tellement subversif que toute action entreprise à l'encontre de ses défenseurs est jugée légale, y compris incendier leurs maisons, les chasser de la ville, les rouler dans les plumes et le goudron, les battre, les brûler et les assassiner. En groupe, les citoyens hostiles se prennent pour des patriotes, et tout le mouvement est perçu comme une conspiration contre la nation, fomentée par des agents britanniques.

— Entre l'esclavage et la guerre, dit Thance, il n'existe qu'une alternative, le métissage, et on peut compter sur cette proposition pour déclencher la brutalité de la foule.

— Attendez-vous de moi que je ne fasse plus rien et que je regarde la violence raciale devenir un trait permanent de la vie américaine ?

— C'est déjà un trait permanent de la vie américaine, Harriet, dit Thor. Des maisons sont brûlées, des hommes et des femmes blessés, et les attaques contre les Noirs sont fréquentes et impunies. Regardez ce qui est arrivé à Boss quand il est tombé sur cette bande d'Irlandais.

— C'est à moi que vous dites ça, Theodore Wellington ? C'est moi qui ai été réveillée par les cris d'Abraham.

— Et n'oubliez pas ces idiots qui ont voulu pénétrer dans vos bureaux ! Ils ont vidé un plein entrepôt de pamphlets abolitionnistes et les ont jetés dans le fleuve. Dieu merci, les bureaux étaient fermés. Mais s'ils avaient été ouverts ?

— Je...

— Et vous savez ce qui est arrivé après la réunion de la Conférence antiesclavagiste d'Amérique au Pennsylvania Hall, quand des Noirs et des Blancs ont défilé en se donnant le bras ? Eh bien, une foule déchaînée a entièrement brûlé le bâtiment.

— Thor, je sais tout ça. Je ne suis ni une enfant ni une demeurée.

— Je me demande ce que tu es, Harriet. Ce désir de... danger. Ce jeu avec ta vie et celle de ceux que tu aimes, intervint Thance.

— L'incendie du Pennsylvania Hall a fait avancer notre cause », murmurai-je.

Mais je savais que depuis ma rencontre avec Mary Ferguson, j'étais attirée par le danger... j'aimais jouer avec le feu.

« Oui, et si Mère était tirée du lit à trois heures du matin par des acharnés à la recherche d'un refuge clandestin, cela la ferait avancer aussi », rétorqua-t-il.

Je dois dire à son honneur que ma belle-mère tenait toujours sa langue au sujet de mes activités abolitionnistes. Une seule fois, elle avait remarqué qu'elle se demandait si le fait que j'étais devenue orpheline si jeune n'expliquait pas l'intérêt morbide que je portais au bien-être des Noirs, alors qu'avec une maison pleine d'enfants j'avais largement de quoi occuper mon temps.

Me battais-je pour une cause perdue ? J'avais compté sur le soutien de Thor, mais il semblait encore plus terrifié que Thance à l'idée que je me mette en danger. Bien sûr, ils ne pouvaient pas savoir que j'avais été en danger toute ma vie ! Je tentai un dernier stratagème.

« Et pourquoi pas ici, en ville ? Une cachette sous les laboratoires, avec un tunnel qui la relierait à l'embarcadère des péniches sur le canal de la Schuylkill ? On en a parlé. Des capitaines sont prêts à embarquer des fuyards de là. Abraham et Thenia pourraient servir d'agents, à ma place.

— Harriet !

— C'est décidé, Harriet. Pas de refuge. Ni maintenant ni jamais. Ni ici ni à Anamacora. Mais enfin, même Purvis serait contre !

— La ferme de Purvis à Byberry en est un, dis-je. Son frère et lui poursuivent leur action depuis plus de quatorze ans.

— Harriet, le dévouement de Robert à cette cause est, comme nous le savons tous, presque suicidaire, et je crois que nous comprenons pourquoi. Je pense aussi qu'il t'estime assez pour ne pas souhaiter te voir t'engager au-delà de ta participation au groupe féminin.

— Harriet, ma chère, renchérit Thor pour soutenir son frère, n'essayez pas de jouer les héroïnes. »

Je bouillais. Non seulement il fallait que je convainque Thance, mais également Thor. Deux contre un, ce n'était pas juste. Seule une logique implacable pouvait me sauver maintenant. Je me souvins de ce que Thor avait dit sur sa manière de vérifier ses expériences scientifiques : pour prouver une réaction, il fallait recommencer la manipulation à l'envers.

« Vous ne parlez, dis-je, que du danger, de la désapprobation sociale, de la vanité de tout ceci. Que faites-vous de la justice ? Vous savez que l'Acte sur les esclaves fugitifs est encore appliqué en Pennsylvanie malgré la loi. Vous savez que c'est mal de laisser entrer les chasseurs d'esclaves dans le Nord. Et, ajoutai-je, sous le coup d'une inspiration soudaine, si c'était Thance, et pas moi, qui était convaincu de la nécessité absolue de cette action ? Assez pour risquer sa réputation et sa fortune ? Si c'était Thance qui avait été converti à la cause, et moi qui lui parlais de danger, d'indifférence à sa famille ? Ne croyez-vous pas que très vite vous nous trouveriez, Mère et moi, à la porte de votre cave, des lanternes à la main ? »

Les jumeaux parlèrent presque en même temps, tant ils étaient étonnés. Parce que, en toute logique, c'est exactement ce qui se serait produit.

« Harriet, dit Thor, vous avez l'esprit retors.

— Un véritable piège d'acier !

— Où avez-vous appris à raisonner ainsi ? » La question resta en suspens un moment.

« En politique », dis-je. Je n'étais pas la fille du Président pour rien.

Avant la fin de l'année, j'avais mon poste. Pas à Anamacora, mais dans Front Street. Abraham avait creusé un tunnel à partir d'une cuve vide dans la réserve de la cave du laboratoire. De là à une péniche sur la Schuylkill, il n'y avait que quelques mètres. Un pilote embarquait les fugitifs jusqu'à Terrytown, puis un autre passeur les emmenait à la ferme de Purvis à Byberry, d'où Jean-Pierre Burr, le fils illégitime d'Aaron Burr, les envoyait à Albany et jusqu'à la frontière du Canada.

Thenia vivait à présent dans un monde séparé du mien, de l'autre côté de la Ligne des couleurs et de la ville. Les Noirs de Philadelphie avaient développé une vie communautaire, centrée sur leurs propres besoins. Ils subventionnaient dix-neuf églises et cent six sociétés de bienfaisance. Ils avaient leurs compagnies d'assurances, leurs cimetières, leurs entreprises de pompes funèbres, leurs bibliothèques et des fraternités comme les Masons, les Old Fellows et les Elks. Ils organisaient des conférences et des débats, il existait une Société bibliophile pour les personnes de couleur et, pour les femmes, l'Association littéraire Edgeworth. Les Noirs n'avaient pas le droit de vote, et des trois cent deux familles de Moyamensing où vivaient Thenia et Abraham, la moitié ne possédaient que quatre dollars quarante-trois cents par foyer. Les autres n'avaient rien.

Mais la violence quotidienne faisait de Moyamensing une cour des miracles. Philadelphie, semblait-il, était la ville au monde où les Noirs étaient le plus détestés.

« La haine raciale est plus exacerbée ici qu'à New York, où pourtant on défend l'esclavage et pourchasse les Noirs », répliqua Robert Purvis quand je lui rapportai les plaintes de Thenia. « Elle a de quoi se plaindre ! ajouta-t-il. Il n'existe peut-être aucune ville où les préjugés contre la couleur soient plus forts qu'à Philadelphie. On les rencontre partout, à chaque pas hors de chez soi et parfois même jusque dans sa maison. La ville a des écoles et des églises séparées pour les Blancs et les Noirs, un christianisme noir et un christianisme blanc, des concerts et des cercles littéraires pour chaque race. La Ligne de partage est partout présente. Les gens de couleur, si bien habillés ou si bien élevés qu'ils soient, dames ou messieurs, riches ou pauvres, ne sont même pas autorisés à emprunter les transports en commun dans notre ville chrétienne. Les salles publiques sont louées à la condition expresse qu'aucune personne de couleur n'y entre pour assister à un concert ou à une conférence. La ségrégation ici en ce moment est cruelle, méprisable, barbare. Tout Philadelphien noir est considéré par les Blancs comme un esclave, un ancien esclave, un esclave en puissance, ou comme désigné par Dieu pour subir cette condition, et il est traité en conséquence. »

Pourquoi donc, me demandais-je, nous craignent-ils et nous détestent-ils autant ? Ça ne pouvait pas seulement être la couleur — voyez Purvis et moi. Ce devait être quelque chose que nous leur avions fait. Ou, songeai-je soudain, qu'ils nous avaient fait. Notre peau était simplement le miroir de leur crime. Si un homme vous fait du tort, il vous hait aussi pour cette raison. Nous ne pardonnons jamais à ceux que nous avons maltraités.

Malgré ma haine pour Martha, sa disparition, ajoutée à celle de ma mère, me rendait encore plus seule et plus vulnérable. J'étais tourmentée de chagrin et torturée de culpabilité. Je pensais que ma mère avait quelque chose à me dire qu'elle ne m'aurait révélé qu'au moment de sa mort. Comme ma grand-mère auparavant, comme toutes les femmes esclaves depuis le commencement des temps, elle avait un secret à transmettre à sa fille, et je n'avais pas été présente pour l'entendre. Je n'étais même pas allée me recueillir sur sa tombe pour la pleurer. La peur me gagnait. Ma mère et Martha disparues, plus rien n'empêchait mes cousins de me réclamer ou de me faire chanter. Et s'ils avaient fait suivre les chariots de mes frères pour me retrouver ? Ellen, Cornelia, Samuel et Peter n'avaient pas promis à mon père de m'affranchir.

« Votre femme est une esclave fugitive. Notre propriété... difficultés financières... une traite sur votre banque de... de... » Combien Thance serait-il prêt à payer pour sauver sa femme ? Ou, mieux, pour la racheter ? Dix, cinquante, cent dollars ? Sacrifierait-il toute sa fortune, comme mon père ? Ou rien ? Tout ce que j'avais accompli ou possédé dans la vie serait alors perdu. Ou, pire : combien ma belle-mère serait-elle prête à payer pour protéger ses précieux petits-enfants — tous des esclaves? Je me mis à imaginer qu'on me suivait. Mes vieux cauchemars hantés par la figure de Sykes me reprenaient. Et un jour, je le vis, en chair et en os. Presque en face du conservatoire. Il portait un Stetson, un col blanc et un pistolet avec des cartouches. Au bout de dix-neuf ans, c'était l'une des rares personnes qui me reconnaîtraient n'importe où, j'en étais sûre. C'était Sykes.

Je tournai délibérément le dos et demandai à M. Perry, le comptable de la fabrique :

« Monsieur Perry, vous voyez cet homme là-bas ? Je voudrais que vous découvriez qui c'est.

— Oui, madame. »

M. Perry vint bientôt me donner sa réponse : « Il s'appelle Horton. C'est un de ces satanés chasseurs d'esclaves de Virginie. »

Moi, je savais que c'était Sykes. J'en étais sûre. Je n'oublierais jamais. Jamais. Il ne s'appelait pas Horton. Il avait changé de nom, tout comme moi.

Peu après, des frayeurs irrationnelles, sans fondement, se mirent à me réveiller en sursaut. Je pris l'habitude de me lever au milieu de la nuit pour vérifier si les enfants allaient bien. Méthodiquement, j'allais d'une chambre à l'autre comme une somnambule, pour les compter. Sinclair, Ellen, Jane, Beverly, Madison, James. Chaque nuit ils étaient là, en sécurité, endormis dans leurs lits, les poings fermés, le souffle doux et embaumé. Blancs. Tout était normal, légitime, régulier, scandait mon cœur.

Une fois, Thance me surprit à quatre heures du matin dans la chambre des jumeaux.

« Tu m'as fait peur, chuchota-t-il pour ne pas troubler leur sommeil. Je me suis réveillé et tu n'étais pas là.

— J'ai cru entendre quelque chose ou quelqu'un, un cambrioleur... »

J'avais communiqué mes peurs inexprimables à Thance. Je levai les yeux vers son beau visage lisse endormi, incroyablement vide d'expression, comme une grande lune pâle, immense, familière, remplissant ma vie, occupant toute la place, anéantissant les ombres. Je me mis à trembler. Je l'avais vu, j'avais vu

Sykes. Il était dans la ville, à mes trousses. *Où sont tes papiers, Blanche-Neige* ? Il venait me chercher. Un frisson glacé me parcourut et Thance me prit dans ses bras.

« Harriet, qu'est-ce qui t'arrive ? Tu as rêvé... c'était un cauchemar. Il n'y a que nous ici... tu t'es abîmé les nerfs en t'occupant de tous ces esclaves. Mais mon Dieu, tu as un couteau à la main ! »

J'étais plantée là, l'âme flétrie de terreur, froide et insensible, serrant mon poignard comme si un voile de glace nous séparait. Comme si Sykes lui-même se tenait entre nous.

23

> Mais qu'est donc le hasard ? Rien ne se produit dans le monde sans cause. Si nous la connaissons, nous ne parlons pas de hasard ; mais dans le cas contraire, nous l'invoquons. Si nous voyons un dé pipé tomber toujours de la même façon, nous en connaissons la cause, nous savons que ce n'est pas par hasard. Mais si le dé n'est pas pipé, quel que soit le côté sur lequel il tombe, comme nous n'en savons pas la cause, nous disons que c'est l'effet du hasard.
>
> THOMAS JEFFERSON.

Le rêve du docteur Wilberforce se réalisa le 1er août 1838, quand l'esclavage fut aboli aux Antilles britanniques. À partir de cette date, tous les regards se tournèrent vers les États-Unis. Huit cent mille esclaves avaient obtenu la liberté. Le jour de cette victoire serait désormais célébré chaque année en Amérique par la population noire libre des États du Nord.

Des abolitionnistes britanniques arrivèrent en grand nombre pour militer en Amérique. George Thompson, que j'avais rencontré à Londres avec Dorcas Willowpole, proposait son projet d'émancipation progressive : libérer d'abord les enfants, puis les vieillards, puis les esclaves dociles et enfin les plus rebelles. Charles Stuart, dont j'avais fait la connaissance à Birmingham, vint aussi. Tous deux étaient de magnifiques orateurs, mais comme ils avaient contrevenu à la loi, ils se firent attaquer par les foules antiabolitionnistes qui caractérisèrent les années 1830. La même année, Harriet Martineau assista à la conférence de la Société féminine antiesclavagiste de Boston et parla à la tribune. C'était l'exploit le plus audacieux jamais accompli par une femme : s'adresser publiquement à une assistance mixte. Elle blâma l'incapacité des Églises protestante et catholique à prendre position contre l'esclavage : tous les hommes étaient coupables — baptistes, méthodistes, épiscopaliens, presbytériens. Elle fulmina contre la répugnance des Amis américains à coopérer avec des sociétés abolitionnistes composées à la fois de Noirs et de Blancs. Elle dénonça tout et tout le monde, puis consigna ses idées par écrit. Mais elle n'était pas la seule. Un flot de récits de voyages antiaméricains et antiesclavagistes furent imprimés ou réédités. Le *Journal of a Resident and Tour in the United States*, d'Edward S. Abdy, s'attaquait au Nord hypocrite aussi bien qu'au Sud propriétaire d'esclaves. Il mettait mon père en cause pour avoir commis le crime du métissage. On parlait souvent des enfants esclaves de Thomas Jefferson, et je lus plus d'une fois des articles sur moi-même, la fille du Président. Dans *Men and Manners in America*, Thomas Hamilton accusait mon père de s'être prononcé en faveur de la liberté et de l'égalité, d'avoir dénoncé la malédiction de l'esclavage, mais d'avoir vendu ses propres enfants. Son épitaphe, concluait-il, aurait dû être la suivante : « Lui qui rêvait de liberté dans les bras d'une esclave... »

Je fixai longtemps ces mots terribles et refermai doucement le livre. Puis je jetai un coup d'œil à Sinclair, âgé de onze ans, penché sur ses leçons à mon bureau, sous lequel Madison et James jouaient. Beverly et les filles étaient dans la nursery d'où ma belle-mère allait bientôt descendre. Lorsqu'elle entrerait dans la pièce, je lèverais les yeux avec plaisir ; c'était l'une de ses nombreuses visites à Anamacora, généralement avant ou après ses réunions d'affaires à Philadelphie. Thor était parmi nous. Cela signifiait un surcroît d'activité au laboratoire, au dépôt et à la pharmacie. Nous possédions à présent notre propre entrepôt relié à la voie de chemin de fer. Et nous avions armé un clipper qui naviguait entre Le Cap et la ville, apportant chez nous des tonnes de plantes médicinales, de cacao et de café. Mais de nouveau mon monde personnel semblait se refermer sur moi. Petit m'écrivit qu'il avait lu dans la *Gazette royale* que Maria Cosway était morte à Lodi le 1er janvier 1838 ; on l'avait inhumée sous la chapelle des nonnes de son couvent.

Puis, à la fin de l'hiver, Rachel Wellington vint s'asseoir à côté de moi sur le lit, les yeux rougis par les larmes. Nous avions vécu paisiblement comme mère et fille depuis douze ans. À présent, nous étions confrontées à l'éternelle question de la mort. L'odeur de la morphine et l'indescriptible progrès de la maladie planaient sur son corps encore robuste.

« Je suis en train de mourir », m'annonça-t-elle seulement ce jour-là alors qu'elle le savait depuis des mois. Puis elle nicha son visage contre mon épaule et inonda de larmes le col de ma robe. « Ne le dites pas aux jumeaux, ajouta-t-elle. Pas encore, parce que cela prendra du temps. »

Comme ma grand-mère Elizabeth, ma belle-mère résista longtemps. Mais, au lieu de s'éteindre dans une grossière cabane d'esclave, suffoquant sous le soleil d'août de Virginie, Mme Wellington mourut dans un lit de plumes blanc à colonnes, ses enfants et petits-enfants rassemblés autour d'elle. Ses souffrances n'étant plus soulagées par la morphine et l'opium, elle se plaignait, comme ma grand-mère l'avait fait, que son cœur refusât de cesser de battre. Et, retrouvant les gestes de ma mère, je pressais sa poitrine émaciée, lui souhaitant la délivrance comme ma mère avait appelé celle d'Elizabeth Hemings. Mais Rachel Wellington refusait de rendre l'âme. Il fallut le choléra pour l'achever, et le matin du 1er août 1839, elle expira enfin, au milieu d'une terrible épidémie qui s'était d'abord déclarée dans les taudis de Philadelphie.

Tels des dominos, les femmes qui avaient compté dans ma vie étaient tombées l'une après l'autre, toutes au même âge ; on aurait dit que chacune, comme un insigne honorifique, s'était vu attribuer le même nombre de souffles. Ma belle-mère laissait la florissante Compagnie de produits pharmaceutiques Wellington ainsi qu'une fortune personnelle qu'elle avait divisée en cinq parts égales, me léguant la cinquième, comme si j'avais été sa propre fille.

J'étais à présent financièrement indépendante, et la seule et unique Mme Wellington.

Plusieurs de nos employés du laboratoire tombèrent malades, mais on put les sauver. Dans d'autres parties de la ville, le fossé entre la cité verdoyante et parfumée des riches et les taudis des pauvres était infranchissable. La saleté et la misère, les manifestations de cette maladie répugnante se présentaient partout au regard : les affreux tas de fumier des porcheries et des étables ; des ordures pourrissantes, des carcasses en décomposition ; des pièces insalubres pleines d'enfants ; des logements et des caves humides et sales ; des cabinets d'aisances dans des ruelles mal aérées et surpeuplées qui dégageaient des gaz délétères. Bien des quartiers où l'épidémie faisait rage étaient pauvres et sordides, sans égouts, sans plomberie ni eau courante.

Lorsque l'épidémie commença, le génie de Thor et le travail de Thance avaient fait de la Compagnie Wellington, connue pour ses recherches et ses médicaments, l'une des plus prospères de la côte Est. Pendant que je retenais mon souffle et rassemblais les enfants autour de moi à Anamacora, Thor et Thance suppliaient la municipalité de prendre des mesures sanitaires pour enrayer la maladie, au lieu de se contenter de prier — mais en vain.

Philadelphie était depuis longtemps le meilleur centre d'études médicales aux États-Unis, et chaque année un millier d'étudiants, souvent venus du Sud et en particulier de Virginie, envahissaient la ville. Pourtant, depuis plus de cinquante ans, la médecine piétinait et n'arrivait pas à répondre aux besoins d'une population croissante d'immigrés sans ressources, ni à améliorer les conditions sanitaires et à juguler le taux galopant de mortalité dans la classe ouvrière. C'était l'ère jacksonienne de la démocratie, de l'éducation publique et du respect de l'individu, mais la prise en charge médicale et les grandes inventions pharmaceutiques étaient encore à des décennies devant nous. Pourtant, Thance et Thor s'efforçaient de remédier à cette situation ; Abraham et Thenia Boss aussi travaillaient sans relâche dans leur quartier. Et quand enfin l'épidémie de choléra se réduisit à deux mille trois cents cas, le conseil municipal attribua aux jumeaux, en même temps qu'à treize médecins qui avaient assumé la responsabilité des hôpitaux, une coupe d'argent en récompense de leurs services. C'était la première fois qu'on honorait ainsi des pharmaciens.

À présent, Philadelphie était sans doute la ville la plus propre d'Amérique. Les trottoirs étaient constamment lavés, les marches de marbre immaculées, la population ne dépassait plus cent mille habitants, et le centre de la ville s'était déplacé vers Seventh Street, puisque la moitié des Philadelphiens vivaient maintenant à l'ouest de cette ligne. Toutes les heures, des omnibus reliaient le Merchant Coffee House dans Second Street à la Schuylkill. Et un nouveau moyen de transport était apparu, le cab, une abréviation du français *cabriolet*. Deux passagers prenaient place à l'intérieur, tandis que le cocher se juchait à l'arrière.

Rangée après rangée, on construisait de belles maisons de briques à deux ou trois étages, équipées de salles de bains et de W.-C. Et surtout des édifices publics impressionnants, comme la Bourse du commerce, la Banque des États-Unis et l'Hôtel de la Monnaie. Les rues étaient maintenant éclairées au gaz. Tout le monde s'accordait à trouver que c'était l'éclairage le plus propre et le plus efficace. Philadelphie, qui s'agrandissait dans trois directions, devenait, à l'exception de Paris, la ville la mieux illuminée au monde.

Charlotte était venue me chercher chez moi pour aller déjeuner à l'hôtel Brown, comme nous en avions l'habitude depuis des années. Lorsque je montai dans le cab, elle occupait déjà les trois quarts de l'espace. Comme Philadelphie, elle avait pris de l'ampleur avec le temps et la fortune. Quand son corps ferme mais opulent se déplaçait, il provoquait une petite turbulence, délicieusement parfumée par Guerlain. Dans ce tourbillon de parfum, elle avait perpétuellement le souffle court.

« Je crois que mon mari me fait suivre, m'annonça-t-elle, quand j'eus refermé la portière.

— Quoi ! Ne sois pas stupide, Charlotte. Pourquoi le ferait-il ? C'est toi qui as lancé une agence de détectives à ses trousses.

— Je ne suis pas un défenseur acharné des droits des femmes, mais je suis opposée à ce qu'elles soient frappées d'anathème par la société lorsqu'elles se conduisent légèrement, alors que les hommes, eux, s'en tirent toujours. C'est une très, très grande injustice. »

Andrew, le mari de Charlotte, s'était révélé un homme sans envergure, un dépravé qui, petit à petit, était devenu un coureur de jupons notoire. Aussi mon amie avait-elle décidé de lui rendre la monnaie de sa pièce en prenant un amant, un charmant gentleman de Virginie, Nash Courtney, qui venait à Philadelphie une fois par mois et descendait au Drake Hotel. Andrew avait tout découvert et provoqué le Virginien en duel — alors que les duels étaient interdits par la loi depuis des dizaines d'années en Pennsylvanie. En homme du Sud, l'amoureux de Charlotte avait volontiers accepté. « Les duels sont encore tolérés dans le New Jersey. Allons-y. »

À présent, Charlotte avait peur de se retrouver veuve, encore jeune, avec trois beaux enfants, au lieu de devenir une championne de l'amour libre. Cette idée la terrifiait.

« Harriet, je sais que j'ai fait des sottises, mais je ne peux vraiment pas prendre tout ça au sérieux, me dit-elle. Deux hommes adultes ! Qui pourrait... intervenir, d'après toi ?

— Ton père ? suggérai-je.

— Il ne me parle pas.

— Robert Purvis ?

— Oh, Andrew n'accepterait pas qu'un nègre lui serve d'intermédiaire.

— Je croyais que Robert était ton ami.

— Mais c'est *mon* ami ! C'est précisément ce qu'il m'a répondu quand je lui ai demandé d'intervenir !

— Oh, Charlotte, nous ne sommes pas en Russie. Et Andrew n'est pas Alexandre Pouchkine !

— Je crois qu'ils vont se battre », répéta-t-elle d'un ton rêveur.

Le duel eut lieu à cinq heures du matin, un jour de printemps, dans un champ de pommes de terre sur la propriété d'un certain Harry McMillian. L'amant de Charlotte, légèrement blessé, mourut d'un empoisonnement du sang quelques jours plus tard, ce qui permit à mon amie d'éviter le scandale de voir son mari accusé de meurtre.

Pendant cette année de deuil sincère, Charlotte et moi nous rapprochâmes, comme cela nous était déjà arrivé au cours des moments difficiles de nos vies, et nous reprîmes les tendres liens de nos années d'école. Notre repli dans la sensualité de notre adolescence était plus une réaction à la peur et au passage du temps qu'à la mort de Nash et de Rachel Wellington. Charlotte était sûre qu'elle allait mourir et irait en enfer pour ce qu'elle avait fait. Je ressentais la même peur, mais pour d'autres raisons. Parfois je passais devant un miroir et ne voyais aucun reflet. Cela m'effrayait plus que tout. Alors j'assouvissais les désirs de mon amie et dans ses yeux pleins d'adoration je voyais l'ancienne Harriet, téméraire, obstinée, égoïste, se mentant à elle-même, mais conservant la beauté de la jeunesse. Le fossé entre la véritable Harriet et l'image que j'avais créée pour les autres était devenu un abîme tout à fait réel. Je ne pouvais abaisser ma garde avec personne, même pas avec Thenia.

L'amour charnel entre deux femmes de notre rang était un des secrets les mieux gardés. Coupées du monde et oisives, avides de compagnie mais maintenues en dehors des affaires, des arts et de la politique, aussi bien que des clubs, des activités sportives et de la vie intellectuelle de leurs maris, les femmes se retrouvaient entre elles, s'écrivaient des lettres d'amour passionnées et se livraient à des plaisirs qui n'avaient rien de solitaire.

Je plaisais à Charlotte et entretenais son désir même si je me sentais honteuse de mon imposture. J'imaginais, quand nos lèvres se touchaient, que je lui disais la vérité. Je ne pouvais pas être sûre qu'elle ne m'accuserait pas, qu'elle ne me rejetterait pas, non pour avoir fait quelque chose de mal, mais pour *être* quelque chose de mal.

Je me sentais hypocrite, selon les critères d'authenticité de Charlotte. Il y avait quelque chose de pervers dans nos rapports charnels. Comme le baiser que j'avais posé sur les lèvres de mon père le jour de sa mort. Je tenais toujours le rôle masculin parce qu'il fallait que je la garde en mon pouvoir. Je ne voulais pas voir Charlotte, mon amie intime, devenir un Lorenzo Fitzgerald. J'avais trop peur pour la mettre à l'épreuve. Je l'aimais trop. J'avais besoin d'elle. Aussi profitai-je de son chagrin et de sa confiance pour raffermir mon ascendant sur elle. Je lui fis perdre quinze kilos et renouveler deux fois sa garde-robe, acheter de splendides habits chez Perrot et dans les nouveaux grands magasins Wanamaker. Elle décida que le noir et l'indigo étaient ses couleurs, parce qu'ils mettaient en valeur sa blondeur et son teint clair. Comme elle paraissait vingt ans de moins que son âge, son mari retomba amoureux d'elle, cessa de la tromper et la couvrit d'attentions. Ils passèrent les deux années suivantes à voyager en France et en Allemagne, une seconde lune de miel. Il y avait autant de justice ironique dans la démarche de Charlotte en faveur de l'émancipation féminine qu'il y en avait eu dans la mienne de créer un poste clandestin pour passer des fugitifs.

La peur de perdre Thance me paralysait chaque fois que je voulais lui parler. L'idée que le courage moral demande plus de force que le courage physique est loin d'être fantaisiste. J'aurais plus facilement affronté une bande de lyncheurs que révélé à mon mari et à mes enfants mon identité réelle.

24

J'espère, mon Dieu, qu'aucune circonstance ne les fera chercher refuge contre le chagrin... Je verserais mes larmes dans leurs blessures ; et si une goutte de baume pouvait se trouver au sommet de la Cordillère des Andes ou aux sources lointaines du Missouri, j'irais moi-même l'y chercher.

THOMAS JEFFERSON.

QUELQUE PART PRÈS DE LA FRONTIÈRE
DU MOZAMBIQUE, TRANSVAAL,

Mes très chers,

Il y a eu des changements incroyables ici depuis que les Zoulous ont été vaincus par les Anglais, et que les Boers ont fui vers le nord dans les provinces d'Orange, du Transvaal et du Lesotho. C'est une guerre entre trois camps, à la fois nationale et civile. Les Boers contre les Anglais, les Anglais contre les Zoulous, et les Zoulous contre tous. Le commandant anglais a du pain sur la planche et, s'il ne reçoit pas les renforts qu'il a demandés à la reine, il ne pourra jamais réoccuper toutes les provinces où les Boers menacent de faire sécession, à la grande surprise des princes zoulous, surtout de la tribu Ndebele, dont c'est le territoire ancestral.

Dans un pays dix fois moins peuplé que l'ouest des États-Unis et deux fois plus grand, on pourrait pourtant croire qu'il est facile d'établir un accord de paix. Bien qu'ils aient immigré du Nord il y a un peu plus d'un siècle, les Zoulous sont évidemment traités comme nos Indiens d'Amérique — avec cruauté, arrogance et hypocrisie. La confédération fondée par l'empereur Shaka Zoulou il y a vingt ans — le ministre des Affaires étrangères britannique avait failli en mourir d'une crise d'apoplexie — a sombré dans le chaos : les différentes tribus se font la guerre, gaspillant leurs forces combattantes dans des disputes mesquines entre chefs et princes.

Les Britanniques sont certes passés maîtres dans l'art de tirer des avantages politiques de situations ambiguës, et ils ont réussi à persuader les Zoulous d'attaquer les convois de chariots de Boers arrivant dans l'Orange. Les princes et leurs ministres ne semblent pas se rendre compte qu'en définitive ce sont les Anglais leurs ennemis, et non pas les Boers. Ceux-ci, comme nos pionniers de l'Ouest, n'ont pas d'autre endroit où aller et ils tenteront de résister à toutes les attaques des Zoulous. Et les Anglais du Cap comme les Portugais au Mozambique se frottent les mains pendant que les autres s'entre-tuent.

Entre-temps, notre expédition a achevé ses derniers travaux et nous redescendons la côte vers Durban : une centaine de porteurs, de cuisiniers et de gardes armés, six chariots pour le matériel médical et les laboratoires mobiles, un troupeau de bœufs destinés à nous nourrir, seize tentes militaires — autrement dit, une armée. Nous devons rester en bons termes avec tous pour que notre travail avance. Nous ne pouvons nous permettre de mécontenter les Boers, les Anglais ou les Zoulous. Une équipe franco-allemande nous accompagne, et nous avons décidé de peindre des croix jaunes sur nos tentes et nos chariots. Cela ne nous sauvera peut-être pas d'une attaque des Zoulous, mais nous protégera peut-être de nos frères chrétiens.

Nous approchons de la saison des pluies et, bien qu'il ne pleuve pas encore, le matin est brumeux, le ciel nuageux. Abraham dit que ce n'est pas plus triste qu'à Philadelphie, mais chez nous, ce type de temps incite à la méditation, donne envie de lire, d'étudier, d'écouter de la musique. Ici, il porte à la confusion, et je m'aperçois d'un phénomène si extraordinaire que j'en ai parlé à plusieurs savants français : mon souvenir de ce pays, tel qu'il me revient quand je suis aux États-Unis, par exemple, est si précis, si vif, qu'il rivalise avec la réalité que j'ai devant mes yeux.

Je contemple une splendide savane ourlée de brume grise, disparaissant au loin dans les collines, survolée par un couple d'aigles aux ailes plus larges qu'une tête d'éléphant. Au centre de ce paysage, un baobab capable d'ombrager vingt personnes balance ses branches millénaires comme les bras d'un chef d'orchestre. Mais est-ce une image réelle, ou le souvenir que j'ai gardé de cette scène se superpose-t-il à ce que j'ai sous les yeux ? Il semble que souvent nous soyons si amoureux de nos visions que même la réalité ne peut supplanter l'empreinte qu'elles ont laissée sur notre esprit. On ne voit que ce que l'on veut voir...

Dans cinq jours, nous quittons Durban et repartons pour l'Amérique. Cela fait deux ans que je voyage. Je dois m'être transformé en Hollandais volant, ou en satané Zoulou, je ne sais. Vous jugerez vous-mêmes.

Embrassez vos enfants pour leur oncle. Cette lettre est pour Lividia et Tabitha aussi bien que pour vous deux, mes très chers. Je pense beaucoup à Mère. Qu'elle veille sur nous tous.

Th. Wellington.

Les recherches de Thor l'avaient rendu célèbre. Aussi, à peine était-il rentré que les invitations à donner des conférences et à participer à des colloques commencèrent à affluer. Ses journées étant presque entièrement prises, son travail au laboratoire avec Abraham se déroulait de nuit, tandis qu'un fugitif ou deux se glissaient dans la cave qui cachait notre passage secret.

Thor ne paraissait pas prêter attention à ces allées et venues nocturnes, et nous n'en parlions jamais, ne prononcions pas les mots *fugitif, chasseur de primes, police, shérif, esclave.* Les liens de Thor avec l'Afrique et les Africains étaient si idylliques qu'il semblait déplacé d'imposer une autre obligation à ce rêveur passionné sans que ce soit absolument nécessaire.

Thor habitait avec nous parce qu'il n'avait pas

d'autre foyer que ses camps expéditionnaires en Afrique. Quand il ne travaillait pas à l'extérieur, il était à la maison avec les enfants, à jouer ou à écrire des lettres. Je me mettais souvent au piano pour lui. Si seulement il existait un moyen de transporter la musique avec soi sans les services de tout un orchestre ! s'exclamait-il. J'avais fait fabriquer une machine à copier les lettres, comme le polygraphe de mon père, pour le lui offrir en cadeau de retour.

Souvent, quand je passais devant le laboratoire en me rendant à l'entrepôt, je jetais un coup d'œil par la fenêtre et voyais Thor et Thance occupés à trier leurs milliers de spécimens. Penchés sur leur table de travail, ils étaient difficiles à distinguer l'un de l'autre.

« Pourquoi n'épinglez-vous pas vos prénoms sur vos blouses pour que les gens sachent qui est qui ? demandais-je.

— Vous le savez, vous », répondait Thor en riant.

Je me souviens qu'il pleuvait et qu'il était très tard. Les gouttes martelaient les verrières, alors que je passais devant la fenêtre du laboratoire, ma cape sur les épaules. J'avais l'intention de retourner aux bureaux de l'entrepôt, mais je crus voir Thance à travers la vitre. Il devait partir pour Le Cap rejoindre une expédition scientifique, et il emmenait Abraham, qui n'était pas retourné en Afrique du Sud depuis plus de sept ans. Une fois de plus, Thenia avait refusé de partir avec lui et repoussé leur « mariage africain ». Elle avait peur des navires, des vastes étendues d'eau, de l'Afrique. J'avais tout tenté pour la persuader qu'une traversée était aussi sûre qu'un voyage par les Chemins de fer de Pennsylvanie. Thance paraissait chercher quelque chose. Beauty, la petite-fille d'Indépendance, sur les talons, j'ouvris la porte du laboratoire.

« Thance ? » fis-je en entrant, empêtrée dans mes jupes mouillées.

À ce moment-là, la chienne, qui secouait la pluie de son dos, perçut un mouvement derrière l'une des cuves de stockage et se précipita en avant, me bousculant au passage. Je pivotai, déséquilibrée, et me sentis tomber. Pour me retenir, j'attrapai l'étagère la plus proche. Une voix derrière moi poussa un cri d'alarme :

« Harriet ! Ne touchez pas à ces étagères ! »

Comme dans un rêve, je reconnus Thor, mais les plis de ma cape accrochèrent une fragile planche de bois qui s'effondra, entraînant dans sa chute des flacons de verre coloré qui s'abattirent les uns sur les autres comme des dominos. Le bruit des bouteilles, assourdissant, couvrit les aboiements frénétiques de Beauty. Je reculai pour éviter le verre brisé, mais mon pied se prit dans l'ourlet de ma robe, et je tombai à quatre pattes dans une grande flaque de liquides fumants. Les fioles cassées étaient toutes soigneusement étiquetées : nitrate d'argent, vitriol, acide sulfurique, acide carbonique, formol, hydroxyde de sodium...

Les liquides et les gaz se répandaient autour de ma cape, qui me protégeait le corps, mais mes doigts étaient en feu. Une douleur fulgurante remontait dans mes poignets, si vive que mon cœur faillit s'arrêter. Presque aussitôt, deux bras puissants me saisirent et me poussèrent vers la pompe. Je hurlais. De l'eau coula bientôt sur mes mains. Je luttais contre la douleur qui me faisait défaillir, mais la pièce tournait et je sombrai dans l'inconscience.

Lorsque je revins à moi, j'étais allongée sur le canapé en cuir du bureau de Thor. La souffrance était intolérable. Je regardai mes mains. Elles étaient emmaillotées de gaze. Je me mis à pleurer.

« Harriet, dit doucement Thor, buvez ceci, je vous prie. Vous avez eu un accident. Vos mains sont brûlées, mais superficiellement. Elles commenceront à guérir dans quelques jours. Je les ai enduites d'une pommade que j'ai préparée avec de la mousse de hickory et du beurre de cacahuète. On l'utilise contre les brûlures en Afrique. Pouvez-vous bouger les doigts ? »

J'essayai lentement de soulever le pouce ; c'était très douloureux, mais je pouvais remuer les doigts des deux mains.

« Oui, répondis-je en regardant les deux paquets blancs.

— Dieu merci, votre corps était protégé. »

Je poussai un gémissement.

« Oh, mon Dieu, Harriet ! S'il vous était arrivé quelque chose au visage.

— J'ai été imprudente.

— J'ai eu si peur, en vous voyant... Harriet... mon Dieu, j'ai eu si peur. »

Je fermai les yeux. Lorsque je les rouvris, Thor me regardait ; son regard avait la même expression d'adoration que celui de son frère.

« C'est entièrement ma faute, disait-il. Ces flacons auraient dû être enfermés.

— Beauty n'avait rien à faire ici. Je n'y ai pas pensé, c'est inexcusable dans un laboratoire. Je suis désolée.

— Vous êtes désolée !

— Oh, Thor, je ne suis plus une enfant. Je ne suis pas sous votre responsabilité.

— Mais si. Depuis le premier jour où je vous ai vue, j'ai su que vous seriez toujours la seule femme dont je me sentirais responsable. »

Nous y voilà, me dis-je. Il tremblait, les yeux brillants de larmes retenues. Il n'avait pas voulu dire tout cela. Et moi, je n'avais pas voulu l'entendre.

« Je suis la femme de votre frère.

— Oui, la femme de mon frère. La femme bien-aimée de mon frère bien-aimé. Aussi adorée par son beau-frère que par son mari. »

Ses paroles flottaient dans l'air comme une bannière de soie gonflée de désirs et de souffrances inexprimés. Ma vie de famille pouvait-elle devenir encore plus compliquée ? me demandai-je, presque en riant. Imposture, métissage, une double existence qui à présent devenait triple ou quadruple. On aurait peut-être dû me vendre à La Nouvelle-Orléans après tout. Au moins, ç'aurait été banal. À présent, j'avais séduit mon beau-frère.

« Je vous aime tous les deux, dis-je sincèrement. J'ai du mal à vous distinguer l'un de l'autre. »

La deuxième phrase était un mensonge, comme tant d'autres.

En deux semaines, grâce aux remèdes de Thor et au fait qu'il les avait lavées si vite à l'eau et à l'alcali, mes mains commencèrent à guérir. Les peaux mortes tombaient, mes paumes brûlées se recouvraient de tissu sain. La douleur diminuait. Je pouvais de nouveau tenir des objets.

Thor ôta mes bandages et ne me laissa qu'un léger pansement autour des poignets. Et un jour où je me trouvai seule, j'enlevai la gaze et inspectai l'intérieur de mes mains.

Stupéfaite et incrédule, je m'aperçus que je n'avais plus d'empreintes digitales ! Le bout de mes doigts était lisse et blanc comme du marbre. Aussi lisse et blanc que le dos de mes mains, qui n'avait pas été touché. Au centre de ma paume, là où passait ma ligne de vie, il restait une cicatrice en zigzag, comme si j'avais reçu des coups de fouet. J'avais vu des cicatrices semblables sur des esclaves en fuite. Mais même ces traces allaient bientôt disparaître.

Le bout de mes doigts illisible demeura le seul souvenir durable de mon accident. Mon identité était effacée. Mon cœur battit plus fort. C'est un signe, songeai-je en regardant mes mains mutilées. L'oubli était complet, le préjudice de ma naissance aboli. Mais était-ce une punition ou une délivrance ? Cela faisait-il de moi la fille de mon père ou le contraire ?

Pendant les semaines qui suivirent mon accident, Thenia vint me voir presque tous les jours, en compagnie de son petit Raphael de six ans. Durant sa première visite, nous nous regardâmes en silence. Thenia n'avait jamais voulu m'accabler de ses problèmes, et je ne pouvais pas commencer à lui expliquer l'importance des empreintes digitales. Mais je finis par découvrir qu'elle m'avait caché beaucoup de choses. Abe voulait retourner chez lui en Afrique. Il ne voyait pas l'intérêt d'accepter les humiliations de la vie d'un Noir dans le Nord et il était découragé par la haine et les rebuffades qu'il rencontrait partout. Il voulait que ses fils vivent dans son pays et, même s'il était venu en Amérique pour apprendre la méthodologie occidentale et avait été accepté à l'École de pharmacie, il n'avait pas été admis dans la Guilde des apothicaires. On lui avait même refusé sa licence de revendeur de médicaments brevetés. Il pouvait apprendre davantage au cours d'une expédition de six mois qu'en restant ici à étiqueter les échantillons de Thor et à diriger l'entrepôt de Thance. Il allait retourner sur le terrain.

Thenia avait peur de l'Afrique et ne voulait pas y emmener Raphael. Abe lui permettait de rester encore jusqu'à son retour de cette expédition, mais c'était le dernier sursis. Il repartirait en Afrique et désirait que Thenia le suive.

« Si je pars, je ne reviendrai jamais, et je ne reverrai plus jamais les miens. Je ne les re-re-reverrai plus, répéta-t-elle en pleurant. Tant que je suis ici, il me reste un espoir de les retrouver : Maman, Papa, Doll, Ellen. Mais si je vais là-bas, c'est fini. Et je suis de nouveau enceinte poursuivit-elle. Si je le dis à Abe, il croira que c'est un prétexte pour le retenir. Mais s'il ne revient pas dans huit mois, ce bébé naîtra sans son p-père.

— Ils reviendront avant la naissance du bébé, Thenia. Et je suis peut-être enceinte, moi aussi. Ou peut-être est-ce à cause de l'accident que je n'ai rien eu ce mois-ci. »

J'avais quarante-trois ans. Ma grand-mère avait eu son dernier enfant à presque cinquante ans.

Thance me parla peu de l'accident, comme si l'évoquer risquait de rappeler un autre accident, beaucoup plus ancien. Abraham et lui partirent pour Le Cap sur notre navire, le *Rachel*, fin janvier. Thance avait peu d'expérience de l'Afrique, mais comme Thor était sur le point de découvrir un vaccin, il avait accepté que son jumeau le remplace.

Le *Rachel* transportait un chargement d'huile de baleine et reviendrait avec des matières premières pour fabriquer des médicaments, ainsi que des épices de Zanzibar et du poivre rouge. Le navire atteignit Le Cap au printemps 1843.

25

> Toutefois, la moralité d'une chose ne peut dépendre du fait que nous connaissions ou ignorions sa cause. Ignorer de quel côté un dé non pipé tombera ne rend pas immoral l'acte de le jeter ou de parier sur lui. Si nous considérons la chance comme immorale, alors toute entreprise humaine le sera aussi.
>
> THOMAS JEFFERSON.

Par hasard. Un simple lapsus. Ce fut dans l'intimité d'une nuit étoilée sur le *Rachel* qu'Abe, en parlant de Thenia, la nomma la « nièce d'Harriet ». En toute innocence. Je ne lui ai même pas demandé ce qu'il voulait dire, ni de répéter. Chaque étoile venait d'exploser. C'était la révélation. Ma bouche s'ouvrit de stupeur, mon cerveau s'embrasa. La mère d'Harriet devait être une femme de couleur. Une esclave. Dieu ! Harriet a été obligée de mentir à ses enfants. Les enfants. Le grand cauchemar américain de se réveiller un matin avec une goutte de sang noir dans les veines plane au-dessus de leurs têtes.

Je gîte comme le *Rachel,* je sombre, tiré en avant par une grande force, vers ma maison, mon pays, mes fils, Harriet... et le pont poursuit lentement son chemin, inexorablement, comme la grande lame de la Skuylkill...

Dès le début, j'ai senti une étrange solitude chez Harriet. Même si moi et les autres Wellington l'entourons d'amour, un brasier de solitude la consume jour et nuit, alimenté par je ne sais quelles terreurs.

Une fois, j'ai trouvé un poignard dans sa poche et découvert qu'elle sortait toujours armée de la maison.

Ma mère attribuait cette attitude d'Harriet à la perte soudaine de toute sa famille dans l'épidémie de fièvre jaune. Mais elle expliquait tout ce qu'elle ne comprenait pas chez sa belle-fille par cette tragédie. Il me semble qu'il s'agit plutôt d'un sentiment d'exil, comme si ma femme, ayant été précipitée hors de son Sud natal dans le monde, sans autre protection qu'un tuteur, lui-même un étranger, auquel elle est lointainement apparentée, était devenue pour toujours une personne déplacée. Une émigrée dans son propre pays.

Harriet m'aime, j'en suis certain. Mais cet amour ne semble jamais lui apporter de sérénité. On dirait qu'elle vit en guerre perpétuelle contre quelque chose qu'elle porte en elle. Parfois, je la surprends à fixer Sinclair ou l'un des jumeaux d'une manière très étrange. Comme si ses enfants possédaient un sens différent, supplémentaire pour elle. Dieu sait que c'est une mère parfaite, protectrice comme une lionne, juste, patiente, et infiniment affectueuse. Pourtant, une rage semble la consumer, et il existe chez elle des puits de solitude si profonds, si tristes, que même la force de mon amour ne peut les combler. Je ne suis pas capable de la libérer de son énigme intérieure, de son éternelle tristesse et de son éternel silence. J'ai beau faire mon possible pour éteindre cette flamme belliqueuse, elle brûle comme une veilleuse dans son âme, même dans nos moments les plus intimes — des moments si fragiles, si passionnés, si magnifiques qu'en pensant à mon bonheur mon cœur s'arrête de battre. Je n'ai jamais compris l'origine de sa détresse, qui a suscité en moi une solitude semblable. Pour combattre ce sentiment, je me suis jeté à corps perdu dans mon travail et me suis écarté de ses mystères, qui me paraissent vraiment trop sudistes, quasiment pervers, surtout si l'on songe qu'elle a tout pour être heureuse : un mari, un foyer, des amis, une famille qui l'adore, des enfants aimants, et la musique.

Mais Harriet a peur, et sa peur, je crois, s'exprime dans un certain détachement vis-à-vis de ses enfants, comme si elle s'interdisait de les aimer trop car on risque de les lui arracher à tout moment. Comme s'ils n'étaient pas à elle, mais simplement confiés à sa garde.

Elle a aussi une horreur fanatique de toute forme d'oppression ou de cruauté, une peur presque irrationnelle qui se manifeste par un enthousiasme exagéré pour toutes sortes de causes : l'abolition, la paix dans le monde, la tempérance, les droits de la femme, la protection des animaux, la défense des Indiens. Elle embrasse ces causes avec une ferveur et un dévouement rarement égalés dans sa vie familiale. Je n'exagère pas. Après le mariage de Thenia, elle a refusé d'employer des nurses irlandaises parce que des malfaiteurs irlandais avaient attaqué Abraham Boss. Elle fulmine contre le fait que les Noirs de Philadelphie ne soient pas autorisés à emprunter les omnibus. Elle risque son statut social et celui de toute notre famille en cachant des fugitifs. Elle abreuve le Congrès de pétitions au nom de mulâtres demandant leur liberté devant les tribunaux, au nom de la cause antiesclavagiste, pour l'émancipation immédiate. Son excuse est toujours magnanime : elle possède tant — tant d'amour, de chance, d'argent, de santé — qu'il serait criminel de ne pas partager sa bonne fortune avec les malheureux, les déshérités de la terre.

La musique la fait pleurer. La peinture la fait pleurer. Les romans la font pleurer. Les orphelins, les bébés, les vieilles personnes, même les Noirs la font pleurer. La mélancolie est devenue le trait dominant de son caractère, pourtant démenti par sa bonne humeur apparente et sa beauté, qu'elle considère comme un fardeau. Elle n'a pas vieilli d'un jour en dix-huit ans. J'ai quelques cheveux gris, je me fatigue plus rapidement, et les lunettes que je portais autrefois par affectation me sont maintenant vraiment nécessaires. Mais la peau de ma femme est aussi lisse, son teint aussi frais, son corps aussi ferme et mince, ses mains aussi belles que le jour où je l'ai rencontrée.

Mes amis me taquinent en disant qu'Harriet doit dormir dans le formol que j'utilise pour mes spécimens. Même Thor, quand il revient à la maison après ses longues absences, commente la pérennité remarquable de la beauté d'Harriet. Parfois, nous en parlons tard dans la nuit. Nous nous répandons en éloges sur son éclat, son charme de belle du Sud, son courage, sa volonté, sa douceur, son intelligence, son dévouement. Souvent je la contemple quand elle dort et, avec émerveillement et reconnaissance, remercie le Dieu généreux qui a placé une femme comme elle sous ma garde. De temps en temps, j'ai la nette impression qu'Harriet croit me protéger, et cela me plaît aussi. Les femmes combatives comme ma mère (paix à son âme) m'ont toujours attiré, mais Harriet semble aspirer à être davantage. Elle cherche des rôles qui la placent au centre de la tragédie, de la comédie, ou de la farce, peu importe, tant que pour elle c'est la vie.

Thor ramène avec lui ce sentiment de vie : le parfum musqué de l'Afrique inconnue et indéchiffrable, son exubérance, son mystère, sa violence et sa brutalité. Il débarque avec les odeurs et les périls de l'Afrique, et Harriet sourit et rayonne en lui présentant un nouvel enfant. Puis il repart, revient des années plus tard pour trouver un autre neveu et enrichir notre laboratoire de ses feuillages et de ses écorces, ses racines et ses spores, qui sont disséqués, analysés, distillés pour être transformés en science, en connaissance, en pharmacopée.

Les mystères de l'alchimie nous lient, mon frère et moi. Nuit après nuit, expérience après expérience, nous répétons les mêmes gestes, distillons les mêmes substances. D'une certaine façon, c'est ce que j'aurais voulu faire avec Harriet. Distiller l'essence de la femme, la réduire en poudre, la mettre en bouteille, la ranger sur une étagère, l'étudier, l'adorer, admirer sa couleur, son goût... Parce que je ne crois pas au hasard. Je ne commettrai jamais une seconde erreur après ce fatal accident avec Thor. Lui estime que cette faute, qui l'a séparé de moi pour toujours, qui lui a ôté la moitié de sa valeur, comme un véritable esclave, me protégera le reste de mon existence. Harriet aussi pense cela : que l'unique, l'écrasante tragédie de sa vie la soutiendra, paiera son passage à travers le temps. Comment pourrait-elle savoir que d'autres règles, éminemment absurdes, sont en jeu ? En essayant d'éliminer le hasard de ma vie, j'ai attiré dix fois sa fatalité. Ce qui est exclu par l'esprit scientifique.

Nous sommes le 21 mars 1843, dans la brousse, près de Bulawayo en Afrique du Sud, dix jours après mon arrivée sur le *Rachel*. Abe et moi avons passé notre temps à travailler dans notre laboratoire de fortune. Grâce à ce qu'il m'a confié par hasard, je crois découvrir enfin Harriet, si secrète, et lui voue un amour encore plus farouche, une loyauté et une discrétion totales.

Attendez ! Je sens un courant d'air derrière moi, comme les petites tornades que nous essuyons sur les plaines du Transvaal. Le sifflement de l'acier. Un coup sourd. Une sorte de cécité assortie d'une douleur extraordinaire. Mes yeux sont intacts, mais un voile d'obscurité est descendu sur eux. Il est rouge. C'est mon propre sang. Au secours ! Au secours ! Abraham ! Abraham est près de moi. Je l'entends. Il crie quelque chose. Quoi ? Je ne comprends pas ce qu'il dit. Soudain, je vois son bras tranché. Il paraît surpris. Il s'évanouit. Son bras vole dans l'espace, le doigt toujours pointé. Un autre coup, de l'acier aiguisé cette fois, pas du bois. Oh, Dieu ! Le bruit est différent. Harriet ! Ma femme. Mon amour. C'est la mort. Un linceul de souvenirs s'abat sur moi. La main de ma mère sur mon front ; l'odeur du grand manteau vert de mon père trempé par la pluie, le soir où Thor est tombé ; la robe de mariée d'Harriet ; les cheveux fraîchement lavés de Sinclair… Le rire des jumeaux… Oh, Harriet, ma poitrine est ouverte au ciel. Mon cœur bat hors de sa cavité. Si beau à voir. Mère. Arrêtez les tambours. C'est la mort. C'est la mort. La mort. Harriet…

26

> Je suis né pour perdre tout ce que j'aime. D'autres peuvent perdre une partie de leur prospérité, mais moi, de mon plein gré, j'ai perdu la moitié de ce que j'avais.
>
> THOMAS JEFFERSON.

La forme du monde. La ligne de l'Équateur. Le tropique du Cancer. Combien de fois Thance m'avait-il expliqué comment la Terre tournait ?

Je continuais à vivre, encore ignorante, et le monde tournait toujours sur son axe alors que la moitié de ma vie avait disparu. Les enfants et moi attendions des nouvelles du Cap par les clippers, les schooners, les paquebots, les bricks et les sloops qui sillonnaient l'Océan, le monde, traversant la ligne qui le divisait en deux hémisphères.

Parfaitement heureuse, je rédigeais les inventaires à l'entrepôt, baignais mes enfants, écoutais les jumeaux me raconter leurs malheurs, et mes filles leurs joies, faisais pousser mes légumes, composais mes menus, comptais le linge, payais les factures, jouais de la musique et sauvais des fugitifs. J'astiquais la surface prospère de ma fausse vie jusqu'à ce qu'elle brille comme une vitre.

Et je croyais que la vie suivait son cours, en harmonie avec ce mouvement éternel des saisons, des marées et des constellations. J'étais enceinte de quatre mois et Thenia aussi. Nous préparions ce cadeau inattendu pour souhaiter la bienvenue à Thance et Abraham. Je gardais ce secret pour moi, protégé par mon ventre, mais aussi par l'armure de mon corps et, au-delà, par ma maison, ma ville et ma place confortable au sein de la société américaine dans le rôle de Mme Thadius Wellington.

Le *Rachel* arriva le 30 avril, avec quatre mois d'avance. Avant même qu'il eût accosté, le capitaine s'embarqua dans un canot et nous trouva à l'entrepôt. Toute parole était superflue. L'arrivée du *Rachel*, vide et avant la date prévue, signifiait un désastre. Le visage du capitaine, ses gestes impuissants nous apprirent le reste. Et soudain, mon monde cessa de tourner sur son axe.

PAR LA VALISE DIPLOMATIQUE, VIA LE VAISSEAU DE PATROUILLE AFRICAIN *WANDERER*. UNE COPIE SERA REMISE EN MAINS PROPRES PAR LE CAPITAINE LEWIS DU *RACHEL*.

23 MARS 1843,

Chère Madame,

En ma qualité de brigadier général, commandant de division du 3e régiment d'Éclaireurs et de Lanciers de Sa Majesté la Reine Victoria, j'ai le triste devoir de vous informer que le campement expéditionnaire du docteur William John Thadius Wellington a été attaqué dimanche soir, 21 mars, près de Bulawayo, par un groupe de guerriers zoulous en révolte contre l'autorité du 3e régiment des Forces royales de Sa Majesté près de Durban dans la province du Natal et à titre de représailles à la suite d'une attaque non provoquée des Boers contre le village zoulou de Bulawayo, laquelle a provoqué la mort d'un prince ngwane, Ngoza. Un détachement de secours arrivé aux premières heures du jeudi 22 mars 1843 a trouvé le campement dévasté et tous ses occupants massacrés. Les attaquants n'ont pas été appréhendés. Le corps de M. Wellington a été trouvé et inhumé sur place avec tous les honneurs militaires en attendant vos instructions. Son assistant, Abraham Boss, de la tribu ndebele, a été retrouvé gravement mutilé, et lorsqu'il est mort de ses blessures, son corps a été enterré près de celui de votre époux.

Croyez, Madame, que je compatis profondément à votre douleur. Notre ministère des Affaires étrangères vous fera parvenir le rapport officiel complet sur la mort de votre mari.

Que Dieu ait pitié de l'âme du docteur Wellington.

Respectueusement,
Brigadier général Banastre Tarleton II.

« Je n'aurais jamais dû laisser Thance partir seul... même avec Abe. » Le cri de désespoir de Thor transforma mon propre désarroi en compassion pour lui.

La rumeur s'était déjà répandue que le *Rachel* était revenu vide quand Thenia fit irruption dans l'entrepôt. Mais, comme nous tous, si sûrs des battements de notre cœur et de la circulation de notre sang, elle pouvait regarder la mort en face et continuer à douter. Elle ignora le capitaine et s'adressa directement à moi :

« Notre bateau est là, mais où est Abraham ?

— Il est en Afrique, répondis-je, avec Thance. »

Mais elle avait dû voir la mort inscrite sur mes tempes, comme les cicatrices tribales d'Abe. Elle s'arrêta net. Je vis ses pieds exécuter un petit saut, puis glisser, comme si elle dansait sur des charbons ardents.

« Oh, mon Dieu ! Ils ne reviennent pas. Ils ne reviendront jamais !

— Thenia, il y a eu... un accident... une attaque contre le campement près de Durban. Ils ont été tués. Tous les deux. »

Elle inspira profondément, et je m'armai contre son hurlement.

« Nous ne savons pas pourquoi... une vengeance à cause d'une attaque des Kaffirs... pour voler du sucre ou les médicaments ou prendre les fusils... pour n'importe quelle raison. Il y a des attaques des Anglais, des Kaffirs, des Zoulous », poursuivait en vain le capitaine.

La bouche ouverte de Thenia ne poussa pas de cri. Mais, se tournant vers Thor, elle lança :

« Alors, pourquoi les avez-vous laissés partir ? »

En cet instant fatal, la chape de culpabilité que Thance avait portée depuis l'accident de son frère fut transférée sur les épaules de Thor. La marque de Caïn avait changé de jumeau.

Thenia se réfugia dans le même silence qu'après la vente aux esclaves. Je me demandais combien de malheurs une femme était censée supporter en ce monde. Elle avait perdu sa famille quelque part dans le Sud, et Abraham quelque part en Afrique. Le seul Noir de notre connaissance à être venu de son plein gré en Amérique ne reviendrait plus.

« Si vous retournez au Cap, je vais avec vous, dis-je à Thor. Je ne peux pas laisser Thance en Afrique. Ce n'est pas sa place.

— Le *Rachel* doit récupérer son chargement — et honorer les obligations de la Compagnie Wellington, expliqua Thor. Je ramènerai le corps de Thance.

— Je dois y aller, Thor. Et Thenia aussi. Elle se sent coupable de ne pas avoir laissé Abraham retourner en Afrique il y a des années. Maintenant il est rentré pour de bon — sans elle. Sinclair viendra également.

— Il est trop jeune.

— Il doit voir la tombe de son père pour accepter ce qui s'est passé. Il a le droit de s'y recueillir et de porter le deuil. »

Je m'assis et regardai le bout illisible de mes doigts.

Notre traversée serait un pèlerinage, moins pour récupérer le corps de Thance que pour chercher une raison d'être vivants, nous et nos enfants à naître, même si je cachai à Thor que Thenia et moi étions enceintes de quatre mois, car il nous aurait interdit le voyage.

Quand tout l'équipage, vingt-huit hommes, serait rassemblé, nous prendrions la mer sur notre trois-mâts de six cents tonnes. Le *Rachel*, comme la femme de qui il tenait son nom, était robuste, rapide et sûr. Il nous amènerait à la colonie du Cap de Bonne-Espérance en quarante-cinq jours. Tandis que les préparatifs du départ avançaient, la nouvelle de la mort de Thance se répandit dans le monde médical de Philadelphie et toute la corporation des pharmaciens nous adressa ses condoléances. Puis, juste comme nous allions appareiller, j'appris que mon bien-aimé Petit, mon ange gardien, mon mentor, mon Moïse, mon seul lien avec mon passé et mon père, était décédé à Reims. La dernière personne que je vis avant notre départ fut la tendre et indomptable Charlotte.

« J'espère que tu te sens assez forte pour le voyage, me dit-elle.

— Il le faut bien, Charlotte, ou le reste de ma vie n'aura plus de sens.

— Oh, Harriet, avons-nous songé quand nous étions à l'école que nous ferions mourir des hommes ?

— Quelle curieuse remarque !

— Vraiment ? Je suis désolée.

— Qu'est-ce qui se passe ? Je te connais assez bien pour savoir que tu as quelque chose en tête.

— Tu ne te fâcheras pas ?

— Écoute, Charlotte, nous sommes amies depuis vingt-trois ans, et rien n'a jamais pu entamer notre affection.

— Je voudrais te dire encore une chose, et je ne soulèverai plus jamais la question.

— Je t'écoute.

— Peut-être est-ce Thor, et non Thance, que tu aurais dû épouser. »

Le lendemain, Thenia, Thor, Sinclair et moi montâmes à bord du *Rachel*, chacun replié sur son propre chagrin. Mais j'avais trouvé une raison de vivre grâce à l'enfant que je portais. Il était la clef de mon avenir. Et peut-être aiderait-il même Thor à accepter la mort de son frère comme la volonté de Dieu.

Dès notre arrivée au Cap, Thor se jeta à corps perdu dans les travaux inachevés de son jumeau, comme pour venger son frère. Il retraça son itinéraire, recommença ses expériences, rassembla ses spécimens et voulut terminer son expédition. Nous emmenâmes plus de cent porteurs, des gardes armés, des cuisiniers, des guides et des interprètes africains. L'expédition se déplaçait lentement et lourdement à travers un paysage d'une telle variété, d'une telle beauté et d'une telle puissance que je regrettais de ne savoir ni dessiner ni peindre. Sinclair, en revanche, se mit à faire des croquis de plantes et de spécimens, et même des portraits de membres de l'équipe. Thenia gardait constamment sa Bible avec elle ; elle la portait comme un bouclier. Ses manières et ses vêtements occidentaux intriguaient bien des hommes de l'expédition, qui finirent par lui accorder le statut réservé aux Blanches, qu'elles soient religieuses, missionnaires, ou la reine Victoria en personne — celui d'être asexuées. Mais Thenia était une belle femme de trente ans, et Thor reçut plus d'une proposition de mariage pour elle, la plus extravagante étant assortie d'une douzaine de chèvres et d'un fusil. Il en reçut aussi plusieurs pour moi, mais pas aussi avantageuses que pour Thenia, nous dit-il en riant. Néanmoins, nous taquina-t-il, certaines paraissaient alléchantes.

Je troquai ma tenue noire de Philadelphie pour le blanc, la couleur du deuil en Afrique du Sud. Tous les matins je regardais Sinclair dessiner un moment, puis j'écoutais Thenia nous lire la Bible à voix haute. Ensuite, je suivais Thor dans ses tournées. Je semblais être la seule personne de l'expédition qui n'eût ni travail ni passion, seulement du chagrin. Je ne cherchais pas à capturer les milliers de papillons et ne cueillais pas de fleurs rares. Pourtant, la contrée me parlait, le paysage me fascinait, me captivait. Toute la tristesse de ce voyage ne pouvait chasser mon impression de sécurité.

Pendant deux semaines, nous voyageâmes sous escorte armée, une patrouille de soldats britanniques ouvrant le chemin. Lorsque nous arrivâmes à l'endroit où Thance et Abraham avaient été assassinés, la végétation luxuriante avait déjà commencé à effacer toute trace des deux tombes solitaires, marquées de croix grossières. Nous restâmes silencieux tandis que les deux corps enveloppés de toile cirée étaient exhumés par les soldats et placés sur le palanquin qui conduirait Abraham dans son village et Thance au cimetière anglais de Ladysmith. Après en avoir longuement discuté, Thor et moi avions décidé que nous ne ramènerions pas Thance à Philadelphie, mais le laisserions en Afrique avec Abraham.

Abraham reçut une sépulture consacrée dans son village de Nobamba. La cérémonie célébrée par les anciens fut simple et brève. Je restai en arrière pendant l'enterrement, incapable de m'approcher. La petite levée de terre et la pierre arrondie placée à sa tête me rappelèrent que je n'avais jamais vu la tombe de ma mère. Je regardai Thenia s'agenouiller et ramasser une poignée de terre jaune qu'elle plaça avec tendresse dans son mouchoir. Puis elle prit de petits morceaux des offrandes qui avaient été déposées sur la tombe.

« Je suis satisfaite, me dit-elle en me rejoignant. Je le laisse ici, et je ne reviendrai jamais. Je suis contente que tu laisses Thance ici aussi. Sa place est en Afrique. »

Ladysmith n'était qu'à une journée de voyage du village d'Abraham. Le cimetière blanc, situé sur un petit tertre en dehors des portes de la ville, était tourné vers l'ouest, vers notre pays. Le pasteur luthérien improvisa une cérémonie simple, mais l'éloge funèbre de Thance fut impressionnant. Le brigadier général Tarleton lui rendit tous les honneurs militaires et, à ma grande surprise, Thenia se mit à chanter *a capella*. Les sonorités profondes flottèrent sur la vallée et dans les collines, puis s'évanouirent avec la brume qui s'en élevait. Comme Thenia, je ramassai une poignée de la terre à laquelle j'avais confié mon mari bien-aimé, l'enfouis dans mon mouchoir et l'enfonçai dans ma poche à côté du poignard de James.

Sinclair fit pour moi un croquis du monticule, puis, à partir de ses dessins, il exécuta une aquarelle. Mais ne représenta pas la tombe de son père ni les autres, il laissa le tertre lisse et vide. Je pensai à la fresque inachevée de Maria Cosway à Lodi. Je savais que ce monticule de terre africaine occuperait toujours une place dans mon cœur, habité qu'il était par le corps, l'âme et l'esprit de Thance.

Finalement, je m'agenouillai sous une impulsion que je compris à peine moi-même, et chuchotai mon nom devant la terre refermée. Combien d'absolutions me fallait-il, après tout ?

J'étais plus heureuse pour Sinclair que pour n'importe lequel d'entre nous, sachant ce que signifiait pour le cœur d'un garçon de seize ans de s'agenouiller sur la tombe de son père. Nous commandâmes une autre pierre tombale, mais laissâmes la vieille croix au pied de la sépulture, et nous fîmes nos adieux à Thance. Il serait séparé de nous, mais pas de la terre qui le portait ni du ciel qui l'abritait.

Alors que Thor et moi nous tenions près de la tombe, je songeai à notre première rencontre, quand j'avais pris le mystérieux jumeau africain pour mon futur époux.

« Au cours des dernières semaines, disait Thor, je me suis mis à croire en Dieu d'une certaine manière, mais sans penser à Lui. Je suis entré dans un état d'esprit métaphorique où le monde se révèle à moi différent de ce qu'il est en apparence. Pour la première fois depuis mon accident, je ne me sens plus à l'écart, mais je vis avec la conviction que ce que nous faisons est bien. C'est pour moi une métamorphose intérieure. J'imagine un Dieu qui ouvre Son monde comme une cachette.

— Ça ne peut que faire du mal d'imaginer ce que l'on ne peut vivre, dis-je.

— C'est à vous d'en décider... On ne doit jamais fuir la chance », ajouta-t-il en nettoyant ses lunettes, qui s'étaient embrumées.

Nous nous éloignâmes ensemble de la tombe et quittâmes l'abri des arbres pour entrer dans l'espace découvert au bord des collines, sans que ni l'un ni l'autre ait décidé si nous allions prendre l'un des sentiers qui menaient dans la vallée. Nous suivîmes assez longtemps le promontoire, puis retournâmes sur nos pas pour la troisième fois, comme si nous ne savions pas où l'autre voulait aller.

« Je ne sais pourquoi..., reprit Thor, mais je pense à ce paysage comme s'il sortait de la Bible. C'est irrationnel, bien sûr, mais j'ai toujours ressenti une sorte de proximité avec la Création dans sa sérénité, ses vastes étendues, sa pureté, son mystère... et aussi dans sa violence, son caractère impitoyable. Les aubes virginales, les pluies, les orages, la végétation édénique, le sentiment que tout l'univers se retrouve ici dans une feuille, bien que je ne sois pas religieux, comme vous le savez. La Bible est un monument de littérature, mais ce n'est pas mon évangile — je suis encore moins unitarien que Thance. Pourtant, en tant qu'homme de science, je ne peux pas étudier et contempler tout ce qui existe dans la nature sans un sentiment de respect et d'exaltation. Il est impossible de lever les yeux vers les constellations africaines et de nier qu'un Créateur ait voulu ces distances, cet infini. Parfois, la nuit, au lieu de regarder les étoiles, je prends la Bible et j'en lis quelques versets pour me calmer, pour... me situer... au sein de cette nature terrifiante et indifférente. La nuit dernière, j'ai lu l'histoire de Tobias, le fils de Tobie, dans l'Ancien Testament. Il a demandé à épouser sa parente, Sarah, et le père de celle-ci, Raguel, a accepté parce que c'était l'ordre de Moïse. » Il se tut et me regarda.

« Selon Moïse, poursuivit Thor, Dieu commande à un Hébreu d'épouser la veuve de son frère, sa plus proche parente, afin que ses enfants ne soient pas sans père et qu'elle ne sorte pas du clan de son mari pour tomber dans des mains étrangères. Dans la Bible, Raguel envoie chercher Sarah, lui prend la main et la donne à Tobias en disant : "Prends-la pour épouse en accord avec la loi et l'ordonnance écrites dans le livre de Moïse." »

Seuls régnaient le silence de la forêt et la légère palpitation d'ailes de papillons.

« Et vous croyez, dis-je, que c'est ce que nous devrions faire ? Adopter la loi de Moïse ?

— C'est une question à laquelle je n'oserai pas répondre, Harriet.

— Alors c'est à moi d'y répondre ?

— Peut-être devriez-vous y songer à la lumière de l'endroit où nous nous tenons, de la personne que nous pleurons... et de l'amour que je vous ai toujours porté... mais vous avez le temps.

— L'histoire de la Bible est très jolie, mais ce n'est qu'une histoire », dis-je. Je pensais : *Une vieille histoire d'esclavage, un moyen de maintenir ensemble les tribus dispersées, asservies, d'Israël.*

Sinclair et ses frères et sœurs étaient à présent sans père, comme j'avais été privée de porter le nom du mien ; ma mère avait connu le même sort. La loi défendait à ma mère, et à ma grand-mère, de révéler à leurs enfants l'identité de leurs pères. Quelle ironie d'avoir fui cette absence de père pour voir ses propres enfants retourner dans cette prison !

« Évidemment, je ne crois pas qu'on puisse dicter sa conduite à un être, dit-il. La vie n'est jamais simple. Elle se révèle même d'une confusion paralysante quand on ne pense qu'à soi. Mais, dès que l'on ne songe pas à soi et que, au contraire, on se demande ce qu'on peut faire pour aider autrui, elle devient très simple. Et il y a l'enfant auquel il faut penser. Nous attachons tant d'importance à ce qui nous est personnel. Nous parlons de vivre pleinement... d'accepter la vie telle qu'elle se présente, de saisir le destin. Pourquoi devrait-on accepter ou saisir ? Comment savoir pour quelle raison nous sommes nés, ou de quelle manière nous mourrons ? Tout est-il acceptable de toute façon, dans n'importe quelles conditions ?

— L'esprit ou l'instinct, Thor ? La moralité ou le caractère ? L'égoïsme ou l'amour ? J'ai vécu égoïstement, immoralement, en suivant mon instinct toute ma vie.

— Si notre nature la plus noble doit être vécue pleinement, nos instincts les plus bas doivent apprendre l'obéissance.

— Il est toujours plus facile de prendre soin des autres que de soi.

— Harriet, je crois que vous êtes l'une de ces personnes qui, loin d'être égoïstes comme elles le croient toujours, ne s'occupent pas du tout de leurs propres intérêts. Et c'est ce que je veux faire pour vous — ce que j'ai toujours voulu, depuis la première fois que je vous ai vue. Et c'est très loin de l'égoïsme ordinaire, qui consiste à chercher son propre avantage.

— Vous vous êtes forgé une image de moi qui n'est pas forcément vraie. » Je souris. « Ne confondez pas ce que je suis avec ce que vous voulez, Thor. Je suis une femme libre.

— Croyez-moi, Harriet, ce qui rend une personne vraiment libre et ce qui la prive de liberté, ce qui procure la véritable félicité et ce qui la détruit, est une chose que tout être humain honnête connaît dans le secret de son cœur, si seulement il veut écouter.

— J'écoute.

— Thance ou moi ? demanda-t-il aussi doucement.

— Vous. Je connais la différence entre vous et Thance. Vous me regardez avec ses yeux, vous me parlez avec sa voix, mais je connais la différence. La question est de savoir si vous connaissez la différence entre moi... et moi ? Savez-vous distinguer entre le blanc et le noir ? »

Nous marchions le long du monticule d'où s'offrait une large vue sur la vallée en contrebas et les vastes prairies piquées de congrégations de flamants, pareils à des coraux sous la majestueuse lumière africaine. Avec mon chapeau de paille, je tirai un trait sur notre conversation.

« Pourquoi êtes-vous si insaisissable, Harriet ? » demandait Thor, tandis qu'un aigle traversait le ciel au-dessus de nous tel un éclair.

Comme sous l'effet d'un coup de fouet, je me retournai.

« Parce que je suis la meilleure danseuse et le maître de ballet. » Puis je tendis les mains, paumes ouvertes. « Voilà ce que je suis.

— Je vous aime comme vous êtes, poursuivit Thor, autant que j'aimais mon jumeau.

— Je ne sais pas si je vous aimerai de la façon dont je l'ai aimé, répondis-je.

— Ce ne sera jamais pareil, je le sais. Ce serait mal que ce soit pareil, ou d'essayer d'imiter l'amour d'un autre. Mais je vous aime vraiment, Harriet.

— Et c'est suffisant pour vous ?

— Plus que suffisant, ma chère sœur. »

Nous baissâmes les yeux sur la tombe de Thance. Un eucalyptus géant l'ombrageait et un ruisseau peu profond coulait à proximité. Les Anglais avaient le chic pour choisir l'emplacement des cimetières, comme celui des jardins. Et ainsi, au milieu de l'hiver africain qui ressemblait à notre printemps, nous entreprîmes la longue marche de retour. Nous n'étions pas particulièrement conscients du danger, même s'il nous entourait de toutes parts. Des tambours allaient annoncer notre départ, comme ils avaient annoncé notre arrivée. L'homme blanc aussi avait ses tambours — la première ligne télégraphique avait été établie entre le commandement militaire de la colonie et Fort Monroe, à plus de quatre-vingts kilomètres de là.

Nous quittâmes Durban et contournâmes la corne de l'Afrique sur une frégate hollandaise pour rejoindre la colonie du Cap, où notre propre navire, chargé des spécimens de Thance et de tout son laboratoire itinérant, nous attendait.

En quittant l'Afrique, je ne trouvais pas de mots pour exprimer la complexité de mes émotions. Mais dans mes rêves, sur lesquels je n'avais pas de pouvoir, mes sentiments m'assaillaient dans toute leur nudité. Je rêvais que j'étais la femme des deux jumeaux et les aimais l'un et l'autre, que les deux hommes venaient me voir, me couvraient de caresses et me partageaient. L'un embrassait mes doigts dénués d'empreintes et l'autre ma bouche trompeuse, des membres identiques se pressaient sur moi et dans moi, les corps des jumeaux bougeaient comme un poignard à deux tranchants, me pénétrant de part et d'autre, tandis que j'étais soulevée par des mains, pressée contre des poitrines, des flancs duveteux, des fronts, des clavicules, de minuscules sillons le long de cous, de nez, d'yeux identiques. Je m'accrochais à eux, extasiée et heureuse, tordant mon corps de contrebande contre eux deux dans l'exultation, parce qu'il n'y avait pas d'autre issue. Je me réveillais toujours de ce fantasme érotique comme d'un cauchemar, à la fois dégoûtée et dévorée de désir.

Sept semaines après le retour du *Rachel* dans le port de Philadelphie, sept mois après la mort de son père, et un an avant que j'épouse Thor, la petite fille que je portais naquit. Je l'appelai Maria. Le bébé de Thenia, Willy, arriva une semaine plus tard. Depuis le début, je considérai Maria comme l'enfant de Thor. La boucle était bouclée, et sur le rocher de Maria, Thor et moi construisîmes notre maison et notre bonheur. Un nouveau bonheur. Pas le même qu'avec Thance, ni son ombre ou son imitation.

J'avais juré de ne jamais ressembler à ma mère, Sally Hemings. Pourtant, comme elle, non seulement je n'avais jamais cessé d'être une esclave, mais j'avais pris mon beau-frère pour mari. Cette fois, mon cadeau de mariage de la part de l'État de Pennsylvanie fut la révocation par la Cour suprême de la loi sur la liberté personnelle en Pennsylvanie : l'Acte sur les esclaves fugitifs fut restauré. Après toutes ces années, j'étais redevenue une fuyarde.

1856

L'hiver le plus froid

Une réunion dans la serre

Biens transportables

La pendaison de John Brown

Godey's Lady's Book

La guerre éclate

Adieux

Contrebande

Commission sanitaire

Antietam

Le jugement bienveillant
de l'humanité

Robert E. Lee

27

Si nous ne faisons rien, nous serons les meurtriers de nos enfants.

THOMAS JEFFERSON.

C'était l'hiver le plus froid dont on se souvînt. Toute la ville gémissait sous le joug d'un gel arctique descendu du Canada, paralysant les lacs, les fleuves et même le port. La glace était si épaisse que des centaines de patineurs et de traîneaux à voile ne parvenaient pas à en entamer la surface. Le nouveau pont suspendu qui enjambait la Schuylkill était couvert de gargouilles, de glaçons et de voiles de givre fantomatiques, sous lesquels il geignait, tremblait et brillait comme du papier abrasif dans la lumière bleutée régnant au-dessus du parallèle 36°30', la ligne qui divisait les États-Unis entre le Nord et le Sud, l'esclavage et la liberté. Le *Rachel* était prisonnier dans le port de Philadelphie, sa coque immobile couverte de cristal, des aiguilles de verre pendant de ses lettres dorées, ses rambardes, ses planches et ses cordages sculptés dans l'écume gelée.

J'étais assise face aux vitres noires qui me séparaient du monde où la nuit tombait, rempli, semblait-il, de forces mobiles, rapides, pareilles à de minuscules morceaux de métal happés par le U d'un aimant, dont elles croisaient aveuglément les branches, se dispersant et se reformant comme une armée en marche. Les fenêtres, sur lesquelles je n'avais pas tiré les rideaux, étaient couvertes de délicats dessins de givre, et les lampes à kérosène éclairaient la cour comme un phare. Le rayon rebondissait vers le ciel, perçant le mur de froid telle une lance. La serre qu'on avait construite à l'arrière de la maison était chaude et confortable, grâce à un poêle à bois suédois en porcelaine bleue et blanche. Ses jolis carreaux dégageaient un rayonnement qui faisait croire aux fougères, aux caoutchoucs et aux palmiers, qu'ils avaient regagné l'Équateur et croissaient librement quelque part sur le trentième parallèle, dans le paysage solitaire et sauvage où nous avions laissé Thance et Abraham treize ans plus tôt.

J'étalai mes partitions, une transcription par Franz Liszt de *Norma*, l'opéra de Bellini, et effleurai l'ivoire lisse des touches de mon Pleyel, mon plus cher trésor. Les notes fusèrent dans la pièce, faisant écho au dilemme de Norma, partagée entre ses devoirs de grande prêtresse et ses émotions de femme. Mes doigts volaient sur les touches, les accords douloureux *pui lento* en si dièse bondissaient, précis et inflexibles, des aigus s'égrenaient, se faufilant à travers la mélodie plus sobre de *Padre tu piagi*, « Père, tu pleures », suivie du cri plaintif de *Guerra, guerra*. Je cajolais le piano, le tentais, le séduisais, enchaînant les notations virtuoses de Liszt, fredonnant les notes, suivant les soldats noirs qui défilaient sur la portée en une formation bien définie, inaltérable. Je fermai les yeux un instant, ma main courant à présent doucement, légèrement, pour la reprise de l'apogée de la fantaisie, *Padre tu piagi*. Je chantai doucement pour accompagner les dernières notes, sentant les tendons et les muscles de mon cou se détendre. Mes yeux brillaient derrière mes lunettes cerclées d'or. Il faisait trop chaud dans la pièce, mon front et mon nez luisaient. Mes mains sur le clavier n'étaient plus celles d'une jeune fille, elles étaient tavelées par l'âge et marquées de veines bleues, malgré toutes les crèmes et les onguents. Mais la force de mes doigts encore longs et droits était intacte. À mon annulaire gauche, mes deux alliances reflétaient la lumière.

La fille de Beauty, Indépendance IV, remua à mes

pieds quand je m'écartai du piano pour plaquer l'accord final *presto con furia*. Je laissai mes mains sur le clavier, tâchant de rassembler les derniers instants de bonheur que la musique m'avait procurés. C'était un brillant morceau de virtuosité de quinze minutes, que je n'aurais jamais osé jouer en public. Le *piu lento* était le passage de piano le plus sublime que je connusse. *Guerra*. La guerre.

Derrière les vitres, des forces se rassemblaient qui allaient donner un nouveau sens au mot *guerre*. Même les cieux retenaient leur souffle et rationnaient les nuages de blancs flocons paresseux qui descendraient bientôt de la nue pour tout recouvrir. Je suppose que c'est parce que j'avais livré si longtemps la bataille personnelle de ma double identité que je sentis l'odeur du sang bien avant qu'elle n'arrivât.

Derrière moi, comme sur une scène, le demi-cercle de ma famille blanche dessinait un croissant d'ombres floues et familières devant la lumière. Noël était passé et le Nouvel An approchait, mais l'arbre se dressait toujours, chargé de jolies décorations conservées d'une année sur l'autre. Comme la vie, pensai-je, une guirlande de décorations étincelantes et insignifiantes enfilées bout à bout et disposées d'une manière que l'on pourrait qualifier de « belle ». Soudain je pivotai sur mon tabouret, ce qui alarma la chienne et éclaira le visage de Maria d'un grand sourire.

« C'était fantastique, Maman ! Quand on pense que nous avons Norma dans notre salon, grâce à M. Liszt !

— Il a dédié sa transposition à Marie Pleyel. »

Je souris à Jane-Elizabeth, qui était aussi belle que la tante dont elle portait le nom. C'était une bonne musicienne et une fille aimante, bien qu'un peu conventionnelle. Avec ses cheveux relevés, toute vêtue de velours noir, elle paraissait davantage que ses vingt-trois ans. Calme, sérieuse, obéissante, elle avait un charme naissant, et sa beauté sombre lui conférait une aura dramatique qui était loin de sa disposition naturelle. Elle avait appris à renforcer cet effet en portant des robes bordeaux, noires, prune et vert feuille. Dans quelques mois, elle épouserait un chirurgien militaire en tournée dans le Wyoming. Mon fils Beverly avait vingt-cinq ans. Largement l'âge de se sauver, me répétais-je comme une litanie, Beverly me rappelait aussi le frère dont je lui avais donné le nom : la bonté même, avec une sorte d'ambition et de volonté farouches que démentait son maintien gracieux, presque sudiste. Il était blond comme les blés, avec de grands yeux gris et des taches de rousseur. Le seul blond de la famille. Beverly me ressemblait beaucoup, mais surtout, il ressemblait à son grand-père. Sa voix était restée haut perchée et féminine, et il riait exactement comme lui. Depuis la plus tendre enfance, il avait passé son temps à faire pousser des plantes, à démonter et remonter des objets, à les réparer. À huit ans, il avait inventé une distillerie miniature ; avant dix ans, il avait rassemblé et répertorié la plus grande partie de la flore et de la faune autour de la maison de campagne de sa grand-mère. Ce serait un bon médecin. Il était sorti diplômé de l'université de Pennsylvanie en 1855. Un jour, il était revenu à la maison avec un camarade d'études, John Hill Callender. Le sort avait voulu qu'il fût le petit-fils de l'ennemi juré de mes parents, James T. Callender. Étonnée, j'observais les deux jeunes gens, inconscients et innocents de tout.

Nous ne pardonnons jamais à ceux que nous avons maltraités…

Tandis que John Hill s'inclinait sur ma main, je me demandais lequel des trois se retournait le plus vite dans sa tombe… John Hill Callender était même fiancé à une arrière-petite-nièce de Thomas Jefferson… ma petite-nièce.

Mais je n'allais pas penser à cela maintenant, j'y songerais plus tard, quand je serais plus calme.

Les jumeaux étaient assis près de leur sœur. William John Madison et William John James étaient pareillement grands, dégingandés et athlétiques. Ils étaient très posés pour leurs vingt ans, et leur enjouement semblait la marque de leur caractère rationnel et équilibré. En fait, ils ressemblaient beaucoup à leur père et à son frère Thor. Ils possédaient la même beauté ténébreuse, les mêmes yeux noirs pailletés d'or. Ils avaient grandi de plusieurs centimètres ces dernières années et ne savaient pas encore quoi faire de leur corps, ce qui les faisait paraître tiraillés entre l'assurance de la jeunesse et les fantaisies de l'enfance. Ils s'apprêtaient à entrer à l'université.

Sinclair, mon fils aîné, ne vivait plus avec nous, mais il passait souvent le soir. Il s'était marié trois ans auparavant et habitait le même quartier que nous. Il était le premier docteur en médecine de la famille, et Thor était très fier de lui. C'était lui, après tout, qui lui avait inculqué une combinaison rare de rigueur intellectuelle et d'intuition. Tout le monde, en fait, s'accordait pour considérer Sinclair comme l'intellectuel, le poète et l'homme de science de la famille. Presque trop grave et austère, il était plus proche de mon frère Thomas Woodston que de n'importe quel autre parent ou de ses frères et sœurs, qui le trouvaient ennuyeux. Mais il avait un charme tranquille et un humour bien à lui qui, sous son apparence conventionnelle, était aussi incisif que son bistouri de chirurgien.

Maria était assise par terre. À douze ans, elle conservait les rondeurs de l'enfance. Mais son visage timide aux traits encore indéterminés promettait de devenir d'une grande beauté, et elle avait déjà un sens du burlesque et du fantastique qui annonçait un esprit incontestablement brillant. Thor la suivait attentivement, car il décelait chez elle une intelligence exceptionnelle mêlée à un esprit de synthèse et une appréhension poétique des choses, la marque des vrais penseurs.

J'avais eu de la chance avec mes enfants. Maria et Madison paraissaient destinés à accomplir de grandes choses. Ma fille aînée, Ellen, était mariée et habitait maintenant avec son époux et ses deux enfants près de Terrytown dans le comté de Bucks. J'étais donc grand-mère.

Je me balançais sur mon tabouret, mes jupes décrivant des cercles sur le tapis. J'ôtai mes lunettes et sortis mon mouchoir de ma manche. Tout en les nettoyant, je sentais le poignard de James pressé contre ma jambe. Je souris. Ne me sentirais-je jamais assez libre pour renoncer à le porter ? Ne ferais-je jamais la paix avec... Je regardai ma famille aimante et adorée, à quelques mètres de moi. Mes Blancs. Je chaussai mes lunettes.

« Aimerais-tu jouer, Maria ? demandai-je.

— Non, Mère. Je crois que votre récital ne peut être surpassé.

— Tu n'as pas à me surpasser, Maria.

— Ce serait seulement ennuyeux.

— Mais non, intervint Thor. Il paraît que tes professeurs sont extrêmement contents de ton jeu. Ils pensent qu'une carrière de musicienne est envisageable.

— Bien sûr, Papa, si les femmes avaient le droit de jouer dans les orchestres symphoniques. Mais ce n'est pas le cas.

— En Europe, c'est possible, dis-je. Il n'y a que les États-Unis qui soient aussi arriérés.

— De toute façon, je ne regretterai jamais d'avoir appris le piano. Même si je ne l'utilise que pour donner des leçons à de sales gamins.

— James, j'aimerais que tu perdes cette horrible habitude de fumer les cigares de ton père. C'est mauvais pour la santé !

— Oui, Mère.

— Et viens m'embrasser.

— Oui, Mère », répéta-t-il à contrecœur.

Comme je tenais l'un de mes jumeaux serré contre moi, le plus intelligent, mon préféré, et respirais sa douce odeur masculine, mes yeux se posèrent avec complicité sur Thor, mon amour, mon mari, mon ancre, le père de mes enfants orphelins, la seule personne qui me permît de garder mon équilibre.

Thor leva les yeux et sourit. C'était encore un bel homme. Sa mâchoire s'était un peu empâtée, et sa moustache était striée de gris, mais il avait toujours les mêmes traits ciselés, les mêmes yeux noirs sous leurs épais sourcils sinueux, les mêmes pommettes saillantes, le même teint coloré, à présent toujours bronzé par le soleil. Je n'étais jamais retournée au Cap après le voyage sur la tombe de Thance. Mais

Thor avait continué à mener ses expéditions, refusant de se plier à mes supplications. Toutefois, il avait raccourci ses absences par égard pour les enfants de son frère dont il avait assumé la responsabilité. Parfois, Sinclair l'accompagnait. Et chaque fois, ils se rendaient à Ladysmith. Sinclair m'écrivait toujours de ce monticule gazonné d'Afrique et m'envoyait des dizaines d'aquarelles.

Thor avait à présent des années de recherches derrière lui. Les matériaux qu'il avait rassemblés étaient suffisants pour des centaines d'études sans qu'il retourne jamais au Cap. Le laboratoire contenait des milliers de spécimens, et on y menait de nombreuses expériences. Il avait même publié à Londres à titre posthume tous les travaux de Thance. Le mince volume était sur un rayon de la bibliothèque près de l'ouvrage capital de Francis Galton sur les empreintes digitales, publié la même année. Thor embrassait souvent le bout de mes doigts sans faire allusion à l'accident. Je me demandais s'il y avait songé ces quatorze dernières années. Tous ceux qui auraient pu s'en souvenir, sauf Thenia, étaient morts.

Des wagons de chemin de fer passaient toujours par l'entrepôt, emportant la marchandise de la Compagnie Wellington vers l'Illinois, à l'ouest, et vers l'Arkansas, au sud-ouest. L'Arkansas était devenu un État esclavagiste en 1836, tandis que l'Iowa avait rejoint les États libres en 1846. L'Union était composée de quinze États libres et de quinze États où l'esclavage sévissait toujours. Une amère bataille avait été livrée à propos de l'admission des nouveaux États et s'était terminée par le Compromis du Missouri. À présent, l'admission du Kansas et du Nebraska rompait l'équilibre délicat entre États libres et États esclavagistes. C'était notre sujet de conversation principal, comme celui de tout le monde en Amérique, un pays de trente-trois millions d'habitants, dont quatre millions étaient esclaves. En Caroline du Sud et dans le Mississippi, les esclaves étaient plus nombreux que les Blancs, et en Louisiane ils les égalaient. En Alabama, ils constituaient un peu plus de quarante pour cent de la population. Au nord de Charleston, quatre-vingt-huit pour cent, et sur la côte de Georgie, quatre-vingts. Le long du Mississippi, il y avait neuf fois plus de Noirs que de Blancs. Sur une population blanche de six millions de personnes, cinq pour cent seulement possédaient des esclaves, trois ou quatre mille familles en avaient le plus grand nombre et vivaient sur les meilleures terres, récoltaient les trois quarts des revenus et détenaient le pouvoir politique et intellectuel, concentré dans le groupe aristocratique auquel mon père avait appartenu. Mais, d'après le recensement de 1850, il y avait cinq cent mille mulâtres pour seulement trois cent quatre-vingt-cinq mille propriétaires.

Le vieux problème de l'esclavage avait été ranimé par le Kansas et le Nebraska. Selon les termes du Compromis du Missouri, toutes les terres riches et fertiles au-delà du fleuve étaient fermées à l'esclavage au-dessus du parallèle 36°30'. Les frontières du Kansas et du Nebraska touchaient le Missouri, qui deviendrait sans doute aussi un État libre. Un nouveau projet de loi présenté au Congrès faisait enrager les partisans de la liberté et rendait caduc ce Compromis. Il laissait le Kansas et le Nebraska ouverts aux colons qui amèneraient des esclaves avec eux. Les nouveaux territoires de l'Utah et du Nouveau-Mexique étaient libres de se prononcer ou non en faveur de l'esclavage, même si le Nouveau-Mexique était situé au sud du parallèle 36°30'. Le fait d'ouvrir ces prairies vierges à l'esclavage paraissait inacceptable à des millions d'entre nous dans le Nord.

À la même époque éclata une curieuse et obscure affaire à la Cour suprême : l'affaire *Scott contre Stanford*. La décision scandaleuse de la Cour en faveur de l'esclavage avait resserré le nœud autour des malheureux asservis, et accordé de nouveaux pouvoirs aux propriétaires d'esclaves pour reprendre, poursuivre et contrôler leur « propriété » turbulente. Elle avait réduit les libertés non seulement des Noirs libres du Nord et du Sud, mais aussi celles des citoyens blancs du Nord qui ne voulaient rien avoir à faire avec l'esclavage.

Dred Scott avait passé la plupart de ses soixante et quelques années comme esclave d'un chirurgien militaire, John Emerson, qui l'avait emmené dans le territoire libre de l'Illinois et à Fort Snelling, au nord du parallèle 36°30'. À Fort Snelling, il avait épousé une autre esclave d'Emerson, dont il avait eu un enfant, libre selon les dispositions du Compromis du Missouri. Lorsque son maître mourut et que sa veuve hérita d'eux, des amis de Scott lui conseillèrent d'intenter un procès pour obtenir la liberté, puisqu'il avait résidé longtemps dans un État libre. Onze ans plus tard, cette simple affaire était devenue un cri de ralliement de l'esclavage et avait été appelée devant la Cour suprême.

En 1857, la Cour déclara que Dred Scott n'était pas protégé par la Constitution et tous les droits qu'elle accordait, et qu'il n'était pas citoyen. Les Noirs n'étaient pas compris dans le « tous les hommes » de la Déclaration de mon père, des hommes que Dieu avait créés « égaux ». D'ailleurs, proclamait la Cour, à l'époque de la Constitution, les Noirs étaient considérés comme des êtres inférieurs — si inférieurs qu'ils n'avaient aucun droit qu'un Blanc soit tenu de respecter. La Cour décréta que le séjour de Dred Scott en territoire libre ne l'avait pas rendu libre, la proscription de l'esclavage étant anticonstitutionnelle. Les juges avaient décidé que la Constitution protégeait l'esclavage et les propriétaires d'esclaves dans tous les États et territoires. Elle devenait désormais une Constitution d'esclavagistes, et non d'hommes libres. Et le Nord criait : jamais, jamais, jamais.

Ce soir-là, le nom de Dred Scott était sur toutes nos lèvres.

« Je ne peux pas prouver que cette décision fait partie d'une conspiration pour étendre l'esclavage, mais quand je vois que tant de personnages ont œuvré à différents moments et différents endroits pour le promouvoir, je ne peux m'empêcher de penser, comme Abraham Lincoln, que tous ces charpentiers inspirés ont travaillé sur un projet commun :

encourager l'esclavage jusqu'à ce qu'il devienne légal dans tous les États, au nord comme au sud. »

Thor parcourait les journaux que Sinclair lui avait apportés.

« Les propriétaires d'esclaves, dit Sinclair, ont barre sur le Président et occupent toutes les fonctions. Je crois qu'ils espèrent étendre l'esclavage à tous les États de l'Union par décision de la Cour suprême. Ils vont le faire en grignotant le Compromis du Missouri et toutes les autres lois qui protègent les territoires libres.

— Aucune cour n'oserait une telle folie ! m'écriai-je.

— Aucune ? Que faites-vous des étapes qui ont mené au jugement de Dred Scott ? On a fait taire la présidence, on a surchargé la Cour suprême de Sudistes, on a voté l'Acte sur les esclaves fugitifs, et finalement l'Acte du Kansas et du Nebraska. Et qu'est-ce qui va suivre ? » Je levai les yeux, attendant sa réponse. « Je vais vous le dire, Mère, poursuivit Sinclair, le Sud veut qu'on ajoute Cuba et Haïti aux territoires esclavagistes, et qu'on rétablisse le commerce des esclaves sur le marché mondial. Le verdict de l'affaire Dred Scott est un signe alarmant de ce qui nous attend. Si un esclave est un bien transportable dans les territoires, pourquoi pas aussi dans les États libres ?

— Cela signifierait que n'importe quel propriétaire d'esclaves pourrait amener son bien "transportable" dans n'importe quel État du Nord contre notre volonté, dis-je.

— Le verdict de l'affaire Scott, ma chère, a déjà installé l'esclavage dans tous les territoires. Je crains que la prochaine étape ne soit de l'établir dans tous les États du Nord, répondit Thor. Au nom de la paix sociale, on nous a demandé d'accepter l'idée que quiconque est pour l'esclavage a le droit de le pratiquer — que les Noirs n'ont aucune place, humble ou pas, dans la Déclaration d'Indépendance. Cette notion nous prépare à rendre l'institution de l'esclavage perpétuelle et nationale, en dépit de toute moralité.

— L'esclavage n'est jamais considéré comme un

fléau, ajoutai-je avec humeur. Envers quel autre fléau aurions-nous la même attitude? Peut-être disons-nous que c'est mal, mais le Président Buchanan, jamais. On ne doit rien dire de l'esclavage ici, parce qu'il n'est pas ici. On ne doit rien en dire là bas, parce qu'il est là-bas. Personnellement, je ne peux pas vivre ainsi.

— Qu'adviendra-t-il de l'Union, alors? demanda Thor avec inquiétude.

— L'Union se scindera en deux, dis-je.

— Alors, que la division se produise dans la violence si c'est nécessaire, plutôt que de se soumettre au pouvoir de l'esclavagisme! ajouta Thor d'une voix frémissante qui sembla vibrer dans l'air.

— Qui a fait de toi un républicain noir? demandai-je en riant.

— Toi», dit-il tendrement.

C'est pourquoi je considère toujours que la guerre a commencé avec Dred Scott. Ce fut lui qui obligea les Blancs à reconnaître qu'ils voyaient les Noirs, libres ou pas, comme une population de fugitifs. Une population sans pays et sans droits. La définition de Noir en Amérique était «fugitif». Tous les Noirs du pays étaient des fuyards. Eux-mêmes formaient une population de fugitifs, prête à se faire oublier, à se rendre invisible, toujours en déroute, traversant les frontières entre les États et les couleurs: une race qui ne pouvait se fixer nulle part sans s'exposer à être chassée, maltraitée, cachée; à être ignorée, refusée, niée. Et peut-être parce que je vivais en territoire ennemi, je le voyais plus clairement que des Noirs à la peau plus sombre — comme Thenia ou Raphael — ou des Américains blancs, comme Thor et mes enfants.

La dichotomie de ma vie me poussait à comprendre ce que ma famille blanche ne voyait pas: nous étions une nation de fugitifs. Irlandais, Allemands, Italiens, Suédois, tous s'étaient sauvés d'un péril ou d'un autre, tous en quête de l'idée de mon père. Cependant, seuls les Noirs fugitifs étaient considérés comme des étrangers dans leur propre pays. Ces Européens fugitifs étaient devenus des Américains bon teint en l'espace d'une génération, et pourtant, à leurs yeux, deux siècles de résidence n'avaient pas produit un seul véritable Noir américain.

C'est alors que se produisit l'événement qui galvanisa vraiment le pays : l'attaque de John Brown contre Harper's Ferry. John Brown était un militant blanc défenseur de la liberté du sol, un abolitionniste acharné qui entendait des « voix » et les suivait. Il avait déjà mené une célèbre guérilla dans le Kansas pour défendre la cause de la liberté du sol. Son projet était à présent de s'emparer de l'arsenal du gouvernement, d'inciter les esclaves de la région à se révolter et à établir un bastion dans les montagnes au sud du Kansas.

La nuit du 14 octobre 1859, avec ses fils et un petit groupe de partisans, John Brown mit son projet à exécution et occupa la ville. Mais l'armée d'insurrection ne se montra jamais, simplement parce qu'il n'avait donné aucune instruction aux esclaves : il n'y avait pas de plan de bataille, pas d'itinéraire de fuite et pas d'approvisionnement. Brown fut attaqué et battu par le colonel Robert E. Lee, qui tua dix membres de la bande, y compris trois des fils de Brown. Lui-même fut pris vivant et pendu le 2 décembre 1859.

Lorsque je gagnai mon lit et tirai les couvertures sur ma tête, je tournai le dos à Thor, qui dormait du sommeil du juste. Un instant plus tard, sa main glissa autour de ma taille et m'attira contre lui. Il soupira, heureux, la tête nichée dans ma nuque et ma longue natte. Son geste était tendre, possessif, confiant, et innocent. Mais ce soir-là, je ne partageais aucun de ces sentiments.

Une guerre civile était imminente. On le sentait dans l'atmosphère tendue, suffocante du pays. On l'entendait dans les cris hystériques des foules lors des réunions politiques. La guerre était comme un raz de marée retenu par un mur de cristal : un murmure suffirait à le briser.

L'élection de Lincoln convainquit le Sud qu'il devrait abattre l'autorité du gouvernement fédéral par la force. Moins de trois mois après son accession à la présidence, les États confédérés d'Amérique s'organisèrent, tracèrent les grandes lignes d'une Constitution et s'établirent à Montgomery en Alabama. D'abord la Caroline du Sud, la Georgie, la Floride, l'Alabama, le Mississippi, la Louisiane et le Texas, puis la Virginie, la Caroline du Nord, le Tennessee et l'Arkansas firent sécession de l'Union.

Pendant les longs mois où Lincoln hésita au sujet des États frontières, la presse proesclavagiste du Nord et la classe commerçante et industrielle essayèrent d'acheter la paix au Sud en lui accordant une concession après l'autre. Le Sud limitait ses efforts de guerre à des menaces et des déclarations, portant des cocardes, arborant des palmes et des drapeaux à l'emblème du serpent à sonnettes, et déployant ses milliers de canons. Jusqu'au jour où le Président Lincoln décida de réapprovisionner le major Garrison et sa garnison assiégée à Fort Sumter et où les États rebelles utilisèrent leur puissance de feu contre le drapeau. Ce jour-là, tout et tout le monde fut bouleversé.

Madison et James avaient fait irruption dans le bureau du Comité de protection des affranchis comme des boulets de canon avec la nouvelle. « Les rebelles ont tiré sur Fort Sumter ! Lincoln a déclaré la guerre ! C'est dans tous les journaux ! » C'était le 12 avril 1861.

Dieu merci, pensai-je. Les propriétaires d'esclaves eux-mêmes avaient finalement sauvé de la défaite la cause de l'abolition. Le plus grand danger qui nous avait menacés, c'étaient les monstrueuses concessions que Lincoln avait accordées aux États esclavagistes et aux États frontières en échange de la paix. Il les avait pratiquement suppliés à genoux de rentrer dans l'Union. Il avait promis de ne pas toucher à l'esclavage dans les États confédérés ; de laisser les choses en l'état. Il avait promis aux États frontières de garder l'Union inchangée, de protéger l'institution de l'esclavage telle qu'elle était présentée dans la Constitution.

« Je n'ai pas de larmes à verser sur la chute de Fort Sumter, dis-je à Emily Gluck ce jour-là devant les bureaux du Comité pour la protection des affranchis. Ils l'ont bien cherché. Ils ont paralysé les conciliateurs et obligé tout le monde à choisir entre la loyauté à la patrie et la trahison proesclavagiste. Dieu soit loué ! Lincoln ne peut pas sacrifier les esclaves à l'Union pour la sauver, car il n'y a plus d'espoir de la sauver. »

Je me tournai vers Emily. « Le Sud n'était pas forcé d'agir ainsi, poursuivis-je. Le gouvernement attendait un signe de bonne volonté. Il traitait la trahison du Sud comme une sorte d'excentricité dont quelques mois de patience viendraient à bout. Mais tout est changé maintenant. Dieu merci !

— Oh, Harriet, notre péché national nous a punis ! Aucune puissance étrangère n'est prête à nous châtier, aucun roi, jaloux de notre prospérité, n'a projeté de nous détruire : l'esclavage a tout fait. Nos ennemis sont dans notre maison. C'est la guerre civile, la pire de toutes. »

« Emily a raison, dit Thor ce soir-là. Le Sud a levé la main contre le gouvernement des États-Unis et défié son pouvoir. Depuis vingt ans, nous avons fait tout ce que nous pouvions pour nous assurer la loyauté de la classe des propriétaires d'esclaves, nous la concilier, gagner ses faveurs. Nous avons persécuté les Noirs, accepté le verdict de l'affaire Dred Scott, pendu John Brown. Nous avons durci les Codes sur les Noirs, laissé les chasseurs d'esclaves poursuivre des êtres humains comme des bêtes dans tout le Nord, refusé les lois destinées à empêcher l'esclavage de se répandre, et de mille manières abandonné notre force, notre influence morale et politique pour augmenter le pouvoir et l'ascendant de la classe négrière. Et maintenant, voici notre récompense : la Confédération vient avec l'épée, le mousquet et le canon, pour renverser le gouvernement. Le pouvoir que nous avons utilisé pour écraser les Noirs a frappé les Blancs. La république a passé un bout de la chaîne à la cheville des esclaves et l'autre autour de son propre cou.

— Combien de temps croyez-vous qu'il nous faudra pour mater les Rebelles ? » demanda Madison avec empressement.

Mais Thor continua, comme s'il parlait tout seul : « Les Américains et le gouvernement peuvent refuser de le reconnaître pendant quelque temps, mais la logique inexorable des événements les obligera finalement à comprendre que cette guerre qui nous arrive est une guerre pour ou contre l'esclavage, et qu'elle ne pourra jamais cesser tant que l'une des deux forces ne sera pas complètement détruite.

— Eh bien, Maman, dit James, votre vœu se réalise. Nous libérons les esclaves.

— Nous avons lié le sort de la république et celui de l'esclavage, l'un et l'autre devront donc survivre ou périr ensemble. Dissocier la liberté des esclaves de la victoire du gouvernement, chercher la paix en laissant les esclaves enchaînés, serait gaspiller nos forces.

— Que la Confédération aille au diable ! » intervint Madison.

Mais le ton de mon mari m'avait effrayée. C'était la voix d'un médecin qui vient de diagnostiquer un cancer. Elle était ferme, lente, pleine de compassion, mais inexorable, précise, cruelle même. C'était le plus long discours qu'il eût jamais prononcé sur l'esclavage. Le seul en présence de nos fils. Les jumeaux avaient vingt-cinq ans. Ils étaient assez vieux pour s'enfuir. Assez vieux pour combattre. Assez vieux pour mourir.

Dehors, les gens dansaient dans les rues. La longue agonie de l'attente et de l'indécision était enfin terminée. Les maisons, les magasins et les tramways étaient pavoisés de bannières à la mémoire de Fort Sumter, et Philadelphie allait bientôt devenir une caserne. Depuis l'appel aux troupes du Président, des hommes étaient partout à l'exercice. Le contingent de Philadelphie comportait six régiments. Je n'avais aucun moyen d'empêcher Madison, James, Beverly et Sinclair de s'engager. Raphael Boss ne fut pas autorisé à prendre du service dans l'armée, mais la marine l'accepta volontiers sur le schooner *S. J. Waring*. Sinclair aussi entra dans la marine.

Bientôt des régiments bleu foncé et gris clair paradèrent dans les rues de Philadelphie. Les centres de recrutement, les hôpitaux et le cabaret des volontaires de l'Union étaient en pleine activité. La guerre serait courte. Quatre-vingt-dix jours. Et facile. Le Sud rejoindrait l'Union après avoir reçu une bonne leçon de la part des soldats yankees.

« Laissez-moi vous dire une chose, madame Wellington, dit Thenia. Nous allons battre nos cousins esclavagistes de Virginie. Raphael et Sinclair, les jumeaux et Beverly vont leur botter les fesses, leur derrière blanc comme lys, jusqu'à ce qu'ils demandent grâce. »

Elle rejeta la tête en arrière et rit aux larmes. Son rire ressemblait tant à celui de la belle dame de couleur de Market Street Square que je crus voir deux roses pompons pousser sur son chignon.

Par ces temps de guerre, la ville devint bientôt ingouvernable, avec son fatras de minuscules juridictions qui empêchaient le travail de la police et encourageait le règne des vauriens comme les Tueurs de Moyamensing. Une cinquantaine de bandes, composées d'adolescents et de jeunes gens, se battaient pour contrôler chaque coin de rue, terrorisaient les passants, et couvraient les murs et les barrières de graffiti. Des batailles rangées éclataient régulièrement entre ces mauvais garçons et les brigades de pompiers. Des émeutes anti-Noirs, anti-catholiques, anti-Irlandais, anti-Allemands, anti-Sudistes éclataient partout. Plusieurs lynchages ou tentatives de lynchage furent signalés à Moyamensing ; un Noir marié à une Blanche fut massacré. Le maire réorganisa la police pour renforcer son contrôle sur la ville et se mit à appliquer les « lois bleues » interdisant la vente d'alcools, de journaux et l'ouverture des parcs d'attractions le dimanche, en accord avec le principe quaker de la sainteté chrétienne du jour de repos.

L'accroissement de la population, alors que la ville se préparait à la guerre, était foudroyant. Les riches occupaient toujours le centre entre Chestnut, Walnut, Spruce et Pine Streets, et les pauvres devaient se construire des maisons dans les taudis de Kingsensing ou de Richmond tout proches. Les rues en mauvais état et l'absence de transports obligeaient les ouvriers à habiter aussi près que possible des usines et des fabriques qui commençaient à produire les uniformes de l'Union. Les domestiques se rassemblaient dans les passages et les ruelles derrière les hôtels particuliers de leurs employeurs. Philadelphie était devenue une fourmilière grouillante de petites maisons familiales, tandis que la ville se répandait dans les faubourgs et même la campagne.

Au début, les Philadelphiens eurent du mal à croire que la controverse sur l'esclavage avait bel et bien entraîné le pays dans la guerre civile. Tout ce qui venait du Sud était encore admiré et vénéré. Ils n'auraient jamais imaginé que le Nord se laisserait pousser à pareille extrémité simplement pour promouvoir l'abolition, car eux-mêmes n'aimaient pas les Noirs. Rien ne changea vraiment cette attitude, même quand des troupes armées d'hommes de couleur en uniforme paradèrent dans les rues.

La guerre nous rendit, Thenia et moi, encore plus proches que nous ne l'avions été depuis la mort d'Abraham. Elle avait continué à tenir la boutique d'apothicaire et à travailler comme sage-femme. Son seul rêve était d'aller à Richmond à la faveur de la guerre afin de pouvoir rechercher sa famille. Déjà des esclaves en fuite se bousculaient dans les casernes et les forts de l'Union; la plupart étaient rapidement rendus à leurs maîtres sur les ordres directs du Président Lincoln. Seuls le général Frémont dans le Missouri et le général Butler dans le Maryland avaient cherché d'autres solutions au problème des fugitifs qui franchissaient les lignes militaires. Frémont les émancipait puis les incorporait dans son armée pour leur confier des tâches subalternes, tandis que Butler les confisquait comme des produits de contrebande et les mettait également au travail.

« Étant des biens, disait Thenia, s'ils tombent entre les mains de l'ennemi, ils deviennent du butin de guerre.

— Sauf, répondais-je, que c'est le seul butin qui puisse marcher pour se livrer à l'ennemi. »

Le Président était furieux que ses généraux aient décidé d'apporter une solution au problème. Lui, Lincoln, n'avait pas l'intention de se mêler de l'esclavage dans le Sud. Il ordonna à Frémont de révoquer son décret d'émancipation et à Butler de rendre toute la contrebande qu'il avait confisquée. Mais le mot *contrebande* resta.

« Je suis sûre que des Hemings traversent ces lignes pour exporter leur cul de contrebande vers la liberté. Je le sens, disait Thenia.

— Thor m'a rapporté une vieille malédiction chinoise l'autre jour. "Que ton vœu le plus cher soit exaucé." »

Mon « vœu le plus cher » se réalisait. Le vieux Sud si cher à Thomas Jefferson était déchiré en lambeaux. Et il gisait dans les rues de Philadelphie, tandis que les Irlandais, les Suédois, les Polonais et les Allemands dansaient dessus. Nous étions entraînés dans la guerre par un avocat de second ordre aux origines douteuses à cause de la Déclaration de mon père. Mes fiers cousins de Virginie avaient fait le pas fatal vers leur anéantissement. J'aurais dû exulter, mais, au lieu de cela, une étrange léthargie pesait sur mon âme, une froide solitude envahissait mon cœur. Mon mari, mes fils, mes amis, mes employés, même Thenia étaient exclus de ce... désespoir, qui était aussi du bonheur. Je ne pouvais pas plus me l'expliquer que l'expliquer à Thenia, qui était remplie d'une joie sans mélange à l'idée de tuer des Sudistes, ou à Thor, tourmenté par des visions de carnage et de destructions sans précédent, dans aucune guerre.

Les employés du laboratoire s'arrêtaient parfois de parler à mon entrée. Je savais pourquoi. Malgré ma réputation de républicaine antiesclavagiste, d'abolitionniste et d'unitarienne, à leurs yeux je restais une Virginienne. On supposait que mes sympathies secrètes allaient à la Confédération.

28

> Le Tout-Puissant n'a pas d'attributs pour nous soutenir dans un pareil conflit.
>
> THOMAS JEFFERSON.

En août 1862, de nouvelles banderoles rouge, blanc, bleu avaient été drapées autour des colonnades de fonte de la gare de la compagnie ferroviaire Philadelphie, Wilmington & Baltimore. La vapeur des locomotives au nez camus restait suspendue sous la coupole de verre et de fonte, qui filtrait la lumière du soleil à travers ses vitres dépolies, la transformant en une brume jaune et torride. Elle tourbillonnait autour des foules pressées et criardes, ou s'élevait des larges roues et des cheminées des machines. Le verre teinté et l'épaisse fumée coloraient tous les visages de reflets ocre. Seul tranchait le noir pur des locomotives, lourdes, essoufflées par l'effort comme des taureaux de sacrifice.

La gare était comme la ville : transitoire, bruyante, dangereuse. De nouvelles recrues de Nouvelle-Angleterre, de New York et du New Jersey se pressaient sur des transporteurs de troupe qui les emmèneraient au sud.

Sinclair et Raphael étaient déjà partis. Les jumeaux allaient rejoindre leur régiment de cavalerie à Baltimore et seraient bientôt incorporés dans l'armée du Potomac. Après les désastreuses campagnes menées par les généraux McClellan et Pope la première année de la guerre, le Président avait demandé trois cent mille volontaires — en plus du million de recrues du début. Madison et James avaient répondu à son appel pour défendre l'Union.

Beverly et Thor étaient les seuls hommes qui me restaient, mais eux aussi allaient bientôt partir. Beverly attendait son affectation de médecin militaire, et Thor était assigné à Washington comme officier de liaison entre le corps médical de l'armée et la Commission sanitaire des États-Unis. Bientôt je dirigerais seule la Compagnie Wellington.

Dans un coin reculé de la gare, un orchestre militaire jouait *Le Corps de John Brown*, dont une femme, Julia Ward Howe, avait fait *L'Hymne de combat de la République*. En une nuit, selon la légende, Mme Howe avait transformé un chant populaire célébrant John Brown en un hymne républicain parce que Dieu lui avait soufflé les paroles à l'oreille. Il avait balayé le Nord comme une tornade, tant il s'accordait avec l'air du temps, la gravité du moment. C'était devenu un chant de marche, une ballade, une complainte funèbre. Hommes et femmes le chantaient comme un oratorio, un cantique, une prière, une berceuse.

Les soldats l'utilisaient au combat, les femmes le murmuraient aux orphelins, et les orchestres, les harmonicas et les clairons en avaient fait la musique de l'Union. Tout le monde connaissait les paroles, qui couvraient les sifflements et la toux des machines noires.

Mes yeux ont vu le Seigneur venir dans sa gloire,
Piétiner les raisins de la colère.
Il a déchaîné l'éclair fatidique de sa terrible épée.
En avant Sa vérité...

Personne ne parlait plus d'une guerre de quatre-vingt-dix jours. L'armée de Lincoln était entravée par les rivalités et l'indécision de ses commandants, et par la crainte de la supériorité des forces confédérées. La puissance indiscutable du Nord sur le plan numérique, industriel et logistique n'avait pas entraîné de victoire décisive. On parlait de mauvaise préparation dans les rangs, des erreurs du commandement, mais chacun connaissait la vraie raison : la confusion créée par le problème de l'esclavage.

Pour inciter les États sécessionnistes à reculer et à garder les États frontières au sein de l'Union, le Président prétendait que la guerre n'avait rien à voir avec l'esclavage. Mais l'esclavage ne se laissait pas exclure de la guerre. Depuis que le premier esclave s'était émancipé en traversant les lignes de l'Union pour devenir de la contrebande, la guerre était devenue un conflit dont nous étions le centre.

De loin, je regardais mes jumeaux dire au revoir à leurs fiancées en présence des mères des jeunes filles. Avec leurs longues jambes et leurs larges épaules, ils étaient magnifiques dans les nouveaux uniformes bleus et gris fabriqués à Philadelphie. Même s'ils rejoignaient leur compagnie par le train, ils portaient les éperons et les sabres de leur régiment de cavalerie, le 24e. Pourtant, ils étaient maladroits avec leurs armes, comme des enfants jouant à la guerre. Mais ce n'était pas un jeu. Cette plaisanterie avait déjà causé cinquante mille morts. Leurs voix me parvenaient, malgré le bruit d'un millier d'autres adieux. Le train sifflait et semblait trépigner comme un cheval de combat impatient, tandis que les jeunes filles attachaient des écharpes qu'elles avaient confectionnées elles-mêmes autour de la taille des garçons et glissaient un mouchoir brodé à la main dans leur poche.

« Savez-vous ce que le général Lafayette a déclaré un jour ? S'il avait su à l'époque qu'il était venu en aide à l'esclavage, il n'aurait jamais tiré l'épée pour défendre les États-Unis. »

L'accent français de Maurice Meillassoux me ramenait toujours des dizaines d'années en arrière. Au début de la guerre, un curieux ambassadeur de mon passé avait fait son apparition dans notre vie : Maurice, le petit-neveu d'Adrian Petit, était arrivé à Philadelphie, tout à fait comme Lafayette l'avait fait un siècle auparavant, pour s'engager dans l'armée de l'Union, participer à son combat et survivre pour le raconter. Maurice avait voyagé dans l'Ouest et le Sud avant d'arriver à Philadelphie. Après avoir lu les lettres de Sinclair, qui trouvait la marine ennuyeuse, il avait décidé de rejoindre dans le Missouri l'un des régiments du général Frémont — dont beaucoup étaient composés d'Allemands libres penseurs, des antiesclavagistes passionnés — et il attendait sa feuille de route.

« Au moins, mon cher Maurice, vous savez pour qui vous combattez, dis-je en souriant.

— Ce qui me stupéfie, c'est que l'on puisse penser que cette guerre doive être menée comme si l'esclavage était un détail. Une rébellion qui s'appuie sur l'esclavage pour défendre l'esclavage ne peut être étouffée qu'en marchant contre lui.

— Je suis tout à fait d'accord, dit Thor, resplendissant dans son nouvel uniforme de brigadier général qu'il avait revêtu en l'honneur du départ des jumeaux. Combattre les propriétaires d'esclaves sans combattre l'esclavage, c'est faire les choses à moitié.

— Et que pensez-vous de la décision de ne pas permettre aux Noirs de s'engager ? demanda Maurice. Que les Noirs portent les lettres de cuivre de l'armée de l'Union sur la poitrine, qu'ils aient un aigle sur les boutons et un mousquet à l'épaule, et aucun pouvoir sur la terre n'osera nier qu'ils ont gagné le droit à la citoyenneté. Ils se battraient sans doute avec plus d'acharnement que les Nordistes blancs !

— C'est justement toute la question, mon cher. Lincoln ne peut pas demander aux Blancs de se battre pour les Noirs, ou il y aurait de l'insurrection dans les rangs : l'anarchie totale. Ils refuseront, c'est tout, fis-je observer en secouant tristement la tête.

— Je ne crois pas, dit Maurice. Premièrement, je pense que c'est une nécessité militaire d'utiliser des Noirs au Nord comme au Sud, et deuxièmement, si l'ordre vient de la Maison Blanche, l'homme de la rue comprendra la justice de la cause et s'y conformera.

— Les membres du cabinet Cameron, Chase et Blair pensent comme vous, ajouta Thor. Mais on les traite d'extrémistes.

— Ils comprennent ce qui est nécessaire, poursuivit Maurice. C'est une chose de chasser les Rebelles de la rive sud du Potomac ou même d'occuper Richmond. C'en est une autre de conquérir et de maintenir assujettie une étendue de territoire aussi vaste que la Russie, deux fois plus grande que les États-Unis du début. Napoléon n'a pas pu le faire en Russie, ni le roi George III dans ce pays !

— Les Sudistes se targuent de ce que l'esclavage est un pilier de la Confédération, puisqu'il lui a permis de mettre en œuvre une force infiniment supérieure à sa population. Les esclaves produisent la nourriture de l'armée, construisent ses fortifications, transportent les vivres, réparent les voies de chemin de fer, travaillent dans les mines et fabriquent des munitions — le Sud a enrôlé les esclaves dans cette guerre avant de recruter des soldats blancs.

— Le noyau de cette révolte, c'est les Noirs réduits en esclavage. Croyez-moi, si on arrête la houe dans leurs mains, on tuera la rébellion dans l'œuf.

— Alors que théoriquement c'est une insurrection, en pratique c'est une guerre. Lincoln l'a déjà reconnu en proclamant le blocus et en traitant les soldats rebelles comme des prisonniers ennemis.

— Et les États frontières ? demanda Thor.

— Qu'ils aillent au diable ! Mille Lincoln ne pourront empêcher le peuple de combattre l'esclavage, dit Maurice en souriant. Chase, le secrétaire du Trésor, veut non seulement que nous libérions les esclaves en fuite, mais que nous les armions. Et Cameron, le secrétaire de la Guerre, le soutient.

— Emparons-nous de leur sacrée propriété. Cela, ma chère Harriet, c'est l'abolition en marche. »

Les deux hommes jetèrent un coup d'œil aux jumeaux, qui étaient libres, blancs, et qui ne pensaient qu'à se battre.

Des changements capitaux s'étaient produits au cours de l'année écoulée. Les esclaves eux-mêmes continuaient à se convertir en objets de contrebande. Je regardai Thor, qui était toujours plongé dans sa conversation avec Maurice. Contrebande, c'était un beau nom pour ce que j'étais.

Un train siffla, et les soldats et les officiers qui fourmillaient sur le quai commencèrent à monter dans les wagons. L'orchestre joua *La Bannière étoilée*. Madison et James s'avancèrent vers moi, suivis de leurs fiancées et de leurs mères dans leurs grandes robes blanches de dentelle et de soie. Les jupes étaient devenues si larges que leur circonférence atteignait presque deux mètres, et nous ressemblions toutes à des galions ou à des pastèques, selon le point de vue. Il nous était très difficile de nous transporter, de nous asseoir à table ou de nous déshabiller. Les femmes, comme un troupeau de cygnes multicolores, approchaient. La conversation devint plus légère, dans ces minutes redoutées avant les derniers adieux. On ne parlait plus d'esclavage ni de nécessité militaire ; il ne restait que la peur des femmes, mal dissimulée, et la fièvre irrationnelle des hommes. Pourquoi les jeunes gens trouvaient-ils la guerre si belle ?

« Mère, chuchota Madison au dernier moment, votre bénédiction ?

— Dieu te bénisse, mon chéri. Et Dieu te garde. Reviens-moi vite.

— Mais bien sûr, dit-il en riant. On mettra la pâtée à ces Rebelles avant juin.

— Juin ! Mais il ne reste plus de vallée du Mississippi, et l'armée de McClellan entend déjà les cloches des églises de Richmond. Avec nous, cent trente-cinq mille hommes cerneront la ville de Jeff Davis*. Richmond est condamné avant le 1er mai !

— C'est de là que vous venez, n'est-ce pas, madame Wellington ? » La phrase tomba comme de la neige glacée sur mon épaule.

« Oui, en effet, répondis-je, en priant de ne rien avoir à ajouter.

— Ce doit être un terrible conflit pour vous... une Sudiste.

— Il n'y a pas de conflit entre son pays d'une part

* Président des États confédérés (N.*d.T.)*.

et des traîtres de l'autre, répliquai-je froidement. Quand le Sud libérera ses esclaves et retournera dans l'Union, alors je me considérerai comme une Sudiste. »

Mais quelle angoisse et quelle fureur envahirent mon âme quand je vis les longs corps gracieux de mes fils monter dans le wagon, et mes futures belles-filles agiter leurs mouchoirs.

Pour la première fois depuis le commencement de la guerre, Charlotte, Emily et moi prîmes une décision commune : nous nous engageâmes comme infirmières dans la Commission sanitaire des États-Unis. Charlotte rêvait de devenir la Florence Nightingale du Nord. Quant à Emily et moi, nous estimions que notre travail auprès des esclaves fugitifs était devenu inutile, puisqu'il leur suffisait de traverser les lignes de l'Union pour être « confisqués ». Et, bien que Thenia, sage-femme et apothicaire, fût de nous quatre l'infirmière la plus qualifiée, elle ne fut acceptée par la responsable du recrutement que comme blanchisseuse.

« Mais, elle est apothicaire et sage-femme, protestai-je.

— Je suis désolée, madame, mais ce sont les ordres. Nettoyer et laver le linge, c'est tout ce qu'une négresse a le droit de faire. Pas soigner.

— Mais… si elle est mon… assistante ? Si je ne peux accomplir mon travail sans elle ? C'est elle qui porte mon sac d'infirmière, qui roule mes bandages, qui prépare mes médicaments…

— Si elle est votre servante, c'est une autre affaire, madame Wellington. Je l'inscris comme votre bonne, ça ira ? »

Je rougis de colère et de désespoir. Je ne pouvais pas croiser le regard de Thenia. C'était toute la protection que je pouvais offrir à ma propre nièce.

« Comment s'appelle-t-elle ?

— Mme T. H. Boss, dit Thenia.

— Oui, mais quel est son prénom ?

— Je n'ai pas de prénom », intervint Thenia.

La femme me regarda. « Elle dit la vérité ?

— Bien sûr.

— Si vous vous portez garante pour elle, elle peut rester.

— Et travailler comme infirmière ?

— Madame Wellington, je vous l'ai déjà dit, les femmes de couleur peuvent seulement cuisiner, nettoyer et laver le linge — pas soigner les blessés.

— Gagner cette guerre ne compte donc pas ?

— Non, madame, pas pour les négresses.

— Merci. »

« Pourquoi n'as-tu pas voulu donner ton nom ? demandai-je à Thenia un peu plus tard.

— Parce que si un Blanc connaît mon prénom, il s'en servira. Mais je n'aime pas que de parfaits inconnus m'appellent Thenia. Je suis Mme T. H. Boss pour tous ceux qui n'ont pas le droit de m'appeler leur mère ou leur femme... ou leur bonne amie. »

La responsable du recrutement me prit à part alors que Thenia et moi allions partir.

« Je dois dire, madame, que cette guerre a accompli des miracles, si on pense aux soldats noirs et aux infirmières, me chuchota-t-elle. On a toujours pensé que soigner les blessés était le travail des hommes de troupe ou des filles de régiment. Mais Nightingale et la guerre de Crimée ont changé tout ça. Une infirmière peut être la seule femme dans un camp de sept cents hommes, elle sera traitée avec tout le respect, la protection et la bonté à laquelle toute Blanche a droit.

— Mais beaucoup de dames de couleur sont des infirmières hautement qualifiées, et pourtant vous les refusez.

— Le corps, chère madame, est blanc comme lys pour une bonne raison — nous ne pouvons pas encourir le moindre soupçon de mœurs relâchées ou de prostitution, une idée si insidieusement attachée aux femmes de couleur. Notre réputation ne doit jamais être mise en question par les autorités militaires ou religieuses. L'infirmière-chef Dix exclut également les jeunes filles et les belles femmes, madame Wellington. Je me demande, en vérité, comment vous avez pu être acceptée. » Elle sourit.

« Pas une femme en Amérique, y compris l'infirmière-chef Dix, n'est plus droite et morale que Mme Boss.

— Eh bien, je regrette, mais ça ne se voit pas à sa couleur, madame.

— Je me suis inscrite aussi, intervint la pauvre Charlotte ingénument. Mais, évidemment, mon poids ne me met pas dans la catégorie des jeunes filles. »

La guerre entraîna de nombreux mariages. Beverly épousa sa bien-aimée, Lucinda Markus, quelques jours avant de partir au front. Il avait été affecté comme médecin au 58e régiment de Pennsylvanie.

« Je me sens tellement impuissant, me confia-t-il un jour, comme un aveugle enfermé avec un éléphant. Je sais que la saleté et de mauvaises conditions sanitaires entraînent la maladie et l'infection, mais pourquoi ? Je sais que la septicémie s'attaque au sang, provoquant la mort, mais comment la juguler ? Je sais qu'il existe un rapport entre l'eau insalubre et le choléra, entre la crasse et les épidémies, entre l'eau stagnante et le typhus. Je sais que saigner les patients, leur appliquer des ventouses et des sangsues est barbare et inutile, surtout pour les maladies infectieuses. Je sais que le mercure est un désinfectant lorsqu'on administre la dose correcte — mais quelle est la dose correcte ? Oh, mère, nous sommes à la veille de découvertes capitales... En Europe, Pasteur, Lister, Parmentier... mais c'est trop tard pour cette guerre. Deux fois plus de soldats meurent de maladie que tués au combat. Un militaire a plus de chances de mourir d'un empoisonnement du sang que d'un obus lâché sur l'hôpital. Les paysans tombent comme des mouches de la variole, de l'érysipèle et de la dysenterie, qui fauchent des régiments entiers. La pneumonie tue plus de soldats dans toutes les guerres que le sabre. Je sais qu'il y a un rapport entre la malaria et les moustiques, comme je sais que l'écorce distillée de l'arbre africain yar peut soigner certaines infections pulmonaires. Je sais aussi qu'il existe un moyen d'empêcher la gangrène de s'étendre sans amputer... »

Thor étudiait Beverly, qui était assis la tête dans les mains.

«Je ne suis qu'apothicaire, Beverly. De grands médecins travaillent sur ces problèmes et bien d'autres ! Je ne peux te donner que des explications de pharmacien. Et même ainsi, je n'ai aucun moyen d'imposer mes idées au corps médical.

— Beverly le fera un jour, dis-je.

— Peut-être, répondit Thor. J'ai appris que tu as annulé certaines commandes pour lesquelles nous avions signé un contrat, Harriet. Pourquoi ?

— Je refuse d'honorer des commandes pour des médicaments à livrer au-dessous de la ligne Mason-Dixon.

— Mais, Maman, s'ils ont un contrat..., commença Beverly.

— Ça m'est égal qu'ils aient un contrat. Il y a un blocus et une rébellion.

— Oui, mais le gouvernement a dit que nous avions le droit d'honorer les contrats déjà signés.

— Peut-être. Mais pas moi. Je n'enverrai pas au Sud un seul baril de chloroforme, une seule fiole de teinture d'iode, ou une once de morphine. Aucun médicament Wellington ne soulagera les souffrances des malades et des blessés du Sud. Qu'ils souffrent et qu'ils meurent. Que chaque goutte de sang tirée par le fouet soit rachetée dans la douleur.

— Mais ces commandes ont été payées, Harriet.

— J'ai renvoyé les règlements que nous avions déjà reçus. Et j'ai refusé certaines commandes britanniques, parce qu'elles sont transmises à la Confédération.

— Mon Dieu, Harriet !

— Sur ce point, je suis prête à me battre contre toi, Theodore Wellington. Aucun médicament de la Compagnie n'aidera jamais la Confédération.»

Je réprimai une bouffée de regret, mais pas de remords. Je voyais les yeux d'aigue-marine de mon père, sentais l'odeur du laudanum et de la morphine qui avait plané sur son lit de mort. Mes cousins allaient-ils mourir à cause de mon geste ? Mon cœur se refermait sur une logique enfantine. Ils auraient pu changer tout ça autrefois. Ils avaient commencé cette guerre, à présent il était trop tard. Pourquoi n'avaient-ils rien fait avant qu'il ne soit trop tard ?

« Tu es dure, ma chère, et tu n'es pas honnête. Nous avons promis ces livraisons, nous avons donné notre parole.

— Depuis quand doit-on respecter la parole donnée à des traîtres aux États-Unis ? Le Sud n'a aucun droit ou privilège qu'un Nordiste soit obligé d'honorer... ça ne te rappelle rien ?

« C'est une guerre totale, Thor, poursuivis-je. La guerre contre l'armée. La guerre contre les civils, les femmes et les enfants. Les mesures que Lincoln finira par prendre pour détruire le Sud feront ressembler mes petites sanctions à un jeu de dominos. Et je m'en réjouis.

— Mon Dieu ! dit doucement Thor. Il n'y a rien de plus féroce qu'une Sudiste repentie.

— C'est vrai, répondis-je. Ma famille a péché. Et maintenant, il faut qu'elle paie. Même les innocents. »

Thor alla rejoindre son nouveau poste à Washington, et Beverly partit pour le front.

Ce fut vers cette époque que Charlotte me présenta Sarah Hale, qui était venue de Boston à Philadelphie pour diriger le *Godey's Lady's Book*, le magazine féminin le plus vendu d'Amérique. Ma première entrevue avec elle me rappela quelque peu ma rencontre avec Maria Cosway, sauf que Mme Hale était deux fois plus grande que la défunte abbesse. Pourtant, d'une certaine manière, elles exerçaient le même métier : elles instruisaient les épouses et les filles de la bourgeoisie et leur inculquaient les bonnes manières. Elles avaient toutes deux une riche imagination d'aventurière — une qualité qu'elles avaient aussi reconnue en moi — et cette aura de double ou triple vie, avec des *rebondissements*, des changements de direction, de nouvelles stratégies et de nouveaux hommes qui leur conféraient, indépendamment de la beauté, un pouvoir et une certaine grâce.

Sarah Hale n'était pas jolie à proprement parler, mais la sensualité et le magnétisme qui émanaient d'elle attiraient les hommes comme des mouches. Grande, avec une tête léonine, elle avait le front haut, le nez fort et une bouche mince qui indiquait sans doute une nature obstinée. Son comportement n'était pas des plus féminins, et sa soif de pouvoir s'exprimait dans l'intimité par une ironie désopilante. Pour contrebalancer tout ceci, elle avait des yeux violets d'une beauté incroyable qui pétillaient d'intelligence et de séduction. C'étaient des yeux provocants, capables de déclencher une guerre, disait-on. Son ambition était de devenir la meilleure directrice de journal en Amérique. Et elle était sur la bonne voie. Sarah s'était mise à la tâche en offrant ce qu'il y avait de mieux à ses abonnées, l'emportant sur ses rivaux par le nombre de pages, des gravures en couleurs, des cahiers détachables, qui comprenaient, à mon grand ravissement, un morceau de musique. C'est elle qui payait le mieux ses rédacteurs, ce qui lui valait la collaboration des plus grands écrivains : Edgar Allan Poe, Henry James, Nathaniel Hawthorne et Oliver Wendell Holmes. Elle donnait jusqu'à cinquante dollars pour un poème. Une nouvelle de dix pages d'Edgar Allan Poe avait été achetée au prix jamais atteint de 250 dollars. Sarah Hale publiait aussi davantage de femmes écrivains (qu'Hawthorne appelait « une satanée bande de gribouilleuses ») que tout autre magazine, y compris l'*Atlantic*, et leur proposait le même tarif qu'aux hommes.

« Les femmes se mettent à écrire des romans avec fureur. Je crois qu'il y a là beaucoup d'avenir pour la nouvelle génération », disait-elle souvent.

Charlotte l'aimait parce que Sarah s'était faite le porte-parole des droits de la femme, alors qu'elle-même avait seulement flirté avec cette idée. Dans son éditorial mensuel, Sarah donnait des conseils et partait en croisade pour un monde meilleur à l'égard des femmes et des enfants. Aucun sujet n'était trop audacieux pour elle, même la politique et les élections (bien que les femmes n'eussent pas le droit de vote), le gouvernement fédéral, l'esclavage et l'abolition, le suffrage des femmes, l'éducation et la malnutrition, l'exploitation des enfants et les conditions de travail dans les usines, les hospices pour les pauvres et les vieillards. *Godey's* était devenu la bible de la femme américaine.

Charlotte et moi avions pris l'habitude de passer dans les bureaux de Sarah une fois par semaine et de l'emmener prendre le thé à l'hôtel Brown, juste de l'autre côté de la place. Chez Brown, nous parlions de tout et de rien, de la coupe d'une manche parisienne aux derniers événements des guerres indiennes dans le Wyoming, de l'opéra en Europe au nouvel échec du Président Lincoln à Washington. Sarah avait des idées sur tout, sur l'égalité, la tempérance, les filles mères, la protection sociale, les syndicats et le mouvement des travailleurs, et même sur mon père.

Le livre qu'elle me tendit par-dessus la table, chez Brown, était relié de papier blanc et son illustration représentait une jeune fille vacillant sur le parapet d'un pont au-dessus d'eaux écumantes et menaçantes. Cela s'appelait *Clotel, ou la fille du Président*.

« C'est le dernier roman antiesclavagiste publié à Londres, dit Sarah. L'éditeur me l'a envoyé pour que je le publie en feuilleton, mais l'histoire me paraît vraiment tirée par les cheveux. Il s'agit des enfants esclaves de Thomas Jefferson. Ce livre, écrit par un esclave fugitif, William Wells Brown, a reçu le meilleur accueil à Londres. Si vous aimez les récits d'esclaves, vous adorerez celui-là », ajouta-t-elle. Son regard lilas plongea dans le mien, mais je n'y lus rien de nouveau. Elle ne savait pas, elle ne saurait jamais. Elle ne pouvait pas avoir deviné.

« J'ai écrit à M. Wells que quelques changements seraient nécessaires pour le lecteur américain — après tout, c'est une rumeur qui circule depuis un certain temps. La version américaine, puisque nous connaissons déjà l'histoire, se passerait de tant d'explications, l'action suffirait. Faites-moi savoir ce que vous en pensez. »

J'emportai le livre chez moi et le lus d'une seule traite, séparant les pages non coupées, à la manière européenne, avec le stylet de James, en toute justice poétique, pensai-je.

Mais Dieu dans Sa Providence en avait décidé autrement. Il avait décidé qu'une terrible tragédie allait se dérouler cette nuit-là, tout près de la maison du Président. Alors que les poursuivants traversaient le canal réservé aux sloops, ils virent trois hommes approcher lentement du côté virginien. Ils leur crièrent d'arrêter la fugitive, une esclave échappée, proclamaient-ils. Aussitôt, ils formèrent une ligne en travers du pont étroit et s'apprêtèrent à s'emparer d'elle. Un instant, elle jeta autour d'elle un regard affolé. Très loin sous le pont, bouillonnaient les eaux profondes du Potomac, et devant et derrière elle les pas et les voix des poursuivants lui prouvaient qu'il serait vain de tenter de gagner la liberté. Sa résolution était prise. Elle serra convulsivement les mains et leva les yeux au ciel, puis, d'un bond, sauta par-dessus le parapet et sombra pour toujours dans les remous du fleuve!

Ainsi mourut Clotel, la fille de Thomas Jefferson, président des États-Unis. Son corps fut retrouvé sur la rive où l'avait jeté le courant impétueux, on creusa un trou dans le sable, et on l'y déposa. Telles furent la vie et la mort d'une femme dont les vertus et la bonté de cœur auraient fait honneur à une personne jouissant d'une position plus élevée dans l'existence, et qui, si elle était née dans tout autre pays que celui de l'esclavage, aurait été respectée et aimée.

Je lus ma « biographie » avec un étrange sentiment de jubilation. Jusqu'à quel point n'étais-je pas morte ? me demandai-je en frissonnant. J'avais froid, comme si j'avais réellement sauté dans le Potomac glacé et m'y étais noyée. Ne m'étais-je pas noyée ? N'avais-je pas choisi une certaine forme de mort plutôt que l'esclavage ? Des milliers d'Anglais avaient lu la vie fictive d'Harriet Hemings, et Sarah allait peut-être maintenant la publier dans son journal en guise de propagande antiesclavagiste. *Clotel, ou la Fille du Président*. Que pouvais-je souhaiter de plus ? C'était encore mieux que mon poste du Chemin de Fer souterrain. « Mère, qu'est-ce que tu lis ? demanda Maria.

— *La Case de l'Oncle Tom.*

— Alors, pourquoi ris-tu ?

— Je ris toujours quand je lis *La Case de l'Oncle Tom.* »

Pendant des semaines, je laissai le livre traîner ostensiblement sur des tables, des étagères, des cheminées. Parfois ouvert, d'autres fois fermé. Mais personne ne le prit ni même n'y jeta un coup d'œil. Finalement, je le prêtai à Thenia, qui ne me le rendit jamais.

Sarah décida de ne pas publier *Clotel*. Elle lui préféra un nouveau roman américain sur l'esclavage écrit par un médecin noir libre, Martin Delaney, diplômé à Harvard en 1852.

Les banderoles rouge, blanc, bleu du printemps 1861 avaient pâli et tombaient en lambeaux. Les quatre-vingt-dix jours étaient passés, les généraux s'étaient succédé à Washington, et la campagne d'été avait tourné court.

Le 4 juillet de la deuxième année, le Président affirma une fois de plus qu'il n'avait pas l'intention de lutter contre l'esclavage dans les États où il existait et que, puisque la Constitution protégeait cette institution, il jurait de préserver la Constitution et l'Union. Même ceux qui espéraient que la guerre abolirait l'esclavage se taisaient.

« Donnez-lui le temps, me dit Robert Purvis, dont j'aurais attendu plus de sévérité. Tenons-nous tranquilles et jusqu'à ce que Dieu nous sauve, plutôt que d'ajouter au désordre général. » Comme il ne m'avait pas trouvée au Bureau de Protection, Purvis était assis dans mon bureau à l'entrepôt. L'été chaud et humide de Philadelphie s'était abattu sur nous, et Robert s'éventait avec son chapeau de paille.

« Le désordre général, répétai-je. C'est une guerre

meurtrière, Robert. Lincoln a franchi le Rubicon. La victoire totale est sa seule chance à présent.

— Pas encore, ma chère Harriet, il n'a toujours pas touché à l'esclavage. Le Sud peut encore rentrer dans l'Union.

— Vous voulez dire humilié ? Jamais. Son honneur est en jeu. Je connais les Sudistes.

— Le Congrès a autorisé la conscription d'un million d'hommes supplémentaires pour un service de trois ans ou la durée de la guerre. Un million d'hommes, Harriet. Lincoln ne plaisante pas. Les États du Sud ne disposent pas de plus d'un million d'hommes.

— Ils ont leurs esclaves, Robert. Ils peuvent envoyer tous les Blancs valides dans l'armée de Virginie du Nord de Robert E. Lee contre l'armée du Potomac de McClellan. Pendant ce temps-là, leurs esclaves récolteront et sèmeront, moissonneront, creuseront, construiront, feront la cuisine… En plus, à ma grande colère, la cavalerie de Jeb Stuart s'est emparée de cinq mille caisses d'éther Wellington sur un cargo à vapeur à Harrison's Landing en Virginie ! Mon Dieu, comme je suis furieuse, même contre vous ! »

Au mois d'août, l'Union perdit la seconde bataille de Bull Run, treize mois après la première. Les troupes confédérées étaient à moins de trente kilomètres de Washington. Les lignes rebelles avançaient dans le Missouri et le Kentucky. Cincinnati était en danger. Stonewall Jackson s'apprêtait à envahir le Maryland avec quarante mille hommes. Tout le monde était déçu par Lincoln.

« Ce n'est pas une guerre, fulminait Emily, c'est une déroute.

— Que le diable les emporte pour avoir volé mon éther !

— Comment Lee peut-il encore se battre, demanda Sarah, avec une armée de cinquante-cinq mille hommes malades, affamés, épuisés, qui se nourrissent de maïs vert et marchent pieds nus ? Des milliers de soldats désertent.

— Il faut qu'ils viennent ici, dis-je. Ils doivent

déplacer la guerre vers le nord pendant qu'ils ont l'avantage de leur victoire à Bull Run.

— Personne ne comprend pourquoi McClellan n'a jamais engagé sa puissante armée du Nord dans une bataille à outrance», dit Charlotte. Mais moi, je savais pourquoi. Il ne croyait pas pouvoir battre les Virginiens. Et Lee aussi le savait. Nous retenions notre souffle pour voir si l'entrée de Lee dans le Maryland, au-dessus de la ligne Mason-Dixon, forcerait le gouvernement méprisé et désespéré de Lincoln à demander un armistice.

Le Sud appellerait l'opération suivante «Sharpsburg» d'après le nom de cette petite ville, et le Nord «Antietam» à cause du ruisseau qui traversait le champ de bataille. Mais, quel que fût le nom qu'on lui donnât d'un côté ou de l'autre, c'était la guerre.

ANTIETAM, MARYLAND,
17 SEPTEMBRE 1862,

Chère mère,

J'ai déjà entendu ce qu'on appelle le cri du Rebelle suffisamment de fois pour qu'il ne me gêne plus guère. Cet appel lugubre voyage avec les Rebelles où qu'ils aillent et sème la terreur dans le cœur de ceux qui l'entendent pour la première fois, et peut-être les suivantes, car rien ne lui ressemble de ce côté de l'Enfer. La sensation particulière qu'il produit le long de votre échine ne s'explique pas. Il faut l'éprouver.

Comment les Rebelles peuvent-ils continuer à se battre comme ils le font, alors qu'ils sont sales, malades, affamés, misérables? Leur héroïsme paraît incompréhensible. Mais, en regardant les hommes au combat, en les pansant, en les soignant, et parfois en combattant moi-même, je me rends compte que la guerre transforme les êtres humains et les transcende d'une façon qui dépasse l'entendement. Du côté de l'Union, nous sommes tenus d'effacer le déshonneur de toutes nos terribles défaites. La honte d'une autre déconfiture ne serait pas supportable. J'avais entendu que l'armée était impatiente de se confronter à l'ennemi (ce que confirmaient les éditoriaux du *New York Times*). Mais, lorsqu'on cherche ce sentiment parmi les soldats, on vous adresse toujours à un autre régiment. En réalité, quand les balles frappent les troncs d'arbre et qu'un tir serré fait éclater les crânes comme des coquilles d'œuf, le seul désir qui consume le cœur de l'homme normal, c'est de se mettre à l'abri. Entre la peur physique d'avancer et la honte de tourner les talons, on se retrouve dans une situation incroyablement inconfortable. Je suis honoré de vous dire que notre régiment n'a pas hésité : nous avons marché lentement, en formation, nos fusils en position de tir. En une seconde, l'air s'est empli du sifflement des balles et du bruit de la grenaille. L'angoisse était si grande que j'ai alors vu l'effet singulier que décrit Goethe, je crois, dans sa biographie, à propos d'une situation analogue — tout le paysage est devenu rouge. Je n'oublierai jamais ce moment ; des hommes chargeaient et tiraient avec une furie démoniaque, tout en criant et riant de façon hystérique. Le 1er corps de Joe Hooker menait l'attaque, dévalant le pic Hagerstown du côté nord. Les Rebelles l'attendaient dans le champ de maïs. À partir de cinq heures du matin et pendant douze heures, l'abominable massacre a fait rage. À présent, douze mille de nos hommes sont morts ou blessés. Rien, depuis la bataille de Pittsburgh Landing, ne peut se comparer aux affrontements colossaux de cette journée.

C'est malheureusement le jour le plus sanglant de la guerre. Deux cent mille hommes se sont battus, une bataille plus terrible que Waterloo, pourtant la nuit tombe sur une issue incertaine.

Je ne sais pas, Mère, si vous pouvez imaginer vingt-cinq mille hommes morts ou mourants, en nombre égal dans les deux camps. À l'heure où je vous écris, mes oreilles résonnent encore des cris d'agonie de milliers de soldats restés à terre, et mes yeux, Mère, ont vu un spectacle terrifiant sur les pentes du champ de maïs, jusqu'aux bois à quinze cents mètres d'ici. Certains étaient suffisamment vivants pour produire un singulier effet de grouillement. Au milieu de tout ce carnage s'élevait une église isolée peinte à la chaux. À midi, dix divisions — cinq de l'Union, cinq confédérées — étaient tellement décimées que nous avons reculé d'un même accord et cessé le combat jusqu'au lendemain. Les Confédérés étaient tombés comme du blé sous la faux. À ce moment-là, j'ai cru, car je l'ai vu de mes propres yeux, que pas un seul corps d'infanterie confédérée n'aurait résisté à une sérieuse avance. L'armée de Lee était liquidée et la fin de la Confédération était en vue.

Personne ne comprend pourquoi McClellan n'a pas envoyé ses renforts à Burnside, qui avait repoussé les Rebelles à Sharpsburg et coupé la route du gué sur le Potomac. Il les a laissés s'échapper — en dire davantage serait parler de trahison.

Je suis sain et sauf, mais nos pertes sont effrayantes. Le pauvre Abbott est mort, Mumfried a une légère blessure à la jambe, Bond a reçu une balle dans la mâchoire, Walcott à l'épaule. Le général Rodman a eu le poumon transpercé. Le général Monsfield a été tué sur le coup. Plusieurs autres généraux et colonels sont morts ou blessés. Le lieutenant Sawyer, du 7e régiment du Maine, a été tué, une centaine de soldats du même régiment blessés. Nous nous apercevons maintenant que seulement six officiers du 20e sont encore vivants sur vingt (sans compter le chirurgien Hayward et moi). J'ai été promu sur le champ de bataille. Votre fils dévoué est à présent capitaine, détaché pour diriger l'hôpital de division avec le docteur Diveneel.

Dieu seul sait à quel spectacle nous avons dû assister aujourd'hui, et qu'Il ait pitié de nous, troupes de l'Union et de la Confédération. Car le sol ne peut pas boire plus de sang, et les hommes gisent dans un lac où le sang du Nord se mêle à celui du Sud...

Oh, mon Dieu, Mère, comme vous me manquez et comme je serai heureux de retourner auprès de vous quand cette guerre cruelle sera terminée !

Votre fils,
Beverly Wellington.

Camp Rapidan,
septembre 1862,

Ma femme, mon amour,

Les épidémies dans le camp se multiplient — choléra, variole, fièvre jaune, sans parler du typhus, qui a causé 265 morts. Des rapports de Virginie parlent de 427 cas de variole, mais 433 hommes sont morts de scarlatine, 558 de dysenterie et 1204 de tuberculose. Certaines recrues n'auraient jamais dû être acceptées, car elles sont déjà malades. Et le système de substitution qui permet à un riche de payer un pauvre pour être enrôlé à sa place et se retrouver sur le champ de bataille coûte cher, car ces remplaçants sont souvent en mauvaise santé et meurent quelques mois après leur entrée au camp. Personne, bien sûr, ne savait ce que cela signifierait de grouper un million d'hommes en régiments et divisions, dans des fortifications, des hôpitaux, des camps, et sur la route en marches forcées. Les conditions sanitaires et le surnombre ont déjà pris plus de vies que les balles, les sabres ou les obus.

J'admire peu les sages et les héros que je rencontre. Lincoln a nommé trop de Démocrates. Il fait aussi trop de concessions aux aspirations politiques des militaires : McClellan, Butler, Grant, Hooker et Sherman veulent tous devenir Président. Le meilleur est sans doute le général Grant. Toutefois, il serait extrêmement dangereux de confier de si hautes fonctions à des hommes comme Banks, Sigel et McClellan. Burnside est peureux comme une grand-mère. McClellan est presque criminellement favorable au Sud, il est arrogant, sans respect pour le Président, mais il aime ses hommes qui le lui rendent. Meade ne sait s'il doit avancer ou reculer ; Hooker est insubordonné ; Frémont trop isolé de tous ; quant à Pemberton et Hayes, ils feraient de piètres héros.

Oh, mon Harriet, je commence à me rendre compte que je n'ai rien d'un guerrier. L'orgueil et la pompe de la guerre, le bruit continuel des tambours et des clairons, le piétinement des escadrons de chevaux qu'on fait parader dans les rues tous les jours n'ont aucun charme pour moi. Je me languis de scènes familiales, de vous entendre jouer du piano, de voir les jumeaux de Beverly. Me trouvez-vous un peu blasé ce soir pour un homme de mon âge ?

Bonne nuit. Il fait si noir que je ne peux rien ajouter. Je suis, avec la plus grande tendresse,

à vous, pour toujours,
Thor.

P-S. : Vous rendez-vous compte ? C'est bientôt notre dix-huitième anniversaire de mariage, et pas un moment nous n'avons cessé de nous adorer.

FORT WENTWORTH, MISSOURI,
17 SEPTEMBRE 1862,

Ma tante,

Je n'ai pas connu de combats, mais beaucoup de rudes chevauchées et de marches, et des contacts amicaux avec des soldats venus surtout des États frontières, le Kentucky et le Tennessee. Notre voix est humble sans doute, mais ce que j'ai vu et entendu renforce l'opinion que nous avons exprimée dans nos conversations sur la politique de Lincoln. Il veut étouffer la rébellion des propriétaires d'esclaves et en même temps protéger et préserver l'esclavage. C'est pourquoi il perd la guerre à la fois à l'est et à l'ouest. Cette politique lui pèse et l'entrave. La faiblesse et l'inefficacité en sont les conséquences logiques. La machinerie morale et mentale de l'humanité ne peut supporter longtemps un tel désordre. Pouvez-vous me donner une bonne raison pour laquelle cette guerre ne devrait pas être une guerre d'abolition ? L'abolition ne s'impose-t-elle pas au pays comme une condition de survie ? Et n'est-ce pas la réponse naturelle, de la part de Lincoln, à donner aux Rebelles ? Évidemment, il agit ainsi pour conserver la loyauté des États frontières, mais cela en vaut-il la peine ? Une pareille attitude arme l'ennemi tout en désarmant nos amis, notre armée nordiste. Tranchez le lien entre le maître en guerre et l'esclave au travail, et ce sera aussitôt la fin de la rébellion, car plus rien ne la nourrira.

Les partisans de l'Union dans les États frontières sont intelligents. Ils attachent plus de valeur à l'Union qu'à l'esclavage, et beaucoup reconnaissent que c'est l'état le plus dégradant pour des travailleurs. Ils n'osent pas le dire maintenant, mais que le gouvernement passe le mot, et je suis persuadé qu'ils s'uniront pour envoyer cette vile institution à la tombe et s'en réjouiront. Qu'a produit de si précieux l'esclavage qu'on devrait lui permettre de survivre à une rébellion qu'il a suscitée ? Pourquoi votre pays devrait-il faire couler son sang pour protéger et préserver la cause honteuse de tous ses ennuis ?

En outre, cette mauvaise politique paralyse les bons sentiments de l'humanité. Elle donne aux Rebelles l'air de se battre pour conquérir le droit de se gouverner eux-mêmes. Ainsi vous privez la guerre de Lincoln de tous ces éléments de progrès et de philanthropie qui gagnent naturellement le respect et la sympathie de l'homme, pour lui donner l'apparence d'un simple déploiement de force brute, plus susceptible d'attirer un Lafayette avec une armée de vingt mille hommes pour aider les Rebelles et leurs quatre millions d'esclaves, qu'un Garibaldi prêt à défendre la cause de l'Union.

Cette guerre n'aurait peut-être jamais dû se produire, mais, puisqu'elle existe, ce devrait au moins être pour la bonne raison. C'est en tout cas ainsi que je le vois, tante Harriet.

Affectueusement,
Maurice.

« Je pars en Caroline du Sud. »

Willy Boss et moi levâmes les yeux, surpris, tandis que Thenia entrait dans l'entrepôt, chapeau, manteau et sac de voyage à la main, comme si elle était déjà en route pour la gare. Je me redressai, ma blouse jaune vif portée sur mes jupes à crinoline formant un cône identique à celui de mon chapeau d'apothicaire. J'enlevai mes gants.

« Thenia, tu ne trouveras personne maintenant, en pleine guerre !

— Mme Wellington a raison, Maman. Que feras-tu une fois là-bas ?

— Le gouvernement a demandé des volontaires pour aider à éduquer les fugitifs qui quittent la Virginie. Des milliers d'esclaves se libèrent et rejoignent les lignes de l'Union. L'armée les utilise pour creuser des tranchées et élever des ouvrages de terre, comme manœuvres sur les ponts et les barrages, comme cuisinières et blanchisseuses, mais qui va les instruire ? Surtout les enfants ? Beaucoup de Blanches, des abolitionnistes, se sont déjà portées volontaires. C'est mieux que de laver du linge sale pour la Commission sanitaire. Ces gens ont besoin de soins aussi. Ce sont des réfugiés et des victimes de guerre comme les autres. Notre marine, dont mon fils est si fier de faire partie, a conquis toute la côte de Caroline du Sud : Hilton Head, Port Royal, et Beaufort sont administrés par le gouvernement militaire. Les milliers d'anciens esclaves qui sont là-bas ont besoin d'aide. Vous garderez Willy pendant mon absence ? »

C'était le plus long discours que Thenia eût jamais prononcé devant moi sans bégayer.

« Bien sûr que oui. Mais pourquoi ne pas attendre la chute de Richmond ?

— Parce que Richmond mettra peut-être des années à tomber. Parce que Lincoln fera peut-être la paix avant. Les gens sont si fatigués de la guerre qu'ils disent que le Sud est impossible à conquérir.

— Et la femme et l'enfant de Raphael ?

— J'ai demandé à Suzanne de m'accompagner avec Aaron, mais elle a peur du Sud. Elle est du Nord, elle n'a jamais traversé la ligne Mason-Dixon. Alors elle dit : "Et si les Confédérés reprennent Fort Monroe et me vendent comme esclave ?" Je lui réponds que personne ne reprendra Fort Monroe tant que mon fils le gardera.

— Où iras-tu ?

— À Hilton Head. Le Président Lincoln et le secrétaire d'État Chase ont approuvé l'organisation des secours. Ça s'appelle l'Expérience de Port Royal. On nous a dit que tous les volontaires partiraient de New York sur le vapeur *United States* dans une quinzaine de jours. Je serai à bord. Ce sera un peu comme naviguer vers la colonie du Cap pour revoir Abe. »

Soudain, Thenia me prit dans ses bras et je nichai ma tête contre son épaule. Étonnée, je pris conscience que c'était une grande femme, large et forte. Forte. Elle était de ma taille. Quand cesserais-je de penser à elle comme à une gamine de treize ans ? Elle avait quarante-neuf ans, elle était grand-mère. Et elle me quittait pour aller au-devant du danger.

« Je m'occuperai de Willy pour toi, et je veillerai sur Suzanne et Aaron.

— Au revoir, madame Wellington.

— Au revoir... madame T. H. Boss. Et Dieu vous garde. »

« Eh bien, le Président Lincoln la tient, sa "grande" victoire, dit Sarah. Voyons si Salmon P. Chase a raison.

— Que veux-tu dire ? demandai-je à Sarah à la porte de son bureau, où j'étais allée lui annoncer le départ de Thenia.

— Lincoln est censé utiliser la défaite de Lee à Antietam pour proclamer l'Émancipation. Si le Sud ne rentre pas dans l'Union d'ici le 1er janvier 1863, tous les esclaves de la Confédération seront libres ! La séance du cabinet a été mémorable ! J'ai appris que le secrétaire de la Marine, Gideon Welles, s'est levé, le visage encore baigné de larmes deux jours après la bataille, en criant : "L'armée ne fait rien ! L'armée ne fait rien ! Au lieu de profiter de la victoire pour attaquer et capturer les Rebelles, McClellan a laissé Lee s'échapper en traversant le fleuve... Oh, mon Dieu, mon Dieu ! Vos ordres à McClellan, monsieur le Président, étaient de détruire l'armée de Lee... S'il croit pouvoir les ignorer et éviter d'anéantir Lee, il se trompe, à moins que Lee n'ait l'intention de se rendre ! Le général McClellan vous a dit qu'il avait remporté une grande victoire, que le Maryland était libéré de l'occupation ennemie et que la Pennsylvanie n'avait rien à craindre. Il a intérêt à dire la vérité, parce que nous agissons sur la foi de cette déclaration !"

« Alors Halleck, le général en chef des armées, s'est levé à son tour pour déclarer qu'il n'y avait plus de possibilité de réconciliation. "Nous devons vaincre les Rebelles ou être vaincus par eux. Chaque esclave soustrait à l'ennemi équivaut à un Blanc mis *hors de combat*. Le vieux Sud doit être détruit et remplacé par de nouvelles perspectives, de nouvelles idées." Le Président et les secrétaires d'État l'ont approuvé. Lincoln accordera au Sud un délai de cent jours pour lui permettre de changer d'avis.

« Puis le Président a ajouté : "Les hommes des États rebelles doivent comprendre qu'ils ne peuvent pas essayer de détruire le gouvernement, et, s'ils échouent, rentrer indemnes dans l'Union. C'est maintenant ou jamais, avant que la Constitution soit amendée et l'esclavage aboli pour toujours." Et Chase a déclaré : "Les Noirs devraient être armés." »

Sur ces mots, Sarah s'arrêta, essoufflée, en haut des marches de la maison d'édition Godey, et se tourna vers moi, me saisissant la main comme pour y fourrer un fusil. Je la fixai sans vraiment la voir. La vérité de ses paroles me serrait le cœur.

Autour de nous, le tohu-bohu d'une ville en guerre : des soldats, des marins, des marchands, des cabs, des voitures, des ambulances, des chariots bâchés, d'élégants cavaliers sur leur monture, des fantassins le mousquet à l'épaule, des mules, des bœufs, des chiens errants. Un gros canon était tiré dans Market Street sur une plate-forme de chemin de fer ; des omnibus ferraillaient entre les briques rousses ; à l'est, les mâts et les cheminées des navires pointaient vers le ciel dans le chantier naval. Des enfants jouaient, des gamins des rues se poursuivaient à travers la circulation, on entendait le chant plaintif d'un joueur d'orgue de Barbarie, tandis que des carrioles d'uniformes de l'armée, attachés en ballots pareils à des cadavres, descendaient bruyamment la rue vers l'intendance.

Et par-dessus ce tapage, cette vie, cette agitation, juste au-dessus de nos têtes, planaient les lettres de ce mot, *émancipation*, avec lequel j'avais maudit mon père sur son lit de mort. Il était là, au-dessus de Sarah et de moi, deux Blanches en train de commenter une réunion du cabinet d'Abraham Lincoln. Ne me considérais-je pas comme libre sans cette proclamation qu'il allait faire ? Si oui, alors pourquoi mon cœur battait-il la chamade, et pourquoi la constellation des hommes de ma vie tournait-elle autour de ma tête comme des météores ?

Si la proclamation d'Abraham Lincoln entrait en vigueur le 1er janvier, mon mari et mes fils émanciperaient leur femme et leur mère par la force des armes. Les petits-fils de Thomas Jefferson feraient ce qu'il n'avait pas eu le courage de faire. Je sentais les regards perplexes et aimants de mes hommes tournés vers moi. Je n'allais pas y songer maintenant, décidai-je. J'y songerais plus tard, quand je serais plus calme. Et je tournai les yeux vers Abraham Lincoln.

29

> Mon sang ne peut plus battre au rythme du tumulte du monde.
>
> THOMAS JEFFERSON.

« Bon, maintenant, ne bougeons plus, s'il vous plaît. »

La lampe au magnésium éclata à notre visage comme un obus, et la pièce s'emplit d'une odeur âcre qui se mêlait au parfum du sapin que nous avions dressé à Noël. Nous avions décidé de nous faire photographier, non à cause de la date, le 1er janvier 1863, mais parce que tous mes hommes étaient de retour de la guerre, et qu'au bout de cent jours la Proclamation d'Émancipation d'Abraham Lincoln avait à présent force de loi.

Tout à l'heure, la serre avait été secouée par les coups de canon tirés de l'armurerie, et toutes les cloches de Philadelphie avaient répondu en un concert discordant, tandis que je lisais à haute voix le texte de la Proclamation dans les pages du *Philadelphia Inquirer*.

« "Je déclare que, conformément à ma décision, toutes les personnes retenues comme esclaves dans les États sus-désignés, et parties d'États, sont et seront désormais libres...

« "En outre, je déclare et fais savoir que ces personnes, si elles sont en bonne condition physique, seront accueillies dans le service armé des États-Unis...

« "Et sur cette décision, sincèrement conçue comme un acte de justice, garanti par la Constitution... je demande le jugement bienveillant de l'humanité, et la faveur de Dieu Tout-Puissant...

« "Fait le premier jour de janvier, en l'an de grâce mille huit cent soixante-trois, le quatre-vingt-septième de l'Indépendance des États-Unis." »

Ensuite, je m'étais tue, les yeux pleins de larmes, songeant à la Déclaration de mon père. Toujours cette référence : mon père. Il était comme une présence dans la pièce, dans la nation — comme si tout le tumulte de la guerre tournait autour de lui.

« Les gens — les gens de *couleur* — dansaient dans les rues ce matin, dit Maria de sa voix cadencée.

— Ils appellent ça le jour du Jubilé *.

— Lincoln doit croire que nous perdons la guerre.

— Il ne dit rien des propriétaires d'esclaves qui sont restés loyaux à l'Union. Ils peuvent garder leur propriété, semble-t-il. Et il a exempté tout le Tennessee et la Virginie de l'Ouest, fit observer James.

— Il ne dit rien non plus de la déportation.

— Oui, mais il ne peut guère demander aux Noirs d'entrer dans l'armée, remarqua Raphael, et de quitter en même temps le pays.

— Et les quatre milliards de dollars qu'ils représentent ? Les États-Unis vont-ils indemniser les propriétaires d'esclaves ? demanda Madison.

— L'émancipation avec indemnisations ! L'émancipation avec réparations ! L'émancipation et la déportation ! Je n'entends que ça ! rétorquai-je en élevant la voix. Pourquoi pas des réparations pour les esclaves ? Des réparations pour le crime d'enlèvement, de vol de nourrissons, d'emprisonnement illégal, pour les punitions cruelles ? Pourquoi ne pas indemniser les mères à qui l'on a arraché leurs enfants ? »

Thor me lança un regard étrange. « J'y ai souvent pensé, dit-il lentement, mais je n'ai jamais eu le courage de le formuler.

— Non, tu étais trop occupé à déporter toute la race.

— Oh, ce n'est pas juste, Mère.

* Par référence à la Bible : l'ancienne loi hébraïque prévoyait l'abolition de l'esclavage tous les cinquante ans *(N.d.T.)*.

— Pourquoi pleurerais-je sur la banqueroute du Sud ?

— Mais, parce que vous êtes virginienne, Maman. Même si vous détestez le Sud, ces gens-là sont toujours les vôtres », dit James.

Il avait raison. Ils étaient toujours les miens, comme les Blue Ridge Mountains, le lever et le coucher du soleil, le champ de fleurs de tabac. Mais c'est votre grand-père, songeai-je. Écoutez-vous donc. Vous le récitez. Vous l'apprenez par cœur. Il vous appartient. Vous l'avez absorbé avec le lait de votre mère...

« Que le Sud, dis-je lentement, dépense chaque *cent* du trésor que les gens de couleur ont gagné pour lui. Que ses habitants versent une goutte de sang pour chaque goutte de sang de personne de couleur qu'ils ont répandue. Je n'éprouve pas de pitié et ne souhaite pas de miséricorde pour la Confédération prétendument exsangue.

— Est-ce une prière, Mère ? demanda Maria.

— Je crois que nous devrions prier », répondis-je en m'agenouillant.

La Proclamation avait fait de moi une femme inutile. Une passeuse du Chemin de Fer souterrain qui n'avait plus de réfugiés. Une abolitionniste au rôle révolu. J'étais au bord de l'anéantissement — dépassée, annihilée par ma propre histoire. Ceux qui s'étaient fait passer pour Blancs afin d'être libres étaient de trop. J'étais née bâtarde de Jefferson. À présent, j'étais l'enfant de Lincoln.

Une terrible solitude me terrassait, plus terrible que toutes celles que j'avais connues auparavant. Mon mari allait émanciper sa propre épouse et mes enfants leur propre mère. *Sans jamais le savoir.*

Je n'arrivais pas à prier. À l'extérieur, j'entendais les faibles bruits de la célébration du Jubilé comme un accompagnement musical. Les détonations des feux d'artifice avaient commencé, comme le grondement lointain de milliers de corps en mouvement. Les navires du port ajoutèrent leurs coups de canon à ceux de l'armurerie ; ils tiraient alternativement, gardant la mesure comme des tambours d'orchestre avec les cymbales de cinquante cloches.

J'allai m'asseoir au piano, la tête basse.

« Jouez-nous quelque chose, Mère », demanda James.

Mais je ne savais que jouer. Je me penchai et caressai l'arrière-arrière-arrière-petite-fille d'Indépendance, Liberty. Mes doigts tachés de noir par l'encre du journal laissaient des marques sur le clavier. Je plaquai doucement les premiers accords du nouveau chant de Stephen Collins Foster : « Nous arrivons, père Abraham, forts de trois cent mille hommes. »

Les événements ce printemps-là se succédèrent avec une rapidité foudroyante. Les défaites répétées de l'armée de l'Union et les triomphes de la Confédération enhardirent le général Lee, qui mena ses troupes vers le nord et franchit la ligne Mason-Dixon.

En juin, la division de Philadelphie de la Commission sanitaire des États-Unis organisa une immense kermesse au profit de l'armée et en l'honneur d'Abraham Lincoln. À notre grande surprise, le Président accepta d'y assister. Tout Philadelphie se pressa pour venir l'écouter.

Dans son discours, il attaqua les Démocrates pour la Paix de Philadelphie.

« Certains sont mécontents de moi, commença-t-il. Je leur dirai : vous dénigrez la paix, et vous m'accusez parce que nous ne l'avons pas. Mais comment y parvenir ? Il n'y a que trois moyens possibles. Le premier est de réprimer la rébellion par la force des armes. C'est ce que j'essaie de faire. Êtes-vous pour ? »

À ce moment-là, on applaudit, on acclama, on tapa des pieds.

« Si vous l'êtes, jusque-là, nous sommes d'accord. Si vous êtes contre, un deuxième moyen est d'abandonner l'Union. J'y suis opposé. Et vous ? »

Une tempête de huées, de sifflements et de « Non ! Non ! » emplit la tente.

« Si vous approuvez ce moyen, vous devriez le dire clairement. Si vous n'êtes ni pour la force, ni pour la dissolution encore, il ne reste que le compromis. Mais je ne crois pas qu'un quelconque compromis permettant de maintenir l'Union soit possible à présent. La force de la rébellion, c'est son armée. Aucun compromis ne retiendra l'armée de Robert E. Lee hors de Pennsylvanie! Seule l'armée de Hooker peut le faire, et, je crois, finir par l'anéantir... »

D'autres acclamations et hourras s'élevèrent. Le Président était un orateur fascinant. Il dominait la scène comme un faucon noir, ses cheveux bruns en broussaille, ses yeux brillant d'un éclat métallique, les rides de son visage et de son front comme tracées au fusain sur un teint plus sombre que celui d'un Noir.

« Mais, pour parler simplement, vous êtes mécontents de moi à cause des nègres. Vous n'aimez pas la Proclamation d'Émancipation ; vous la trouvez anticonstitutionnelle — mais je pense différemment. La Constitution investit son commandant en chef de la loi martiale en temps de guerre. Or, a-t-on jamais contesté que, d'après cette loi, la propriété, des ennemis comme des amis, peut être saisie si nécessaire ? La Proclamation d'Émancipation et la mobilisation des soldats de couleur constituent le coup le plus fort porté jusqu'à présent à la rébellion. Vous dites que vous ne combattrez pas pour libérer des nègres. Certains d'entre eux paraissent pourtant prêts à se battre pour vous... » Au milieu des acclamations des gens de couleur présents sous la tente, il poursuivit : « ... pour sauver l'Union. Quand nous aurons vaincu toute résistance à l'Union, si je vous demande de continuer à combattre, il sera grand temps, alors, de déclarer que vous ne vous battrez pas pour des nègres... »

Je regardais la silhouette sur la tribune. Avais-je vécu une vie blanche si longtemps que je ne pouvais plus me ranger dans le groupe de gens dont il parlait ? Qu'étais-je ? Si j'étais aussi blanche que je le prétendais, pourquoi mon sang bouillait-il d'entendre le mot *nègre* dans la bouche du Président ? Pour lui, il s'agissait d'une catégorie, ou guère plus, comme pour mon père, ou mon mari à présent.

Quand Noir égalerait-il Américain dans l'esprit du Président ? Quelle quantité supplémentaire de souffrances et de sacrifices exigerait-il encore ? Un demi ? Un tiers ? Un seizième ? Comme pour répondre à ma question, il poursuivit :

« Chaque fois qu'on peut obtenir des Noirs qu'ils se conduisent en soldats pour sauver l'Union, c'est autant de travail en moins pour les soldats blancs... »

Tout ce que les Blancs leur laissaient faire, ne pouvaient pas faire eux-mêmes, toute tâche trop sale ou trop dangereuse pour eux... c'était donc cela le calcul du Président.

« N'êtes-vous pas d'accord ? Mais les Noirs, comme tous les autres hommes, ont besoin d'être motivés pour agir. Pourquoi feraient-ils quelque chose pour nous si nous ne faisons rien pour eux ? S'ils risquent leur vie pour nous, ils doivent être encouragés par le plus puissant des mobiles — la promesse de la liberté. Et la promesse, une fois faite, doit être tenue. »

L'assistance s'agitait. Une bagarre éclata au fond. Thor et Charlotte quittèrent un groupe d'hommes en uniforme pour nous rejoindre.

« Il faut que Hooker fasse faire demi-tour à son armée et marche vers le nord pour rencontrer le général E. Lee, mais il ne sait pas où il est », rugit une voix à l'arrière de la tente.

Mais le Président ne tint pas compte de cette intervention et continua sereinement :

« ... Et il y aura des Noirs qui se souviendront que, muets, les dents serrées, le regard ferme et la baïonnette au canon, ils auront aidé l'humanité à parvenir à ce résultat. Mais je crains que certains Blancs soient incapables d'oublier que, le cœur plein de haine et le mensonge à la bouche, ils auront tout fait pour l'empêcher. »

Les applaudissements, huées, acclamations et sifflets éclatèrent avant que le Président se soit tu.

« Trouvons d'abord Robert E. Lee !

— Révoquez le général Hooker ! »

Malgré le tapage et le tumulte, je reconnus la voix de Thor. Il se querellait avec Andrew Nevell.

« Il ne peut y avoir d'armée sans hommes, disait-il. Or, on obtient les hommes de deux façons : volontairement ou contre leur gré. Nous avons cessé de les obtenir volontairement, et les enrôler contre leur gré, c'est la conscription, Andrew.

— Nous n'en trouverons pas assez, répondait Andrew Nevell.

— Je sais qu'on se plaint beaucoup de la loi qui permet à un conscrit de payer trois cents dollars au lieu d'aller se battre ; pourtant, on ne s'élève pas contre celle qui lui permet d'envoyer un autre homme à sa place ! intervint Gustav Gluck.

— Substituer un homme à un autre favorise les riches aux dépens des pauvres, mais, comme c'est une vieille pratique pour lever des armées, personne n'y voit d'inconvénient, répondit Andrew.

— N'est-ce pas ce que nous faisons en permettant à des hommes de couleur de s'engager ? Substituer des Noirs à des Blancs ? Le principe majeur de la conscription, après tout, c'est tout simplement la servitude forcée, intervint Gustav.

— Lincoln a raison sur ce point — que les négros, ou du moins certains d'entre eux, aillent donc se battre à notre place, répondit Nevell.

— Où est la difficulté maintenant ? s'exclama Thor. Reculerons-nous devant les moyens nécessaires pour maintenir notre libre gouvernement, que nos aïeux se sont employés à établir et que nos pères ont conservé ? Sommes-nous dégénérés ? La virilité de notre race est-elle épuisée ? Avons-nous besoin de Noirs pour combattre pour nous ?

« Il y a quelque chose de trop vil dans le fait que nous autres, Américains, regardions les Noirs comme des citoyens lorsque nous avons des ennuis, et comme des étrangers quand tout va bien. Quand notre pays a connu des difficultés dans ses premières luttes, il considérait les Noirs comme des citoyens. En 1776, ils étaient citoyens. Au temps de la Constitution de Jefferson, ils avaient le droit de vote dans onze États sur les treize États primitifs. En 1812, le général Jackson s'adressait à eux comme à des citoyens. Il voulait qu'ils combattent ! Et maintenant que la conscription nous menace, les Noirs redeviennent des citoyens ! Qu'ils entrent dans l'armée ! Qu'ils creusent des fossés, des tranchées, qu'ils élèvent des fortifications ! Ils ont été citoyens trois fois dans l'histoire de notre pays, et chaque fois ce fut pour aller se faire tuer. »

Emily, Charlotte et moi quittâmes la tente en laissant nos époux à leur discussion. Ils étaient, comme toujours, en train de défendre leur virilité et leur pays en sacrifiant nos fils. Je souris ironiquement. En tant que mère, j'aurais de bon cœur payé trois cents dollars pour faire remplacer n'importe lequel de mes fils. Si l'on comparait ce prix à ceux pratiqués sur les marchés aux esclaves, c'était une affaire.

S'il réussissait à remporter une autre victoire sur le sol ennemi, Robert E. Lee pouvait conclure cette guerre par un triomphe pour le Sud face à un Nord divisé, en proie à la confusion. Je connaissais assez la fierté et le caractère sudistes pour savoir que le général misait tout sur la prochaine bataille. Et elle allait avoir lieu ici, en Pennsylvanie.

1863

Gettysburg

Dans la chapelle

Le déserteur rebelle

Un miroir brisé

Hasard

L'aria

Celle-ci vivra

30

> Ma seule consolation est que je ne serai pas là pour le voir !
>
> THOMAS JEFFERSON.

Robert E. Lee envahit le Nord, pénétrant en Pennsylvanie. À partir de ce jour, la vie de mes jumeaux devint une succession de marches forcées, de plus en plus longues et dures pour rencontrer le plus rapidement possible l'armée de Virginie du Nord. La nuit et le jour se mêlaient au fil de la route. Ils marchaient dans la poussière et dans la boue, sous le soleil brûlant, ils franchissaient des défilés, traversaient des prairies et des fleuves, et les champs de bataille de l'année passée où les squelettes de soldats tués gisaient encore, les os blanchis. Harassés, sans sommeil, tourmentés par les rumeurs des journaux qui prétendaient que l'ennemi était à Philadelphie, à Baltimore, partout où il n'était pas, ils durent poursuivre leur route jusqu'au moment où ils le trouvèrent : à Gettysburg, un petit village à moins de cinquante kilomètres de la maison de campagne de leur grand-mère à Anamacora.

Comme on pouvait s'y attendre, Emily et moi fûmes assignées par la Commission sanitaire à l'hôpital de campagne établi près du lieu de la future bataille. Je laissai Maria à Anamacora, choisis un cheval de selle appelé Virginius, fis mes bagages et partis chercher Emily. Nous pouvions atteindre le pavillon de la Commission à Taneytown, à une vingtaine de kilomètres de Gettysburg, en une journée de chevauchée. Je n'emportai que le minimum : des gants blancs et du linge de rechange, la longue-vue de Thance, le pistolet de Thor, une boussole, une montre, la photographie que nous avions prise le 1er janvier, et une Bible. Il n'y avait personne de disponible à Anamacora ni dans la ferme des Gluck pour nous accompagner, aussi Emily et moi partîmes seules, armées.

Près de Gettysburg, nous passâmes devant un bâtiment rectangulaire de pierre et de stuc construit sur un monticule entouré de vignes et de pêchers. C'était le couvent St. Joseph. On voyait des armes empilées et les plumets de fumée des feux de camp de l'armée. Le beffroi carré s'élevait comme une tour toscane au-dessus des douces collines, d'où l'on avait une vue dégagée sur toute la vallée avec ses rivières et ses bois, un petit cimetière et le village lui-même. L'endroit semblait le plus paisible du monde.

La plupart des infirmières venaient de familles connues. Certaines portaient des noms d'universités, d'hôpitaux ou de manufactures. J'étais Mme Wellington, c'est le nom que je porterais dans cette bataille. Mais, en secret, j'en avais un autre, beaucoup plus illustre. J'avais gravé H. H. J. sur le cuir de ma trousse pour me rappeler que j'étais aussi la fille du Président. J'étais venue ici non seulement pour soigner les blessés, mais pour témoigner. Avant longtemps, j'en étais sûre, je retrouverais Thor, qui arrivait du camp Rapidan, et Madison et James, qui étaient quelque part en chemin. Il leur avait fallu trois semaines, et à moi quarante ans, pour parvenir à ce rendez-vous.

Emily et moi passâmes le reste de la soirée à dresser l'inventaire des provisions et des fournitures : pots de gelée et bouteilles de sirop de mûres et de cassis ; chemises, pantalons, blouses de travail, pantoufles et bas de laine. De la charpie et des pansements pliés dans des caisses. Des barils de café, de thé et de biscuits. Des tamarins empilés dans des sacs. J'examinai avec soin toutes les fournitures médicales : alcool, créosote ; acide nitrique, bromure, teinture d'iode, permanganate de potassium, morphine, camphre, laudanum, seringues, attelles de bois et béquilles, seaux, brancards, sacs de couchage et couvertures. Des pots de terre cuite portaient la marque WELLINGTON, ainsi que nos barils de chloroforme.

Le 1er juillet, tout était en place. Nous commencions à entendre tonner les canons. La salle d'opération vide, silencieuse, attendait les premiers blessés.

« On raconte que Lincoln a remplacé Hooker par Meade. Prions Dieu que ce soit vrai ! » dit Emily.

La 1re, la 2e et la 3e armée du Potomac étaient concentrées près de la base sud-est de Round Top, sur la route de Taneytown — près de cent mille hommes de l'Union face au même nombre de Rebelles. Les deux camps avaient fini par se trouver.

L'infirmière-chef Dix reconnut les généraux Meade et Gibbson passant à cheval. Nous ne cessions de vérifier notre inventaire. Les rangées de lits d'hôpital vides paraissaient crier dans l'obscurité grandissante.

Nous parlions à peine. Les chirurgiens et les médecins arrivèrent. Les chariots des ambulanciers s'alignèrent à la lumière de la lune. Les groupes de recrues noires creusèrent et pelletèrent toute la nuit en silence. On se serait attendu, me disais-je, à éprouver des sentiments particuliers, quelque chose d'extraordinaire, une acuité accrue des facultés en rapport avec la gravité de l'événement, cela aurait été poétique et exaltant, mais rien de tel ne se manifesta au pavillon sanitaire. Les soldats de l'armée du Potomac étaient de vieux combattants qui avaient essuyé de nombreuses défaites et vu trop de morts et de destructions pour en perdre le sommeil à présent. Non, je crois que l'armée dormit bien cette nuit-là.

Au clair de lune, je m'assis sur une traverse de chemin de fer avec l'intention d'écrire à Thor, sachant que ma lettre ne l'atteindrait jamais sur la route, mais je m'aperçus que ma main tremblait de façon incontrôlable.

Le 2 au matin, le temps était lourd et maussade ; le ciel, couvert de bas nuages vaporeux, et il tombait une pluie fine. Je pris la longue-vue de Thance pour observer les mouvements sur la crête près du cimetière devant lequel j'étais passée la veille. Les hommes ressemblaient à des géants dans la brume, et les canons en batterie paraissaient si gros et menaçants que j'étais soulagée de savoir que c'étaient les nôtres.

« L'infirmière-chef Dix m'a demandé d'apporter une provision de morphine aux infirmières du couvent, dis-je à Emily en sellant mon cheval. Je prends ma longue-vue. Je pourrai monter en haut du clocher regarder ce qui se passe. »

Comme je m'éloignais du pavillon, les premiers grondements de canon retentirent, et ce qui ressemblait au rugissement de la mer, mais devait être le martèlement de milliers de pieds de soldats, s'éleva de la terre comme un faible écho. Lorsque j'arrivai au couvent, j'attachai Virginius et me présentai à la mère supérieure. Je lui confiai les fournitures et pénétrai dans le clocher pour grimper au sommet, espérant voir ce que je venais d'entendre.

En levant la longue-vue, je m'aperçus que les troupes avaient été disposées en U, les rangs tournés vers l'extérieur. La courbe entourait le cimetière, au sud de Gettysburg, qui semblait reposer paisiblement dans la brume de juillet. Trois routes convergeaient sur la ville, formant un angle de soixante degrés. Le terrain élevé entre elles, connu sous le nom de corniche du Séminaire, était couvert de quatre-vingt mille soldats vêtus de bleu, fusil au poing, flanqués par la cavalerie. C'était la formation de bataille de l'armée du Potomac.

D'abord je ne vis rien de l'armée confédérée, tant elle était habilement cachée dans les bois. Enfin, elle commença à se montrer à l'ouest et au nord-ouest de l'agglomération, se déplaçant en masses grises à travers les fourrés de la corniche du Séminaire. Je baissai la longue-vue, tremblant de tout mon corps. Il fallait que je retourne à l'hôpital retrouver Emily. Soudain, tout le paysage devant moi se transforma en un grand navire bleu. Les nuages prenaient la forme de voiles, la terre bougeait comme une mer déchaînée. Devant mes yeux, des milliers de soldats et quelques escadrons de cavalerie descendaient la pente et franchissaient l'étroite vallée qui séparait le Nord du Sud. C'était la première vague de notre armée.

J'aurais pu entendre le raclement de dix mille baguettes enfonçant les cônes de plomb dans les fusils. La terre ondulait, me donnant le vertige. Le clocher tremblait, et un rugissement assourdissant envahissait l'univers On aurait cru la fin du monde. À ma grande surprise, je me retrouvai assise sur le sol, comme si j'avais été renversée par le bruit. Je me levai, mais au lieu de dévaler les marches, je redressai la longue-vue pour jeter un dernier coup d'œil. Des taches grises, les Rebelles, sortaient du bois pour aller à la rencontre des bleus.

Soudain, d'innombrables éclairs jaillirent, et les cris féroces des mousquets, le crépitement des salves se mêlèrent au tonnerre des fusils. Les longues lignes grises descendaient vers les bleues et se confondaient avec elles dans la fumée de la bataille; puis la même couleur, le gris, émergea des buissons et des vergers sur la droite. Oh, le vacarme, le tintamarre! Et bientôt, pour la première fois, j'entendis au loin l'appel des Rebelles, sorti de trente mille poitrines. Mes cheveux se dressèrent sur ma tête et ma nuque. Je levai les yeux vers le ciel, à présent assombri par la fumée. J'étais seule au monde à observer ce spectacle. J'allais mourir ici. Il n'y avait pas moyen de fuir. Un instant, tous mes sens furent paralysés, sauf la vue. Le rugissement des canons et les cris des Rebelles ne m'atteignaient plus, car j'étais réduite à un regard qui suivait chaque détail à travers la fumée.

Clouée sur place, je regardais l'univers se métamorphoser en un lac de feu. De la colline de Round Top au cimetière s'étendait un champ de bataille ininterrompu. Contempler le combat dans la vallée au-dessous de moi était terrible, mais quel effet cela pouvait-il faire quand on y était plongé?

Dire que c'était comme un orage d'été, avec le craquement du tonnerre, l'éblouissement des éclairs, le hurlement du vent et le sifflement de la grêle, ne rendrait pas justice à la symphonie de deux cent cinquante canons crachant leur feu sur le ciel noirci de fumée : incessante, pénétrante, elle chauffait l'air au-dessus de ma tête, secouait le sol, lointaine, plus proche, assourdissante, fracassante. Non, on ne pouvait la comparer à un orage, qui est un acte de Dieu. C'était une procession humaine de corps qui rampaient, tombaient, s'accroupissaient. Les canons, toutefois, n'appartenaient pas à la terre, ils ne s'intéressaient pas aux humains. C'étaient de grands démons furieux dont la bouche crachait des langues de feu et dont le souffle lourd tourbillonnait autour des minuscules silhouettes, comme la fumée chargée de soufre de l'enfer. Ces hommes pitoyables, noircis, courant, criant, frénétiques, étaient complices de ces démons de la guerre auxquels ils obéissaient comme des esclaves consentants.

Je m'aperçus que je hurlais, puis je marmonnai des mots sans suite devant le spectacle : les Rebelles se précipitaient en avant et les longues lignes bleues de l'infanterie faisaient feu vers le bas de la pente. Des hommes tombaient de toutes parts, par dizaines et par centaines : pauvres êtres mutilés, dont certains, une jambe ou un bras brisé par une balle, se rabattaient tant bien que mal vers l'arrière. Ils ne paraissaient faire aucun bruit. C'étaient maintenant les hommes de l'Union qui avançaient, leurs cris et leurs grondements couvrant ceux des Rebelles. Une vague bleue monta à l'assaut du rocher d'uniformes gris et l'écrasa. Je me remis à crier en voyant la ligne de Rebelles se briser et commencer à refluer.

Couverte de fumée et de suie, je redescendis à tâtons les marches du clocher, le visage noirci, trébuchant, mon pantalon mouillé d'urine. Au pied de l'escalier, je sortis vacillante au milieu de la première vague de blessés, qui avaient commencé à s'entasser devant la porte de la chapelle et contre les murs du beffroi. Beaucoup avaient réussi à gagner l'arrière en marchant ou en se traînant, et à présent, épuisés, ils ne pouvaient aller plus loin. Certains déchiraient leurs vêtements, tâchant de voir leurs blessures, car ils savaient qu'il était fatal d'être touché au ventre ou à la poitrine. Une longue rangée pathétique de soldats à demi inconscients gisaient sur le sol, gémissants, agités de soubresauts — des hommes à la tête trouée par une balle, ou qui, après une inspection hâtive de leurs blessures, avaient été déclarés condamnés et mis de côté, abandonnés à une mort qu'on souhaitait aussi rapide que possible. Non loin, devant l'une des tentes d'hôpital, on avait sorti une longue table où les médecins amputaient les bras et les jambes ; un chariot de l'armée attendait d'emporter les membres coupés avant de revenir pour un autre chargement. Un nouveau monde était né pendant que j'étais dans le clocher.

Dans la chapelle, on avait posé des planches pardessus les hauts dossiers des sièges, de sorte que toute la salle était un vaste lit où des corps étaient couchés coude à coude en rangées successives. Je restai frappée d'horreur, stupéfaite, plongée dans une mer ondulante d'interminable souffrance. Je commençai à remonter l'allée centrale, entre les blessés qui m'appelaient et me tendaient les mains. Mes jupes traînaient dans le sang qui avait coulé entre les planches et se mêlait à l'eau de la rigole creusée dans les fentes du dallage. Les têtes et les épaules des religieuses en cornette blanche flottaient à proximité, désincarnées, tandis que je m'efforçais d'approcher du crucifix dominant les victimes du haut de l'autel. Je finis par l'atteindre puis, ne sachant que faire, me retournai.

Comme une somnambule, je traversais cet infernal abattoir entre les planches brutes, mes jupes traînant dans cette ordure indescriptible, dans la cale putride où une chandelle n'aurait pas brûlé.

Je n'avais pas le temps de prier. Je n'avais pas le temps de réfléchir. Un chirurgien m'attrapa par le bras et m'entraîna à l'extérieur. « Ne restez pas ici. On a besoin de vous dehors. » Mon regard croisa le sien et je me laissai conduire hors de la chapelle vers la lumière et l'endroit où l'on opérait et où des jambes et des bras s'entassaient. Des blessés attendaient comme s'ils faisaient la queue à un guichet.

Des heures plus tard, je retrouvai Virginius, détaché, qui broutait paisiblement devant le clocher. Je m'effondrai contre son flanc vibrant et chaud en sanglotant. Lorsque j'eus repris des forces, je montai lentement en selle.

Virginius évitait les cadavres, refusant de marcher sur ceux des animaux comme sur ceux des hommes; les chevaux fixaient sur nous un regard presque humain et les hommes ressemblaient à des bêtes surprises par la mort. Ils étaient tous si calmes, couchés les uns à côté des autres; le Sud et le Nord, la Virginie et le Massachusetts, certains le visage empreint d'une expression tranquille, d'autres dans des positions tourmentées, disant la peur et la souffrance. Mais, à mesure que la nuit obscurcissait le carnage, ils paraissaient seulement plongés dans le sommeil.

Les médecins et les infirmiers militaires travaillaient à la lueur de torches à présent, s'efforçant de séparer les morts des vivants. Beaucoup de ceux qui respiraient encore devraient attendre le jour pour recevoir des soins. Je ne voyais plus rien. Puis, dans le crépuscule empourpré, j'aperçus un mouvement — une ombre grise et un bras dressé: un soldat de l'Union prostré qui appelait à l'aide. L'ombre voulait-elle le voler ou le tuer? J'étais le seul témoin. Autour de moi ne dormaient que des morts. Le cercle des torches était loin, très loin. Soudain, un éclair de lumière perça la tombée du jour. J'entendis claquer un coup de feu et une odeur de poudre me brûla la gorge. Le garçon de l'Union qui avait levé le bras pour demander du secours était sauvé. Le déserteur rebelle tomba mort à mes pieds. Le recul douloureux du pistolet de Thance me fit baisser le bras. J'avais tué un homme.

À nous deux, le garçon blessé se traînant, moi le tirant, nous atteignîmes Virginius. Avec mes dernières forces, je le hissai sur la croupe du cheval.

Mais ma monture épuisée n'était pas en état de nous porter tous les deux, aussi le ramenai-je à pied à l'hôpital. Quand j'y arrivai, le garçon en bleu était mort. Je cherchai un endroit pour pleurer et, n'en trouvant pas, je tirai la couverture de Virginius sur ma tête et, une fois de plus, je sanglotai contre son flanc.

« Harriet, je croyais que tu t'étais fait tuer ! » Emily me lança un regard de reproche lorsque j'entrai dans la tente, comme si j'avais pris peur et couru me mettre à l'abri. « Où étais-tu ?

— Au couvent.

— Tu as tout manqué. On a annoncé que le champ est à nous... du moins d'après les généraux. Dieu dans sa miséricorde a donné la victoire aux armes de l'Union aujourd'hui.

— Ce champ ne sera jamais à nous, dis-je. Ce jour ne sera jamais celui de notre victoire ! Je hais le massacre de cette journée sanglante. »

Je hurlais à présent. Puis je me rappelai la raison de tout ce sang : les Confédérés faisaient la guerre pour avoir la liberté de me posséder. Moi et les miens.

« Il faut te laver un peu, Harriet », dit Emily.

Mais je refusai. Mon visage était noir, ma vraie couleur, et j'avais l'intention qu'il le reste ce soir-là. Emily et moi nous regardâmes. Si nous avions espéré que ce que nous avions vécu ce jour-là n'était que cauchemar, nous nous faisions des illusions. Nos corsages étaient raides de sang séché, nos muscles douloureux, et nous sentions horriblement mauvais. L'infirmière-chef Dix rassembla ses infirmières civiles. Leur monde à elles avait changé aussi depuis la veille. Pourtant, pas une n'avait déserté. Personne n'était tombé malade. Je parcourus du regard ces femmes blanches épuisées, aux yeux secs, et mon estime pour elles m'émut et me surprit.

Nous fîmes notre toilette, passâmes des tabliers blancs propres, et reprîmes le travail comme l'aube pointait.

À midi, le 3 juillet, Emily demanda : « C'était quoi, ce bruit ? »

Il n'y avait pas de doute. Le craquement distinct des fusils de l'ennemi, une fois de plus. Tout le monde se tourna dans la direction d'où il provenait. Juste au-dessus de la crête s'élevaient le bruit et la fumée des canons. Un instant plus tard, avant que nous ayons pu échanger un mot, comme si c'était le signal d'une course, commença une série d'explosions assourdissantes.

Les infirmières de mon tour de garde étouffaient leurs cris ; ceux des blessés réclamant de l'eau et de l'aide montaient et descendaient comme un accompagnement musical, les projectiles lançaient un long hurlement aigu, les hommes juraient, sifflaient, grognaient, bredouillaient des paroles de rage, chacune dans une tonalité différente que j'aurais presque pu jouer.

J'imaginais l'avance de la ligne grise silencieuse, les canons de l'Union mugissant au visage de l'ennemi. La ligne bleue approchant à quelques pas de la grise et tirant à bout portant. Une passion grandiose s'empara de moi. Pas celle qui vous terrasse et vous confond, mais celle qui vous rend pâle, sublime tous vos sens et décuple vos facultés. Les armées ne criaient pas. C'était exactement comme Beverly l'avait décrit. Elles grondaient. Le bruit résonnait jusque derrière les lignes, l'appel de cette mer agitée mêlé au rugissement des mousquets ; le tonnerre haché d'une tempête de sons. Plus tard, j'apprendrais ce qui s'était passé, mais pour le moment la ligne apparaissait : la crête de terrain, dans un grand tumulte, sembla se soulever et plonger en avant — les hommes, les armes, la fumée, le feu déferlèrent, suivis par un cri universel, celui de la charge de la division de Pickett. La bataille de Gettysburg venait de se terminer.

Nous n'avions aucune idée du temps qui s'était écoulé entre les premiers coups de fusil et les derniers, mais à présent tout était calme. Il suffit de dire que la nuit du 3 juillet, la Confédération battit en retraite, et, le matin du 4 — le jour de la Déclaration de mon père, celui de sa mort, le jour où, trente ans plus tôt, je l'avais maudit dans ma fureur à cause de ma servitude —, ce jour-là, les forces de l'Union réoccupèrent le village de Gettysburg.

La victoire avait coûté soixante mille morts, blessés et disparus. Je regardai autour de moi. Là où la ligne des ennemis avait avancé, des hommes gris silencieux et des milliers d'hommes bleus jonchaient de toutes parts l'herbe piétinée, entremêlés pour l'éternité. La pluie se mit à tomber quand je remontai à cheval pour retourner au couvent, incapable de résister à la vision que j'y avais trouvée.

31

> Si un parent ne trouve aucune raison dans sa philanthropie ou dans son amour-propre pour limiter les excès de sa passion envers son esclave, le fait que son enfant soit présent devrait toujours suffire.
>
> THOMAS JEFFERSON.

Je chevauchais vers le cimetière sur la corniche du Séminaire. À l'entrée, ironie du sort, une pancarte délavée interdisait par décret l'utilisation d'armes à feu sur son périmètre. Je me demandais ce que tous ces dormeurs tranquilles avaient bien pu penser quand des obus Parrott de vingt livres avaient tonné au-dessus d'eux et qu'un tir serré avait réduit en poudre leurs pierres tombales. Comme je mettais pied à terre à côté de la statue brisée d'un agneau qui avait gardé la tombe d'un enfant, Virginius fit un écart à la vue d'un cheval mort. J'attachai ses rênes aux roues d'un affût de canon abandonné.

Subrepticement, je sortis de ma trousse un morceau de miroir brisé dont je me servais pour vérifier si les hommes étaient morts ou encore vivants.

J'eus peine à croire ce que je vis. En une seule nuit, mes cheveux s'étaient striés de blanc, et mes joues s'étaient creusées et affaissées. Mes yeux étaient soulignés de cernes sombres, ma peau claire était brûlée par le soleil, et de petites rides d'inquiétude tiraient les coins de ma bouche. Il était difficile de dire si j'étais un homme ou une femme, car plus rien ne rayonnait de ma féminité. J'avais mal aux articulations, et le fait d'avoir fermé les yeux à des dizaines et des dizaines de morts pesait sur ma poitrine.

Comme je parcourais du regard l'étendue dévastée, je vis Thor monter la colline dans ma direction. Je le reconnus à sa démarche, à la forme de ses épaules, à sa silhouette, pareille à celle de son frère jumeau. Mon cœur bondit, d'abord de ravissement, puis de peur. Comment avait-il obtenu une permission ? Je me dirigeai vers lui, les bras ouverts, les yeux brillants, jusqu'à ce que je voie son visage. C'était celui d'un vieil homme. Le buisson de ses cheveux noirs lui tombait sur un œil, mais il était maintenant barré d'une large mèche blanche, comme s'il l'avait trempée dans la chaux. Son pas était lent et ses épaules voûtées dans la serge bleue de son uniforme. Je remarquai sans joie qu'il était monté en grade : un galon de major général ornait sa manche. J'attendis patiemment, comme un cheval de trait, qu'il me prenne par les épaules ; qu'il me regarde avec amour et pitié ; et qu'il me dise lequel de mes enfants était mort.

« James. » Il ne prononça que ce nom.

La douleur me frappa comme une balle. Elle me vrilla sans effort.

« Il ne reste presque rien de son régiment. Le 24e était sur la corniche du Séminaire, face à la division de Pickett. Madison est vivant. Il a été à ses côtés jusqu'à la fin.

— Tu veux dire que ça s'est passé ici ?

— Harriet, je suis navré. Je l'aimais autant que toi. Pardonne-moi. Je préférerais être mort à sa place. Pardonne-moi. »

Pardonne-moi. C'est tout ce que les Blancs savaient dire. Pardonne-moi. Pardonne-moi. Je ne pouvais plus leur pardonner.

« Un détachement de Noirs affranchis ont enterré James près de leur camp, poursuivit Thor. C'étaient des soldats du génie qui réparaient la voie ferrée. Madison et moi sommes allés à leur réunion de prières ce soir-là et nous les avons écoutés chanter. Ils s'étaient rassemblés sous l'auvent d'une tente et avaient installé une table où leur chef était assis — une trentaine d'hommes, si noirs qu'ils avaient l'air d'avoir amené l'obscurité du dehors... ou la nuit africaine du Cap. Je me sentais... chez moi. Madison connaissait toutes les paroles de leurs chants. Ils ont tenu leur réunion et prié, comme seuls les Noirs savent le faire, pour James, qui est mort si jeune. Je ne sais pourquoi, je suis allé à l'intendance chercher des foulards jaunes de l'armée, et je les ai rapportés. Nous les avons posés sur la table, et les hommes sont venus en prendre un à tour de rôle. Je leur ai dit que le foulard de l'Union était la preuve qu'ils combattaient pour les États-Unis et que c'était un symbole de victoire... qu'ils avaient vaincu la Confédération et devaient porter leur foulard avec autant de fierté qu'un uniforme complet de l'Union.

« Ils ont attaché les foulards autour de leur cou, de leur tête ou de leur manche. Ils étaient fiers. Ils ont chanté un autre cantique, *Douce religion.*

— Et... Ma... dison ? » La peur me faisait bégayer.

« Je l'ai laissé à l'hôpital de campagne. On lui a retiré une balle de la cuisse, qui a manqué l'os, Dieu merci. Le chirurgien a dit que, s'il était capable de marcher, il pourrait essayer de gagner la gare demain et se faire évacuer à Philadelphie.

— Mais j'ai mon cheval. Je peux aller le chercher, il restera avec moi.

— Il m'a envoyé le premier parce qu'il appréhende de te voir sans son jumeau. Il pense que James était ton préféré.

— Oh, comment pourrais-je en aimer un plus que l'autre ? Ils sont les deux faces d'une même pièce, comme toi et Thance... »

Nos regards se croisèrent, communiquant en silence. L'histoire se répétait-elle ? Ou seulement l'histoire familiale ? Le visage de Thor était hagard, ses yeux enfoncés, tristes, cernés de rouge ; le réseau de rides qui les entourait s'était accentué. La belle bouche n'était qu'un trait de fureur. Sa voix, comme la mienne, était rauque et enrouée à cause du voile de fumée, de la brûlure de la poudre et de la puanteur des corps en décomposition qu'apportaient les vents de la vallée. J'avais souffert dans ma chair et mon esprit de ce que j'avais vu. Je ne m'étais pas lavée. Mon uniforme était d'une saleté repoussante, imprégné de gangrène et de mort. Je cherchai un peigne, souhaitant avoir un peu de fard, puis l'immensité de ce qui s'était passé m'apparut.

Nous tombâmes dans les bras l'un de l'autre. La forte odeur de Thor et la mienne se mêlaient en un tourbillon de sueur et de sang. Ses larmes coulaient sur ma tête penchée et les miennes salissaient davantage son uniforme.

« Oh, Harriet ! Quelle femme courageuse tu es ! Je te saluerais si je ne vénérais pas déjà le sol sur lequel tu marches.

— Je t'aime, Thor.

— Nous n'avons pas le temps.

— Mais si.

— Je dois encore te laisser seule. Et te dire au revoir.

— Les gens de notre âge ne devraient se dire au revoir que le soir avant de se coucher, car chaque nuit pourrait être la dernière.

— Les gens de notre âge devraient se dire "je t'aime" tous les jours. Chaque journée est un don.

— James a été floué.

— Madison sera bientôt là.

— Et tu seras parti.

— Je crois qu'il va y avoir une nouvelle bataille dans les jours qui viennent. C'est pourquoi nous envoyons les chirurgiens au sud. Lee est piégé de ce côté du Potomac, qui est en crue et dépourvu de pont. C'est là que Meade doit l'écraser.

— Alors, ce n'est pas fini ?

— Non, Harriet, c'est loin d'être fini.

— Je dois rester ici jusqu'à ce qu'on ait évacué tous les blessés et enterré tous les morts.

— Charlotte va venir avec le prochain contingent de volontaires de la Commission sanitaire.

— Charlotte ?

— Ta meilleure amie. »

Thor ignorait-il que je n'avais pas de meilleur ami, homme ou femme, à qui je n'eusse menti ?

Quand Charlotte arriva, aussi fraîche et aussi énergique que jamais, Emily et elle oublièrent leur jalousie et nous formâmes un trio que les hommes appelaient les Anges aux cheveux de feu, bien que nous fussions toutes trois devenues grisonnantes.

Il paraissait impossible qu'un soldat parmi tant d'autres soldats pût retrouver sa mère parmi tant d'autres mères, pourtant Madison entra dans l'hôpital le lendemain.

« Infirmière ! »

Sa voix me parut légère et plaintive. J'étais contente d'avoir passé un nouvel uniforme, blanc et bleu marine ; mes cheveux étaient propres et nattés ; mes ciseaux, ma sonde et mes sels accrochés à mon cou par un ruban. Il vint vers moi en boitant, mais il était vivant, plus fort, plus grand et plus robuste que dans mon souvenir. Je vis les yeux de James, son nez, sa bouche, ses oreilles, son maintien. Les épaules de James, ses mains. Ô Seigneur !

« Dieu soit loué !

— Maman, Maman, je t'aime. »

Cela faisait longtemps que Madison ne m'avait pas appelée Maman.

« Tu es vivant, Mad, c'est tout ce qui compte à présent.

— Comment peux-tu dire ça, Maman, alors que James est mort ? Je n'aurais jamais dû le laisser... Il ne se serait pas engagé si je ne l'avais pas poussé. C'est ma faute s'il est mort.

— Tais-toi, chéri ! Tu as été épargné — pour on ne sait quelle raison, Dieu a pris James. On ne peut rien y changer. Pleure ton frère, mais ne t'accuse jamais !

— Crois-tu au destin, Maman ?

— Je crois à la chance. »

Je le laissai pleurer. Je pouvais le tenir contre moi comme lorsqu'il était petit. Nous gagnâmes à cheval la corniche du Séminaire et parcourûmes les tombes de fortune marquées de croix de bois, creusées par les Noirs, pour chercher celle de James. Finalement, nous trouvâmes les deux bâtons pitoyables. Je fis le vœu de transporter le corps à Anamacora dans la propriété de sa grand-mère dès que cette guerre serait finie. Je racontai à Madison comment, par hasard, j'avais assisté à la bataille du haut de mon clocher, vu son horreur et son déchaînement, mais il ne voulait pas parler de la guerre ; il ne voulait parler que de son frère et de leur enfance — les affaires que James avait accumulées, les lettres d'amour de sa fiancée, tout ce qui accompagnait une vie de jeune homme. J'avais ignoré tant de choses de mon fils. Une si grande partie de sa vie — comme celle de n'importe quel jeune homme — avait été un mystère pour moi, un secret qu'il avait emporté dans la tombe. Nous laissâmes derrière nous la puanteur des morts non enterrés, qui dépossédait le champ de bataille de sa gloire et les survivants de leur victoire.

Le temps que nous arrivions au pavillon de la Commission sanitaire, les wagons de chemin de fer étaient prêts à partir et les hommes y montaient. Je mis Madison dans le train pour Philadelphie. Il irait se confier aux soins de sa sœur à Anamacora.

Emily, Charlotte et moi poursuivîmes notre tâche pendant quatre mois.

« Pourquoi les garçons du Sud, en mourant, ne parlent-ils jamais de l'esclavage ? Comment peuvent-ils combattre aussi bravement et périr aussi noblement pour une cause aussi méprisable ? Ils parlent de leurs "droits", mais j'entends le mot "roi" ».

— Je ne sais pas, Charlotte... je ne sais pas... », répondis-je.

Dans la chaleur de la bataille et de la lutte contre la mort, j'avais oublié les « rois » sudistes et leur « cause sacrée ».

Le 4 juillet, cinq mille chevaux et huit mille hommes étaient morts, disséminés dans la chaleur étouffante. Sous une pluie battante, on brûla les mules et les chevaux, et l'odeur de décomposition fut couverte par celle de la chair carbonisée. Des soldats, des équipes de Noirs, des prisonniers confédérés et des civils de la région, munis de masques blancs et luttant contre la nausée, ensevelirent les cadavres sous une couche de terre aussi vite qu'ils le pouvaient, mais le paysage resta aussi sinistre à cause des bosses formées par les corps. Toute la ville de Gettysburg n'était qu'un cimetière de fortune, fétide et fumant. Tout l'été, des parents vinrent fouiller ces maigres tombes à la recherche de leurs morts.

À notre grand désespoir, le général Meade n'attaqua pas l'armée de Lee à Williamsport comme Thor l'avait prévu. Quand, le 19, il disposa enfin ses troupes, il ne trouva plus que l'arrière-garde. Les Rebelles avaient construit un pont en quelques heures et disparu pendant la nuit. Lee s'était échappé de nouveau. La guerre n'était pas finie. Le Sud continuerait à se battre parce qu'il n'avait pas le choix. Ce n'était plus pour la « cause », mais par fierté. La fierté sudiste. Je ne la connaissais que trop bien.

Le dernier contingent de soldats blessés partit pour Pittsburgh le 17 novembre. Je pouvais enfin me reposer, je pouvais enfin retourner chez moi retrouver Madison et Maria. Je pouvais enfin pleurer. Il ne me restait plus qu'un devoir à accomplir.

32

> Il a livré une guerre cruelle contre la nature elle-même, violant les droits à la vie et à la liberté d'un peuple lointain qui ne l'avait jamais offensé. Il pousse maintenant ces mêmes hommes à se lever en armes parmi nous, pour compenser des crimes commis contre les libertés d'un peuple par des crimes qu'il les encourage à perpétrer contre un autre peuple.
>
> THOMAS JEFFERSON.

La forêt de croix au-dessus desquelles des fantômes luttaient encore sous les soleils ronds de l'été indien ressemblait à des épis brisés qui s'étalaient jusqu'à l'horizon. Abraham Lincoln arriva à Gettysburg pour consacrer le cimetière, qu'on avait transformé en un vaste amphithéâtre où gisaient huit mille morts.

Comme je contemplais la douce vallée ondulante de près de deux kilomètres de large, ce vaste chemin de croix me rappela ces fleurs blanches au cœur violet à travers lesquelles j'avais marché pour rejoindre Sally Hemings le jour où j'avais changé de race. Les tombes s'étendaient à l'infini. Elles tapissaient la vallée, tel du maïs planté en rangées, comme si, fertilisées par les os d'une génération entière, elles allaient pousser et être moissonnées. Des canons silencieux reposaient sur les talus couverts d'herbe, sentinelles qui gardaient les morts de la bataille de Gettysburg.

Je n'avais jamais trouvé la tombe de mon oncle James, mais à ce moment-là je décidai que ce cimetière, où gisait James, mon fils qui portait son nom, serait également son ultime lieu de repos. Je ne sais pourquoi je songeais à mon oncle ce jour-là, alors qu'il n'avait pas occupé mes pensées depuis des années. Pourtant il était présent, comme Adrian Petit me l'avait décrit, son esprit était là, à ma gauche, tandis que je fermais les yeux pour ne pas être éblouie par le soleil et pour repousser le souvenir muet de la bataille.

Sur la corniche du Séminaire, un bruit s'amplifiait. Je le reconnus, c'était celui du 3 juillet : un immense grondement lugubre montant de milliers de gorges : jurons, grognements, hurlements et pleurs d'hommes livrant une bataille à la limite de l'endurance et de la sauvagerie. Il n'y avait jamais eu, il n'y aurait jamais de son pareil à celui-là, et je dressai l'oreille comme un animal traqué. Un frisson me parcourut le dos, les battements de mon cœur s'accélérèrent et ma gorge se serra. Ce bruit était intolérable, et pourtant il avait bien fallu le tolérer, puisque nous étions réunis à cet endroit pour le commémorer.

La tribune drapée de banderoles rouge, blanc, bleu, paraissait terriblement lointaine, comme une maison de poupée en carton peinte sur le ciel bleu. Sur l'estrade attendaient un grand nombre de messieurs barbus, en redingote noire et chapeau haut de forme. L'un d'eux était plus grand, plus mince et plus laid que les autres, avec un visage de granit et des prunelles enfoncées. Les officiels s'écartèrent pour lui faire place. C'était l'homme qui avait envoyé mon fils à la mort. Je baissai les yeux sur les armées à présent endormies. Derrière moi se tenaient Madison et Sinclair, Emily et Charlotte, Raphael, Willy et Thor. Il n'était pas temps pour la fierté mais pour la pitié, pourtant je sentais que leur fierté allégeait un peu le chagrin de Madison et de Sinclair, tandis que le Président se préparait à parler.

Loin, de l'autre côté du champ, je le vis se courber, un morceau de papier flottait dans sa main, le drapeau de l'Union claquait au vent. Il ôta son chapeau puis s'immobilisa.

La voix du grand épouvantail décharné éclata comme un coup de tonnerre :

« Il y a quatre-vingt-sept ans, nos pères ont créé sur ce continent une nouvelle nation, conçue dans la liberté et sur l'idée que tous les hommes ont été créés égaux.

« À présent, nous sommes engagés dans une guerre civile pour savoir si cette nation, ou une nation cultivant le même idéal, peut durer », entonna la voix haut perchée et, à ma grande surprise, la voix également sèche et haut perchée de mon père, mais avec l'accent virginien, au lieu de celui du Kentucky, lui répondit :

Lorsque, au cours des événements humains, il devient nécessaire à un peuple de dissoudre les coalitions politiques qui l'ont lié à un autre...

« Nous sommes réunis sur l'un des grands champs de bataille de cette guerre. Nous sommes venus pour en consacrer une parcelle, en faire le dernier lieu de repos de ceux qui ont donné leur vie ici afin que la nation survive. Ce geste s'imposait. »

... et d'assumer, parmi les pouvoirs de la terre, la position séparée et égale à laquelle la Nature et le Dieu de la Nature lui donnent droit...

« Mais, au sens le plus large du terme, nous ne pouvons pas consacrer, nous ne pouvons pas sanctifier ce sol. Les hommes courageux, vivants ou morts, qui ont combattu ici, l'ont déjà fait bien mieux qu'il n'est en notre pouvoir de le faire », poursuivait l'homme à la tribune.

Un respect convenable des opinions de l'humanité exige qu'il déclare les raisons qui le poussent à la séparation.

« Le monde remarquera peu ce que nous disons ici, il ne s'en souviendra pas longtemps, mais il n'oubliera jamais ce qu'ils ont accompli. »

Nous tenons ces vérités pour évidentes, que tous les hommes sont créés égaux et qu'ils sont dotés par leur créateur de certains droits inaliénables, parmi lesquels la vie, la liberté et la recherche du bonheur...

« C'est à nous, les vivants, plutôt, de nous vouer à

cette entreprise inachevée, si noblement avancée jusqu'ici par ceux qui ont combattu. C'est à nous de nous consacrer à la grande tâche qui nous reste... », poursuivait Lincoln, sa voix luttant contre le vent.

... Que pour assurer ces droits, des gouvernements soient institués parmi des hommes qui tirent leurs justes pouvoirs du consentement des administrés...

« ... que ces morts honorés nous inspirent un dévouement accru à la cause pour laquelle ils ont tout donné... »

Chaque fois qu'une forme de gouvernement devient nuisible à ces objectifs, le peuple a le droit de la modifier ou de l'abolir...

« ... que nous soyons fermement résolus à ce que les morts n'aient pas péri pour rien, et que cette nation, sous l'œil de Dieu, voie renaître la liberté... »

... et de constituer un nouveau gouvernement, en le fondant sur ces principes et en organisant ses pouvoirs sous la forme qui lui paraîtra la plus susceptible d'assurer sa sécurité et son bonheur.

« ... et ce gouvernement du peuple, par le peuple, pour le peuple, ne disparaîtra pas de la surface de la terre. »

Les deux discours se mêlaient en une aria, l'un dans ma tête, l'autre sur la tribune au-dessous de moi, les voix se faisant contrepoint dans une fugue mélodieuse qui courait dans l'air vif de l'après-midi, comme si deux instruments incomparables, mais d'harmonies différentes, jouaient un duo lyrique.

« Père... » Ma voix porta, car les applaudissements furent peu nourris. Le mot claqua tel un coup de fusil. Mais il était trop tard pour étouffer ce cri. J'étais paralysée, comme si je l'avais entendu parler pour la première fois. Pourquoi ces phrases oubliées depuis longtemps m'étaient-elles revenues, et pourquoi avaient-elles fait écho aux paroles de la lointaine silhouette noire, qui se tournait à présent avec raideur vers son siège ? L'assistance était surprise, pourtant elle se conduisait de façon étrangement soumise, à croire que les paroles prononcées flottaient encore dans l'air et, telle de l'eau sur de la terre desséchée, n'avaient pas encore pénétré les racines de sa conscience.

Je me souviens, je ne devais pas avoir plus de quatre ans. Mon père était soudain descendu de cheval et m'avait prise dans ses bras, puis il m'avait soulevée très haut au-dessus de sa tête, me projetant dans le ciel. Mes cris de joie se mêlaient à ceux de frayeur de ma mère, qui devinrent bientôt des rires complices, tendres et mélodieux.

« Celle-ci vivra ! » s'était-il exclamé. J'étais tombée comme un ange joyeux sur sa poitrine — mes parents riaient à perdre haleine.

« Mère ? » fit Sinclair.

Son long corps se pencha vers moi, comme pour me protéger ; ses yeux innocents ne connaissaient qu'une parcelle de la vérité. Il n'avait pas participé à la bataille de Gettysburg. Son superbe uniforme accrochait la lumière, les boutons de cuivre brillaient, son épée d'apparat fulgurait comme un rayon de soleil. Sa silhouette se détachait contre le champ de croix. Je me détournai de mon fils blanc comme je m'étais détournée de ma mère esclave le jour où elle s'était profilée sur un champ de fleurs. Et je fondis en larmes.

1864

Un bal militaire

Petit-fils

Bermuda Hundred

Retrouvailles avec Sinclair

La chute d'Atlanta

L'attestation de Charlotte

Un discours sur la couleur noire

Jubilé

Le serment de Thenia

Le serment d'Harriet

Le serment d'Eston

Le serment de Madison

33

> En vérité, si l'on considère les chiffres, la nature et les moyens naturels, seule une révolution de la roue de la fortune, un changement de situation, paraît envisageable.
>
> THOMAS JEFFERSON.

La guerre durait déjà depuis plus de trois ans. Au bal de l'anniversaire de Washington, nous dansâmes sur les tombes du Sud, tandis que, de l'autre côté du fleuve, la Confédération dansait sur les nôtres. La fête au quartier général de l'armée de l'Union sur la rive du fleuve Rapidan commença à vingt et une heures précises. Par wagons de chemin de fer entiers, des femmes et des filles d'officiers étaient venues d'aussi loin que Philadelphie se joindre aux épouses qui accompagnaient les plus hauts gradés dans leurs quartiers d'hiver. De l'autre côté du fleuve, comme une image jumelle, Robert E. Lee et son campement confédéré célébraient l'anniversaire du Président en donnant leur propre bal. Des notes de musique flottaient à travers les eaux gelées qui servaient de ligne de démarcation entre les ennemis. Les dames en visite, comme Maria et moi, étaient logées dans des tentes, et comme les femmes, affublées des monumentales robes à crinoline de cette année-là, ne pouvaient ni monter à cheval ni marcher sur les planches boueuses d'un camp militaire, nous étions transportées dans les ambulances de l'armée. L'humeur était délibérément gaie, comme si la musique et l'enlacement stylisé de la valse pouvaient nous tirer des griffes d'un hiver lugubre et des terreurs d'une nouvelle campagne de printemps. Les officiers en uniforme de gala portaient des éperons sur le parquet du bal, et les femmes qui tourbillonnaient dans leurs larges jupes n'avaient qu'une idée en tête : créer un moment l'illusion qu'une ère n'était point finie, à la fois au Nord et au Sud, pour toujours.

Nous étions en temps de guerre, et notre chagrin personnel se mêlait à l'immense douleur collective des pères et des mères qui avaient perdu un, deux, ou même trois fils, et des femmes qui ne dormiraient jamais plus dans les bras de leur mari. Maria portait un ruban jaune sur son poignet ganté de blanc en hommage à son frère.

Beverly, cantonné à l'hôpital de Rapidan pour l'hiver et resplendissant dans son uniforme cintré de serge bleue ceinturé de soie jaune, portait le deuil sur sa manche, comme des dizaines de ses camarades : le 15 février 1864, on avait fixé des bandes de crêpe noir sur des milliers d'uniformes. On avait dénombré cent dix mille morts, blessés ou disparus au cours de l'année écoulée. On échangeait des condoléances comme on se disait bonjour.

À côté de Beverly se tenait sa femme, Lucinda, qui était venue passer près de lui le reste de l'hiver avec leurs jumeaux, Roxanne et Perez, maintenant endormis sous la surveillance de leur nurse au village. Cela faisait longtemps que je n'avais pas vu ce beau couple réuni. Beverly paraissait cinquante ans, alors qu'il n'en avait que trente-trois. Mais il était heureux. En deux ans, il avait acquis vingt ans d'expérience médicale. Je jetai un coup d'œil à Maria.

Ce n'était pas son premier bal, mais la nouveauté suffisait à lui mettre le feu aux joues. Son teint était encore rehaussé par le velours bordeaux de sa robe ornée de roses blanches. Ses cheveux noirs et lisses étaient retenus en arrière par une masse de rubans parsemés des mêmes roses, mais quelques fines mèches lui tombaient sur le front, et à ses oreilles brillaient mes plus belles boucles de perles et d'émeraudes. Elle était radieuse, et la meute de jeunes officiers de l'autre côté de la salle avait déjà remarqué sa jeunesse et sa beauté, et le fait qu'elle n'était pas fiancée. Je redoutais l'idée d'un autre mariage de guerre, mais je me rendais compte que la tragédie et l'émotion du conflit donnaient à la plus banale attirance l'illusion de l'amour éternel.

Les danseurs jouaient les rôles que la situation exceptionnelle exigeait d'eux. Les robes extravagantes de soie, de dentelle et de velours agrémentées de roses de soie, de pierres du Rhin ou de jais se mêlaient aux couleurs des uniformes de l'Union. On voyait des toilettes violettes et vert pâle, bouton d'or et blanches, ou de toutes les nuances de bleu, parmi lesquelles tranchaient çà et là les gris et les noirs des tenues de deuil. Les uniformes blancs, bleu nuit ou bleu de Prusse rutilaient de galons, d'épaulettes et de boutons dorés ; ils étaient ceinturés de rouge, de gris ou de jaune, et les officiers portaient de courtes épées de cérémonie. Sur les larges poitrines brillaient des rubans de combat, des croix de guerre et des médailles. Des cheveux longs jusqu'aux épaules et de fières moustaches flattaient les beaux visages de jeunes gens vieillis avant l'heure. Il y avait des colonels de vingt ans et des généraux de brigade de vingt-cinq. L'orchestre jouait des galops et des polkas, des mazurkas, des quadrilles et des valses, s'efforçant de faire oublier la réalité afin de permettre à toute cette jeunesse de conserver son attitude de défi et de gaieté enjouée.

« *Ma tante,* je pense qu'en tant que cousin éloigné, je devrais au moins danser la première polka avec Maria.

— Maurice ! s'écria ma fille en lui jetant les bras autour du cou.

— Ne me dites pas que Grant vous a accordé une permission pour assister à cette soirée ?

— Non, *chère tante,* je suis ici en mission officielle pour le général. Je ne peux pas en parler. » Il regarda autour de lui. « Quelle soirée, n'est-ce pas ? Ça pourrait être le bal que la duchesse de Richmond a donné à la veille de Waterloo.

— Maurice, ne soyez pas facétieux.

— Eh bien, il y a du monde et il fait chaud, ne trouvez-vous pas ? J'ai appris qu'on avait construit la salle de bal à partir de rien. Typiquement américain !

— C'est vrai, dit Maria en laissant tomber son carnet de bal, le génie a passé deux semaines à l'installer.

— Mais alors, c'est presque une bagatelle, non ? »

Le corps du génie avait édifié un bâtiment de pin et de cèdre de plus de trente mètres de long, et l'arôme du bois neuf, de la cire d'abeille et du vernis se mêlait au parfum des femmes, à l'odeur des bougies, des victuailles, de la fumée de tabac et de la cannelle utilisée dans le punch. Du plafond élevé pendaient tous les drapeaux des régiments et des quartiers généraux de la 2e armée : deux cent cinquante environ. La soie multicolore, parsemée de vert, de bleu et de blanc, d'étoiles et de rayures, d'aigles et de serpents, de coqs et de colombes, de nuages et de soleils, d'épées et de flèches, de hallebardes et de sabres, couvrait entièrement les poutres. Les noms, les chiffres et les lettres se balançaient dans le courant d'air créé par les danseurs tournoyant sous les lanternes chinoises qui éclairaient l'assemblée d'une lumière dorée. À une extrémité de la salle de bal, on avait placé une estrade sur laquelle était reconstitué de façon théâtrale et idyllique un bivouac de l'armée : des tentes propres et neuves, correctement tendues, des piles de tambours et de clairons, des faisceaux de mousquets, un faux feu de camp avec une marmite suspendue au-dessus, et deux magnifiques canons napoléoniens en bronze poli, aussi trompeusement gais que peuvent l'être des armes de mort. Dans la lumière émanant des hautes fenêtres rectangulaires de la salle, une assemblée de plantons, d'adjudants, de soldats de métier, de cuisiniers, de conducteurs d'ambulance, de messagers et de Noirs regardaient à l'intérieur. Ils me rappelaient les esclaves, femmes de chambre, garçons d'équipage, postillons et cochers, valets et laquais, qui se pressaient à l'extérieur des salles de bal des plantations de Virginie. J'en avais fait partie à Montpellier le soir qui avait précédé ma fuite de Monticello. Mon pied marqua la mesure, ne serait-ce qu'un instant, puis les accords de la chanson de Gabriel Prosser couvrirent ce que l'orchestre était en train de jouer.

On tirait des balles de mousquet
Entre son cou et ses genoux,
Mais le meilleur danseur de tous
Fut Gabriel Prosser le libéré !

N'étais-je pas la meilleure danseuse et le maître de ballet ?

« *Je t'écrirai, Maman.*
— *Oui, écris-moi.*
— *Tu ne viens pas ?*
— *Non, je ne viens pas.* »

« Nous n'avons pas conquis un seul pouce du sol de la Virginie, sauf celui où nous sommes. »

C'était Charlotte, opulente mais extrêmement séduisante, toute vêtue de soie bleu pâle comme ses yeux. Ses cheveux blonds, vrais et faux, étaient remontés en un très haut chignon retenu par une tiare de diamants. Elle portait un collier assorti et tenait un énorme éventail en plumes d'autruche.

« Ce bal est du même tabac que notre guerre, dit-elle. Théâtral, excessif, et mélodramatique — pas même la noblesse de la tragédie grecque. Non, c'est plutôt Paris, le Second Empire, Napoléon III : le profit, la corruption, la collaboration, la trahison, les bassesses, l'incompétence, la lâcheté...

— Charlotte, une telle...

— Ambiguïté ? déloyauté ? »

Charlotte ne s'était jamais remise du massacre inutile de Gettysburg, ni de l'erreur monumentale du général Meade, qui avait laissé Robert E. Lee s'échapper. Justement, Meade s'approchait de nous, tenant Andrew, le mari de Charlotte, par le bras.

« Cet assassin ! Ne me laisse pas parler, Harriet ! »

Je lui serrai la main.

« Entendu. Tes fils vont bien ?

— Oui, et les tiens ?

— Bien. Sinclair est toujours attaché au *Monitor*, il patrouille sur le Mississippi. Et Madison a repris le service actif dans l'ouest du Tennessee.

— Dommage que Sarah ne soit pas là, elle adore ce genre de raout.

— Ah, mais si, elle est là ! Tu sais qu'elle peut se faire inviter partout à Washington ou dans les environs.

— Eh bien, où est-elle ?

— Sans doute en train d'espionner une réunion impromptue du cabinet de Lincoln !

— Hum », souffla Charlotte. Je lui serrai de nouveau la main.

Andrew et le général ne s'attardèrent pas. George Meade rit et parla de choses et d'autres, hasarda une plaisanterie et joua le rôle du major général victorieux qui n'a pas de souci particulier en tête. Lorsqu'il s'éloigna, Charlotte déclara : « C'est le général Grant qu'il nous faut. Nous ne gagnerons jamais la guerre sans lui.

— Sarah prétend que Lincoln y songe.

— Y songe ! Tu veux dire qu'il arrive à Abraham Lincoln de réfléchir ? Ou peut-être regarde-t-il dans la boule de cristal de sa femme ? Dans ce cas, il verra qu'il ne sera pas réélu.

— Il ne faut pas se moquer du chagrin d'une mère.

— Ce n'est pas son chagrin qui est ridicule, mais son spiritisme et son mari. »

Je jetai un coup d'œil dans la salle, d'abord à Maria Wellington, qui n'avait cessé de valser, puis à Sarah Hale et son mari, qui se dirigeaient vers nous. Je ne voulais pas me disputer avec Charlotte au sujet de Mary Todd Lincoln — c'était une Sudiste prise dans une tragédie à la fois personnelle et nationale. Elle avait trois frères qui, pour elle, étaient morts, puisqu'ils avaient choisi de défendre la Confédération, et elle avait perdu un fils. Il n'y avait rien de tel que de perdre un enfant pour devenir folle, pensai-je. Si j'avais cru que je pouvais parler à James par l'intermédiaire d'un médium ou de tout autre moyen, je l'aurais fait.

« Le secrétaire d'État Chase sera notre prochain Président, dit Charlotte.

— Non, ma chère, ce sera McClellan », dit Sarah Hale en se penchant pour m'embrasser.

Elle portait une robe bleu de Prusse avec des cerceaux extravagants d'au moins un mètre quatre-vingts de diamètre.

« Ma fille va danser jusqu'à l'épuisement total, dit Thor, attendri. Avez-vous déjà vu autant de garçons autour d'une seule jeune fille ? »

Le souvenir de Montpellier ne me quittait pas. Ce n'était pas un souvenir amer, mais, tandis que la petite-fille du Président, heureuse et insouciante, continuait à danser, je regardais les simples soldats à l'extérieur, rappel discret que les bals, les brillants officiers et tout le bataclan dépendaient toujours de ceux qui restaient dehors, comme à Montpellier. Ces hommes du rang qui n'allaient pas aux soirées et se levaient à cinq heures afin de parader pour le bénéfice des dames des officiers, c'étaient les mêmes qui perdaient leur sang sur les champs de bataille, devenant des noms et des chiffres sur la liste des pertes dans les journaux, et des épingles sur une carte pour leurs généraux. Ils s'étaient trouvé un nom à présent : de la « chair à canon ».

Les tables disposées en U étaient chargées de mets luxueux. De France, on pouvait déguster des fromages, du foie gras et des truffes, quatre sortes de pâté, trois soufflés différents et du baba au rhum. Les Anglais avaient fourni des bouteilles de whisky de malt, du punch parfumé à la cannelle, du plum-pudding et des cakes, de l'esturgeon, du rôti de bœuf et de l'oie cuite au four avec de la gelée de menthe. Il y avait des vins, des macaronis, du raisin et du fromage italiens. Des Allemands venaient le strudel, les harengs et la salade de pommes de terre, du gibier et du sanglier. Tout était de la contrebande provenant du blocus contre le Sud. Le menu officiel imprimé sur les presses des États-Unis comportait vingt-cinq hors-d'œuvre différents et seize entrées. Le buffet était comme la guerre : extravagant, incohérent, excessif, complaisant, et pourrissant lentement.

Personne n'avait encore quitté le bal, comme si tout le monde sentait que quelque chose d'extraordinaire allait se produire cette nuit-là. À minuit, une silhouette sépulcrale fit son entrée : un homme d'une taille impressionnante, à la peau sombre et aux yeux profondément enfoncés dans leurs orbites, dont l'épaisse chevelure, encore noire il y a trois ans, était maintenant striée de blanc, comme sa courte barbe et ses sourcils. Son regard mélancolique se posa sur la joyeuse assemblée, et soudain certains d'entre nous se sentirent stupides. À ses côtés se tenait Mary Todd Lincoln, la première dame, en somptueux velours rouge vif. L'orchestre attaqua *Salut au chef*.

Tout le monde se demandait si le Président était venu par devoir ou par malice. Avait-il l'intention de renvoyer Meade ? Lincoln et sa femme entrèrent lentement dans la salle et les danseurs s'écartèrent comme devant un couple royal, la sobriété et l'austérité de la tenue du Président contrastant fortement avec les couleurs voyantes des robes de bal et de celle de sa femme. Il s'arrêta et salua chacun tour à tour, bavardant, souriant même de temps en temps. C'était la première fois que j'avais l'occasion de voir le Potentat, comme on l'appelait, de si près.

« Le vieux renard, dit Sarah. Regardez comme il est poli et amical avec Meade. Pourtant, je parie que dans deux semaines il sera remercié et que Grant sera nommé général en chef des armées. En réalité, le Potentat n'a pas le choix. La Confédération a produit une demi-douzaine de généraux de première classe, alors que l'Union ne dispose que de Grant. Une armée d'un million d'hommes et pas de commandant ! Pas étonnant que nous perdions encore la guerre.

— Nous la gagnons, Sarah, dit quelqu'un à sa gauche.

— Oui, mais à quel prix ? » intervint Beverly. Il avait beaucoup changé. Et ce n'était pas seulement l'âge, ou les profonds cernes sous ses yeux, ni ses cheveux blonds, si épais naguère, qui s'éclaircissaient déjà. Même dans sa démarche, on sentait un profond épuisement, une rancœur, comme si sa lutte contre la mort et la destruction lui paraissait méprisable à présent, puisque si vaine : « À quoi ça rime de rafistoler un homme pour le renvoyer au front, où la prochaine fois j'aurai moins de travail parce qu'il sera mort ? »

Je le regardai, étonnée de l'amertume de sa voix.

« Mère, même vous, avec ce que vous avez vu, vous ne pouvez pas imaginer la réalité de cette guerre. Elle a changé, je crois, le caractère américain. Nous pensions que la vie personnelle était sacrée... »

« Eh bien, monsieur le Président, dit le général Meade, dont la voix nous parvenait du groupe voisin, nous ne pouvons pas accomplir ces petits exploits sans pertes. »

Je fixai Beverly, et un frisson me parcourut l'échine. Le Président passa assez près de moi pour que je le touche.

« Plutôt que de préserver l'Union en abandonnant les principes de la Déclaration, je préférerais être assassiné sur place. »

L'accent du Kentucky de Lincoln, légèrement nasal, évoqua un instant pour moi le parfum de l'herbe haute au soleil. Et, comme frappée par une illumination, je sus brusquement pourquoi cette célébration de l'anniversaire de Washington me rappelait le bal de Montpellier, pourquoi toute la soirée j'avais eu l'impression d'être à l'extérieur avec les plantons : à l'intérieur, tout était blanc comme lis. Même les serveurs étaient blancs. Pas une jambe noire dans une botte luisante, pas de doubles étoiles sur une épaule noire, pas d'épée étincelante à la taille d'un Noir. Il n'y avait pas d'officiers noirs dans l'armée des États-Unis. Dehors, les ordonnances noires attendaient patiemment leurs capitaines et leurs lieutenants, leurs majors et leurs colonels, tout comme moi, Harriet, j'avais attendu avec les autres esclaves que nos maîtres rentrent à la maison. Rien n'avait changé. Aucune main noire n'aidait à mener la destinée de l'Union, aucune n'était requise — pourtant, comment pouvait-on nier qu'une main noire avait commencé cette seconde révolution américaine aussi sûrement qu'une main noire avait bercé les enfants de Thomas Jefferson ?

Tous, même Lincoln, dansaient sur un air dont ils ne connaissaient pas les paroles. C'était tellement typique des Blancs !

« Rien dans le monde n'est plus comme avant — ni la guerre, ni l'armée, ni nous... ni d'ailleurs, ces hommes de couleur pour lesquels nous nous battons. » La voix de Beverly se mêlait à la musique.

Une vague d'angoisse et d'amour m'envahit et je l'embrassai. Mes fils blancs étaient en danger, ils affrontaient toutes les menaces du ciel pour libérer leur mère qu'ils n'avaient jamais vraiment connue. La guerre avait rendu Sinclair, Beverly et Madison aussi vulnérables que des esclaves. Ils n'étaient pas plus en sécurité désormais que s'ils marchaient dans Mulberry Row. La guerre avait rejeté toute la création de ma vie, ma famille blanche, dans le monde incertain et dangereux de l'esclavage que j'avais eu tant de mal à fuir. La guerre avait tué le petit-fils de Thomas Jefferson, pourtant blanc et libre.

Je me demandais si Dieu en avait fini avec Thomas Jefferson. Et avec sa fille. Je jurai sur la tête de mes enfants survivants que si Dieu m'en prenait un autre, je retournerais à Monticello avec l'armée de l'Union victorieuse pour danser sur sa tombe et maudire le jour de ma naissance. Je ne lui pardonnerais jamais. Je jurai devant Dieu, qui m'avait refusé Sa justice et m'avait remplie d'amertume, que tant qu'il y aurait de la vie en moi et Son souffle dans mes narines, je n'abandonnerais jamais ma revendication, jamais. Tant que je vivrais, je ne changerais pas.

L'aube filtra à travers les sombres nuages de neige, et du rose éclaira la haute voûte du ciel, tandis que le dernier groupe de femmes s'entassaient dans les ambulances, leurs châles de cachemire serrés sur la tête, leurs jupes à crinoline comprimées dans les charrettes formant des demi-lunes. Et de légères rafales de neige commencèrent à tomber au nord et au sud du Rapidan.

CAMP RAPIDAN, 4 MAI 1864,

Chère mère,

Nous levons le camp. Les pétales de pruniers sauvages dansent dans la brise comme des troupeaux de papillons blancs et se posent sur les arbres de la route qui nous mène au sud. Les régiments se mettent en ligne, des chariots chargés de canons grincent, un régiment d'hommes de couleur chante : « Nous voilà, Père Lincoln, trois cent mille de plus. » En réalité, nous sommes cent mille en marche pour rencontrer le même effectif de l'autre côté du fleuve.

Je remercie Dieu que le Président Lincoln ait finalement nommé Ulysses S. Grant commandant des armées de l'Union. Enfin un chef pour qui combattre et mourir.

Dieu vous bénisse. Et qu'Il bénisse le général Grant.

Beverly Wellington.

Le 10 juin, Lincoln adressa un nouveau discours à la Commission sanitaire de Philadelphie :

« Nous avons accepté cette guerre dans l'intention louable de restaurer l'autorité nationale sur le territoire du pays, et elle se terminera quand son but sera atteint. Le général Grant a dit qu'il allait écraser les lignes rebelles même si ça doit prendre tout l'été. (La foule poussa des acclamations, agita des drapeaux.) Je dis que nous allons les écraser même si ça doit prendre encore trois ans. »

« Lincoln fait bien de répéter ses objectifs de guerre, chuchota Sarah, avant que les gens se mettent à penser qu'il la poursuit obstinément non pour rétablir l'Union, mais pour abolir l'esclavage. Le Nord veut la paix avec "l'Union telle qu'elle était" et l'amnistie pour le Sud. »

« Parmi ceux qui étaient esclaves au début de la rébellion, poursuivait le Président, cent mille ont traversé nos lignes et sont maintenant dans le service armé des États-Unis ; la moitié environ porte les armes dans les rangs, ce qui nous donne le double avantage de priver d'autant de main-d'œuvre la cause des insurgés et de pourvoir des postes qui autrement mobiliseraient le même nombre de Blancs. Jusqu'ici, il est difficile de dire s'ils sont meilleurs ou moins bons soldats. Aucune insurrection, aucune tendance à la violence n'ont marqué les mesures d'émancipation et d'armement des Noirs. »

« Les journaux ont compris que l'émancipation est la vraie pierre d'achoppement de la paix, souffla encore Sarah. Ils disent que des dizaines de milliers de Blancs doivent encore mordre la poussière pour flatter la négromanie, la négrophilie du Président : l'opinion publique ne fait que réagir à nos maigres succès militaires, elle a l'impression que le Président combat non pour l'Union, mais pour la libération des Noirs. »

La voix du Président monta comme pour répondre au reproche de Sarah : « Non, je ne poursuis pas cette guerre dans le seul but de l'abolition, mais, tant que je serai Président, dans l'unique objectif de restaurer l'Union. Toutefois, il n'est pas humainement possible d'écraser cette rébellion sans s'appuyer sur l'émancipation, comme je l'ai fait. Environ cent trente mille soldats et marins noirs se battent pour l'Union. S'ils risquent leur vie pour nous, ils doivent être encouragés par le plus fort des mobiles, la promesse de la liberté, comme je l'ai déjà dit. Et cette promesse, une fois faite, devra être tenue. »

Le même jour, je reçus deux lettres de Beverly :

CAMP DE BERMUDA HUNDRED, VIRGINIE,
26 MAI 1864,

Chère Mère,

La fameuse chevalerie de Lee, ainsi que sa division de cavalerie, a été sévèrement battue mardi dernier par des soldats noirs de la garnison à Wilson's Landing. La bataille a commencé à midi et demi et s'est terminée à six heures du soir quand la chevalerie a battu en retraite, dégoûtée et vaincue. Les hommes de Lee ont mis pied à terre loin à l'arrière et combattu comme des fantassins. Ils ont repoussé les détachements dans les retranchements et plusieurs fois vaillamment chargé nos ouvrages. Pour lancer un assaut, il fallait traverser un terrain découvert devant nos positions, jusqu'au bord d'un profond ravin. Les Rebelles ont attaqué furieusement en poussant des cris assourdissants, mais les Noirs n'ont pas bronché, et les assaillants, déconfits, ont tourné les talons et se sont mis à l'abri, leurs rangs décimés. La lutte des Rebelles était féroce ; elle montrait que Lee voulait du fond du cœur anéantir les Noirs à n'importe quel prix. Des assauts sur le centre ayant échoué, les Rebelles se sont retournés contre le flanc gauche, puis contre le droit, sans beaucoup plus de succès... Les lignes noires ont tenu bon.

Nous reconnaissons tous ici les grandes qualités dont les hommes de couleur engagés dans ce combat ont fait preuve. Même les officiers qui jusqu'à présent n'avaient pas confiance en eux ont dû admettre leur erreur. J'ai pensé que vous aimeriez l'apprendre, puisque vous défendez si ardemment leur droit à se battre.

Votre très tendre et obéissant fils Beverly.

2 JUIN 1864,

Mère,

Je n'ai pas trouvé un instant pour écrire depuis bientôt une semaine. Nous avons vécu combat après combat. Tous les jours on se bat et tous les jours l'hôpital se remplit. Depuis quatre jours maintenant, nous opérons des hommes blessés dans une bataille qui n'a duré que deux heures ; mais les blessures étaient plus graves que lors des engagements précédents. Je suis écœuré par tout ça. Si les Confédérés perdaient chaque fois autant d'hommes que nous, nous aurions plus de chances de gagner ; mais ils perdent un homme quand nous en perdons cinq, parce qu'ils ne quittent jamais leurs retranchements, alors que nos hommes sont obligés de charger même s'il n'y a pas la moindre chance de les prendre. Plusieurs fois après s'être emparées de leurs ouvrages, nos troupes n'ont pas été renforcées et ont dû évacuer immédiatement, avec de grosses pertes. Ces soldats se découragent, mais il leur reste encore beaucoup de combativité.

Votre fils dévoué,
B.W.

Puis suivirent d'autres lettres :

COLD HARBOR, 4 JUIN,

Ma très chère Mère,

Des centaines de soldats épinglent une feuille de papier avec leur nom et leur adresse sur leur uniforme afin que leur corps puisse être identifié après la bataille. Les Rebelles se battent dans des tranchées qui sont des lignes en zigzag, des lignes protégeant des flancs de lignes, des lignes construites en enfilade avec d'autres — des ouvrages de terre à l'intérieur de retranchements. Les Confeds ont rejeté l'Union au prix de la vie de huit colonels et deux mille cinq cents morts et blessés. Lee a perdu vingt commandants de corps de ses divisions et brigades d'infanterie sur cinquante-sept. Les hommes sont à présent terrifiés, ils redoutent d'attaquer de nouveau les retranchements.

Comme je vous l'ai dit au bal, nous ne sommes plus les mêmes, l'armée a changé. Cette campagne de sept semaines a été différente : des escarmouches brutales, la destruction gratuite de biens civils, des femmes et des enfants brutalisés, soixante-cinq mille soldats du Nord tués, blessés ou portés disparus depuis le 4 mai.

Depuis un mois, c'est une incessante procession funéraire, et c'est trop, Mère ! C'est trop !

Rappelez-vous toujours, avec le plus tendre des

sentiments, celui qui ne connaît de bonheur égal à celui d'être votre fils bien-aimé

Beverly Wellington.

À L'HÔPITAL PRÈS DE PETERSBURG,
20 JUIN 1864,

Mère,

Notre division est relevée de ses devoirs au front, où elle a combattu depuis le début de cette campagne. Hier, vers midi, fatigué, je suppose, de son inaction, un tireur d'élite confédéré a provoqué l'un de nos hommes en combat singulier. Le lieutenant Jefferson, un fier soldat qui mesure au moins un mètre quatre-vingt-dix, a relevé le défi et ils se sont mis à se battre pour le sport. La taille de Jefferson était si inhabituelle que son adversaire avait l'avantage, et nos hommes l'ont poussé à céder sa place à quelqu'un de plus petit. Mais non ! Il n'a pas voulu écouter et s'est échauffé à mesure que ses succès se multipliaient. Quand la nuit a arrêté le duel, il était indemne, alors que tous ses adversaires étaient tombés sous ses coups.

Le lieutenant était si exalté qu'il a prétendu avec beaucoup de forfanterie qu'il était protégé par un charme et que rien ne le tuerait, ce qu'il prouverait le lendemain. Nous autres, officiers, essayions de le convaincre de la témérité d'une telle attitude, et lui assurions qu'il était certain de mourir. Mais l'homme semblait emporté par l'idée qu'il était invincible. Lorsque nous l'avons laissé, il attendait simplement du mieux qu'il pouvait que le jour se lève pour recommencer à se battre.

À notre grand étonnement et à notre grande joie, l'exploit de la veille s'est renouvelé, jusqu'à ce qu'un jeune lieutenant confédéré, qui visait déjà notre homme, crie de la redoute : « Comment tu t'appelles, Yankee ? Je veux savoir sur qui je tire. » Et notre homme a répondu : « Jefferson, John Wayles. » L'autre a dit : « Diable ! Je m'appelle Jefferson, Peter Field. On est sans doute cousins au deuxième degré. » Et ils ont tous les deux baissé leurs fusils en riant. Les lignes des Confédérés et de l'Union ont vigoureusement acclamé les deux hommes et rendu hommage à leur courage et leur bon sens.

Beverly.

HÔPITAL DE CAMPAGNE PRÈS DE PETERSBURG,
4 JUILLET 1864,

Mère,

La guerre, la guerre, toujours la guerre ! Je pense souvent que dans l'avenir, quand le caractère de l'homme se sera affiné, il existera une meilleure manière de régler les affaires humaines que cet épouvantable tourbillon d'horreurs ! La question de savoir si je serai renvoyé dans notre ville avec mon régiment me tourmente toujours. À un moment, on me dit que je n'aurai pas de difficulté à être rapatrié avec les autres, puis un ordre contradictoire arrive du ministère de la Guerre, et je reste en plan. Cela dure maintenant depuis deux semaines et je me fais du souci. Le médecin-chef dit qu'il ne peut se passer de moi, mais Lucinda, Perez et Roxanne ont aussi grand besoin de moi à la maison. Lucinda s'inquiète beaucoup de la naissance à venir en novembre.

Beverly.

CAMP SUR LES RIVES DU JAMES,
1er AOÛT 1864,

AU COLONEL THOMAS JEFFERSON RANDOLPH
PLANTATION EDGEHILL
COMTÉ D'ALBERMARLE, VIRGINIE.

Papa,

L'épuisement et la confusion règnent. Je vais tout à fait bien, mais je suis fatigué, n'ayant dormi que quatre heures ces deux derniers jours. Nous sommes toujours dans le désert, défendant pied à pied notre retraite. La 8e brigade n'a été engagée dans aucune action importante depuis ma dernière lettre: nos pertes avaient été si graves qu'ils nous ont donné un peu de répit. Le colonel McAfee assure maintenant le commandement comme major général. Ransom a reçu une balle dans la tête. Les Yankees se battent avec détermination, et nos forces sont presque égales, mais ils nous repoussent tous les jours. C'est à qui parviendra le premier à Richmond. Si nous prenons la route intérieure, notre voyage sera plus court de soixante-cinq kilomètres. Mais, dans l'état où je suis actuellement, l'idée d'une marche de soixante-cinq kilomètres me fait déjà pleurer. Robert E. Lee est décidé à continuer le combat, et à gagner ou à perdre, car cela ne peut plus durer: un camp ou l'autre va finir par céder à l'épuisement.

Assis par terre dans les bois, appuyé contre une bûche, j'écris sur mes genoux. On voit partout des soldats, des chevaux et des feux. La poussière me balaie comme de la fumée; ma figure est noire de crasse et de sueur, mes habits sont sales, presque en lambeaux, et grouillent de poux et de vermine. Je suis terriblement affamé. Je suis trop fatigué pour dormir, trop épuisé pour tenir debout, et je n'aimerais pas que Maman ou les filles me voient dans cet état. Sans le général Robert E. Lee, je baisserais les bras et rentrerais à la maison. Sept hommes de la brigade de Ransom sont passés à l'ennemi hier soir, plus quatre de celle de Wise et deux de celle de Gracie.

Les Yankees ont-ils endommagé Edgehill, Papa? J'ai entendu dire que Bermuda Hundred avait entièrement brûlé. Dieu merci, vous avez obtenu une permission de la milice pour aller voir Maman et les filles. Le soleil est en train de se coucher. Mais allons-nous marcher toute la nuit, partir en détachement, ou nous étendre pour dormir — l'idée du sommeil me rend fou. Je l'ignore. Nous ne savons jamais ce que nous allons faire les cinq prochaines minutes, sauf peut-être mourir. Par Dieu, nous ne pouvons pas, nous ne pourrons pas soutenir un autre siège.

Embrassez Maman, Virginia, Lane, Ellen et Tabitha. J'ai appris que mon frère Meriwether avait été fait capitaine et cité pour bravoure. Que Dieu le bénisse.

Dieu sauve la Confédération et Jefferson Davis. Dieu bénisse Robert E. Lee.

Votre fils aimant,
Major Thomas Jefferson Randolph junior, adjudant,
Quartier général, corps d'artillerie,
Armée de la Virginie du Nord,
Petersburg, États confédérés.

HANOVER JUNCTION, 1er AOÛT 1864,

Maman,

Je ne peux gribouiller que quelques lignes, étant dans le sang jusqu'aux coudes. Oh, quelle fatigue et que de travail ! Nous n'avons qu'une nuit de sommeil sur trois environ, mais nous sommes si nerveux et éreintés que nous ne pouvons dormir. L'hôpital se remplit rapidement de pauvres diables qui, hier soir, ont chargé les défenses de l'ennemi de l'autre côté du fleuve.

Nous nous sommes rapprochés de Richmond de vingt kilomètres depuis ma dernière lettre, et les meilleures fortifications de la Confédération se trouvent là-bas et sur le fleuve Anna. Partout où nous nous arrêtons, nous établissons rapidement des réseaux compliqués de tranchées, de parapets, des emplacements pour l'artillerie, des traverses, une tranchée d'arrière-garde, et nous dégageons un champ de tir où nous plaçons des branches d'arbres abattus pour gêner les attaquants rapprochés.

C'est une nouvelle sorte de guerre sans merci et sans répit. Depuis le début de la campagne, les deux armées sont toujours restées en contact. Toutes les nuits, il a fallu se battre, et aussi marcher et creuser. L'épuisement physique et moral commence à nous ébranler. Bien des hommes sont devenus fous sous la terrible pression exercée sur l'esprit et le corps.

Nous avons effectué beaucoup de marches forcées ces temps-ci, par une chaleur intolérable. Par moments, on dirait que le soleil va avoir raison de nos forces, et pourtant nous continuons toute la journée dans cette fournaise.

Il me semble que je suis endurci à présent, et que je

pourrais voir mon meilleur ami succomber sans éprouver grand-chose. Ces trois dernières semaines, j'ai sans doute assisté à deux mille morts, pas moins — parmi lesquelles celle d'amis chers. J'ai vu des centaines d'hommes abattus, j'ai marché et dormi parmi eux, et je me sens capable de mourir aussi calmement que la plupart — mais il suffit, Mère. Les Confeds sont maintenant à bout de ressources, et le combat est effroyable. Les ambulances arrivent...

Bev. Wellington.

AU LIEUTENANT-COLONEL ESTON H. JEFFERSON
QUARTIER GÉNÉRAL DU 13e RÉGIMENT
OFFICIER D'INTENDANCE DE LA CAVALERIE VOLONTAIRE DE L'OHIO,
FORT GREAT FALLS, MISSOURI.

1er AOÛT 1864

Cher Papa,

J'ai bien reçu ta lettre du 20. Nous sommes maintenant à vingt-cinq kilomètres de Richmond, car nous avons marché régulièrement vers le sud depuis que je t'ai écrit. Oh, pourquoi la Confédération ne veut-elle pas éclater? Comment peuvent-ils continuer à se battre si désespérément pour une cause aussi méprisable? Il est vrai que nous approchons de Richmond, mais le véritable affrontement se produira sur le fleuve Chickahominy. Bien que les Confédérés aient pris la route la plus courte, nous les avons devancés avant qu'ils puissent nous arrêter. En ordonnant une marche forcée, notre capitaine Peter Kirkland a sauvé de nombreuses vies. Le moral de l'ennemi est atteint par la nécessité où il se voit de battre en retraite, et le nôtre s'améliore d'autant. Ils sont à bout de forces, et la bataille qui s'annonce sera acharnée. Je n'ai pas eu de nouvelles de Beverly depuis des semaines. Et toi? Quant à ma santé et mon moral, ils sont bons, malgré tant d'erreurs, d'attaques décourageantes et ce massacre insensé. C'est grâce au courage et à l'endurance extraordinaires des hommes.

Les Confeds se noient dans leur propre sang, et nous, les Yankees, parvenons tout juste à maintenir la tête au-dessus du courant. Prie pour moi comme je prie pour toi, pour Maman, Beverly et Anne.

Ton fils dévoué,
Lieutenant John Wayles Jefferson,
2e régiment de Volontaires de l'Ohio.

QUARTIER GÉNÉRAL DU 13e RÉGIMENT
CAVALERIE DE VOLONTAIRES DE L'OHIO
RAPPORT DU LIEUTENANT-COLONEL ET INTENDANT GÉNÉRAL
ESTON H. JEFFERSON
ARMÉE AMÉRICAINE DES OPÉRATIONS, DIVISION
DU MISSOURI
FORT GREAT FALLS, MISSOURI

AU GÉNÉRAL ULYSSES S. GRANT
WASHINGTON D.C.

1er AOÛT 1864,

Général,

Tout à l'heure, un bateau d'intendance transportant du bois de construction et toutes sortes de munitions a explosé. La cour qui me sert de quartier général est jonchée de débris et d'éclats d'obus. Le colonel Babcock a été légèrement blessé à la main, une ordonnance de cavalerie tuée. Sur le quai, morts : 12 conscrits, 2 employés civils, 28 ouvriers de couleur ; blessés : 3 officiers, 15 employés civils, 86 ouvriers de couleur, ainsi que votre obéissant serviteur,

Eston H. Jefferson.

CAMP SUR LES RIVES DU JAMES,
20 AOÛT 1864,

Mère,

Je suis retenu. Le général Hancock a décidé que je devais rester. Hier, un petit — non, un grand — miracle s'est produit. À l'invitation de leur commandant, je suis monté à bord d'un des canonniers pour observer le tir de l'un de leurs obus Parrott de cent livres sur les fortifications de l'ennemi, qui se trouvaient à trois kilomètres. Après avoir eu ce plaisir, j'ai senti sur mon épaule une lourde main familière et j'ai entendu un rire que j'aurais reconnu entre mille.

« Mon frère ! a dit la voix. Tu as l'air de sortir du ventre du diable. » Sinclair ! C'était Sinclair, en chair et en os. Sans le savoir, j'étais sur le *Monitor* ! Nous sommes tombés dans les bras l'un de l'autre avec plus de larmes que des femmes n'en auraient versé en pareille occasion. Il me semblait que mon frère m'avait été envoyé par des forces surnaturelles pour me sortir de mon marasme, pour apaiser mon âme fatiguée et meurtrie. Je suis resté à bord et nous avons dîné ensemble. Nous avons parlé de tout : de vous, de Papa, de Lucinda, Maria, Perez et Roxanne, de ma Lucinda, de nos jumeaux, du nouveau bébé, de tout sauf de la guerre. Nous avons beaucoup pleuré et ri, et nous étions si peu désireux de nous quitter que Sinclair a demandé une permission pour descendre à terre avec moi. Il a dormi dans ma tente, laquelle, a-t-il dit, confirmait sa conviction que ceux qui s'engageaient dans l'infanterie étaient candidats à l'asile de fous.

Votre fils aimant,
Bev. W.

PETERSBURG, VIRGINIE
25 AOÛT 1864,

Mère,

Sinclair est parti. C'est très calme ici, à l'hôpital de campagne en face de Petersburg, mais quelle chaleur ! Et les efforts conjugués des tiques, des puces et des mouches rendent la vie infernale. À quatre heures du matin, c'est-à-dire à l'aube, je suis réveillé par le bourdonnement de ces insectes affairés à nous harceler, et cette occupation ne cesse pas avant que nous, pauvres mortels, leur soyons de nouveau cachés par l'obscurité de la nuit.

Comme la guerre change notre caractère, Mère ! Cette accumulation d'expériences transforme des garçons insouciants en hommes réfléchis — des hommes qui sentent que, quoi qu'il arrive, ce sera finalement pour le mieux ; des hommes qui ap…

34

Si la fierté de caractère est quelquefois utile, c'est quand elle désarme la malveillance.

THOMAS JEFFERSON.

« Atlanta est enfin tombé ! » Charlotte était rayonnante en m'ouvrant elle-même la porte de sa maison le 3 septembre 1864. « La réélection de Lincoln est assurée. Les Confédérés ont évacué la ville après avoir brûlé et détruit tout ce qui avait une valeur militaire. Le lendemain, les tuniques bleues y entraient avec des orchestres, claironnant *L 'Hymne de combat de la République*. Sherman a annoncé au Président que la capitale du vieux Sud était à lui ! Sherman et Farragut ont sauvé le parti de Lincoln de la ruine irrémédiable ».

Charlotte se tut soudain en remarquant la mince feuille d'une dépêche du ministère de l'Armée dans ma main. J'étais incapable de parler.

On entendait les sourds coups de canon de la célébration sur les quais, et je restais là, tenant le télégramme qu'on avait adressé à Thor.

QG, ARMÉE DU POTOMAC,
PETERSBURG, AOÛT 1864,

DÉPÊCHE AU BUREAU DU CHIRURGIEN GÉNÉRAL DE LA COMMISSION SANITAIRE, WASHINGTON, D.C.
À L'ATTENTION DU MAJOR GÉNÉRAL WILLIAM JOHN THEODORE WELLINGTON.

Major général,

J'ai le triste devoir de vous informer que, le 25 août, votre fils, le major Beverly Wellington, est tragiquement tombé au champ d'honneur sous un tir d'artillerie, alors que cent hommes du 148e régiment de Pennsylvanie, sous le commandement du colonel J.Z. Brown, passaient nos fortifications devant Fort Morton, près du Cratère, et les lignes ennemies en face de Fort Sedgewick. Le major Wellington, qui se tenait près de la tente d'hôpital du 2e corps, a été tué par une salve d'artillerie tombée par erreur trop près, sur l'hôpital de campagne. Ce vaillant jeune homme s'était fait remarquer par sa bravoure et ses immenses efforts pour sauver les blessés sur le champ de bataille. C'était un chirurgien hors pair et un excellent officier.

J'ai l'honneur, Major, de vous présenter mes plus sincères et respectueuses condoléances.

McParlin, chirurgien et médecin-chef de l'armée du Potomac, pour le général Ulysses S. Grant, général en chef des Armées des États-Unis.

P.S. : Le général Grant n'a pas voulu que vous ou Mme Wellington appreniez la mort du major Wellington par les listes officielles des pertes.

Charlotte fixait sur moi un regard de chouette à travers ses lunettes aux verres épais, puis elle baissa les yeux quand je tombai à genoux et que la dépêche glissa au sol.

« Il devait être renvoyé dans ses foyers à temps pour les couches de Lucinda. » Je levai les yeux vers Charlotte. « Dois-je les perdre tous ? Est-ce le prix à payer ?

— Oh, ma chérie, ne cède pas au désespoir. Le Président a autorisé Horace Greeley à apporter à Washington toute proposition écrite de Jefferson Davis qui prévoirait la restauration de l'Union et l'abandon de l'esclavage, dit-elle doucement. Cette guerre cruelle sera bientôt finie, et par une victoire de l'Union. Beverly a donné sa vie pour elle. »

Sans jamais savoir..., sanglotai-je en m'effondrant

sur les genoux de Charlotte. *Sans jamais savoir qu'il libérait sa mère.*

Nous nous accrochâmes l'une à l'autre, enlacées sur le large lit à colonnes. Charlotte embrassait mon visage et mes cheveux et tentait d'arrêter les larmes qui ne voulaient pas se tarir, même à l'idée de la victoire. Nous nous embrassions comme ce jour lointain où nos vies étaient encore des livres à écrire, fortes seulement de la volonté de vivre et d'aimer. À présent, il semblait que nous traversions le Jourdain, un fleuve de chagrin et de douleur au-delà de la compréhension humaine. Beverly l'avait enduré jusqu'à ce qu'il refuse de continuer. Il s'était laissé tuer.

« Cette guerre incroyable, scandaleuse, cruelle, se terminera bien un jour, mais je ne vivrai peut-être pas pour le voir... Il se pourrait que je retrouve Beverly avant toi, et je lui transmettrai ta tendresse.

— Charlotte... que veux-tu dire ? Quelle est cette folie ? Bien sûr que tu verras la fin de la guerre.

— Si Dieu le veut. Moi qui ai toujours été si maniaque, je déteste l'idée qu'une tumeur me fasse pourrir de l'intérieur. Les médecins me donnent entre six mois et un an. Je n'en ai pas parlé à Andrew, ce cher Andrew. Ni aux enfants. Tu es la seule à savoir, Harriet. Et tu dois garder mon secret. Promets-le-moi. Je te l'ai dit parce que tu sais que je te dis tout, je ne pourrais jamais te mentir ni te cacher quelque chose. Nous sommes sœurs. »

Les secrets. Je pris Charlotte dans mes bras, la gorge serrée par le cancer de mon propre mensonge.

« L'amour que nous nous portons survivra à ma mort et à cette guerre. J'espère seulement que nos petits-enfants grandiront et se marieront », dit Charlotte.

Dis-moi qui est mort, qui s'est marié, qui s'est pendu de n'avoir pu se marier...

Dehors, les canons ne cessaient pas. Mes lèvres ne se descelleraient pas non plus, sauf pour prier que Charlotte vive.

La victoire n'était qu'une question de temps. Mais la Confédération demeurait aussi fière et provocante dans la défaite et les privations que jamais, et c'est pour briser son courage qu'en septembre Sherman entama sa marche à partir d'Atlanta. Il en avait expulsé la population civile à titre de représailles : l'armée confédérée avait brûlé toute la ville dans sa retraite plutôt que de la voir tomber intacte entre ses mains. Puis il lâcha soixante-deux mille combattants endurcis de l'Union. En marchant d'Atlanta à la mer et en vivant des ressources du pays, ils ouvriraient une voie à travers la Georgie, coupant la Confédération en deux, pour avancer sur l'arrière-garde de l'armée de Lee. Sherman démontrerait au monde, affirmait-il, que Jefferson Davis ne pouvait pas résister au pouvoir écrasant du Nord.

« Je peux accomplir cette marche et faire souffrir la Georgie, avait-il dit. La guerre est cruelle, impossible de le nier. Nous ne changerons pas les cœurs de ces gens du Sud, mais nous pouvons rendre la guerre si atroce, les en dégoûter si profondément, que des générations passeront avant qu'ils y aient de nouveau recours. »

Et je me réjouissais de ce serment de Sherman. Je voulais que la douleur de l'assassinat de Beverly soit gravée dans le cœur de chaque femme du Sud comme elle l'était dans le mien. Et, comme j'étais une femme du Sud, je savais comment faire : en usant d'une cruauté équivalente à celle qui avait été perpétrée sur leur population esclave. Ils avaient fait la guerre aux Noirs, et à présent nous allions leur faire la même sorte de guerre. Jeunes et vieux, hommes, femmes et enfants, tous sentiraient la dure main de la guerre comme nous avions senti la dure main de l'esclavage.

Je me tenais au milieu de la chambre de Charlotte et bénissais la vengeance de Sherman, en songeant combien les femmes du Sud nous haïraient : du même sang brûlant que celui qui coulait dans mes veines — le meilleur de Virginie.

Sur le champ de bataille près
de New Market Heights,
Virginie,
30 septembre 1864,

Ma chère femme Mary McCoy,

Tu peux être fière que ton mari se soit trouvé en tête de la colonne de trois mille soldats de couleur rangés en divisions, le fusil à l'épaule, qui, à l'aube, a chargé New Market Heights. Ça paraît sacrément bizarre de porter un fusil si près de chez nous, Mary, mais ne m'étais-je pas dit que je pourrais peut-être tuer pour ma liberté dans cette guerre ?

On devait prendre New Market Heights, qui est en face de Richmond. C'est le point clé du flanc droit des Confeds au nord du James, une redoute construite au sommet d'une colline d'une hauteur assez considérable, qui descend dans un marais traversé par un ruisseau. Ensuite, il se transforme en une plaine, qui s'étend jusqu'au fleuve.

Le général Butler nous a dit : « Cet ouvrage doit être emporté par le poids de votre colonne, sans tirer un seul coup de feu. » Et, pour nous empêcher de tirer, il nous a demandé de vider les balles de nos fusils. Puis il a dit : « Quand vous chargerez vous crierez : "Souvenez-vous de Fort Pillow !" » Trois cents soldats noirs ont été assassinés par les Confeds après la reddition de Fort Pillow, exactement comme ils nous l'avaient annoncé : Si nous étions pris vivants, nous serions abattus comme insurgés. Nos officiers blancs devaient être mis à mort aussi, pour incitation à la rébellion. C'était pourtant eux les rebelles et les traîtres, et nous, nous étions des soldats des États-Unis, mais ils n'en avaient cure. Et les Confeds ont tué les femmes et les enfants noirs du fort, exécuté les blessés, et enterré vivants le reste des Noirs. Comme au bon vieux temps de l'esclavage, je te dis.

Donc, avec tout ça à l'esprit — on savait qu'il n'y aurait pas de quartier et que la capture signifiait la mort —, nous avons reçu l'ordre d'avancer. Nous marchions en formation, comme pour un défilé. Nous avons descendu la colline et traversé le marais. Et, comme nous pataugions dans le ruisseau, nous sommes arrivés à portée de l'ennemi, qui a ouvert le feu. Nous avons alors un peu rompu les rangs, et notre colonne a hésité. Oh, ce fut un instant de vive inquiétude, mais très vite nous nous sommes regroupés et nous avons repris notre marche en rangs serrés sous le feu du diable, jusqu'à ce que la tête de la colonne atteigne la première rangée d'abattis, à cent cinquante mètres environ de l'ouvrage des Confeds. Alors les bûcherons ont couru en avant pour couper les ouvrages défensifs, pendant qu'un millier de soldats rebelles concentraient leur artillerie et déversaient leurs cartouches sur la tête de la colonne. Tous les bûcherons sont tombés sous ce feu meurtrier. D'autres mains ont saisi les haches pour continuer à couper l'abattis. Au pas de charge, nous avons avancé jusqu'à cinquante mètres du fort, où nous avons rencontré une nouvelle ligne de défense. La colonne s'est arrêtée et le feu de l'enfer s'est abattu sur nous. Les branchages résistaient, et l'avant de la colonne paraissait littéralement fondre sous la pluie de cartouches et d'obus. Les drapeaux du régiment de tête piquaient du nez, mais un courageux garçon s'est emparé des couleurs. Elles sont remontées et ont flotté au-dessus de l'orage de la bataille. Les bûcherons tombaient de nouveau ; de nos mains nues, nous avons pris les lourds arbres taillés en pointe et les avons écartés un par un, et la colonne s'est jetée en avant, puis, avec un cri qui résonne encore à mes oreilles, nous avons conquis la redoute en un éclair. Les Rebelles ont pris leurs jambes à leur cou. Ils savaient ce que les soldats noirs feraient aux prisonniers après Fort Pillow. À la suite de la colonne qui avait remporté l'assaut, dans un couloir large de deux mètres et long d'une centaine, gisaient cinq cent quarante-trois soldats de couleur. Le général Butler est arrivé de l'arrière à cheval, et il a guidé sa monture entre les corps, de peur que les sabots ne profanent ce qui semblait, à tous ceux qui étaient encore vivants, des morts sacrés.

Mais je suis en vie, Mary McCoy. Je refuse de mourir dans cette guerre. Et je prie seulement Dieu qu'Il épargne nos fils dans leurs batailles.

Brigade du général Butler
45e régiment d'hommes de couleur de l'Union
Armée du James
Ton mari qui t'aime,
Madison Hemings.

SAVANNAH, GEORGIE,
23 DÉCEMBRE 1864,

Chère Mère,

C'est sans doute la dernière lettre que vous recevrez de moi avant la fin de la guerre. La mort de Beverly a déclenché en moi un terrible désir de vengeance. Nos ordres sont de « détruire tout ce que nous ne pouvons manger, brûler leur coton et leurs égreneuses, voler leurs nègres, répandre leur fourrage, fondre leurs rails de chemin de fer, et répandre la terreur ». Si nous n'avions pas de raison d'agir ainsi auparavant, juste avant Thanksgiving plusieurs prisonniers qui s'étaient échappés d'Andersonville sont arrivés parmi nous. Ils n'avaient que des haillons sur le dos et ils mouraient de faim. Ils ont pleuré à la vue de la nourriture et du drapeau américain. Oh, Mère, les hommes ont hurlé de rage à l'idée des dizaines de milliers de leurs camarades qui périssent dans cette porcherie au milieu de granges regorgeant de céréales et de provisions ; notre but est maintenant de libérer ce camp de prisonniers avant Pâques.

C'est terrible de priver de moyens de subsistance des milliers de gens, et cela m'afflige d'en être le témoin ; cependant, rien ne pourra mettre fin à cette guerre, sinon la démonstration de l'impuissance et du dénuement de la Confédération. L'Union doit être maintenue à tout prix, et pour cela il nous faut anéantir les Rebelles — les couper de tout approvisionnement, détruire leurs communications, convaincre la population de Georgie que la guerre est un fléau pour chacun. Si la terreur et le malheur infligés par la marche de Sherman doivent paralyser les maris et les pères qui nous combattent, ce sera finalement un bien pour un mal. Il paraît que des Georgiens ont dit au général Sherman : « Pourquoi n'allez-vous pas en Caroline du Sud traiter les gens de la sorte ? C'est eux qui ont commencé. » Mais le général Sherman a toujours eu l'intention d'assouvir la vengeance de Dieu sur cet État. Nous détruisons les fermes et les fabriques. Nous brûlons les plantations et tuons le bétail. Il faut briser la volonté de résistance de la population. Nous faisons de leurs voies de chemin de fer ce que nous appelons des « cravates de Sherman ». Nous chauffons les rails sur un feu de traverses de bois et nous tordons le fer autour des arbres les plus proches. Je tremble presque devant leur sort, Mère. Mais c'est ici que la trahison est née, et, par Dieu, c'est là qu'elle prendra fin ! Notre objectif est de les fustiger, de les humilier, de les pousser dans leurs derniers retranchements, de les terroriser. Et nous le ferons, même si nous les plaignons.

Votre fils aimant et dévoué,
Madison Wellington.

Noël 1864. Désormais, Lucinda vivait à Anamacora avec ses jumeaux et le nouveau bébé. Je l'avais persuadée que Perez, Roxanne, et John William seraient plus en sécurité là-bas, bien qu'ils ne fussent pas en danger à Philadelphie. La mort de Beverly pesait lourdement sur nous tous, mais Sinclair, qui avait été le dernier à le voir vivant, était le plus abattu. La disparition de son frère semblait avoir déclenché en lui une mélancolie latente qui nous alarmait, Lucinda et moi. Elle nous paraissait encore plus inquiétante que cette guerre interminable. Tout le monde était las, et beaucoup le disaient. On tenait des propos défaitistes et on parlait même de conclure la paix sans abolir l'esclavage, une idée si choquante après la perte de tant de vies que le Président dut déclarer : « J'espère que ce fléau de la guerre passera. Toutefois, si Dieu veut qu'elle continue jusqu'à ce que toute la richesse amassée grâce à deux cent cinquante ans de travail forcé des esclaves ait sombré, et jusqu'à ce que chaque goutte de sang tirée par le fouet soit payée par une autre tirée par l'épée, nous devrons dire : "Le jugement du Seigneur est juste." »

C'était un hiver aussi froid que celui de 1856, et les fenêtres de la serre étaient couvertes de givre. Sur la Delaware, de sombres silhouettes patinaient sur la glace épaisse, et des rires fusaient dans la brume qui ensevelissait tous les canaux et voies d'eau de Philadelphie. Des flocons de neige avaient commencé à tomber et s'accrochaient aux vitres comme de la dentelle. L'air était si gelé qu'il résonnait comme des carillons et, pour nous protéger de toute cette blancheur nous nous serrions une fois de plus autour du sapin étincelant et du feu allumé dans le poêle bleu, qui jetait sur nous ses lueurs de bronze. Malgré tout, nous devions préparer un Noël joyeux pour les enfants. Maurice était de retour du Missouri, où il avait combattu contre le général Price et ses « alliés », la bande de Quantrill, à Pilot Knob. Thor était rentré du camp Rapidan, et Madison allait reprendre le service actif en Georgie. Nous avions aussi un mariage de guerre à célébrer, car Maria était tombée amoureuse de l'un de ses professeurs à l'Institut médical, Zachariah Braithwaite. Zach avait servi sur le front ouest, avait été blessé à Battle Creek et démobilisé en septembre. Il avait commencé à enseigner à l'hôpital de l'Institut médical Jefferson, où Maria suivait des cours de biologie. Ils s'étaient rencontrés dans le couloir — le coup de foudre. Zachariah, un homme brillant et austère, s'était bientôt joint aux maris de Lividia et de Tabitha pour diriger les entreprises Wellington, qui s'agrandissaient sans cesse. Elles possédaient maintenant des champs de pétrole et des lignes de chemin de fer, des compagnies de transport et des mines de charbon, sans parler de leurs activités dans le domaine de la recherche médicale et des produits pharmaceutiques.

Au début de la guerre, on avait découvert du pétrole à l'ouest de la Pennsylvanie. Pendant les hostilités on s'était aperçu qu'il pouvait remplacer l'huile de baleine qu'on utilisait pour l'éclairage des maisons et des rues, et qui se raréfiait. Grâce aux chemins de fer, nous étions devenus les principaux transporteurs de l'or noir sur les différents marchés. Philadelphie s'était transformée aussi en un centre de stockage et de raffinerie. La Compagnie Wellington avait bénéficié de l'essor du pétrole en se lançant dans la manufacture de produits pétroliers et dans la raffinerie, le stockage et le transport.

Les Wellington étaient devenus très riches. D'ailleurs, la guerre avait fait des centaines de millionnaires. Les demandes du front avaient développé l'économie du Nord et augmenté sa productivité.

Le discours annuel de Lincoln au Congrès n'avait fait que confirmer ce que tout propriétaire terrien et tout homme d'affaires prospère savaient déjà. La détermination à maintenir l'intégrité de l'Union n'avait jamais été plus ferme ni plus unanime. Nos ressources étaient abondantes, et nous les croyions inépuisables. Avec six cent soixante et onze navires de guerre, notre marine était la plus importante au monde. Avec un million d'hommes en uniforme, notre armée était la plus grande et la mieux équipée qui eût jamais existé. Et malgré la mort de trois cent mille soldats, l'immigration et l'augmentation naturelle de la population ne cessaient de compenser les pertes. Nous disposions de plus d'hommes à présent qu'au début des hostilités. Nous gagnions de la force de jour en jour. Nous pouvions soutenir ce conflit indéfiniment.

Je songeais aux eaux profondes qui se refermaient sur ma famille blanche dans le Sud. Il n'y avait pas d'argent dans le trésor de la Confédération, pas de nourriture pour l'armée, pas de troupes à opposer au général Sherman. Voici ce qu'il avait écrit dans son dernier télégramme à Lincoln : « Je sollicite l'honneur de vous offrir comme cadeau de Noël la ville de Savannah avec 150 canons lourds et environ 25 000 balles de coton. » Ce à quoi Lincoln avait répondu : « Mille remerciements pour votre grande victoire. Compte tenu de l'action du général Thomas, nous quittons enfin les ténèbres pour entrevoir la lumière. »

Et, en effet, en regardant mes bougies de Noël, je souriais. La défaite du Sud et de mes très vieux ennemis n'était qu'une question de mois, voire de semaines. L'armée du Cumberland du général Thomas, qui comprenait une division entière de soldats de couleur, avait écrasé l'armée du Tennessee à Nashville et repoussait maintenant le reste des forces rebelles vers le Mississippi. La guerre avait tué un quart des Blancs de la Confédération en âge de prendre les armes et quarante pour cent du bétail, détruit des milliers de kilomètres de voies ferrées et anéanti pour toujours le système de travail dont dépendait la richesse du Sud. Les deux tiers de cette richesse avaient disparu — elle s'était simplement envolée, comme je l'avais fait quarante ans plus tôt.

« Joue quelque chose, Grand-Maman ! »

Je baissai les yeux sur Roxanne, trois ans. Je la pris dans mes bras, chaud et vivant paquet de chair issu de la mienne, et la portai vers le piano. Il n'y aurait pas de bruyantes mazurkas ce soir, ni de valses entraînantes. Pas de Wagner ni de Beethoven non plus. Je jouai *Sur les vieux campements* en guise de chant funèbre, et *Quand cette guerre cruelle sera finie* comme berceuse. Puis *Porte cela doucement à ma mère* pour Beverly, *Je voudrais que la guerre s'achève* pour James, et *Dites-moi, mon père revient-il ?* pour moi-même.

Parce que je savais qu'elle allait mourir, et parce que je n'avais jamais révélé qui j'étais à quelqu'un que j'aimais, je le dis à Charlotte. Mon cadeau de Noël fut la confiance que je lui avais refusée toutes ces années. Que pouvais-je lui offrir d'autre que le présent de mon âme noire ?

« Je sais, m'interrompit doucement Charlotte avant la fin de ma confession.

— Tu sais ?

— Thance m'avait écrit d'Afrique, mais sa lettre est arrivée après sa mort. Il a toujours partagé ses secrets avec moi depuis l'accident de Thor. Pendant la traversée sur le *Rachel*, Abe Boss lui avait appris par inadvertance que Thenia était ta nièce. Bien sûr, Thance ignorait qui était ton père.

— Mais pas toi ?

— Non. J'ai rencontré ta cousine Ellen Wayles Coolidge à Boston par l'intermédiaire de Sarah Hale. Elle et son mari ont fui le Sud quand la Virginie a rejoint la Confédération.

— Ne me dis pas qu'Ellen est contre l'esclavage !

— Non. Mais elle est contre la sécession de l'Union. Pourtant, elle adore le Sud. Les histoires qu'elle m'a racontées sur son enfance à Monticello sont les mêmes que celles que tu m'as racontées sur la tienne. Son grand-père n'était-il pas ton père ? Elle m'a dit qu'il y avait des enfants "café au lait" à Monticello qu'on a autorisés à s'enfuir. Tout le monde le savait. Ils s'appelaient Hemings. Elle m'a avoué que, petite fille, elle t'enviait souvent ta liberté de courir partout et de faire ce que tu voulais, alors qu'elle était obligée de se plier aux conditions de son sexe et de sa classe. Elle a toujours cru que tu avais fui à Washington. Tu sais que son fils, Sidney, a été tué en 63 en combattant pour l'Union à Chattanooga ? Et son frère Algernon est chirurgien de l'Union... comme l'était Beverly. »

Je plissai les yeux pour lutter contre la lumière qui semblait envahir la pièce de toutes parts, m'entourant comme un miasme. Même mon âme se refermait. Mon bras se leva comme si je me noyais dans le courant d'un millier d'années de silence. Trop tard.

De cette Sally, notre Président a eu plusieurs enfants. Il n'existe personne dans les environs de Charlottesville qui mette en doute cette histoire ; et ils sont nombreux à la connaître...

« Et Thor est au courant ?

— Si c'est le cas, dit fermement Charlotte, ce n'est pas par moi qu'il l'a appris.

— Pardonne-moi.

— Il n'y a rien à pardonner. » Elle détourna les yeux. « Je comprends que la Ligne des couleurs ne s'arrête même pas à la tombe. Pourtant, il faut que je sois sur le point de mourir pour t'entendre me le dire. Toutes ces années... »

Je fondis en larmes. Je lui avais brisé le cœur avec mon mystère et mes mensonges, mon manque de confiance et ma cruauté. Et le mien se brisait à son tour. Je n'avais plus de refuge à présent, même pas mes propres enfants. Je demeurais une étrangère pour eux.

Charlotte mourut peu de temps après, sa main dans la mienne, d'une dose mortelle de morphine. Elle m'avait suppliée de l'aider, et j'avais pillé mes réserves pour me procurer la drogue.

Je restai aussi muette dans la vie qu'elle l'était désormais dans la mort. Aucun son humain ne pouvait exprimer la souffrance que j'éprouvais. Mon chagrin d'avoir perdu Charlotte était infini, comme la mer. Mon manque de confiance en elle, simplement à cause de sa couleur, me poursuivait et me tourmentait, parce qu'elle avait disparu en croyant ne m'avoir jamais comprise, et c'était faux.

Je baignai le corps de Charlotte et drapai les meubles de soie blanche, puis remplis la chambre de fleurs de serre. Bien que leur vie fût une insulte à sa mort, j'en garnis tous les vases et je les posai sur chaque surface libre. Alors seulement j'ouvris la porte à Andrew et à ses enfants.

Moi, Charlotte Waverly Nevell, mère de famille américaine et blanche, âgée de soixante ans, épouse d'Andrew Nevell de Nevelltown, mère de quatre enfants (tous vivants), membre du corps des infirmières de la Commission sanitaire qui a servi à Gettysburg, jure que j'ai connu très tôt le véritable nom d'Harriet et n'ai jamais vu en elle autre chose que ce qu'elle était, et que je l'aimais ainsi. Je déteste l'idée de Lorenzo Fitzgerald que le hasard de la naissance est irrévocable — une frontière infranchissable. Aucune frontière n'est infranchissable pour un Américain, y compris la prétendue Ligne des couleurs, et personne aux États-Unis n'est étranger à cause de sa race. J'ai fait des peurs d'Harriet mes peurs, de ses amours mes amours, de ses désirs mes désirs, parce que j'ai choisi, de mon plein gré, d'aimer Harriet comme un être de ma propre espèce — celle des femmes — et de l'humanité. J'ai attendu plus de quarante ans qu'Harriet me révèle son secret — qu'elle me fasse confiance et m'aime autant que je lui faisais confiance et l'aimais. Je sais qu'Harriet ne me jugeait pas digne d'un amour révolutionnaire. Dans son esprit, j'étais trop faible, trop protégée en tant que Blanche pour assumer son identité. En me protégeant d'un fait de la vie qu'elle considérait comme trop dangereux pour moi, elle aussi a pratiqué une sorte de racisme envers ma couleur. J'aurais dû être Thenia. J'ai souhaité de nombreuses fois être à sa place. Vous pensez peut-être que c'est moi qui aurais dû faire le premier pas et lui avouer ce que je savais, mais si je l'avais perdue alors ? Et si le détail méprisable et insignifiant de ma blancheur avait suffi à l'éloigner de moi pour toujours, si elle avait su que je savais ? Comme nous sommes bizarres... prêts à vivre séparés d'une personne qui nous est chère à cause d'un tabou, d'un stigmate, d'une peur que nous avons nous-mêmes inventée. Puisque je t'ai fait du tort, je ne pourrai jamais t'aimer. *Ce qu'Harriet et moi partagions, personne ne pourra jamais le détruire. Je refuse de mourir, comme je refusais de vivre, séparée d'elle, la meilleure partie de moi-même, simplement parce que c'est l'usage dans mon pays. L'amour est plus fort que la race, la passion est plus forte que la race, l'estime est plus forte que la race, même la Race est plus forte que la race. Les chansons d'amour sont rares et elles sont de deux sortes : frivoles ou tristes. Le véritable amour n'inspire que le silence. Mon âme est en repos. Que Dieu apaise celle d'Harriet. Amen.*

Je vais mourir aujourd'hui, le 31 décembre 1864, dans les bras d'Harriet.

CHARLOTTE WAVERLY NEVELL.

Le dernier jour de janvier de la dernière année de la guerre, la Chambre des députés vota le XIIIe Amendement à la Constitution, abolissant l'esclavage par cent dix-neuf voix contre cinquante-six.

« La rébellion n'est pas encore finie, bien que l'esclavage le soit », me dit Robert Purvis.

Assis dans mon bureau de la Compagnie Wellington, il buvait du thé importé par nos soins, la petite Roxanne sur les genoux. Il était accompagné de Jean-Pierre Burr. Purvis était maintenant le gendre d'un riche fabricant de voiles de Philadelphie, James Felton, le demi-frère mulâtre des fameuses abolitionnistes, les sœurs Grimké.

Peu de temps auparavant, Purvis m'avait confié que, ces vingt dernières années, beaucoup d'enfants naturels de sang mêlé avaient été envoyés du Sud dans le Nord, et dans certains cas leurs parents les avaient suivis et s'étaient mariés légalement ici. Parmi les descendants de ces enfants, l'un était devenu directeur d'une école municipale, une autre religieuse haut placée dans un ordre catholique, un autre encore, évêque, et deux, officiers dans l'armée confédérée.

« Il existe, dit Robert, une loi profondément ancrée dans l'esprit de la population blanche, qui soumet ses concitoyens de couleur à un opprobre permanent et injustifié. Ni sa respectabilité, si indiscutable soit-elle, ni ses propriétés, quelle que soit leur importance, ni son caractère irréprochable ne permettront à un homme dont le corps est maudit, ne serait-ce que par un trente-deuxième du sang de ses ancêtres africains, d'entrer dans cette société.

« Pourquoi, Harriet ? Pourquoi cette obsession omniprésente, et insensée, de la couleur de la peau d'un être humain ? Pourquoi cette peur irrationnelle, cette horreur injustifiée de la noirceur ? Cette répugnance est-elle acquise ou innée ? Est-elle fondée sur la philosophie, les sciences, la morale ? Sur la Bible et les Écritures ? Sur une connaissance ancienne ou une ignorance ancienne ? Edmund Burke a écrit que si l'effet du noir peut être pénible tout d'abord, nous ne devons pas penser qu'il l'est toujours. L'habitude, dit-il, nous réconcilie avec tout. Après que nous nous sommes accoutumés à voir des objets noirs, la terreur s'apaise, et l'aspect lisse, la beauté, ou quelque forme agréable des corps ainsi colorés adoucissent la sévérité de leur nature originelle. Nous avons toujours connu le noir, depuis le début, mais le fanatisme qu'il a provoqué ne s'est jamais calmé d'un iota, jamais. Burke conclut en disant que le noir aura toujours un caractère mélancolique. Pourquoi la pire chose qui puisse arriver à un Américain est-elle de naître *non* blanc ? Parce que cela signifie être privé de toute identité, de toute reconnaissance, devenir la négation de tout ce que l'Amérique s'est approprié pour lui servir de bannière : la pureté, la puissance, la blancheur. Ainsi, tout ce qu'elle fait — violer, exploiter, brutaliser —, elle le transfère sur ses sujets noirs qu'elle abhorre. Pourtant, cette guerre prouve que nous sommes le centre même de son âme, de son histoire, de son rêve, de son cauchemar, de ses fantasmes, de son passé et de son avenir. Cette guerre, Harriet, est le moment décisif de l'identité américaine, et les Noirs, ces étrangers nationaux, sont ses actes de naissance — l'âme noire des États-Unis. Je m'étonne que vous ne le voyiez pas. Vous, les Blancs, avec toutes vos connaissances, votre logique, votre esprit éclairé, vous ne le voyez pas.

— Si, je le vois, Robert. Peut-être notre dénégation est-elle une forme de reconnaissance.

— Et vous voulez entendre quelque chose de drôle ? poursuivit-il. Robert E. Lee a demandé à Jefferson Davis d'engager deux cent mille Noirs dans l'armée confédérée ! Nous qui sommes manifestement et ouvertement la cause de la guerre, nous sommes à présent l'espoir à la fois de l'Union et des Confeds ! »

La guerre arriva enfin à son terme avec la reddition de Richmond. Là, au milieu de la confusion et de la consternation, de la panique et des flammes, seule la population noire attendit tranquillement pendant que Lincoln pénétrait dans la ville conquise, escorté par des unités du 25e corps et par dix marins noirs comme gardes du corps, quarante heures seulement après l'évacuation par Jefferson Davis de sa Maison Blanche Thor, au nom de la Commission sanitaire, l'accompagnait. Le Grand Émancipateur se trouva entouré par un cordon de Noirs qui criaient tout en pleurant : « Gloire, gloire à Dieu ! Père Abraham. Le jour du Jubilé est arrivé ! » Submergé, le Président supplia ses concitoyens de ne pas se prosterner. « Ne vous agenouillez pas devant moi, leur dit-il, ce n'est pas juste. On ne doit s'agenouiller que devant Dieu et Le remercier pour la liberté dont vous jouirez désormais. » L'air était bleui par la fumée des neuf cents coups de canon tirés par l'armée de l'Union pour saluer sa victoire.

Thor m'avait écrit de venir le retrouver et, une fois à Richmond, je fus obsédée par le désir de revoir Monticello, même en ruine. Je pourrais peut-être revoir mon frère Thomas. Je désirais sans doute aussi triompher de ma famille blanche prostrée, réfugiée à Edgehill. Je me sentais comme un ancien combattant. Je voulais rentrer chez moi même s'il n'y avait plus rien. Je voulais mettre fin à ma guerre incessante avec moi-même. La paix, je ne pourrais la trouver qu'en retournant aux sources, même si pour cela je devais mentir à Thor une fois de plus.

Sous prétexte d'aller rejoindre Thenia, je laissai Thor avec le Président et pris la route de Monticello le vendredi saint, cinq jours après la capitulation de la Confédération au palais de justice d'Appomattox, le lendemain de l'anniversaire de mon père. Ma carriole et mon cocher eurent du mal à passer sur les routes qui partaient de Richmond, encombrées de réfugiés, blancs et noirs, tous désespérément à la recherche de quelqu'un ou de quelque vestige du passé. Toutefois, au bras de Thenia, je finis par atteindre le sommet de la butte où s'élevait la cabane en rondins de ma mère. J'avais été contrainte par tout ce que j'avais vécu à retourner dans le comté d'Albermarle, vers mon passé. Une Sudiste exilée, une étrangère dans son pays, une négresse blanche rentrait enfin chez elle, le 14 avril 1865.

35

> Car si un esclave peut avoir un pays dans ce monde, il serait préférable que ce soit ailleurs que là où il est né pour vivre et travailler au bénéfice d'un autre : paralyser les facultés de sa nature... contribuer à la disparition de la race humaine...
>
> THOMAS JEFFERSON.

14 avril 1865. Chacun se rappellera toute sa vie où il a passé ce vendredi saint.

J'avais quitté Fort Monroe, où j'apprenais encore à lire à d'anciens esclaves, et je m'étais retrouvée avec Harriet à Monticello. Debout à côté d'elle, je regardais la façade délabrée de la demeure. Elle n'appartenait plus à Thomas Jefferson ni à aucun de ses héritiers. Je n'arrivais pas à croire que moi, Thenia Boss, une femme de couleur libre, je me tenais devant les ruines de mon ancienne prison, Monticello. Mon ventre était tiraillé de crampes et la vieille terreur oubliée de la vente aux enchères me reprit, comme si tout ce temps elle était restée en sommeil dans mon âme, sans jamais se dissiper vraiment.

J'avais treize ans, j'étais maigre, j'avais les jambes arquées, les yeux en boule de loto, et je n'étais pas encore une femme, avec mes seins naissants, mes hanches étroites et mon derrière haut perché. Je vois encore cette estrade rouge. Ma cousine Doll, la fille de Critta Hemings, était une jolie fille, vraiment belle. Le jour où ils l'ont vendue, ils l'ont déshabillée pour faire monter les enchères. Elle pleurait amèrement. Non, en réalité, elle hurlait, tout en essayant de se couvrir. Des cris que je n'oublierai jamais. Les gens se plaignaient que les prix des esclaves avaient baissé. Eh bien, elle a été vendue pour une forte somme à un homme de La Nouvelle-Orléans.

Le crieur, c'était le vieux Joe Taylor. Il était énorme et paraissait encore plus gros à quelqu'un d'aussi petit que moi. On disait qu'on pouvait l'entendre adjuger un esclave à des kilomètres. Il portait un nerf de bœuf et un pistolet à barillet, et il était venu avec un autre homme. Notre famille s'était réfugiée dans un coin de la cour, loin des autres. Il a ordonné à ma sœur de se lever, et il a dit à l'homme : « Voilà exactement ce qu'il vous faut. » Maman a supplié M. Taylor de ne pas séparer ses trois filles, en nous serrant dans ses bras, Mary, Jane et moi. Mais le marchand a arraché Mary de mes bras et ils sont partis avec elle. Maman s'est mise à crier, et à ce moment-là ils ont adjugé mon père et l'ont emmené.

Jésus ! Les gens qui ne sont pas passés par l'esclavage ne peuvent pas comprendre. J'ai l'impression que ça s'est passé hier. Il devait y avoir une centaine de gens de couleur dans cette cour, et l'odeur de la peur était terrible, terrible — des maris séparés de leurs femmes, des enfants de leurs mères. Un marchand ne se soucie pas plus d'enlever un bébé à sa mère que de prendre un veau à une vache. Un marché aux bestiaux. Ils sont venus, ils ont pris mon autre sœur, puis ma mère. Quand on l'a emmenée, je me suis accrochée à elle et j'ai été traînée sur plusieurs mètres, avant d'être chassée à coups de pied. Ma tête éclatait. Une douleur sourde dans mon ventre, et ses cris encore dans mes oreilles. Je me rappelle avoir brusquement senti le sang couler — mes règles, mais je ne savais pas ce que c'était. L'une de mes tantes, la dernière à être vendue, a roulé en boule ma robe entre mes jambes et m'a attaché son châle autour des hanches. Elle a essuyé le sang sur mes jambes, mais pourquoi s'est-elle donné ce mal ? Pourquoi cacher cette blessure particulière ou en avoir honte, alors que ce sang coulait de mon âme qu'on venait d'assassiner ? Ils ont emmené ma tante et ensuite mon petit frère. Et Joe le crieur est revenu me chercher.

« Prends tes hardes », il m'a dit, puis il m'a jeté un drôle de regard avant d'ajouter : « Personne m'avait dit que cette génisse est pleine. Je l'ai annoncée comme vierge. »

Il a tiré ma robe autour de ma taille et m'a vendue. À Harriet.

C'est pour ça que je bégaie comme un agneau. Pendant un temps, je n'ai pas pu parler du tout. Même une fois que j'ai été en sécurité avec Harriet.

L'imposture d'Harriet ne m'a jamais vraiment gênée au regard de la loi humaine ou de celle de Dieu, mais je ne l'ai jamais enviée non plus. En fait, ça m'a empêchée de dormir bien des nuits. J'aimais Mme Wellington, mais je la trouvais imprudente et égoïste. Je l'admirais comme passeuse du Chemin de Fer, comme épouse, comme mère, comme musicienne, mais sa folie envers son maître, qu'elle tenait à appeler Père, et la façon dont elle a traité sa mère me sont restées en travers du gosier. Je n'aurais jamais pu laisser ma mère comme elle a laissé la sienne. Et Harriet était si seule — c'était vraiment une orpheline. Imaginez un peu, être libre et blanche, et avoir des frères qu'on n'a pas vus, dont on est resté sans nouvelles pendant vingt ans !

Harriet était intelligente. Et dure, ambitieuse, et même dangereuse. À Gettysburg, elle a tué un homme. Sans broncher. C'est Emily qui me l'a raconté. Je ne l'oublierai jamais. Ma foi, personne ne peut se promener armé pendant cinquante ans sans utiliser une seule fois une arme, hein ? C'était un Rebelle qui allait tuer un gars de l'Union blessé. Harriet l'a envoyé en enfer. Et d'après moi, elle était bien capable de l'avoir fait de sang-froid, et pas seulement dans la chaleur de la bataille. D'une certaine façon, je crois qu'elle a tué le Rebelle qui a tué James, ou alors le Rebelle en elle-même qu'étaient le vieux Sud et son père. Elle avait une de ces constitutions d'autrefois que rien ne pouvait détruire, comme lui. Même pas un bain de vitriol.

Ce qui m'amène à Abe. Oh, j'aimais l'âme de cet

homme. Ce que je suis aujourd'hui, je le dois à lui et à Harriet. Si elle m'a appris le courage, il m'a appris la fierté. On s'entendait bien au lit aussi. Des fois, on passait toute la journée à faire l'amour. Des fois, je restais allongée à côté de lui et je le regardais dormir — je suivais le contour de son corps du bout des doigts, je l'embrassais partout, je léchais les petits plis derrière ses oreilles ou les tendons de ses genoux. Il savait comment faire plaisir à une femme, aussi. Oh, Abe, couché sous ton monticule d'herbe, si loin ! Ça fait vingt ans maintenant. Je n'ai jamais vraiment voulu d'autre mari. Abe m'a donné Raphael et Willy, et Raphael m'a donné Aaron. Je ne peux pas me plaindre.

J'ai toujours été reconnaissante à Harriet de ce qu'elle a fait pour moi. Comme Harriet Tubman, elle a traversé la ligne Mason-Dixon et elle est retournée dans le Sud pour sauver quelqu'un de sa famille. Elle m'a donné une nouvelle vie du mieux qu'elle pouvait, ou ce qu'elle avait en trop de sa double vie.

Durant deux ans et quatre mois, je me suis mise de bon cœur au service du gouvernement des États-Unis sans toucher un dollar. J'ai appris au 1er régiment de volontaires de Caroline du Sud, le premier régiment d'anciens esclaves, à lire et à écrire. Et quand j'ai eu l'occasion de travailler pour M. Pinkerton et le gouvernement comme espionne de l'Union derrière les lignes confédérées, eh bien, je l'ai fait aussi. C'est le général Folksin qui m'a recrutée au fort. Il a dit que le gouvernement avait besoin d'espions noirs instruits qui puissent passer pour des esclaves. Il m'a prévenue que si j'étais prise, ce serait la mort immédiate. J'ai fait trois incursions dans le camp du général Johnson. Je jouais, bien sûr, les blanchisseuses. Ma profession préférée. Je travaillais pour le général Bragg, et dans mes chemises et mes dessous je passais des messages codés d'espions de l'Union qui avaient infiltré l'armée. J'ai appris à manier une arme. Je visais bien. Je savais démonter un fusil, le nettoyer, le remonter et le charger en dix-huit minutes. Je savais aussi lire à l'envers. Et Dieu sait que le noir est le meilleur déguisement que le Seigneur ait inventé, et pas seulement la nuit. Même mon informateur de l'Union n'a jamais su me reconnaître. À chaque fois, il fallait que je dise à cet imbécile qui j'étais. Une autre femme travaillant pour la Confédération aurait pu prendre ma place sans qu'il s'en aperçoive. En tout cas, j'étais fière, je me disais que j'étais la Rose Greensboro noire.

Je n'ai jamais parlé à Harriet de mes activités. Pendant la guerre, je n'en avais pas le droit, et maintenant nous ne nous sommes pas vues depuis longtemps. De toute façon, c'est très personnel d'espionner. Ça n'appartient qu'à vous. Bien sûr, il y a ce secret qu'elle ne m'a pas dit non plus à propos de sa guerre.

Mais la vente aux enchères me poursuit. Harriet avait juré de maudire le jour de sa naissance sur la tombe de son père si Dieu lui prenait un autre fils. Eh bien, Dieu a pris Beverly. L'armée se rend à Appomattox et à la vitesse de l'éclair elle est dans le comté d'Albermarle. Sans bagages, sans prévenir. Seule contre son père.

J'étais là pour rechercher ma famille. Mon petit-fils Aaron et moi, on est partis de Fort Monroe et on a pris la route que tout le monde prenait : celle de l'armée de Sherman.

Et là, par chance ou sous le coup du destin, comme vous voulez, j'ai retrouvé Harriet. C'était comme si un appel silencieux m'avait demandé de la rejoindre. Les routes étaient pleines de réfugiés à la recherche d'anciens esclaves, et d'anciens esclaves à la recherche de réfugiés.

Harriet et moi, on a décidé de retourner ensemble au cimetière de Monticello. Nous avons trouvé la tombe de Betty Hemings, mais pas celle de Sally Hemings. Elle ne devait pas reposer en paix, vu qu'en arrivant au cimetière des esclaves, nous n'avons pas trouvé de tombe, ni de pierre, ni rien.

Sa cabane était toujours debout, une construction bancale près de la limite sud de Monticello. En approchant, Harriet et moi, nous avons vu qu'elle était habitée. De la fumée sortait de la cheminée. Nous

nous sommes approchées, remontant la pente à pied jusqu'aux marches de la galerie, et une femme, un enfant dans les bras, a pris peur et elle a couru à l'intérieur. Nous l'avons suivie, et nous nous sommes retrouvées au beau milieu de la pauvre maison branlante de Sally Hemings. Une cabane faite de bûches enduites d'argile blanche et recouvertes de planches de cyprès. Les murs étaient nus, et le toit avait été réparé avec de vieux journaux. Plusieurs enfants étaient assis à l'intérieur, sur des bancs de bois brut. Trois ou quatre matelas étaient roulés dans un coin, et au fond de la première pièce il y avait une chambre à coucher avec un lit à colonnes et un berceau. La femme s'abritait derrière une table. Ils s'étaient installés là pendant la guerre.

« C'est la maison de ma mère », a dit bêtement Harriet, sans s'adresser à la femme mais en avançant vers elle.

La femme reculait, serrant le bébé. Une autre plus âgée est sortie de la pièce du fond.

« Oh, maîtresse, elle a dit. Siouplaît, nous chassez pas d'ici. On est ici depuis tantôt deux ans, à attendre que les Blancs se montrent. On peut vous payer le loyer, maîtresse. Vous êtes la fille du vieux maître ?

— Je ne vais pas vous chasser, et je ne suis pas votre maîtresse, a dit Harriet. Seulement c'était... c'était la maison de ma mère, et je ne suis jamais venue la voir ici. »

Elles se sont regardées, puis elles m'ont regardée sans comprendre. La vieille femme est tombée à genoux et elle a supplié : « Ô Seigneur, ayez pitié, maîtresse. On a des enfants malades dans la pièce derrière. On peut pas les emmener. Ils peuvent pas dormir dans les champs.

— Relevez-vous ! a crié Harriet. Levez-vous. Levez-vous. Vous n'avez plus besoin de vous agenouiller devant moi. »

Mais l'une avait pris de l'argent confédéré sur la cheminée. Il était mêlé aux titres provisoires que l'Union avait distribués aux anciens esclaves.

« Vous ne comprenez pas », a commencé Harriet,

qui se rendait compte que la femme la prenait pour ce qu'elle paraissait. Mon Dieu, j'en avais la chair de poule.

Soudain, il y a eu un grattement sur le toit. Une sorte de *tap, tap, tap,* et puis un cri écorché comme celui d'un chat pris au piège.

« Maman ? » s'est écriée Harriet en penchant la tête.

Mes mains ont volé à ma poitrine. Les deux femmes se sont enfuies. L'une s'est glissée entre le mur et moi pour aller chercher le bébé dans l'autre pièce, et la seconde a filé avec l'enfant qu'elle avait dans les bras.

« Maman, c'est toi ? » a demandé froidement Harriet.

Les yeux me sortaient de la tête, tellement j'avais peur. La plus courageuse des deux femmes est revenue discrètement vers la porte, sans le bébé.

« Sally Hemings, c'est toi ? a insisté Harriet. C'est moi, Harriet Hemings de Monticello », elle a crié vers l'est. Et vers l'ouest, elle a hurlé : « *Est-ce que tu viens* ? Moi, je ne reviendrai plus jamais te chercher, Mère. »

Ses cheveux étaient défaits, ses yeux flamboyaient, sa voix grondait comme celle d'un animal.

« C'est moi, Harriet Hemings de Monticello, c'est moi !

— Ô Seigneur, cette femme blanche est complètement folle », j'ai entendu murmurer derrière moi. Mais une autre voix a répondu : « C'est pas une femme blanche, Ethel. Y a pas besoin d'être noire pour être noire. »

Harriet Hemings de Monticello mugissait comme un crapaud-buffle. Ses joues s'étaient gonflées et elles étaient aussi rouges que la brique de Philadelphie. Le bruit sur le toit s'est amplifié, on aurait dit qu'un ouragan secouait les bardeaux. Même le plancher bougeait. Puis tout est redevenu calme.

« Je ne reviens pas te chercher, Maman », elle a chuchoté. Puis lentement Harriet s'est retournée et, avec une sorte de salut, un petit mouvement royal de sa main nue, elle a pris congé de tout.

« Ma famille est de Philadelphie, vous savez », elle a soupiré à l'intention des deux femmes ébahies.

C'est la dernière fois que j'ai vu Harriet Hemings vivante. C'était le jour où on a assassiné Abraham Lincoln.

Moi, Thenia Boss de Monticello, femme de couleur, âgée de cinquante-deux ans, fille d'Ursula et petite-fille de Mary Elizabeth Hemings, née le 3 juin 1813, sage-femme et apothicaire, suis repartie pour la Caroline du Sud le 14 avril 1865 avec mon petit-fils Aaron Boss. J'ai suivi le chemin ouvert par l'armée victorieuse du général Sherman. Des hordes d'esclaves réfugiés encombraient les routes, à la recherche d'êtres aimés disparus. Seigneur Dieu, on aurait dit que tout le monde était sur la route et que personne ne trouvait ceux qu'ils cherchaient. Comme si toute la race était en mouvement à la recherche de ce qui lui rendrait son intégrité. Mais ça n'arriverait jamais. Le 22 août 1865, j'ai rencontré ma mère et ma sœur sur la route du mont Crawford, juste avant Waynesboro en Caroline du Nord. Je n'avais pas l'impression de vivre dans le même pays que celui où j'étais née.

THENIA HEMINGS BOSS.

36

> J'en suis persuadé, si elle devait te perdre, il lui en coûterait des océans de sang, et des années de désordre et d'anarchie.
>
> THOMAS JEFFERSON.

J'ai fui le fantôme de ma mère et couru vers le cimetière des Blancs et la tombe de mon père. De là où j'étais agenouillée, je voyais la façade de Monticello en ruine, nue, battue par les vents, s'élever au loin à travers la brume. Le Président qui m'avait asservie et celui qui m'avait libérée faisaient tous deux partie de l'histoire à présent. Le pays qui m'avait toujours méprisée, le Nord comme le Sud, venait de se débarrasser de sa double vie et devait être « reconstruit ». Pourquoi pas moi ?

Il me semblait que le monde, comme la nuit du bal militaire, était de nouveau divisé en deux moitiés : l'une claire et l'autre foncée. Les yeux du Président mort, dont le regard ne s'était posé sur le mien qu'une seule fois l'espace d'un instant, me fixaient de l'obélisque de mon père. Peut-être n'était-ce pas le fantôme de ma mère que j'avais foi, mais celui de mon père. Car n'étais-je pas venue sur cette tombe non en tant que fille, mais comme faisant partie de l'armée d'occupation ? N'avais-je pas juré que si Dieu me prenait un autre fils, je reviendrais le hanter ? Eh bien, Dieu a pris Beverly, et me voilà de retour, Père. Grand-Mère disait toujours : *Qui sème le vent récolte la tempête.* Mais j'entends la musique comme les chiens, ou comme tous les damnés de la terre l'entendent : je ne perçois que les notes aiguës inaudibles. Oui, c'est mon retour. On peut retourner chez soi sans avoir de chez-soi.

« Père, murmurai-je, j'ai construit ma vie au bord d'un gouffre, affrontant un monde dangereux où mon identité défiait la tienne en un terrible combat singulier. À présent tout ce que je veux, c'est la paix. La paix. La paix. La paix. Viens, viens, Papa, laisse-moi tenir ta tête sur mes genoux, mes bras croisés sur ta poitrine, pose ton front sur mon sein et permets-moi de te bercer, toi le vaincu. Peter t'a préparé du café comme autrefois, avec de la mélasse, chaud et sucré comme tu l'aimais. Ferme les yeux, Père bien-aimé, disons nos prières et souvenons-nous des années que nous avons passées ensemble et pourtant séparés, égaux, mais différents. Toi et moi ne nous rejoignions que dans notre amour pour Monticello, ses épaisses forêts, ses chevaux pur-sang et la musique. Nous ne nous sommes rencontrés que dans notre ambition de créer nos propres vies. Tu as vécu la tienne, riche et puissant, plein d'audace et de fierté. J'ai inventé la mienne, qui est devenue une illusion et un abîme. J'ai imité l'esclave et le maître. J'ai épousé des jumeaux et donné la vie à des jumeaux, et j'ai perdu deux fils pour te vaincre. J'ai porté en silence toute ma duplicité secrète : double identité, double prix à payer, double allégeance, double couleur. C'est toi, Père, qui as fait de nous tous des imposteurs et des faussaires — Eston et Beverly qui se sont dédoublés pour devenir blancs ; Adrian Petit, qui s'est prétendu aristocrate ; Thomas, qui est devenu Woodson, puis espion de l'Union ; Thenia, qui a joué le rôle de mon esclave ; ma mère, celui de ta fausse épouse ; Thance, que j'ai remplacé par son double, Thor ; des sœurs qui devenaient des épouses ; des épouses, des esclaves ; des esclaves, des maîtresses ; des belles-sœurs, des amantes ; des fils, des laquais. Lincoln, le Grand Émancipateur, a projeté de déporter tous les citoyens noirs ; toi, le grand démocrate, tu as vécu des revenus de l'esclavage ; Sally Hemings la captive s'est vendue par amour, malgré James, le chien de garde, qui a servi de proxénète. Oh, Papa, ton monde moribond a engendré de magnifiques imposteurs !

« Tout ce que j'ai toujours voulu être, c'est la meilleure danseuse et le maître de ballet. Et danser pour me faire plaisir. J'avais coutume de m'asseoir sur la véranda à l'arrière de la demeure et d'écouter les rires aigus dans Mulberry Row, mais je ne prenais pas cela pour du désespoir. Je restais là à soupirer pour des choses que je croyais permanentes : la dignité et le respect, le mariage, la loyauté, une chambre à coucher où ne m'attendrait que le devoir conjugal, car je ne voulais pas être esclave de l'amour. Mais quand je suis devenue femme, je me suis aperçue que le respect se doublait d'hypocrisie, que le mariage était brisé par la mort, que la loyauté était une question de géographie, la sécurité une affaire de couleur de peau et que l'amour pouvait se dédoubler en passions jumelles. Oh, mes cœurs cannibales se sont entre-dévorés ! Et la vie elle-même a été engloutie par l'oubli.

Sais-tu que j'ai commandé ma pierre tombale ? Mais que faudra-t-il inscrire dessus ? CI-GÎT LA FILLE JEFFERSON ENVOLÉE, AUX EMPREINTES DIGITALES EFFACÉES ? Je vois le visage blanc de mon grand-père et j'entends la voix de ma grand-mère. L'un dit : « Pas de vente, capitaine Hemings, je veux voir ce que donnera le métissage. » Et l'autre : « Mon cœur ne veut pas cesser de battre, avant d'obtenir la liberté pour tes enfants. » Mais je suis aussi lasse des protestations de ton beau-père que des gémissements de ma grand-mère.

J'ai été riche et pauvre, esclave et libre, noire et blanche, fille et orpheline, Virginienne blanche et fugitive noire. Un pilier de la bonne société de Philadelphie et une bâtarde sans nom, coupable de mariage mixte, de contrefaçon et d'imposture. Quel masque n'ai-je pas porté ? Mais maintenant et pour l'éternité je me rends et dépose les armes, je suis une enfant qui pleure, une nouvelle femme américaine.

Moi, Harriet Hemings, Américaine blanche, Américaine noire, âgée de soixante-quatre ans, née à

Monticello pendant que mon père entamait son premier mandat de Président, mère de sept enfants (dont deux décédés), me suis cachée dans le Nord comme esclave fugitive en me faisant passer pour Blanche pendant quarante-trois ans, jusqu'à ce que mes fils, mon mari et le Président m'aient émancipée. Moi, Harriet Wellington, qui n'ai pu exister sans commettre de fraude, aristocrate virginienne de naissance, mais aussi bâtarde qui ai méprisé mon père et abandonné ma mère tout en trouvant le salut de mon crime dans la lutte pour l'abolition, veuve du frère de mon époux, musicienne, ai quitté le jour de la mort de Lincoln, au milieu de la route de la Caroline du Sud, ma chère Thenia, pour repasser dans l'oubli que je m'étais construit sans un frémissement d'âme. Je n'avais pas l'impression de vivre dans le même pays que celui où j'étais née.

HARRIET HEMINGS.

1876

Un secret coupable
dans une chambre noire

Les mitaines blanches

La fin de tout

37

Si l'on considérait l'histoire comme un exercice de morale, ses leçons seraient trop peu fréquentes si elles se limitaient à la vie réelle. Peu d'incidents retenus par les historiens ont eu lieu dans des circonstances favorables à l'éclosion de sentiments vertueux. Nous sommes donc disposés à nous intéresser aussi chaleureusement à un personnage fictif qu'à un personnage réel. Le vaste champ de l'imagination est ainsi ouvert à notre usage, et des leçons peuvent être conçues pour illustrer et faire pénétrer dans les esprits toutes les règles morales de la vie.

THOMAS JEFFERSON.

« Promets-moi que si jamais tu révèles ta véritable identité à ta future famille, tu ne la diras jamais à tes propres enfants. Choisis une femme de la deuxième génération, une petite-fille. Il est plus facile de parler à ses petits-enfants qu'à ses enfants, et un secret est plus en sécurité si tu le confies à une personne de ton sexe.

— Pourquoi cela, Maman ?

— Les femmes portent leurs secrets au plus profond de leur ventre, cachés et nourris de leur sang, tandis que les hommes portent les leurs comme leurs organes génitaux, attachés par un mince cordon de chair, incapables de résister à une caresse ou à un bon coup de pied. »

Roxanne regardait parler une femme qu'elle ne reconnaissait plus ; une créature qui était la négation de tout ce qu'on lui avait appris à croire. Il ne pouvait pas y avoir d'esclaves blancs. Aucune femme n'avait pu être engendrée par un grand homme qui ne l'avait ni libérée ni reconnue. Je ne pouvais pas exister parce que le métissage n'existait pas. C'était un crime passible d'amende et de prison. Un crime contre l'Amérique.

C'était le pays de Roxanne, pas moi, qui voulait qu'une goutte de sang noir fasse d'un être un esclave et un étranger, pour perpétuer le mythe de la pureté raciale qui était la pierre angulaire de son identité. Le pays de ma petite-fille était, en vérité, un pays de Blancs.

« Vous voulez dire que vous êtes... que vous étiez... » Elle cherchait ses mots.

« La fille du Président. » Je baissai la tête et fixai le bout de mes doigts. Je la plaignais de tout mon cœur.

Mais les yeux de Roxanne s'étaient élargis d'étonnement, puis, aussi fou que cela paraisse, d'amusement. Elle ne croyait pas un mot de ce que je venais de lui dire.

« Enfin, Grand-Maman, n'est-ce pas une vieille histoire d'esclavage que vous auriez entendue ? »

La seule chose contre laquelle ma mère ne m'avait pas mise en garde, c'était l'incrédulité. Ma petite-fille pensait que je mentais — mais qui prétendrait être noir en Amérique si ce n'était pas vrai ? Qui, étant né avec l'avantage inestimable d'être blanc, se jetterait au-devant de l'anathème ?

Elle tourna lentement autour de moi comme autour d'une bête sauvage.

« Écoutez, Grand-Maman, me dit-elle d'une voix caressante, vous savez que vous n'êtes pas une femme de couleur ! Vous n'êtes pas noire, et moi non plus. Personne ne l'est dans notre famille ! Nous sommes blancs. Je vais... je vais chercher Grand-Père. »

Mais je la retins. « Non ! m'écriai-je. Je ne l'ai jamais dit à personne, pas même à mon mari ! Je me disais toujours que j'y songerais plus tard, mais le moment ne s'est jamais présenté. C'est comme les secrets que les femmes esclaves doivent transmettre à leurs filles pour qu'elles survivent. Je ne voulais pas mourir sans qu'une personne que j'aime, qui resterait sur cette terre, le sache. Ce ne serait pas juste envers Sally Hemings… envers lui… envers eux…

— Comment pouvez-vous prétendre m'aimer et me raconter un tel mensonge ? » s'exclama ma petite-fille.

Je m'approchai d'elle, mais elle recula, effrayée. Elle serra les bras contre sa poitrine, comme pour se protéger de moi. Ses yeux splendides s'étaient assombris, exprimant l'horreur ou la compassion.

« Je vais chercher un médecin, murmura-t-elle.

— Mais non, ma chérie, je n'ai pas besoin de médecin. Je me sens parfaitement bien… Regarde ! »

Je m'agenouillai près du foyer et passai mes mains dans les cendres. Elles en sortirent noires.

« Regarde. » J'appuyai mes doigts sur le marbre blanc de la cheminée. « Tu vois, je n'ai pas d'empreintes digitales. »

Je m'aperçus que je souriais stupidement. Le même sourire que j'avais eu le jour de la mort de mon père. Elle ne me croyait pas. Elle ne me croirait jamais. J'avais tenu mon journal pendant cinquante-deux ans, et maintenant je voulais lui montrer mes carnets, la supplier de les lire. Mais rien sur cette terre ne la forcerait à me reconnaître. Elle aurait préféré mourir.

« Est-ce un jeu ? À l'occasion de votre anniversaire ? me demanda-t-elle d'une voix plaintive.

— C'est… »

Mais, avant que j'aie pu répondre, Roxanne avait fui la pièce en claquant la porte.

J'entendis à travers le bois son insupportable accent de Philadelphie : « Je vais chercher du laudanum. »

Où est votre médicament, Père ?

Alors je me mis à rire, et elle dut m'entendre à travers la porte. La plaisanterie de ma vie se retournait contre moi. C'était ainsi que les gens me voyaient, et je n'y pouvais rien. Qui me croirait ? Pour qu'on me croie, il aurait fallu redéfinir les États-Unis d'Amérique. Cela voulait dire déplacer les meubles, ouvrir les portes, regarder sous les lits ; cela signifiait réécrire les lois de ce pays, changer les habitudes. Qui allait entreprendre tout cela pour une simple femme — et une Noire, par-dessus le marché ?

Je quitterais cette terre dans la peau d'une Blanche, que je le veuille ou non. C'était ma punition : la condamnation à l'oubli. Roxanne ne répéterait jamais mon secret à aucun de ses descendants. J'étais invisible. Pour toujours.

Je relevai la tête, acceptant le verdict du ciel. Tout simplement, une femme comme moi ne pouvait pas exister.

Mes mains noircies griffèrent les murs et salirent les délicates draperies de soie, le lit et ses blancs rideaux vaporeux, les boiseries marquetées. J'apposai ma marque sur tout ce que je pouvais toucher.

Je laissais à présent sur les murs de ma chambre les empreintes revendiquant la vie que j'avais vécue. Je réécrivais l'histoire. Noire ou blanche, peu importait. J'étais Harriet. Hemings. Wellington. Une grande exaltation s'empara de moi, et des larmes de libération m'inondèrent les joues. Mon cœur solitaire contenait toutes les couleurs du monde — toutes. Je refusais d'avoir été « créée » noire ou blanche. Quoi que je sois, ma vie, ma liberté, mes amours m'attendaient en bas. Mon péché par omission avait cessé de me dévorer, de m'obséder. À présent au contraire, il me permettait de rejoindre l'humanité qui refusait d'être anéantie, étouffée, asphyxiée : celle de ma mère, ma grand-mère, l'Africaine, mon grand-père, mon père, mes maris, mes enfants. J'étais la mère d'un clan puissant, de toutes les couleurs, de toutes les nuances, luttant tout au long de vies remplies des mêmes terreurs et des mêmes bonheurs de la condition humaine. Que le diable m'emporte si je devais me contenter de moins !

Si j'étais un mensonge, ce pays était un mensonge.

Je regardai dans le miroir au-dessus de la cheminée, mais personne ne s'y reflétait. Je pressai mes paupières comme si par la force de ma volonté je pouvais graver mon image sur la surface argentée. Je les rouvris, il n'y avait toujours personne. Alors je poussai un cri et les ténèbres m'engloutirent.

Lorsque je revins à moi, je me lavai les mains soigneusement, lentement, dans la cuvette bleue et jaune, et l'eau prit la couleur du charbon. Je les séchai et enfilai posément mes mitaines de dentelle blanche. L'orchestre attaqua la marche de Richard Wagner. L'attelage du Président était arrivé. J'avais juste le temps de descendre l'escalier sur ce fond musical, comme je l'avais prévu. Roxanne ne m'avait pas enfermée à clé. J'ouvris la porte.

Postface

Comme Sally Hemings, le personnage principal de mon roman historique *La Virginienne*, sa fille, Harriet Hemings, est un personnage réel à qui j'ai donné une « biographie » imaginaire. Harriet Hemings a mené une vie de femme blanche à partir de l'âge de vingt et un ans en se cachant sous une autre identité. Elle était, selon les lois des États-Unis, une esclave « noire » fugitive, qui risquait d'être arrêtée, vendue, et remise en esclavage. Après le 1er janvier 1863, elle devint « un produit de contrebande » affranchi. Telles étaient, au dix-neuvième siècle, les contradictions de l'Amérique en matière de couleur.

Un roman est un éclaircissement légitime des ambiguïtés de la réalité historique. L'histoire écrite est toujours interprétée par la sensibilité d'un auteur, et donc inévitablement romancée. Il suffit de lire des biographies de Napoléon rédigées par un Français, un Anglais et un Russe, et fondées sur les mêmes actes, les mêmes événements, pour s'apercevoir que le personnage peut varier de façon si spectaculaire d'un livre à l'autre qu'il en devient pratiquement méconnaissable. Un fait peut être blanc dans un livre et noir dans l'autre. L'histoire orale est plus proche de la vérité et de la réalité, mais dépend de la fragilité de la mémoire collective. Nous ne pouvons espérer trouver qu'un grain de vérité dans le désert de sable qu'est la mémoire écrite de l'espèce humaine. Comme Harriet nous le rappelle, après Voltaire : « Il n'y a pas d'histoire, seulement des mensonges plus ou moins plausibles. »

Harriet Hemings est née à Monticello, dans le comté d'Albermarle, en Virginie, en mai 1801, cinquième enfant et troisième fille d'une esclave quarteronne, Sally Hemings (1773-1836), et serait le onzième enfant de Thomas Jefferson. Sally Hemings, pour sa part, était la fille de John Wayles, le beau-père de Thomas Jefferson, et d'Elizabeth Hemings, une esclave qui lui donna six enfants après la mort de sa seconde épouse. Elizabeth était la fille d'un capitaine de baleinier du nom de Hemings et d'une Africaine. Des sept enfants auxquels Sally Hemings donna naissance entre 1790 et 1808, Harriet fut la seule fille à profiter de la promesse faite à tous les enfants Hemings, à savoir qu'ils seraient autorisés à s'enfuir à l'âge de vingt et un ans.

Harriet Hemings avait un huitième de « sang noir » dans les veines. C'était assez pour faire d'elle une Noire aux yeux de la loi, et par conséquent une esclave. Se faire passer pour Blanc afin d'échapper à l'esclavage et plus tard aux persécutions raciales et à la discrimination est un phénomène surtout américain — bien que des personnes de sang mêlé aient dû le faire dans toutes les sociétés, mais pas avec des conséquences aussi lourdes qu'aux États-Unis, où la punition pour être noir était non seulement l'esclavage ou la menace de l'esclavage, mais un déni presque mystique de toute humanité.

De surcroît, l'idée de « passer pour Blanc » choque à la fois les Blancs et les Noirs, c'est l'un des tabous américains les plus tenaces.

L'énigme pathétique d'Harriet Hemings, sa tragédie personnelle, ne constitue qu'un épisode de plus dans la vaste problématique de la race et de l'identité en Amérique.

Que peut donc représenter mon Harriet aux yeux du lecteur? Une héroïne américaine qui incarne notre principale obsession, notre psychose : la race et la couleur. Car j'ai créé, comme je l'avais fait avec *La Virginienne,* un personnage historique imaginaire appartenant à notre patrimoine national, un symbole de la métaphysique de la race dans ce pays. En la dessinant, j'ai pris en considération toutes les réalités historiques, les éléments contemporains et les documents qui m'étaient accessibles, tout en essayant de retrouver les attitudes et l'atmosphère de l'époque. J'ai aussi largement usé de licence poétique. En faisant vivre les nombreux personnages qui entourent Harriet, j'ai pris comme modèles et cité des personnages historiques : par exemple, Maurice Meillassoux est inspiré d'Alexis de Tocqueville (bien que celui-ci soit mort avant la guerre de Sécession) ; Robert Purvis, qui a vraiment existé, exprime aussi les idées de Frederick Douglass. Dorcas Willowpole est Mary Wollstonecraft. Les lettres de John G. Perry m'ont inspiré celles de Beverly Wellington. La vision par Harriet de la bataille de Gettysburg vient du journal du lieutenant Frank Haskell. Bien que le lecteur puisse considérer le mot *négrophobie* comme un anachronisme, Frederick Douglass l'utilisait déjà pour décrire ce phénomène social dès 1853. J'ai établi la chronologie de l'étude des empreintes digitales avec l'aide de spécialistes de la Brigade criminelle de Paris. Dès 1820, un Autrichien, Evangelista Purkinje (1787-1869), publiait la première étude scientifique sur ce sujet. En 1858, un fonctionnaire anglais en poste au Bengale, William Hershell, utilisa les empreintes digitales comme moyen d'identification pour payer les pensions militaires. Vers la même époque, Vucetich, un inspecteur de police argentin, découvrit l'utilité des empreintes digitales dans les enquêtes criminelles.

« Toute émancipation est une restauration du monde humain et des rapports des hommes entre eux. » C'est ce que j'ai voulu montrer en emmenant Harriet à Gettysburg.

Depuis le début, j'avais voulu qu'Harriet se trouve confrontée à la Déclaration de son père et à la Proclamation de Lincoln, car je voulais juxtaposer ou mêler ces deux voix et les introduire dans le credo d'Harriet et notre credo américain. J'ignorais à quel point ce mariage serait réussi avant de citer les deux textes en contrepoint.

Lorsque Harriet répète qu'elle songera plus tard à ses problèmes, il ne s'agit pas d'un clin d'œil à la Scarlett O'Hara de Margaret Mitchell, mais à Léon Tolstoï, qui met cette phrase dans la bouche d'Anna Karénine.

Du même auteur

Aux Éditions Albin Michel

LA VIRGINIENNE

LA GRANDE SULTANE

LE NÈGRE DE L'AMISTAD

Composition réalisée par INTERLIGNE

IMPRIMÉ EN FRANCE PAR BRODARD ET TAUPIN
Usine de La Flèche (Sarthe).
LIBRAIRIE GÉNÉRALE FRANÇAISE - 43, quai de Grenelle - 75015 Paris.

ISBN : 2-253-14191-7

31/4191/8